DER WELTENSAMMLER

世界収集家

イリヤ・トロヤノフ
浅井晶子［訳］

早川書房

ILIJA TROJANOW

世界収集家

DER WELTENSAMMLER
by
Ilija Trojanow

Translated by
Shoko Asai
First published 2015 in Japan by
Hayakawa Publishing, Inc.
This book is published in Japan by
arrangement with
Carl Hanser Verlag GmbH & Co. KG
through Meike Marx.

装画　©PPS 通信社
装幀　田中久子

本書のなかに出てくる一部の語彙の意味は巻末の語彙集に収録した。

本当の意味で親身になってくれた
ヌルッディンとランジトへ

この小説はリチャード・フランシス・バートン（一八二一―一八九〇）の人生および作品より着想を得た。本書はときにバートンの若き日の出来事の細部にまで迫り、またときに言い伝えられていることがらから大きく離れる。文中にはバートン自身の言葉や文章が織り込まれているとはいえ、登場人物も物語もほとんどが著者の想像の産物であり、バートンの伝記的事実に沿っているとは限らない。人は誰もが謎である。実際に会ったことのない人ならなおさらだ。この小説はひとつの謎への個人的接近であるが、その謎を解き明かすことを目的とはしていない。

自らの人間性が導く声に従え
他者の喝采を求めるな
最も高貴に生きて死ぬのは
自ら則《のり》を定め、それに従う者

——リチャード・フランシス・バートン、『カシダー』VIIIより

目　次

最後の変身

男は、まだ黒い糸と白い糸の見分けもつかないであろう早朝に息を引き取った。司祭の祈禱の声が途切れた。司祭は唇を湿し、唾を飲み込んだ。付き添っていた医師は、指の下に感じていた脈拍が消えて以来、動かない。患者を生につなぎとめていたのは、最後にはただ頑固さのみだった。だが結局はその意志も血栓に屈した。死者の組んだ腕の上に、妻の染みだらけの片手が載っていた。その手が引っ込み、死者の裸の胸に十字架を置いた。大きすぎるな、と医師は思った。わざとらしいほどカトリック的で、死者の傷跡だらけの上半身と同様にくどい印象を与える。未亡人となった女は、ベッドの片側で医師に向かい合って立っている。その目をまっすぐに見る勇気が、医師にはなかった。未亡人は向きを変えると、落ち着いた足取りで書き物机へ近づき、腰掛けてなにかを書き始めた。医師は、司祭が聖油の小瓶をしまいこむのを目にして、それを注射器や電気器具を片付ける合図だと理解した。長い夜だった。新しい職場を探さねばなるまい。大変残念だ。なにしろ医師はこの患者が好きだったし、患者の屋敷に住めることがうれしかった。町を見下ろす高台にあり、入り江と、地中海をかなたまでのぞむこの屋敷に。医師は自分の顔が赤くなるのを感じ、そのせいでますます赤くなった。そして死者のそばを離れた。医師より何歳か若い司祭は、こっそりと部屋を見回していた。一方の壁にはアフリカ大陸の地図が、本棚に左右を挟まれて窮屈そうにかかっている。窓が開いていて、司祭は不安を覚えた。いまこの瞬間にはあらゆるものに不安を覚える。忍びやかな物音が、眠れなかったいくつもの夜を思い出させた。司祭の左側、腕を伸ばせば届くところにあるスケッチは美しいが意味不明で、最初に見たときから不安を覚えた。それは、たったいま息を引きとったこのイギリス人が、無知で浮ついた輩《やから》のみが訪れる神なき場所をうろついてきたことを思い出させる絵だった。この男の頑固さは有名だった。男についてそれ以上のことを、司祭はほとんど知らない。司祭の上役たる司教は今回もまた、不愉快な使命から逃れたのだ。そのせいで司祭が見ず知らずの人間の塗油を引き受けねばならないのは、今回が初めてではなかった。君の常識を信じたまえ――それが、司教が司祭を送り出すときに与えた唯一の言葉だった。奇妙な忠告だ。きちんと準備する時間などなかった。男の妻に不意打ちを食らったのだ。夫人はしつこく食い下がり、死にゆく夫のために秘蹟を授けろと迫った。まるで司祭が夫人になにか借りでもあるかのように。司祭は夫人の意志に膝を屈したのだが、すでにそれを後悔していた。夫人は開いたドアの前に立って、医師に封筒を手渡し、なにか話しかけていた。自分はここでなにか言うべきだろうか？　司祭は、小さな声で、だがはっきりと述べられた夫人からの礼――いったいなんと答えればいい？――と同時に、帰ってほしいという無言の要求を受け取った。夫人の汗のにおいをかぎながら、司祭は黙っていた。玄関の間で夫人は司祭にコートを手渡し、握手のために手を差し出した。司祭はきびすを返したところで、立ち止まった。こんなふうに心に重荷を抱えたまま、暗い表に出ていくわけにはいかない。思い切って夫人を振り返った。

――奥様《シニョーラ》……

――ドアまでお見送りできなくてもかまわないでしょうか？

――あれは間違いでした。過ちでした。

――いいえ！

――司教様に報告しなくてはなりません。

――夫の最期の意志だったんです。それを尊重してくださらなくては。失礼いたします、神父様。やらなければならないことがたくさんあって。ご心配には及びません。司教様はご存じです。

――確信していらっしゃるようですが、シニョーラ、私にはそれほどの確信が持てません。

――どうか夫の魂の平安のためにお祈りください。それが私たちの誰にとっても最善の道です。さようなら、神父様。

それから二日間、夫人は夫が死んだベッドの傍らで過ごした。ときに夫の葬儀に参列することを望む人たちに中断されながら、祈りと対話を繰り返した。三日目、夫人は家政婦をいつもよりも早くに起こした。家政婦は寝巻きの上にショールをはおった。そして羊毛のような夜のなかを手探りで、庭師の眠る小屋へと向かった。庭師は、家政婦がシャベルで扉を叩いてようやく、呼びかけに答えた。アンナ、と庭師は怒鳴った。またなにか悪いことが起きたのか？　奥様がお呼びよ、と家政婦は答え、こう付け加えた。至急ですって。

――マッシモ、薪はもう集めた？

――はい、シニョーラ、先週寒くなったときに。もうじゅうぶん……

――火をおこしてちょうだい。

――はい、シニョーラ。

――庭の、屋敷から近すぎず、遠すぎもしない場所にね。

庭師は、村の夏至祭のときのような小さな薪の山を作った。動いたせいで、体が少し温まった。つま先が夜露に濡れたので、火をおこすのが楽しみだった。家政婦のアンナが庭に出てきた。手には器を持ち、髪は折れた小枝の束のような奇妙な形になっている。アンナから受け取った器からはコーヒーのにおいがした。

――燃えるかしら？

――雨が降らなきゃな。

庭師は、まるでなかになにかを見つけようとするかのように、器に覆いかぶさってコーヒーをすった。

――火をつけようか？

――だめ。奥様がなにをするつもりなのかわからないもの。もう少し待って。

入り江が明るくなり、三本マストの帆船がヨットに追いついた。一頭立ての馬車と荷物運搬人たちが動き出す音でトリエステは目を覚ます。女主人が芝生の上をこちらへやってくる。何着も持っているゆったりした重い服のひとつを着て。

――火をつけて。

庭師は命令に従った。燃えろ燃えろ太陽の花嫁、輝け輝け月の花婿、と、最初の炎にささやきかけながら。夏至祭のときに父が歌った歌だ。女主人が歩み寄ってきた。後ずさりせずにいるのは至難の業だった。女主人は一冊の本を差し出した。

――これを火にくべて！

女主人の手が危うく庭師に触れそうになる。その命令には、どこか途方にくれたようなところがあった。女主人自身がこの本を火に投げ入れるつもりはないのだ。庭師は表紙に、そこについた染みに、綴じ目に触れ、炎から少し遠ざかると、革の装丁をなでた。ひとつの記憶を探して。ようやく、この感触がなにに似ているかを思い出した――長男の背中にある傷跡だ。

――いやです。

炎があらゆる方向へと弾ける。

――誰か別の者に頼んでください。わしにはできません。

――あなたがしなさい。すぐに。

炎がまっすぐに天を向いた。庭師はなんと答えればいいかわからなかった。アンナの声が、ちろちろと舌を出す炎のように耳に入ってくる。

――私たちには関係ないことでしょ。奥様がこのお屋敷を出ていくなら……推薦書や、お別れの贈り物だって期待できるじゃない。どうしてその本がそんなに大切なの？ 貸しなさいよ、こんな本がなんだっていうのよ。

本が宙に舞うのを、庭師は見なかった。ただなにかが落ちる音、炎が燃え立ち、びくりと震える音だけを聞いた。火に包まれた本に目をやると、表紙が伸びすぎた足の爪のように丸くなっていった。家政婦がしゃがんだ。むき出しの膝小僧には、煤が大きな染みになっている。ラクダの革が燃え、しかめっ面の顔写真がパチパチと音を立て、ページ数を示す数字が燃え、珍妙な響きの言葉たちが焦げていく。マラーティー語、グジャラート語、シンド語が煙と消え、落書きのような文字を残し、その文字も火の粉となって空に舞い上がり、やがて灰塵となって降りてきた。トリエステ近郊のカルスト地帯出身である庭師マッシモ・ゴッティは、炎のなかに亡くなったシニョーレ・バートンを見た。古臭い服を着た若き日の彼を。マッシモは腕を伸ばし、手首の産毛を焦がした。ページが燃え、メモが、糸が、しおりが、そして一本の髪が燃えた。女の絹糸のような黒髪が、長く黒い髪が、積み上げた薪からぶら下がり、嘆きの風に揺れている。炎の壁を一枚隔てたところに、死んだ女が横たわっている。

その肌は剝がれ、頭蓋骨は破裂し、女は縮み始め、やがて残ったものには女の美しく長い黒髪ほどの重さもない。若き士官は女の名を知らない。女が誰かを知らない。士官はもうこの匂いに耐えられない。

リチャード・フランシス・バートンは急ぎ足で立ち去る。考えてもみてくれ、と、頭の中でこの未知の土地についての最初の手紙を書き始める。四カ月も大洋を渡って、ようやくたどり着いてみたら、海岸では砂浜に薪が積んであって、そこで死者を燃やしてるんだからな。ボンベイという名の、この臭くて汚い穴倉のような場所の真ん中で。

英国領インド

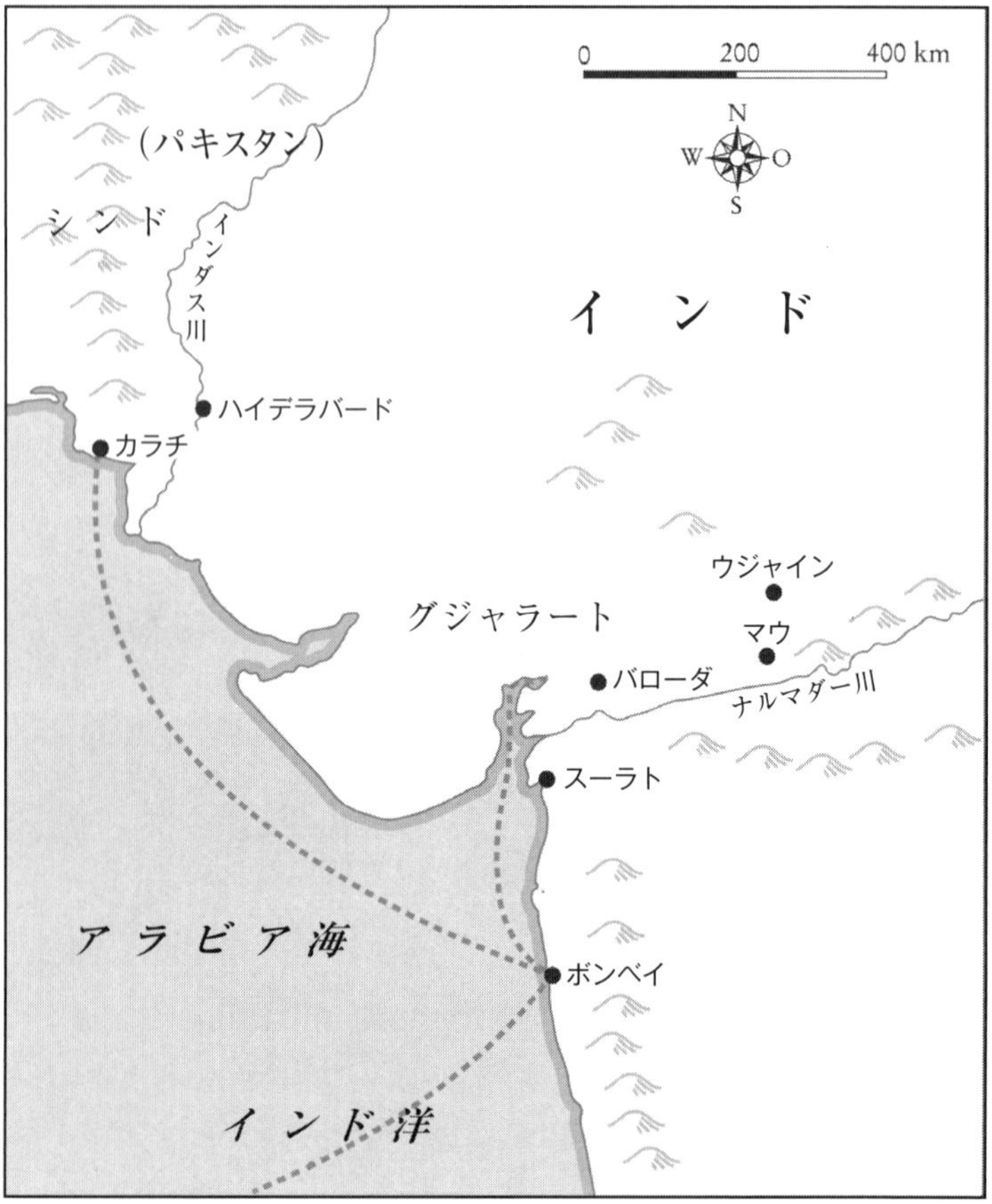
0
200
400 km
N
W
O
S
(パキスタン)
シンド
インダス川
インド
ハイデラバード
カラチ
ウジャイン
グジャラート
マウ
バローダ
ナルマダー川
スーラト
アラビア海
ボンベイ
インド洋

主人の召使の代筆人の物語

0　最初の一歩

何カ月も海の上で過ごし、偶然出会う人々との際限のないおしゃべりから逃れられず、波のせいで読書も切れ切れにしかできず、ヒンドスタン出身の召使たちとの物々交換はこんな感じだった——ポートワインを渡し、語彙をもらう。無風帯ではアステ・アステ、なんとひどい船酔い！　岬の手前での嵐にはカタルナクとカバルダル、波が垂直に襲ってくる。これほど傾いた船の上で夕食を取れる乗客などいない。とても口に出せないようなこともあった。日に日に日常が見知らぬものになっていき、誰もが独り言を言い始めた。一行はこんなふうに、インド洋という池の上を進んでいったのだった。

やがて入り江が見えた。両手が水をすくうように、膨らんだ帆が空気をすくった。すでに鼻がかいでいたものが、目に見えてきた。最初はチョウジ油をすりこんだ望遠鏡を通して。陸がいつ船に乗り込んでくるかはわからない。デッキは展望台に、あらゆる感想が聞かれる舞台になった。

——あれはタブラじゃ！

手すりぎわでの会話を遮られて、イギリス人たちは振り返った。白い木綿の簡素な服を着た初老の現地人が、すぐ後ろに立っていた。やたらに大きな声のわりには、体はかなり小さい。白い髭は腹まで届いているが、額には皺ひとつない。男はイギリス人たちに感じよく笑いかけた。だが近づきすぎだ。

——ふたつの太鼓じゃよ。ボンとベイのボルじゃ。

男は二本の腕と手を突き出して、動かし始めた。深い声とともに。

——左手は祝福された入り江ボン・バイア、そして右手は漁師の女神ムンバ・アーイ。四つの音節から成るティンタールじゃよ。よかったらやってみせよう。

そう言うやいなや、男はイギリス人たちのあいだに割り込んできて、二本の人差し指で手すりを叩き始めた。ぼさぼさの髪を振りながら。

ボン・ボン・ベイ・ベイ
ボン・ボン・バイ・バイ
ムン・ムン・バイ・バイ
ボン・ボン・ベイ・ベイ

——何百年も受け継がれてきたリズムにふさわしく、荒々しく、派手にな。あちらにヨーロッパ、こちらにインド。耳が聞こえる人間なら、誰でも簡単にできる。

男の目が満足げに笑っていた。一等船客たちが上陸のために呼び集められた。短艇はすでに待っている。数回オールをこげばインドだ。バートンは有頂天のご婦人がはしごを下りるのに手を貸した。ご婦人が安全な場所に座り、両手を膝に置いたところで、バートンは振り向いた。白髪で白い髭の太鼓叩きがデッキにいるのが見えた。まっすぐに、足を大きく開いて、両腕を背中に回して。その目は眼鏡の分厚いレンズの向こうからこぼれ落ちそうだ。行きなさい、行きなさい！　だが荷物には気をつけてな。ここはイギリスじゃない。あんたは敵国へ上陸するんじゃ！　短艇が綱をつたって、うめき声を上げながら海へと落下すると、男の笑みは消え去った。

上陸と同時に、望遠鏡の誤謬が匂いで明らかになった。波止場は腐った魚の上に造られており、乾いた尿と刺激臭のするぬるぬるした液体に覆われていた。みなの袖が素早く鼻の前へと移動する。何百年にもわたってはだしの足で踏まれて堅い地面となった汚物の上で、制服を着たひとりの男がなにか叫び、汗をかいていた。たったいま到着したばかりの船客たちは、びくびくとあたりを見回した。好奇心を満たすのは無期限延長だ。全部我々に任せてください、我々が仕事は全部引き受けます！　リチャード・バートンは、仲介業者がべたべたした英語でそう言うのを、ヒンドスタニー語で受け流した。得意げに、だが慎重に。そして人ごみから離れたところに立ってこの混乱を無視していた苦力《クーリー》を呼んだ。質問し、耳を傾け、交渉し、持ってきた長持ちがクーリーの背中にかつがれ、待機していた馬車へと運ばれるのを見守った。目的地までは遠くない、と御者が言った。そして俺の馬車の値段はやすい、と。馬車は人ごみのなかを、まるで曳航される小船のようになめらかに進んだ。航跡には略帽や禿頭、ターバンやトピがひしめいている。あたりは顔の見分けもつかない人の渦だ。しばらくしてようやく、意味を成すひとつの光景が目に入ってきた——とある店の前で、店主の手が米袋の上に載っていた。馬車が港を離れ、幅の広い道路に出るまでのあいだ、バートンは背もたれに体を預けていた。ひとりの少年が、まるで度胸試しのように馬のひづめをぎりぎりまで待ってかわすと、にやりと自画自賛の笑みを浮かべる。ひとりの男が、せわしなく往来する馬車の横で髭を剃られている。皮膚のない子供がこちらに差し出される。バートンは一瞬驚愕するが、すぐにそれを忘れる。御者はどうやら、通りの両側に並ぶ建物の名前を挙げているようだった。アポロ・ゲイト、その向こうは砦、書記局、フォーブズ・ハウス。セポイだ！　御者はそう言ってとある帽子の男を指した。帽子の下から汚い髪がのぞき、さらに下へ目をやると、やせこけた毛むくじゃらの脚が、短すぎる制服のズボンから突き出ている。恐ろしいな、とバートンは思った。あれが私が指揮することになる地元の兵士なのか。なんということだ、あの服はただの飾りに過ぎない。顔の表情まで、まるでイギリス人のもののまねに見える。馬車は手足に刺青を施した女たちの一団の脇を駆け抜けた。結婚式だ、と御者がうれしそうに言った。飾り立てた一団は、すぐに通りを曲がって姿を消した。ほとんどが三階建ての建物は、壊疽《えそ》でいまにも倒れそうに見える。木でできたバルコニーのひとつで、男が口も覆わずに咳こみ、胃のなかのものを通りへと吐き散らしている。しっかりと立っているわずかな建物は、まるで感染病で隔離された人々の看護人のようだ。バートンは何度も、ヤシの木々のこずえのあいだに灰色の頭のカラスたちの姿を見た。一度、カラスたちは大理石の天使像の上を輪を描いて飛んだ。像の足に、ヴェールをかぶった女が口づけをしていた。ホテルに着く直前、バートンはカラスたちが獣の屍骸めがけて降りていくのを目にした。ときどきな、と、速度を緩めず走り続けながら、御者が振り向いた。あいつら、獲物が死ぬまで待たないこともあるんだ。

ボンベイのブリティッシュ・ホテルは、ブライトンのホテル・ブリテンとは似ても似つかなかった。ここボンベイのホテルは、快適さでは劣るのに、値段では勝っている。ベッド、机、椅子は自分でなんとかして集めてこなければならない。ブライトンでなら、ぼさぼさ髪で沼のような口臭を放つ酔っ払った若者が夜中に椅子によじ登って、モスリンのカーテンの上から隣人をのぞき見することなどない。もう何時間も眠りに近づけずにいたバートンは、蚊帳をめくると、ベッドの下で最初に手に触れたものを若者に投げつけた。投擲弾は若者の顔に命中した。若者は椅子から落ち、小さく罵り声を上げた。やがて蠟燭《ろうそく》がともり、叫び声が聞こえた。若者は投げつけられたのがなんだったかに気づいたのだ。それは、バートンが先刻ブーツで叩き殺したネズミだった。ひ弱そうな若者がさらなる悪態をつくことのないよう、かろうじて守っているのは、布の壁一枚だ。バートンは再びベッドの下に手を伸ばし、ブランディの瓶を引っ張り出した。トカゲは幸運の使者だが、ネズミは忌み嫌われている。何匹ものトカゲが、色鮮やかなミニチュアのように壁に貼りついていた。ネズミたちは姿を隠した。だがときには隠れようとしても無駄だ。

もう一方の側の隣人は、最初の任地としてインドに派遣されてきた新人看護兵だ。窓の下の張り出した桟《さん》に座って、外に広がる海を眺めている。やがて風が顔に吹きつけた。気をつけろ！　と寝室になっている大部屋じゅうに響き渡る声で看護兵は叫んだ。ヒンドゥー教徒のロースト臭が吹きつけてくるぞ！　その怒鳴り声は狭い階段を抜けて、宿泊客を大げさな追従でさばくうたた寝中のパールシーの額にぶつかる。目と通気孔を閉じろ。パールシーは目を開けて、不機嫌に首を振る。このいまいましいゴラどもは、追い風が吹いてなきゃこの光景に耐えられないときてる。

看護兵はバートンとともに死体が焼かれている場所へと行くのを拒んだ。そして、間違った好奇心を持つべきではない、と説いた。父親の説教で大きくなり、母親の世話から卒業したばかりの雛鳥だ。バートンは好奇心への賛歌を披露しようとしたが、すぐに自分のさまざまな体験——ひとつの場所に落ち着かない父の息子としてイタリアとフランスで過ごした子供時代、故郷とは思えない故郷での寄宿舎時代——がほとんど理解してもらえないことに気づいた。それでも看護兵は、なんとか説得に応じて、カルナク・ロードを越えることには同意してくれた。それは帝国の脳と内臓とを隔てる道なのだと、バートンは最初のディナーの席で聞いていた。ディナーを催したのは、国全体を支配下に置いている人間たちだった。イギリスの片田舎の小売店の息子たち、小役人の子孫たちは、ここインドでは異教徒たちに下にも置かない扱いを受け、どんな荒唐無稽な夢のなかでも思い描くことなどできなかった富と権力を手にしている。その妻たちは、支配的な偏見の地図を几帳面に作成している。彼女たちの話す言葉は、どれもが「お聞きなさい、若い人！」という額縁をはめられた警告板だ。詳細な測量の結果、インドではどのような言葉が適切かについて、彼女たちは確信を持っている。気候は「壊滅的」、使用人たちは「無能」、通りは「腐敗」している。そしてインドの女たちにはこれらの言葉すべてが当てはまる。だからインドの女には――よくお聞きなさい、若い人！――絶対に近づいてはならない。ただ、すでにいくつかの不品行は浸透してしまっている。まるで我が国の紳士たちには少しばかりの道徳や自制心を要求することさえできないかのようだ。一番いいのは――これ以上に率直で誠実な忠告はどこでも聞けませんよ――、一番いいのは、異国風のものには一切近づかないことです！

路地はまるで痛風病みだ。一歩進むごとに痛みが襲う。バートンは何度も脇へ飛びのかねばならなかった。荷物を担ぎ、引きずり、押している人たちが目についた。人の海のなかで目に見えるのは荷物だけだ。大きな塊が波打つ頭の上に浮かび、漂っている。ガラクタを売る数々の店。いくつもの同じような作業場。マットに座った商人たちが空気をあおいでいる。その背後には狭い入口があり、暗い穴倉へと続いている。肥満した腹のように弛緩し、けだるく、蠅にたかられた穴倉だ。こういった商人たちになにか売ってもらうためには、ほとんど哀願せねばならない。しぶしぶ承知した商人たちは、品揃えにあるなかで一番の粗悪品を勧め、その品の素晴らしさを口をきわめて褒め、品質は名誉にかけて保証すると言う。結局バートンが勧められた小ぶりの短剣や神の石像などを買うことを承知するまで。すると今度は値段をめぐる駆け引きがはじまる。新たなるため息や笑い顔とともに。

君はこいつらの方言をかなりよくしゃべるね、と看護兵がどこか非難がましく言った。バートンは笑って答えた。昨日のご婦人方なら戦慄しただろうな。きっと、言葉をともにすることは、ベッドをともにするのと同じだと思っていそうだ。黒い町。突然ふたりの日の前に、寺が、そしてモスクが現れた。さまざまな色の斑点ととなりあう単色の装飾。看護兵は、醜い顔が体の何倍も大きい奇形の女神に嫌悪感をあらわにした。この驚きを楽しみたまえ、なんといってもこれは町の守護神なんだよ。この町ではたくさんの言語が話されているが、女神自身は口がきけないんだ。ふたりはとある墓碑の前を通り過ぎた。刺繡をほどこした緑の布で覆われた死体の横の壁に、棍棒のようなものがぶら下がっていた。聖なるババの魔術の道具さ、と案内人のひとりが説明してくれた。アフリカのひょうたんだよ。伝染病にかかった人間たち、触ってはならない犬たち。物乞いたちのしなびた手足は、聖なる色に覆われている。道の片隣では一頭の奇形の牛が尻尾を振り回している。その短い五本目の脚はオレンジ色に塗られている。少し離れたところでは、手足のない人が、大モスクの裏口に続く小路の真ん中に毛布を敷いて横たわっている。周りには、天然痘による斑点が零れ落ちたかのように小銭が散らばっている。黒い肌の裸の男が、道の往来を止めていた。頭からつま先まで油を塗りたくり、額には赤いハンカチを巻きつけている。手には剣を持っている。大勢の人が、男のとめどない叫び声の周りに集まってきた。我に正しい道を示せ、と男は叫び、剣を宙に突き上げた。バートンの隣の初老の男が、祈禱を唱えるような単調な声でなにかつぶやいた。裸の男は剣を鞭のように振り、大衆はどんどん男に敵意を抱き始めた。いったいなんだよ、なんだっていうんだ、わけがわからない。看護兵がバートンの背中に隠れた。裸の男は剣を突き出したまま、ひゅうっと空を切る音とともに円を描いてぐるぐるとまわり、やがて足をもつれさせた。剣が手から落ちたと思うと、大衆のなかから数人の男が駆け寄って、裸の男を殴ったり蹴ったりしだした。首を突っ込まないでくれよ、と看護兵が哀願するように言った。君は体も大きいし、強いのかもしれないけど、あの野蛮人どもの相手にはならないぞ。でも殺してしまったらどうするんだ？　俺たちには関係ない！

モンスーン二回分なんだよ、ディック（バートンの名リチャードの愛称）、と、帰り道に看護兵が言った。それがここに来る新人の平均寿命なんだ。心配するな、とバートンは看護兵を慰めた。それはきっと、用心しすぎて便秘で死ぬやつらにしかあてはまらないさ。便秘？　と看護兵はつぶやいた。その用心はしてなかったな。

英国領インド

1　召使

こんな時間にこのラヒヤを訪れる者などいないだろう。この乾いた月には。寺ではまたもや神々に雨ごいをすることになるだろう。だがこの自分は、このうえガネーシャになにを期待できるというのだ？　本当はテントをたたんでもかまわないところだ。店をしまって、この埃から逃れても。だが、ねぐらまでは遠い。紙もペンも準備してある。客などやってこないだろうとはいえ。この時間、この乾いた月には。昼寝をするほどの心の余裕もない。ほかの代筆屋たち——あのジャッカルども——から目を離さないでいるのが、もはや習慣になっている。誰かが角を曲がってくるやいなや、カモにしようと奴らがやっきになるようす、客が座って、依頼を懇願の形で口にするまで、奴らがその不安な心に探りを入れるようすといったら。恥知らずな悪党どもに騙されたことに、客は決して気づかない。いまはまだ、悪党どももこの自分を尊重しているし、少し恐れてもいる。いったいなにを恐れることがあるのかわからないが、体よりも堅固なこの声が、やつらが近づいてくるのを妨げている。自分の強みには自信がある。品格ある外見、尊敬される名前、畏敬の念を呼び起こす年齢には。だが一日のこの時間、一年のこの季節は絶望的だ。地面は熱くなり、なにひとつ動かない。ラヒヤは足を伸ばす。熱が通りの上で溶けている。そして、先へ進むことを拒む一頭の牛のひづめに貼りつく。疲れきった牛飼いが、牛をさんざん殴りつける。道の終わりに向かって、一歩ずつ、一打ずつ進ませようと。通りの真ん中にいるあの男。客だろうか？　あっという間に皆から狙われている。背が高く、少し肩を丸めて立っている。うつむいてはまた顔を上げ、体を引っ張るいくつもの手のなすがままになっている。まるで根が生えたようにそこに立ち尽くしたままだ。と思ったら、唐突にまた顔を上げた。ジャッカルどものひとりが群れを離れ、ほかの者たちも続く。彼らは自分たちより背の高い男を置き去りにする。ほかの代筆屋たちがさかしげな指でこちらを指すのが見える。背の高い男が近づいてくる。顔には御しがたい誇りと、灰色の薄い口髭がある。ほかの代筆屋たちは、今回は指をくわえて見ているばかりなのがわかる。もちろん、彼らはなんでもなさそうにドウティを結びなおしたり、この世には自分たちの知らない秘密などないと言わんばかりの態度ではあるが。きっとこの男は、この自分、この年老いたラヒヤにしかかなえてやれない望みを持っているに違いない。

——大英帝国の役所への手紙はわしの専門だ。

——普通の手紙じゃないんで……

——東インド会社への手紙も同様。

——将校あてのも？

——もちろん。

——形式的な手紙じゃないんで。

——お望みどおりに書こう。だが、ある程度の形式は守らねばならんぞ。上層部は形式にうるさいのでね。構成上のちょっとした間違いや、呼びかけ方のちょっとした見逃しひとつで、もうその手紙にはなんの価値もなくなってしまう。

——たくさん説明が必要なんで。あたしは、ほかの誰にもできないような使命を……

——必要ならいくらでも詳しく書こう。

——あたしゃ何年もあの人のお傍《そば》に仕えたんだ。ここバローダでだけじゃない。あの人が転属命令を受けたときには、一緒に引っ越しもして……

——なるほど、なるほど。

——忠実に仕えたんだ。

——そうだろうとも。

——あたしがいなきゃ、あの人はなんにもできなかったはずだ。

——もちろん。

——それなのに、その報酬がなんだ？

——高貴な人っていうのは、人に感謝されない運命なのだな。

——あたしゃあの人の命を救ったんですよ！

——誰への手紙をご依頼なのか、聞かせてもらえるかな？

——誰にも。

——誰にも？ それは変わっている。

——誰か特定の人に宛てるんじゃないんですよ。

——なるほど。一通の手紙を何度も使いまわしたいと？

——違う。いや、やっぱりそうだ、うん。誰に手紙を出せばいいのかわからないんで。町のイギリス人はみんなあの人のことを知っていた。でももうずっと前のことだ。もしかしたら時間がたちすぎたかもしれないんで。でも、確かじゃあないが、きっとまだ何人かはバローダに残っているはずだ。今朝初めて、ホイッスラー中尉を見かけたんですよ。馬車で通り過ぎていったんですよ、革でできた半屋根のあるあの新しい型の馬車で。きれいな馬車ですねえ。あたしは危うく轢かれそうになったんで。ホイッスラー中尉だってことはすぐにわかりました。何度かうちに来たことがありましたしね。あたしが走って追いかけたんで、馬車はそのうち止まらないわけにはいかなくなってね。で、御者に尋ねたんですよ。

――それで？

――違うって、御者は言いましてね。これはホイッスラー大佐の馬車だって。見間違いじゃなかったんで。ご主人はいつも、あの人の名前をからかっていたものでしたよ。

――じゃあ、手紙はそのホイッスラー大佐宛てに書くとしよう！

　準備ができていると示すために、ラヒヤはインク壺を開け、羽根ペンを手に取って、インクに浸し、軽く試し書きをして、前のめりになって数行書いたところで動きを止める。やってきた男のせいで巻き起こった埃は、再び地面に沈んでいる。もうちらりとも見たくない痛いほどの光の向こうから、ためらいがちな声が語り始める。暗示が気配になり、気配が人影になり、誰とも知れぬ人々が名前と性格と顔を持つ人間になっていく。ラヒヤは羽根ペンをしっかりと握ってはいるが、この男が語って聞かせる人生の物語の結末も理由も理解できない。こんな輪郭のぼやけた話を紙に書きつけても意味をなさない。

――ちょっと待った。これではいかん。まずはいくつか考えやメモやスケッチを書き留めよう。それから、手紙をどう書くべきか、こちらから提案させてもらおう。

――でも……最初に知っておきたいんですが、いくらかかるんですかね？

――まず二ルピー前払いをお願いしよう、ナウカラム＝バイ。そのあとは、どれほどの手間がかかるかによるな。

2　一音節から

　ぽんぽんに膨らんだ町は、ときにげっぷをする。なにもかもが、胃液に分解されたかのように臭う。道端には半分消化済みの眠りが横たわっていて、まもなく溶けて流れ出しそうだ。スプーンが熟れすぎたパパイヤの実を割り、市場から帰る道のりで、靴底がコリアンダーの匂いの汗をかく。引き潮のときには海草と打ち上げられたくらげの腐敗臭を運んでくる海風と、ヤギの内臓を使って小さなオーブンで調理されるイスラム教徒の朝食の匂いと、自分がどちらにより嫌悪感を抱くのか、バートンにはわからなかった。人間の行く道は、危険な誘惑に満ち満ちている。

――サー、お邪魔するのはあたしの望むところじゃないんですが、あなた様のような立派な紳士は、いや、それはもう一目見ればわかりますよ、だからどうか……どうか、あたしのことを単純な教育のない人間だなんて思わないでくださいよ、あなた様のようなお方を騙すなんて無理な話ですからね、いやいや、お時間を取らせるつもりはないんでさ。いやもうほんとに、ちょっと耳を貸してやりたいな、と思ってくだされば、あたしゃお力になれると思うんですがね。

　バートンは通りを歩いていた。左右の家々を注意深い目で観察しながら、ぶらぶら歩く男。頭をまっすぐ上げ、たっぷりとした髭をたくわえた若いイギリス人士官の姿は目立つ。

――ちょうどお着きになったばかりでしょう。大変なときだ。どこだってそうですよ、着いたばかりのときはね、誰も傍にいてくれないし、本当に大変……

――アープカ・シュブー・ナーム・キヤー・ヘー？　と士官バートンは尋ねた。

――アレ・バグワーン、アープ・ヒンディ・ボルテ・ヘー？　あたしゃナウカラムっていいます。お役に立ちます、サーヒブ、お役に立ちますよ。

到着後一週間がたち、この町は士官や白人と見れば思う存分乳を搾れる神聖ならざる牛だと考えるいかがわしいインド人だらけであることを、バートンは知っていた。彼らはお辞儀をしながら、すでに相手の懐《ふところ》に手を突っ込んでいる。

――どんな役に立ってくれるというんだ？

――こちらの言葉をあっという間に学ばれましたね、バフート・アチ・タラー。つい最近お着きになったばかりでしょう。このあいだ、イギリスからの一番最近着いた船でいらっしゃった。

――よく知ってるな。

――ただの偶然ですよ、サーヒブ、兄もいとこも港で働いてるんで、だからですよ。

この老成した顔の若い男は、いったいなにを望んでいるのだろう？　見ているこちらが恥ずかしくなるような服を着ている。背は高く、少し前かがみだ。驚くほど青白い顔は人懐っこいが、あまり魅力的とはいえない。

――召使を見つけるのは、早いほどいいですよ。

――それが君になんの関係がある？

――なにを隠そうこのあたし、ラムジ・ナウカラムが、召使になってさしあげます。

――どうして私が召使を探していると思う？

――もう召使がいるんで？

――いや。まだ召使はいないが。馬だってまだだ。

——サーヒブは誰でも召使が必要ですよ。

——でもどうして君なんだ？　どうして私が君を雇わねばならない？

ふたりは十字路で立ち止まった。そこではさらなる売込みがバートンを虎視眈々と狙っている。午後までには、と、今朝早くにホテルを出たとき、バートンは決意したのだった。午後までには、断ることを学ぼう、非情であることを学ぼう、と。あらゆる誘惑を振り払いたかった。自分はそれらに対抗できるという証《あかし》に。そうすればその後に妥協することもできる。

——私は最高の召使にしか満足しないが。

——あのですね、サーヒブ、最高ってなんです？　この世には男と女がいます。でもね、次の角を曲がったらもっといい女、もっときれいでもっと金持ちの女が待っているかもしれないと思って、すぐ目の前の女を取らない男は、最後には女なしで終わるんでして。今日手を打つほうが、明日に期待するよりいいんです。今日は確実だ——でも明日なにがあるかは、誰にもわかりゃしません。

翌々日、バートンはあることを思いついた。

——夜の町を見てみたい。

——クラブへお出かけで？　サーヒブ。

——本物の町だ。

——本物ってどういう意味です？

——地元の人たちが楽しむ場所へ連れていってくれ。

——そこでなにをなさるおつもりで？　サーヒブ。

——常連客たちがしにくることと、まったく同じことを。彼らがそれで時間をつぶすなら、私もつぶせるはずだ。

　今度は看護兵は連れていかないことにした。あの男では行きの道のりでもう神経が参ってしまうだろう。明かりはまったくない。すれ違う生き物はみな、己自身の埃のヴェールに包まれている。道はどんどん狭くなり、分かれ道の数はあまりに多く、ひとりでは迷ってしまったことだろう。とある場所から先は、徒歩で進むしかなかった。バートンは予期せぬ緊張を感じた。そして、ナイフが皮膚を切り裂く前に、敵の足音が聞こえるだろうかと自問した。そう考えると興奮してきた。今夜は自分好みの始まり方だ。ふたりの前に、家々の立ち並ぶ小路が光を放っていた。近づいていくと、それぞれの建物が見分けられた。すべて三階建てで、どの階にもバルコニーがついている。バルコニーには女たちがいて、手すりから身を乗り出し、バートンに呼びかけてくる。ハマラ・ガル・アナ、アチャ・ディン・ヘー。バートンに一階へと足を踏み入れてみたいという気を起こさせるには、それらの声はあまりにうるさく、あまりにぎらついている。入り口は店のように開いていて、そこではきっと年かさの女が次なる手はずを整えてくれるのだろう。女たちは、自身の大声をも凌駕するどぎつい化粧を顔にほどこしている。二階のそれ以外の場所はすべて、うねるサリーに覆いつくされている。あまりいいところじゃないでしょう、サーヒブ、ね？　多くの者がここへ来るのか？　あまり金のない人間はここへ来ますよ、でもここはいい場所じゃない。これからもっといい場所をお見せしますよ、サーヒブ。ふたりはとある建物の前を通りかかった。ナウカラムによれば、そこは阿片窟《あへん》だということだった。私の雇い主にとっては金《きん》というわけだ、とバートンは思った。正確に言えば、あらゆる銀貨の源泉ということか。つまりこれは、イギリスの将校として私が守らねばならない煙だ。バートンは阿片窟へ入ってみたいという誘惑に駆られた。だが、入り口に立っている男たちに戸惑った。皆、蠟人形のように硬直しているのだ。動けないんでさ、とナウカラムが言った。阿片の吸いすぎでね。

ナウカラムがバートンに勧める場所までは、それほど遠くなかった。そこにもやはり多層階の建物が立ち並び、どの階にもバルコニーがついていたが、手すりには娼婦ではなく、新鮮な花々が巻きついていた。さあ、中に入るぞ。だめです、サーヒブ、ひとりでお行きください、あたしは外で待ってます。馬鹿を言え、一緒に来るんだ、忘れるな、お前はまだ試用期間なんだぞ！　痩せた男がふたりを出迎えた。そのあまりにへりくだった態度のせいで、男はお辞儀をしたのだとバートンは思い込みそうになったが、実際はずっとまっすぐにふたりに向かい合っていたのだった。男はどれほどふたりを歓迎しているかを言葉をつくして語りながら、同時にナウカラムの着古したクルタに意地の悪い視線を投げた。私の同伴者には礼儀正しく接したまえ、とバートンは命じた。そして、この家の敷居をまたぐのに、ナウカラムが己自身と闘っている気配を感じた。ふたりは出迎えた男に続いて、豪奢な部屋に足を踏み入れた。そこは外よりも明らかに涼しかった。床には分厚い絨毯が敷かれており、一方の端にはちょうど休憩中の楽団がいた。すべてを覆うように、甘い香りが漂っていた。ふたりはクッションが置かれた片隅に腰を下ろした。痩せた男が引き下がるやいなや、ひとりの女が冷たい飲み物と菓子を振る舞った。バートンの目についたのは、美しいへそと、腰まで届く編んだ髪だった。この女たちは詩が作れるんでさ、とナウカラムがバートンにささやきかけた。そういう女はきれいな服を着てるんです、そうじゃない女は着てません。華奢な女が滑るように近寄ってきた。バートンは、この女の外見が持つ魔力に身を委ねる心の準備をした。ところがそのとき、女がナウカラムにいくつかの質問を投げかけた。まるでダーツを投げるかのように、迅速に、簡潔に。同時にバートンのことを、市場で板に載せられた魚かなにかのように観察しながら。それから女はバートンの隣に腰を下ろして、微笑みかけた。緑の瞳で、あいまいな期待を持たせて。まるでゆっくりと開いていく真珠貝のようだった。バートンは女の無作法な問いも、恥知らずな検分も許した。

――この人が言ってたけど、あなた、私たちの言葉ができるんですって？

――ゆっくりわかりやすくしゃべってくれて、一語ごとに微笑んでくれる場合だけだ。

――あなたのために歌を歌いましょうか？

――歌の意味を教えてくれるなら。

女は楽師たちにうなずきかけると、立ち上がり、まっすぐにバートンの目を覗き込んだまま、数歩下がった。そして奏でられはじめたメロディのなかに滑り込むように体を揺らした。ゆっくりと、徐々に勢いを増していくブランコのように。やがて女は手を叩き、歌いだした。

一生のあいだ善をもたらす者は
滴《しずく》に生まれ変わるでしょう
私の唇の上の露に
一生のあいだ高潔な者は
牡蠣の口にやすらうでしょう
やわらかく私の口に載せられて
でも一番の幸せ者は
白い真珠になれる者
私の胸の谷間に置かれた真珠に

歌うあいだじゅうずっと、女はバートンの傍から離れなかった。唇を震わせ、緑の瞳を、まるでそれが警戒せねばならない危険なものであるかのように、なかば閉じて。女のピルエットは、バートンの目の前で止まった。女のへそに口づけもできそうなほど近くに。女は体をのけぞらせ、頭を背中にそらしたまま、動きを止めた。スカートの皺のひとつひとつが、余韻にまだ震えていた。金糸で織った生地の下の胸も。女の両手に、いつの間にかふたつの小さな器が握られていた。女はそれを打ち鳴らしながら、さらに踊り続けた。歌が響き終わったとき、バートンは女よりも自分のほうが疲れたような気がしていた。女は動きを止めたまま、期待ではちきれそうな顔を向けた。

——金をやるんですよ。

——彼女を侮辱したくはない。

——いやいや、違います、サーヒブ、なにもやらないほうが侮辱になるんでさ。

バートンは指に紙幣を挟んで手を伸ばした。女の目に宿ったからかうような光は、見逃しようがなかった。女は、まるでバートンの指を起こしたくないとでもいうように、そっと紙幣を受け取った。それからくるりと向きを変えると、カーテンの奥に姿を消した。

——なんだか笑われたような気がしたんだが。

——いいえ、サーヒブ。ただ、金のやり方が間違ってるんでさ。

——少なすぎたか？

——いいえ。金額はじゅうぶんでした。でも、紙幣で遊ばなきゃいけないんですよ、ほら、こんなふうに……

——それじゃあまるっきり馬鹿みたいじゃないか。道化を演じるつもりはないぞ。

ふたりの上に漂っている甘い香りは、水キセルからのものだった。香草と未精製の砂糖、それにさまざまな香料を混ぜたペルシア煙草が純水で濾過されるのだと、女たちのひとりが説明してくれた。試してごらんなさいよ、きっとおいしいわよ。女は服のどこかについた目に見えないポケットから木製の吸い口を取り出し、自分も吸い始めた。

　女たちがどれほどのあいだ自分のために踊り、歌ってくれたのか、バートンにはわからなかった。どんどん激しくなり、己自身を凌駕していく歌たち、それに互いが互いに重なり合うリズム、どくどくと脈打つ緊迫したリズム、なにひとつ隠し立てしない歌詞、それからミルクの効果——とはいえナウカラムいわく、それはミルクではなく、ソーマというもので、魂のための飲み物、奇跡の飲み物として祈りと出産に効くのだという——、きらきら、ぎらぎらと輝く装飾品、足や腕に巻かれた鎖、むき出しの腰、腹の軽い膨らみ、楽園のようなへそのくぼみ、それに無から突然現れて人を圧倒する微笑み、繰り返し手を入れて揺らされるほどけた髪。女たちのひとりを自分の意志で選んだのかどうか、後から思い返してみてもわからなかった。女はバートンの手を取った。二階にある部屋、背の高いベッド。女はバートンの服を脱がせ、体を洗った。温かいお湯で優しく。そして一輪の花をバートンの顔に近づけた。この香りを覚えておいて。この香りをかぐたびに、幸せな記憶が呼び起こされることになるのよ。そう、花。すべてが花の香りだった。ドアも門も、先祖の肖像画も、梁《はり》も、枕も、それに女の髪も。女は衣を取り去っていった。雲のような服を一枚、また一枚。バートンは銃身のように硬くなった。女がバートンの耳たぶを軽く噛み、なにやらささやいた。その言葉をバートンが理解したのは、女がバートンの首筋を舌でちろちろとなめながら、もう一方の耳たぶに到達したときだった。ラト・キ・ラニ、と女は言った。簡単に理解できる。夜の女王という意味だ。だがなにを言いたいのだろう？　彼女の名前だろうか、娼婦としての称号だろうか？　女はバートンの体を探っていった。快かったが、驚きはなかった。ところがやがて女は、バートンの体をおののかせ始めた。バートンの硬さは女の口に合うようだった。女は硬さを自在に操った。それはいつまでも終わらなかった。女が乳房をバートンの顔に滑らせたときでさえ。女の体が落ちてきて、バートンとともに深みへと落下し、バートンがこれまで我慢していた叫び声を自分に許したときでさえ。女が腰を高く持ち上げた。バートンは女の手に再び花が握られているのを見た。その手が女の腰の下に隠れると、バートンはもはや自分を抑えられず、最後の大声とともに女を突き、溺れた。花は潰れてしまったようで、最後の一滴まで搾り取られて女の傍《かたわら》に横たわったとき、バートンは柔らかな香りに絡めとられた。夜の女王の香り。

まだ何時間でも背の高いベッドのなかにいたかったが、香りがしおれると、隣に横たわる裸の体が苛立ちはじめるのが感じられた。私の時間は終わったんだ、とバートンは思った。そして、違う、と訂正した。私の時間はちょうど始まったところだ。それも、なんという始まりだろう、と。初めての魔法にかけられた家をナウカラムとともに去りながらバートンは思った。辻馬車を待たせておいた場所までは、少し歩かねばならない。

――次はどこへ行く？

――あなた様のホテルへ、サーヒブ。

――まずはお前を家まで送ろう。

――いいえ、サーヒブ、その必要はありません、大丈夫です。

――まさかこれから町の半分を徒歩で突っ切って帰るつもりじゃあるまい。

――それほど遠くありませんよ、サーヒブ、ここからなら三十分です。

――お前がどうしてもそうしたいなら。じゃあ、おやすみ。

ナウカラムは馬車を降りた。暗闇のなかに姿を隠したとき、再び名前を呼ぶ声が聞こえた。

――テストは合格だ、ナウカラム。お前を雇おう。だが、一緒に北へ引っ越す心の準備をしておくんだぞ。ここから四百マイルほどの、バローダという名前の町だ。そこに転属になると、昨日聞かされた。向こうに行けば、召使が必要になるだろう。

答えは暗闇から返ってきた。

——全部もう書き記してあるんですよ、サーヒブ。なにもかも、運命の計画どおりなんです。バローダがどこかは知ってます。きちんと知ってますよ、なにしろあたしゃバローダの生まれなんで。なにもかもぴったりですよ、サーヒブ、あなた様とご一緒に、あたしはふるさとへ帰るんです。

3　ナウカラム

オーム・エカークシャラーヤ・ナマハ。サルヴァヴィニョパシャンタイェ・ナマハ。オーム・ガネーシャヤ・ナマハ。

――準備はいいぞ。

――ご主人のリチャード・フランシス・バートン大尉とは、ボンベイで知り合いました。あたしのことを推薦してくれる人がいたんで。ご主人はちょうどイギリスからいらしたばかりで、信頼のおける召使を探してたんです。あたしはすぐに雇われました。

――だめだめ！　そんなんじゃだめだ。あんたのことなら誰でも知ってるといわんばかりに、いきなりべらべら話し始めるなんて、あんたはサヤジ・ラオ二世かなんかか？　まずは自己紹介をしなきゃならんだろう。出身、家族。受け取る相手に、誰からの手紙なのかわかってもらわねば。

――あたしのことって、なにを話せばいいんです？

――わしがあんたの人生を知ってるとでも言うのかね？　あんたのことならなんでもお見通しだとでも？　なんでも好きなように話しなさい。余計な部分はあとからこっちで削るから。

――自分のことを話すんで？

――早く始めろ！

――しかたないですね。生まれはバローダです、お城です。お城のだめなほうの側で。子供のときは病弱で、周りに心配をかけました。最初に言っておくべきかもしれないのは、あたしが父親と母親と兄弟たちのところで育ったんじゃないってことです。家族と知り合ったのはずっと後になってからです。もっと正確に言うと、両親のことはろくに知らないんで。あたしが子供のころに、たった一回会いにきたことがあるだけでね。まあ、そんなに大事なことじゃないかもしれませんけど。あたしの家族は、何世代にもわたってガーイクワード家に仕えてきたんでさ。ガーイクワード家の誰かがシヴァージーの右腕だったころからですよ。先祖のひとりがシヴァージーの側で戦ったんです、大きな戦《いくさ》でね、いや、それは関係ないんですが、きっとうちの家族に伝わるおとぎ話に違いないですしね。誇りにできる美しい話ってわけで。あたしはたぶん、一番末の息子だったと思います。母親はあたしを身ごもる前に、父親にもう息子を六人産んでやってました。みんな健康で、たくましい息子たちで。父親は長男が生まれたときには大喜びで、次男のことは誇りに思い、三男には満足で、その後はどの息子も当たり前みたいに受け取りました。でも、神の恵みに当たり前なんてありませんよ。少なくともあたしはそう思いますね。自分が受けた恵みは自覚しなきゃね。母親に陣痛が来たとき、父親はお城のジョティシュを訪ねました。どうやらこらえ性のない男だったらしくて、その日がいい星のもとにあるのかどうか聞くのが待ちきれなかったんです。それが間違いでした。父親は悪いほうに驚かされちまってね。星まわり、七の数、九の数、日付、それに父の年齢、それから母の年齢、それに……

――もうわかった。くだらないおしゃべりはよしてくれ。

――くだらない？　信じてくれないんで？　マハラジャのジョティシュの占いなんですよ。

――わしはサティヤ・ショダク・サマジに属しててね。あんたにその意味がわかればだが。そういう原始的な迷信からは抜け出したんだ。

――でもその組み合わせがね、本当に危険だったんですよ。旱魃と洪水がいっぺんにやってくるみたいな。あまりに多くの幸運はその逆に転じる可能性があるって、ジョティシュは言ったんです。新生児の健康は脅威にさらされていて、家族の未来は悪い星のもとにあるって。父親はそれは心配してね。悪い運命を避けるためになにができるかって訊いたんです。救われる方法はひとつしかないって、ジョティシュは言いました。あなたの妻――つまりあたしの母親です――が娘を産むことだ、そうすればすべて丸く収まるだろうって。ジョティシュはあたしの父親に、栴檀《せんだん》の油の小瓶を持たせて帰しました。産婆が母親のお腹にそれを塗るときに、父親が唱えるべき文句も教えて。塗りかたは時計回りで、一時間に一回……

――もういい。我々は魔術の教科書を書いてるわけじゃないんだ。

――あたしの誕生が近づいてくると、両親の部屋の前には、仕事の手がちょうど空いてるマハラジャの使用人たちが全員集まって、みんなが女の子が生まれるようにって必死で祈ったんです。陣痛は続いて、祈りは激しくなっていきました。誰かがプジャーリーを呼んできて、別の誰かが金を集めて、ココナツと花飾りを用意しました。神官が本当に女児誕生のための祈りを知ってたのか、それともその場で適当にでっち上げたのかはわかりませんけどね。

――即興芸術家だな。

――え？

――いや、なんでもない。気にするな。

――真夜中に扉が開きました。プジャーリーはもうとっくに帰ったあとでした。父親と一緒に残っていたのは数人の友人たちだけで。産婆が出てきました。腕には生まれたばかりの赤ん坊を抱いて。きれいな子です、と産婆はうれしそうに言いました。健康で元気な子です。健康だと、健康ってつまりどういうことだ？　と父親が怒鳴りました。女の子なのか？　産婆はどうやら疲れのあまり、みんなが大騒ぎしている理由をすっかり忘れてしまったようで、こう答えました。いえ、クリシュナさまのお恵みのおかげで、男の子ですよ。父親は額を叩いて大声で叫びました。あんまり声が大きいもんだから、警備兵が駆けつけてきたくらいで。友人たちが父親を取り囲んで、なんとか慰めようとしました。あたしを抱いて部屋に戻り、母の横に寝かせる産婆には、誰も見向きもしませんでした。あまりの大騒ぎで、みんな、あたしの舌に濡れた木綿を乗せるのも忘れちまったんですよ。

――わかった、あんたがついに生まれたところで、どうしてそこまで一部始終わしに話したのか、教えてもらえるかな？　まさか、あんたが本当は女の子に生まれるべきだったことを、ホイッスラー大佐が知りたがると思ってるわけじゃあるまい？

――つい思い出が押し寄せてきて。

――あんたのためになることを書かなきゃならんのだぞ。あんたの召使としての豊富な経験を説明し、長所を描写して、成果を書き出し、能力を宣伝しなきゃならんのだ。あんたにつきまとう不幸な星まわりになんて、誰も興味はないんだよ。そういうことは女房とでも分かち合え。

――女房はいません。

――いない？　やもめか？

――いえ、結婚したことがないんで。恋をしたことはあります。一度。でもいい結果にはなりませんでした。

――ほら見ろ、そういうのが大事なんだよ。あんたは常に召使だった。忠実で、結婚する時間さえないくらいの。

――それが理由じゃないんで。

──そんなことが問題かね？　どんな理由でなにかをしたのか、しなかったのか、ちゃんと自分でわかっているものかね？　そんなことが誰にはっきりわかる！　先を続けろ。

──父親は、ヴィダーターがあたしの運命を書き記すまで待つつもりはありませんでした。布と菓子を節約しようと思ったんですね。あたしをすぐにスーラトの親戚のところへ連れていきました。そして親戚に、あたしが生まれた朝にディワンが同情からくれた金細工品をやったんです。父親があんまり打ちひしがれているものだから、ディワンは娘が生まれたと思ったみたいで。この持参金──と言っていいのかどうか──を受け取ると、親戚はあたしの面倒を見ることを承知しました。そしてジョティシュは父親に、あたしがうんと遠くに暮らしている限り、不幸はやってこないだろうと請け合ったんです。

──そのあきれた話はようやくおしまいか？　あんたはこの暑さにも増してわしの忍耐力をぼろぼろにするよ。ここらでちょっと休憩しよう。この仕事は思ったよりも難しそうだ。それにかなり手間もかかる！　数日は必要だろうな。

──数日？　そんなに？

──この手紙は慌てて書き殴っちゃならん。必要以上に話を聞かせてくれるのもあながち間違いではないぞ。取捨選択はこちらに任せなさい。ただ、残念ながら二ルピーでは足らないな。もう少しかかることになるぞ。

4　与えられた好意

　割り当てられた木の家にはもう何ヵ月も人が住んでいないことを、誰も前もってバートンには教えてくれなかった――インドでは、空き家はたちまち自然によって破壊される。外から見ただけでは、崩壊していることは――割れた窓を別にすれば――わからなかった。ナウカラムとバートンは、ぎしぎしときしむドアを引っ張り、そのとたんに後悔の念に襲われた。猿の糞のすさまじい悪臭が充満していたのだ。バートンは、まずナウカラムが手伝いを集めてきて、家を掃除し終わるまで、なかに入らないことに決めた。そのあいだドアの前に立って、ジャングルを眺めていた。バートンに割り当てられたのは、居住区――町から東南東に三マイルも離れていないところにある連隊の居住区域――の端にあるバンガローだった。手付かずの自然は、庭先まで迫っている。むしろそのほうがいい。この立地なら、同僚たちから距離を置けるだろう。ナウカラムが、バートンが座れるようにと、籐椅子の埃をふき取り、ヴェランダへ引っ張ってきた。ヴェランダからは寒々とした庭が見える。特に広くもなければ、特に緑に溢れてもいないその庭は、石壁に囲まれており、せめてもの救いは一本のガジュマルと、ぽつぽつと生えているヤシの木だった。二本のヤシの木のあいだにハンモックを吊るすといいかもしれない。くぼ地にある地元民の居住区でここから目に見えるのは、背の高いものだけだ。塔とミナレット。残りはごた混ぜのシチューで、それも非常に体に悪い――午前中に連隊の士官食堂で、古株の（なんとぴったりな言葉だろう）同僚たちが、そうこっそり教えてくれた。我らが大通りをまっすぐ行くと、直接あのごった煮にたどり着くんだ、と彼らはバートンに説明した。幸運なことに、その前に右に曲がる道があって、閲兵場に続いているから、馬で丘を下っていく必要はないわけだ。この高い場所は守り通さなければ。むろん、もののたとえだがな、わかるだろう。バートンは共謀者めいた笑いには加わらなかった。なるべく朝早くに馬で出かけるんだ、暑さに追いつかれないように。これは心に留めておけよ。それから、町とは逆方向に進むんだ。ジャングルのほうが、町よりもずっと危険が少ないからね。我々の生活は、この居住区のなかで展開するんだよ。朝早く起きて、早くに仕事を終える。宮殿の主は実におりこうさんだ。我々に抵抗しようなんて野心は決して抱いていない。むしろ逆だ。逆だよ。朝には点呼、それから馬でのパトロール、それでもう朝食に値するだけの仕事は済ませたわけだ。ビリヤードはするだろう？　少なくともブリッジくらいは？　我々が君を素晴らしいプレイヤーにしてみせるよ！　その言葉に、皆が——士官たちは、おそらく連帯意識を強めるためだろうが、バートンをぐるりと取り囲んでいた——どっと笑った。彼らのむっとした顔を見て、バートンは自分もその笑いに連なることを期待されていたのだと悟った。バートンは士官たちを失望させたのだ。気を落とすな、同僚よ、と士官たちに言ってやりたかった。これが最後じゃないだろうから。

窓が勢いよく開けられる音が聞こえた。バートンは立ち上がり、格子越しに新しい我が家のなかを覗いた。広さはじゅうぶんだ。床板はなく、天井にも板は張られていない。壁は巡礼者の禿頭のように殺風景だ。屋根の骨組みがむき出しなのは見慣れない眺めだったが、悪くはない。梁には太い紐が巻きついている。おそらくそこから、すぐに重い天井扇が吊るされることになるのだろう。

——ナウカラム、あそこの隅の小さな家だが、誰も住んでいないようだ。この牛小屋みたいな家よりもさらに住み心地が悪そうだが、あれは納屋なのか？

――ブブカンナです、サーヒブ。

――それがどういう意味か、説明も欲しいな。

――女が住む家です。

――お前の妻か？

――いいえ。あたしの妻じゃありません。

――はは、私の妻でもないぞ。

――いいえ、もしかしたら、サーヒブ、もしかしたらあなた様の妻かもしれませんよ。


まるで地球を半周してきたのが嘘のように、周囲のすべてが故郷を思い出させた。士官食堂の部屋で、分厚い板張りの壁に囲まれ、ウィルトンから輸入された円形模様のついたサファイアブルーのオリエンタル絨毯の上に立っていると。絨毯はすでにところどころ波打っている。「クラブ」での最初の晩。いわばデビューの場だ。周囲に調子を合わせる必要はなかった。少しも。ただ嫌悪感を克服しさえすればよかった。オックスフォードやロンドンとまったく同じだった。いつもどおり、またしても。すべてなじみのものばかり。絵も、額縁も。油彩で描かれた馬の一頭一頭も、子供たちで彩られたガーデンパーティーも。クリスマスケーキのように消化に悪い。すべてなじみのものばかり。背の低いテーブル、深い椅子、バー、酒瓶、口髭までも。それが嫌で逃げ出してきたものがすべて、襲いかかってくる。

――扇なしでは、一番暑い季節には参ってしまうよ。絶対にケラッシーがひとり必要だ。

――何人かいてもいいな。

――扇であおぐために？

――もちろん。それから、ケラッシーには定期的に、あのいまいましい扇がぶら下がっている吊り紐を点検させるんだ。経年劣化で紐は切れるからな。

――そんな細かいことを言っても、お若い人を混乱させるだけだよ。いいかい、緯度が低いこの国では、仕事から逃れるためにせっせと言い訳をひねり出すずるがしこい怠け者ばかりだからね。

――穢れを持ち出す言い訳は特によくできているな。

――あれは洒落にならないな。

――見抜けない者は、いいようにあしらわれるというわけだ。

――いいかい、これはひとつの例にすぎないがね、君が新聞を読んでいるあいだに足を洗わせたいと思ったとしよう。大きな美しいチルムチで。

――我々はチ・チと呼んでいるがね。

――我が国の人間はそんなこと思いつきもしない、でもね、君の足を洗う男は、この国のほかの人間たちのあいだでは穢れていると見なされるんだ。なぜなら足っていうのは穢れていて、君はキリスト教徒で、つまりおのずから穢れてるってことになるからさ。

――とても信じられない話だろう、え？

――つまりその男は、君の家でほかの召使たちと接触する仕事はできないことになるんだ。高いカーストに生まれた者は、チ・チに触れようとさえしないだろう。つまり、そういう簡単な仕事にさえ、水を注ぎ足す者、君の足を拭く者が、それぞれ別々に必要なんだよ。それだけじゃない。便所の掃除をする少年がどれほど穢れていると見なされるか。その子はもうほかの仕事は一切できないときてる。

――そういう言い訳は一歩歩くごとに聞かされるよ。おまけに、五年や十年たっても聞ききれないほどたくさんあるのは間違いないね。

士官たちは注意深くバートンを見つめた。ほとんど例外なく独身の男たちで、情熱的に夢中で教えを垂れながら、バートンを値踏みしていた。ブリッジの四人目のプレイヤー、ビリヤードプレイヤー、悪い冗談の擁護者としてのバートンの適性を。仲間としての適性を。

――非常に重要なのは、怠け者どもを監督する人間だよ。

――独身の我々には難しい話さ。ま、それは君に言うまでもないけど。

――とにかく、あいつらはまったくの役立たずだという事実を受け入れるしかないんだ。それを受け入れてしまえば、もう失望することもない。教育だなどと。あいつらのなかのひとりでも、教育でよりよい人間になったのを見たことがあるかい？　鞭もせいぜい盗みを食い止める効果しかない。

――僕の意見を言わせてもらえば、特に重要視するのはシルカーだな。

――シルカー？　なぜそんな者が必要なんだ？

――シルカーには信頼が置けなきゃならない。疑ってはだめだ。これっぽっちも。君の財布を持つ人間だからね。

――シルカー？　この時代に？　なんてことだ、統一通貨の時代なんだぞ。ルピー銀貨のおかげで。我らが親愛なるドクター・ハンティントンはいまだに、あれこれいろいろな硬貨と格闘しなければならないせいで、そのための特別な使用人を必要とした時代に生きているらしいな。

――だって自分で金を持ち歩くわけにはいかないだろう。公共の場で金を数えろっていうのかい？それに、その後どこで手を洗ったらいいんだ？

――我らがグリフィンに敬意を表して、酒をもう一瓶注文しようじゃないか。

――君に言っておくがね、バートン。君の家の秩序は、使用人たちにたまに規律ってものを見せてやる人間がいてはじめて保たれるんだ。まさか自分で使用人たちを殴りたいとは思わないだろう？　それじゃあ手間がかかりすぎるし、この暑さでは健康を損ねかねないからな。だから、ほかの使用人を監督する使用人をひとり雇いたまえ。

──そういう役の使用人には名前がないんですか？

一瞬、沈黙が訪れた。バートンは、この頭の固い預言者どものいやらしい笑い顔を見ていることに耐えられなかった。バートンは彼らによって間違った方向へと導かれる巡礼者だった。耐え難いものたちは、別の鉢に植え替えられただけだったのだ。それはここで、この食堂で、この温室でしか生き延びられないものたちだ。だからこそ、それを軽蔑するのもきっとたやすいはずだ。

──遠慮しないで一緒に笑いたまえ、バートン、やってみたいことはなんでも試してみるんだ、思い切って楽しめ。ただ、ひとつだけ絶対に怠ってはならんことがあるぞ。毎日ポートワインを飲むんだ！　一瓶飲めば、熱病にかからずにすむからな！

5　ナウカラム

オーム・シッディヴィナーヤカーヤ・ナマハ。サルヴァヴィニョパシャンタイェ・ナマハ。オーム・ガネーシャヤ・ナマハ。

——続けて。

——ご主人のリチャード・フランシス・バートン大尉は、船でボンベイに着いてからしばらくして、バローダに転属になりました。あたしは、ご主人がボンベイで過ごした数週間のあいだにもうずいぶんお役に立って……

——なくてはならない存在だった、と言ったほうがいいな。

——なくてはならない存在。もうなくてはならない存在だったので、ご主人はあたしをお連れになりました。それであたしは、初めて生まれた町に戻ったんです。

——そこで王のように迎えられたってわけか。

——誰もあたしを知りませんでした。あたしは、なんにもないところからいきなり現れたようなもんだったんです。いい服は着てましたよ。バートン・サーヒブがボンベイで、新しいクルタを買えって、お金をくださったんで。あたしはみんなに求められる男でした。ジャン・カンパニ・バハードゥルの将校のために召使を探して……

――尊敬すべき東インド会社と言わねばいかん。な、わしがどれほど気をつけていなければならんか、わかるだろう。こういう間違いが手紙に混じってしまったら、あんたはいいとこ仮設便所の掃除夫の口しか見つけられんぞ。

――親戚たちは、あたしと再会するやいなや、もう放そうとしませんでした。両親はもう亡くなっていました。でもほかはみんな、あたしが自慢でしょうがなかったんですよ。二日目から、あたしに嫁を見つけようとがんばりはじめました。あたしは、昔この人たちがあたしをあの忌まわしいスーラトに捨てたことを、考えないようにしようと努力しました。

――あんたはわしを泣かせたいのかね？

――みんな、仕事をもらいたがりました。まずはもちろん兄たちです。兄たちはあたしの存在を知った驚きからすぐに立ち直りました。言っておかなきゃならないのは、あたしの両親が兄たちに、あたしは生まれてすぐに死んだと説明していたことです。兄たちはあたしに取り入ろうとしました。いったい何年会えずにいたことか、弟よってあたしに言いました。会えなかった月日を取り戻さなきゃならない、俺たちはもうお前を失うわけにはいかない、もう二度と。あたしの目をまっすぐ見て、そう言うんですよ。一瞬、危うく信じかけましたよ。人っていうのは、それくらい自分で演じてる喜劇を信じ込んじまうもんなんですね。お前の面倒を見たい、お前のことを遅れてもらった贈り物のように大事にしたい。兄たちはあたしの目の前で、口から泡を飛ばしてそう言いました。何度も何度も、六人の兄全員が。あたしはたくさんの注目を浴びるがままでいました。これまでの埋め合わせですよ。馬鹿みたいにちっぽけな埋め合わせです。あたしにいい印象を与えようと、みんながどれほど努力したことか。あたしはしっかり見てました。冷静な目で、誰が使えて、誰が使えないか、しっかり見極めていたんです。あたしには人を見る目があるんですよ。あたしの目に間違いはありません。そう書いといてくださいよ。最後にあたしは、選び出した十二人に、はっきりと、あたしに服従するように って言い渡しました。もちろん、サーヒブにもですよ。サーヒブに直接話しかけられたときはね。でもそうじゃないときはあたしに従うんだって。サーヒブに影響力があるのはあたしだけです。そして、あたしに服従できないんなら、いつでも……

――十二人の召使に、ふたりの主人というわけだ。

――バートン・サーヒブは、最初から最後まで、召使にまつわる問題を抱えたことは一度もありませんでしたよ！　あたしの功績です。

――彼らはあんたにいくら払った？

――誰が？

――あんたの家来である親戚たちだよ。

――どういうことです？

――彼らから搾り取ったんだろう。それほどおいしい仕事をただでくれてやったっていうんなら、あんたはよほどの馬鹿だ。

――バートン・サーヒブは、雑費としてまとまった金額をくださったんです。あたしはそこから召使たちに給料を払いました。彼らはそれで満足でした。みんな満足でしたよ。あたしは家政全体を取り仕切りました。きれいなバンガローでしたけど、残念ながら居住区の一番端っこでした。どこへ行くにも遠かった。バートン・サーヒブは、すぐに新しい土地になじみました。ほかの将校たちは、サーヒブをグリフィンって呼びました。新入りのことです。でもいつまでも新入りのままじゃありませんでした。あたしのご主人はそういう人だったんです。どこに行っても、その場所で一生過ごしてきた人たちよりもずっとうまくそこに溶け込みました。あっという間に順応するんです。どれだけ学ぶのが速いか、きっと信じられないと思いますよ。もしあたしにあんな能力があったら、あれほどひどいことにはならなかったのに。

――ご主人の不興をかったのかね？

――家に帰されたんです。推薦書も、紹介状もなしに。あんなに何年もお仕えしたのに！　退職金がちょっぴりに、着のみ着のままで。あたしひとりのせいじゃなかった。あたしは、ほかの人間よりも多くを求められてた。いつでもそうだった。

――なるほど、なるほど。

――ものごとの終わりを、それまでのすべてより重大だって見なすことはできないでしょう？　終わり方にそれほど大きな意味があるはずがない。

――いいかね、わしはあんたの短所も、話のなかであんたに不利な部分も手紙には書かない。でも知っておく必要があるんだ。わしが知っていることは、多ければ多いほどいい。わかるかね。続けて。

――ご主人は、たくさんの召使に慣れていませんでした。あたしは最初、驚きましたよ。でも、何年もたった後、ご主人が故郷ではどれほどつましく簡素な暮らしをしていたかを聞いたんです。召使がたったひとりに、コックがひとり。それを聞いたのは、ご主人と一緒にイギリスとフランスに行ったときで……

――あんたはフィランギの国に行ったのか？

――そこから家に帰されたんです。

――そんなことは言ってなかったじゃないか。

――ご主人はあたしを故郷にまで連れていったんですよ。あたしはご主人にとって、それくらい大事な存在だったんですよ。

――どうしてもっと早く言わんのだ？　あんたはフィランギの国にも行った経験豊かな男なんじゃないか。あんたの価値はそれでぐっと上がるぞ。

――これでわかったでしょう。

――わしはイギリスに行ったことのある召使はほかに知らんよ。

――あたしは召使以上の存在だったんですよ。

――友か？

――いいえ、友じゃありません。あの人たちと友達にはなれません。

――じゃあ腹心の部下か？　これはいい響きだ。バートン大尉の腹心の部下ナウカラム！　続けろ。

――リチャード・フランシス・バートン大尉。名前は全部書いたほうがいいんじゃないですか。

――もちろんだ。あんたがわしに隠し事をしなければもっといい。書き直しをすればするほど、時間がかかるんだからな。

――いい手紙にしてくださいよ。考えられる限り最高の手紙に。またイギリス人の召使にならなきゃならないんですから。あたしはこの仕事につくよう生まれついてるんだ。犯した間違いはひとつも忘れてません。ご主人が初めて髭を剃らせたときですけど、危うく殺人事件になるところだったんですよ。髭に石鹸をつけるあいだ、ご主人はまだ寝てて、というか、うとうととしてたんです。ところが、ハジャームがかみそりを持って、まさに剃り始めようとしたところで、バートン・サーヒブは突然目をぱっちり開いてね。自分の目に映った光景をなんだと思ったのか、突然ベッドから転がり出たんです。泡だらけの顔で。ハジャームの髭剃り用具が落ちて、バートン・サーヒブも床に落ちました。そしてピストルをつかんだんです。あたしが怒鳴ってなきゃ、撃ってたに違いありませんよ。大丈夫です、サーヒブ、危険なんてありません、大丈夫です。ただお髭を剃ろうとしていただけなんです！

サーヒブはピストルをあたしのほうへ向けると、今度こんなふうに驚かせたら撃ち殺すぞって脅しました。

――で、あんたはその脅しを信じたのかね？

――悪い霊にとりつかれたら、それくらいはやってのける人だったと思いますよ。

――じゃあ、あんたはその勇気で素晴らしい働きをしたってことだな。なにしろ床屋の命を救ったんだから。

6 障害の除去

召使が十二人未満では家政を切り回せない、とナウカラムはかきくどいた。そこでバートンは、十二人の召使を選び、連れてくることを許した。ナウカラムが十二人をどこでどのように見つけてきたのかはわからない。興味もなかった。とりあえずはナウカラムの好きにさせようと決めていた。バートンは十二人の見知らぬ黒い人影を受け入れた。滑るように部屋へ入ってきて、言葉もなく仕事をし、それ以外のときはほとんど目につかない卑屈な態度を崩さない。手を重ね合わせて、バートンにじっと視線を向けたまま。ときどき彼らの存在を忘れていて、彼らが物音を立てると飛び上がることもあった。バートンはバンガローでの日々を召使たちと分け合った。どんどん暑く、辛くなる晴れた日々、バートンは外の世界を遮断する日よけの前の机に座った。そうすれば多少は快適に、多少はましに、読んだり書いたりすることができた。ほかになにをすればいいというのだ？　バートンは、適当に集められたまったくやる気のない部隊に、初歩的な訓練をほどこしていた。夜が明けるとすぐに。だが、大英帝国のズボンをはいただけの寄せ集めに対する教育を意義のある任務だと見なすには、現実のかなりの部分に目をつぶらなければならなかった。任務地周辺の治安は心配には及ばなかった。地元民たちは穏やかだし、最後に死傷者が出たのはもう何年も前、それもマハラジャの宮殿でのパレードで一頭の象が興奮して、数人のセポイを踏み潰したのが原因だった。それを除けばあたりはあまりにも静かで、偏狭な心が脈打つのが聞こえてくるようだった。バートンは、ビリヤードとブリッジにのみ捧げられる生活のべたついた物憂さを嫌悪した。任期が過ぎるのをただ漫然と待ち、かび臭いクッションにできる限り深く沈みこんで、砂と埃が入り込んだ手の爪をじっと見つめるばかりの日々を送るつもりはなかった。人生を無駄にしないためには、道はひとつしかない。言葉を学ぶことだ。言葉は武器だ。言葉の力があれば、退屈というくびきを逃れ、出世を早め、よりやりがいのある任務につくことができるだろう。船の上で、だいたいの用を足し、地元民たちに馬鹿にされない程度のヒンドスタニー語は学んでいた。それは――こちらへ来てみて驚いたことに――もう長いあいだインドに暮らすどんな将校の持つヒンドスタニー語の知識をも上回っていた。命令形でしか言葉を発しない将校もいれば、女性語の語尾変化を使う将校もいた――現地の愛人の話す言葉を真似しているだけだということは、周知の秘密だ。ひとりのスコットランド人などは、一音節もうまく発音できず、イギリス人でも理解するのに苦労したし、現地の者はまったく聞き取れなかった。その男がヒンドスタニー語でなにか伝えようとすると、地元民たちは礼儀正しく、申し訳なさそうに、残念ながら英語はわからないので、通訳できる者を呼んでくるから少しお待ちいただけますか、と答えるのだった。

部隊での仕事が終わると、バートンは自宅の机の前に座って、ボンベイで買い求めた文法書に没頭した。邪魔が入ることは滅多になかった。グリフィンは変わった男だという噂が、あっという間に広まったからだ。じっと座っているのは楽ではなかった。単調な生活を抜け出して、素晴らしい英雄的行為と迅速な出世が待つ国へ移り、名誉と名声への道を歩み始めるのだという希望を抱いてグリニッジを船出してから、半年もたっていない。同じ歳の男たちは、三千人のシーク教徒を指揮し、女王陛下のためにアイルランドよりも広大な土地を征服していた。

汗の滴が腕を、背中を流れ落ち、蠅が頭の周りを飛び回る。アフガニスタンは遠く、すでに平定されており、バートンは単語を大声で暗誦するしかない。何百回も繰り返し。口を閉じるやいなや、蚊のうなりが聞こえてくる。蚊からは逃れることができない。何度宙を叩いて、たったいま覚えたばかりの単語を怒鳴っても。この虫どもに打ち勝つ作戦はたったひとつだ。じっと動かずに椅子に座って、目の前の開いた本にひたすら視線を注ぎ続けることだ。次に学ぶべき言葉の英語訳に。その英語の単語には、ほかの単語の多くもそうであるように、やはりふたつのヒンドスタニー語があてられる。現地人の二枚舌はやつらの言葉を見ればよくわかる、と、女言葉でヒンドスタニー語を話す将校が得意げに言ったものだ。バートンはずるがしこい被害者だ。耳は近づいてくる蚊の音に精通している。プラティクシャー・カルナ、これが一方の言葉。ゆっくりと繰り返す。一音節ごとに水を一口。蚊は近くまで来ている。インテザール・カルナ、これがもうひとつの言葉。バートンは繰り返す。何度も。蚊が腕に止まり、刺すのを感じる。そこで叩く。

――ナウカラム！

――はい、サーヒブ。

――文法書だけでは上達しない。教師が必要だ。優秀な教師を探してきてくれるか？

――やってみます。

――町で？

――はい、町で。

――もうひとつ、ナウカラム。

――はい、サーヒブ！

――これから私の前では、英語はひとことも話してはならない。ヒンドスタニー語で話すんだ！　またはグジャラート語でもなんでもいい、とにかくもう英語はだめだ。

――でも、お客様がいらしたときには？

——最低限の英語に限る。必要最低限の。

7　ナウカラム

オーム・ヴィニャハルターヤ・ナマハ。サルヴァヴィニョパシャンタイェ・ナマハ。オーム・ガネーシャヤ・ナマハ。

――続けて。

――昨日はどこまで話しましたっけ？

――いいか、わしは職務に忠実だから、昨夜、これまで書いたものをすべて読み返してみたんだぞ。間違いや質問などを拾い出すためにな。わしをあてにしてばかりではいかん。これからは、これまでなにを話したか、これからまだなにを話したいか、自分で覚えておくんだ。

――まるで専制君主ですね。シヴァージーよりひどいや。あたしにそんな口のきき方をしないでくださいよ。たしかにあんたの仕事を必要とはしてますよ。でもあんたの召使じゃないんですからね。

――時間を無駄にしてはいかん。ところで、あんたの話を読み返していて、ご主人はどんな姿をしておったのかと考えたよ。それも聞かせてもらわねば。

――なんのためです？　手紙の受取人のイギリス人は、ご主人がどんな姿だったか知ってますよ。みんなきっとご主人のことを覚えています。絶対に。忘れられるような人じゃありませんから。

――あんたはこの仕事をわかっとらん。そのバートン・サーヒブの姿を思い描くことができずに、どうして適切な言葉を見つけ出すことができる？

――ご主人は背が高い人でした。あたしとほとんど同じくらい。一日中畑を耕すことができる黒い水牛みたいにたくましかった。ほんとうにそういう人でしたよ、粘り強くてね。瞳はとても暗い色で、それがすぐに目につきました。変わっていたのは、その目がすごく無防備に見えたことです。バートン・サーヒブの目ほど無防備な目は、見たことがありませんね。サーヒブの視線は、人をすっかり捕らえてしまうことができました。金縛りにあったみたいになる人をたくさん見てきましたよ。まるでサーヒブの目が魔法でも使ったみたいに。怒るとあたしのことを、知らない人間だって言わんばかりに見るんです。夜叉でも飛び出てきたみたいに。恐ろしい目でした。サーヒブはときどき怒り狂いました。突然、あたしたちにはなんでもないような、ほんとうにくだらない理由で。

――それは昨日も言っていたぞ！　ご主人はあんたを殴ったか？

――まさか！　殴るですって？　どうしてそんな、いや、あたしを殴ったりはしませんよ。どうも、あたしが家政においてどういう地位にいたのか、どんな役割を果たしていたのか、わかってもらえてないような気がしますよ。まったくわかってないでしょう！

――そう思うなら、あんたの仕事についてもっと話してくれ。

――あたしはサーヒブの用事をすべて片付けていました。サーヒブにすべてを用意したんです。

――すべて？

――サーヒブがあたしに要求したものすべて。押し寄せてくるいろいろな用事のすべて。それにときには、サーヒブがこっそりと望んでいるものだって。

――例だ！　例をあげろ。

――最初は家の設《しつら》えです。壊れた窓に、あたしがガラスをはめさせて、日よけを取り付けさせました。

カーテンも、あたしが上等のコブラドゥルを見つけてきたんです。お値打ちのやつを。主人の金を浪費する習慣は、あたしにはありませんからね。ほんとうに美しい生地で、連隊長の奥様なんか、どこで買ってきたのかってお尋ねになったくらいで。

——その点は手紙で強調しよう。コブラドゥルの専門家、とな。

——毎日の買い物をして、ガンジャも手に入れました。サーヒブはガンジャを吸うのがお好きだったんです。晩に、ポートを飲みながら……

——ポート？

——そう、ポートワイン。なんのことだかおわかりですよね？

——もちろんだ。ただ、正しく聞こえたかどうか、念のために確認したかっただけだ。

——頭がこんがらがっちゃうんですよ、話の腰を折られると。考えていたことを忘れちゃって。そういう確認はしなくて結構ですから。ポートワイン、ああそうだ、それから本も手に入れました。サーヒブはなんでも読みたがりました。それに香草とヘナと猿たちも。あの哀れな猿たちも、あたしが手に入れたんで。あれは大変だったな……

——猿だと？

——それに教師も。サーヒブにとってとても重要な人間になったあの教師も、あたしが見つけてきました。

——猿と教師？　ちょっと待て。

——それからクンダリーニ。クンダリーニまで……

——待て待て待て！　クンダリーニとは誰だ？　なんの話をしてる？

——例をあげろって言ったじゃないですか。

——その例を説明してくれ。

——そんなことを、あんたが知る必要はないと思いますがね。

——我々のうちどちらの思考力が優れていると思う？

——手紙を書こうなんて、まったく馬鹿げた思いつきでしたよ。暑さで頭をやられちまってたんだ。

——そんなことはないぞ、ナウカラム－バイ、そんなことはない。そんなふうに考えるのは間違いだ！　とても意義深いことだぞ、必要なことだ！　もうずいぶん長いあいだなかった、最高の思いつきだ。あんたはわしのところへ来た。まことに素晴らしい。そしていま、我々の前には長い道が延びている。辛抱強くなきゃならん。わしがあんたを目的地へ連れていってやる。信頼したまえ。なにか別のことを話してくれ、なにか誇りに思っていることを。

——まともな教師を見つけるのは、そう簡単じゃありませんでしたよ。バートン・サーヒブは、あたしを信頼して任せてくれる前に、ご自分でいろいろ探していました。ムンシはいないかって、同郷の方々に尋ねたんです。でもだめでした。イギリス人は、字がうまくて、聖なる言葉を少しばかり知ってるだけの、単純なムンシしか知らなかったんです。

——そりゃそうだろう。いまどき本気でなにかを学ぼうなどとする者がいるものか。

——バートン・サーヒブは、本物の学者の教えを受けたいと望んでいました。質問の三つにひとつは答えられないような教師と向かい合って座るつもりはないって言いましてね。あたしはまず、マハラジャの図書室で尋ねてまわりました。そこで、とあるブラフマンを推薦されました。その学識はグジャラート一帯で有名で、おまけにイギリス人の言葉をすばらしく上手に操るってことでした。あたしはその人の家を訪ねました。図書室からそう遠くないところに住んでたんで。小さなバルコニーが両側についた角の家でね。きれいな家でした。でもとても小さくて、牛一頭分くらいの幅しかありませんでした。正面には扉があって、開けっぱなしでした。一階の階段の脇が床屋だったからです。細長い店で、床屋が客の真後ろに立つだけの広さしかないんですよ。その学者を見たとたん、思わず笑っちまいましたよ。もう何十年も髪を切ってないに違いありませんでした。頭の髪だけじゃなく、髭も。あたしはどんな用件で訪ねてきたかを伝言したのに、学者はあたしを待たせました。腹が立ちましたよ。ああいう人間の傲慢さに。学者は片付けられない人間らしくて、あちこちに本が散らばってました。開いた扉から、二番目の部屋が見えました。本の山に、開きっぱなしの本。床がほとんど見えないんですよ。奥さんは感じのいい人でしたね。あたしにチャイと、作りたてのプランポリを出してくれました。それであたしは、あの自分勝手な学者に仕返しをしてやったんです。全部食べてやったんですよ。

——何枚？

——何枚ってなにが？ プランポリですか？ 八年前にあたしがプランポリを何枚食べたかなんて、あんたやほかの誰かにいったいなんの関係があるんです？

——八年前のことなのか？

——あんたはプランポリを何枚食べました？ 去年一年で？ いったいなにが言いたいんです？

——落ち着きなさい。ちょっと緊張を解いてやろうと思っただけだ。

——あたしゃ緊張なんてしてません。さっきも言ったけど、あんたはあたしを混乱させるんですよ。

——わしの質問は、あんたが思うほど無駄でもなかったぞ。なにしろ重要なことが聞けたんだからな。最初から知っておくべきだった。あんたが八年前の話をしているってことだ。それはつまり、八年間そのサーヒブに仕えていたということか？

——ほぼ八年。イギリスから戻ってこなきゃならなかったんですよ。何カ月もかかるんです。そういうこと、なんにも知らないでしょう。まさかガルーダの翼に乗って飛んで帰ってきたとでも思うんですか？

——八年か、すばらしい。この情報、この年数は、手紙の最初に入れることにしよう。それで重厚な印象になるぞ。八年間にわたって尊敬すべき東インド会社の有名な将校バートン・サーヒブの忠実な召使であり、腹心の部下であったナウカラム。

——有名な将校って。なにで有名だっていうんです？　非難されて、屈辱を受けて祖国へ送り帰されたんですよ。後のあたしと同じようにね。バートン・サーヒブは、同国人のあいだじゃ不可触民の汚名を着せられてるんです。

——ここまで聞いた話では、そういう印象はなかったが。

——あたしの話したことをちゃんと書いてます？　あたしの話したことを、正確に書いてますか？　それとも、頭のなかに浮かんだことを、勝手に付け加えてるんですか？

——思いついたことをふと口に出しただけだ。落ち着きなさい。さっきの文章はひとつの例だ。あんたはちょっと神経質すぎるぞ。息が乱れておる。

——いや、あたしの息のことはほっといてもらいましょう。先を続けなきゃ。午後ももう半分終わっちまいましたよ。あたしには時間がないんだ。どんどん進まないと。さて、あたしはその学者の部屋に入ることを許されました。ようやくね。散らばってる本を踏まないように、気をつけなきゃなりませんでしたよ。その学者は小柄でしたが、話し始めると、だんだん大きくなっていきました。まるであたしがなにか頼みごとでもしにきたみたいに、質問攻めにしました。あたしのご主人について、なにもかも知りたがりました。そんなことを訊く権利はあんたにはないって言ってやりたくなりましたよ。でもどういうわけか、言えませんでした。人に畏敬の念を起こさせる老人でね。報酬には興味がないみたいでした。月に二十ルピー払うって言ったんですがね、なんの反応も示しませんでした。聞こえなかったのかと思ったくらいで。仕事の口を喜ぶだろうと思ってたんですが、違いました。はっきり言うとね、ああいう人たちって、自尊心ばっかり強くて傲慢なんですよ。その学者は、バートン・サーヒブを教えることをすぐには承知しませんでした。ただ一度会ってみることに同意しただけで。バートン・サーヒブに自分の家まで来いと言い出すんじゃないかって、心配になりましたよ。ああいう人たちって、ときどき身の程っていうものを忘れちまうんでね。精神には力が備わっているって思ってるんですね。でもその学者は少し考えたあと、結局ものの道理ってやつを思い出したみたいでした。それで、二日後にバートン・サーヒブの家を訪ねるっていう約束をしたんです。

8 知の海

自分の目が信じられなかった。目の前には小柄な男が立っていた。足を大きく開き、顔を輝かせて。髭は長くて白く、眉毛も白髪で、髪は後頭部でひとつにまとめている――それは、ボンベイに着く直前、船の手すりぎわで図々しく声をかけてきたあの奇妙な男だった。ほとんど小人に近く、てらてら光る額に年齢が表れている。その目には、狡猾な智恵が狙いを定めて待ち受けていた。すべてを尊重せよ、だがなにひとつ真面目にとらえすぎるな、とその智恵は忠告していた。宮廷道化師の役を演じる小鬼だ。ヒンドゥー教寺院のレリーフになったらぴったりだろう。雨が降ると、まん丸い腹の上で水が跳ねるのだ。敵の国はどうだね？　老人のほうでもまた、バートンのことをすぐに思い出したようだった。あんたをバローダへ送り込んだ指揮官を、どれほど頻繁に呪っておるかな？　そのせいで今日こうしてお会いしているのです、とバートンは答えた。学ぶことで、アンニュイから逃れたいんです。アンニュイ？　変わった言葉が好きなのかね？　サンスクリットを学ぶべきだな。世界はこの言葉のそれぞれの音節から成り立っているんじゃよ。すべてがサンスクリット語から派生している。たとえばElephant（象）という言葉だ。サンスクリットではPiluという。どこが似ているんだと思うかもしれんな。いいかね、ついてきなさい、まずはイランへ。そこでこの言葉はPilになった。ペルシア人は語尾の短い母音は無視するのでね。アラビアでPilがFilになった。あんたもきっと知っているじゃろうが、アラビア語にはPの音がないからな。そしてギリシア人。彼らはアラビア語の語尾になんでも-asをつけたがった。子音の変化とあいまって、ここでelephasじゃ。そこからあんたの知っておるElephantまでは、語源学的にひとっ飛びというわけじゃ。見たところ、わしらは互いに楽しめそうじゃな。ところで、アンニュイとはどういう意味だね？　老人は沈黙につけいる隙を与えない。バートンの説明の最後の一音が響き終わるのも待たず、その口からは次々に言葉が飛び出してくる。ウパニチェというのがわしの名前じゃ、いま耳で聞いたな、じゃあ今度は書いてみなさい。ウパーニチェ、デーヴァナーガリー文字で。そうすれば、あんたの知識がどれほどのものかわかるからな。

なんという自意識だろう。ゆっくりと、絶滅した魚の骨のようにのたうつ文字を書きながら、バートンは苛立ちを覚えた。その男は、バートンに卑屈な態度で接しない最初の現地人だった。卑屈どころか、ちょうどいまバートンの知識量を表す寂しい文字を検分するこの教師の態度は、ほとんど尊大とさえ言えた。ウパニチェは舌を鳴らした。三回。褒めているのかけなしているのか、はっきりとはわからない。そしてバートンの手から羽根ペンを奪い取ると――許可を求めるべきではないのか？――、紙に一行、なにかを書きつけた。これを解読できるかね？　バートンはできないと言った。グジャラート語はできないんじゃな、とウパニチェは確認した。まるでひとつひとつ診断を積み重ねて、病名に行き着こうとするかのように。なにを学びたいんだね？　その質問は、失地回復の機会だった。すべてです、とバートンは答えた。一生かけてかね？　一年かけてです！　まずはいくつか言語を学びたいんです、ヒンドスタニー語、グジャラート語、マラーティー語。ボンベイでの試験に申し込むつもりです。出世の役に立ちますから。拙速、とウパニチェは見下すように言った。拙速には打ち勝たねばならんぞ。それが、我々が最初に学ばねばならんことじゃ。いくつか決めておかねば、とバートンは言った。授業の時間と報酬について。

一週間、あんたの飢えがどれほどのものかを試したい、とウパニチェが宣言した。毎日、午後、あんたが夕食を取るべき時間まで。その週が終わったら、あとのことを考えよう。それから金のことだが、あんたからもらうわけにはいかん。私がムレチャだからですか？ ウパニチェは大声で笑った。どうやら、いくつか決まり文句を使うことは覚えたらしいな。わしは多くのイギリス人と付き合ってきた。わしにとっては、あんた方は伝染病患者でも、不可触民でもない。安心しなさい。そうじゃなくて、古くからの伝統なんじゃよ。我らブラフマンは、知識を市場で売ったりはしない。ただし――ブラフマンの豊かな思いつきを決してあなどるなかれ――贈り物は受け取る。グル・プルニマ、すなわち誰もが教師を敬う日に、我々は菓子を、ゴマ団子を受け取る。そのなかには、小額の硬貨や貴重な装飾品がこっそりと入れてある。我々はひとりになると団子を開く。熟れたグアバの実を開くように、指で。この慣習の利点はわかるじゃろう。弟子はなんの負い目も感じる必要がない。貧しくて、あまり払えるものがなくても、恥じる必要がない。そして我々グルは、もらったラッドゥーのいくつかを、我々自身の教師や、もしまだ生きていれば父親に贈る。こうして、誰がどの贈り物を受け取るかという問題は、より高次の力に委ねられるわけじゃ。あんた方なら、偶然の力、と言うかもしれんな。ウパニチェは、まるで役者のように大げさな抑揚をつけて、声を高めるところと低めるところのあいだに非常に大きな間を空けながら話した。さらに、自分の話を熱意を込めたきっぱりとした身振り手振りで強調した。この男がなにかに不安を感じるところなど、とても想像できない。非物質的な贈り物とは、とバートンはウパニチェを遮った。大変素晴らしい概念ですね。わかってくれたのかね、それはよかった、我々は贈り物を受け取るやいなや検分したりはしない。気まずい状況を避けるために。贈り物は皆の目の前で媚びるためのものではないんじゃ。ではこれで、今日のところは帰ってもいいかね？ そう形ばかりの問いを投げかけるやいなや、ウパニチェはもう立ち上がっていた。バートンは玄関までウパニチェを送っていった。授業を楽しみにしていますよ、ウパニチェ・サーヒブ。

いや、話がまとまったのだから、わしのことはグルージと呼んでくれてかまわんよ。それから、いままで黙っておったが、我々のところでは、シーシャはグルの権威に無条件で服従することになっておる。グルにはシューシュルシャとシュラッダ、つまり服従と盲目的信頼が与えられねばならん。昔は、弟子は薪を持って師のところへ通ったものだよ。知の炎でわが身を焼く覚悟があるという象徴じゃ。弟子が独自の道を歩けるのは、師の教えの道を最後まで歩いてからじゃ。

庇《ひさし》の影で、助手がひとり、ウパニチェを待っていた。少年で、包みを持っている。きっと師の筆記用具が入っているんだろう、とバートンは推測した。少年は、師に日傘を差しかけようと急いで駆け寄った。これからグジャラート語の最初の講義をしてやろう、とウパニチェが言った。日常では、別れるときに、アオージョと言う。これは本来は、来いー行け、というような意味じゃ。わしがいま去って行くのは、また来るためなんじゃ。わかるかね？　それじゃあ、ミスター・バートン、また明日、アオジョ。アオジョ、グルジ、とバートンは言い、新しい師の瞳の奥に、育つかもしれない友情の萌芽を見た。

9　ナウカラム

オーム・ヴィディアーヴァーリダイィェ・ナマハ。サルヴァヴィニョパシャンタイィェ・ナマハ。オーム・ガネーシャヤ・ナマハ。

——ひとつわからんことがある。あんたのご主人は将校だったんだろう？　なのに毎日好きなことばかりしていたように聞こえるが？

——何度か馬でマウに行かなきゃならないことはありましたよ。それがたったひとつの任務でした。セポイたちを訓練することを除けばですけどね、もちろん。日曜日以外は毎朝、フィランギたちが一緒になってお祈りをする行事がありました。でもバートン・サーヒブは参加しませんでした。お仲間たちの信仰に割く時間はなかったんで。あたしゃ驚きましたね。だってアールティや、金曜日の祈りや、シヴァラートリーやウルスのほうに大きな関心を持ってらしたんですからね。変でしたよ。訊いてみたことがあるんです。後になってから、普通は召使が主人に訊いたりしないことを訊けるようになったころに。どうして異国の祈りのほうが、ご自分たちの祈りよりも身近なのかって。そしたらご主人は、自分たちの慣習は、自分にとってはただの迷信だ、ホークスポークスだって……

——なんだね、それは？

——空っぽの言葉のことですよ、ヤントルーマントルージャラジャラータントルみたいな。魔術の呪文……

――マヤだな。

――そうです、そう思ってらっしゃるなら。逆に異国の伝統は、まだ見通しがきかないから魅力的だって、バートン・サーヒブはおっしゃいました。

――我々の迷信を見通すのに、そんなに長くかかったのかね？　ご主人をわしのところへ連れてくればよかったんだ。マントラっていうのはな、我々のブラフマンが口から引っ張り出す石ころだよ。なのに我々は、なにかありがたいものでももらったみたいに恐れ入って硬直してしまうんだ。気づいたことがあるかね、魔術師がまやかしをやるときには、我々の気をそらすために、よくたいまつを使うだろう。神官たちがアールティのときにやるのもそれと同じことだ。同じ手管、同じごまかしだ。

――あたしはあんたみたいな立派な男じゃありませんからね、そういうものを冗談の種にはできません。

――いまのは真面目な言葉だったんだが。

――オイム・アイム・クリム・フリム・スリム。

――わしを侮辱するのか！

――いえいえ、あんたが要求する値段を考えたら、とてもとても。侮辱なんてしてる金はありませんよ。話を進めたいんです。あたしたちふたりの話をしたってしかたないでしょう。

――だがなにより、誰を敬うべきかを忘れてはいかんぞ。

――バートン・サーヒブの部隊の任務はたったひとつでした。あたしたちがバローダにいたあいだは、その任務は一年に一度しか遂行されませんでした。ガネーシャ・チャトゥルティのときにマハラジャを警護する、いや、どっちかといえばマハラジャへの敬意を表す任務です。三百人のセポイと将校たちが、宮殿へと行進していくんです。完全装備で、部隊の一部である楽師たちと一緒に。楽隊は、ヴィシュヴァーミトラ川まで隊列について行くんです。あたりの鐘やシンバルやほら貝の響きに負けないように、誰にでも聞こえるように、できる限り大きな音で演奏しながら。そして、マハラジャが橋を渡ると、礼砲を発射するんです。礼砲の音は、祭りを祝う一番大きな音で、みんなが大満足でした。

――わかった、もういい。わしもその場にいた。フィランギたちが己の力を誇示するようすはよくわかっとる。つまりあんたのご主人には時間があり、好奇心があったんだな。そしてあんたは、ご主人のために教師を見つけてきた。話を聞く限りでは、どうやらぴったりの師、偉大な学識のある師のようだな。

――バローダで一番の師ですよ。師の導きで、バートン・サーヒブは我々の言葉をあっという間に覚えました。一年後にボンベイへ行って、試験で素晴らしい成績を収めました。ヒンディー語とグジャラート語で。その後は、稼ぐお金の額も増えたんですよ。

――それをご主人があんたに話したのかね？　金のことを。ご主人は本当にあんたを信頼しておったんだな。

――それ以外には、ほとんどなにも変わりませんでした。ときどき裁判所で翻訳をすることもありました。あたしの知ってるご主人の性格を考えれば、どれくらい正確に訳したのか、怪しいもんですけどね。でも、一日の大半は家にいました。それまでと同じように。学ぶ以外の仕事はなかったんです。ご主人は勤勉でした。搾油所の牡牛みたいにがんがん学びました。一年後に、同じことが繰り返されました。またボンベイで試験を受けたんです。今度はマラーティー語とサンスクリット語です。そしてまた受かりました。特別に優秀な成績で。それからバローダに戻ってくると、また机の前に座って、あたしに世話を焼かせました。いつかもう言葉なんて学ぶ気はなくすだろうって、あたしは思ってました。なんたって若い男なんですからね。ところが三年目に、あたしたちはバローダを去ることになったんです。突然。あたしにとっては衝撃でしたよ。どうやらご主人の上官たちが、ご主人にほとんど仕事がないことに気づいたみたいなんです。バートン・サーヒブは転属になりました。あれ以上悪い転属先はなかった。シンドですよ。砂漠行きです。タール砂漠の向こう側。

――待て待て待て。まだバローダ時代のことをじゅうぶん聞いていないぞ。あんたは話を飛ばしすぎる。その師、なんという名だったか……そうだ、ウパニチェだ……そのウパニチェがバートン・サーヒブをどのように教えたかを知るのは大切なことだ。

――師があたしの仕事となんの関係があるんです？　どうしてそんなところで足踏みしなくちゃならないんですか？

――なんといっても、その教師を見つけてきたのはあんただろう。あんたのイギリス人のご主人がそれほど学習の成果をあげたんなら、それはあんたの功績にほかならんじゃないか。

――師のウパニチェ・サーヒブは、さっきも言ったとおり、普通のムンシじゃありませんでした。グジャラート人と同じように食べなければ、グジャラート人と同じように話すことはできないって言ったんです。そして、肉を断つこと、もっと野菜と木の実と果物を食べること、少量を頻繁に食べて、イギリス人のような重たい食事をしないことを強く勧めました。フィランギは象と同じ胃を持っていると勘違いしているって、師は言いました。バートン・サーヒブはこの異国の慣習を受け入れて、食生活を変えました。あたしに、コックにそのように指示しろってお命じになりましてね。コックはちっともうれしそうじゃありませんでしたけどね。フィランギの料理を学んだことが自慢だったんですから。

――それほど勤勉なイギリス人の話は聞いたことがないぞ。昔は、イギリス人はこう呼ばれておったもんだ——あんたが覚えているかどうかは知らんがね——働かなくてもいい者、とな。

10　岩のように座る男

ついに日常の殻を破る任務だ。最初の一週間ですでに硬直していた日常の殻を。東インド会社の代理人に護衛のために随行し、連隊の別部隊が駐屯するマウまで無事に送り届けることになったのだ。簡単な任務だ。だが少なくとも、涼しい季節が続くあいだ、町を出ることができる。町を出る前に、代理人は祈りのひとつを唱えた。まるで神がこの被保護者の個人的な後見を引き受けたかのように聞こえる祈りだった。仕事については言及しなかった——阿片をマールワーから中国へと船で送る許可証を持つ商人としては、良心の紐を少し緩める必要があったのかもしれない。ふたりは東へと向かった。ナルマダー川のほうへ。ふたりの左をヤギの群れが歩いていた。ケレンプールという村に着いた。それからジャンブワという水のない川に。川がすべて女性名なのは、どういうことなんでしょうね？正確に言えば、すべて女神たちの名前ですが。商人と会話をしようとするバートンの試みは、不信感に満ちた視線ではねつけられた。道端からそれほど離れていない場所に、故郷を失った者たちが妻や子とともに座りこみ、焚き火で煮炊きをしていた。ふたりはダボイに着いた。古い要塞で、建築士は生きたまま囲壁に埋められた。そう教えたが、返ってきた反応は、喉が鳴る音だけだった。商人は、窓や扉を釘で打ちつけて閉ざした家そのものだった。バートンは適切な話題を探すのを諦めた。はるかかなたにヴィンディヤ山脈が見える。ふたりはガルデシュワルでナルマダー川を渡った。ほかのどの川よりも神聖な川です、とバートンは言った。沈黙を受け入れたくはなかった。ご存じでしたか、罪から解放されるには、ジャムナ川では七日、サラスヴァティ川では三日、そしてガンジス川では一日かかるんです。でもナルマダー川は、一目見ただけであらゆる罪から解放されるんですよ。洗練された神話だ、そう思われませんか？　汚い水だ、と阿片商人は言った。しかし浄化の力があります、とバートンは答えた。阿片商人は馬に拍車をかけた。バートンもすぐに追いついた。申し訳ないが、とバートンは言った。道をご存じないでしょう。それに、道案内人とは意思疎通がほとんどできないのでは。なにしろヒンドスタニー語は支離滅裂だし、英語ときたら一語しか知らないんですからね——近道《ショートカット》という言葉しか。まったく嘆かわしい、と阿片商人がつぶやいた。ガンジス川について、もうひとつ非常に面白い話をお聞かせしましょう。ガンジス川はあまりに多くの人間を清めるせいで、川自身は不浄になっていくんです。そこで一年に一度、黒い牝牛の姿になって、ナルマダー川へと歩いていって沐浴をするんですよ。ここからそう遠くないところで。その村の名前は……君、与太話はやめたまえ。阿片商人が初めてそう声を高めた。おっしゃるとおりです、私は細かいことに耽溺しすぎるきらいがある。より重要なのは、その牝牛が川から上がると、白くなっていることです。真っ白に。なぜだかわかりますか。そう言ってバートンは、馬を駆った。

翌日、ふたりはまず山を登った後、左右にケシ畑が広がる道を何時間も軽々と馬を進ませた。この高原から、尊敬すべき東インド会社は中国を腐敗させている。貿易赤字のエレガントな埋め合わせ、と、昨年、中国での戦争が終わって条約が結ばれた後、タイムズ紙の評論家が書いていた。一度だけ、阿片商人がバートンに話しかけてきた。ふたりが一台の荷車のほうへ馬を進めていたとき、こう訊いたのだ。あのなかにはなにが積んであると思う？　傍《はた》から見て明白なことよりも多くを——ずっと多くを——知っているかのような口ぶりで。たぶん干草でしょう、とバートンは答えた。確かにそう見えるが、見た目というのはあてにならないものじゃないか？　この商人はどうやら、本来なら荷車の持ち主しか知らないはずのことを知っているらしい。最近、ある男が逮捕されたんだが、そいつは荷車いっぱいに密輸品を積んでいたんだ。干草の下に隠してね。密輸品とは、とバートンは無知なふりをして尋ねた。いったいどんな密輸品だったんです？　我々が押収したのは最高級品だったよ、ひと財産さ。それ以降、マウでたがいにもごもごと別れの言葉を交わすまで、商人が口を開くことはなかった。バートンは指揮官である少佐にバローダの連隊長からの伝言を伝え、一緒に昼食を取るのを避けるために、軽いめまいを装った。一緒に食事をすれば、残り一日を重い気分で過ごすことになるのは目に見えていたからだ。代わりにバートンはこっそり外に出て、小さな町を見物した。

太陽は無慈悲なまでの高さに到達していた。自分たちの荷車の陰で涼む男たちがいる。牛たちは楽しげに餌を食べている。正午には、それ以外にはなにもない。こっちへ来て！　ひとりの少年がバートンにまとわりついてきた。一緒に来てください！　判事に会わなきゃいけません。アイアンサイド判事に会わずにこの町を出ていくなんてだめですよ。バートンは少年に袖を引かれて、泥でできた小路に足を踏み入れた。隣を歩く少年は、何度もバートンの袖を引っ張っては、自分がこれまで判事のところへ連れていったという身分の高い紳士たちの名前を自慢げに口にした。少年が紳士たちの肩書きを三度目に数え上げはじめたとき、ふたりは裁判所の建物についた。建物は、正義を通りの汚れから守るための庭に囲まれていた。入り口のチョウキダールは染みだらけのベルトを引っ張りあげて、左手で敬礼した。口髭をつたい落ちる唾のほかは、なにひとつ口から出さずに。

——もしかして、今日は判事殿はお休みでは？

——判事殿はいつでもいます。判事がほかのどこにいるっていうんです？

ふたりは砂利道を進んだ。かつては植物の茂みが優雅に縁取っていたが、いまではすっかり荒れ果てている。柱廊玄関の前の芝生は、座りこむ地元民たちでいっぱいだった。柱のあいだで書記たちが、小声でささやきかけられる言葉を紙に書きつけ、点検するような視線で印を押している。少年は許可を求めることもなく、堂々と建物に入った。実際のところ、入っていいかどうか尋ねられそうな相手はどこにも見当たらなかった。ふたりは誰にも邪魔されずに、厳しい顔をした大理石の胸像の前を通り過ぎて、広間に足を踏み入れた。そこはバートンに、バジリカを思い出させた――高い天井が、中心でドーム型になっている。ぐるぐる回る天井扇がいくつか、長い棒にぶら下がっている。それに鳥。天井扇よりも大きな音を立てて飛び回っている、無数の緑の鳥たち。丸天井にあいたいくつもの穴から入ってきたらしい。広間の真ん中に、書類の山と、鳥かごと、ろうそく立て、それに大きすぎるインク壺に囲まれて、かつらをかぶったひとりの男が、一心に書類を読んでいた。その机からうんと離れたところに、請願者たちがしゃがみこんでいた。彼らと判事――この青白い顔の、ヤギ髭を生やした男が判事なのは間違いない――とのあいだの床はぴかぴかに輝いていた。少年がそわそわしたそぶりを見せた。初めて。バートンは判事のかつらを見つめた。額の上の部分が風で乱れ、逆に耳の上の部分は濡れた布巾のように垂れ下がっている。判事は落ち着いたようすで書類を読み続けている。ぴくりとも動かない。一羽のカナリアが右肩に乗ったときでさえ。そして請願者たちもまた動かず、声も出さなかった。まるでこの異国の偶像に自分たちの忍耐強さを差し出すかのように。咳払いも、前置きもなしに、突然判事が判決を言い渡した。言い渡した後も、目を上げることも、待っている者たちを締めくくりの言葉や身振りなどで解放することもなかった。降り積もった沈黙のなかで、請願者たちはのろのろと立ち上がり、部屋を出ていった。

――いまだ！

――判事ージ！　お客様です。お客様をお連れしました。ようやくまたお客様ですよ。

ふたりが判事の招くような手振りにしたがって机に歩み寄るあいだに、ひとりの小柄な男がバケツを持って足早に入ってくると、床をさらにぴかぴかに磨き始めたが、さきほどまで地元民たちがしゃがんでいた場所で動きを止めた。まるでそこに目に見えない境界線が引かれているかのように。

——せっかく訪ねてきてくださったが、残念ながら無駄足だったな。申し訳ないが、今日はなにもしてあげられない。事前に約束もなしでは。非常に不幸な状況でね。そうでなければ、なんとかしてあげることもできたかもしれんが、いまは偶然の不浄な実があなたの膝に落ちたとしか言いようがない。

——マウでなにが待ち受けているのか、まったく知らずに来ました。少なくとも、ここに来る途中で仏教洞窟を訪ねることはできましたが。

——隠者には会ったか？

——今日は隠者の沈黙の日でした。しばらく互いににらみ合っていましたよ。

——だから言っただろう。運が悪い。まったく運が悪い。なにひとつ偶然になど委ねてはならない。文明の最高原則だ。私はそれをここで理解する羽目になった。鳥たちは私の書類に糞を落とす。その裏になんらかの目的があると思うかね？　鳥から逃れることは私にはできない。この鳥かごに誘い入れて、バザールで売るんだ。ところが、最近ではなかなか売れない。市場の飽和状態だ、わかるかね。あまりに多くの鳥が、穴を通って入ってくる。天井を修理する許可が出るのを、私がもうどれくらい待っていると思う？　もう何年も激しい雨が降っていないのは奇跡だよ。神は正義の側にある。

——正義の女神は神の最愛の娘です。

——私は独自のシステムを作り出した。自分の影響力の及ぶ範囲に集中してきた。どうやってか、知りたいか？

——いや、私はほんとうは……

——自分に問いかけたんだよ。なにが一番気に障るか、と。汚れか？　そうだ。しつこさ？　これもそうだ。時間に不正確なところ？　もちろんだ！　そこで私は、これらの障害を排除しようと決めた。誰も入ることを許されない立ち入り禁止区域を作った。無作法はお詫びするが、例外を作るのは弱さの証なのでね。私は、制服を導入しようと試みた。これまでなかったものだ。原告のための制服、被告のための制服、証人のための制服。だがこれはあまりにも野心的な試みだった。私は長いあいだ考えた。そして、彼らの声が私を絶望へ追いやるのだと気づいた。あの甲高い、混乱した声。まるでひとことしゃべるたびに、さいころを振るかのようなうるささ。それが私を狂気へと追いやるんだ。そこで私は、一切の話を禁止した。

――玄関前の書記たちは……

――請願はすべて、書面で提出することになっている。法廷では口述はひとこともなされない。ただ判決が読み上げられるだけだ。ここでは日々、沈黙が支配している。私はここの者たちに、おしゃべりの手綱を引き締めることがどれほど重要かを理解させようとしているのだ。

――あの古い……

――だがそれだけでは足りなかった！　常になにひとつ信頼が置けない、当てにならないという状況をなんとかしなければならなかった。なんという途方もない任務だ。これまでも多くの人間が失敗してきた。私がなにをしたか、わかるかね？　時間規定を導入したのだ。私の最大の功績だと思っている。

話の途中で、強調のために判事がうなずくと、ヤギ髭の先がインク壺に浸った。

――我々の一日は、三十分単位で成り立っているのだ。どんな用事にも、二十三分間使う。そして七分間の休憩を取る。見ていなさい、すぐに次の者たちがやってくるから。ビッグ・ベンのように時間どおりにな！　なにしろ、来るのが早すぎたり遅すぎたりした場合には、その案件は審議しないのだ。

異議は認めない。もう一度列の最後尾に並びなおしてもらう！

髭の先端はいまだにインク壺に浸っている。ゆっくりと、目に見えない先端から、髭が染まっていく。一房、一房と、青い線が顎へと伸びていく。

――もしかしたら、この鳥たちが私の頭のなかでも飛び回っているんじゃないかと思うかもしれんな。

判事はそう言って笑った。歯が青く染まっている。舌も同様だ。

――なんとでも思いたまえ。だがな、私が自分の任務に忠実だということは、信じてもらおう。この神に見捨てられた国の、神に見捨てられたどの裁判所の判事よりも。さて、次の案件の準備をしなくては。

判事は椅子の横に積まれた低めの書類の山から一枚を抜き取ると、それを口もとに持っていって、目に見えない埃を吹き払った。

――埃はいたるところにある。体を埃から守るにはウコンがいい。毎日摂取するんだ。晩に、少量の蜂蜜と混ぜて。そうすれば、埃に体をやられずにすむ。もしよければ、いくらでもここにいなさい。だが残念ながら、この案件は退屈だろうな。どこからどこまで退屈だ。

バートンが別れを告げるのも待たず、判事は書類を読みふけり始めた。少年がバートンの袖を引っ張って、広間の反対側にある裏口へと連れていった。裏口にたどり着く前に、バートンはどうしても我慢できず、ひとつ質問を投げかけた。その大声は、こだまになって跳ね返ってきた。

――判事殿。この建物は、以前はなんだったんです？

その言葉が鳥たちを驚かせ、丸天井の下へと追いやるあいだ、判事はもの悲しい視線をバートンにじっと注いでいた。

――イスラム教の霊廟だ。さっさと帰りたまえ！

11　ナウカラム

オーム・パシナーヤ・ナマハ。サルヴァヴィニョパシャンタイェ・ナマハ。オーム・ガネーシャヤ・ナマハ。

――昨日は実り多い一日とは言えなかったな。晩に、書き留めたものに目を通してみたんだが、使えそうな情報はほとんどなかった。我々は金を無駄にしたぞ。

――我々は金を無駄にしたですって？　どうしてそうなるんです？　あたしが払って、あんたは受け取ったんでしょうが。

――もっとバローダのことを書かねばならん。なんといっても、あんたはバローダで新しい職を探すんだろう。シンドはあまりに遠い。

――ここでのことは、もう全部話しましたよ。

――クンダリーニのことは省いたではないか。

――それはわざとです。

――恥ずかしがる必要はないぞ、本当だ。妻のいないイギリス人が愛人を作ることは、この町では誰もが知っている。誰にでもブブがいる。つまりあんたも、フィランギに愛人を見繕ってやったんだろう。

――どうしてわかるんです？

――詩人というのは、太陽の光が届かないところへも到達するものなのだ。いったいなにを秘密にしようというんだね？

――あたしの場合は、違うんで。

――そりゃそうだろう。だからこそ、あんたの話を書き留めようというんだ。その話があんたを特別な存在にするんだよ。あんたという人間を浮かび上がらせるんだ。もちろん、その話を聞かなくたって、わしはもうよく知っているわけだがね。

――いや。いや、そうとは限りませんよ。

――何度言ったらわかるんだ。あんたに不利なことは書きはせん。

――もっといいのは、最初から話さないことですよ。

――あんたは、ただ頑固なだけじゃなく……

――なにもかも話す必要はないはずです。

――その頑固さを正当化までするのか。

――今日は話したくありませんね。もう帰ります。

――わしの許可なしに……

――アオジョ。また明日会いましょう。

――あんたは大馬鹿者だ。わしはあんたの力になって、あんたの愚かさを粉飾できるただひとりの人間だぞ。聞いているか、この馬鹿者が。

12　額に三日月を載せて

その女は突然現れた。バートンには心の準備ができていなかった。女の体のなかで一番最初に目についたのは、むき出しの背中のくぼみだった。うなじが肩へとつながる場所。サリーのへりの上には、淡黄色のドゥパッタ。サリーは青。深い水のような。女は庭に座っていた。背もたれのない椅子に。それは——勘違いでなければ——台所から持ってきたものだった。バートンは女の後頭部を見た。そのうなじは、赤い絹糸を混ぜ込んで縄のように編んだ髪で縦にまっすぐ二分されている。金色に輝く細い鎖が首の骨の上に、まるでくっついて離れない思考のようにかかっていた。女は動かず、窓辺に立つバートンもやはり静かに女を見つめた。当然、ナウカラムはバートンの許しを得る前に女を家に上げることはないだろう——彼女が誰であろうと。妹かもしれないし、ナウカラムの恋人かもしれない、いや、それはまずないだろうが。女の毛先が草に触れている。動かずに垂れ下がっていると光沢を放つ炭のように黒いその髪は、バートンが現地人たちをうらやましいと思う点だった。金髪など自然の混乱の結果であり、変化を求める軽率な衝動の表れだ。女のブラウスはサリーより明るい青で、浜辺近くの海の色を思わせる。ブラウスの袖が終わるところに、筋肉のかすかな徴候が見える。いや、見間違いかもしれない。ただ袖がきつすぎるだけなのかもしれない。その手首には、銀の腕輪がぶら下がっている。ドアにノックの音がした。バートンは窓から離れると、机の前に座ってから、ナウカラムに入れと返事をした。サーヒブ、お邪魔してすみません、紹介したい人がいるんです、お客様です。どんな用件なんだ、ナウカラム？　知り合いになっていただきたいんです、サーヒブ、用件はありません、でもきっと後悔はなさいませんよ、あたしを信じてください。

女の顔で最初に目についたのは、額のビンディだった。服の色に合った点で、濃い青だ。女の顔は黒く、ほっそりしていた。ナウカラムが女を紹介した。英語で、まるで売り物のように女を褒めちぎった。不愉快で、同時に興奮を誘う状況だった。一度、女の下唇が前歯の下になり、すぐにまたもとに戻った。その動きがあまりに素早くて、バートンは本当に見たのかどうか確信が持てなかった。バートンは女にいくつか礼儀正しく質問をした。何度か答えを返したあとに、女はようやく顔を上げた。その視線は、女の姿勢ほど卑屈ではなかった。目はオニキスのような黒と白で、アイラインが引かれている。その完璧な顔には、たったひとつ欠点があった。額の上のほう、生え際の近くに、まるで新月のような小さな傷跡があるのだ。ナウカラムがなにを言っているのか、わからなかった。もうなにも耳に入らなかった。女が向きを変えてナウカラムについて部屋から出るとき、バートンは一度うなずいた。女は微笑を残して立ち去った。本のページの折られた端のように小さな微笑。ナウカラムはすぐに戻ってきた。

——ナウカラム、いったいどういうことだ？

——女性をお傍に置きたいと思ってらっしゃるんじゃないかと。

——それで、私には自分でなんとかする能力がないと思ったのか？

——サーヒブはお忙しすぎます。どうしてそんなことにまで手が回るでしょう。

——なるほど。

——お気に召しませんでしたか？

——魅力的な女性だ。それに、お前の言うとおりだ。私にどうして女が見つけられよう。

――一度お試しになってはいかがですか？　ほんの数日、あの女をお傍に置いて楽しめるかどうか。

――そういうことをお膳立てされるのには慣れていないんだが。

――なにもなさらなくていいんですよ、サーヒブ。気まずくお感じになるかもしれないことは、全部あたしが引き受けますんで。サーヒブはただお楽しみになればいいんです。

だがあの女性には、楽しめるだろうという頼もしい約束以上のものがあった。

13　ナウカラム

オーム・バールチャンドラーヤ・ナマハ。サルヴァヴィニョパシャンタイェ・ナマハ。オーム・ガネーシャヤ・ナマハ。

——やっぱりクンダリーニのことも知っておいてもらわないと。考え直しました。隠さなきゃならないようなことじゃないんで。

——わしがなにか書いているように見えるかね？　いや、書いちゃおらん。ただ聞いているだけだぞ。

——クンダリーニのことは、とあるマイカンナで見つけました。そこで姿を見たんです。給仕をしていたんで。クンダリーニはあたしに杯を運んできました。バング入りのミルクです。あたしの好きな。あたしはダールは飲んだことがありません。酒は大嫌いです。ひょっとしてご存じないかもしれませんけど、ああいうところの女たちはとても魅力的なんです。それに踊りもできるんですよ。女たちがある客を気に入って、その客がテーブルに金を置くと、女たちはその前で踊ります。その客のために。あたしはクンダリーニをじっと見てました。そして思ったんです。この女があたしのために踊ってくれたらどんなに素晴らしいだろうって。それくらいの金はありました。だから店に戻って、テーブルに金を置いたんです。そしたら、クンダリーニは踊ってくれました。あたしだけのために。あたしの目をじっと覗き込んだとき、この女はあたしのすぐ近くにいるって気がしました。でも同時に、絶対に触れられない女なんだとも。村の真ん中にある菩提樹みたいな……

――少し大げさすぎやしないか？

――かもしれません。あの女を見てあたしがなにを思ったかなんて、別にどうでもいいですしね。大切なのはただ、彼女が踊り終わったとき、あたしの頭にある考えが根を下ろしたってことです。この人はバートン・サーヒブにお似合いの女だって、あたしは思ったんですよ。この人なら、サーヒブの奇妙なものへの渇望をいやしてくれるんじゃないかって。ご主人には伴侶が必要だ。ご主人は娯楽はなにひとつおやりにならない。たまの遠出くらいで、どうやって欲望を満足させろって言うんです？

――じゃあ、ご主人は机の前に座ってばかりというわけじゃあなかったんだな。

――あたしはクンダリーニと話をしました。適切な言葉を使おうと、必死で努力しましたよ。彼女を侮辱したくはなかった。あたしの申し出は尊敬の念から来るものだってことを、わかってほしかった。彼女はすぐに承知してくれました。正直言って驚きましたね。それで、あたしはあとの手はずを全部整えたんです。

――支払いのことだな、つまり。

――それだけじゃありません。ああいう関係は、いつもいっときのものです。あたしはあちこちで聞いてまわったんです。ご主人を守らなきゃなりませんでした。まずいことにならないように、あらゆるものから守らなきゃならなかった。あたしは書類を用意して、彼女はそれに署名しました。

――どう？

――どうって？

――どうやって用意したんだ？　忘れているなら思い出させてやるが、あんたは字が書けないじゃないか。

——答えはわかってるはずですよ。ラヒヤのところへ行ったんです。

——そのラヒヤは、そういう約束事を紙に書き付けるのを承知したのかね？

——承知しないわけでもあるんですか。よくある契約じゃないですか。

——まったく、我が国は浄化されねばならんな。ムレチャどもは我が国に穢れを運んでくる。我々を腐敗させる穢れを。

——こんどはそっちが大げさなんじゃないですか。

——あんたにはわからんのだ。あんたは奴らにすっかり染まってしまった。奴らの子分だった。もしかしたらいまでは奴ら同様の人間かもしれん。

——あたしがあの人たちをよく知ってるからって、あの人たちの一員だってことになるんですか？笑わせますね。バートン・サーヒブはどうなんです？　サーヒブこそ、あたしたちに染まってましたよ。サーヒブはね、あたしが着てるのと同じ服を着れば、あたしたちの一員で通ったくらいですよ。だからって、あの人があたしたちの仲間ですか？

——自己疎外と変装には違いがあるんだ。それも大きな違いがな。

——ちなみにね、あたしは知ってますよ。愛人っていうのは、この国には昔からいたって。プラーナにだって載ってるんですからね。

——誰があんたにそんなことを言ったんだ？

——誰だっていいでしょう。

——誰だ？

——バートン・サーヒブですよ。

——バートン・サーヒブだと！　我々固有の伝承について、ムレチャの言葉を信じるというのか？

いつから外国人が我々の知の保証人になったんだ？　プラーナに愛人が出てくるだと、はん、ほかにもどんないやらしい嘘をひねり出すことやら、知れたものじゃない。

――違うんですか？　本当に？

――この話はやめよう。その女はあんたに、というか、あんたたちに、書面でなにを約束したんだ？

――子供を作らないことを約束しました。

――女がそう約束したというのか？

――どうすればいいか、わかっていたんです。

――あてててみようか。カシューナッツでだろう？　それとも、妊娠したんじゃないかと思うたびに、毎回パパイヤを食べるつもりだったのか？

――違います。効果のあるマントラを知っていたんですよ。それにタリスマンを持っていました。それから、いろいろなものを混ぜ合わせた薬も作りました。牛糞と何種類かの薬草に、レモンの汁と別のいろいろな酸っぱい果物の汁、それに炭酸ソーダだったかな、あたしの記憶が正しければ。

――それに鶏の爪だろう。

――え？

――なんでもない。要するにあんたは、その女と合意すべき点を合意へと導いたわけだ。あんたのことは、売春仲介者として推薦できるな。あ、それからな、あんたがわしに負わせる仕事は、どんどん増えてきておる。報酬を増やしてもらわねばならん。少なくとも八ルピーは必要になりそうだぞ。

14　障害の支配者

　祖国のために死ぬことを許されるのはわずかな者のみだ。ほかの者たちは、夜な夜な士官食堂で、自分たちが払わねばならない犠牲を嘆いた。耐え難い十一ヵ月間、と皆が口をそろえた。だがそれよりさらに辛いのは五月だ。バートンは暑さで朦朧としていた。思考は枯渇していく。ベッドに横たわり、もはや温度計を見つめることしかできずにいる。粘ついた目で。ベッドは部屋の真ん中にあり、四方を薄い緑色の生糸のヴェールが囲んでいる。腕を伸ばすと、冷たい水を入れた銅製の器に手を浸すことができる。召使のひとりが、水を一時間おきに取り替えている。頭上では木と布でできたパンカーが回っている。その扇風機が紐で壁の向こうにつながっており、その紐が静かな黒い影のような召使のひとりの足の親指に結びつけられていることを、バートンは知っていた。その召使の唯一の仕事は、サーヒブに風を送るために、脚を伸ばしたり曲げたりすることだ。外に出ている者は誰もいない。わざわざ家を出なくても、町も自分と同じように朦朧としていることはわかる。灼熱のオーブンから吹いてくるような風が、地上から活気を一掃する。雲は埃からできている。かぎ煙草のにおいがする。バローダは無気力状態に陥った。恵みの雨が降る前の最後の一ヵ月。馬は杭につながれたまま、頭をたれ、下唇を突き出している。蠅を尻尾で追い払う気力もなく。その隣では、厩番がいびきをかいている。洗わなければならない馬具は、手から滑り落ちている。カラスたちでさえ、空気を求めてあえいでいる。体のあらゆる活動を縮小するんだ。余分な動きは一切避けろ。召使どもを使うんだ、あいつらは君の手足であり、器官であると考えるんだ。長く暮らしている者はそう言うが、そのとおりなのだ、きっと。もうこれ以上耐えられなくなったら、男の勧めに従ってもいいだろう。ナウカラムを呼んで、ゆったりした木綿の服を脱ぎ捨て、浴室まで行き、召使数人に、細かい穴のあいた陶製のかめから水を体にかけさせてもいい。そうすれば、その後は本が読めるだろう。

バートンはこれまでにもう、バローダとその周辺をあちこち見てまわっていた。あらゆるところに行ってみた。イギリス人士官が行けるところにはすべて。同僚のほとんどが見たこともないものを見てきた。だがバートンは不満だった。馬上から見下ろす限り、地元民たちは貧弱な英語に翻訳されたおとぎ話の本の登場人物のようにしか見えなかった。そしてバートン自身が彼らにどう見えるかも、想像がついた。まるで銅像のようだろう。だから、ブロンズの騎士に自分たちの言葉で話しかけられて、皆が驚くのだ。異邦人でいる限り、なにも見聞きすることはできない。そして周りに異邦人だと思われている限り、永遠に異邦人のままだ。解決策はひとつしかない。バートンはすぐにその策を気に入った。異質性を自分から脱ぎ捨てるのだ。周りに脱がせてもらうのを待つのではなく。地元民たちのひとりであるふりをするのだ。そのために必要なのは、適切な機会だけだ。きっと難しくはないだろう。それが、このもくろみの一番興奮をそそる点だった。飛び越えるべき距離はそれほど大きくないように思われた。人間は相違点に重大な意味を与えたがる。だが相違点など、肩かけひとつまとえば消えてなくなるものだ。発音の模倣で一掃できるものだ。適切なターバンひとつで、共通の土台ができあがるだろう。

砂嵐の前触れがあった。やがて黒い雲が貪欲な口をあけて、大地に覆いかぶさってきた。砂はあらゆる隙間やひび割れから入り込んできて、すべての上に分厚く降り積もった。シーツは茶色くなり、人差し指で枕に署名することさえできそうになった。竜巻が塵芥を飲み込み、テントを切り裂き、穀物を撒き散らした。やがて突然、竜巻は狂気に絞りつくされて収縮し、それまでに破壊したあらゆるものを地面に落とした。

15　ナウカラム

オーム・ビニェシュヴァラーヤ・ナマハ。サルヴァヴィニョパシャンタイェ・ナマハ。オーム・ガネーシャヤ・ナマハ。

――シンドに転属になってからは、なにもかも悪いほうに変わっちまいました。あそこの連中は野蛮で残忍で、おまけに心の底からよそ者を嫌ってるんですからね。

――バローダ時代について、まだいくつか質問を用意してきたんだが。まずそこから始めようじゃないか。

――おまけに一日中、時間を選ばずに砂嵐が襲ってきて。

――まだわからんことがいくつかあるんだ。

――耐えられませんでしたよ。ここバローダの五月と同じで。特に、食事の給仕をするときがね。全部に覆いをかけなきゃならなかったんですよ。ほんのちょっぴりでも隙間があると、食べ物が歯のあいだでじゃりじゃり音を立てるんです。それにいたるところにある埃。

――前の章をまだ書き終えておらんのだが。

――章？　なんの章です？

――言葉の綾だ。わしをよく見てみなさい。なにも気づかんかね？　わしはなにも書いておらんだろう。

――バンガローももうありませんでした。砂丘の真ん中に設えられたテントふたつだけで。

――わかった。好きにしなさい。バローダの話にはあとからまた戻ればいい。さて、どうして家がなかったんだね？

――バートン・サーヒブにはお金が足りなかったからです。月に二百ルピーもらっていましたけど、家を建てるにはじゅうぶんじゃありませんでした。特に、本にあんなにたくさんのお金をかける人じゃあね。

――士官たちは、住む家に自分で金を払わねばならなかったのか？

――そうですよ。それに自分で見つけて設えなきゃなりませんでした。もちろん、あたしならやれたと思いますよ。でもバートン・サーヒブはすぐに国中をまわる任務を与えられたんで、家を見つける意味がなかったんですよ。あたしたちは、移動しながら普通の生活を送る術を学びました。そのときどきの環境に適応して、そこにあるもので精一杯できることをするには、あたしの能力が大いに試されましたよ。それに、忘れちゃいけません、あたしは急にひとりになったんです。もう十二人の助手はいなかったんですよ。そのことを書いといてください。いたのはコックがひとりに、雑用の少年がひとりだけでした。実際なんの役にも立ちゃしません。管理するのは一軒の家全体じゃなくて、七つの長持ちになって、その七つの長持ちの中身だけで、サーヒブにできる限り快適な我が家を作ってさしあげなきゃならなかったんですよ。あたしはあの砂漠で、ひとりきりでした。たったひとりの話し相手は、バートン・サーヒブでした。割礼を受けた連中とは、会話なんてできやしません。ま、そもそも言葉が通じないんですけど、たとえ通じたとしてもね。奴らの顔はまるで要塞みたいで、目は常にこちらを狙っているふたつの大砲でした。あたしの仕事は途方もないものでしたよ。ただね、あたしは立派にやってのけました。バートン・サーヒブは、砂嵐のなかでも読んだり書いたりしたいとおっしゃいましてね。サーヒブが折りたたみ式の机の前に座って、あたしが頭にひんやりする布を置いてさしあげるんです。そして、テントの隙間から入ってくる砂埃をはらってさしあげる。もし砂がサーヒブの目に入ったらどうなってたと思います。トウガラシの粉を入れられたみたいに痛むんですよ。ものを書くのは大変でした。ペン先のインクは固まるわ、紙はすぐに砂だらけになるわ。拭いても拭いても追いつきません。あたしはサーヒブの後ろに立って、数分おきにサーヒブの右肩越しにかがんで、布でサーヒブがちょうど書いている紙を拭くんですよ。サーヒブは一度、笑いながら、あたしのことを、演奏家の楽譜をめくる助手みたいだっておっしゃいました。イギリス人って、音楽を紙から読み取るんですよ、知ってました？　サーヒブが立ち上がると、あたしはすべてを長持ちにしまわなきゃなりませんでした。一日でも置きっぱなしにすると、紙がパラタみたいになっちゃうんですよ。そのパラタの生地に包まれてるのは具じゃなくて、いまいましいシンドの砂なんですけどね。

16　煙色の体

夜は一蹴りで追い払えるだろう。最後の悪夢を一掃するのだ。外では、たったひとりで歩く男が、砂を踏む足音の合間に唾を吐く。誰よりも先に日の出を見ようと急いでいるようだ。カラスたちが、まだ残る静寂を、嘴からのしわがれた声で切り裂く。バートンは窓辺に立ち、額を金網に押しつけた。誰かが火をともした。それは挨拶であり、同時に一日の最初のお茶のしたくでもある。堆肥のにおいが、まるで洗っていない手のように、靄《もや》のかかった畑の上をなでる。空気は冷たく、わずかに湿っている。ナウカラムが扉を開け、盆を置く音が聞こえた。バートンは手探りでポットのところまで行くと、紅茶をカップに注ぎ、少しミルクを入れた。カップを口に持っていったとき、夜明けが部屋のなかに忍び込んできているのに気づいた。まるで、夜のあいだどこか別の場所で過ごしたことを恥じているかのように、こっそりと。バートンは手のなかのカップの温かさを楽しんだ。そのとき、彼女の胸が背中に押しつけられるのを感じた。それが、バートンに挨拶する彼女のやり方だった。お茶はどうだい、とバートンは訊いた。彼女が断ることはわかっていながら。ベッドをともにすることはできても、ティーカップをともにすることはできない。彼女は決してバートンと一緒に食事をしない。同じ敷地内に暮らしているが、バートンはひとりで食事しなければならない。そういうものなんです、というのが彼女の説明だった。バートンのさまざまな要求や申し出を拒む彼女は、一晩中一緒に過ごすことも、これまでずっと同じように拒んできた。あなたが目覚めたときには、またここにいます。

彼女はその約束を守った——そして距離も守り続けた。これまで寝床をともにしてきた女たちとは違って、彼女は服を脱ぐ前に、明かりをすべて消してほしいと頼んだ。それは、最初に彼女が持ち出した条件だった。バートンはその望みを受け入れた。それを親しさの表現だと思った。最初のときは、月が優しく助けてくれた。バートンの手が彼女の肌を探った。彼女の口にキスをしようとしたが、彼女は唇を引き結んだ。彼女が自分を開くことなく身を任せるようすは、バートンを興奮させた。明らかになったのは、彼女は上手く、これまでの女たちと同じように熟練の技を持っていることだった。バートンはなにを考える必要も、どんな決断を下す必要もなかった。バートンが口にする前に、彼女は欲求を満たしてくれた。私は彼女が仕事をするところを目の当たりにしているんだ、という考えが、まっすぐに起こした頭をよぎった。それは興奮を鎮める考えで、そのせいでバートンはオーガズムに達しても沈黙を守ったままだった。その後、バートンがまだ目も開けないうちに、彼女は素早く立ち上がった。はだしで床を歩く足音が、どんどん遠ざかっていく。そして彼女は戻ってこなかった。何度かそんな夜を過ごした後、バートンはナウカラムに、クンダリーニは今後ブブカンナに暮らすことになる、と告げた。ナウカラムはそれを聞いて喜んだ。心から喜んでいるように見えた。ナウカラムがバートンの幸福に心を砕いてくれることに感動した。ある夜——自分以外の人間の肌に耐えられるほど涼しいのは夜だけだ——バートンは起き上がろうとしたクンダリーニを腕に抱いて放さなかった。再び体を横たえた。バートンはランプの明かりをともすと、怪しむようなクンダリーニの目にさらされながら、それを床に置いた。そしてクンダリーニの体を覆っているサリーをはいだ。クンダリーニは抵抗した。戻らなければ、と言った。あと少しだけここにいてくれ。クンダリーニはクンダリーニを見たかった。暗い煙の色をしたその肌を。クンダリーニのすべてを見たかった。だがクンダリーニはすぐに片手で恥部を隠し、もう一方の手で胸を隠そうとむなしい努力をした。結局、バートンの好奇心になすすべもなくさらされたクンダリーニは、起き上がると、両手でバートンの目を覆った。バートンは抵抗——できる限りわずかな——の証として足の指を開き、それを見てクンダリーニは笑い始めた。まるで沸騰し始める水のように。バートンはクンダリーニを抱擁した。いまだになにも見えないまま、クンダリーニの笑いを抱擁した。なかなかいいぞ、とバートンは思った。ただ、私と一緒に過ごすことを彼女が楽しんでいるかどうかさえわかれば。

それを本人に訊くのは簡単ではなかった。それだけの勇気を奮い起こすのに数日かかった。あなた様のお気に召していればいいのですが、旦那様、と、不安げにクンダリーニは言った。私は気に入ったよ。それなら私もうれしゅうございます。そう言った声の調子ではなく、表情でもない、なにか別のものが、バートンの不信感を呼び起こした。クンダリーニの言葉は、あらかじめ用意されたもののような気がした。ナウカラムに訊いてみなければ。直接ではない、もちろん。たとえば、風呂に入りながら、ナウカラムを呼びつけて、こんなふうに訊いたら、どんな顔をすることやら——私がクンダリーニを満足させているかどうか、聞き出してこい。こんなに楽しそうな遊びを自分に許せないとは、ほとんど情けないくらいだ。直接訊くかわりに、バートンはほのめかしにほのめかしを重ねて、鍵をかけられた言葉に手探りで近づいていった。慎重を期したにもかかわらず、ナウカラムは驚愕した。ときどき彼は極端な態度を取ることがある。まるで女家庭教師のようにはにかんだ。この取り澄ましたぽん引きめ、と、バートンは危うくナウカラムを怒鳴りつけそうになった。サーヒブ、彼女に満足していらっしゃらないので？　いや、まったくそういうわけではない。ただ、クンダリーニともっとよく理解し合いたいんだ。彼女はお望みに応えないんで、サーヒブ？　私はもっとクンダリーニの望みを知りたいんだ、そういう話をしているんだ。彼女が望みを持つなんて、普通はあり得ません。わかった、お前は私の助けにはなってくれないようだな。いいえ、サーヒブ、いつでも助けになります、いつでも。

次の晩、クンダリーニはためらいがちな嫌悪感を見せながら、剃るならすべての女の目に見えるところにしてくれませんか、私の視線しか向かないところではなく、と言った。言われてみれば、それは本当に矛盾だった。もしかしたら、かつてハジャームが半分寝ているバートンの髭を剃ろうとしたのも、そういう理由からだったのかもしれない。いまとなっては、自分でやるしかなかった。また別の日、バートンが精根尽きて仰向けに横たわったとき、クンダリーニは隣で横向きになり、軽い調子で、冗談めかして、祖母について語った。クンダリーニの祖母は男たちを、さまざまな動物のグループに分けていたという。私はどのグループに入る？　うさぎです、とクンダリーニは言った。あまり褒められているとは感じなかった。ほかにはどんなグループがあるんだ？　あとは種牛と種馬のグループです。そっちのグループのほうがいいのだろう？　とバートンは訊いた。いいえ、うさぎが悪いわけではありません、悪いのは速いうさぎだけです。遅いうさぎもいるのか？　クンダリーニは首を振った――肯定しているのだ。遅いうさぎと、少し速いうさぎがいます。種牛と種馬もそうか？　はい。速さとはなにを表すんだ？　いや待ってくれ、想像がつくぞ、快楽をどれだけ長引かせられるかなのだろう？　はい、女を待てるかどうかです。女が頂点に達するのを。女に頂点があるのか？　あまりに拙速に口から出てきたその言葉を、バートンは即座に後悔した。クンダリーニは驚愕の表情でバートンを見つめた。じゃあ君は、とバートンはためらいがちに尋ねた。君はその頂点を味わったかい、私たちふたりのあいだで？　クンダリーニはうなずいた――否定しているのだ。私が速いうさぎだからか？　はい、私は時間がかかります。どれくらい？　それは、あなたが舌で時間をかけてくれるかどうかによります。イシュクマクについて、お聞きになったことはありませんか？　頂点に達するのを遅らせる技のことです。いや、ないな。ほかの高尚な技ならいろいろ知っているが。キツネ狩りの技、フェンシングの技、小さな球を緑のフェルトの上で突く技。だが、頂点に達するのを遅らせる技とは、いや、そんなものは知らないな。我々の国では、そういう技は実践されていない。我々の国では、ひとつの頂点から次の頂点へと大急ぎで駆け回るものだ。クンダリーニは微笑みさえしなかった。教えてさしあげます、とクンダリーニは言った。真面目な顔で、バートンの皮肉な笑みには目も向けずに。旦那様がお望みなら、ですが。バートンは、無理やり真面目な顔を作って答えた。ああ、私も君の頂点を一緒に味わってみたいからな。その頂点の原因になりたいんだ。バートンはクンダリーニの肩に手を置いて、色の違いをじっと眺めた。どうして君の肌はこんなに黒いんだ？　クンダリーニはバートンのほうに寝返りを打つと、厳しい目でにらんだ。まるでバートンが無礼な質問をしたかのように。そしてバートンのほうに身を寄せてきた。あまりの近さに、その姿がほとんど見えなくなるまで。新月の日に生まれたからです、とクンダリーニはささやいた。その目が、花火のように弾けた。

次に床をともにしたときのことだった。クンダリーニはバートンの上に乗っていた。バートンのうめき声は、その体内で巻き起こる嵐を物語っていた。そのときクンダリーニが動きを止めた。じっとしたまま、両手をバートンの胸に置き、驚くバートンの脈動の上で、話し始めた。完全な文章を。なにかのついでのようでありながら、同時に相手の完全な注意を要求する、なじんだいつもの口調で。クンダリーニの言葉についていくために、バートンは腰の動きを緩めねばならなかった。クンダリーニはコブラ愛人について語った。コブラ愛人の体は何年もかけて毒に慣らされていく。最初はほんの一滴、それから数滴。毒の量は増えていき、やがて彼女たちは毎日ティースプーン一杯の毒を飲むようになる。そして最終的には、コップ一杯の毒を飲んでも体に影響を受けなくなる。だが彼女たちの汗や唾、愛液は毒性が強くなり、誰でも彼女たちと寝たら最後、死を宣告されたも同然になる。彼女たちの涙を拭いてやり、そのあとで手を口に持っていっただけで、死んでしまう。わかりますか、そういう女たちが自身の欲望に身を任せることができるのは、誰かを殺さねばならないときだけなのです。お金で支配者に雇われた殺し屋にほかなりません。そういう女たちは、人を愛してはならないのです。自分たちが触れ、口づける者を皆、毒殺してしまうのですから。相手を軽蔑していようが、愛していようが同じなんです。そういう女たちの不幸が想像できますか？　バートンは動きを止めたままベッドに横たわっていた。男根はまだ硬かったが、それをクンダリーニの体内から引き抜いた。クンダリーニはバートンの胸を引っかいた。まだ話は終わっていません。ひとりの詩人がいました。たぶん国中で一番才能のある詩人でしたが、そういう愛人のひとりに恋をしてしまいました。おそらくその時代一の美女だったその女を見たとたんに。熱狂しやすく抑制の利かない若者じゃありません。経験を積んだ大人の男でした。宮廷のしきたりも、感情の法則も知っていました。詩人は長いあいだ苦しみました。女に愛を告白していいものかどうか、疑っていたのです。ようやく決心を固めたとき、女のほうが彼に話しかけてきました。ジャムナ川のほとりで。女は詩人に、サンスクリット語を教えてほしいと頼みました。愛人として持ち合わせるべきさまざまな技量のなかで、サンスクリット語の知識だけが欠けているというのです。詩人は、愛人に毎日講義をする許可を、その主人からもらいました。クンダリーニは前かがみになった。その髪がバートンの顔をくすぐった。それからクンダリーニは再び体を起こした。両手は見えなくなっていた。その爪が太ももの内側をなでるのを、バートンは感じた。よく聞いてくださいとクンダリーニは言った。女は詩人に恋をするようになりました。何年も一緒に学ぶうちに、少しずつ。かつて体を毒に慣らしたのと同じように、ゆっくりと。そしてある日、女はふたつの告白をしたのです。詩人への愛の告白と同時に、死をもたらすよう作られた体のことを。そのとき詩人はなにを感じただろうって、私はよく考えるんです。ふたりのお互いへの愛がぎりぎりまで耐え抜かれた末、静かに生まれたその瞬間に。詩人は女に背を向けたりはしませんでした。愛する人とひとつになろうと決めたんです。たとえただ一度きりであっても。わかりますか、詩人は、その女に加えられた虐待を、自分の身で償おうとしたんです。バートンの体を戦慄が走った。それで？　それがおかしなところなんですが、この話には無数の筋書きがあるんです。ただ、どの筋書きにも共通している点がひとつだけあります。詩人は死にます。もちろん。でも死ぬときに、詩人の表情は至福に緩むんです。救済へと続く門を目にした者だけが知る至福に。クンダリーニはバートンの体から降りると、隣に横たわり、人差し指の爪で、すっかり萎えたバートンの男根をなでた。これです、旦那様、とクンダリーニは言った。これが頂点に達するのを遅らせる技です。私の話から回復なさったら、また始めましょう。バートンは新たな目でクンダリーニを見つめた。できれば口づけをしたかった。その口づけで、彼女が誰であるか、なぜこの部屋に横たわっているのかを忘れたかった。だがバートンはその詩人と同じではなかった。自分自身のなかの、これまで最も予測していなかった場所に、臆病さが潜んでいることに気づいた。

17　ナウカラム

オーム・ドゥムラヴァルナーヤ・ナマハ。サルヴァヴィニョパシャンタイェ・ナマハ。オーム・ガネーシャヤ・ナマハ。

――バローダのことはもういいじゃないですか、もうじゅうぶんですよ。まだまだシンドのことをいっぱい書いてもらわなきゃならないんですからね。シンドでのあたしの仕事のことを。必死で働くばかりで、ほとんどなんの楽しみもなかった年月ですよ。

――よしわかった。

――いいですか、あたしはご主人と一緒にシンドへ行ったんです。これは当たり前のことじゃないって、わかっておいてくださいよ。あたしはシンドでご主人だけじゃなく、イギリス人の軍隊にも仕えたんです。そしてご主人の命を救ったんだ。これは絶対に強調してもらわないと……

――その話にもそのうち行き着くだろう。さてと、あんたはご主人と一緒にシンドへ行った。だがご主人の愛人のクンダリーニは、まあ、イギリス人の将校が、愛人と一緒に引っ越すとはとても想像できんな。

――その問題はもち上がりませんでした。

――どうして。

——もち上がらなかったからです。

——愛人はご主人を捨てたのか。はっ。あんたは不実な人間を選び出したというわけだ。女は去っていったのだな。

——違う、でたらめを言うな。

——どうしてあんたは、話がその女のこととなると、そう激しく反応するんだね？　あんたの感情は大げさだぞ、そうは思わんか？

——大げさな感情ってなんです？　あんたは感情に境を設けるんですか？　すべてがうまくいかなかっただけですよ。あたしは間違いなんか犯しちゃいない。もしあたしにクンダリーニのような妻がいれば。

——クンダリーニのような？　それともクンダリーニ自身か？

——クンダリーニのことは、あんたにはうまく説明できません。あたしは朝起きるのがうれしかった。クンダリーニに会えると知っていたから。声を聞けると知っていたから。クンダリーニは、体を洗いながら歌を歌うんです。いろんなバジャンを知っていました。クンダリーニが歌うと、まるでその一日にきれいな飾りがついたみたいでした。しょっちゅう面白いことを言う人でした。最初からそうだったわけじゃありません。ほかの召使たちは、クンダリーニのことを侮蔑的に扱っていました。偽善者どもが。きっと誰だって、クンダリーニを喜んで妻にしたに違いないのに。でもそのうち、奴らも軽蔑し続けることはできなくなりました。クンダリーニには、とても抵抗しきれない魅力があったんですよ。ときどき一緒に台所にいるときなんか、クンダリーニはあたしたちみんなを笑わせてくれました。でも、すごく憂鬱そうなときもあって、そんなときには世界中がブルカを着ているみたいな気がしました。クンダリーニを元気づけたかった。でもどうしたらいいっていうんです？　あたしはあの人の……

——あんたはその女に恋をしたんだな。もっと早くに気づくべきだったよ。女のせいで頭がどうかなってしまったんだな。

——ご主人があたしに打ち明け話さえしなければ、それほど辛くはなかったはずなんです。本当に耐えられませんでしたよ。ご主人は、あたしにクンダリーニの話をすることで、あたしを評価し、尊重していることを示せると思っていたんです。なにがご主人を戸惑わせるか、クンダリーニのどんなところが好きか。あたしには止められませんでした。あたしがなにを言おうと、ご主人は疑念を抱いたでしょう。クンダリーニがうちに来てから、時間がたてばたつほど、ご主人はあけすけにあたしに彼女の話をするようになりました。あたしはひとことだって聞きたくなかった。でももっとひどいことになったんです。ご主人は、あたしの助言を欲しがるだけじゃなくて、あたしにクンダリーニを説得させたがったんですよ。命令なさったわけじゃありません。それでも、ご主人がなにを望んでいるかは、はっきりしていました。あたしはクンダリーニと、ご主人のことを話さなくちゃならなかったんです。

——あんたはサーヒブに嫉妬していたんだな。ようやくわかったぞ。サーヒブはすでに多くを所有していた。あんたよりずっと多くを。それなのになぜ、あんたが好きになった美しい女まで所有せねばならんのか、というわけだ。そうじゃないかね？　サーヒブはあんたの憎しみに気づかなかったのかね？

——あたしはご主人を憎んでなんかいませんでした。それもでたらめです。

——彼女はそのせいでバローダに残ったのか？　イギリス人のご主人に彼女の悪口を吹き込んだのか？　彼女の近くにいることに、もう耐えられなかったから？　彼女がお前たち主従の確執の種をまいたから？

――黙れ。あんたの話は全部でたらめだ。クンダリーニは死んだんだ。もうずっと前に死んでたんだ。

――なんだと？　どうして死んだのだ？

――あんたは度し難い人だ。まさか、あたしがこれまで誰にも話したことがないことを、あんたに打ち明けるとでも思ってるのか。

――わしはただ訊いただけだが。

――なんでも訊けばいいってもんじゃないだろう。

――非常に適切な問いだったと思うんだが。

――あたしはあんたに秘密を打ち明けるために金を払ってるんですか？　あんたのせいであたしの生活はもうめちゃくちゃだ。

18　迅速な行動

一週間後、ウパニチェはバートンを生徒として教えることを承諾した。そこでバートンはナウカラムに、ときどき大きなかぼちゃを師の家へ届けるよう指示した。彼のことをどう思う？　とバートンはナウカラムに訊いた。あたしは気がついたんですがね、サーヒブ、あの人、毎日同じ時間にやってきますね。自分の生活をしっかり自分の手に握ってるってことです。それは優秀な師のしるしですよ。実際、一分とたがわず正確に、毎日午後四時になると、トンガの車輪のガタガタという音とラバの鼻息が聞こえてくるのだった。そしてナウカラムが扉を開けると、白い髭を生やした小柄な男が庭の小道を歩いてくる。その後ろには助手がついており、頭上には日傘が差しかけられている。師弟はチャイを飲む。師の好みは香辛料を効かせたチャイだ。それからふたりは並んで机の前に座る。ナウカラムは、籐椅子にクッションを三つ置かねばならない。ウパニチェにとって文法は、好きなだけピルエットを回れる舞踏場のようなものだった。バートンはウパニチェの踊りを妨げなかった。活気に溢れた精神が助動詞の活用だけで満足するなどと、誰が信じよう。ウパニチェの逸脱は、当初はまだ言語という舞踏場に留まっていた。我々の言葉では、男という意味の単語は二つあることを、もちろんあんたももう知っているじゃろう。ひとつはアドミ。これはアダムから派生した。イスラム教徒たちの主張どおり、アダムはこの地で生まれたんじゃ。それからもうひとつはマナヴ、これはマヌから派生した言葉じゃ。マヌというのはもうひとりの遠い祖先で、あんた方なら、ヒンドゥー教の伝統に基づいていると言うところじゃろう。人間はその言葉でわかる、そう言うじゃろう？　我々の言葉によれば、我々はふたつの系列の子孫だということになる。それが我らにどれほどの強さを与えてくれることか！　でもグルジ、その理屈だと、インド人はみんなヒンドゥー教徒であると同時にイスラム教徒でもあるという帰結になりませんか？　あまり大胆なことは考えるな、シーシャよ、ヒンドゥー教徒とイスラム教徒とが隣り合って暮らしているのを喜ぼうではないか。だが、やがてウパニチェは言語だけでは飽き足らなくなった。そして宙返りをすると、両足で法学という舞踏場に着地したのだった……古代インドの刑法には、動物に対する犯罪があったんじゃ。ピルエット三回の後、ウパニチェは今度はカースト制度について述べた……あんた方は名門の生まれの者のことを高い生まれ《ハイ・ボーン》と言うが、我々は二度生まれた者と言うんじゃ。それほど大きな違いではないだろう、そう思わんかね？　そして呼格についての説明の後、ウパニチェは生徒への褒美として、ひとつの格言を与えた……本とペンと女、これらは決して人に貸してはならん。戻ってきたときには、びりびりか、ぼろぼろか、ばらばらになっておる。それはご自身のお言葉ですか、グルジ？　まさか。サンスクリット詩からの引用じゃよ。あんた方なら古典的作品と呼ぶだろう詩からのな。驚きました！　驚きなさい、驚きは健康じゃ。もう少し授業を進めませんか？　いや、もうじゅうぶんじゃ、ミスター・バートン、じゅうぶんじゃよ。グルを疲れさせるシーシャとはな、これまでそんなシーシャがいたためしがあるか？　まったくけしからん話じゃ！　わしを酷使せんでもらいたいな！　あんたはこのグルジを、これからも長く必要とするんじゃからな。

ある晩、ウパニチェを迎えにくるはずのトンガがやってこなかった。やむを得ずナウカラムが代わりのトンガを手配するあいだ、ウパニチェは待つことになった。肘掛つきの安楽椅子に座り、脚を足置きに載せて楽な姿勢を取っていたにもかかわらず、ウパニチェはだんだんそわそわしてきた。ウパニチェの経歴に関するバートンの質問に答えながら、親指と中指をこすり合わせていた。そして、数語話すたびに、ついに車輪の音が聞こえてくるのではと耳を澄ます。奥様のことがご心配ですか、グルジ？　帰るのが非常に遅くなるだろう、それはまずい。耐えられない。我々は正確な文明の子孫なのだ。我々が体験する一秒一秒に、宇宙の秩序が反映しておる。そして一秒無駄にするたびに、その秩序が深刻に脅かされるのじゃ。カラの循環に関する説など気にしてはならんぞ。あの説によれば、我々は非常に寛容な考え方をすることになっておる。だが我々は正確でなければならんのじゃ。ナウカラムが代わりのトンガを見つけられないまま戻ってくると、ウパニチェは指で肘掛を叩き、クッションの上でもぞもぞし始めた。ナウカラムは居住区中を探したが、一台のトンガも見つけられなかったのだった。バートンは自ら師を家へ送っていくことに決めた。バートン自身の馬の背に乗せて。助手は徒歩で帰ればいい。おお、シーシャよ、わしに多くを期待しすぎじゃ。この馬にどうやって乗れというんじゃ？　私たちが抱き上げてさしあげます。いや、それは気に入らんな。師は家具ではないぞ。わかりました、それならナウカラムが椅子をお持ちします。私が馬をおとなしくさせておきますから、グルジは背に上って、座ってください。馬に乗ったことなど一度もないんじゃよ、ラバに乗ったことさえないというのに。とにかく鞍の上にお座りください、グルジ、もう少し後ろにお願いします、私が前に乗ることができるように。落ちたらどうするんじゃ？　私にしっかりつかまってください、グルジ。今日は例外的に、あなたが私に依存していらっしゃるわけです。おお、我々はこうやって夜道を行くわけか？　若い恋人どうしのように。誰かに見られたらどうする？　大通りは避けてくれ、明かりのない脇道があるだろう、そっちのほうがいい。バートンは馬をゆっくりと歩かせ、ウパニチェは徐々に落ち着いてきた。今夜は変わった晩じゃな。わしはあんたに敬意を表したい。別の言い方をすれば、今回のことにふさわしいなにかをあんたにやりたい。なにをお考えです、グルジ？

マントラじゃ。あらゆるマントラのなかで最も強力なものかもしれん。このマントラを、わしがあんたに払う運賃だと思ってくれ。このマントラは、あんたのなかから決して消えることはないじゃろう。

プルナ‐マダハ
プルナ‐ミダム
プルナート・プルナム・ウダ‐チュヤテ
プルナシャ・プルナム‐アーダーヤ
プルナメヴァ・アヴァ‐シシュヤテ

——美しい響きですね、グルジ。こんなマントラを聞きながらなら、一晩中でもご一緒に馬に乗っていられますよ。

——おお、大げさなことは言わないでおこう。あんたになにを教えたね？　節度を保つことだろう。翻訳には興味がないのかね？

——英語で聞いても、きっとサンスクリット語ほどには説得力がないと思います。

——確かにそうだ。ではこのマントラをそのまま暗記しなさい。意味はあとからついてくる。きっと実感するじゃろう、これが世界を変えることをな。

——このマントラが世界を変えるんですか？

——あそこで降ろしてくれ。残りは歩いていく。ひとりでな。明日うちへ来なさい。簡単な食事を用意するから。

——ご招待ありがとうございます。

――感謝はしないでくれ。感謝とは金のようなものだ。お互いによく知っている者どうしなら、もっといいものを贈れる。実はひとつ頼みがある。イギリス人将校を客に招くことに、近所の者たちがどう反応するかわからない。彼らを刺激したくない。だから、できれば地元民と同じ服を着てきてくれないだろうか。難しいことを頼んでいるのはわかっておる。だがそれも語学学習の一部だと考えてくれ。そのほうが、地元民たちとの会話に入りやすいじゃろうから。どこかに突っ立っておればいいんじゃ。そうすれば数分後には、最初の友情を結んでいることとじゃろう。

――私のグジャラート語ではとても会話など。

――どうしてあんたにグジャラート語が話せるわけがあろう。あんたは旅人じゃ。出身は、そうじゃな、ちょっと考えさせてくれ、そうじゃ、カシミールじゃ！　そう、あんたはカシミール出身のブラフマンじゃ。もし誰かに、どのブラフマンかと訊かれたら、ナンデラ・ブラフマンと答えるんじゃ。

――ナンデラ。

――それから、どのゴトラに属しているのかと訊かれたら、バラドワジと答えるんじゃ。

――バラドワジ。

――そして、誰かに家名について訊かれたら、そのときは……

――ウパニチェ！

――うん、悪くないな。このグルジの名声を聞いて、訪ねてみたいと思った遠い親戚ということにしよう。素晴らしい。

――でも、もし本物のカシミール人に会ったら？

――そのときは、ジャン・カンパニ・バハードゥルの高位の士官だと名乗って、もし正体をばらしたら牢に入れるぞと脅すんじゃ。

――あなたがフィランギと交流があることは、みんな知っているのではないんですか？

――昔はな、シーシャ。昔はそうじゃった。だが時代は変わる。無関心が、新たな拒絶に取って代わられようとしておるんじゃ。わしは、多くの者がイギリス人への激しい憎悪を口にするのを耳にしておる。

――それは大げさです。そんなにひどいはずはない。

――かもしれん。だがこういう問題では、誇張が役に立つもんじゃ。正直に打ち明ければ、わしの意図には何人もの生みの親がおる。隣の男にちょっとしたいたずらをしてやりたいという思いもある。あの床屋にもだ。あんたをカシミール出身の学者だと紹介して、あんたがどれほど典型的なカシミール人かという話を、彼らが尾ひれをつけて大げさに話すのを聞いた後で、実はあの客はイギリス人だったんだと告白したときの、ふたりの驚いた顔を見てやりたいんじゃ。早めに来なさい。我々は一日に一度しかきちんとした食事はしない。遅めの昼食を楽しもう。そうすれば日没時には家へ帰れるぞ。

――アオジョ、グルジ。

――アオジョ。ああ、もうひとつ。本は持ってこないでくれ。

バートンはその言葉の背後に、自分には理解できない冗談が隠されているのだろうと考えた。ところが、師の家に――求めていた機会がこれほど早く訪れようとは思わなかったが、地元民の姿で――足を踏み入れたとたん、この家に不必要なものがあるとしたら、それは本であるとすぐに悟った。ウパニチェの妻が、客に心から歓迎の挨拶を述べた。夫よりさらに小柄で、感情が素直に表れる顔に恵まれた女性だ。どういうわけか、夫人はこのシーシャを、クッションの横にいくつもの傾いた塔になって積み上げげられている夫の無数の本たちに対する勝ち目のない戦いにおける戦友と見なしたようだった。この埃まみれの本だけど、と客に目を向けたまま、夫人は大声で言った。あなた、捨ててくださらない？　もう十年前から触ってもいないじゃないの。それがなんじゃ？　とグルジが答えた。わしはお前にだって十年前から触れておらんぞ。だからってお前を捨てなきゃならんのか？　バートンは愕然とした。どこに目をやればいいのかわからなかった。いったいなんということに巻き込まれてしまったのだろう？　この気まずい状況からどうやって抜け出せばいい？　だがそのとき、老夫婦の笑い声が聞こえた。あけっぴろげな笑い声で、バートンが目を上げると、ウパニチェが目配せをしてきた。

——あなたは本と寝ているんですものね。

——嫉妬しておるのか？

——本と結婚すればよかったのよ、私とじゃなくて。

——本が息子たちを産んでくれたかね？

——あなたには心ってものがないのよ。

——代わりに、その場所に分厚い黒い本があるんじゃろ、わかっておる。

——あなたの心臓は鼓動するんじゃないの。誰かがめくらなきゃならないの。

——だからお前は読むことを覚えたのか、わしの息子たちの母よ？

——あなたがいつも新しいことを書き込み続けなければ、もっと早くに暗記できたはずよ。とても追いつかないのよ。もう諦めたわ。十年前にね！

ふたりは再び一緒に笑い声を上げた。今度はバートンも一緒に笑った。急に、ふたりの生活を遠慮のない冗談で生き生きと保つこの老夫婦の家がどれほど居心地がいいかに気づいた。いつになったらなにか栄養のあるものを食べさせてもらえるんじゃ？　見てわからないの？　私はいま話しているのよ。お前はいつでもしゃべってばかりじゃ。お前の思うとおりにさせていたら、我らの客は飢え死にしてしまうぞ。ウパニチェはこの日、真面目な話には我慢がならないといったようすだった。わしらの国で最も有名な詩人のひとりには、妻が大勢おった。その詩人は皆の模範でな、皆がああなりたいと思っておる。わしはもうずっと前から、妻がひとりしかいないうちは偉大な詩人にはなれんという意見を主張しておるんじゃ。するとあれがなんと答えると思う？　まずは偉大な詩人になりなさい、そうしたらほかにも妻をもらえばいいわ！　とこうじゃ。水が跳ねるような夫人の笑い声が台所から聞こえてきた。ウパニチェは満足そうにクッションにもたれると、右手をゆっくりと白い髭に伸ばして、次の冗談で沈黙を追い払うのだった。その冗談に、バートンはウパニチェと歩調を合わせて笑った。あまりに激しく笑ったので、前かがみになり、両手で腹を押さえ、目は師の目にうんと近づいた。ウパニチェの目は顔から飛び出て、テーブルの上に転がり、増殖していき、やがてウパニチェの節くれだった手にすくい上げられる。祈禱用の数珠《じゅず》のように。ミルクにはなにが入っていたんですか？まだ引ききらない笑い顔を残したまま、バートンは訊いた。バングじゃよ、もちろん、シーシャよ。うちでは快適に過ごしてもらいたいからの。華奢なウパニチェ夫人が、ふたりの前に立った。ふたつのタリーの盆を手にした妖精。夫人は、五つの小さい器になにが入っているのかを、バートンに説明した。バートンは器のひとつから、マイルドな香辛料とともに蒸したオクラをチャパティでひとつひとつすくって食べた。そのあいだウパニチェは、のちに結婚することになる娘の村に忍んでいった話を聞かせてくれた。娘の姿を一目見ようと木々の後ろに隠れていた若い男。その一瞬の偵察が、結婚式の日までに彼が見た妻の最後の姿だった。ふたりが向かい合って座り、四方を神官や親戚たちに囲まれて、花嫁の頭と肩を覆っていた布が取り除かれた瞬間まで。びっくりした？　と夫人が訊いた。正直言うと、遠くから見たお前の姿には感銘を受けたよ。ところが近くで見ると、心臓が舞い上がって、それ以来おとなしくなってくれない。そのとき扉にノックの音がした。カシミールから来た学識ある男を表敬に来た近所の人々だった。彼らはバートンのグジャラート語を褒めてくれた。その後ウパニチェはバートンを階下に連れていって、床屋に紹介し、しばらくこの客をここに置いてやってくれないかと頼んだ。自分は上で重要な手紙を書かなければならないから、と。ご覧のとおり狭くてね、と床屋が謝った。バートンは長いあいだそこに座っていた。その狭い部屋の一番奥まった、暗い片隅に。客がどんどん訪れるため、床屋とはほとんど会話ができなかった。髭剃りは、簡単な頭のマッサージと、優しい平手打ちで終わる。バートンはいつしかうたた寝をしていたが、重い声でまどろみから引きずり戻された。その声は、なにかを罵り始めた。床屋はその客の言葉の奔流をなんとか止めよう、せめて流れを別の方向に導こうと、むなしい努力をしていた。

——昔は、養わなきゃならん寄生虫はひとりだけだった。

——はあ。

——ところがフィランギまでがやってきた。

——はあ。

——イギリス人は寄生虫よりもっと悪い。

——はあ。

——ふたりのマハラジャを同時に食わせてやることはできん。

——はあ。

店の一番奥の片隅から、バートンは言葉を発した。

——おっしゃるとおりですね。

——アレ・バープレ、客がいたのか！

——教養のある方ですよ。カシミールからいらっしゃったんです。グルジを訪ねてみえたんです。

——おっしゃるとおりだと思います。イギリス人どもは、我々に襲いかかってきて、我々から盗み、寄生虫のようにすっかり居ついて、我々に今後永遠に養ってもらおうと思っているんですからね。

——あんたの言うとおりだよ、旅の人。あんたたちカシミールの男たちは、俺たちみたいに奴隷制に慣れてはいないだろう。どんな寄生虫も同じだ。どれだけ働こうと、どれだけ食べようと、寄生されてる俺たちはどんどん弱り、やせ衰えていくんだ。

——まさにそのとおりですよ。でも、どうしたらいいんでしょうね？

——闘わなきゃな。

——どうやって？

——武器を持つ者、闘える者たちを、イギリス人に抵抗するよう仕向けるんだ。誰のことを言っているか、わかるだろう？

——セポイですね。

——そうだ。あんたと俺は同じことを考えてるってわけだ。すぐにわかったよ。俺たちは心の兄弟だ。あんた、名前は？

——ウパニチェです。

——姓じゃないほうの呼び名は？

——呼び名は、ええと、呼び名は……ラムジです。

——知り合いになれて光栄だよ。俺の名前はスレシュ・ザヴェリ。金市場に来てくれれば会える。この話の続きをしよう。

　バートンがウパニチェの家を出たのは、遅くなってからだった。数歩行ったところで、この区域の街灯に明かりをつけて回る男とすれ違った。男は肩にはしごをかつぎ、手には油の缶を持っていた。

バートンは浮かれた気分で男に挨拶をした。男は小声で答えると、はしごを街灯の木製の支柱にもたせかけて、タールを塗った先端に向かって上り始めた。

19　ナウカラム

オーム・クシプラーヤ・ナマハ。サルヴァヴィニョパシャンタイェ・ナマハ。オーム・ガネーシャヤ・ナマハ。

――あれから考えましてね。どんなに頭の悪いイギリス人にもあたしの価値がわかるようななにかがないかって探したんです。実はね、バートン・サーヒブはスパイでした。バローダでじゃありません。シンドにいたときです。大物のスパイでした。一番の大物スパイのひとりでした。なんといっても、イギリス人の将軍にいつでも連絡が取れたくらいなんですよ。で、将軍と長いあいだ話しこんでました。どうしてそうなったか、わかりますか？　あたしが大切な役割を果たしたんですよ。グルジとともにね。あたしたちが、サーヒブをスパイにしたんです。

――恥じてはおらんのか？

――言い方が悪かったみたいですね。サーヒブをそそのかして間違ったことをやらせたんじゃありません。あたしたちは、サーヒブがあたしたちの服を着て、あたしたちの一員のふりをするきっかけをつくったんです。グルジは一度、そうしてほしいとサーヒブに頼んだことがあります。それでサーヒブは、あたしからクルタを借りました。

――それは信頼の証じゃないか。

——サーヒブはすごく興奮してました。グルジと奥さんの家を訪ねた後。あたしは、サーヒブがクルタを着たときから、こんなことをしてごまかせるものかと疑ってましたよ。変装をしてあたしの前に立ったサーヒブを見て、もう少しで笑っちまうところでした。ズボンが長すぎて、まるで案山子《かかし》みたいだったんです。でもあたしは、大切なことを見落としてました。目の前にいるのがバートン・サーヒブだって、あたしは最初から知ってたってことです。それを知らない人たちがサーヒブをどう見るかまでは、考えませんでした。サーヒブはヘナ油を顔と両手両足に塗ると、トンガに乗って町へ出かけていきました。戻ってきたのは、暗くなってからです。サーヒブは興奮してました。あんなふうに興奮しているところは、滅多に見たことがありませんでした。あたしになにもかも話して聞かせたがりました。みんなにカシミール人だと思われたこと。その役を演じているあいだ、どんなに気分がよかったか。部屋の隅に座ってみんなの話に耳を傾けたこと。いつの間にか、自分は本当は仲間じゃないんだって事実を忘れてしまったこと。サーヒブはしゃべりにしゃべりました。あたしは、サーヒブの変装に間違った判断を下してたことに気づきました。サーヒブはね、自分でヒマラヤ出身の人間だと言えば、それだけでもうヒマラヤ出身の人間に見えたんですよ。発音までぴったりでした。完全に間違っているわけじゃなくて、ちょうどカシミール人だってわかるくらいの訛りだったんです。

——あんたはカシミール人がグジャラート語を話しているのを聞いたことがあるのかね?

——いいえ。

——それじゃあ、ご主人の発音がその役にぴったりだったなんて、どうしてわかる?

——あたしの想像どおりだったんですよ。そういう響きだった。それから何日か後、あたしたちは一緒にバザールに行きました。サーヒブは、あたしが主人のふりをして、自分は召使のふりをしたいと言いましてね。家を出る前に、絶対に自分を尊敬するそぶりを見せてはならないって、あたしに厳しく言い渡しました。本物らしく見えなきゃいけないって。だから、買ったものも自分で持つって言い張りました。あたしは黙って、一緒に演技をしましたよ。でもそれだけじゃサーヒブには足りなかったんです。自分を叱りつけろ、みんなに聞こえるような大声でって、あたしに英語で耳打ちしました。あたしは、サーヒブを怠け者だといって叱り始めました。最初はおっかなびっくりでしたけど、そのうち楽しくなってきましてね。サーヒブのことを不誠実だと言って叱りつけました。ちょっとやりすぎたのかもしれません。ひとりの男があたしたちを呼び寄せました。宝石商の前に立っていた男でした。どうやらバートン・サーヒブのことを知っていたみたいで、サーヒブにウパニチェって呼びかけました。男は、バートン・サーヒブが召使だったことに、明らかに気分を害してました。我らのバーラトでは事態はここまでひどくなっているのか、と男は嘆きました。教養ある人間が、裏切り者に身売りせねばならんとは。寝返った者に腰をかがめねばならんとは。そう言って、まるで殺してやりたいって目であたしのことを見るんですよ。

——それは本当に面白いな。

——あたしにとっては、面白くもなんともありませんでしたよ。その後の顚末も。バートン・サーヒブはあたしに気を悪くしました。あたしはサーヒブのお望みどおりのことをしたっていうのに。サーヒブは、まさかあの知り合いに会うなんて、思ってもいなかったんですよ。あんなことのあとでは、もうあの男を訪ねることはできなくなってしまった。あの男からの尊敬の気持ちを、サーヒブは失ったんですからね。誇り高いカシミール人が、グジャラート人の商人に仕えていることを、どう説明したらいいんです。それでも、失敗は成功の一部でした。それからというもの、バートン・サーヒブは変装するっていう考えにとりつかれてしまいました。あたしに仕立て屋を呼ばせると、体の寸法を測って、服を一そろい縫わせました。普段着と特別な場に出るためのよそいきです。家では簡素なクルタを、裾がぼろぼろにほころびて、破れ目ができるまで着ていました。そしてあたしに、それを洗ってはいけないって命じたんです。これはどんなカーストにも合う服だって言いました。それを着て、士官食堂の前をうろうろして、ほかの士官たちに物乞いをするっていういたずらをしてましたよ。士官たちに追い払われると、天に向かって怒りの声を上げて、素晴らしくきれいな英語で同郷の人間の心無い仕打ちを呪うんですよ。

——そんな変装をして、なにがしたかったんだ？　ただの遊びか？

——そう、確かに遊びでした。でも遊び以上でもありました。最初はサーヒブも、それで仕事の退屈さを紛らわせようとしか思っていませんでした。でもいくらもしないうちに、自分がそんなふうに出かけることに価値があるかもしれないって気づき始めたんです。まだ覚えていますよ、サーヒブが一度あたしにこう言ったことを。総督は、マハラジャの宮廷での出来事について情報を得るために、秘密報告書に月に何百ルピーも払わざるを得ない状況だ。でも自分は、一晩で五十ルピーに相当する情報を、町で集めてくることができるって。総督がそうやって助力する価値もない馬鹿なのが残念だって、サーヒブは言いました。サーヒブは、より早く出世する道を見つけ出したんですよ。

——有用な情熱ではないか。

——確かにね。サーヒブはどんどんのめりこんでいきました。そのうち、あたしたちと同じように考え、見て、感じることができるって思い込むまでになりました。自分は変装するんじゃない、変身するんだって、信じ始めたんです。すごく真剣にとらえていました。変身を。訓練はどんどん長くなっていきました。何時間もあぐらをかいて座る練習なんかして。最後には足が痺れちまって、あたしたちが抱き上げて、ベッドまで運ばなきゃならなかったんですよ。サーヒブは、長い時間座ったままでいられるようになりたいと思っていたんです。なるべく威厳に満ちて見えるように。グルジと一緒に勉強していないときには、あたしになにか教えろと要求しました。

――あんたがなにを教えてやれたっていうんだね？

――いろんなことです。ささいなこと。それまで改めて考えてみたこともなかったような細かいこと。爪の切り方とか、母親についての話し方とか、頭の振り方とか、しゃがみ方とか、感動したときにどんな身振りをするかとか。なにかをやってみせたり、話してみせたりするときには、あたしに隣に座るようにとのお達しでした。でもあたしは断りましたよ。毎回。ちゃんと書いといてください。あたしはね、親しさにも限度ってものがあることをちゃんとわきまえてるんです。あたしは、一緒にテーブルについて食事をしようっていうサーヒブのお誘いを、いつも断りました。ほかの召使たちの手前、示しがつかないじゃないですか。あたしは、サーヒブとは違って、人生で自分の役を変えることができるなんて、少しも信じちゃいなかったんですからね。

20　心の征服者

クンダリーニが突然の病にかかる数日前、バートンは彼女の手を取って、真の意味を覆い隠す言葉で、自分の好意を説明しようとした。それは大失敗に終わった。クンダリーニはバートンの言葉を遮り、首筋に軽く口づけてバートンから手を放した。そしてバートンの服を脱がせ、自身が教えた慎重なやり方とは対照的に——ほとんど場違いなほど性急に——バートンの男根を自身の体のなかに導いた。バートンはより真剣に愛を告白しようとしたが、そのときクンダリーニが動きを止めた。じっとしたまま、両手をバートンの胸に置き、驚くバートンの脈動の上で、話し始めた。完全な文章を。なにかのついでのようでありながら、同時に相手の完全な注意を要求する、なじんだいつもの口調で。クンダリーニの言葉についていくために、バートンは腰の動きを緩めねばならなかった。クンダリーニは恋に落ちたひとりの男について語った。男はある見知らぬ女に恋をして、その女を世界のなによりも大切だと思うようになった。女が家を出るときには、それがいつであろうと待ち伏せし、女のとりこになり、もはや女から目を離さず、女なしの人生は想像できず、女のことがいっときも頭から離れなかった。ある日、男は自分を克服し、ありったけの勇気をかき集めて、通りで女に話しかけ、緊張しながら上ずった声で愛を告白した。永遠の愛を告白する言葉はいつまでも終わらなかったが、やがて女がそれを遮った。女が微笑み、男はもはや二度と夜は来ないと思った。男が想像していたよりずっと魅力的な声で、女は言った。あなたの言葉は素敵だわ、私を喜ばせてくれる、私を崇めてくれる。でも私はその言葉にふさわしくない。なぜなら後から来る妹のほうが、私よりずっと美しく、ずっと刺激的だから。妹を見れば、あなたもきっと彼女のほうを好きになるわ。それを聞いて、死ぬほど恋をしている男は、それほどまでに褒め称えられた妹をちらりと、本当に一目だけ、確かめるために見てみようと、崇める相手から目をそらした。すると女は男の頭を力いっぱい叩いて言った。それがあんたの永遠の愛ってわけね！　もっときれいな女の話をしたとたんに、私から目をそらして、そっちを見ようとするなんて。いったいあんたに愛のなにがわかるの？

いったいクンダリーニはどういうつもりなのだろう？　どうして自分をこんなふうに挑発するんだろう？　バートンはクンダリーニから離れようとした。だがクンダリーニは抵抗した。全体重でバートンの上にのしかかり、腰を落とし、バートンを締め上げた。バートンがなにをしようとしても抵抗した。バートンは、自分がまだ怒っているのか、それとも再び興奮しているのか、もはやわからなくなった。クンダリーニは長い指でバートンを降伏へと導いた。怒りが欲望の周りを取り囲み、欲望は爆発することができず、だが衰えることもなかった。それは苦しい興奮で、バートンの胸はかき乱され、救ってほしいと懇願せねばならなかった。バートンは叫んだ。それは、クンダリーニが重い病にかかる数日前の出来事だった。

21　ナウカラム

オーム・マノマーヤ・ナマハ。サルヴァヴィニョパシャンタイェ・ナマハ。オーム・ガネーシャヤ・ナマハ。

——サーヒブは、カシミール人のふりをすることを覚えたとたんに、もうそれを忘れなきゃなりませんでした。別の新しい人間のふりをしなきゃならなかったからです。そうするために一番いいのは、かつてナンデラ・ブラフマンだったことなんて、思い出しもしないことでした。それが、サーヒブが自分で挑戦した仕事の難しいところでした。常に適応しなおさなきゃならなかったんです。イギリス人は本当にたくさんの国を持ってますからね。一回変装したくらいじゃとても足りないんですよ。変身は季節みたいなものでした。たとえば、あたしが春にはケラッシー、夏にはケドムトガル、秋にはビスティ、そして冬にはハジャームとして働くみたいなもんです。

——感心するべきなのかどうかわからんな。

——もうめちゃくちゃでしたよ、シンドにいたころは。カラチには船で行ったんです。ボンベイから。ほんの数日の旅ですよ。でも、野蛮な国への旅でした。あの国に足を踏み入れたその日に、ここはあたしの国じゃないって、すぐにわかりました。あたしは外国人で、目立ちました。そして、ずっと外国人のままでした。自分が誰だか忘れないようにするために、ありったけの力を振り絞らなけりゃなりませんでした。だけどバートン・サーヒブは、すぐに倍の力で動き始めました。今度はイスラム教徒に見られたいって言うんですよ。それより難しいことってあると思いますか？　それより嫌なことって？　サーヒブはものすごくいろいろ暗記しなくちゃなりませんでした。一日中、なにやらひとりでぶつぶつつぶやいてましたよ。あたしにはひとこともわかりませんでした。なのにサーヒブは、口から出すそのぐちゃぐちゃした雑音を、あたしに聞けって言うんですよ。あんなふうに歪んだ舌なんて、全部痛風にでもかかっちまえばいいんだ。でもそれだけじゃありません。サーヒブは片方の手を腰に当てて歩かなきゃなりませんでした。それからパイプもやめなきゃなりませんでした。知ってますか、馬鹿なミヤどもは、フィランギがパイプを吸うのは悪魔と話してるときだって信じてるんですよ。パイプの代わりに、サーヒブは小声でなにやら口ずさむことを覚えました。それから、右手で髭をなでるしぐさにも慣れなきゃなりませんでした。それに、長いあいだ黙っている練習もしなきゃなりませんでした。沈黙に雄弁に語らせるんです。実は、サーヒブにはそれが一番難しかったんですよ。

――でも、なにもかも一日で覚えたわけじゃあるまい？

――時間はかかりましたよ。ターバンをきちんと巻けるようになるまで、何カ月もかかりました。サーヒブは驚くべき人でした。とんでもなく我慢強いかと思うと、なにかがすぐにできないといって、怒り狂うこともありました。そしてね、その怒り狂う我慢強さで、課されたなかで一番難しいことまで、やり遂げてしまったんですよ――つまり、ラクダです。最初にラクダに乗るのに挑戦したときには、さんざんな結果でね。実を言えば、あれはすごく面白かったな。サーヒブは、馬に乗れるんならラクダに乗るのだって簡単だって思い込んでたんですよ。それで、あらかじめそのラクダの性質についてちゃんと知ることもなしに、いきなり一頭の背中に飛び乗ったんです。そしたらそのラクダは大声で鳴きながら、全力で抵抗したんです。荷運び用のラクダだったんで、人間に乗られるのには慣れてなかったんですね。サーヒブが乗るやいなや、食いつこうとしました。サーヒブのブーツにね。サーヒブは剣を抜いて、ラクダが振り向くたびに鼻を突きました。そうやって戦っていたら、ラクダがなんの前触れもなしに歩き始めたんです。ああ、ようやくラクダがサーヒブに従う気になったか、とあたしは思いました。でも間違いでした。ラクダはすぐに、一番近い木に向かって走り始めました。そして棘だらけの枝の下を駆け抜けたんです。もしバートン・サーヒブが機転を利かせてかがまなかったら、顔中傷だらけになって、目はくり抜かれてたでしょうね。そこまでやっても駄目だと悟ったラクダは、今度は立ち止まりました。バートン・サーヒブがなにをしようと、ラクダはもうそのままぴくりとも動こうとしませんでした。サーヒブはあらゆることを試してみましたよ。励ますように話しかけたり、かかとで胴体を蹴ったり、鞭打ったり、剣で脇腹を突いたり。でもなにをしても無駄でした。いつまた動き出すかを決めるのは、ラクダ自身だってわけです。で、ようやくまた動き出したとき、ラクダは今度こそ従順になったように見えました。首をまっすぐ伸ばして歩き始めたんでね。見たところ、サーヒブと仲直りして、機嫌もよくなったみたいでした。バートン・サーヒブは満足そうにあたしに向かってにやりと笑ってみせましたよ。ところが、その笑顔も長くは続きませんでした。ラクダが道をそれて、まっすぐに近くの沼に向かったからです。遠くから、バートン・サーヒブが剣を高く掲げるのが見えました。まるで、泥沼に沈む前にラクダを殺すべきかどうかって、考えてるみたいでしたよ。でもそのときにはもう遅かった。ラクダはすでに沼に足を踏み入れていて、そのまま沈んでいったと思うと、脚を曲げて横ざまに倒れたんです。バートン・サーヒブは投げ出されて、泥のなかに落ちました。あたしたちが大急ぎで駆け寄って、サーヒブに長い棒を差し出して、それにつかまったサーヒブを引っ張りあげなきゃなりませんでした。サーヒブがどんな姿になってたか、想像がつくでしょう。笑いたいのを必死で我慢しなくちゃなりませんでしたよ。思いっきり笑えたのは、あとから、夜になってからでした。

――あんたの話を信じるのは難しいよ。ラクダに乗って、髭をなでたからって、それだけでイスラム教徒になれるわけじゃあるまい。

――もう話したかどうかわかりませんけど、バローダでサーヒブは、グルジから我々のサナータナ・ダルマについて学んでいました。お別れの少し前には、一緒にナルマダー川近くの寺のシヴァラートリー祭にまで行ったんですよ。あとから、夜通しほかのナルマダ・ブラフマンたちとバジャンを歌って、ご神体が輿《こし》に乗って寺から運ばれてきたときにはそれに付き従ったって、話してくれました。ところがね、シンドに着くやいなや、サーヒブはシヴァのこともラクシュミ・ナラヤンのことも、きれいさっぱり忘れちまったんですよ。そして、まるでこれまで一生のあいだこの機会を待ってましたと言わんばかりに、去勢された奴らの迷信にのめりこんでいったんです。なにがそんなに面白かったのか、あたしにはわかりません。最初サーヒブは、この土地の人間をよりよく知るために、彼らの信仰を研究するだけだって言ってました。でもあたしの目はごまかせません。サーヒブがどれだけ熱心に奴らの儀式に身を捧げてるか、ほとんど理解できない文句を暗記するのにどれだけ長い時間を費やしてるか、すぐに気づきましたよ。それでわかったんです。サーヒブは態度や服や言葉と同じように、信仰もあっちからこっちへ、取り換えることができるんだって。そしてね、それがわかったとき、あたしはサーヒブへの尊敬の気持ちの一部をなくしたんです。

――あんたは心の狭い男だな。場所が変われば信仰も変わる。

――どういう意味です？

――どうして我々の信仰には、これほどたくさんの形があると思う？　人が信仰に求めるものが、森と平地と砂漠ではそれぞれ違うからだ。その土地の香辛料が、料理全体の味を変えるからじゃないか。

22 兄

我々は砂を食べて、砂を呼吸し、砂を思考します。家々は砂でできています。屋根は砂でできていて、壁も砂でできていて、欄干も砂でできています。土台は岩石でできていますが、砂で覆われています。そう、おそらくもうおわかりでしょうが、私たちはいまシンドにいます。元気にしていますから、ご心配なく。摂生はしていますが、カムフラージュのためです。もしもどこかで偶然お会いすることがあれば、目の前にいるのは軍服を着て背筋の伸びた、どこかあなた方の息子に似ているところがあるというだけの化石だと思われることでしょう。化石になれば、一番長く生き延びられるというものです。私はすこぶる健康です。我々の帝国が最近その指輪をはめた手を置いた港カラチですが、実際には人口五千人の大きな村に過ぎません（実は人口はその二倍あるかもしれませんが、誰にもわかりません。なにしろここに住んでいるのは、一人、二人と数えられる身体ではなく、ときにいくつにも分かれ、ときにいくつもがひとつに溶け合う影なのです）。カラチ――この名前は、何度繰り返しても飽きません、なんだかナポリ人の罵り言葉を思い出させる響きじゃないですか、ねえ、お父さん？――は、鼻孔のような穴の開いた壁に囲まれています。包囲戦になったら、そこから敵に熱湯を浴びせかけるというわけです。でも誰がここを包囲攻撃などするでしょう？　影を火傷させることなどできるものでしょうか？　どの家もまるで小さな要塞のようです。奇妙なのは、その要塞が互いに重なり、絡み合っていることです。通りはなく、あるのは非常に狭い小路だけです。たったひとつの開けた場所はバザールですが、これはみすぼらしい市場といった感じで、店はどれも雨にも太陽にも持ちこたえられない、ナツメヤシの葉でできた屋根でかろうじて覆われているだけの代物です。ほとんどいつも、ものすごい悪臭が天まで立ち昇っています。下水網があいまいな計画段階で滞っているのです。でもご心配には及びません。コレラやチフスにも、銃創や刺し傷にも、それどころか愚鈍と頑迷にまで、予防薬があるのです――その薬の名前は幸福といいます。私はこの予防薬に出会いました。運のいい日には、海からさわやかな風が少しばかり吹いてきます。引き潮のときには、船泊まりに一連の泥の層が盛り上がります。それが船を持ち上げます。船は斜めに傾いて、不本意ながらこのちょっとした寸劇を耐え忍ぶのです。ここの土壌は粘土でできています。この地の人間同様の頑固者で、えいやっと杭を叩きこんでやらねばなりません。バンガローもまだほとんどできていないというのに、我々の運命を目も見えず口もまともにきけないような状態で管理している権力者たちは、すでに未来のことを考えているようです。なにしろ、この地に競馬場があることを、我々全員が大変誇りに思っているのです。いつの日か、不屈の男ネイピア将軍が、アレクサンダー大王のような英雄として神話のなかの輝ける存在になるときがくるとしたら、我々はどう見られることでしょう？　教会や図書館のことを考えもしないうちから競馬場を作ってしまう文明を、人類はいったいどう見るでしょう？　我がヨーロッパの文明は、イエス・キリストの流れを汲むのでしょうか？　それとも仔馬座の？

「シンド‐ヒンド」というのが、アラビアの商人たちがこの地を呼ぶときの名前です。「シンド」とはインダス川のこちら側の土地を指し、ヒンドというのは本来のインドのことで、川の向こう側です。つまり私は、ヒンドからシンドへとやってきたわけです。ああ、「シ」ではなく、確かで安心できる「ヒ」のほうに留まっていれば。ああ――なんという不幸な土地でしょう。岩と粘土の荒涼とした堆積、泥と地衣類が薄汚いうろこのように重なりあっただけの土地。ここで育つのは、しぶとく生き残るものだけです。ほんのわずかな茨や暑さに強い植物で、なんでも食べるラクダを養うのにぎりぎりの量にすぎません。愛する妹よ、尊敬する義弟よ、ここが地獄なのかどうか、私にはわかりません（我々の上官たちは、そういった情報は我々には秘密にしているのです）。ですがここは、どぎつい反射の国です。すべてを消し去る照り返しの国であり、湧き上がり、蒸発する灼熱の国です。やがて地上の顔の皮は剝がれ落ち、はちきれ、裂けて、熱い泡を噴くのです。ご想像ください、私はまるで水を得た魚のような気分です。体が毎日のように、新しい挑戦をしたいと叫びます。ときどきその叫びが大きくなりすぎることもあります。五十頭のラクダの死骸――いえ、妹よ、数えたわけではなく、これは嗅覚に基づく見積もりです――が最近、宿泊場所の近くで腐っていました。私がそこを――もちろんやや離れたところをですが――通り過ぎたとき、二匹の太ったジャッカルに驚かされました。ジャッカルたちは、一頭のラクダの死骸の腹という小さな食糧庫から這い出てきたところで、空腹をいやすために猛烈に食べたせいで、すっかりへとへとでした。

義弟よ、この地には決して転属にならないよう、お気を付けください。ここは戦争にはうってつけの国です。我々が勝ち取ることができるかもしれない名声の匂いを、かぐことができます。ですが平和の時代には、ここにある刺激といったら、砂嵐に埋もれた墓地のそれと違いがありません。そう、この国はスコットランド人の口髭よりも砂まみれです。美しいスリ・ランカから動かないことをお勧めしますよ――ところで、「ランカ」は男性名詞でしたっけ、それとも女性名詞？　ご覧のとおり、名詞の性さえもうよくわからなくなってしまいました。でも、万が一こちらに来られることになった場合に備えて、我らが大きな村の売春宿についてご報告しておきましょう。三軒あります。驚きでしょう？　競馬場がひとつに、売春宿が三軒。イギリス人にこれ以上なにが必要でしょうか？　一軒の売春宿は、ボンベイやバローダにある「女の家」（私の忠実な召使ナウカラムはいつもこう呼びます）をそっくりまねしたものです。まあまあ見られる踊りを上演する、多少は文化的な場所で、面白い会話が楽しめる人間でいっぱいです。もちろん、シンド語かペルシア語ができることが前提ですが。私の語学力は上達しています。この上達具合を危険に晒すことのないよう、私はこの店の常連となっています。二軒目の売春宿では、ほとんどなにも見えません。わざわざそうなっているんです。蒸気がたちこめていて、客は体に泥を塗りたくられます。さまざまな色の泥で、生まれの違う男どうしが付き合えるというしくみです。じっと静かに座ってパントマイムに協力している限り、男たちのあいだの違いは棚上げされています。泥は体にいいそうで、一、二時間泥に抱かれたあとは、体だけでなく、欲望までが浄化されるとのことです。私もこの数日のうちに一度試してみようと思います。そうしたらもちろん報告しますよ、親愛なるエドワード。三軒目の売春宿は最も悪名高く、誰も大っぴらには話題にしません。〈ルパナル〉というラテン語の名を持つ店で、少年や若い青年が体を売っているのです。噂によれば、店はエミールという高名な男（タルプール一族の王の称号）の所有で、常連客は主にこの地方の貴族たちだということです。軍の隠語で、我々はバックギャモン・サロンと呼んでいます。私にとってはとても愉快な名前です。ご存じのとおり、私はバックギャモンというゲームが大好きなので。この罪の聖壇ともいうべき店に、私はまだ足を踏み入れたことがありませんし、訪れてみたいという気にもなりません。ですがおそらく、この店ではほかのどんな場所でも見られないものを目にすることができるのではないかと推測します。そうそう、売春宿といえば、こっちでひとつの論争をしましたよ。そうやって夜の退屈を紛らわすんです。議題は、ヒンドゥー教徒の女とイスラム教徒の女とではどちらがいい娼婦になれるか、というものでした。どれほど白熱した議論だったか、とても信じてもらえないと思いますよ。しかもレベルの高い議論でした。私が一番的を射た意見だと思ったのは、ヒンドゥー教徒のほうが有利だ、なぜなら宗教上の売春が伝統的に行われているからであり、すなわち男を満足させることは神的な義務の遂行に由来するからだというものでした。義弟殿の経験談があれば、議論はより実り多いものになることでしょう。どうか、義弟殿の判決をお聞かせいただけないでしょうか？

23　ナウカラム

オーム・スカンダプルヴァーヤ・ナマハ。サルヴァヴィニョパシャンタイェ・ナマハ。オーム・ガネーシャヤ・ナマハ。

――今日は特別に機嫌が悪そうですねえ。

――女房だ。わしを責めたてるんだ。落ち着いて仕事をさせてくれん。夜には時間が必要だというのに。なにしろ、あんたの手紙を書かねばならんのだからな。よく考えて、選び出したり、省略したり、書き換えたりせねばならん。あんたの依頼には特別な注意力が必要なんだ。

――じゃあ、あんたが奥さんと喧嘩したのは、あたしのせいだっていうんですか？

――先を続けよう。ええと、イスラム教徒に変装したせいでご主人を軽蔑したんだったな。あんたはご主人の傍にいるのが恥ずかしいと思ったのか？

――その場に居合わせたことなんてありませんよ。サーヒブが変装をして、馬でどこかへ出かけていくときには、あたしは一緒じゃありませんでした。サーヒブはときどき、何週間も留守にしました。

――あんたは一緒じゃなかったのか？

――ええ。ちょっとは自分でも考えてみてくださいよ。あれだけ苦労して変装したっていうのに、異教徒の召使を同伴するんですか？　グジャラート出身の？　ありえませんよ。あそこの人間は、同類としか付き合わないんです。あたしは居住地に残っていました。誰ひとり知り合いのいないところにね。いや、もちろん、ほかの召使たちの姿を見たり、話を聞いたりしたことはありましたよ。でも彼らと付き合いたいとは思いませんでした。

——じゃあ、セポイは？

——奴らのほうで、あたしたちとは付き合おうとしませんでしたよ。あいつらは、自分たちをほかより上等の人間だと思ってたんです。信じられます？　あいつらだってただの召使でしょう。おまけに、あいつらが主人のためにやっているのは、あらゆる仕事のなかで一番の汚れ仕事じゃないですか。なにしろ、奪い、殺すことなんですからね。それなのに、家政を取り仕切る召使よりも、自分たちのほうが上等だと思ってるんですからね。

——ご主人の同僚たちは？　彼らはご主人の変身についてどう言っていたんだ？

——知りません。滅多に会いませんでしたから。なにしろテント住まいですから、お客なんてよべないんですよ。ただ聞いたところでは、同僚の方々は、士官食堂でサーヒブのことを白いニガーって罵り始めたってことでした。サーヒブが野蛮人と同じ格好をするのは、同胞への裏切りだって思ったらしいです。

——だが軍事的な目的があってのことじゃないか。ご主人はイギリス人の軍隊のために情報を集めていたんだろう。つまりご主人の行動は、尊敬すべき東インド会社のためということじゃないか。

——それでも、みんながサーヒブの振る舞いを不適切だと感じたんですよ。現地の人間とあんまり付き合いすぎるのは不健康だと考える人もいました。サーヒブが集めてくる情報なんて必要ないっていう意見の人も。サーヒブには疑いがかけられました。重大な、ひどい疑いです。まるで、きちんと種まきをして、大切に育てて、剪定された庭に、サーヒブが雑草を持ち込んだとでもいうように。雑草がどれほどの勢いではびこるかは、誰でも知ってます。

——雑草か、そう、雑草。一度垣根を越えてはびこってきたら、早めに根絶やしにしないと大変なことになる。素晴らしい。逆から見れば、我々には希望があるということじゃないか。そうだろう？　ところで、昨日は忘れていたんだが、報酬について話し合わねばならん。もらった前払い金は、当然とっくに足りなくなっておる。もう一度八ルピー払ってもらう必要がありそうだ。

——それじゃあ全部で十六ルピーじゃないですか。

——だからなんだ！　わしがもう何日あんたに付き合っていると思う？　月も半分欠けてしまったぞ。なのに十六ルピーごときで文句を言うのか。

24　勇敢な戦士

バートンにしろ、ナウカラムにしろ、別の異邦人にしろ、シンドを見はるかす人間の目に入るのは、一銭にもならない砂漠だ。だが将軍はそこに、豊かな大地を見た。そして、どうやってそこを繁栄に導くことができるかも。夢には珍しい正確さで。農民たちは自給自足できるようにならねばならない。岸沿いの沼地を私的な狩猟場として所有している大土地所有者から、インダス川への影響力を取り上げねばならない。雑草が繁殖し、流砂が詰まった運河に、再び水が流れるようにしなければならない――将軍の夢は、それほど鮮明だった。人夫の肩にかつがれたスコップまでが目に浮かんだ。川の水をせき止め、さらなる水門を作り、延々と枝分かれした水路を新しい田畑に引かねばならない。掘削作業を始める前に、ウォルター・スコットという名の大尉が、土地を測量するよう指示を受けた。将軍の夢は、導入すべき料金にまで及んだ。効果的で公正なシステムの枠内で、耕作地は十四年間賃貸しすることになるだろう。最初の二年間は税金を免除する。将軍は非常に几帳面な男だった。最後の最後まで細かく考え抜かれた夢を、何種類もの書類にして提出した。だが、尊敬すべき東インド会社の上層部は、それほどの規模で新たな土地を開拓してはコストがかかりすぎるのではないかと恐れた。なにしろ収益がかんばしくない時代だ。拒絶の手紙を読んで初めて、将軍は夢から乱暴にたたき起こされた。そして窓から外を見たとき、目に入ったのはやはり救いようのない荒れた土地だった。指示内容が変更された。土地はもはや改良されるのではなく、ただ測量のみされるべきということになった。

この荒地の人間たちは、将軍のことをシャイタン－バイという名でしか知らなかった。だいたい「悪魔の兄弟」というような意味だ。だが同胞のあいだでは、将軍は市民としての名前、つまりチャールズ・ネイピアとして有名だった。とはいえ、この名前も滅多に使われることはなかったが。将軍は、自分に反対するすべての人間を軽蔑していた。それが部下であろうと上官であろうと関係なしに。征服と、それにともなう良心のやましさを楽しんだ。誰にでも不信感を抱き、常に自分の限界を乗り越えることを誰にでも期待した。それは過ちにおいても同様だった。そのために、現地の王子たちの策謀を過大評価した。彼らから身を守るために、将軍はその悪名をさらにとどろかせることになるひとつの作戦を実行した――敵が攻撃を決意する前に、反撃を命じたのだ。将軍はその作戦を、ひとつの芸術と見なした。それゆえ、どんな芸術にもつきものである犠牲をいとわなかった。将軍はかつて、素晴らしい成果を上げたことがあった。ミアニとハイデラバードの戦いだ。なんとも勇猛な勝利だった。敵のタルプール軍のただひとつの大砲を担当していた砲兵が、攻撃してくるイギリス軍の頭上のはるかかなたにわざと狙いを定めたのだ。さらに騎兵隊の指揮官は裏切り者で、部隊を引き上げ、逃走させた。この戦いは、その名前さえ正直な生みの親を持ってはいない。なにしろ、実際の戦いの場所はドゥッバという村の近くだったのだが、これは「脂ぎった肌」というような意味で、その名が気に入らなかったひとりの将校が、栄誉ある勝利を誇示するためのもっと優雅な名前を求めて、あたりを探し回ったのだった。

反逆罪を犯させるための報酬は、報告書では隠されていたが、ことの経過を知っている者なら、諜報活動資金がどれほど有効に使われているかを読み解くことができた。だがこの芸術もまた、ほかの芸術と同様、自己依存状態を招くものだった。ネイピア将軍は、未来に一歩先んじるのに必要な情報に依存することになった。将軍は射撃の名手なので、バートンが一度将軍の作戦について尋ねたとき、非常に遠くから目標を狙うのと同じで、射撃手はコンマ一秒後に目標物がどこにあるかを計算せねばならない、完璧に的を狙うためには未来を見通さなければならない、と説明した。弾が銃身を離れる瞬間に、獲物がヒノキの木の根につまずけば、どんなに安定した腕を持っていようとなんの役にも立たない、と。ネイピア将軍は正確さにこだわる人間だった。比喩においてもそれは同じだ。情報を取ってくる責任者はマクマード少佐だった。少佐は情報屋、エージェント、スパイの網を張り巡らせたが、その全員から非常に恐れられており、ひそかにマック・ザ・マーダー――殺し屋マック――と呼ばれていた。マクマード少佐は、ネイピア将軍が夢見た繁栄の鉱脈を掘る人間だった。荒地はその秘密を、無数のヒント、情報、背景の報告という形で伝えてくれた。翻訳者の一団が、それらを砂と埃の言葉から垣根と芝生の言葉へと翻訳した。というのも、情報屋は例外なく現地人だったからだ。こうしてマクマード少佐は、ネイピア将軍に毎日のようにじゅうぶんな情報を提供することができた。だが将軍のような疑い深い人間は、これ以上なく晴れわたった青空にさえ、雲の気配を感じ取るものだ。将軍は、平和のことも、なんの問題もなく機能しているスパイシステムのことも、疑いの目で見ていた。バングを過剰摂取した人間のように、妄想にとりつかれていた。そこで将軍は保険をかけた。あらゆる予測に反して一発目が敵に当たり損ねた場合に備えて、銃に二発目の弾をこめておくことにこだわったのだ。

バートンは将軍の二発目の弾、奥の手のひとつだった。居住地の外の一見平和な異国における、将軍の鋭い目だった。現在の平穏は見せかけだ。その点を将軍は確信していた。バートンは将軍個人のために、目を開け、耳を澄ませていることを求められた。最初の情報収集から戻ったとき、バートンが将軍にした報告はあまりに独特で、将軍は、信じられないほどの語学力と難しい性格を持ったこの若い男に偵察の任務を与えるという自分の判断が間違っていなかったことを確信した。リチャード・フランシス・バートン。父親もまた士官だった。祖父はふたりとも聖職者。一族の一部はアイルランド出身。だがそれでは、バートンの肌がなぜこれほど黒いのかの説明にはならない。もしかしたら、系譜にジプシー女が混ざっているという噂は真実なのかもしれない。このバートンという男は、軍隊で出世するにはあまりに独創的な頭脳を持っていた。本来、即座に将軍に昇進させるべき、そしてそうでなければ即座にクビにすべき兵士のひとりだ。バートンは、戯曲の最も重要なモノローグを朗誦する主演俳優のような情熱的な節回しで報告書を読み上げた。イギリスの法システムの導入は、形式的には前進しているように見えるが、残念ながら現場での執行はまだしゃっくりをしているような状態である。将軍ご自身が、最近いくつかの死刑判決書に署名なさった。法に則《のっと》った裁判によって有罪判決を受けた最初の殺人犯たちで、刑の執行報告も将軍のもとに上がっている。ところが、判決を受けた者たちはまだ生きているのである。将軍はじっと机の前に座っていることのできない男で、部隊を視察したり、遠乗りをしたり、剣の練習をしたり、建物から建物へと足を引きずって歩いたりしながら報告を聞くのが常だったが、このときは立ち止まり、鷲のような鼻と鷹のような目を持つ顔に載せた細い銀縁の眼鏡の奥からバートンをじっと見つめた。君は私を混乱させようというのかね？　とんでもありません。サー、判決を受けたのは富裕な男たちです。身代わりに絞首刑に服する者を金で買ったのです。若いの、君は私を挑発しようというのかね！　そんなことは露ほども考えておりません、サー、私はただ、人間は生き延びるためならどんなことでも思いつくということを申し上げたいだけです。このやり方には名前さえあるんです。バドリといいます。だが、いったい誰が他人のために すすんで絞首刑になるというんだね？　わかりません、サー。それならその理由を突き止めたまえ。すぐにだ。こうしてバートンは次の処刑日を待った。そして落とし戸が開く前に、刑場に割って入った。ちょっと待て。この男は死刑判決を受けた本人ではないと推測するに足る理由がある。え、そうなんですか？　と周りにいた者たちが素朴な驚きの顔で尋ねた。お前たちはよく知っているはずだ、とバートンは言った。この大馬鹿者と話がしたい。それが済んだら無事に家に帰す。わかったか？すんでのところで首つりの縄を解かれた男は、バートンにさんざん下品な罵り言葉を浴びせかけた。鼻がもげてしまえ、この豚食い野郎が、と怒鳴った。命を救ってやったのだとバートンが言っても、耳を貸そうともしなかった。しばらくたって、落ち着きを取り戻し、これからも生き続けるという未来図を受け入れたところでようやく、男はどうしてこのような身代わりに応じたのかという問いに答えてくれた。俺は生まれてこの方ずっと貧乏だった、と男は穏やかに言った。次になにか食えるのはいつかわからない、それくらい貧乏だった。腹はいつも空っぽだった。女房も子供たちも飢え死に寸前だ。それが俺の運命なんだ。だけどそんな運命には、これ以上我慢できない。俺は二百五十ルピーもらった。その金のほんの一部で、腹いっぱい食った。残りは家族に遺した。家族はしばらくのあいだそれで暮らしていける。この地上で、俺にそれ以上のなにができる？　バートンは改めて報告を上げた。将軍の眉毛が、まるで細い紐のように見えた。

——そういった嘆かわしい慣行を、どうしたら終わらせることができるだろう？

——貧困を根絶する？

——気のきいた言葉を知りたければ、ルキアノスを読むよ。わかったか、兵士よ？

——『本当の話』のほうがお好きですか、それとも『死者の対話集』のほうを読み込まれますか？

——普通、君のように才能のある男には、世界は開かれているものだ。だが残念ながら、そんなふうに生意気では、きっといくつものドアにぶち当たることになるぞ、バートン。我々の話し合っていた問題に関して、さらなる提案はあるか？

——現在のところありません、サー。ただ、あの男が最後の食事のために払った金を負担する許可をお願いします。

——その後、罪人本人が処刑されたのではないのか？

——処刑されました。その家族が現在金を取り立てているのです。身代わりから救い出されたことを喜ばなかった例の男は、残りの金を返しました。ですが、処刑場に向かう前に使ってしまった金は……

——いくらだ？

——十ルピーです。

——豪勢な食事だな！

——一生に一度だけ、自分に許した贅沢です。

——結局、国家の金でした贅沢になったわけだ。パクス・ブリタニカがどれほど寛大な処置をするかが、外に漏れないようにしろ。

——はっ、サー。

25　ナウカラム

オーム・ヴィラガナパタイィェ・ナマハ。サルヴァヴィニョパシャンタイィェ・ナマハ。オーム・ガネーシャヤ・ナマハ。

――シンドで、バートン・サーヒブの人生は変わりました。あたしの人生もです。バートン・サーヒブのはいいほうへ、あたしのは悪いほうへ。サーヒブは昇進したわけじゃありませんし、それにもうお金も稼いでいませんでした。あたしたちの住んでる家はテントでした。バローダでは十二人の召使がいたのに、シンドではふたりだけです。外から見れば、サーヒブの地位がより重要なものになったなんて、誰も思わなかったでしょう。シンドを治めていたのは、とある年寄りの将軍でした。みんなから恐れられていました。直接会ったことのない人間からまで。バートン・サーヒブはある日その将軍のところへ呼び出されました。翻訳をしろってことでした。でも、そこで会ったときに、将軍はサーヒブに感心してしまったんです。ほかにどんな成り行きがあったっていうんです。バートン・サーヒブって人は、ほかのイギリス人たちのはるか上にいる人でした。将軍がそれを見抜かなかったはずがありません。サーヒブはもう一度呼び出されました。ふたりきりの密談です。なにを話したのかは知りません。でも、その後に襲ってきたたくさんの困難のことなら、よく覚えてますよ。

――そのときの密談のせいで？

——そうです。とんでもない問題が、あたしたちを襲いました。将軍がバートン・サーヒブにどんな任務を与えたのかは知りませんでした。サーヒブの直属の上官も、同僚たちも、なにも知らされなかったんです。

——ご主人はあんたになにも打ち明けなかったのか？

——探り出さなきゃならないことがあるって、それだけは教えてくれました。それはつまり、ミヤどものなかに混ざらなきゃならないってことでした。サーヒブはそれを喜んでるみたいでした。家に帰ってきたとき——あの埃っぽいテントは家なんて呼べる代物じゃないんですけど、まあそう言っておきます——、サーヒブはもう長いあいだ見たこともないくらい上機嫌でした。そして、わざとらしい大げさな口調で言ったんです。ナウカラム、この国を見てまわろう。帝国は我々の才能をついに認めたぞって。あの日、バートン・サーヒブは幸せそうでした。サーヒブに幸せを感じる能力があるなんて、あたしには意外でしたけどね。サーヒブにとっては最高の滑り出しでした。それがどうしてあんなにひどい結末になったのか、まったくわけがわかりませんよ。サーヒブの任務は、あたしの毎日の仕事にはなんの影響も与えませんでした。あたしは、砂漠がテントのなかにまで入ってこないようにするので精一杯でした。砂漠って奴は、何度も何度も、こっそりあたしの脇をすり抜ける道を見つけるんですからね。バートン・サーヒブは、どんどん頻繁に出かけるようになりました。変装をして。どこへ行っていたのかは知りません。どこへ行くのか、サーヒブは決して教えてくれませんでした。最初は、一日だけどこかへ出かけていきました。でも、率直な会話は夜中に交わされることに、サーヒブは気づいたんです。それからは何日か出かけたままになって、最後には何週間も姿を見ないこともありました。サーヒブがあの割礼を受けた野蛮人どものなかにいるって想像すると、いい気分じゃありませんでしたよ。あたしがお仕えするようになって以来初めて、お傍にいることができなかったんですから。サーヒブのことが心配でした。なにを食べたんだろう、どこで寝たんだろう。あたしにはわかりませんでした。サーヒブは荷物も持たずに出かけていくんです。サーヒブはどこかへ出かけてしまって、あたしはサーヒブが帰ってくるまで、心配を抱えて取り残されるんです。帰ってきたサーヒブは、疲れきっていて、あまり寝ていないみたいでした。それでも生き生きしていました。サーヒブの体にみなぎる興奮が、あたしには感じられました。帰ってくると、サーヒブはほんの少しだけ、見聞きしたことを話してくれました。目の当たりにした変わった風習だとか、墓地での盛大なお祭りだとか、そういう他愛もないことです。あたしは戸惑いましたよ。だって、サーヒブが探り出さなきゃならなかったのは、そんな知識じゃないはずですから。

——一番大事なことは、あんたには黙っておったんだよ。

——誰にも話しちゃいけなかったんですよ。このあたしにさえもね。

26　弟子に運命を伝える者

ウォルター・スコット大尉――そう、詩人のウォルター・スコットの縁者で、それどころか、直系の子孫だ――は、測量竿を地中に打ち込んだ。赤と白の縞模様の竿が、囚人服のように砂漠に並んでいる。地面は黒い粘土の上の、痛風病みの肌だ。すぐに覚えられるよ、と大尉は言った。ペイシェンスのカードを並べるのと同じくらい簡単なんだ。我々がしているのは、未知のものを既知のものと結びつけることにほかならない。風景を野生の馬みたいに捕まえるわけだ。技術的な方法でね。我々は、この地を我がものにする行為における二番目の先遣隊さ。まずは征服、それから測量。我々の影響は、方眼紙に記されている。これまでまだ出撃を目にしていないからって、君は嘆いているね。でも嘆く理由などないよ。我々が遂行する地図製作という開拓には、軍事的にとてつもなく重要な意味があるんだ。コンパス、経緯儀、水準儀は、我々の最も重要な武器だ。我々が投げる座標という網のなかに絡めとられたものは、それ自体の性質を失う。そして文明のために飼いならされるんだ。片目を閉じて、もう一方の目でできるだけ鋭く観察しろ。君に必要なのは、ただ測量者としての性質だけだ。正確でなければならない。完璧に正確でなければね。我々測量者は、正確な人間なんだ。だから、ささいな点にこだわる癖を身につけてほしい。原則は非常に簡単だ。定点は三角形のなかにある。我々はゆっくりと前進する。三角形から三角形へ、多角形から多角形へ。一日に一キロメートル以上は測量できない。だから、何週間もひとつの場所にキャンプして、我々の三角形をあらゆる方向へと増やしていくんだ。測量しなければならないのは、二つの値だ。距離と高さ。もちろん、ひとつの場所とひとつの高さのあいだの角度もだ。さて、角度とはどのように定義されるかな、ディック？　正統と異端との距離ですか？　いや、実はふたつの方向の差なんだよ。では、私の答えはだいたい正しかったということですか？　ねえ、数学において「だいたい」正しいとはどういう意味かわかるかい、ディック？　どうして君を測量者として見るのが難しいんだろう？

そう、測量竿を手に持っていても、出世などできないだろう。その点ではスコッティの言うとおりだ。バートンがこの部隊に配属されたのは、どこかの部隊に配属されねばならなかったからであり、僻地にあるキャンプからのほうが、本来の任務である諜報に楽に出かけられるからでもあった。水準儀の前に立って役に立つことだってできる。バートンは目を閉じた。一日のなかで、思考が泥まみれになる時間だ。すべてがちらちらとまたたいて見えるというのに、いったいどうやってある地点の正確な位置を測ることができるというのだろう。再び目を開けると、ひとりのダルヴィーシュが地平線に沿って歩いているのが見えた。黒い衣に布をつぎはぎした帽子。私はひとりで飛翔する者だ。目はアイラインで囲んだ穴の底深くにある。両手には怪物なみの大きな指輪がいくつもはめられている。バートンは目を閉じた。再び目を開けると、ダルヴィーシュは緑の服を着ていた。その首に巻かれた鎖は銀色と錫色で、布と宝石でできていた。私はひとりで飛翔する者だ。ダルヴィーシュの髪と髭は染められている。ヘナの茶色がかったオレンジ色だ。バートンはまたもや目を閉じた。そして長いあいだ閉じたままでいた。知っているすべての文字をひとつひとつ数え上げた。それから目を開けた。あの男を見たか？　と、バートンは同僚たちに怒鳴った。風上に向かって。値はいくつだ？　と同僚たちが怒鳴り返した。

ダルヴィーシュが現れたのは一度きりではなかった。バートンたちが、三角形から三角形へと、次の村へ近づいていくにつれて、ダルヴィーシュはより頻繁に、常にじゅうぶんな距離を取って、バートンの測量する視線の前を通り過ぎていくのだった。ダルヴィーシュは毎回別の人間だった。一度取った姿は二度と取らないようだった。奇妙なのは、ほかの者たちにはダルヴィーシュの姿が見えないことだった。一度、一日の仕事が終わりかけたころ、バートンはダルヴィーシュのあとをつけてみることにした。やがてモスクについた。モスクの横には壁に囲まれた霊廟があった。曲がりくねった入口。人の群れと興奮のるつぼ。歌が聞こえてきた。その歌がバートンを霊廟のなかへと導いた。それはバートンを感動させる歌、バートンという人間のなかにある隠された部屋の漆喰を引っかく歌だった。その感触――それは輝きだった。バートンの目の前の場所は輝いており、バートン自身も光に満たされた。そこでは厳粛な儀式が行われていた。聖人の霊廟は計り知れない憧憬に満たされていた。ものすごい人ごみに、バートンは優しく吸い込まれた。天国へと続く門の前の人ごみもきっとこうだろうと思われた。バートンは、刺繍をほどこした緑色の布で覆われた墓標にはたどり着けなかった。途中で別のものに注意を奪われたからだ。巡礼者たちが身をかがめて入ってくる小さな門の向かい側に、地面に座りこんでいる数人の男たちがいた。バートンを感動させた歌を歌っているのは、その男たちだった。それは、生きとし生けるあらゆるものへの愛の告白のような響きだった。歌い手の声は風変わりで、深い真剣さに、甲高い、どこか狂気さえはらんだ響きを与えていた。その声は渦を巻きながら天へと昇っていき、どんどん回転速度を増すろくろの上で、歌をぐるぐると回すのだった。一度、ダルヴィーシュがバートンの目をまっすぐに見つめた。ろくろの回転は、バートンのなかで続いていた。お座りなさい、とダルヴィーシュの目が言った。休憩なさい。私たちは皆、客です。私たちは皆、放浪者です。あなたも私たちの仲間におなりなさい。そして、歌はさらなる光を夜に投げかけ続けた。混雑した、うねうねと動き続ける人ごみに。

27　ナウカラム

オーム・サルヴァシッダーンターヤ・ナマハ。サルヴァヴィニョパシャンタイェ・ナマハ。オーム・ガネーシャヤ・ナマハ。

――あんたは、あんたの同胞をスパイするフィランギに仕えることに、良心の呵責は感じなかったのかね？

――あたしの同胞って。あいつらはあたしの同胞なんかじゃありませんよ。ちゃんと聞いてなかったんですか？　あそこに住んでたのは、ほとんどが割礼を受けた奴らなんです。

――それでもだ、イギリス人よりは身近な存在だろう。

――ミヤどもに比べれば、誰だって身近な存在ですよ。あたしがあそこでどんな悪夢を見てたか、知ってますか？　バートン・サーヒブがどこかの小路で喉を掻き切られるんじゃないかって心配する以外に。あたしはね、あたしたちのグジャラートがシンドみたいになっちまうんじゃないかって、怖くてしかたなかったんですよ。あたしの悪夢のなかでは、あたしたちグジャラート人はほんの少ししか残ってなくてね。バローダは悲しみに沈んでるんです。あたしの夢には、音がありませんでした。歌も、鐘の音も、アールティも。女たちは、まるで自分の葬式に向かうみたいに黒ずくめの服を着て、通りを歩いてるんです。そして男たちは、怯えた礼儀正しいあたしたちを取り囲んで、剣を抜くための理由を探してるんですよ。

――悪夢を見るのはあんたの頭のせいで、隣人のせいじゃないだろう。

――あいつらと隣人になんてなれません。あいつらは、あらゆる手を使ってあたしたちを追い出そうとするでしょうよ。昔シンドでしたのと同じようにね。もしイギリス人が来なければ、あたしたちがあいつらのもとで生き延びられたか、怪しいもんですよ。

――あんたは目覚めているときにも夢を見ておる。

――抵抗しなきゃならないんですよ。ここで。ここで。ここグジャラートがシンドみたいになる前に。

――ご主人のスパイ活動の報告はどうなった？

――サーヒブは将軍に直接報告していました。ふたりきりで。あたしが思うに、ふたりは気が合ってたんですよ。将軍とバートン・サーヒブはね。それでも、争うことはありましたよ。将軍はどんな兵士にも、命令をただ受け入れて実行することを期待してたんです。自分の意見なんて言わないで。もちろん、尋ねられれば別ですけど。ところがバートン・サーヒブは、自分の意見を表明するのになんの理由も必要としない人でした。そうしたいと思ったら、いつでも将軍に口答えしました。しかも、しょっちゅうそうしたいと思ったんですからね。バートン・サーヒブは、将軍はシンドであまりにも多くを、あまりにも急速に変えたがっているって考えてました。将軍の正義感は硬直していてあまりに融通がきかないっていうのが、サーヒブがよく持ち出す例でした。それじゃあ現地人の気持ちを傷つけるっていうんです。正義というのは、教育によって身につけた好みに過ぎないって、バートン・サーヒブはいつも言ってました。あたしたちが朝食にイギリス風のおかゆ《ポリッジ》を食べるのに慣れるまで、どれくらいかかりましたか。朝食を今度は、そうだな、たとえば焼いたヤギの肝臓に変えなきゃならなくなったとしたら、それに慣れるのにまたどれくらいかかることか。将軍は、妻が浮気をしていることを知って刺し殺したっていう理由で、夫を絞首刑にしたことがあります。ただ問題は、その男はあの地の男なら当然するべきだとされていることをしただけだったんですよ。あそこの男たちは、ほんのささいな理由で女房を切り刻むんです。もしも浮気した女房を生かしておいたとしたら、その男だけじゃなくて、息子たちまでが名誉を失ったでしょうね。とんでもない屈辱を受けたでしょう。あたしたちには信じられないくらいのね。夫も息子たちものけ者にされて、ありとあらゆる嘲笑を浴びせかけられたことでしょう。友達はみんな離れていったでしょう。でも将軍は、時代は変わったんだっていうことをはっきりと示したかったんですね。バートン・サーヒブは罵りましたよ。将軍の石頭のことをね。その男のやったことをいいと思ったからじゃありません。死刑判決が地元の人間にまったく理解されないだろうことを、すぐに悟ったからです。やっかいなことになるのを見通したんです。サーヒブの思ったとおりでした。いたるところで、男に名誉を取り戻すことさえ許さない異教徒の狂気の沙汰について、皆がさんざん罵りました。将軍のいる本部には、毎日のように抗議と苦情をたずさえた人間の団体が押し寄せました。あの死刑判決は、イギリス人がほかにもなにを企んでいるかっていう噂の奔流を呼び起こしました。ある日、娼婦たちまでもが使節団を送ってきたんですよ。順番が来て、その女たちが呼ばれたとき、バートン・サーヒブはちょうどその場にいたんです。女たちはみんな、模範的に体中を覆い隠す服を着てたそうです。ひとりが前に進み出て、抗議文を読み上げました。浮気をしてももう罰を受けることがなくなれば、結婚している女たちが私たちの仕事を奪ってしまう、という内容だったんです。それじゃあ娼婦がもう食べていけなくなる、このままでは飢え死にしてしまうってね。

28　最も高い場所に座る者

日中はジェハンナムで、夜はバラブートです。どうです、私のなじみっぷりに感心しませんか？ ざっと翻訳すると――昼には悪魔が、夜にはベルゼブブ（悪魔の頭目）が支配する、というような意味です。ここでの時間を楽しむためには、楽しみに対する独特の感覚を持たねばなりません。私はうまく適応しています。それでも、足りないものはたくさんあります。なにより、グルジとともに時間を過ごせないことを寂しく思います。一度グルジのことを手紙に詳しく書いたことがありますから、覚えていますよね。語学の教師なら家畜小屋の蚊のように無数にいますが、あのすばらしく風変わりなウパニチェほどに、人生の神聖なる不真面目さを寿《ことほ》ぐことができる教師がいれば、お目にかかりたいものです。バローダでの生活に耐えることができたのはウパニチェのおかげです。特に最後のほうは。誇張ではありません。個人の絶望感など取るに足らないものだと思わせてくれる才能が、ウパニチェにはあります。彼の精神は、一方の足で日常を踏みしめ、もう一方の足で人間存在の上を漂っているのです。ウパニチェに会うことは、おそらくもうないでしょう。親愛なる友よ《モン・シェ・ラミ》、ヒンドゥー教は過去です。これからはイスラム教を学びます。そのほうがここの環境にはよくなじむのです。イスラムのダルヴィーシュが多いのもそのせいです。グルジの代わりとして、何人もの教師から学ぼうと思います。アル－イスラムの明快な秘密は、ひとりの教師が川辺で教えてくれます。我々はタマリンドの木の下に敷いたフェルトの絨毯の上に、甘い香りのバジルに囲まれて座ります。ダルヴィーシュにしては一か所に定住しすぎで、アリムにしては野性的にすぎるこの教師は、私に講義をしながら、川の流れを、渡し船に集う人々を見つめていました。また、ペルシア語の教師もすでに見つけました。ペルシア語は、あらゆる言語のなかでも最も誇り高いものだと、そのさまざまな殿堂に導かれた後では、私には思えます。それから、三人目の教師がいます。本物のダルヴィーシュで、野性的な男です。彼は、混乱を引き起こすことで私をより高い洞察に導いてくれます。ただ残念なことに、この教師に会うことは稀です。ですが、会ったときには——ほとんどの場合は偶然の出会いです——、私に詩を恵んでくれます。まるで私が、貧しいけれど誇り高すぎるせいで物乞いのできない男であるかのように。彼は私の水準儀のバランスを狂わせた男です。私は彼の後を追い、彼は私をとある歌へと導きました。友よ、正確に言えば、それはひとつの素晴らしく豊かな歌の形式でした。人をあれほど激烈に恍惚へと導くものは、我々の世界にはかつて存在したことがないでしょう。音楽と詩——この国はこのふたつに恵まれています。ウルドゥー語は歌う言葉です。あまりに詩情豊かで、ジャガイモについての会話さえ、私の耳には『チャイルド・ハロルドの巡礼』の美しい一場面のように響きます。私はこの環境の変化を楽しんでいます。

29　ナウカラム

オーム・プラタネシュヴァラーヤ・ナマハ。サルヴァヴィニョパシャンタイェ・ナマハ。オーム・ガネーシャヤ・ナマハ。


――残念ながら、シンドでの年月で、あたしは信頼される人間からのけ者に変わっちまいました。

――ご主人の不興を買ったのか？

――バートン・サーヒブはあたしに背を向けたんです。もうあたしとはほとんどなんにも話そうとしませんでした。

――それが不思議だと言うのか？

――どうして？

――あんたがイスラム教徒たちのことをこれほど軽蔑と憎悪をこめて話すのを聞けば、ご主人だって、そんな人間に新しい旅での興味深い発見のことをどうして打ち明ける気になどなる？

――憎悪をこめてだなんて、どうしてそんなふうに言うんです？　あたしには憎悪なんてありませんでした。シンドに着いたときには、ミヤのことなんてほとんど知らなかったんですよ。あいつらがどんなことをやってのけるか、あんたは知らないんだ。あいつらは、あたしたち同胞に、ミヤになることを強いるんですよ。あのやりくちには耐えられませんでした。それを口に出すのが憎悪ですか？

す。ひとりのバニヤンが、間違って告発されたことがあるんです。確か、ほかの商人と争いになったんです。

——ミヤの商人と？

——もちろんですよ。告発の内容っていったら、明らかに無理やりひねり出したものでした。ところが、カーディーがどんな判決を下したと思います？　そのバニヤンは、拘束されたんですよ。そして服を脱がされて、ミヤたちが、人間の体の洗い方はこうだって主張するやり方で、体を洗われたんです。ここを三回、あそこを三回ってね。そしてその合間に、繰り返しなにかをわめかれて。それからそのバニヤンは新しい服を着せられて、モスクにつれていかれました。そして祈りの文句を浴びせかけられたんです。バニヤンは、ミヤとして信じるべきことを信じるって、やつらの真似をして唱えなきゃなりませんでした。そして、その文句をバニヤンが言い間違えなかったっていうそれだけの理由で、いいですか、よく聞いてくださいよ、たったそれだけの理由で、みんなが興奮して、奇跡が起こったって告げたんです。それから、なによりおぞましいことが起きました。そのかわいそうな男は、割礼を受けたんですよ。

——ナイフで？

——ほかにやり方がありますか？　体に障害を負わされたんですよ。一生かかってももとには戻せません。

——割礼とは清潔なものだと聞いたが。

——あんたには同情心ってものがないんですか？　罪もない男が、あたしたちの同胞が、体に傷を負わされたんですよ。人間に別の信仰を持つよう強いるなんて、永遠に終わらない強姦みたいなもんじゃないですか。

——確かに、確かに。ただ、そんなことがしょっちゅうあるとは思えんな。いまあんたが話したようなことは、よく噂には聞いても実際に目にしたことはないという類の話のひとつじゃないか。そして、目にしたことのある人間に会ったこともないという。

——あんたは目をつむっているんだ。だからそんなふうに言えるんですよ。で、目を開けたときにはもう遅いんですよ。

——もういい。昨日もあんたの長話で、ほとんどの時間を無駄にしてしまった。

——ね、ミヤどもが今でもまだあたしに悪影響を及ぼしてるのがわかるでしょう。だいたい、どうしてあたしの話をさえぎらなかったんです？

——口に出すほうがあんたのためだと思ったんだ。どうも、毒はあんたを内側から蝕んでいるようだからな。

——あたしの話がそれたら、さえぎってもらわないと。あたしには時間がないし、もう金だってないんですよ。支払いは明日まで待ってもらうよう、お願いしますよ。兄のひとりが、まだあたしに借金があるんでね。当時サーヒブの召使のひとりだったんですけど。

——では今日はこれで終わりにしよう。そして明日また続きをやろう。憎悪はなしで、わしに支払うべき金はちゃんと持ってきてくれよ。

30　全世界の支配者

二枚のヴェールが、支配者たちをこの国の人間たちと隔てている。自らの無知というヴェールと、不信というヴェールの後ろに、地元民たちは隠れているのだ。将軍は、ヴェールが破られることはないと知ってはいたが、それでも、そのヴェールの向こう側をもっとよく見ようと、固く決意していた。大英帝国のすべての管理者同様に、将軍もまた毎日を机の前で過ごし、馬に乗って出かけるときにはエスコートがつき、地元のエミールたちとイギリス人の部下たちが将軍の気に入るだろうと考えるものしか見せてもらえなかった。この国と民についてほとんどなにも知らないことが、将軍を苦しめた。副官たちは、フクロウのような勤勉さで無数の書類に目を通していたが、割礼の儀式や結婚式や葬式に参加したことは一度もなかった。ペルシア語、ウルドゥー語、シンド語の知識を持つ者は例外的存在だった。年月がたってもその状態が改善されることはなかった。将軍配下の若い官僚や将校たちは、年配の者以上に地元民から距離を取っていた。彼らは断固としてイギリス的な洗練された生活スタイルに重きを置いており、それゆえ自分たち独自の真空地帯に閉じこもっていたのだ。彼らはまた、定期的に故郷へ帰るための休暇を申請した。そして妻とともに帰省した。道徳観念は強くなったが、その道徳とは、特に自分たち独自の習慣を異国の汚染から守るためのものだった。故郷においてどれほどの価値があろうと、こういった道徳基準は、将軍配下の将校や官僚たちの目をくらませた。彼らは、ロンドンの小路から世界の半分を管理する怪物の盲目の触手に成り下がったのである。敵を知ることのみが我らを強くするのだ、と将軍は言った。知識を深めねばならない、と。知識欲こそが、我々と地元民を隔てるものである。地元民たちのなかで、我々のことを知ろうと旅に出た者の話など聞いたことがあるか？　いつか彼らが我々を、我々の弱点や不安を探求することがあれば、彼らは我々にとって手ごわい相手になるだろう。我々がそれにふさわしい尊敬の念を抱くべき、真の敵となるだろう。

だが、将軍の警告にはなんの効果もなかった。将軍はいたるところで、ヒステリックで争い好きな老人だと受け止められるばかりだった。将軍が支配者として満足しているとは、誰も思っていなかった。ときどき怒りの発作に見舞われ、あらゆる真実のなかで最も相対するのがつらいものを持ち出しては、皆を挑発した。イギリス領インドの官僚機構はなんの役に立っている？　征服の役にか？　大衆の暮らしの役にか？　正義の役にか？　まさか。正直になろうではないか。強奪、略奪を楽にする役にしか立っていない。将軍の部下たちは、視線をそらし、表情を凍りつかせる術をすでに身に着けていた。すべての殺戮、すべての死が、我々の商売を競争相手より決定的に有利にするために行われるにすぎない。あらゆる苦しみは、すべて愚か者どもの支配を磐石にするためのものにすぎないのだ。「我々はきらら星のごとき愚かなロバどもに仕えているのだ」将軍はそう無益な抗議を試みた。真実を率直に口にすればするほど、部下たちは将軍が狂っているのだと思い込む。こんなことを言って許されるのは、最高指揮官だけだ。部下たちは記憶に呼び起こす――将軍は定年退官への途上にある。我々こそが未来だ。

将軍が信頼できる人間は少なかった。地元民の動静について忠実に報告をもたらすバートンは、そのひとりだった。将軍はバートンと話すのが好きだった。バートンのものの見方は、まるで天地創造がたったいま終わったばかりであるかのように新鮮だった。だがこの若い男にはひとつの欠点があった。致命的な欠点が。バートンは、異国の民を観察するだけでは満足しないのだ。観察するのみでなく、彼らの一員になりたがる。地元民たちに入れこむばかりに、彼らを現在の遅れた状態のままにしておきたがっている。ふたりの立ち位置は対角線上にある。将軍は異国の民を変化させ、改良したいと思っている。だがこのバートンという男は、異国民たちの好きにさせればいいと思っている。なぜなら、彼らを改良することは、彼らを消滅させることを意味するからだという。将軍には理解できなかった。特に、この若い兵士は、イギリスの文明が地元の慣習よりも優れていることには一片の疑いさえ抱いていないのだから、なおさらだった。より優れた者が影響力を及ぼすべきではないのか？それが歴史の自然な発展というものではないのか？　どうやらこの将校は、首尾一貫した思考力には恵まれていないようだ。バートンは遍在する愚鈍と怠惰と粗暴にほかの者たちと同じように激昂した。また、激烈な軽蔑の念をもって判断を下すこともできた。たとえば、最近かたくなに主張した理論がそうだ。嫉妬と憎悪と悪意の種を、地元民はいたるところで撒き散らしている、とバートンは述べたのだった。悪魔的な心根からではない、彼らにはそういう本能があって、それが抜け目のなさと弱みによって養われているからだ、と。なんとも途方もない話だ。ところが、このような激しい弾劾を口にする本人は、それでも地元の規則に従うことを望むのだ。ときに将軍は、バートンは地元民に対して軟弱すぎるという非難を受けないように、わざとこんな独善的な憤慨を装っているのではないかという疑いを抱くことがあった。バートンという男は謎だった。ほとんどの場合は、予想とは違う意見を表明した。たとえば、前回会ったときには、殺人犯は絞首刑に処されるべきではありません、と演説をぶった。殺人犯はこれまで同様に、大砲の前にくくりつけて、吹っ飛ばすべきです。確かに残酷ではあります。ですが、我々の同情心は、現実感覚という確かな道を行くべきなのです。見せしめという効果を見失ってはなりません。粉々に吹き飛ばされた殺人犯は埋葬できません。ですが、イスラム教徒は埋葬されないと天国へ行けないのです。同じ理由で、もし絞首刑にするなら、死体は焼くようにしなければなりません。誰にでも同じ権利を、という原則は、ここでは通用しないのです。我が国の刑法は、遠路はるばるここまで来る過程で、効力を失ってしまいました。いいですか、牢に閉じ込めるという罰は、マンチェスターでなら効果があるでしょう。ところがシンドでは非生産的なのです。この緯度に暮らす普通の男たちは、何ヵ月か我々の牢で過ごすのを休暇だととらえます。食べて、飲んで、昼寝をして、のんびりとパイプをふかすことができるんですから。牢に入れる代わりに、犯罪者のうちの貧しい者は鞭で打ち、裕福な者には金を払わせるべきです。そうすればいい見せしめになるでしょう。将軍に個人的に報告を上げるという任務につくこの将校が、首尾一貫した男でないことは確かだった。

31　ナウカラム

オーム・アヴァニシャーヤ・ナマハ。サルヴァアヴィニョパシャンタイェ・ナマハ。オーム・ガネーシャヤ・ナマハ。

——あたしが今日ここに来た理由は、たったひとつです。いい加減になにか結果が欲しいんですよ。この一カ月、毎日のようにここで話をしてきたことの証がね。十六ルピーの価値はあったって思えるなにか。あたしにもう一度希望をくれるなにかが欲しいんです。

——我々はまだ最後までたどり着いておらん。あれこれたくさんの体験をしたのはあんたなんだから、わしにはどうすることもできんよ。

——どうすることもできんですって？　あたしが先月あんたのところへ来たときに欲しかったのは、たった二ページの推薦書なんですよ。

——二ページだなんて話は聞いておらんぞ。

——百ページだって話もした覚えがありませんよ。

——いったいなにが望みなんだ？

——明日までに草稿を仕上げてほしいんですよ。大切なことをすべて入れて、数ページにまとめてほしいんです。できるだけ早く、新しい仕事を探し始めたいんですから。モンスーンが来たら、きちんとしたお宅ではどこもたくさん仕事があります。それに、フィランギたちはほとんど家にこもって過ごしますからね。そういうところへ訪ねていって、自己紹介したいんですよ。

——中途半端は感心できんな。我々の話がすべて終わるまで待って、完全版の、考えうる限り最高の推薦書を持って自己紹介できるほうがいいだろうが。モンスーンはそう急いで通り過ぎやしないよ。

——いや、あたしは断固として要求します。

——そうか、あんたが断固として要求すれば、もう議論の余地もないということか？　断固としてだと？　どこでそんな言葉を覚えたんだ？

——一ヵ月は長い時間です。あたしみたいな男だって、いい加減、騙されてることに気づくってもんですよ。

32　夢想家の支配

ネイピア将軍宛
親展

閣下は私に、地元の民が我々をどう見ているかがわかるような情報を集めるという任務をお与えになりました。そこで私は、あらゆる階級のシンド人、バルチスタン人、パンジャブ人のもとで多くの時間を過ごしました。市場、食堂、アーガー・ハーンの間に合わせの宮殿などで、どんな声にも注意深く耳を傾けましたが、話された言葉の意味について判断を下すことは避けました。私に対して意見を表明する者たちと同様、私もまたこの世界を一方的な視線で見ているという前提から出発したのです。うわべを装うことはしませんでした。というのも私は、オリエントの人間は見せかけの仮面を見破ってしまうだろうと確信しているからです。彼らの意見に反論もしなければ、特定の意見を持つようそそのかしもしませんでした。ただ耳を傾ける者の役割を楽しみました。そして、間違った謙遜を抜きに言わせていただければ、これまでの人生で滅多になかったほど皆から愛されたことを認めないわけにはいきません。ここからの私の最も難しい任務は、無数の会話のなかで、混乱し、入り組み、膨れ上がり、いくつにも枝分かれして表現されたことがらを、短くまとめることです。一般化は頑固な平等主義者であり、厳重に避けねばなりません。ですが、閣下から命じられた任務を、集めた情報をできるだけ有効に役立てられるような形で遂行するためには、一般化を完全に避けるわけにもいきません。いい加減に要点に移りたまえ、と閣下のおっしゃる声が聞こえるようですので、そのお望みにも応えられるよう、急ごうと思います。

　現地の人間たちは、我々が我々自身を見るのとはまったく違う目で我々のことを見ています。こう言うと月並みに聞こえるかもしれませんが、この観点は、彼らと付き合う上で常に頭に置いておかねばなりません。彼らは我々のことを決して勇敢だとも、賢明だとも思っていませんし、寛容だとも、高度な文明を有しているとも見なしていません。彼らは我々のことを卑劣な悪党だとしか考えていないのです。我々が守らなかった約束を、彼らはどれひとつとして忘れてはいません。本来我々の正義を遂行しなければならないにもかかわらず買収に応じる腐敗した役人を、ひとりとして見逃してはいません。彼らは我々の流儀を不快に思っていますし、もちろん我々は危険な異教徒でもあります。多くの現地人は、復讐の日を待ち望んでいます。言ってみれば、「東の長いナイフの夜《ナイト・オブ・ザ・ロング・ナイヴズ》」（英語圏ではしばしば政治的に重大な動きがこう名づけられてきた）を。彼らは、うさんくさい侵入者が追い出される日を待ちきれずにいます。彼らは我々の偽善を見抜いています。正確に言えば、我々の行動の数々の矛盾が、彼らの目には積もり積もって、あらゆるものを包括する偽善へと膨れ上がるのです。ハイデラバードで、ひとりの初老の男がこう言ったことがあります。もしイギリス人が過大な信心深さを見せたら、もしイギリス人がキリスト教の日の出についてのおとぎ話を我々の耳にさんざん吹き込み始めたら、もしイギリス人が文明の普及について、我々野蛮人が文明から享受することのできる無限の利益について熱く語り始めたら――そうしたら、彼らがさらなる強奪の準備をしていることがわかる、と。イギリス人が利益について語り始めたら、我々は警戒する、と。この男のことを皮肉屋だと罵ることもできるでしょう。ですが彼が賢明で尊敬を集める皮肉屋であることには、疑問の余地はありません。ひとつの例は百の主張よりも雄弁ですから、もうひとつのエピソードをお知らせしましょう。数カ月前、カルカートより西の僻地で、ひとりのバルチスタン人がとらえられました。部族の長で、イギリスの補給路への襲撃を組織したという理由でした。このバルチスタン人は、狡猾で経験豊かな決闘の名手として有名だったので、逮捕を指揮したイギリス軍士官は、この男に決闘を挑むことを思いつきました。きっと士官は、ここで勝利すれば我々の軍事的優位を見せつけられるとでも思ったのでしょう。逮捕された部族の長は年老いて疲れた馬に乗せられ、士官のほうは数々の闘いを潜《くぐ》り抜けてきた牡馬に飛び乗りました。そしてたくさんの喝采を浴びて最初の攻撃を繰り出しました。その後も攻撃を繰り返したのですが、何度突撃し、何度剣で切りつけようと、バルチスタン人はそのすべてを剣と盾とでかわしてしまいます。剣の腕前に自信を持っていたこの士官は、苛立ちを募らせていきました。地元民たちがなにか彼には理解できないことを叫んでいるのが聞こえました。それが士官の耳には嘲りのように響きました。男対男の戦いに負けるかもしれない、同僚たちのあいだでの名声を失うかもしれない。士官は最後の攻撃を試みました。ピストルを抜いて、剣で切りつける代わりに、至近距離からバルチスタン人を撃ち殺したのです。この話は国の隅々まで伝わり、どんどん誇張され、行われた不正を悪魔的なものにまで高める毒花を咲かせました。この話はさまざまなヴァージョンで語られていますが、私がいまお伝えした骨格は共通しています。現地の民にとって、この士官の行動よりも重大なのは、士官が規則どおりの軍法会議でその犯罪の責任を取らされることがなかったという不公正な事実です。それどころか、この士官は昇進して、いまでは高い地位についているのです。

33　ナウカラム

オーム・カヴィシャーヤ・ナマハ。サルヴァヴィニョパシャンタイェ・ナマハ。オーム・ガネーシャヤ・ナマハ。

ラヒヤはファイルを取り出した。上等の革でできたファイルだ。ナウカラムの物語を書きつけるのに何枚の紙を費やしたかに気づいて、買ったものだった。これらの紙はひとまとめにしておかなければならない。ラヒヤは急に、これらをなくすのではないかと心配になったのだった。たった一枚なくすことさえ心配だった。そこで報酬の一部を使ってこのファイルを買い、当然のことながら、この無用の支出をめぐって、家計を握る妻と喧嘩になったのだった。ラヒヤはファイルを開いた。二本の指で一ページ引っ張り出すのに足りるだけの、ほんの少し。そしてそのページに目を通した。注意深く、慎重に。突然、若い男のように走り出せそうな気分になった。つい最近、重い息をつきながら、目の前に黒い斑点がちらつく状態でえっちらおっちら上った丘を駆け上がって、町まで。それからまた丘を駆け下りる。ほとんど飛ぶように。あの召使のこまごました話を追い越して。召使の話は、必要なきっかけをくれた。そのことにラヒヤは感謝していた。だがこれからは自分が、あの話に翼を与えねばならない。オーム・バラガナパティ、そうではないか。あの負け犬の召使の話に意味と美とを与える七つの母音、七つの音。どんな美を？　魔法が使えるのはわずかな人間だ。自分にそれが許されるだろうか？　なんという卑小な問い。他人の人生を捏造することが許されるだろうか？　そんな良心がなんの役に立つ？　そんな硬直した思考は捨てねばならない。そんな思考にふさわしいのは、古い細密画の英雄たちのみだ。動け！　柔軟に！　それに、ナウカラムはしょっちゅう嘘をついてきた。それは明白だ。ナウカラムがラヒヤに語って聞かせるのは、彼のありのままの人生ではない。婚礼の日の花嫁のように美しく飾った人生の話だ。醜い部分はすべて洗い流し、化粧を施し、仮面をつけ、どの傷にも七重に布を覆いかぶせた話だ。当然だろう。誰が真実を語ったりするだろう。真実に包まれて語る勇気など、誰にあるだろう。もし自分がしつこく問いたださなければ、すべて偽物の話のままだったろう。自分はいくつかの側面を明るみに出すことができた。自分には嘘に対する嗅覚がある。だがナウカラムは、恥ずかしいと思うことはいままでずっと黙ったままだ。だからこの自分、ラヒヤには、語られない部分を自分で埋めるしか道はないというわけだ。完璧なものを創り出すのは、自分の義務ではないか。

クンダリーニとは誰か？　本当は誰だったのか？　ラヒヤは、巡礼の旅でこの国を隅々まで知っているプジャーリーを訪ねた。プジャーリーとの会話には大いに収穫があり、ラヒヤの推測が正しかったことがわかった。プジャーリーは、クンダリーニの出自から、ある程度の結論を導き出してくれたのだ。サタラ県のファルタン出身ということは、クンダリーニの家族はマハヌバーヴァの信者である可能性が高い。彼らのもとには多くのデーヴァダーシーがいる。かの地の寺では、わしも何度もそういう女を勧められたものだ。だが断ったぞ、とプジャーリーは言ったのだった。祖父ほどの年齢の男が、これから父親になる若い男のように振る舞うべきではないからな、と。クンダリーニはデーヴァダーシーのひとりだった。いくつかの事実から、そう推測できる。きっとどこかの寺に奉仕していたのだろう。そしてそこから逃げ出したに違いない。デーヴァダーシーは、若いあいだは、つまり女と僧たちにとっては、決して寺から出ることを許されないのだ、とプジャーリーは語った。僧たちにとって利用価値がなくなって初めて、自由の身になる。だがそのときには、多くの女たちは寺での生活になじみきっていて、寺の外の世界に恐怖を抱く。寺のプジャーリーたちが慈悲深ければ、年配の女も寺に留まることを許される。床を掃いたり、水を汲んだりする者として。だがクンダリーニは若かった。イギリス人士官とその召使とをともに魅了したのなら、きっと相当な魅力の持ち主だったに違いない。なぜクンダリーニは逃げ出したのか？　ラヒヤはさらに、友人のひとりを訪ねていった。実を言えば、ただひとりの友だ。そばにいられても苛立ちを感じない唯一の人間だ。詩と音楽をたしなみ、一生のあいだ依頼人の目を通してしか世界を見てこなかったラヒヤには閉ざされたままの世界の多くを知っている男だ。本当は、ナウカラムからの依頼のことにはほんのついでに触れるだけのつもりだった。だが友は、歌を歌うときに十本すべての指にはめた指輪で叩く銅製のやかんのように巨大な腹の前で腕を組むと、すべてを話してほしいと言ったのだった。友はクンダリーニに強い興味を示した。ほとんど不穏当なほどの興味を。そして、ラヒヤの問いの多くに答えてくれた。ただ、説明する前に、よく知られた事実じゃないか、と何度も何度も言うのが気になった。マイカンナの女たちが体を売っていることは一般的によく知られた事実じゃないか、だからこそ彼女たちは「愛人」と呼ばれているんであって、その魅力のためじゃない、まさか君もそう思ってたわけじゃあるまい？　それに、そういう女たちのなかで踊りのできる者、バジャンを歌える者が、昔デーヴァダーシーだったことも、よく知られた事実じゃないか。またこの言葉だ。デーヴァダーシー。もはや疑いの余地はなかった。神と僧とが分け合う愛人。友はそう表現したわけではなかった。ただ、デーヴァダーシーは自分たちが仕える寺の神と結婚しているため、生身の人間とは結婚できない、と説明した。デーヴァダーシーたちは、神に服を着せ、服を脱がせ、膝に抱いてやり、食べさせてやり、賛美し、つまりよき妻が夫に対してすることをすべてするのだ、と。ただひとつだけ、石やブロンズの神にはできないことがある。それゆえ僧たちが、デーヴァダーシーとの愛の行為を行わねばならないのだ。よく知られた事実じゃないか、と友は言った。ラヒヤの周りには湯気が立っていた。まるで乾ききった泥の大地に雨が降ったかのように。まるで大地が再び呼吸しているかのように。ラヒヤはそそくさと友に別れを告げた。家への道のりは、まるで最初の雨が降ったあとの散歩のようだった。自分の部屋に戻ると、ラヒヤは白檀の線香に火をともし、くれぐれも邪魔をするなと妻に念を押して、新しい紙を取り出し、クンダリーニという名のデーヴァダーシーについてようやく知り得たことを書き始めたのだった。寺から逃げ、プジャーリーから逃げたクンダリーニ。プジャーリーは口臭もちの醜い男で、教養ではクンダリーニに遠く及ばなかった。クンダリーニは重要な聖典の文句に通じていたが、プジャーリーのほうは、よく覚えていないスートラは勝手に捏造し、無意味な言葉の後ろに聖なる終末句を付け加えて朗誦する始末だった。そしてクンダリーニがそれに気づいたために、床をともにする際に痛みを与えて、彼女を罰したのだ（誇張しすぎだろうか？　いや、まったくそんなことはない。薄汚い、半端な教養しか持たないブラフマンどもが。我らがカーストの恥だ。まさにこのカーストの変種だ）。クンダリーニはバクティを歌うことができた。数多くのバクティを。禁欲主義者がクンダリーニの神への愛に陶然となり、道楽者が肉体的快楽の約束に興奮するような歌い方だった。いや、とラヒヤは最後の文章の後半に線を引いて消した。的確ではあるが、適当ではない。その歌のなかにダルマとカーマをともに溶け合わせることができるこの女に、自分まで魅了されてはならない。さて、クンダリーニは自分をあまりに頻繁に犯すプジャーリーから逃げて、バローダへ行った（だがどうしてバローダだったのだろう？　まあいい、すべての謎が解き明かされねばならないわけではない）。もしかしたら、バローダにいる別のデーヴァダーシーを知っていたのかもしれない。クンダリーニはマイカンナで働き始めた。そこでナウカラムに出会った。そして、金と引き換えに身を捧げた。それからナウカラムは、クンダリーニを主人に紹介した。と、そのとき突然、ラヒヤは悟った。わかりきったことではないか。どうして見過ごしていたのか。ナウカラムは主人の幸福を考えていたのではない。自分のことを考えていたのだ。自分のことだけを。クンダリーニに会うために、マイカンナを訪れなければならないのが嫌だったのだ。つまり、クンダリーニを近くに置いておきたかったのだ。そのためには、犠牲を払わねばならなかった。クンダリーニを主人と分け合わねばならなかったのだ。だが、それのどこがいけない？　神とその僧とが愛人を分け合うことができるのなら、どうして東インド会社の士官とその召使が分け合ってはならない？　きっとそういうことだったのだ。だいたいのところでは。ラヒヤは非常に満足した。物語を捏造して、真実へと近づけること——これこそ真に良心的な行いというものではないか。

34 天の群れの支配者

もう何日も、あらゆるものが激しい雨を待っていた。膨れ上がった黒雲が、太陽を鈍く光る硬貨に変える。岸壁を打つ波はどんどん高くなり、やがて岸壁を越える。世界は落ち着きをなくす。家々は靄に対抗するように立ちすくみ、鳥たちが甲高い声で鳴きながら空中を垂直に飛ぶ。まるで、飛び方を忘れるのを恐れるかのように。新聞によれば、ボンベイでは波が——まるでカメレオンの貪欲な舌のように——コラバの土手を飛び越え、最初の犠牲を要求した。どの漁船も、渦巻く波のなかに落ちた女を見つけることはできなかった。新聞の切れ端が風に舞い上がる。鳥よりも高く。木々がたわむ。草の茎よりも軽々と。木の葉がホスチアのように口のなかに入ってくる。最初の一滴が落ちる前から、雨が降るであろうことを疑う者はいない。匂いで間違いなくそうとわかる。最初の雨は穏やかで、続いてさらなる雨が忍び足でやってくる。まずは前触れの雨。無害な、窓の横に掛かった繊細な細密画のように無害な雨。落ちていく前に一瞬だけ動きを止める滴たち。その背後では、乳白色のヴェールが、通りや広場や家々やあたり全体を消滅させる。知覚できるのはなにか？　雨が屋根を叩く音、恍惚の響きを持つ叫び声、風に乗ってやってくる知ったかぶりの音が、ヤシの木のうねりに乗って遠くまで運ばれていく——いまこの瞬間、絶望を幸福と区別できる者がいるだろうか？　やがて、雨は激しく打ち付ける。まるで大地がさんざん鞭打たれねばならないかのように。時間は退却し、モンスーンがやってくる。堅固な壁の後ろにじっとしていられない者、屋根の効果を頼りにできない者は、すぐにどこかに避難せねばならない。

馬から落ちた後、裸でベッドに横たわったバートンは、クンダリーニの指を追おうと試みていた。クンダリーニの優しさを理解したいと考えていた。それは、バートンが学んで身に着けることのできないただひとつの言語だった。そもそも、この優しさに意味などあるのだろうか？　雨の音が陶酔を覚ます。滴が潤いすぎた大地の唇からあふれ出す。すべてが水に沈んでいる。木の根もだ。それに土に開いた穴も。バートンの馬は、その穴にはまったのだった。泥のなかに投げ出されたバートンは、モンスーンが来たらできるだけ家から出ないほうがいいという士官食堂での警告を思い出していた。いい気味だ、とバートンの傷ついた背中の後ろで皆がこっそりと言う声が聞こえるようだった。たとえ目を開けていても、クンダリーニの指が成し遂げているのが義務以上のものなのかは、わからなかっただろう。豊かな数年の後には、貧しい数年が来る。バートンの場合は、一年単位で数えられる──望みがかなえられた一年の後に、再び不満が芽生える一年が来たのだ。外はさきほどよりも静かになった。容赦なく町へと流れ込んでくる奔流の音が聞こえる。小屋はきっと水浸しになるだろう。バートンの首から尻まで、クンダリーニは背骨のひとつひとつを再発見していき、指の圧力を変えることなく、背骨の周囲を円を描いてなでていく。その手は決して迷わない。クンダリーニは人間の体を驚くほどよく知っている。クンダリーニが部屋を出ていった。バートンは不機嫌になった。クンダリーニは非常に多くを与えてくれる。バートンの気に入ろうと懸命だ。バートンがそれが好きだからという理由で髪をほどき、たまには変化が欲しいと言うと再び髪を編む。バートンの機嫌に耳を澄まし、ときにははしゃいでみせることさえある。だがそれでも──それでもクンダリーニはいつも殻に閉じこもっている。バートンの知らないどこか遠くを見つめている瞬間もある。ときどき、別れの挨拶も説明もせずに去っていくこともある。決して一晩中バートンとともには過ごさない。自分の家族や、若いころ、これまでの人生の話をすることを拒む。クンダリーニに恋をする権利をバートンに認めない。そして、クンダリーニのほうでも、バートンに対して持ち得るかもしれないあらゆる感情を抑制していることを、バートンは確信していた。ただひとつ、どんな親密さも許さない声音と姿勢で、クンダリーニが定期的に口にするのは感謝の念だった。バートンはこの点について、クンダリーニと話し合おうと懸命に試みた。それは、人生における難しい課題だった。愛人に――それも金で買った愛人に――、どうして私たちは舞踏会でのデビュタントのように恋に落ちることができないのか、と尋ねるには、いったいどうしたらいいのか？　クンダリーニはバートンの問いを避け続けたが、バートンがしつこく追いつめると、怒りで応えた。それはバートンが、クンダリーニのなかにあるとはとても想像できなかったほどの怒りだった。私は伝染病患者のようなものです、と言うクンダリーニの声は、一本弦の楽器のようだった。何年もあなたの、またはあなた以外の男のお気に入りでいられるかもしれません。でもそのうち私の体が私を裏切り、私の持っている美しさはすべて消え去ります。そうしたら、もう一度神の首にすがりつく以外に道はないんです。そのときには、私の唯一の長所は、私で欲求を満足させたいと思う男がもうひとりもいないことなんです。死に近づくことのみが、あなたたち男の欲望から私を守ってくれるんです。バートンは黙りこんだ。私が出ていきたいと思ってないとでも？　出ていきたい。でも、これ以上の嘘をつかなければならない状況になるのは嫌なんです。バートンは黙っていた。愛が欲しいですって？　どれくらいのあいだ？　どのくらいここにいるというんです。ほんの数年でしょう。その後は別の場所に移っていくんでしょう。それに、たとえここに残ったとしたって、いつかは同郷の女性と結婚して、子供を作るつもりでしょう。いや、とバートンは口をはさんだ。そんなつもりはない、結婚も、子供も、望んでなどいない。その後、ふたりを分かつ沈黙が訪れた。

香油の香りが、波のようにバートンを包む。クンダリーニは戻ってきた。温かな香油がバートンの肌をつたい落ちる。クンダリーニがすぐにバートンの不機嫌を消してしまうだろうことはわかっていた。そしてバートンの欲望に火をつけるであろうことは。何度も何度も。やがて、クンダリーニは動きを止める。じっとしたまま、両手をバートンの胸に置き、驚くバートンの脈動の上で、話し始める。完全な文章を。なにかのついでのようでありながら、同時に相手の完全な注意を要求する、なじんだいつもの口調で。クンダリーニの言葉についていくために、バートンは腰の動きを緩めねばならなかった。クンダリーニは、聖者から不死のリンゴをもらったある賢明な王の話をした。王は最初、この上なく幸福だった。だがやがて、不死身なのは自分ひとりであり、人生に喜びを与えてくれるすべては過ぎ去っていくことに気づいた。王はリンゴを妻に与えた。妻はその贈り物を最高の栄誉として受け取ったが、心のなかでは、王が自分にリンゴを与えたのはただの習慣からであろうと考えていた。妻はリンゴを、特別に素晴らしい愛人であることを証明した廷臣に与えた。廷臣はリンゴを崇拝する高級娼婦に与え、高級娼婦は──長いあいだ考えた末に──、国王にリンゴを献上した。なんといっても、王こそが高級娼婦の仕事の最大の後援者であり、保護者なのだから。王はリンゴを手に、なにが起こったかを理解した。なんの慰めも見出せなかった。宮廷中の人間を集めると、自分を裏切った者たちを呪い始めた。ディク・タム・チャ・トゥワム・チャ──クンダリーニは再び腰を動かし始めた。マダナム・チャ・イマム・チャ・マム・チャ──クンダリーニの両手がバートンの太ももをつかむ。どういう意味なのか教えてくれ、とバートンはあえぎながら言った。クンダリーニは動きを速めた。彼女に呪いあれ、お前に呪いあれ──クンダリーニの乳房が、ガンが飛ぶように重く揺れた。愛に呪いあれ、愛人に呪いあれ──クンダリーニの呼吸が重くなっていく。そして私もやはり呪われるがいい。

その後、クンダリーニはバートンの隣に横たわった。ふたりは水と油のようにばらばらだった。愛の闘いにすべてを搾り取られて。まるで、このたったひとつの部屋のなかに、命あるものすべてが集うかのようだった。やがてバートンはカッコウの声を聴いた。クンダリーニの指がバートンの胸の上を這った。窓に向かってのびていく植物のように慎重に。もしクンダリーニがこのよるべない月の光のなかでなにか言えば、それは詩になったことだろう。バートンはクンダリーニの閉じたまぶたに口づけ、瞳を唇にはさんだ。それは、飲み込むことなどできない宝石のように硬かった。ただバートンの唇だけが、クンダリーニの瞳が動いているのを感じていた。水面のすぐ下にいるフグのように、じっとしていないビー玉のように。空気がこもっていた。バートンは起き上がった。クンダリーニの抗議には耳を貸さず。バートンの胸は鎮まっていた。なぜなら、クンダリーニは自分を放したくないのだと思ったからだ。窓際へ行って窓を開けるほんの一分のあいだでさえ。カエルの鳴き声が聞こえた。バートンは染み通るような微笑を浮かべて、クンダリーニのほうを振り向いた。早く閉めてくださいとクンダリーニは言った。虫が入ってくるじゃありませんか。バートンがクンダリーニの望みをかなえる前に、シロアリ、蛾、ホタル、コオロギ、コガネムシ、何百ものビルバフティ——赤いビロードの切れ端——が、あらゆるものの上に降り注いでいた。ベッドにも、クンダリーニの体にも。

雨は八日と八晩降り続いた。ほとんど一時も途切れずに。点呼も、勤務も、浮気も、なにひとつなかった。狩りにいくことなど問題外だった。存在するのはただ、ふたりが横たわり、横たわったままでいるベッドだけだった。

35　ナウカラム

オーム・ガナーディャクシャーヤ・ナマハ。サルヴァヴィニョパシャンタイェ・ナマハ。オーム・ガネーシャヤ・ナマハ。


——あんたは彼女に惚れていたんだな。

——ええ、その話はもうしたでしょう。

——彼女はあんたの愛人だったんだな。あんた方は付き合っておった。彼女はあんたの腕に抱かれていたんだ。あんた方は関係を持っていたんだろう。

——どうしてわかるんです？

——長いあいだ考えたんだ。あんたの話に心を奪われてな。うちの女房なんぞ、わしが家長としての仕事をおろそかにしていると言っておる。

——心を奪われる？　それ、どういう意味です？　お前に俺の財布を奪われるっていうならわかりますよ、でも、心がいったいなにをしてくれるっていうんです？

——心の話はともかく、あんた方ふたりの事情はこみいっていたのだな。

——その話、もう推薦書とは関係ありませんよね？

——あんたは、バートン・サーヒブとくっつける前に、彼女を自分のものにしておったのか？

――あんたの使う言葉は……なんというか、間違ってる。

――わしは知りたいんだ！

――そうですよ。あたしは彼女を自分のものにしてました。その前も、その後も。

――ご主人の家で？

――ええ。主人の家で。あたしたちの家で。これで満足ですか！

――バートン・サーヒブが家にいるときも？

――ときどき、夜に、彼女は最初サーヒブのところへ行って、それからあたしのところへ来ました。でもほとんどは、サーヒブが旅に出てるときでした。マウとか、ボンベイとかに。一度スーラトに行ったこともあります。

――恥ずかしいとは思わなかったのか？

――どうしてあたしが？　恥ずかしいと思わなきゃならないのは、バートン・サーヒブのほうでしょう。あんたにはわかってないんだ。サーヒブは彼女を欲してたんです、彼女に欲情してたんですよ。あたしは彼女を愛してた。本当に愛してた。嘘をつく気はありません。確かに彼女とふたりきりのときには、あたしは野牛と変わりませんでしたよ。彼女の魅力に抵抗するには、とんでもないタパスが必要だったでしょうね。それは認めますよ。でもね、肝心なのはそこじゃなかったんです。あたしは彼女を崇拝してた。でもバートン・サーヒブは彼女を困難に陥れた。

――で、ほかの者たちは？　召使たちは？

――みんな全部知ってましたよ。どうやって隠せっていうんです？

――もし彼らがバートン・サーヒブに告げ口していたら？

――みんなあたしに依存してたんですよ。そんなことをする勇気はなかったはずです。

——つまりあんたは、自分で作り出した状況に満足しておったわけだな？

——いえいえ、満足なんてしてたもんですか。思いもかけないことが起こったんで。予測することなんてできませんでした。あれ以上悪いことなんて起こりようがなかった。

——わかっておる。彼女が死んだという話を、わしが忘れたとでも思うのかね？

——その前です、まだその前の話ですよ。あたしにとっては、クンダリーニは何度も死んだようなもんです。あたしのことを拒むようになったんです。突然。

——肉体的な意味で？

——なんの説明もしてくれませんでした。あたしは彼女になんにもしちゃいない。まず最初はあたしをはねつけました。何度か。病気だとか、疲れたとか言って。あたしは彼女をそっとしておきました。彼女のことを尊重してたんですよ。ところがその後、もうあたしとふたりきりでひとつの部屋にいるのは嫌だ、もうあたしに触られたくないって言ったんです。

——フィランギへの愛のほうが大きくなったんだな。

——愛？　あんた、自分がなにを言ってるかわかってないでしょう。彼女の愛はいつだって愛のふりだったんですよ。偽物の愛だったんです。

——それならどうして、彼女はあんたをはねつけたんだ？　偽物の愛なら終わりなどないはずだろう。

——クンダリーニは、サーヒブを虜にすることができるって考えたんですよ。サーヒブは彼女なしではいられなかった。いつの間にかそうなっていたんです。サーヒブのそんな状態に宝石何個分の価値があるかって、彼女は計算したんですよ。そして、それだけの利益を危険にさらしたくなかった。あいう女は自分の利益しか愛さないもんです。

——あんたは、彼女があんたを拒む前からそう考えていたのかね？

——あたしにあんな仕打ちをするなんて。

——あんたが言うような計算高い女だったんなら、あんたに身を任せたのも、その必要があったからなんじゃないのかね。

——あたしは彼女を尊重してたんです。

——でももし彼女にも人を愛することができたのなら。

——できませんでした。

——あんたの判断は不公平だ。わしは彼女を知らんが、本当にあんたの言うとおり、フィランギもあんたも彼女にそれほど強い気持ちを抱いたんなら、彼女のほうでもその気持ちに、少なくともほんの少しくらい応えたはずじゃないか。それともあんたたちはふたりとも、幻に恋をしたのかね？　なんだかわしには、ふたりの盲目の男が、どうしても自分の姿を見てほしいと願うひとりの女を分け合っていたように思えるがな。

36　徳の泉

およそ千九百年前のことじゃ、我がシーシャよ、もしあんたがこれまで気を付けて聞いていたなら、この地では百年やそこらの違いは大したことじゃないと、もうわかっているはずじゃな。つまり、とにかくはるか昔のことじゃ、今日ではウジャインと呼ばれているウジャイニという有名な町に、ひとりの王子が生まれた。王子はすべてを可能にする名前を持っていた。ひとりの人間が背負うには大きすぎる名前で、卓越した人間ならばその名前にふさわしく育つだろうという望みによってつけられたものじゃった。だがそれは滅多にかなえられない大きな望みで、ほとんどの場合はその名前が、名前よりも幾まわりも卑小な人間を飲み込んでしまう。それはなんという名前か、その偉大な名前とは、とあんたはきっといま考えておるじゃろう？　その名前は、ヴィクラマーディティヤという。あんたは優秀な生徒じゃから、わしが意味を訳してやる必要はないじゃろう。高貴な名前じゃ。日常生活には少しばかり高貴すぎる。この名前はヴィクラムと縮められた。昔の人間が時間が足りない病にかかっていたからではないぞ。そうではなくて、名前を縮めたほうが、その名を持つ若い男が挑戦することになる英雄的行為が、より見通しのきく小さなものになったからじゃ。王子のころから、この我らの英雄はヴィクラムと呼ばれておったが、ヴィクラム王としては何世代にもわたって名をはせた。あんたたちイギリス人なら、さらに縮めて、ヴィクと呼ぶじゃろうな。そしてな、シーシャよ、わしが今日語って聞かせるつもりの本のことを、イギリス人なら『ヴィクとヴァンパイア』と名づけるじゃろう。まるで子供向けの物語のような響きじゃな。ところが実際のところこの話は、なにものをも恐れない人間向けなんじゃよ。ヴィクラム王は、ウジャイニ王国の王位継承者ではなかった。王位継承権は異母兄のバルティリハリにあった。だからそのままでいけばヴィクラムは、暇をもてあました人間が思いつく例の罪深い行為に誘惑を感じないように、国中を旅する隠者になったことじゃろう。もし異母兄が機先を制して、これ以上なく厳しい茨と石だらけの道を行くことにしなかったなら。異母兄のバルティリハリがそうしたのは、失望から立ち直れなかったからじゃった。彼の愛が失望したんじゃ。想像してみなさい、シーシャよ、もしあんたにリンゴが贈られたとしたら。不死のリンゴじゃよ。たったひとりにしか効かない。あんたはそのリンゴを恋人に贈る。ところがその恋人は——心の準備をするんじゃよ——そのリンゴを……

——彼女の恋人に贈った。その話はもう知っています。

——なんと。どこで知った？

——わかりません。どこかで耳にしたんでしょう。

——こんなに価値のある話をどこかで耳にすることができるとは、幸運な男じゃな。たとえそのどこかが、単にベッドのなかであってもな。

バートンは黙りこんだ。いろいろな思考が渦を巻いていた。どうしてウパニチェがクンダリーニのことを知っている？　ナウカラムが話したはずはない。ほかの召使たちは、クンダリーニについてほんのひとことと口にする勇気さえないだろう。ウパニチェはほかのイギリス士官とも交流があるのだろうか？　バートンには尋ねる勇気がなかった。恥ずかしかったのに加え、すでに答えがわかっていたからでもある——グルには隠し事などできんよ。冗談のなかで動き始め、真剣さのなかで揺れやむ振り子。その日以来バートンは、グルがクンダリーニとバートンとの同棲を講義のなかに織り込むこととに気づいた。グルが持ち出す話題や、教えてくれることわざなどで、それがわかるのだった。突然、あらゆる方向にのびる会話の途中で、師はこう言うのだ――真の肉体的快楽とはたったひとつ、自分の妻ではない女との交わりで苦労して到達する快楽じゃ！　バートンはやがて、こうした奇襲に慣れた。この尊敬する、そして尊敬すべき風貌を持つ師の口からそのような言葉を聞くことに対する戦慄は、それほど大きくはなかった。バートンはよき弟子として行儀よく、その知恵は誰の言葉かと尋ねる。これはヴァーツヤーヤナの言葉じゃよ、シーシャよ、あんたにとって大いに役立つであろう書物を書いた人じゃ。その書物は『カーマ・スートラ』といってな。内容は書名のとおり――愛の教えじゃよ。

――神の愛のことですか？

――神が我々に与えてくれた能力である愛、という意味でなら、そうじゃ。だが、神への愛ではない。それはこの書物ではあまり言及されておらん。

――グルジがそのような主題にも取り組んでおられるとは、存じませんでしたが？

――あんたはなにも知らんのじゃ。あんたの目の前にいるのは、『カーマ・スートラ』の最も偉大なる専門家じゃよ。

――どうしてもっと早くに教えてくださらなかったんです、グルジ？

――おお、我がシーシャよ、知の道は長き道じゃ。細密画家の弟子になるとな、最初の一年は、木の板に線を引いたり、円や渦を描くことしか許されんのじゃよ。それを完璧にこなせるようになって初めて、蓮の花を描くことを許される。それに、あっちやこっちの隅に、鹿や孔雀なんかもな。そして、これらの花や動物が師匠の厳しい目に合格して初めて、細密画の細部を少しばかり手伝うことを許される。だがな、我がシーシャよ、それが許されるのは何年もたった後なんじゃよ。あんたに我々の宝をすべて一度に伝えろというのかね？　それではあんたも嫌気がさすと思わんかね？　そうではなくて、少しずつ知っていくんじゃよ。それでも決して知ることのないことがらもたくさん残るじゃろう。

——興味津々ですよ、グルジ。私はいつその書物を読めるでしょうか？

——難しいぞ、我がシーシャよ。なにしろ、わしの本の山のなかから、どうやって見つけたらいい？

——お手伝いしますよ。

——何千冊もの本じゃ。ページがくっついたり、表紙がなくなったりしているものもある。

——そんな仕事なら苦になりません。

——長いあいだ積んだままになっている本の埃には毒があると聞いたことがあるぞ。肺に入り込んで出ていかないそうじゃ。一度その病にかかったら、一生咳が止まらんらしいぞ。

——きっとそれほどひどくはありませんよ。

——ああ、それから、言うのを忘れておったが、『カーマ・スートラ』は古いサンスクリット語で書かれておるんじゃ。

——週に二日、サンスクリット語の講義をしていただくのはどうでしょう？

——言葉だけでなく当時の時代をよくよく知る者にしか理解できないスートラなんじゃ。

——グルジの最高のシーシャにも無理だとおっしゃるんですか？

——よく考えてみなくては。『カーマ・スートラ』は誤解されやすい。

——少なくとも、ひとつのスートラだけでも教えてくださいませんか？　どんなものか雰囲気をつかむために。

——ひとつだけなら問題なかろう。あんたのような男にふさわしいのはどれか、考えさせてくれ、シーシャよ。よし、第六章から少し教えてやることにしよう。娼婦についての章じゃ。ヴァーツヤーヤナによれば——実際ヴァーツヤーヤナは、彼より以前にダッタカが書いたことをまとめたにすぎんし、そのダッタカの知識にしたところで、それ以前の人間の書物に基づいておるに違いないのだが——、そういった女たちは、決して真実の姿を見せることはない。常に自分の感情を隠す。相手の男を愛しているか、なにも感じていないか、一緒にいて楽しいから相手と付き合うのか、それとも相手から全財産を巻き上げるためなのか。

37 ナウカラム

オーム・シュバグナカーナナーヤ・ナマハ。サルヴァヴィニョパシャンタイェ・ナマハ。オーム・ガネーシャヤ・ナマハ。


——遅いぞ。

——もうトンガに乗る金もないんですよ。

——まだ仕事は見つからんのか？

——ええ、さっぱりですよ。

——あの推薦書、あれにはみんな感心しただろう？

——推薦書を見せる前に追い払われるんですよ。あんたがくれた立派な推薦書ね、いくら立派だって、まずは誰かに読んでもらわないと。せめてたったひとりのフィランギにでも。あたしは間違いをやらかしたんです。フィランギとの付き合い方を心得てるだなんて。間違った思い込みだったんだ。馬鹿みたいでしょう、自分でもわかってます。みんなが関心を持ってくれるって思ってたんですよ。いったいどうしてそんなふうに思えたんだろう？　このあたしだから、これほどたくさんのことを経験して、これほどたくさん学んで、これほど変化したナウカラムだから。ところが、あたしのことを知らないフィランギは、あたしになにを見ると思います？　なんにも見ないんですよ。当たり前ですよ。

バートン・サーヒブなら、あたしを追い返したりはしなかった。あたしの話に興味を持ってくれたはずだ。少なくともほんの数分くらいは時間を割いてくれたはずなのに。あたしはもう目の前が真っ暗ですよ。

──いやいや、諦めるな、バイ－サーヒブ。フィランギたちのとにかくひとり、あの推薦書に目を通してくれさえすればいいんだ。きっと興味を持ってくれるはずだ。

──フィランギたちのとにかくひとりが、あの大量の紙の束を手に取ってくれればいいってことですか？ え？ それがあんたの言いたいことですか？ とにかく誰かひとりでも読み始めてくれればって。読み始めたフィランギは、次にどうすると思います？ あたしの顔に紙束を投げつけたんですよ。いったいなにを考えてるんだ、って言ったんです。士官の家での奉公を、こんなとんでもないおとぎ話にまで膨らませるなんてって。

──そんなことが実際に起きたわけじゃなかろう。

──起きたんですよ。紙束は汚れちまいました。きっとあの家じゃきちんと掃除をしてないんだ。まさにそんな家だからこそ、あたしが必要なのに。隣のバンガローなんです。あたしたちの家は、いまは空っぽです。庭は荒れ放題。女の幽霊がうろつきまわるっていう噂があってね。あたしたち、あたしとあんたはね、どでかいおとぎ話を生み出したんですよ。今度は誰がそれに餌をやるんです？ あれがあたしが直接会った唯一のフィランギだったんですよ。ほかの家ではみんな、あたしのことは必要ないって召使に言わせるだけでね。いまじゃ、この町にいい召使がそれほどたくさんいるんですかね？ あの威張り腐ったゴア人め。わかるでしょう、まるでフィランギみたいな服を着て、歩くのに邪魔になるくらいのでっかい十字架を首からぶら下げた奴らですよ。あのゴア人め、あたしをかんかん照りのなかで待たせやがった。主人には読む気がありません、ときたもんだ。ものを読むには暑すぎるってね。いきなりやってきた人間が持ってきたものを全部読んでたらどうなるんだって言うんですよ。あいつの主人のフィランギが、あたしの訪問にそんなにたくさんの言葉を割いたとはとても思えませんよ。あたしはこう尋ねたんです。誰かが推薦書を携えて訪ねてくることが、どれくらいあるんですかって。そしたらあのゴア人め、あたしを侮辱して喜んだんですよ。まず一日、台所で手伝いをしてみろって言うんですからね。そうしたら、あたしがなにかの役に立つかどうか、執事が判断するからって。あれは屈辱でしたよ。

——勇気を失うな。

——口で言うのは簡単ですよ。他人の悩みを聞くのがどれほど気楽かはよく知ってます。あたしはね、あの師匠まで訪ねたんですよ。シュリ・ウパニチェです。五年もたってましたけど、あたしのことを覚えててくれるんじゃないかって、期待してたんです。ドアを開けたのは師匠の息子でした。背の高い男でしたよ。師匠はあんなに小さかったのに。いまは喪中だって、その息子は言いました。母親が亡くなったんだそうで。そして、父親のほうはアシュラムに行ったって言いました。ガンジス川沿いのどこかの。息子は、母親と同じように感じのいい男でした。力になろうって言ってくれました。でもあたしは急いでおいとましましたよ。あの男がどうやって助けてくれるっていうんです？　本当の助けにならない人間の助けなんて、ますます惨めになるだけじゃないですか。一階の玄関脇の床屋は、まだ同じ男でした。でもあたしのことはもう覚えていませんでした。まあ、たとえ覚えていたって、なんだっていうんです？　なにを証明してくれるっていうんですか？

——いまは厳しい時代なんだ。そのことは誰も疑っておらん。こんなときにこの話題を持ち出すのはなんだが、わしの報酬のことをふたりとも忘れていたようだ。かなり滞っているだろう。わずかとはいえない金額が。十ルピー。昨日の晩、計算してみたんだ。もしよければ、ひとつ提案させてくれ。

お互いのためになる案だと思うんだが。この場で、残りの仕事すべてをまとめた金額を決めようではないか。これからあとどれだけ時間がかかろうと関係なくだ。

——きっとその額をいくらにするかも、もう考えてあるんでしょ。

——もう一度十六ルピー払ってもらってはどうだろうかと思うんだが。そうしたら、もうこの先二度と金の話はなしだ。

38　犠牲を受け入れる者

クンダリーニは決して自分のことは話さない。寝室でクンダリーニに話せと迫るのは間違いだ。クンダリーニは、バートンを興奮させることで距離を置く。クンダリーニの唇が離れると、バートンはその口からもう目が離せなくなる。クンダリーニがバートンの体の上に腰を落とすと、バートンは彼女の唇の約束を、その沈黙の鈍く輝く証を見つめずにはいられない。クンダリーニの髪がほどけ——悲しみが心のなかのほかのすべてを麻痺させそうになると、クンダリーニは性欲へと没入するのだということだけはバートンにもわかる——、息が重くなり、ネックレスがちぎれて、真珠がクンダリーニの乳房を転がってバートンの体の上へと落ちてくる。バートンはあらゆるところに目を向ける。すべてに。その目はふたりの欲望の上をあわただしく走る。クンダリーニの息がさらに重くなり、バートンは、自分が急ぐ方向をつい明らかにしてしまう。彼女の息がさらに重くなり、バートンが絶頂まであとわずかというところで、クンダリーニは動きを止める。じっとしたまま、両手をバートンの胸に置き、驚くバートンの脈動の上で、話し始める。完全な文章を。なにかのついでのようでありながら、同時に相手の完全な注意を要求する、なじんだいつもの口調で。クンダリーニの言葉についていくために、バートンは腰の動きを緩めねばならなかった。クンダリーニは、とある賢者の話をした。アウッダーラカという名のブラフマンで、若いころにあらゆる形のヴェーダの儀式の奥義を授けられた。男と女の和合が犠牲として祝われる儀式も同様だった。ところがある日、外陰の象徴的力についいて熟達の講義をすることのできるアウッダーラカが、ヴィジャヤーという名の女学生に欲情した。そして計略をめぐらせ、儀式の枠組みのなかで彼女と和合を果たした。だがアウッダーラカは、それでは満足できなかった。儀式の外で彼女とひとつになることに焦がれ、そうしてふたりは結ばれた。ふたりの若者が互いに差し出す欲望と快楽はほかのすべてを凌駕し、人間が神へと到達する道を拓く儀式を超越する意味を持った。ここでクンダリーニは口を閉じた。それで？　とバートンは訊いた。これまではどの話も最後までしてくれたじゃないか。クンダリーニは黙っている。その沈黙がバートンのなかへと押し入ってくる。バートンは視線を落とした。クンダリーニの繊細な陰毛の線へと。その毛はまるで、彼女の恥骨から腹をつたって、へそまで到達し、さらに乳房のあいだの小さなくぼみまで這い上がっていく小さな蟻の列のようだった。バートンの手が、クンダリーニのその毛をなでた。クンダリーニの誇りであるロマーヴァリ。それは、天と地を結びつける魔術的な存在なのだと、クンダリーニは言う。彼女の美しさの最も確かな証だと信じている。バートンは賛成できなかった。だがクンダリーニは、陰毛を抜くくらいなら死を選んだだろう。バートンの手は、クンダリーニの心臓と股とを結ぶその毛をなぞる。ふたりが再び見つめあったとき、バートンは、クンダリーニの瞳の底の深い池に、愛情のきらめきを見出したような気がする。バートンはクンダリーニに微笑みかける。その微笑を見てクンダリーニは、バートンになにを期待させすぎたかに気づいたらしく、再び動き始める。再びクンダリーニが支配する領域へとバートンを連れていく。クンダリーニはいつもより貪欲だ。貪欲に引っかき、嚙みつく。まるで、たとえバートンが明日去っていくとしても、その体の味を覚えておきたい、バートンの肌に消えない模様を残したいというかのように。疲れきって、ふたりは愛の闘いから抜け出す。どんな思いにも苦しめられることのない至福の数分間。至福の時間、とバートンは思う。私が知覚することのない至福の時間、と。そして、その時間がすでに過ぎ去ったことに気づく。バートンは体を起こして、クンダリーニの唇を吸う。まるで感覚を麻痺させる蜜を探すかのように。するとクンダリーニがバートンの左手をつかみ、指をもてあそび、交差させて、ポキッと音がするまで付け根を引っ張る。そして、とある歌のなかへと滑り込んでいく。最初はハミングに過ぎなかったその歌は、ゆっくりと徐々に意味を持ち始める。

ある夏の日
木陰に
あの女性《ひと》が寝ている、あの女性が寝ている
衣をまくり上げる
頭を守るためよ
そうその女性は言う、そうその女性は言う
月の光を浴びて

39　ナウカラム

オーム・ヤニャカーヤーヤ・ナマハ。サルヴァヴィニョパシャンタイェ・ナマハ。オーム・ガネーシャヤ・ナマハ。

二日たち、ラヒヤは心配になってきた。ナウカラムが約束の日に現れなかったことが、これまでなかったわけではない。一度病気になったし、また、ラヒヤに侮辱されたと思い込んで根に持ち、断ってきたこともあった。だがどちらの場合も、ラヒヤには事情がわかっていた。ところが今回は、ナウカラムが現れない理由がわからない。ここ最近は、以前よりしょげているようだった。意気消沈し、憔悴しているとさえ言えた。それが低カースト出身者の問題なのだ。彼らはちょっと障害にぶつかると、すぐに諦めてしまう。一日中道端に座って人を待つのは楽しいとは言えない。しかも、ラヒヤを嘲り笑う機会を決して逃さないこのジャッカルどもの真っ只中で。彼らは、もう何週間もひとりの客が毎日のようにラヒヤを訪れることに我慢がならなかったのだ。しかも、週に一度依頼が来れば上等のこの季節に。あることを思いついて、ラヒヤは恐怖に襲われた。もしナウカラムがこのまま姿を消したらどうする。もしいまここで物語が途切れてしまったら。それでは物語全体が損なわれてしまう。そんなことがあってはならない。ほとんど終わりかけているのに。いま中断するなど、考えるだけで恐ろしい。自分の恐怖の強さに、ラヒヤは自分で驚いた。その恐怖がラヒヤを立ち上がらせた。午後になって、ラヒヤはナウカラムを探しにいこうと決めた。簡単な仕事ではない。ナウカラムがどこに住んでいるのかも知らないのだ。知っているのはただ、サルカールヴァーダー宮殿近くの親戚のところに下宿していることのみだ。ラヒヤは近くのあらゆる店をまわって尋ねた。フィランギの召使として働いていた背の高い猫背の男を知らんか？　ナウカラムという名の男を知らんか？　誰も知らなかった。結局、ついにナウカラムを見つけることができたのは、偶然のおかげだった。喉の渇きに苦しめられ、足が痛くなったので、一軒のマイカンナに入ったときだ。注文を伝える前に、なじんだ姿が目に入った。ナウカラムがひとりでテーブルにつき、ほとんど正気をなくしていた。

——あんたはダールは飲まんのじゃなかったのかね。

——特別な時には特別な飲み物が必要でしょう。

——なにがあった？

——なにも。あたしは終わりです。それだけですよ。

——どうして終わりなんだ？

——あんたには関係ないでしょう。あたしたちのあれ、なんと言ったらいいのか、ま、共同作業とでも呼ぶべきあれですけどね、もう終わりですから。

——もうやりたくないと言うのか？

——もうできないんですよ。あたしはなんの価値もない男なんだ。もう一ルピーもありません。あるのは借金だけです。

——誰に？

——兄から兄へと渡り歩いたんですよ。マーマーからカーカーへ。いまじゃもう誰もあたしに貸してなんてくれません。あたしに貸してくれるかもしれない人たちも、まずは貸した金を返してほしいって言うんで。みんなに借金があるんです。わかります？　なぜかって、あの手紙ともいえない手紙に、こんなに長い時間がかかってるからですよ。

——いま諦めてはいかんぞ。

——あんたねえ！　あんたが話を長引かせたんじゃないか。あたしから金をむしりとるために。あんたがあたしをすっからかんにしたんだ。だから金を借りなきゃならなくなった。それに、ヨーロッパから持ってきた物も質に入れた。あんたに払う報酬をなんとかかき集めるために、親戚中に金を頼んで回ったんだ。あんたはあたしを騙した。あたしはいまじゃ町中の人間に借金がある。そのおかげでなにが手に入った？　なにも。なにひとつ手に入らなかった。誰も読もうとしない紙束を除いてね。

——いま諦めてはいかん。いいか、よく聞け、ここまで来たからには、最後までやり遂げなくてはいかんぞ。あんたを見てると、ある男を思い出す。その男は何年も前、盗みの現場を押さえられて逮捕された。裁判官はその男に、罰を自分で選ぶように言った。一キロの塩を食べるか、百叩きか、罰金か。

——今度はあんたが喋る番ってわけか。

——泥棒は、塩の刑を選んだ。食べに食べた。必死で食べて、もう少しで食べ終わるというときに、もう一粒も食べられないと思い込んで、こう叫んだ。もうたくさんだ、塩はもうたくさんだ、やっぱり百叩きにする、とな。そこで彼は打たれた。九十回か、九十五回。そこまで来て、もうこれ以上打たれるのには耐えられないと思い込んで、こう叫んだ。もうたくさんだ、打たれるのはもうたくさんだ。どうか金を払わせてくれ。

——ずるがしこいラヒヤめ。なにもわからない召使だと思って。あんたは読み書きができるもんな。ブラフマンだもんな。

――あんたにもう金がないなら、それでもかまわん。支払いは待ってやるよ。

――急に気前がよくなったな。残念ながら二ルピーでは足らないときたもんだ――覚えてるか？　少なくともあと八ルピー、だと。

――昔の話を蒸し返すのはやめてくれ。わしも仕事なんだ。

――なんとも名誉ある仕事だな。まあ、名誉ある仕事なんてものがあったためしがあればだが。名誉あるラヒヤ。利用できる困った人間はいくらでもいるってわけだ。叫びだしたい気分だよ。

――頼む。あんたの話を――全部を――胸から吐き出したら、きっと楽になる。金のことは忘れよう。

――全部払い戻してくれるとでもいうのか？

――あんたの話は、本当にわしの心を奪ったんだ。前にも言ったとおり。これからは紙とインクはわし持ちだ。あと二、三日待ってくれ。そうすれば最後には、かつて召使の身分の人間が手にしたことのない推薦書を手渡そう。

――それじゃあ足りないな。それじゃあじゅうぶんじゃない。もっといい約束をくれないと。

――よし、よく聞け、わしの最後の提案だ。

――聞かせてもらおうじゃないか。

40 合意なきまま

病に倒れた日、クンダリーニはバートンに、結婚してほしいと頼んだ。バートンは、その青白い痩せた顔に不安の色を見たように思った。奇襲攻撃を受けた気分だった。後から振り返ったとき、自分の惨めな反応を情けなく感じた。クンダリーニにふさわしい男とはとてもいえない情けなさだったと。バートンは、混乱した言い逃れをとめどなく口にしたのだ。クンダリーニはそんなバートンを、苦い笑い声でさえぎった。ご心配なく、旦那様、私たちは聖なる火のまわりを四周することも、教会の祭壇に進むこともありませんから。私の願いはただ、ガンダルヴァ－ヴィヴァーハだけです。ささやかな儀式で、必要なのはふたりの合意とふたつの花飾りだけです、ふたりが一緒にいたい限りは一緒にいるという誓いの儀式です。わかりきったことを誓う儀式です。第三者に証人になってもらう必要さえありません。天の恋愛詩人であるガンダルヴァが、私たちの証人になってくれますから。なんという馬鹿げた話だ、とバートンは言った。そんな合意が君になにをもたらすというんだ？　クンダリーニはバートンに懇願した。彼女にとっては非常に重要なことらしかった。私は生身の人間との結婚を許されない身です、とクンダリーニは言った。どうして？　それは申し上げられません。信仰の問題なのです。寺への奉仕の。バートンは理解を示さなかった。クンダリーニは力のない瞳で懇願し続けた。つまり、私はすでに結婚しているようなものなのです。神と。これ以上は申し上げられません。それなのに、そのふたつ目の結婚式は挙げられるというのか？　私にとっては、その儀式は解放なのです。いまは難しいかもしれませんが、私を信頼してくだされば、きっといつか理解していただけるとお約束します。クンダリーニを安心させてやるべきだったのだ。すぐに承諾すべきだったのだ。懇願する力のない瞳を、「よし」という一言で喜びに輝かせてやるべきだったのだ。だがバートンは、ふたりの硬直した関係を打ち破りたいという思いにとりつかれていた。いまのこの状況を利用して、クンダリーニの気持ちをしっかりと見極めたいという思いで頭がいっぱいだった。後から振り返ると、後悔と疑念で心が切り裂かれるようだ。自分の病がどれほど重いかをクンダリーニは知っていたのだろうか。答えはすでに決まっていたにもかかわらず、そのうち答えるから、と自分が言い渡したせいで、クンダリーニの病を重くしてしまった可能性さえあるのではないか。天の詩人を証人として即座に結婚していたら、クンダリーニの命を救えただろうか？　そんなことが可能だと考えることそのものが、バートンの混乱を物語っていた。

41　ナウカラム

オーム・アミターヤ・ナマハ。サルヴァヴィニョパシャンタイェ・ナマハ。オーム・ガネーシャヤ・ナマハ。

――彼女を見つけたのはあたしだ。あんなの不公平だ。あたしが彼女の手を重ね合わせてやらなきゃならなかったんだから。バートン・サーヒブを呼びにやらせたときには、一番醜い痕跡はもう消した後だった。サーヒブはすぐに、年老いた医者を呼びにいこうとした。「死んだんですよ」って、サーヒブにわかってもらえるまで何回繰り返したかわからない。サーヒブはベッドの端に座りこんで、何時間も立ち上がらなかった。あたしは事務的なことがらを処理しなきゃならなかった。あたしがやらなきゃ誰がやる？　おまけに、その事務的な処理が難しかったんだ。思いのほかね。なにしろ、火葬が断られたんだからな。

――誰に？

――神官たちに。バートン・サーヒブは、我を忘れた。ものすごく怒った。ピストルを突きつけて無理やり火葬させるんじゃないかって思ったぐらいだよ。あたしは、火葬が拒まれた理由は話したくなかった。だからサーヒブの質問をはぐらかし続けた。でもサーヒブはあたしを追いつめた。結局、清浄の問題なんだって、言うはめになっちまった。自分と関係を持ったから不浄と見なされるのかって、サーヒブは訊いた。そうですって、あたしは答えた。それも理由のひとつですって。

――で、結局解決策は見つかったのかね？

――火葬場の近くで、ひとりの男に会った。あのあたりをうろうろしているらしい患者のひとりだ。顔の半分は崩れてた。舌まで半分なくなってた。とても見られた姿じゃなかったな。生きたまま生皮をはがれたような声で話すんだ。迷ったのかね、お若いの？　って男は言った。あたしは急いで立ち去りたかった。でもなぜか立ち止まっちまった。どうしてかって訊かれてもわからない。立ち止まっただけじゃなくて、その男にあたしたちの問題を話して聞かせたんだよ。俺たちが助けてやるって、男は言った。遺体をここへ持ってこい。みんなが寝静まった夜中に。そうしたら俺たちが、必要なことをやってやるって。俺たちの仲間には神官もいる、もしお前たちにとってそれが重要なら。お前たちを追い払った偽善者どもに比べたら、その神官の唾のほうがまだ神聖だ。あいつらは夜になったらこっそりと、昼間かすめとったもので大いに楽しむんだぞ。あのときほど、助けてもらうのに気が進まなかったことはない。でもほかに道はなかった。声は恐ろしくても、ありがたい申し出だった。バートン・サーヒブを説得するのは骨が折れたよ。ほかに方法はないってことをわかってもらうには。バートン・サーヒブの影響力も権力も、まったく意味がなかった。あたしは召使たちのなかから志願者を募って、遺体を川まで運ぶのを手伝ってもらおうと思った。でもバートン・サーヒブに引きとめられた。ふたりでやろうってサーヒブは言った。私たちふたりだけでって。それが私たちの義務だって。あたしたちは、彼女を何枚もの布で包んだ。そして、みんなが寝静まるのを待った。それから、あたしがブブカンナの扉と、通りへ出る門を開けて、ふたりで遺体を担いだ。あたしは足のほう、バートン・サーヒブは頭のほうを。そして出発した……

　ラヒヤはすべてを書きつけた。一行、また一行と、ナウカラムの報告でページが埋まっていく。行間にはラヒヤの想像が羽ばたき、ナウカラムの味気ない語りから遠ざかっていく。嵐、死、真夜中、火葬場。なんという舞台だろう。それをこの想像力に乏しい男は、まるで在庫目録でも読み上げるように話すのだから。宝石で溢れんばかりの壺を見張る裸の人間たち、恥知らずたちはどこだ？　欲望にあらゆる恐怖さえなくしたけちで貪欲な者たちによって埋められた壺は？　二本の脚の骨で髑髏《どくろ》を叩いて、身の毛もよだつ祭祀の音楽を奏でるヨギは？　ラヒヤはもうナウカラムの話をほとんど聞いていなかった。別れを告げるときが待ち遠しくてならなかった。大急ぎで家へ帰ると、妻の挨拶を払いのけて、一直線に二つ目の部屋へと閉じこもった。溢れるほどのアイディアが、書きつける前にたとえひとつでも消えてしまっては困るという焦燥に駆られて。ラヒヤはあわただしく最初に浮かんだイメージを書きつけた。蒼穹高く流れていく、醜い怪物のような褐色の雲を。それらを背景に、中心にはふたりの男がいる。主人とその召使。ふたりとも、今夜、この場所では異邦人だ。自分たちが自覚しているより、そして自分たちが認めるよりもずっと多くの道で互いにつながったふたりの男。ふたりは重い死体を引きずっていく。死んだ愛人の死体。彼らふたりの死んだ愛人の死体だ。三日月は泥の穴から上がってくる象の牙ほどの明るさしかもたらさない。主人が死体を肩に担ぎあげる。嵐のなか、流れ去った愛の重さを引きずって歩くこともできるたくましい男だ。もうひとりの男、召使は、歩きやすい小道を探す。まるでいまこの瞬間にも転びそうな危なっかしい足どりで。雨が降り始める。ふたりの歩く道の土が、身の毛もよだつ白色に輝く。遠くの明かりがあらゆる闇のヴェールを突き通す。まるで試金石の黒い表面に走る金の線のように。ふたりの男はその明かりを追って進む。ほかに光るものなどないからか、まるで問いかけるように夜を貫くあの光は死体を焼く火葬場の火だと召使が考えるからか。ふたりはスマシャーナ――川のほとりの開けた場所――にたどり着く。本来なら昼間でさえ避けて通るべき場所だ。うら寂しい、というのが、その場を見たふたりの男が最初に抱く印象だ。召使は、趣味の悪い冗談の餌食になったのだろうかといぶかる。ところが、地面から死の悪臭が立ち昇ってくる。召使はためらいがちに立ち止まる。この不浄の土を踏んでしまったいま、いったいこの身から汚れを落とす方法はあるのだろうか？　無知に守られている主人のほうは逆に、歩き続ける。死体のせいで歩くのは困難だ。落ちている骨を踏んでしまう。怪物の歯ぎしりのような音がする。召使はターバンの端で口を覆って、主人に続く。ふたりの前には、幽霊のような褪せた赤色の炎がまたたいている。人間の生の惨めな残りかすをむさぼり、白い骨しか残さずかじりつくすジャッカルのような炎。炎の上には、幻のような人影が浮遊している。自分たちが解放された体が灰になるまで燃え尽きたかを確かめ、これから入ることになる新しい体が、自分たちを受け入れる準備を整えるまで待っているのだ。また、スマシャーナに住み着いた者たちもいる。卑劣に殴り殺された者たちの霊が、血まみれの手足のままうろつきまわっている。その後を、彼らを殺した者たちの骸骨が追う。殺人者たちのもろい骨は、最後に残った数本の腱でかろうじてつながっている。そのあいだも凧は嘆きの声を上げ続け、はかない万物の血で膨れ上がった川が渦巻く。いくつもの生のぶんの勇気を使い果たしたふたりの男は、しかしふたりきりではない。焼却場の向こうの端に、惨めな人間たちの一群が集まって座っている。風と雨にむなしい抵抗を試みる一枚のむしろの下に。一群の真ん中に、顔が半分しかない例の男がいる。その横には一本の棒が地面にしっかり突き刺さっている。男は黄土色のドウティを身につけている。その上半身を覆うのは、三つ編みに結ってたらした虱《しらみ》だらけの油じみた長い髪のみだ。それは馬の毛を編んだものだ。石灰で描いた白い線が、男の体じゅうを這っている。腰には骨でできたコルセットをつけている。動かなければ彫像そのものだ。男が立ち上がる。来たな、と言う。それは歓迎の挨拶ではない。それで、始末したいのはそれか。彼女のことをそんなふうに言うな、と主人が口をはさむ。そして召使のほうは、自分はまだ正気なのだろうかといぶかる。少し木を集めておいた。我々は日陰に育つ植物を好む。だから、知り合うことはなかったとはいえ、我々の一員と見なす人間の火葬には白檀を添えるんだ。この女の旅立ちは、ナガル・ブラフマンの旅立ちよりも芳しい香りに包まれるだろう。主人が死体を地面に下ろす。これ以上お前たちに要求することはない。むしろここから立ち去ってもらいたい。お前たちは役に立たない。お前たち自身の悪夢の証人になる以外にはな。

42　妨げなしに

——驚きましたよ、先週のボンベイ・タイムズに、我々の布教活動がどれほどの成果を収めているかが書いてありましてね。

——オードリー中尉、状況を考えれば、我々の成果は決して悪くありませんよ。

——悪くないですって？　なんてことだ。これ以上悪くなりようがあるんですか？

——忍耐を失ってはいけません。

もちろんですよ《ビアン・シュール》、忍耐は最も重要な市民の義務ですからね。

——我々が前進していることを、まさか本気で疑っているんじゃないでしょうね？　確かに、ゆっくりと慎重な前進であることは認めますが。

——敬愛するポーツマス師、どうも私には、これまでの我々の仕事は、費やした時間と金に比べると報いが少ないように見えてなりません。ヒンドゥー教徒ならば、半分の金と半分の時間で、我々から倍の人数を改宗させることに成功したと思いますよ。

——それは聞き捨てなりませんな、ミスター・バートン！

——馬鹿なことを、ディック、ヒンドゥー教徒が改宗しないことは、君自身がよく知ってるじゃないか。

士官食堂での大晩餐会。大きな長テーブルの両端にはふたりの上官が座っている。ふたりとも年老いた紳士で、脳は熱ですでに溶け、もはや強烈に体に叩きこまれたこと、つまり訓練のことしか覚えていない。ふたりは、真面目な会話のせいで自分たちの夕食を台無しにさせたりはしない。それは本来ある種の自己規制とも言えるが、ふたりは今夜のこの場では、わざわざ自己規制するまでもないありさまだ。というのも、老紳士のうちひとりは雨季の初期にひどい風邪を引き、くしゃみをするばかりでほかのことには気が回らないし、もうひとりは耳もとで大声で怒鳴ってもらわなければなにも聞こえないからだ。それゆえ彼は、リチャード・バートンとアンブローズ・オードリー中尉とウォルター・ポーツマス司祭のあいだで交わされる盛んな会話にただ微笑みながら、茹でた七面鳥を口に運ぶのだった。

——賢明な民ですよ。我々よりもよほど賢明だ。自由意志による改宗？　矛盾そのものじゃないですか。ポルトガル人はなぜゴアで成功したか？　カトリック教会のほうがイギリス国教会よりも異教徒に対する説得力があるからだとでも？　まさか。理由はひとつきり——暴力ですよ。「もしも」も「しかし」もない、容赦ない暴力の行使。ヴァスコ・ダ・ガマは八人のフランシスコ会の修道士と八人の助任司祭を伴っていました。彼らは福音を説くことになっていたんです。だが枢機卿たちは、説教だけでは成果は望めないだろうと予測していました。経験が人を賢くするというわけです。彼らは改宗に剣の力を使うよう命令したんですよ。故郷では国と人心の征服者として有名になる偉大なダ・ガマは、カリカットに上陸もしないうちから、イスラム教徒の巡礼者が乗った船に丸ごと火をつけました。そして上陸すると、長くくすぶってはいないで——駄洒落になってしまって申し訳ない——、反抗的な漁師たちを全員射殺させた。こうしてあっという間に、インド人たちはポルトガル人のような服を着て、ポルトガル語の名前を受け入れ、ポルトガル人よりも酒を飲み、ポルトガル人よりも頻繁にミサに訪れるようになったというわけです。

――我々はポルトガル人とは違って、言葉の力を信頼している。福音のメッセージを。

――あなた方が私よりも多くをご存じなのは明白だ、紳士諸君。どうか私の蒙を啓《ひら》いてくれませんか。

確か、ポルトガルの布教者たちは変装をしていたと聞いたことがあるのですが。なんでも、世捨て人のような汚い格好をして、あたりをうろつきまわったとか。それどころか、福音と地元の伝説とのごた混ぜを説教したということです。

――いわゆる「マサラの福音」ですね。

――そして、祝祭の行進のときには、輿の上に、聖者たちの像と並べてヒンドゥー教の神々の像を置いたと。まったく謎めいた話だ……

――むしろ冒瀆だと、私なら言いますがね！

――だが知恵がきいているし、それなりの成果もあった。

まずまず興味深い会話だ。とにかく話に花が咲くのはありがたい。前回の士官食堂での晩餐会がどれほど辛かったことか。どこかの誰かが勲章を与えられることになっていて、連隊長が賞賛の演説をしたのだ。のしかかるような暑さのなか、テーブルの上の蠅ほども面白くないその男の経歴を、連隊長はこまごまと数え上げた。ときどきトロフィーのように巨大なターバンを巻いたケドムトガルのひとりが歩み寄って、蠅を追い払う。すると眠り込んだ者たちの垂れた頭の横で、布がヒュンッとうなる。連隊長が、官僚的な硬直した賞賛の演説の最後にたどり着き、その晩の英雄のための万歳を叫んだとき、その声はがっくりと垂れたいくつもの頭の上を通り過ぎるばかりだった。いつも居眠りをする者たちばかりではなく、テーブルについた全員が眠り込んでいたのだ。連隊長は顔を真っ赤にして立ち尽くし、バートンはそんな連隊長を救おうと、ほとんど空になったマデイラワインのグラスを手に持ったまま椅子から飛び上がり、万歳と声を限りに叫んだのだった。全員が転がり落ちるように眠りから目覚め、巣に石を投げ込まれた鳥のように、顔の筋肉をばたばたと動かした。バートンは、二度目の万歳の音頭を取るようにとうながす微笑みを連隊長に向けた。だが連隊長がなにも言わないので、すかさず「彼はいいやつだ《For He's a Jolly Good Fellow》」の出だしを歌いだした。ほかの者たちが咳こみながら、しわがれ声で、なんとか続こうとした。連隊長は、無惨に敗走していく部隊の最高司令官のように、テーブルの端にじっと立ち尽くしたままだった。大勢の声は互いにつまずき、転び、大混乱に陥った。実際、歌の最後の「誰も否定できないさ」は、まるで台無しになったその晩のすべてが、あらゆる方向にぶちまけられ、捨てられるかのようだった。

――信仰の支柱を捨ててしまうのなら、そんな成功にどれほどの意味がある？

――あなたは、我々の信仰の祖がバダヒの息子だといって、異教徒から笑われるほうがいいとおっしゃるんですね。

――ヨセフの職業がそんなに大切ですか？　それならヨセフは戦士だったということにすればいい。または、別の職業を考えてもいい。なんだっていい、とにかく低カーストに属す職業でさえなければ。そうすれば、説教だってきっとずっと楽になるはずですよ。

――ご心配ありがとう、バートン。ですが、そういうことをやり始めたら、すぐに聖書をすべて書き直すことになりますよ。

――それも悪くありませんね。たとえば、イエスはマトゥラの王子だったということにしてはどうでしょう。真夜中に生まれる救世主が不幸をもたらすという予言があったので、悪いマハラジャがあたり一帯の子供をすべて殺すよう命令を出し、そして……

――いくらなんでもやりすぎですよ。

――落ち着きたまえ、友よ、落ち着いて。

――多くの者に食べ物を与えたというのも、疑いの余地なく素晴らしいイエスの功績です。ですが、マトゥラ出身の我らがイエスが怪物を何匹も退治したとなれば、もっとずっと強い印象を与えることができますよ。たとえば悪い蛇を絞め殺すとか。それくらいのこと、できるはずでしょう。

　この日の晩餐には、あまりに多くの羊肉が食された。牛肉は考えられない。理由は簡単――牛肉を食べるのは人肉食の高次の形式だからだ。豚肉のステーキもあり得ない。出席した誰もが、一度はバザールで売られている豚を見たことがあるからだ――泥のなかで転げまわっているなどという生易しい表現では済まない。調理場の見習いが例外なくイスラム教徒なのだから、なおさらだ。ときどきハムが食卓に上ることがある。このハムは皆の憧れの存在だが、非行に走ったせいで大げさなほどきちんとした服を着せられなければならない美しい従姉妹のようなもので、「ウィラヤティ・バクリ」と呼ばれている――ヨーロッパの子羊、別の言葉で言えば、無垢の子羊だ。もちろん、多くのヒンドゥー教徒はまったく肉には手を触れない。この奇妙な態度には単純な理由があるのだと連隊長は確信しており、新しい客が来ると、彼らの名誉と教化のために、その理由を何度も繰り返す。ヒンドゥー教徒は生まれ変わりを信じているでしょう、そして、正しく生きなかった者は動物に生まれ変わると信じている。ここまでは誰でも知っていることですな。さて、だからこそ彼らは、肉を食べたら自分の祖母を食べることになるかもしれないと不安なのですよ、そうでしょう。

――どうして別の方法を使わないんです？

――福音の代わりに、という意味かい？　アンブローズ。

――いえ、説教や暴力の代わりに、です。たとえば、無料の食事を配布することで、キリスト教徒の数を増やすことができるはずです。我々の寛大さでもって、一石二鳥を狙うんですよ。人々に健康的な食事を与えることと、キリスト教徒の数を増やすこと。米袋と洗礼のあいだにどれほど強力な相乗効果があると思います？

——確かにうまくいくかもしれないな。ただ、考えてもみたまえ、新しくキリスト教徒になった者たちを引きとめておくのに、どれほどの食料配布網が必要になることか。いや、だめだ！　どうしてふたりとも、よき異教徒を悪しきキリスト教徒にすることにそれほど執着するんです？　まさか、ヒンドゥー教徒にヨーロッパ人またはキリスト教徒の格好をさせて、少し訓練をすれば、彼らの思考がヨーロッパ的、またはキリスト教的になるとでも思っているんですか？　ナンセンスだ。セポイはどうなんです？　我々が無理やり着せているあの分厚い布の制服に、ひどく居心地の悪い思いをしているんじゃないですか？

——解散するやいなや、まっさきに制服を脱いで、風通しのいいクルタに着替えますね。我々が彼らのなにを知っているというんです？　彼らがいつの日か武器を我々に向けたとしても、驚く権利なんてありませんよ。彼らに手厚くしている、だから忠実でいてくれて当然だなんて我々が思い込んでいるっていうそれだけの理由で、武器を向けられて驚く権利なんてないんです。

——それに、あなたの子羊たちには、どれくらいの頻度でお会いになりますか、ポーツマス師？　彼らが残りの時間にはなにをして過ごしているのか、考えたことがありますか？　どんなことをするのか、我々についてどんなことを話すのか、なにをたくらんでいるのか？

——悪いが、こんな酔っ払いの会話にはもううんざりだよ。ここで失礼させてもらう。

——お聞きなさい、ポーツマス師。我々の権力は、現地人たちが我々のことを高く評価し、自分たちのことを低く評価するという一点においてのみ支えられているんですよ。現地人が我々のことをもっとよく知るようになれば——彼らが大量に改宗すれば、必然的にそうなるでしょうが——、我々への尊敬など吹っ飛びます。彼らは劣等感を克服するでしょう。そして抵抗できるようになります。いまのように、永遠に踏みにじられたままだと信じるのをやめて、勝利も可能なのだと思えるようになるんです。何世代か先に、我々は最悪の瓦解を目のあたりにするかもしれないんですよ。この一点については、我々みんな同意見でしょう――もしインド人がたった一日でも団結して、ひとつの声で話すことができれば、我々のことなど一掃してしまうと。

――彼らが我々を恐れている限りは、そんな心配をする理由はないと思うが？

――恐れは不信に、不信は不実につながります。弱い者、臆病な者は、なぜ隣人を信頼できないかをよく知っているものです。

――くだらないたわごとだ！　まったく、本当に驚きだよ。たとえ政治的、軍事的見地からは君の意見が正しいとしても、我々は異教徒が永遠の劫罰のなかにいるのを黙って見過ごすわけにはいかない。そんな日和見主義的な理由で、彼らを我々の文明から遠ざけたままでおけというのかね？　いや――布教活動は前進するよ。見ていたまえ、たとえ何百年かかろうとも、イギリス領インドはキリスト教国となる。そしてそのとき初めて、この国は花開くのだ。さて、このあたりで失礼するよ、紳士諸君、君たちは日曜日のミサの説教を考えるのにいい題材をくれたよ。

43　ナウカラム

オーム・アヴィニャーヤ・ナマハ。サルヴァアヴィニョパシャンタイェ・ナマハ。オーム・ガネーシャヤ・ナマハ。

——彼女が昔デーヴァダーシーだったことを、ご主人は知らなかったのかね？

——ああ。

——でも少しは感じ取っていたはずでは？

——いや。絶対そんなことはない。

——ということは、ご主人の気持ちに影を落とすものなどなにもなかったと？

——あたしがバートン・サーヒブの気持ちに気づくのが遅すぎたんだ。彼女がバートン・サーヒブにとってどれほど大きな存在かを、見くびってた。彼女が死んで初めて、それがわかったよ。

——ご主人は悲しんだのか？

——あの人なりの歪んだ悲しみ方でね。ほかの人がするようなことは、なにひとつしなかった。彼女の火葬の夜が明けて、あたしが最初に言いつけられたのは、猿を見つけてくることだった。どんな猿でもかまわない、いや、むしろ逆に、いろいろな種類の猿、いろいろな年齢の猿が混ざっているのがいいって。それに性別も。バートン・サーヒブは気が狂いかけてるんじゃないかって思ったよ。なんとか六匹の猿を集めた。ほかの召使数人と一緒に、その猿たちを荷車に乗せて、バンガローへ運んだ。猿たちは吠えるわわめくわ鳴くわ、もうすさまじい騒ぎでね、ほかの家の庭師たちがみんな出てきて、口をぽかんと開けてあたしたちを見てたよ。すごく恥ずかしかった。バートン・サーヒブの次の命令を聞いて、はっきりわかった。サーヒブは狂ってしまったんだって。なにしろ、猿たちをブブカンナに住まわせろって言うんだから。それから、今晩は客が六人来るから、その分もテーブルの準備をさせろ、そして同じだけの数の召使を待機させろって言うんだ。あたしは馬鹿だった。六匹と六人から正しい結論を導き出せなかった。だいたい、あんなことになるなんて、どうやって予測しろって言うんだ？　あたしたちの誰ひとりとして、思いもつかなかった。

――奇妙なことは、たいてい後からしか説明がつかないものだ。

――夕食の時間になると、バートン・サーヒブは、猿を家へ連れてこいって命じた。そして、テーブルの端に立って、猿たちに心からの歓迎の挨拶をした。まるで昔の友達に会ったみたいに。ほかの士官たちにあんな挨拶をしているところは、一度も見たことがないよ。バートン・サーヒブは、猿たちを大きな食卓の周りの椅子に座らせて、これから一緒に晩餐にするって告げた。そして猿たちをあたしたちに紹介した。英語だったんで、ほかの召使たちはひとことも理解できなかったがね。それに、召使たちはみんな、猿どもをつかまえて椅子に連れ戻すので手一杯だったし。大きなヒヒはドクター・カザマイジャー、小さいヒヒはルートレッジ書記官、ふたりとも奥様同伴、三匹目の猿はマッカーディー副官だって紹介されたよ。で、猿たちのなかでも一番醜いやつが、ポーツマス司祭だった。あたしは笑ったよ。焦げ付いた鍋の中身をこそげ落とすみたいな必死の笑いだった。ほかの召使たちも、あたしに合わせて笑った。内心では目をそらしたかったがね。とにかく、この冗談を認めて笑いさえすれば、こんな馬鹿馬鹿しいこともすぐに終わるだろうって思ったんだ。ところがバートン・サーヒブはあたしたちを怒鳴りつけた。お客様にきちんと給仕しろ、命令違反は許さないって。主人のお客を敬意をこめて扱わないんなら、全員を家から追い出すぞって脅すんだ。その声で、サーヒブがどれほど真剣かがわかった。あたしは召使たちに、食事の給仕を始めるようにって合図を出した。もちろん、猿たちはその後もおとなしく椅子に座ってなんかいなかった。何度も何度も、どれか一匹が抱き上げられて、席に連れ戻されるっていう繰り返しさ。バートン・サーヒブは、まるでそんなことには気づいていないみたいに、もてなし役を続けた。猿どもに話しかけ、宮廷での最新の策謀について議論して。自分の目と耳を信用するのは、本当に大変だったよ。サーヒブは、あのころマハラジャの側近の地位を、少なくとも大臣の地位をほとんど独占していたナガル・ブラフマンの一団を罵った。そして、宮廷での彼らの優位を打ち破ろうとするイギリス人の試みを数え上げた。お客に意見を訊いて、猿どものどれかがうなったり吠えたりすると、感動したみたいに叫ぶんだ。お聞きください、お聞きください、紳士淑女の皆様方、なんという魅力的なお答えでしょう！　って。猿どもはナイフやフォークを投げ散らかしたり、ワインをこぼしたり、前肢をスープに突っ込んだり、えんどう豆をちょっと食べてみたかと思うと投げ合ったりっていう有様だった。焼いた肉が出てくると、ようやく少しおとなしくなったがね。これはおいしいって、バートン・サーヒブが叫んだ。ハレルヤ、おいしいものよ永遠なれって。その晩の終わりには、あたしたちはバートン・サーヒブをベッドまで抱えていかなきゃならなかった。それくらい酔っ払ってたんだ。あたしたちはみんな、サーヒブのことを恥ずかしいと思った。でも、あの狂った晩をなんとか乗り越えることができて、ほっとしてもいた。まさか、サーヒブがそれから毎晩同じことを繰り返すだなんて、思ってもみなかった。そして毎晩のように、バートン・サーヒブは酔っ払って、ひとりではベッドまで行けない有様になっちまった。その場に居合わせてすべてを見聞きしなきゃならなかったあの日々は、醜かったたな。とても見られたもんじゃなかったよ。

——醜いなんてもんじゃない、自然に反する行いじゃないか。

——しかも、どんどんひどくなっていったんだからね。猿どものなかに、一匹のメスがいた。バートン・サーヒブは、そのメスをルートレッジ書記官から奪ってやったんだ、なんて言うんだ。だから彼女はいまは自分の恋人だって。そしてそのメスに化粧してやって、イヤリングをつけて、皺だらけの首にネックレスをかけてやるんだよ。そのメスはすごく小さくて、座るとテーブルの下に隠れちまうくらいだった。バートン・サーヒブはほかの士官の誰かから子供用の椅子を借りてきて、そのメスを食事のあいだそこに座らせた。そして、そいつをハニーなんて呼ぶようになった。そいつに歯の浮くようなお世辞を並べ立てて。おまけに、ケドムトガルをそのゲームに引きずりこんだ。何度もケドムトガルに向かって、こう訊くんだ。彼女は素敵じゃないか？　魅力的じゃないか？　お前の嫁にふさわしい姉妹がいるかどうか訊いてやろうか？　あんまり屈辱的で、ケドムトガルは逃げ出しちまった。ほかに仕事があったわけでもないのに。

——それで、昼間は？　ご主人は昼間は猿どもをどうしたんだ？

——あいつらの言葉を学ぶんだって言うんだ。そして、やつらの鳴き声を書きとめ始めた。ある日、バートン・サーヒブはあたしの意見を訊いた。猿の言葉を書くには、デーヴァナーガリー文字か、グジャラティ文字か、それともラテン文字か、どれがふさわしいと思うかって。

——きっとウパニチェ・サーヒブにはそんな質問はしなかったんだろうな。

——ああ。確かにそうだな。どうしてそんなこと思いついたんだ？

——ご主人は、それほど狂っていたわけではないんだ。敬意を欠いた行動も、どのあたりまでなら許されるか、ちゃんと見通しておったんだ。あんたたちに対しては、完全に感情の赴くままに行動した。

だがグルジに対しては違ったわけだ。ところで、あんたはその質問になんと答えたんだね？

――あたしは黙ってたよ。あの日々には、ずっと黙ってた。私が思うに、って、バートン・サーヒブは言った。漢字が最も適しているようだ、だがこの猿たちのために中国語まで学ぶわけにはいかないって。バートン・サーヒブは、猿どもの鳴き声を収めた小さな辞書を作った。なんでも、六十種類の異なった表現を集めたんだそうで。自慢げだったよ。もうすぐ猿と話せるようになるって言ってたな。

44　あらゆる悔恨の受け手

——ああ、ナウカラム、高貴なお客が来ているんだ。どうして一緒にテーブルにつかない？

——お許しください、バートン・サーヒブ、猿と同席するわけにはいきません。

——お前も、お前のもてなしの心も、いったいどうなってしまったんだ、ナウカラム？　お前は私の支えになってくれていないぞ。今日こそその態度を改めてもらうからな。

——どうかあたしのことは放っておいてくださいサーヒブ。

——こっちへ来い！

——あたしだって喪に服してるんです、サーヒブ。

——誰の喪だ、ナウカラム？　私たちはみんな、最悪の状況にいるんだ。ちょうど気づいたばかりだがな、またしても大切なものを逃してしまった。おい、ナウカラム、だが私たちはみんな、ものすごく気分がいい。

——彼女のです。

——彼女の？　その彼女っていうのは誰だ？　その謎めいた女性は？

——クンダリーニです、サーヒブ。

——なにをささやき声になっているんだ、親愛なるナウカラムよ。なんだか、クンダリーニと聞こえたような気がするんだが。まさかそんなわけはないだろう。お前が？　どうしてお前が？　お前にとってクンダリーニは、ええと、ここにいる淑女方の前でどういう言葉が適切なのか、ちょっと待ってくれ、そうだ、あばずれ！　そう、ただのあばずれだったじゃないか。こういう呼び方はどうだ――お前が私をだましてつかませたあばずれ。

――あたしがあの人を家へ連れてきたのは、あの人に感銘を受けたからです。

――彼女は彼に感銘を与えた。なんと感動的な。

――あたしはあの人が気に入りました。

――女性としてか？　ナウカラム。女性として？

――はい、そうです。そして、その気持ちはどんどん強くなりました。あの人が傍にいると、幸せでした。あの人が出ていくと悲しくて、戻ってくるのが楽しみでした。あの人がどんな人だったかは、よくご存じでしょう。

――ああ、知っている。よく知っているよ、彼女がどんな人だったかはね。お前よりよほどよく知っているさ。お前はただ彼女の姿を見ていただけだ。彼女の声を聞いていただけだ。それなのに、彼女がお前にどれほどの影響を与えたか、驚くばかりだよ。尊敬すべき我が客人方、ご紹介しましょう。こちらが恋に落ちた男です。

――サーヒブは、クンダリーニのなにをご存じだったんです？

――すべてを知ることは適切ではないし、目標でもない。お前がそう訊くなら答えるが、私はじゅうぶん彼女のことを知っていた。

――あの人がこの家を出た後、どこへ向かったかはご存じですか？

――祝日に、ということか？　もちろんだ。家族のところへ行ったのさ。

――クンダリーニに家族はいませんでした。母親は幼いクンダリーニを寺に預けて、二度と会わなかったんです。

――お前の勘違いだ。なにか誤解しているんだろう。もしそんなことがあったのなら、クンダリーニは私に話したはずだ。

――話したはず？　どうしてです？　どうしてサーヒブに話さなきゃならないんです？　クンダリーニはね、サーヒブになにもかも誤解されるんじゃないかって、怖かったんですよ。サーヒブのことを怖がってたんです。

――嘘をつくな。誤解だと？　私がなにを誤解するというんだ？　話してくれれば、私は彼女に同情したさ。

――そうかもしれません。でも、もしかしたら軽蔑もしたかもしれませんよ。そんなこと、前もって誰にわかります？

――じゃあクンダリーニはどこへ行っていたんだ？

――それは言わないほうがいいでしょう。

――ナウカラム！　今晩にもお前をこの家からたたき出してやるぞ。誓ってもいい。ここにいる猿たち全員の前で誓うぞ。さあ、彼女はどこへ行っていたんだ？

――育った寺を訪ねていたんですよ。

――寺で育ったのか？

――ええ、バローダに来るまでは。

――寺で暮らしていたのか？

――寺の裏の部屋で、です。

――寺でなにをしていたんだ？

――神に仕えていたんですよ、サーヒブ。クンダリーニは神の召使だったんです。

――それのなにを私が軽蔑するというんだ？

――これ以上は言えません。

――いや、全部話してもらうぞ。心配するな、酔いはもうほとんど醒めている。

――素面のときのサーヒブに話すほうが怖いですよ。

――寺でなにがあったんだ？

――クンダリーニが仕える相手は神だけじゃなかったんですよ。神官にも仕えていたんです。

――なにをしていたというんだ？　掃除や料理か？

――いえ、別の奉仕です。

――つまり、女としてということか？　ナウチュ女たちのように、と言いたいのか？

――だいたいそんなところです。

――そんな話を信じろと言うのか？

――それが真実なんです、サーヒブ。

――どれくらい？

――知りません。

――寺に戻ったときには、神官とまた……？

――いえ、それはなかったと思います。絶対に。クンダリーニは神官から逃げたんです。神官がクンダリーニをひどく扱ったから。だからバローダに来たんですよ。

――それをお前は、全部私に黙っていたのか？

――クンダリーニは戻らないわけにはいかなかった。唯一安心できる場所だったんですよ。たとえ神官がいても。クンダリーニは、寺のいろいろな部屋を懐かしく思ってたんです。神の前に座って、神に扇で風を送ってやったのを懐かしく思ってたんです。おかしいですよね。あそこでしかくつろげなかったんです。たとえ神官にひどい扱いを受けても。

――お前は、そんなことはなにひとつ話してくれなかった。鞭で打ってやりたいくらいだ。

――なにもご存じないなんて、どうして私にわかったっていうんです、サーヒブ？　サーヒブのほうが、あたしよりもずっとクンダリーニと親しかったっていうのに。あたしはあの人とは、一緒に台所で時間を過ごしただけです。ときどき一緒に食事しました。ときどき、サーヒブがご旅行中に、ヴェランダに一緒に座って話したこともあります。でもご旅行なんて滅多になかったことは、ご自分でよくご存じでしょう。あたしよりもサーヒブのほうに近かった秘密のことをわざわざ話すなんて、どうしてあたしにそんなことができたっていうんです？

45　ナウカラム

オーム・デヴァヴラターヤ・ナマハ。サルヴァヴィニョパシャンタイェ・ナマハ。オーム・ガネーシャヤ・ナマハ。

――あんたは限度ってものを越えちまった。あんな仕打ち、とても許せない。どうしてあたしの秘密を人に話したりしたんだ？　あんたにだけ聞かせた話だったのに。ラヒヤならなんでも他人に広めていいっていうのか？　打ち明け話をした者の金を、市場で使っていいのか？　あんたのことを見損なったよ。あんたは名誉を重んじる男なんかじゃない。おまけに、それだけじゃまだ足らずに、あたしのことで嘘を触れまわったな。あたしがこの町にいられなくなるような嘘を。

――なんだ、なんのことだ？　わしは嘘などついておらん！

――この耳がとても信じられなかった。

――誰かがわしを陥れようと悪口を言ったんだろう。

――また嘘をつく。あたしはね、この耳で聞いたんだ。あの歌手、最初はバジャンを歌ってた。ところが、そのうち自作の歌を歌い始めた。神聖とはとてもいえない歌で、卑猥な、聴衆を楽しませるためのものだった。イギリス人とサルダルジを馬鹿にする歌。それに、洗濯女に激しい恋をして、毎日のように服を洗濯してもらいにいくすけべな年寄りを馬鹿にする歌だ。くだらない歌だ。ところがその後、主人に心服しきった召使を馬鹿にする歌が始まった。主人のブブへの召使の恋、ふたりの男を利用したデーヴァダーシー。あたしは動けなくなっちまった。主人のブブへの召使の恋、ふたりの男を利用したデーヴァダーシー。あたしは動けなくなっちまった。最初は偶然だと思った。でもそのうち、偶然では説明がつかなくなった。みんながいまにも振り向いて、あたしをじっと見るんじゃないかって思ったよ。恥ずかしかった。辛かった。でも、そのあとのことに比べたら、恥ずかしさも辛さも、まだまだたいしたことなかったんだ。歌手はうれしそうにこう歌ったんだぞ。虫唾が走るような自分に酔った声で。そのブブは、主人が数ヵ月留守にしているあいだに、子供を産んだって。そして生まれた子を殺した。召使は、子供を森に埋めるのを手伝ったって。

——あいつにそんな話はひとこともしておらんぞ。

——じゃあ認めるんだな、あの歌手が知っていたことは、あんたから聞いたことだって。

——あいつは友人だ。わしはあいつに相談したんだ。あんたの話をこの先どう書いていっていいか、自信がなかったんでな。あんたが思うほど簡単じゃないんだ。ときどき、荷が重過ぎると感じることがある。だが、死んだ子供のことなどひとことも話しておらんぞ。いや、待て待て、思い出した、死んだ猿だ。覚えているか、バートン・サーヒブが自分の手で庭に埋めた猿のことを、あんた話してくれただろう。もしかしたら、あの猿を埋めた話をあいつにしたかもしれん。あんただって認めるだろう、あれが大いなる狂気のとんでもない終焉だったことを。そしてな、たとえとして、わかるか、たとえとしてだ、わしは言ったんだ。バートン・サーヒブはその猿を、まるで自分の子を埋めるみたいに埋めたとな。ただの害のないたとえだ。

——で、ほかにはどんな害のないたとえ話をした？　誰の責任なんだ。え、誰の？

——なんの責任だ？

——あんたが友達って呼ぶジャッカル野郎の歌だよ。あの歌の終わり。これまで生きてきて、あれくらい恥ずかしかったことはない。あの歌の終わりで、召使はブブを毒殺するんだぞ。ブブが召使の愛に応えないから。召使は嫉妬で身もだえしているから。召使は、ブブが主人の腕のなかにいることに耐えられないから、ブブの命を奪うんだ。

——いや、わしは絶対にそんな話はせん。そんなこと、考えたこともない。なにか勘違いしておるんだろう。わしの友人が披露した物語は、あんたの話なんかじゃなかったんだ。もしかしたら、わしが聞かせた話に刺激を受けたのかもしれん、その点は否定しない、きっとわしの話に刺激を受けたんだろう。だが、あいつはそこから独自の物語を創り出したんだ。

——あたしを犠牲にしてね。

——歌手のたわごとが、あんたになんの害をもたらす?

——誰がふたつの話を区別できるっていうんだ? あたしのことを少しでも知ってる人間なら、その知ってることと毒のある悪口とを混同しちまうじゃないか。

46　ふたりの母の息子

バートンが初めてその男のことを耳にしたとき、その男はある名前のもとに葬られたも同然だった。町でその男について口にされるあらゆる罵倒をひとつにしたような名前のもとに。その男は「バローダの混血児」と呼ばれていたのだ。男はその名前でのみ知られていた。かつてほかの名前を持ったことがあるとは、とても想像がつかなかった。男は町ののけ者で、自分を少しでも大事に思う人間なら決して接触を持とうとはしない人間だった。もしも男が、公式の通訳が旅行中に、ときどき法廷に呼ばれることがなければ。法廷での仕事を、この混血児は見事にやってのけた。男の存在は、いやいやながら茶番劇に参加している被告を落ち着かせるようだった。そして男は、驚くべき繊細な感覚で、判事の望みに応える術を心得ていた。地元の方言は男の口から流れるように滑らかに出てくる。逆に文法的には正しい男の英語は、まるであまりに長いあいだ自身の胸のうちに隔離して温めていたかのような響きだった。というのも、バローダの混血児は、法廷以外ではイギリス人との交流をまったく持たなかったからだ。彼が英語を使うのは、法廷でのみだった。脱走兵で、北西の国境の向こうのどこかで現地の女と子供を作ったアイルランド人の父親から教わった英語だ。かつては父に向けられていた軽蔑は、息子に受け継がれた。だがそこには決して些細とはいえない違いがあった。父親のほうが、非難を逃れ、すべてひっくるめて見れば幸せな人生を送ったのに対して、息子のほうはその非難になすすべもなくさらされていた。バートンがバローダの混血児に出会ったのは、偶然、通りでのことだった。話に聞いていたそのめちゃくちゃな服装で、それがバローダの混血児だとわかった。穴のあいた場所に色とりどりの布きれを詰めた着古したアーミージャケットを粗織の長いパタニの上に着て、頭には穴だらけの山高帽を載せた男など、ほかにいるものではない。山高帽は脳を冷やすためにかぶっているんだというのが、さまざまに語られている冗談のひとつだった。バートンは、男に追いついた馬の歩みを緩めて、ヒンドスタニー語で話しかけた。男は目を上げることなく、英語で短く返答した。バートンはヒンドスタニー語にこだわった。俺とは英語で話してくれるか、と男がそっけなく言った。どうして？　俺はイギリス人だからさ。君が？　バートンは男の図々しい態度に驚いた。この国には、自分はイギリス人だと名乗ってはばからない人間がなんと多いことか。君は混血児だろう、とバートンは言って、馬に再び拍車をかけた。決して非友好的ではないが、どんな反論も許さない口調で。混血児はみんなそうだが、君も内面にふたつの側の最悪の面を融合させて持ち合わせているんだな、と思いながら。それが自然の摂理だ。悪いもののほうが生き残るんだ。

混血児は、その態度でバートンの評価を裏付けるかに見えた。女王陛下の誕生日に士官食堂の前に現れて、中へ入れろと要求したのだ。女王の臣民には皆、このめでたい日を女王とともに祝う権利があるはずだ、と言って。襟首をつかまれて通りに放り出されただけですんだのは、幸運だったと言うべきだろう。だが混血児は簡単にはあきらめなかった。直後に、士官食堂に怒鳴り声が聞こえてきた。そしてふたつめの声が、ひとつめの戸惑った声を裏付けた。なんてことだ、あり得ない！　覗き窓の前に群がった士官たちが目にしたのは、まさに悪魔的な厚顔無恥だった。混血児が、通りの端の、色あせた芝生が始まる場所に座っていた。そして、白いテーブルクロスを広げて、蔦の葉の模様の陶磁器を並べていたのだ。

いったいあんな食器をどこで手に入れたのかは、神のみぞ知る。混血児は、注ぎ口が白鳥の首のように湾曲したポットからお茶を少々そそいだ。黒っぽい色が見えた。地元の人間たちが普段飲む明るい茶色のチャイではないということだ。混血児はカップの持ち手を親指と中指でつまんだ。なんということだ、しかも小指を立てている。周りを取り囲んで怒鳴りつける警備兵たちを一顧だにせず、最初の一口をすする。ティーカップが手から払いのけられ、熱いお茶が――故意にせよ偶然にせよ――警備兵のひとりの顔にかかった。カップは地面に落ちるが、すぐには割れず、ひ弱な混血児に飛びかかる警備兵たちのブーツに踏みにじられた。バートンは同僚たちとともに慌てて駆け出し、混血児が殴り殺されるのを防いだ。混血児は血まみれで、割れた陶磁器の破片のなかに倒れていた。混血児がどこに住んでいるのか、誰も知らなかった。だが、彼を士官食堂に運び入れるのは論外だ。急いで駆け出してきた士官たちは、しばらくのあいだ混血児の周りに立ち尽くしていたが、やがてきびすを返して、ひとり、またひとりと祝いの席へ戻っていった。バートンは何度も窓から覗いてみた。あそこに倒れたままの混血児を放っておくことはできない。ナウカラムとほか数名の召使たちが大急ぎで呼び出された。彼らが混血児をバートンのバンガローへと運び、ブブカンナのベッドに寝かせた。猿たちがいるが、気を失っている男には気にならないだろう。年代もののポートワイン一瓶の約束で、老ハンティントン医師が、混血児の骨が折れていないかを調べ、包帯を巻いてくれた。翌朝、バローダの混血児は姿を消した。

それ以来、混血児は法廷に姿を見せなくなった。毎日、人でにぎわう辻で、誰にも理解できない真実を説いて過ごすようになった。現地人たちは混血児にかまわなかった。そして彼にふさわしい尊敬をこめて、混血児のことを「クァランダー」と呼んだ。神に口づけを受けた愚者という意味だ。月で一番重要な市の立つ日の早朝、混血児は東から町に通じる道の端にある木に登って、声を限りに叫んだ――ドゥニヤ・チョルド、イェズ・クリスト、パクロ。ハル・ハル・マハデヴ。浮世を捨てて、救世主を求めよ。全能の神よ万歳。誰もが、混血児の声がどれほどよくのびたかを、信じがたい思いで語った。商人たちが午後に町の周辺の村へと帰った後も、混血児は同じ言葉を叫び続けた。誰ひとり「クァランダー」の行動を予測しようなどと無謀なことは考えない。だから、バローダの混血児がある日、上着の袖は両手が隠れるほど長く、ズボンの裾も地面を引きずるスーツを着て歩き回ったとき、驚いたのはイギリス人だけだった。スーツの模様はユニオンジャックに怪しいほど酷似していた。女王陛下の旗に包まれて、バローダの混血児は一日中、これ見よがしにバローダの町を気取って歩き回った。女王の誕生日に暴行を受けて以来初めて士官食堂の前をうろうろしたが、やがて追い払われた。だがその前に、こう叫ぶことを忘れなかった——誰も俺を殴ることはできないぞ、そんなことをすれば、神聖な旗への、その旗とともにはためく価値観への冒瀆だからな。スーラトからのとある知らせが謎に回答をもたらし、戸惑いは激しい怒りに変わった。その知らせによれば、数日前の真夜中、英国旗がイギリス人居住地の入り口のマストから盗まれたというのだ。出動したセポイたちが——士官たち自身を木陰から飛び出させるほどには、怒りは大きくなかったのだ——混血児を見つけるまで、長くはかからなかった。危うく遅きに失するところだった。というのも、混血児はちょうど旗の切れ端を、いつも餌をやっている野良犬に着せようとしているところだったのだ。混血児は牢に入れられた。この世界が混血児の存在から解放されるまで、牢に入れておくのが一番いいと考える人間は少なくなかった。バートンはただひとり混血児をかばい、皆を戸惑わせた。混血児は解放されるべきだ、とバートンは主張した。混血児の堕落は彼自身の責任ではなく、両親が彼の揺りかごに持ち込んだものだ、哀れな男を罵倒する代わりに、この不愉快な事件から皆が教訓を引き出すべきである、つまり、西洋の血は東洋の血と混ざり合ってはならないという教訓だ。紳士諸君、西と東の血の混交は、我らがユニオンジャックに加えられた暴力同様、どちらの側もぼろぼろに引き裂くものなのです。

47 ナウカラム

オーム・ドゥヴァイマトゥラーヤ・ナマハ。サルヴァヴィニョパシャンタイェ・ナマハ。オーム・ガネーシャヤ・ナマハ。

あとは最後の空白を埋めるだけだ。簡単なことだ。まずはやり遂げたと言っていいだろう。創作の第一部は、完成したも同然だ。少し自分に褒美をやってもいいころではないか？　自分はクンダリーニを素晴らしい人物に創り上げたではないか？　シャクンタラと比べても遜色はない。ということは著者であるこの自分は……いや、それは行きすぎだ。めまいがしてきた。こんなことを考えるのには慣れていない。うっとりするほど新鮮だ。自分が成し遂げたことを見つめるのは。あと、明らかにせねばならないのはなんだろう？　残るはただひとつ、なぜクンダリーニが寺に預けられたかという問いのみだ。きっとそれは、約束と関係があるに違いない。人がそのようなとんでもない約束をするのはどんなときか？　子供が欲しいと願っているときだ。そう、きっとそうだ。最も単純で優雅な回答だ。クンダリーニの母は妊娠できなかった。そして祈りにすがりつき、誓った。一度ならず——そう、こういった誓いは、まるで神の耳が聞こえないか、記憶力が悪いかのように何千回も繰り返されるものだ——、もしも子供を授かったら、最初の娘を神の花嫁として捧げると誓ったのだ。その祈りを聞いた神は、少しばかり寛容なところを見せた。つまり、後にお返しとしてもらえる分だけ与えたのだ。

神は彼女にただひとりの子供を与えた。それは娘で、クンダリーニの母は、子供を与えてくれた神の恩に、その子供で報いたのだ。なんという神の所業！　なんという思いつき！　ますますめまいがしてきた。ラヒヤはすっかり満足だった。

――あなたはどこにいるのか、どうしているのかってみんなに訊かれるんですよ。いったいなんて答えればいいの？

――わしの言うことがわからなかったのか？

――もうご近所のみなさんに合わせる顔がありませんよ。

――いい加減に口を閉じろ。

――ずっとここに座って、紙とペンだけを相手にして。お客様が来たって、どうして顔も出してくれないの。

――もっと大事な仕事があるからだ。

――あなたの書いたものなんて、呪われてしまえばいいのよ。ほかのことにはもうまったく時間を割いてくれない。家族をそこに書いてある文字と交換したのね。男を世捨て人にする偉大な発明ってわけ？　大勢の人間のなかにいながら？

――お前にはわからんのだ、ロバのように愚かな女め。わしはこれまでずっと、ほかの者が話したことを書きとめるばかりだった。いつも無味乾燥な手紙ばかり、つまらない手紙ばかりだ。請願、財産委譲。わしはできる限りうまい文章を作る。ときには手紙を少し装飾する。だがそれでも、常に他人の意図の奴隷だった。客たちよりわしのほうが賢いというのに、彼らのたわごとを書きとめてやらねばならなかったんだ。だがこれからはそれも変わる。もう変わったんだ。それがどれほど重要なことか、お前にはわからんのか？

48　シヴァの息子

　ウパニチェは、異国人に教えられることがらのなかで最も重要なことを彼のシーシャに教えるまで、長いあいだ待った。危うく手遅れになりそうなところまで。シヴァの夜まで、つまりバートンの魂が寝不足のせいで弓状に歪むまで待ったのだ。ウパニチェは、神を称える儀式がほとんど終わるまで待った。シヴァ神を三つの丘を越えて運び、輿を地面に下ろすたびに寄進を募った後で、信者たちは寺へと戻った。彼らの気持ちはひとつではなかった。担ぎ手たちは断固として輿を支える棒をつかみ、若者たちは神への献身の気持ちを輪を描く踊りに変え、寄進の募集係は皆の財布の紐を緩めさせるためにあらゆる手段を使った。野卑な冗談さえも。募集係は、荷の重さに耐えながら自身の任務を楽しむ司会者のように汗をかいていた。残りの信徒たちは、密度の濃い陶酔のなかで、輿のまわりを回っていた。グルジは寝る準備を整えていた。白いシャツにパジャマというういでたちで。我がシーシャよ、アドヴァイタのことは聞いたことがあるかな？　その口調からバートンは、新しいお菓子を勧めるミタイワラーを前にしているような錯覚を受けた。だがグルジの口調に騙されてはならない。バートンはいまではそれを知っていた。真面目さは、舌の先から出された言葉を後から追ってくるのだ。アドヴァイタとは、単純に「ふたつ目がない」という意味じゃ。よく聞きなさい、我がシーシャよ、そして、これより厳しい思想を耳にしたことがあるかどうか教えてほしい。アドヴァイタによれば、存在するものは唯一の現実のみ。その現実がなんという名かは、些細なことじゃ――神、無限のもの、絶対のもの、ブラフマン、アトマン、と我々はいろいろな名前で呼ぶがな。この現実は、それを定義する特性をひとつも持たない。それを描写しようとする試みすべてに対して、我々はこう答えねばならん——違う！　となる。我々は、それがなにでないかは言える。だが、それがなにであるかは言えないんじゃ。存在するように見えるすべてのもの——我々の精神や感覚の世界——は、この絶対的なものの誤った概念にほかならない。このエゴの幻影の洪水のなかで唯一存在するのは、真の自己、「一なるもの」じゃ。タト・トゥヴァム・アシ、とアドヴァイタは説く。それはお前だ！　とな。だからこそ、我がシーシャよ、これが寝る前にわしがあんたに言う最後の言葉じゃぞ、だからこそ、ふたつに割れる思想はどれも、最高の秩序に対する冒瀆なのじゃ。だからこそ、我々が我々自身を互いに異邦人と見ること、我々自身を互いに他者と見なすこと自体が、すでに暴力なのじゃよ。

ウパニチェは床についた。遠くでたらいが互いに打ちつけられる明るい音が響いていた。バジャンは一晩中響き続けるだろう。バートンはうとうとしかけた。目が覚めたとき、なにに起こされたのかわからなかった。バートンは起き上がった。そしてあたりを見回した。人間の体がぎっしりと横たわっている。寺の玄関広間全体が、浅い眠りに覆われている。バートンもまた、こうした体のひとつだった。宇宙の息遣いにおけるひとつの動き。ほとんど無に等しい。自分がすべてであり、すべてが自分のなかにあると信じるほうが、どれほど慰めになることか。ここにいる人間たちは、常に集団のなかにいることを居心地よく感じる。毎晩のように多くの人間とともに眠る。傾いた床に転がったたくさんの体のひとつであることに慣れている。バートンは耳を澄ました。新しいバジャンを歌う声が響いた。さらなるいくつもの声が歌に重なり、そこに陶酔の叫びと、突き出された何本もの手が加わる。それから休憩に入る。タブラの九打目までの静寂。そのあいだ、神はわずかな水流で冷やされる。水音はあまりに小さく、まだタブラが鳴らされていない静寂のなかでしか聞こえない。信徒たちは皆、何時間も水流の横に座り続けていた。神の名を繰り返すのじゃ、とグルジは教えてくれた。あんたの頭のなかが冷たくならんようにな、我がシーシャよ。バートンはサンスクリット語があまりわからず、連禱を聞いていると疲れてきた。集中力は周囲の細かい観察に向けられた。神の一番好きな花が床に敷き詰められている。三またの葉を持つその花は、変身の象徴だ。プジャーリーの足にあるタコ。グルジの頭に生えたまだ白くなっていない一本の毛。六時間後に祭りが終わると、神官は信徒たちに、祈禱のあいだに寄進されたものを分け与える。どんな律法書よりも包括的な、信仰における実利的な面だ。シヴァの夜と、その前夜、それにその一日前の昼間、バートンはあまりにここに溶け込んでおり、残りの一生ずっと、この家族の、この場所の、この儀式の一部であり続けるという想像に魅了される。自分のそんな欲望に、自分で戦慄する。最初は魅力的な想像だったが、深く考えてみればみるほど恐ろしかった。バートンは立ち上がり、寺の周りを一周して、起きている信者たちに混じって腰を下ろした。そしてバジャンをともに歌った。バートンの声は、寺の屋根の下で一番低い声だった。日の出時に川で体を洗っていると、若い男たちのひとりが友人にこう尋ねる声が聞こえた。あのフィランギはどこから来たんだ？　あのフィランギが家で俺たちのことをどんなふうに話すか、わかったもんじゃないぞ。そのフィランギのゴトラはなんだ？　と友人が賢しげに訊き返した。

　自宅へ戻って鏡を見ると、とても自分の姿だとは思えなかった。外面のどこかが変わったからではない。バートン自身が変身したと感じるからだった。

49　ナウカラム

オーム・イシャーナプトラーヤ・ナマハ。サルヴァヴィニョパシャンタイェ・ナマハ。オーム・ガネーシャヤ・ナマハ。

——シンドの人間はミヤだって、もうあんたに言ったよな。ほとんどはそうなんだ。あたしたちの寺院は、あそこでは場違いに見える。滅多にないからだ。まあはっきり言って、例外っていうのは恥ずかしいもんだ。あたしたちのところじゃ本当に当たり前の存在なのに。あそこでは違う。残った寺は洞穴にあるものばっかりで、花飾りもすっかり干からびちまって。寺の女神は——シングヴァーニーっていう名前なんだが——、まるでドゥルガーみたいでね、ライオンに乗って西まで行き過ぎちまったんだな。馬鹿みたいなことを言ってるのはわかってる。でもそんなふうに思ったんだよ。寺を布に包んで、家に持って帰りたいくらいだった。突拍子もない思いつきだろう。わかってる。墓標で埋めつくされたマクリの丘でそう思ったんだ。割礼野郎どもは、あそこにやつらの聖人が百万人埋葬されてるって言うんだ。もちろん誇張さ。百万人の聖なるスラ？　まさか！

——まるでわしらは誇張などまったくせんかのような言いようだな。

——あたしたちは神様のことは誇張する、でもあいつらは人間のことを誇張するんだ。

——そうなのか？　もしかしたらそれは、イスラム教徒がわしらのように大勢の神でいっぱいの動物園を持っていないからかもしれんぞ。

——あんたはいったいどっちの味方なんだ？

——この世には二つばかりじゃなく、もっとたくさんの面があるんだ。わしらは混迷の藪を抜け出さねばならん。いったい、その丘のことでなにを言おうとしたんだね？

——いたるところに、あたしたちのサナータナ・ダルマの印が見えたんだよ。何百年も虐げられてきたっていうのに。墓標のあいだにね。石が置かれてるんだ。近づいてみると、はっきりとシヴァリンガだってわかった。朱色で、あちこちに置かれてて、あたしたちの国とまったく同じだった。それに水の器はヨーニの形だった。割礼野郎どもの骨が、シヴァリンガとヨーニの真っ只中に埋められてるかと思うと、すっとしたね。ざまあみろって気持ちになった。

——ミヤがあんたが言うほどひどい者たちなら、なぜそのシヴァリンガとヨーニを破壊しなかった？自分たちの墓地にそんなものを残しておくとは、どういう者たちなんだろうな？

——知るもんか。あいつらは百万の墓標をあの丘に立てた。あたしたちはシヴァが何体か残ったことを喜ぶだけさ。

——その聖人というのは、どういう人間たちだったんだ？　どういう働きをして、どうして聖人と崇められるようになった？

ナウカラムはさらなる描写を繰り広げた。まるで布の模様を裏も表も知りつくしていて、客をすぐに釣ることができるなどという妄想は少しも抱いていない織物商のように、淡々と。その話のなかには、ラヒヤの創造力を刺激するなにかがあった。夕方には、その刺激はひとつの考えへと育っていた。家に帰ると、着替えもせずに——運のいいことに妻は外出中だった——、すぐに新しい紙を机の上に置いて、羽根ペンをインクに浸した。奇跡、と新しい紙にラヒヤは書いた。奇跡は危機とともに始まる。危機の克服とともに。理解されなかった恩寵によって。一面的に理解された恩寵によって。小船に乗った漁師たちが嵐に遭う。自然の猛威になすすべもなくもてあそばれて、漁師たちは祈ることを思いつく。誰に祈ればいい？　誰に助けを求めればいい？　村の聖人にだ。漁師たちにとって唯一信頼の置ける人間、この自然の力にもひるまない人間。彼らは嵐に向かってその人の名を叫ぶ。まるでその人を推薦するかのように。まるで合言葉のように。漁師たちは助かる。嵐はやむ。漁師たちは生き延びた。聖人よ万歳。本当は神が彼らに慈悲を与えたのだと、いったいどうしてこの漁師たちに想像できよう。彼らは滅多に神のことなど考えないのだから。村へ帰って、なにを話す？　嵐に遭ったが、死にはしなかったことを。奇跡のことを。波が小船を翻弄し、風が帆を引き裂いた。もしも聖なる男の名を叫んでいなければ、いまごろ海に沈んでいただろう、と。そして漁師たちは断言するのだ。その男の姿が目に見え、その声が勇気を与えてくれ、その存在が不安を鎮めてくれ、嵐の脅威をなだめてくれたと。漁師たちはその男の幻像を信仰する。生き延びたという奇跡に、ほかにどんな説明がつくだろう。では、聖なる男本人は？　自分にあると言われた力について耳にしたら、どう反応するだろう？　目を伏せて、うっとりと微笑むだろうか？　漁師たちの必死の叫びが聞こえて、魂をそちらに飛ばしたと、弟子たちに言わせるだろうか？　漁師たちは感謝の気持ちを表現するのではないだろうか？　そのなかには、贈り物という形もあるのでは？　次に海に出るときには、あらかじめ聖なる男に願をかけるのでは？　やがて、ほかの村の漁師たちも真似をし始めるのではないだろうか？　その村の漁師たちが常に無事で戻ってきて、しかも大漁に恵まれると聞いて。こうして聖なる男は、奇跡を起こす者と認定されることになる。おい、聞いたか、小船は沈んだんだってさ、漁師たちは海に投げ出された。ところが聖人が、魂の力強い手で、深い海から漁師たちを救い出したんだと。聞いたか、聖人はイルカを使者として送ったんだと。イルカの背に乗って、救われた漁師たちは陸まで運ばれてきたんだ。この種の奇跡に誰が反論できよう？　この奇跡を否定する理由がどこにあろう？

ラヒヤは椅子の背もたれに体を預けた。そして少しのあいだ休憩した。それから、いま書いたものをもう一度読み直してみた。役に立つ、とラヒヤは思った。これをサティヤ・ショダク・サマジの魂の兄弟たちに見せよう。彼らならきっと評価してくれるはず。奇跡についての本は多いが、奇跡の成り立ちについての本はあまりない。成り立ちのほうが、奇跡そのものよりもずっと奇跡的だというのに。

50　聞き耳を立てて

こういった店は見通しがきかない。まずは、こまごました物の品揃え。木のスプーンやブリキの鍋などがぶら下がっていて、視界を塞ぐ。カウンターを覆いつくすマッチや石鹼などが、売り手が暗算ではできない計算をするためにペンを探すときに、あちこちへと動かされる。米やレンズマメやヒヨコマメがいっぱいに詰まった袋、香辛料の入った籠などが、道を塞いでいる。そしてそれらの合間のどこか、そんなところに隙間があるとは誰も思わないところに、菓子が山積みになり、油の入った壺が並んでいる。これらの壺から、買い手が持参した瓶の大きさにしたがった量の油が注がれるのだ。さらに、奥の壁際に置いた大雑把に手作りされた棚には、貴重な品物が置かれている。たとえば高級煙草、高級なお茶、メディナ産のナツメヤシなど。こういった店を、一度の訪問で把握できる客はいない。何度も再訪して、確信があるわけではなく、どちらかといえば礼儀から、糖蜜はあるだろうか、などと尋ねる。すると驚いたことに、売り手はこれまで隠れていて見えなかった店の一隅に手を伸ばして、望みの品を秤《はかり》に載せるのだ。そのバザズ——売り手——は、この町出身ではなく、小さな店をつい最近開いたばかりだった。どうして彼のドゥカーンを訪れるべきなのかは、すぐに広まった。ナツメヤシ、煙草、生姜の砂糖漬け、菓子、それにバザズ本人。上品な男で、非常に楽しく会話ができる。バザズは決して急がない。この地方の人間ではない。だからあんなに気前がいいのかもしれない。品物を量るときには、いつも客に有利になるようにしてくれる。特にさ、気がついたかい、女の客が来て、バザズに微笑んでやる価値があると判断したときにはさ。そのバザズの名はミルザ・アブドゥラという。ということは、もともとはブーシェフルの出身ということだ。一部はペルシア人、一部はアラビア人だ。いろいろな地域で育ってきた男、いろいろな場所で商売をしてきた男。だからたくさんの言葉を話すが、どれひとつとして完璧ではない。ときには別々の言語をごた混ぜにすることもある。客が来ないときには、隣人とチェスをする。熟考するよりはおしゃべりに興じるタイプだというのに、それでもたいていは勝つ。このバザズは、人の話によく耳を傾ける。バザズになにかを話すと、その瞳で報いてくれる。バザズが話を聞いてくれたことに、感謝の気持ちがわく。そして彼を――バザズは隣家の息子に店番を頼み、たっぷりとお礼をしたので、少年は店から出ていきたがらないほどだった――タラウィー後の友人たちとの集まりに連れていく。真剣な会話を交わすのにふさわしい季節だ。バザズは、阿片を吸い、大麻を飲む人たちのもとへ連れていかれる。バザズが加わると場がなごむ。バザズとともにどこなりと座って、時間を最後の一粒まで吸いつくすのは、カイフきわまりない。この新しい友バザズに弱点があるとしたら、イギリス人に対する憎悪だ。一人前の男なら、バランスの取れた判断を下さなければならない。なにが可能かを見積もることができねばならない。そしてそれに合わせて行動せねばならない。だがバザズにはそれがわからない。この国から名誉を奪う異教徒どもを呪う。国の血を吸いつくす寄生虫どもを。彼と意見を同じくする者は少なくない。彼らは緊密なグループを作り、アフガニスタンのことを考える。一万六千人の異教徒たちが、カブールから退却した。だがジャララバードにたどり着いたのはただひとりだった。その数字は気に入ったぞ、と瞳孔の開いたひとりの男が言う。その男は、長く煮込みすぎたダールのようにべとついた口調で話す。イギリス人どもには当然の報いだ、と別の男が言う。俺に言わせりゃ、倍は犠牲者がいてもよかったんだ。負けるっていうのがどんなものか、屈服させられるのがどんなものか、無力なのがどんなものか、奴らもやっと味わう羽目になったなんて、全能の神のなんというお恵みだ。それでも、とバザズが初めて発言する。やつらにとっては、あれは一度きりの敗北だ。例外に過ぎない。だが俺たちのほうは、敗北のなかで生きているようなものだ。シンドが第二のアフガニスタンになれたらなあ、と、ひとりの若い男が声に情熱をにじませて口を挟む。俺たちが俺たちの国を、フィランギどもの血で浄化できたらなあ。そうなれば奴らもようやく学ぶかもしれないぞ。バザズはただうなずいて、濃い髭をなでる。瞳孔の開いた男は、中身のないことをだらだらとしゃべるだけだ。それは誰にでもわかっている。だがこの若い男、この男には、汲み取るべきなにかがあるかもしれない。それまで黙っていた男たちのひとりが、ミアニの戦いのことを口にする。まだほとんど阿片を吸っていないので、落ち着きなくそわそわしている。俺たちは五千人もの死者を出した。二千五百人のイギリス人を相手に。一方の犠牲者の数のほうが敵の総数よりも多いなんて、どういうことなんだ？　そんなことを全能の神がお許しになるはずがない。我々が許容できるゲームのルールを越えている。後ろ向きな、空っぽのくだらないおしゃべりだ。ほとんど誰もが同じだ。行動し、闘う心の準備ができている者が、どれほど少ないことか。バザズは、話し相手に関しては決して選り好みしない。それどころか、売春仲介業者たちを訪ねて、店で扱う煙草と引き換えに巷《ちまた》の噂という宝を手に入れたりする。カラトで最高位の大臣であるムラ・モハメド・ハサンのことは、誰の口にも上っている。彼は支配者ミル・メフラブ・カーンと個人的に反目している。抜け目のない男で、イギリス人に、カーンはアフガニスタンにおけるイギリスの利益に反する陰謀をたくらんでいると信じ込ませる。愚かなイギリス人ども――いや、やつらはそれほど馬鹿ではないよ、ジャナブ・サーヒブ、なにしろ俺たちだけじゃなく、最近ではシーク教徒まで打ち負かしたんだからな――は、ハサンの罠にかかり、ミル・メフラブ・カーンに圧力をかけた。そしていま、カーンは反撃しているというわけだ。定期的に起こる襲撃はそのせいだ。カーンはイギリス人にあからさまにはむかったりはしないだろう。いや、俺は聞いたんだがな、ジャナブ・サーヒブ、イギリス人はカルカートに侵攻する計画らしいぞ。お前までが知ってるようじゃ、その計画にももうそれほどの価値はないだろう。それじゃあ町にはひとりの戦士もいなくなっちまう。確かに無謀な計画だよ。ムフタラム・カーンは、イギリス人が計画を立てるやいなや、すぐにそれを聞きつけるとも耳にしたぞ。そんなの不思議でもなんでもないさ。まさか、裏切り者のいない陣営があるとでも思ってたのか？　いや、俺はただ、その裏切り者のイギリス人はなにを提示されたんだろう、なにで釣られたんだろうって考えただけさ。我らがともに夜を過ごすミルザ・アブドゥラというのは、こういう男なのだ。いつも決定的な問いを口にする。

51　ナウカラム

オーム・シュルパカルナアヤ・ナマハ。サルヴァヴィニョパシャンタイェ・ナマハ。オーム・ガネーシャヤ・ナマハ。

——あんたはいつもむきになってミヤを罵ってばかりだ。彼らをそんなふうに侮辱して、あんたになんの得がある？

——あいつらは、自分たちとあたしたちの区別をつけようと割礼をするんだ。あたしはその違いを尊重してるだけだよ。

——バートン・サーヒブは彼らの一員のようだったと、あんたは言ったな。だがそうするとよくわからんよ。自分も割礼せずに、どうやってそんなことが可能だった？

——あんたはなにひとつ聞き逃さないんだな。「ラヒヤみたいにずるがしこい」っていう言い回しができてもおかしくないくらいだ。バートン・サーヒブはいろんな間違いを犯した。ときどき、主人たる人間にふさわしくない振る舞いもあった。でも、あれほどサーヒブの尊厳を汚すものはなかった。とても信じられなかったよ。あの恥辱を、あたしに隠そうとさえしなかったんだ。考えてもみてくれ。

——誰がバートン・サーヒブに割礼をほどこした？

——知らん。

——すごく痛かったに違いない。大人がやるとなればな。

——恐ろしい痛みだよ。それは間違いない。でもサーヒブはなにひとつ顔に出さなかった。何週間か、すごくおとなしくて、ずっとテントにこもりきりだった。いい気味だ。愚かな振る舞いは同情に値しない。

——割礼を受けると、人間性までが変わるのかね？　その人間の本質にまで、精神にまで影響があるのかね？

——あたしはなにも気づかなかった。でもサーヒブの変装はすごくうまくいってた。サーヒブは満足しきってたよ。農民たちは、サーヒブを目にしても、もう走って逃げたりしなくなった。若い女たちは、サーヒブが馬に乗って近づいても、もう家のなかへ引っ込んだりしなくなった。乞食どもが襲いかかってきて、自分たちの苦難の人生をサーヒブに延々と聞かせることもなくなった。犬までが、もうサーヒブに吠えなくなったんだ。

——つまり、割礼の甲斐はあったということだな。

——そういう意味ではね。でも、支払った犠牲が大きすぎる。

——どうしてあんたにとって、それがそんなに重要なことなんだ？

——あたしもそのことはうんと考えた。時間があったからね。割礼ってのは、気色が悪いだけじゃなくて、筋が通らないんだ。いらないものなら、どうしてアラーの神は授けたりしたんだ？　どうしてアラーの神は、生まれてまもなく切り取られなきゃならないものを、人間の体に備え付けたんだ？　筋が通るか？　もし包皮が必要ないもの、悪いものなら、アラーがとっくになくしてしまったはずじゃないか？　そうなんだ。これが、あのミヤどもの信仰がどれだけ筋が通らないかっていう一番の例さ。そして、筋が通らない信仰だからこそ、あんなに必死に擁護しなきゃならないんだ。

52　悪を罰する者

ネイピア将軍への報告書

秘

　今日はひとつの成果を報告いたします。この成果の前には、ほかの欠点や失敗もかすんでしまうほどです。我が祖国の司法という鍛えられた体にとりついた潰瘍であったあのバドリという風習は、根絶されました。我々はこの国の歴史上初めて、判決を受けた者と刑罰を受ける者は同一人物でなければならないという原則を貫くことに成功したのです。シンドの富裕層は、今後は我々の司法制度をより尊重することになるでしょう。我々の死刑という罰を恐れるようになるでしょう。この問題を解決したことで、我々の目は、さらなる齟齬に対して開かれねばなりません。ここで自己満足に浸るわけにはいきません。なぜなら、我々の法制度が現地の民ひとりひとりの心と精神に刻み込まれるまでには、まだまだ非常に長い時間がかかるからです。我々の行く手にある難関のひとつの例として、シンド北部での事件が参考になるのではないでしょうか。これは私が幸運なめぐり合わせのおかげで直接居合わせた事件です。サッカルで、悪名高い盗賊が五人、奪ったものの一部とともに逮捕されました。盗賊たちは被害者から物品を強奪した後、そのほうが簡単だからという理由で被害者を刺殺したのです。証拠は明白で、盗賊たちも罪を認めました。彼らは絞首刑に処され、より大きな見せしめになるようにと、絞首台に吊るされたまま晒されました。決して誰も死体に近寄らせてはならないと、見張りたちには厳命が下されました。翌朝、すべてが命令どおりに実行されているかどうか確かめに、士官は刑場へ戻りました（私が同伴しました）。すると驚いたことに、丘の上には絞首台が四つしかなくなっていたのです。その代わりというのか、いわば埋め合わせとして、四つの絞首台のひとつにふたつの死体がぶら下がっていました。ですがその二体のうち一体は――服装や、その他あまり描写する気にならないいくつかの細かい点で――明らかにほかの四体、すなわち盗賊たちの死体とは異なっていました。見張りたちが即座に呼ばれて、説明を求められました。見張りたちは、前夜眠り込んでしまったこと、目が覚めてみると、絞首台のひとつのみならず、死体もひとつ盗まれているのに気づいたことを認めました。消えた死体は盗賊団の頭目のものだったので、さまざまな推測がなされました。見張りたちは混乱に陥り、罰を受けるのを恐れて、早朝に道を歩いてきた無関係の男に襲いかかると、その男を見境なく吊るしてしまったのです。まったく理解不可能ななにかに直面した普通の人間の常として、責任者である士官は激怒しました。その怒りは、恥も疑問も感じていない見張りたちの態度のせいで、ますます高じました。士官は見張りたちに長い説教をしました。それが驚嘆すべき熱意に満ちたものであったことを、ここに特筆しておきます。ただし、ほとんど効果はありませんでしたが。士官は見張りたちに、人間の命を軽視する野蛮な価値観を捨てなければならない、なにしろお前たちはいまでは地上最高の文明に仕える身なのだから、と説教したのです。このように道徳と分別を必死で説いた後に、士官は疲れきって口を閉じました。すると見張りのひとりがこう発言したのです。中尉、申し訳ありませんが、この旅行者の荷物のなかに、ぜひお目にかけたいものを見つけたのです。我々は、これまで目に入っていなかった荷車のところへ連れていかれました。見張りのひとりが覆いを取り除きました。我々の目の前には、切り刻まれた死体が横たわっていました。どうやら、見張りたちがたまたま吊るした旅行者は、誰かを殺していたのです。見張りたちが、ざまあみろといった顔で我々にこう言ったのを、私は悪く取ることができませんでした。さあ、どちらが最高の判事なのか、教えていただけませんか。全能にして無謬の神か、それとも、真実を金儲けの道具と考える人間に事件の詳細をすべて翻訳してもらわねばならない、あなた方のお国の汗っかきの判事たちのひとりか。誇張でもなんでもなく断言しますが、士官はその瞬間、すっかり気勢をそがれたのみならず、計り知れない深い絶望に陥りました。そして、この者たちにはもう二度となにかを教えてやったりしない、と誓いました。そして残念なことに、士官はその誓いを守るでしょう。私は彼をその絶望のなかに置き去りにしました。なんと言って力づけていいかわからなかったからです。

53　ナウカラム

オーム・ウッダンダーヤ・ナマハ。サルヴァヴィニョパシャンタイェ・ナマハ。オーム・ガネーシャヤ・ナマハ。

――一度、バートン・サーヒブがあたしを一緒に連れていってくれたことがある。セーワンへ。そのときのサーヒブは変装していなかった。その逆だ。サーヒブの訪問の目的は、割礼野郎どもが、奴らにとって神聖な場所を訪れるイギリス人士官にどういう反応を示すかを確かめることだったんだからな。バートン・サーヒブは、皆が口をそろえて言うような危険は実際にはほとんどないって、確信していた。これを聞けば、共感が理性を帳消しにしちまうのが、あんたにもよくわかるだろう。サーヒブは、割礼野郎どもが攻撃的で不寛容だっていうのは不当な言いがかりだと考えてたんだ。

――あんたは結果を先に言っちまうのかい？

――あんたが変なことを考えないようにしときたいだけだよ。セーワンには、赤い鷹の墓があった。赤い鷹っていうのは、とあるダルヴィーシュの名前だ。かつてシヴァ神の寺があった場所にさ。これだけの厚かましさには、なにかの罰があたるべきじゃないか。いつか、もとの寺に戻さないとな。ま、とにかく、そのダルヴィーシュは異邦人だった。どこからともなくやってきて、セーワンに住み着くと、娼婦たちのあいだを渡り歩いた。そして奇跡を起こしたってことになってた。

——あんたは奇跡を根底から否定するのかね？

——いいや。サドゥのなかには、あたしたちには理解できない力を持ってる者もいることは知ってるさ。

——イスラムのダルヴィーシュも同じだろう。

——あのダルヴィーシュたちは違う。あたしがあそこで出会ったのは、物乞いばっかりだった。臭い物乞いだ。あの場所の十人中九人は物乞いだったよ。

——我らの寺と同じじゃないか。

——ここのサドゥは、あたしたちがあげる施しを辛抱強く待ってるじゃないか。ところが割礼野郎どもは、人を力づくで引っ張って金をせびる。いったん食いついたら絶対に離れない。いたるところに座って、煙草を吸ってる。ああ、わかってる、サドゥだってそうだって言うんだろ、なんの違いもない、誰でもチルムを手にしてる。でも奴らはがあがあ騒ぎ立てた。特に耐えられなかったのは、何度も何度も聞こえてきた叫び声だ。マスト・クァランダーっていう叫び声なんだ。もう耳にするのも嫌だ。

——わかる、よくわかるぞ。わしも似たようなものだ。

——そうなのか？

——そうだとも。わしらは寺の隣に住んでるんでな。シターラム・シターラム・シターラムラムラムラムとな、遠くから聞いただけで気分が悪くなるわ。

——わかったぞ、あんたの策略が。あたしたちとあいつらとの共通点を誇張して、違いを覆い隠そうっていうんだ。それで全部解決ってわけかい？

——策略などではない。わしはあんたがとりつかれた迷妄の背景を見通しているんだ。

——あんたはすべてを見通してるってわけか？　それなら、なんでここにこうしてふたりで座ってるっていうんだ。もう帰るよ。

——落ち着きなされ。まだなにも決まったわけではない。なのにわしらは、まるでなにかが決定的に明らかになったかのように争っておる。あんたの話に戻ろう。わしは書き留めるだけにするよ。だが、割礼野郎の話はもうやめてくれ。そんな単純きわまりない憎悪は、あんたの尊厳にはふさわしくないぞ。

——教えてやろうか？　あんたの言ってることは、まるっきり間違いでもないんだよ。あのな、あっちのダルヴィーシュたちは、人生をより苦しくするために、体になにか重りをつけてるんだ。マランっていうんだよ。神の囚われ人って意味さ。重い鎖を体に巻きつけてる。それを見て、あたしは実にこっちのサドゥを思い出したんだ。な、割礼野郎どもが、あたしたちからあの馬鹿げた風習を受け継いだのがわかるだろう。

——で、バートン・サーヒブの話だが。どんなふうに迎えられたんだ？

——友達みたいにさ。認めるのは気が進まないがね。割礼野郎どもは親切だった。バートン・サーヒブをあちこちに案内した。サーヒブが関心を持ってくれるんで、誇らしげだった。ただ、サーヒブは墓には近寄らせてもらえなかった。でもサーヒブは気にしなかった。あいつらがサーヒブに申し訳なさそうに断ると、あたしに目配せしたよ。後から、馬で居住地に戻る途中、ミルザ・アブドゥラもあそこへ行かなくてはならんなって、サーヒブは言った。ひとりよりふたりのほうが、いろんなものがよく見えるって。

54 名声と栄誉へ

ムアッジン（イスラム教の礼拝を呼びかける役目の人物）が咳き込んで、夜のあいだ喉に詰まっていたコフタを吐き出した。それから最初の声を出し、それを長く伸ばした。二声目も同様、まるで人々の眠りに命中させようと、投石機のバンドを引っ張るようだった。バートンは、浴室へと向かう叩きつけるような足音を聞いた。昨夜はよく眠れず、鮮明な夢を見た。ひとりの男を後ろから見ている夢だ。男は肩かけにくるまっていて、荒涼とした風景のなかにあるひとつの墓標の前に立っていた。足が一本欠けた犬が、ひょこひょこと通り過ぎた。墓標にはひとつの名前が刻まれていた。「リチ・バートン」と、のたうつような字が彫られている。ほかの人間たちも墓の前にやってきて、静かに、なんの感情の起伏も見せずに、墓石を見下ろした。誰かが、ここに葬られている男は誰だ？　と訊いた。誰も答えを知らなかった。それは悲しいな、と皆が言った。そして彼らは一枚の布を墓の上にかぶせると、きびすを返した。先祖たちの塵から遠く離れて、と誰かひとりが通り過ぎざまに言った。ただ肩かけに包まれた男だけが、墓石の前から動かなかった。男は、どうやらもう誰も覚えていないらしい死者に敬意を表するために片手を上げようとさえしなかった。あの名前は、いったいなんのために墓石に刻まれていたのだろう？　バートンが滞在している家の若者のひとりが、バートンに、ワズをどうぞ、と呼びかけた。祈りのほうが眠りよりもいいぞ、とムアッジンは地域全体に語りかける。祈りのほうが眠りよりもいい。一日の最初の祈りは短いものだ。顔にかける冷たい水の精神的な形だ。目を覚ますためだけのものではない。まっすぐに立ち、しっかりとお辞儀をし、一日のために姿勢を正すためのものでもある。その後、バートンは家の主人と一緒にお茶を飲んだ。主人の名はミルザ・アジズ。ふたりは友人になったのだ。ミルザ・アブドゥラとして、バートンはここ何週間も、これまで発揮してきたカリスマ性と忍耐の成果を刈り入れしている。家から家へと、ミルザ・アブドゥラは次々に紹介されていった。尊敬を得るに値する男。預言者は——神よ、彼に平安と恩寵を与えたまえ——、旅人のようにこの世界を生きよ、と忠告しなかったか。ミルザ・アブドゥラこそ、その異郷の旅人なのだ。バートンはいまでは、どうやったら相手に取り入ることができるか、どの種のユーモアをどの量使えば魅力的に見えるかを、正確に把握している。会話術を心得た高貴な旅人ミルザ・アブドゥラは、すでに多くの人に受け入れられた。まったく当たり前のように兄弟の契りを結んでくれた尊敬すべきミルザ・アジズを、バートンは最高の情報源と見なしている。ミルザ・アジズは、最も重要な家の多くと親戚関係にあり、あらゆるものを商っている。知識もだ。バートンはミルザ・アジズに感銘を受けている。そして、自分がいつの日か彼を裏切らねばならないことを知っている。というのも、ミルザ・アジズはいろいろな勢力と取引をしており、イギリスの利益を損なう存在だからだ。イギリスの計画について、常に完璧な情報を持っている——どこから手に入れるのかは、これから探り出さねばならない。そしてその情報を、バルチスタンの抵抗派に売っている。いまのところ、すべてはまだ積み重なったいくつもの暗示から導き出された純粋な推測に過ぎない。ミルザ・アジズにすっかりだまされた客として、この推測が事実だと確認できるまで、粘らなくてはならない——将軍は、間接証拠にはなんの価値も見出さないのだから。決していい気分ではない。ミルザ・アジズは陰謀家であるばかりでなく、町で一番の音楽の夜会を催す上流市民でもある。バートンは水煙草を吸いながら、目を閉じて、歌声に身を任せる。本当に確証を得るまでには、まだ長い時間がかかるだろう。ある歌詞が胸に引っかかる。カーテンを引いても太陽を作り出すことはできない。女の声が、儚い自信をにじませて歌う。カーテンを開けても太陽を作り出すことはできない。リチャード・バートンは、ブーシェフル出身のバザズであるミルザ・アブドゥラでいるときのほうが、尊敬すべき東インド会社の士官でいるときよりも、幸せの近くにいると感じる。

55　ナウカラム

オーム・ヤシャスカラーヤ・ナマハ。サルヴァヴィニョパシャンタイェ・ナマハ。オーム・ガネーシャヤ・ナマハ。

――あのミヤどもは、モハメドが自分たちに神の法をくれたって言う。でも、どうしてその神の法とやらがあんなに穴だらけなのかは、問いただしちゃいけないことになってるんだ。あんまり穴だらけなんで、そこを土地の風習で埋めなきゃならないくらいなのに。よく聞いてくれよ、ここからが面白いところなんだから。この風習っていうのがまた気色の悪いものばっかりで、おまけに神の法に矛盾することが多いんだ。

――それはそうだろう。なんといっても人間の作った法なのだから。

――神聖な生地をもっとよくしようとして、最悪の糸で縫っちまうようなもんさ。そんなものがうまくいくわけがあるかい？

――わしにはどうもわからんが、もしミヤたちのすべてがそれほどめちゃくちゃなら、あんたがよく知識と教養を持った男だと言っておるバートン・サーヒブがそんな信仰に惹きつけられたことを、どう説明するんだね？　それとも、バートン・サーヒブが学んだこと、やったことのすべては、スパイ活動という目的のためだったたのかね？

――いいや。バートン・サーヒブは本物の関心を持ってた。本当に傾倒してた。あたしには謎だよ。サーヒブの師たちは、バローダのウパニチェ・サーヒブのすごさに比べたら、足元にも及ばなかった。バートン・サーヒブは、ミヤどもと一緒に祈りまで捧げたんだぞ。想像がつくかい？　誇り高いバートン・サーヒブが、平伏して、膝や額を床にこすりつけるんだ。とても説明がつかない。もしかしたら、そうするのが苦じゃなかったのかもしれない。バートン・サーヒブは、ほかの誰にも真似できないほど、どんな世界にも苦もなく溶け込める人だった。目の前にいる者たちの人との付き合い方や価値観をすぐ身につけることができた。なんの苦労もなしに。ときには、わざわざ意識することさえなく。

――バートン・サーヒブは自分自身の価値観を持っておらんかったのか？　自身が信じる法はなかったのか？

――サーヒブはサーヒブ自身の法のなかで生きてたよ。ただ――サーヒブは完全な忠誠を期待してた。イギリス人が、自分たちの側で戦ってくれた者たちを見捨てることに怒ってた。我々は彼らの評価にふさわしいんだって、罵ったもんだよ。必要なときには人を利用して、利用価値がなくなったら捨てるっていう評価どおりだってな。一度同盟を結んだからには守り通さなければならないって、怒り狂ってた。同盟者をその運命に委ねたまま放置することなんてできない、追放、貧困、それどころか苦しみや死に委ねたままではいられないって。

――バートン・サーヒブは、我々誰もが抱える矛盾に気づいたのだな。そしてそれを口に出した。

――サーヒブがなにかするときには、なにが起こってもおかしくなかった。

――モンスーンの季節の天候のようなものだな。

――驚かされたよ。しょっちゅう、ものすごく驚かされた。ときどき、自分で言ってることとは正反対の行動に出るんだ。このあいだまで神聖だって崇めてたものを、茶化して嘲ったり。

——ひとつその例を聞かせてくれんか。

——もうバートン・サーヒブのことはじゅうぶん話したんじゃないか？

——頼む。最後にひとつだけ。

——一緒にセーワンに行ったときだ。近くでイギリス人が数人、古い宝物を探して地面を掘ってた。イスカンダル大王の陣営に残された宝物だ。イギリス人たちは熱心で、少しばかり単純で騙されやすいところがあった。そして、どういう理由かはわからないが、バートン・サーヒブを怒らせたんだ。そうなんだ。いつなにがバートン・サーヒブの怒りに火をつけるか、あたしは最後までわからなかった。一週間もたたないうちに、ミヤどもがその地域で、その信じやすいイギリス人たちに、偽造した古い硬貨を売りつけ始めた。ところがある日、土を掘り返してるイギリス人たちをさんざんあざ笑ってた連中は、悪口を全部引っ込めるしかなくなった。なにしろ、なにかが見つかったんだ。エトルリアとかいう名前の、フィランギたちの滅亡した古い国の文様がついた土器の破片だ。土堀りたちがその成果を見せようと、あたしたちの野営地にやってきた。あたしはそのイギリス人たちが恥ずかしかった。それにバートン・サーヒブのことが恥ずかしかった。なにしろ、日の出前にその土器の破片を地面に埋めたのは、バートン・サーヒブだったんだから。

——あんたもその場にいたのか？

——いや。だけど確信があるんだ。

——どうして？

——バートン・サーヒブは花瓶を持ってた。それが、あのころなくなったんだ。バートン・サーヒブの友達のスコット・サーヒブも、バートン・サーヒブを怪しいと思ってた。でもバートン・サーヒブは、自分は無実だって言い張った。バートン・サーヒブは、自分でもあちこち掘り返して、ありとあらゆるものを掘り出してたんだ。でも、同じ情熱を分け合う者たち相手に下品な冗談をしかけることを、なんとも思ってなかった。

56　ふさわしい支配者

半ば壊れたような体だというのに、将軍を憐れもうなどとは、誰ひとり思いもよらなかった。もしかしたら、将軍が発する賞賛も非難も、常に度を越しているからだろうか？　将軍はあらゆる面で攻撃された。将軍のシンド支配が長引けば長引くほど、その攻撃は激しくなった。やがて、戦場での将軍の功績までが疑問視されるようになった。戦場に実際にいた者たちは、変わらず将軍を手放しで支持し続けたが、戦場での出来事を噂として聞いただけの多くの者たちは、その描写の隅々にまで反論した。将軍は政治的倫理の柔軟さを知ってはいたが、間違った道徳観を他者と共有することはできなかった。煙草は吸わず、賭け事もやらず、酒も飲まない――いったいあなたはなんのために生きているのですか、とバートンは一度尋ねてみようとしたが、結局思いとどまった――将軍は若いころ、部隊の兵士たちのアルコール中毒を鞭で治したときにすでに、悪評の最初の礎石を築いていたと言える。

――報告することは？

――バルチスタンのリーダーたちに包括的な情報を与えている仲介者のひとりを見つけました。ただ、その男がどうやって情報を手に入れているのかが、まだわかりません。さらに時間が必要です。

――君が調査を終えるまでに反乱が起きなければな。

――状況はいまのところ落ち着いているようです。

――情報はどのように伝達されるのだ？

――ほとんどの場合はシディを通じて。

――シディ？　兵士よ、説明したまえ。ただ単語を投げつけるだけでなく。

――東アフリカから来た奴隷たちの子孫のことです。いたるところで、背中に巨大な水の袋を背負ったシディたちを見かけます。本来なら牛が背負うような荷物です。彼らはよく、単数でシディ、複数でシディズと呼ばれます。

――どうして反乱者はその者たちを使うのだ？

――体制の外側にいる者たちだからです。あらゆることを困難にする家族、一族、家系といった絆がありません。

――急ぎたまえ、兵士よ。その謎を早く解きたくてたまらない。私はもうそれほど長くはここにいない気がするんだ。

――シンドにですか、サー？

――この地上にだ。

――そういう感覚は、ほとんどが錯覚です。

――私がまだ生きているのは、生が無意味だからにほかならない。

――どういう意味です、サー？

――弾が一発、私の鼻の右脇から入って、耳の上へ抜けようとした。私は草の上に寝かされて、ふたりの軍医が弾を取り出そうと悪戦苦闘した。弾は骨の奥深くに埋まっていて、いくら引っ張っても取り出せなかった。頬に三インチの穴を開けても、やはりだめだった。軍医のひとりが、親指を私の口に突っ込んで押しつけ、もうひとりが引っ張った。そうしてようやく、弾は飛び出てきた。大量の骨のかけらとともにな。それ以来、窒息しそうな感覚が規則的に襲ってくる。脚も折れた。弟がある程度しっかり縛ってくれて、治癒した。だが治癒の仕方があまりに悪くて、何年もたってからまた同じところが折れて、新たに添え木を当てなければならなかった。それ以来、一歩歩くたびに痛む。そして夜はリューマチのせいで眠れない。これらすべてに、いったいどんな意味があるというんだね？

——閣下は意味のある仕事をしておられます。

——本当にそう思っているのかね、兵士よ。ほとんどの者は、私をもう終わった人間だと見なしているようだが。

——サー、少しデリケートな質問をしてもよろしいでしょうか。

——してみたまえ、兵士よ。

——閣下が背負われている責任——これほど複雑で理解不能で多彩な国に対して背負われている責任を、重荷に感じることはないのですか？

——ない。まったく気にならない。権力を行使することが不快なためしはない。

57　ナウカラム

オーム・プラモダーヤ・ナマハ。サルヴァヴィニョパシャンタイェ・ナマハ。オーム・ガネーシャヤ・ナマハ。

——今日は、あたしがどうやってバートン・サーヒブの命を救ったかを教えてやろう。あんたはそれだけの仕事をしたからな。辛抱強く待ってくれた。きっと好奇心ではちきれそうだろう。始まりは、バートン・サーヒブが刑務所にいるって、あたしが聞いたことだった。いや、違う。あたしが聞いたのは、ミルザ・アジズの部下たちの何人かが逮捕されたってことだ。ミルザ・アジズがバートン・サーヒブの親しい友人だってことは知ってた。サーヒブは、何日かミルザ・アジズのところで過ごすって言って家を出たんだ。そのサーヒブが帰ってこないもんだから、あたしは、もしかしたらほかの奴らと一緒に逮捕されたのかもしれないって思ったんだ。

——イギリス人の士官が？　そんなことがあり得るか？

——まったくだ。だからあたしは、まずバートン・サーヒブの上官に会いにいった。でも上官は、まったく興味がなさそうだった。バートン大尉はしょっちゅう行方不明になるって言った。今回の行方不明だけが特別なわけがないだろうって。そのときあたしは、バートン・サーヒブがミヤの格好をしていたことを思い出したんだ。ということは、ほかの人間の前では本当のことを話すわけにはいかないだろう。そんなことをしたら、ミルザ・アジズは体面を失うだろうし、バートン・サーヒブは変装してたことで永遠に恥をさらすことになる。

——牢で正体を明かすことはできたのでは？

——あたしも最初はそう思ったよ。でも考えれば考えるほど、疑いが募っていった。みんなそろってひとつの牢に入れられてるとしたら、バートン・サーヒブが警備兵とふたりだけで話したいなんて言えば、ほかの者たちは、サーヒブが自分たちを裏切ろうとしてるって思うだろう。だから、バートン・サーヒブは全員が釈放されるまでじっと待つ可能性のほうがずっと大きいような気がしてきた。あたしの主人は、一晩くらい牢で過ごすことを恐れるような人間じゃなかった。それどころか、そんな経験さえ楽しんだと思うよ。

——だが一晩ではすまなかったんだな。

——三日たって、あたしは真剣に心配し始めた。でも誰に相談すればいいかわからなかった。スコット大尉は測量部隊を率いてシンド北部へ行ってしまった。バートン・サーヒブは、もうずいぶん前からあの部隊では働いてなかった。目が炎症を起こして。ほかには、バートン・サーヒブの活動について詳しく知っている人なんていなかった。もちろん将軍は別だよ。でも、どうすればよかったんだ？ 本部へ行って、シンドの支配者に会わせてくれと頼めばよかったのか？ あたしはもう一日待った。そして牢まで行った。イギリス人は、敵を町の東の丘にある要塞に閉じ込めてた。いやね、はっきり言うと、見ただけで怖くなるよ。山みたいな建物でね。片側だけしか開いていない門を見て、最後の勇気も萎えそうになったよ。ものすごい大きさの先の尖った鉄の棒がついてて。象と闘うための棒なんだ。昔はそういう用途だったんだよ。その横を潜り抜けたときには、全身が震えたよ。門を通ったら、ふたりの退屈そうなセポイに話をつけなきゃならなかった。あたしは、司令官に会わせてほしいって言った。だけどセポイたちは、あたしを通そうとしなかった。なんの用か教えろって言うんだ。あたしは拒否した。そして、自分はイギリス人士官の召使だって付け加えた。それでようやくセポイたちは、あたしを司令官のところへ連れていってくれた。なんて部屋だったことか！　窓は小さかったけど、そこから国中を見渡せた。あたしは司令官に、間違ってイギリス人が、それも士官が逮捕されたって伝えた。もしそういったことがあったのなら、私は当然知っているはずだって、司令官はそっけなく答えた。いや、ご存じないかもしれませんよって、あたしは慎重に反論した。スパイで、変装してるんです。だからお気づきにならないかもしれませんって。司令官はあたしの言うことを信じなかった。でもあたしの粘りに感心してくれた。あたしは、バートン・サーヒブの外見を描写した。家を出たときに着てた服まで全部。司令官は苛立ってた。でもあたしはうまく気をそそったよ。司令官は最後には、まあ見てみようって言うと、立ち上がった。そして、あたしに門のところで待つように言い渡した。しばらくして、あたしはまた呼ばれた。もう一度あのどっしりした門を通ると、心臓が狭い隙間を潜り抜けようとするみたいに縮み上がったよ。思ったとおりだったって、司令官は言った。お前が描写した男は、明らかにイギリス人ではないぞって。どうしてわかるんです？　って、思わずあたしは言った。そうしたら司令官はにやりと笑うんだ。我々はその男に、服を脱ぐようにと礼儀正しく頼んだ。男は割礼を受けていたし、おまけに我々の言葉をひとことも解さなかった。そりゃ、ほかの者たちの前で認めたりしませんよって、あたしは言い返した。それに、割礼だって受けてます。最近割礼を受けたばっかりなんです、まさにこういうときのために。まさか！　イギリス人は割礼などしない。それより、お前がどうしてこんな嘘をついたかのほうに興味があるな。司令官の声の響きは、どんな威嚇の身振りよりも怖かった。お前がなにを企んでいるのかをはっきりさせなくてはな。これであたしも終わりだって思ったよ。

58　無敵の男

死が押し入ってきた。わずかな畑は、説明しがたい輝きを放つ白い灰に薄く覆われていて、わずかな植物たちが、老人の皺だらけの肌に生えた無精髭のように伸びている。河床は水が蒸発し、悪臭を放つ泥になっている。木々はすっかり干からびている。ミルザ・アブドゥラは、皆と同じように休息をとっていた。部屋のなかのほうが外より涼しく、素晴らしい昼餐の後で体は重い。叫び声が聞こえた。浅い眠りのなかにつけられる醜い足跡。物音がどんどん大きくなり、霧のようにたち込めた。悪夢にしてはうるさすぎる。どんどん近づいてくる。ドアが叩きつけるように開けられ、数人の男たちがなだれ込んできた。そしてミルザ・アブドゥラの腕をつかんで床に投げ落とし、体を蹴りつけた。後頭部に一撃が襲ってきた。気を失う前に、体を探るいくつもの手の感触があった。体の下にぬるぬるしたものがあり、頭が冷たかった。しばらく時間がたってようやく、暗闇のなか、自分の足を触ってみることができた。ほかに誰がここにいる？　そう言った声は、自分でも不気味だった。まるでかさぶたに覆われたような声。

——おお、我らが友人のお目覚めだぞ。

——俺たち、捕まったんだ。

——誰に？

——おいみんな、聞いたか？　異邦人っていうのは無知でいいなあ。誰だと思うんだ？　イギリス人に決まってるだろう。

——イギリス人にだって！

——ああ。でもいい知らせがある。ミルザ・アジズは逃げることができた。奴らが家に踏み込んできたとき、ひとりだけ眠っていなかったんだ。

——マッシャラー。

——悪い知らせもある。ミルザ・アジズが逃げたんで、イギリス人は居所を知りたがってる。だから、それを知るまで俺たちを痛めつけるだろう。

——我々はミルザ・アジズの居所を知っているのか？

——いや。俺たちの誰ひとりとして知らない。だからといって、痛みを味わわずに済むことにはならん。だが、あんたの場合は少し違う。あんたは、旅の途中だってこと、ペルシア出身だってこと、たまたまミルザ・アジズの家にいたってことを説明できるかもしれんぞ。

——そんなことをしてなんになる？

——残念ながら、ほとんどなんにもならんだろうな。たとえ信じてもらえたところで、あんたがシャーとつながっているっていう疑いが強まるだけだろうし。

——ミルザ・アジズとの友情の付けを払うときが来たってわけだ。

皆は再び沈黙に身を任せた。まともに祈ることさえできなかった。天井が低すぎて、まっすぐに立つことができないのだ。それに方角もわからない。床がきしむ音がして、明かりが見えた。彼らのいる空間を初めて照らすたいまつの火だ。そこは狭い房だった。重い壁。タワに載せたぐちゃぐちゃした米が、セポイによって一同の真ん中に置かれた。皆、汚れた手で食べねばならなかった。ともに囚われた者たちが、ミルザ・アブドゥラを試すように見つめた。おそらく、この男を信頼していいものかと自問しているのだろう。やがてたいまつは消えた。それからいくらもたたないうちに、ひとりが牢から連れ出された。そして長いあいだ戻ってこなかった。いまが昼なのか夜なのかもわからない。連れていかれた男は、戻ってきたとき、どんな目にあったかを話すこともできないありさまだった。不安のせいで狭い房はさらに息苦しくなった。

59　ナウカラム

オーム・ドゥルジャヤーヤ・ナマハ。サルヴァヴィニョパシャンタイェ・ナマハ。オーム・ガネーシャヤ・ナマハ。

――司令官は、あたしの背後にいたセポイにうなずきかけた。もしもあたしが万一のための準備をあらかじめしてなかったら、きっとそいつがあたしを打ったに違いない。でもあたしは証拠を持ってきてたんだ。あれはあたしの人生でも滅多にない冴えた瞬間だった。待ってくださいって、あたしは叫んだ。ちょっと待ってください、お見せしたいものがあります。そしてあたしは、袋のなかに手を突っ込んで、バートン・サーヒブの軍服を取り出したんだ。それにほかにもこまごましたものをいくつか。信じてください、嘘なんてついてません、なんでも質問してみてください、あたしは第十八歩兵連隊のことならなんでも知ってます。ほかの将校たちの名前も知ってます。お願いです、捕らえられている男を牢から連れ出して、ひとりきりになったときに訊いてみてください。わかった、って司令官はゆっくり言った。だがお前も一緒に来るんだって。ふたりのセポイに伴われて、あたしたちはひとつの部屋へ入った。床はむき出しで、家具はひとつもなかった。いくらも待たないうちに、バートン・サーヒブが連れられてきた。その姿を見て驚いたよ。この男を知っているかね？　って、司令官がバートン・サーヒブに訊いた。バートン・サーヒブはなんの反応も見せなかった。司令官は、同じ質問をセポイに地元の言葉に通訳させた。知らんって、バートン・サーヒブは答えた。一瞬もためらわずに。司令官はあたしを疑わしそうにじっと見てから、またバートン・サーヒブに向き直った。だがこの男は君を知っていると主張しているがね。君に仕えているということだが。それどころか、君はイギリスの士官だと言い張っているんだよ。まずセポイが通訳しなくちゃならなかったんで、バートン・サーヒブの答えがあたしたちに届くまで、しばらく時間がかかった。俺にそんな話をする目的がなんなのか、さっぱりわからないな。もう言ったじゃないか、俺はペルシア出身の商人で、今回のことにはなんの関係もないって。司令官はしばらく考えこんだ。それから、あたしとセポイに部屋を出ていくように命令した。ふたりが部屋のなかでなにを話したのかは知らないよ。バートン・サーヒブは、あの後も決してあの日のことはあたしと話さなかったから。ふたりが出てきたのは、一時間もたった後だった。ふたりともあたしのことは無視した。司令官は自分の部屋に戻って、バートン・サーヒブはあの重厚な門を通って外に出ると、トンガを呼んで、乗り込み、走り去っていった。あたしのことは待っててくれなかった。あたしが家に戻ると、バートン・サーヒブはもう寝ていた。汚い服を着たまま。あたしは風呂の用意をした。バートン・サーヒブがなにを怒っているのかわからないけど、怖かった。でもサーヒブは目を覚ますと、あたしをいつもと同じように扱った。敵意は感じられなかった。あたしはさっきの話を切り出す勇気がなかったし、サーヒブのほうもあのことは一言も話さなかった。ほのめかすことさえしなかった。

――じゃあその話はそれ以上なにも知らんのか?

――いや。盗み聞きしたんだ。バートン・サーヒブが師たちのひとりと話しているのを。すぐに正体を明かすべきだったたって師がサーヒブに言った。君の闘いじゃないんだぞ！　そんなに簡単に、自分の立ち位置を取り替えられると思っているのか。君がそうしたのは虚栄心のせいに過ぎない。バートン・サーヒブはそれに答えてこう言った。あなた方はいつも、大雑把な枠組みでしかものを見ない。友と敵、我々と君たち、黒と白。その中間にもなにかがあるんだってことを想像できませんか？　私は別の男になれば、その男として生きるのがどんなものか、感じることができるんです。それは君の思い込みだって、師は言った。変装をしたからって、魂まで変えることはできないって。ええ、もちろんできません、ってサーヒブは答えた。でもその男の感情は持つことができます。感情は、他人が自分にどう反応するかに基づくものだし、それを私は感じ取ることができるんですからって。はっきり言ってね、それを聞いてあたしは感動したよ。バートン・サーヒブの言葉は、ほとんど懇願するみたいに聞こえた。それくらい、サーヒブは自分の言葉が真実だって信じたがっていたんだ。でも師は容赦なかった。好きなだけ変装をすればいい、だが我々のひとりであることがどんなものか、君が知ることは決してない。君はいつでも変装を解くことができる。君にはいつでも、その最後の逃げ道が残されている。だが我々は、この体のなかに閉じ込められているんだ。断食と飢餓は同じものではないよ。

60　恐ろしい姿について

やがて、バートンが連れ出される順番が来た。バートンは、ほかの者たちは自分が裏切ることを予想しているだろうと考えていた。そして、この変装に忠実であろうと心を決めていた。最初の障害、最初の難関ですぐに変装を捨てて、大英帝国の保護という安全な港に逃げ帰るようでは、そんな変装になんの意味があるだろう？　それではすべてが卑しい、なんの価値もないものになる。獲得した友人たちの目を、今後二度とまっすぐ見られなくなる。尋問が行われるらしい部屋はだだっ広く、床は平らではなくて、壁はあちこちがへこんでいた。たったひとつの机の前に座るイギリス人を、バートンは知っていた。マクマード少佐の同僚だ。後になってバートンは、そのイギリス人が一度たりとも立ち上がらず、ずっと窓際に座ったままで、書類を読み、たまになにかを書き付けていたことを思い出すことになる。そのイギリス人が、バートンが味わった痛みのすべての原因だったにもかかわらず、本人は痛みを加える作業にはほとんど関与しなかったのだ。ひとりのセポイがバートンを尋問した。まずは名前と出身地。そしてミルザ・アジズとの関係。バートンはできる限り正直に答えた。予想どおり、尋問担当の男たちは、バートンがペルシア人だと言うと、耳をそばだてた。イギリス人士官も、隣の小柄な通訳からその情報を伝えられると、目を上げた。ミルザ・アブドゥラは、士官の目のなかに、思いがけない成果への、そして昇進への欲を認めた。この士官は、謀略のにおいをかぎつけたのだろうか？　バルチスタンよりも遠く、ペルシアまで、そしてそうであるからにはきっとアフガニスタンまでをも含み、さらに——もしかしたら——はるかロシアにまで及ぶ謀略の？　そんな謀略を暴けば、地位と年金の点でたっぷりと報われるであろうことは疑いの余地がない。士官はこの謀略をめぐるさまざまな問いを発しはじめた。自分の期待になるべく近い答えを聞きたがった。そして、別の方向を指す答えは苛立たしげに聞き捨てた。ミルザ・アブドゥラは、マニラ煙草に火をつけたこの士官を、無能であると後から密告してやろうと決めた。視野の狭い質問の数々に耐えられなくなり、士官を罵った。通訳がそれを無害な表現に緩めたことに気づいた。だが尋問者たる士官はミルザ・アブドゥラの口調をとらえて、再び目を上げた。ミルザ・アブドゥラは、違うなにか、よく知っているなにかをその目に認めた。それは、現地人が厚顔にも口答えすることに対する怒りだった。現地人が声を荒げることに対する怒り。それは、イギリス人の多くを憤怒に突き落としかねない、許しがたい恥知らずな振る舞いなのだった。次の瞬間、背後からたらい一杯の冷たい水を頭に浴びせかけられた。囚人は昔は裸にされたものだって聞いたことがあるがな、と一番階級の高いセポイが言った。理解できんよ。濡れた服を着たままのほうが、ずっと寒いのにな。きっとお前は知っていることをすすんで話す気はないんだろうな、と机の向こうの士官が言った。だから、これ以上おしゃべりと礼儀正しいやりとりで時間を無駄にすることはない。我々がお前をどうするつもりか、見せてやろう。通訳が訳し終わるやいなや、ミルザ・アブドゥラは殴打されるのを感じた。膝に、背中に、腎臓に。痛み以外のすべての感覚が消えていくのを感じた。膝をつき、横ざまに冷たい床に倒れた。全身が震え出した。拷問係のひとりが、ミルザ・アブドゥラの顔の上にブーツを載せて、その姿勢でしばらく留まったまま、穏やかな声でこう言った。お前の父親を焼き殺してやる。しばらくのあいだ全員が黙っていた。やがて士官がさらなる問いを発した。だがその問いは、あまりに愚かしく本筋をそれたものだったので、たとえ答えようと思ったとしても無理だっただろう。ミルザ・アブドゥラは床に身を丸めた。体を起こそうとすると、左肩が引きつれる感覚があった。要求された事柄を自分がなぜ知らないのかを、説明しようとした。自分は旅をしているただのバザズである、と。耳のすぐ後ろで、待ち構えていたかのような声が聞こえた。もっと別の目にあわせることもできるんだぞ。お前を女に変えることもできる。それにこの棒——ミルザ・アブドゥラは、肛門に軽い痛みを感じた——これをお前のカイバル峠に突っ込んでやってもいいんだぞ。お前たち、そういうのが好きなんだろう、え？　その瞬間、ミルザ・アブドゥラは、一番階級の高いセポイがベンガル人であること、おそらくヒンドゥー教徒であることを悟った。そして、イギリス人士官の出世欲と、その右腕たる人間が持つイスラム教徒に対する嫌悪感が、どれほど致命的に絡まりあっているかに気づいたのだった。まるで自分自身の手のなかにあるかのように、煙草の匂いがした。このかび臭い森の地面のような匂いは、そのうち腐敗の匂いに変わるだろう。ミルザ・アブドゥラが最後に感じたのは、自分の耳だった。後になってみると、焦げた肉の匂いしか思い出せなかった。

61　ナウカラム

オーム・ヴィカターヤ・ナマハ。サルヴァヴィニョパシャンタイェ・ナマハ。オーム・ガネーシャヤ・ナマハ。

――怪我は驚くほど早く回復した。でもバートン・サーヒブは抜け殻だった。もうあの国になんの興味もなくなったんだ。何日もベッドに寝たままで過ごすこともあったよ。ときどき新聞を読んだ。ほかにはなんにもしなかった。ただ寝そべったまま、目を閉じることさえしないんだ。人間が本来の性質にそむいた行動を取るっていうのは、恐ろしいもんだよ。あたしが部屋でなにか用事をしてても、バートン・サーヒブがそれに気づいてるのかどうかもわからなかった。突然、声が聞こえた。ナウカラム、ここを出なくては。バローダへ戻るんですか、サーヒブ？　ってあたしは訊いた。それは無理だ。ここから出ようと思ったら、イギリスに戻らなくては。

――バートン・サーヒブは士官としてイギリスでどんな仕事をするつもりだったのかね？

――あたしにもわけがわからなかったよ。あのときはね。でも、バートン・サーヒブが病気のふりをし始めたときには、すぐに悟った。まずサーヒブは、苦しんでいるふりをした。ほかの人間がいる前で、自分がどんなに惨めな気分かって愚痴をたれた。朝の点呼にも行かず、士官食堂も避けた。駐屯地の医者を訪ねた。少なくとも六フィートはありそうな、ごっついバルチスタン人ふたりに支えられて。医者は憂慮を示した。そして、酒は飲むか、煙草は吸うかと訊いた。煙草は一本もやりませんってバートン・サーヒブは言った。酒はときどきグラス一杯くらい、でも飲み干すことは滅多にありません。

――本当にそうなのか？

――あのころには、夜に酒瓶を何本か空にしてたよ。でも煙草はやらなかった。それは本当だ。あたしがサーヒブを牢から救い出して以来、マニラ煙草の匂いに耐えられなくなってた。どうしてなのかは知らないよ、訊かないでくれ。バートン・サーヒブは、ドアの前に見張りを立たせて、訪問客が来たらあらかじめ知らせるように言い渡した。客が入ってきたときには必ずベッドにいられるように。そして、夜の八時にはもう、おやすみっていう伝言を同僚たちに届けさせた。もちろんそういう噂は、医者にまで徐々に届くものさ。バートン・サーヒブは、軍に対するノスタルジーを口にし始めた。それに、軍を去ることになったら自分の人生はめちゃくちゃだとか、そういうことを。そしてあたしに、部屋を片付けるのを禁じた。掃除もだめだっていうんだ。だからカップがあちこちに放置されて、湿ったトーストがテーブルに載ったままになった。気持ち悪い光景だったよ。あの何週間か、あたしにはほとんど仕事がなかった。サーヒブはあたしに金をくれて、町で楽しんでこいって言った。あたしの仕事はたったひとつ、夜遅く、誰も見ていないときに、サラダとカレーとシャーベットとポートワインを載せた盆をサーヒブに運ぶことだけだった。食材は全部、サーヒブが信頼を置く友人が手配していた。サーヒブは昼間は部屋を暗くして、夜には決して明かりをつけなかった。なにかを飲んで、それで気分が悪くなって、あたしに朝の二時に医者を迎えにやらせた。そして遺言を机に載せて、医者に、最後の意志――イギリス人は遺言のことをそう呼ぶんだよ――の執行人になってほしいって頼んだ。医者はすぐに応じた。たぶん寝たかったんだろう。それからいくらもしないうちに、医者はバートン・サーヒブが勤務不可能だって確信するようになった。そして、病気による二年間の休職を勧める手紙を書いてくれた。二年間だぞ！　イギリス人は同胞には手厚いんだ。サーヒブは休職期間中も俸給を受け取ってた。あたしたちはまず一年間、国中を回ったよ。ウーティまで行った。あんたは知らないだろうが、山のなかにある町だよ。南の、ここからうんと遠いところだ。そこからもわかるだろう、バートン・サーヒブが本当はどんなに元気だったかって。ところがそこで、下るかもしれないってときには必ず下される正義の裁きが、ついに下された。バートン・サーヒブは本当に病気になったんだよ。本当にものすごく重い病にかかった。あんまり重病で、ほとんど死にかけたんだ。

62　死ぬことなしに

ネイピア将軍への報告

極秘

　閣下は私に、ミル・カーンに率いられた反抗的なバルチスタンの部族長たちが我々の計画の多くを事前に知っており、あらかじめ警告を受けて適切な時期に逃げたり身を隠したりできる状態だった理由を探り出すよう、お命じになりました。私は数カ月にわたりこの件で各地を回り、バルチスタン人たちが落ち合う場所を数え切れないほど訪れて、どんな声にも注意深く耳を傾けました。ですが、つい最近になるまで、我々の側に裏切り者がいる徴候はひとつも見つかりませんでした。最後にお会いした際、閣下は私にもうひとつ命令を下されました。イギリス士官が〈ルパナル〉と呼ばれる売春宿に出入りしているか、しているとしたらどの程度なのかを調べるという命令でした。ですが閣下は、バルチスタン人と売春宿というふたつの問いが互いに関連があるとは、きっと夢にも思っておられなかったことでしょう。私は二つ目の任務にも従事しました。結果、残念なことに、非常に不愉快な事実をご報告せねばなりません。〈ルパナル〉がほかの売春宿と異なるのは、内装でもサービスでもなく、ただひとつ、体を売っているのが女ではなく、青年か、または女装した男だという点です。青年は若くない男の二倍の値で売られています。それは青年が世界で最も美しく高貴な生き物であり、青年への愛は最も純粋な形の愛情だから——どうやらこの地のスーフィー教徒たちはプラトン主義からこの考え方を受け継いだようです——という理由のみならず、青年たちのことは、陰嚢を手綱にして犯すことが許されるという理由にもよります。この売春宿を数人のイギリス人士官が定期的に訪れていることを、いまや私は確信を持ってご報告できます。ほとんどの士官は好奇心や退屈のせいでここを訪れるのであり、そういった者たちはこの場所の誘惑に打ち勝つことができると考えていいでしょう。しかし、この場所でまさにそれまで探していたものを見つけてしまう者もいます。私が特筆すべきだと考えるのは、同意した覚えのない行為を自らの意に反して強制された者たちの場合です。〈ルパナル〉の所有者であるエミールは、白い肌の若い男性たちに通じており、私の情報提供者によれば、すでに何度か彼の店を訪れたイギリス人客を泥酔させて、すっかり意のままにするか、意識のない状態で思いのままにあやつってきたそうです。エミールがそうした手段で、我が国の支配によってもたらされた屈辱に復讐しているという推測もあり得るでしょう。しかし、私の見るところ、エミールはただ金髪で体毛のない青年の美しさに欲情しているに過ぎません。私のもとには、こういったグリフィンたちのひとりが、翌朝戸惑いながら、地元の酒は臀部に興奮をもたらすと言ったという報告が上がってきています。こういったすべては、多少の嫌悪感を催させるものではあっても、我々の安全保障面にとっては無害であるという結論を出すことができないのは、我が国の士官のなかに、この〈ルパナル〉で決して漏らしてはならない秘密を漏らした者が何人もいるからです。私は、この売春宿を定期的に訪れる、経営者の親戚でもある情報提供者に、閣下に士官たちの名前は告げないと約束しました。この情報提供者によれば、すでに何度も、エミールにとって重要な情報が、泥酔しているか、恍惚状態にあるか、または情事後の寛いだ状態にあるイギリス人士官の口からうっかり漏らされてきたということです。そして〈ルパナル〉の経営者であるこのエミールが、ミルザ・アジズと義理の兄弟であることを考え合わせれば、我々の大いなる頭痛の種であるネットワークがどのように結ばれているかが明らかになるのです。

63　ナウカラム

オーム・ムリトゥニャヤーヤ・ナマハ。サルヴァヴィニョパシャンタイェ・ナマハ。オーム・ガネーシャヤ・ナマハ。

ラヒヤは書いた。親愛なる読者諸氏よ、私のこの書は、あなた方の慈悲深く注意深い直観という首にかけたい、選び抜かれた真珠の首飾りである。親愛なる読者諸氏よ、私が書いたこの物語は、あなた方の温かく共感に満ちた感性という手に握らせたい、香り高い花である。親愛なる読者諸氏よ、私のこの作品は、あなた方の鋭く広範な知恵という頭にかぶせたい、上等の絹地である。

ここでラヒヤはペンを置くと、文書全体を読みなおした。一度、そしてもう一度。夜は灰色になりつつあり、ラヒヤはそこに書かれたものの非の打ち所のない完璧さに感動した。涙が出そうだった。もちろん、弱点や間違いがないわけではない。もう一度最初から書き始めることができるのなら、そのときは……はん、くだらない考えだ。決定的に重要なのは、この作品が著者であるラヒヤ自身を凌駕していることだ。まるで自分から生まれたのではないかのように、自分がすべてを導き出したのではないかのように、力強く、異質なのだ。ラヒヤは、エローラのカイラーサナータ寺院を造った名前もわからない建築家が、自身の建築作品に彫り込んだ言葉を思い出した。創造者たる者がかつて残したなかで最も偉大な言葉——私はいったいどうやってこんなものを創りあげたのか？

あともうひとつだけ、しなければならないことがある。作品の最後は、たとえそれがたった一段落であろうと、ラヒヤ自身が書いてはならない。誰ひとり、物語全体を知るべきではない。誰ひとりカイラーサナータ寺院の全体像を見渡すことができないのと同じだ。ラヒヤは妻を呼び――先ほどから妻が早朝の家事をする物音が聞こえていた――、頼みを伝えた。妻は驚き、ほんの一瞬反抗心を覚えて、夫の頼みを断ろうかと考えた。だが結局、承知した。この仕事が終われば、ふたりの生活は、ナウカラムとかいう男が現れて夫の頭をおかしくしてしまう以前と同じに戻るだろうと期待したのだ。ラヒヤは妻にくだくだしく礼を言うと、大儀そうに立ち上がり、部屋を出ていった。今日はラヒヤが集まる通りには行くつもりはない。今日はなにも書かない。おそらく明日も。そしてその後は――誰にわかるだろう。バートン・サーヒブ――とりとめのない記憶が脳裏を漂った――は、ナウカラムによれば、ヒンドスタニー語ではひとつの同じ単語が「明日」と「昨日」の両方を表すことに対する驚きを表明したことがあるという。そこからどんな結論が導き出せるだろう？　「一昨日」を表す言葉は、「明後日」を表す言葉とは違うではないか？

ナウカラムはラヒヤが時間どおりにやってこないことに驚いていた。これまで一度もなかったことだ。ひとりの女が、埃っぽい通りを歩いてくるのが見えた。全身から強さを放っているような女だ。ほかの代筆屋が数人、女に挨拶した。女はナウカラムを検分するようにじっと見つめると、あなたは誰か、と尋ねた。そして、自分はラヒヤの妻であると名乗った。夫は今日は来ることができない、申し訳ない、と伝えにきたという。ラヒヤが妻をここへ寄越したのは、物語の終わりを自分では知りたくないからだ、と。

――なんでです？

――古い伝統です。誰もマハーバーラタをすべて読んではならないのと同じです。

――それは知らなかったな。似たようなことを一度、バートン・サーヒブから聞いたことがありますよ。サーヒブはあたしに、アラビア人は千夜一夜物語を全部聞き終わったら一年以内に死ぬって信じてるんだって、教えてくれたんです。

――迷信ね。

――ご主人はサティヤ・ショダク・サマジに属してるんじゃないんですか？　だからどんな迷信も軽蔑してるんだとばっかり。

――主人は言い伝えって呼んでます。人間はみんな迷信深いものよ。その迷信に別の名前をつける人間もいるっていうだけ。さあ、始めましょうか？　あまり時間がないのよ。今日の午後には、孫たちが来るものだから。

――じゃあ、支払いは？　ご主人は支払いのことはなんて言ってました？

――なにも言ってなかったわ。たぶん忘れたんでしょう。でもね、主人はきっと、あなたからもうじゅうぶん受け取ったと思いますよ。支払いのことは忘れましょう。

――ご主人への支払いじゃなくて、あたしへの支払いですよ。

――あなたへの？

――ご主人に支払ってもらわなきゃならないんで。

――どういうことなのか、さっぱり。

――そういう約束なんですよ。あたしが最後まで話をする報酬として、ご主人があたしに金を払うっていう。

――とても信じられないわ。主人はきっと頭がどうかしちゃったのね。いつからそういう取り決めなの？

——昨日今日の話じゃありません。もう一、二週間になりますね。でなきゃあれ以上話なんてしなかった。奥さんならご存じでしょ、あの人、知りたがりで。

——あの人、すっかりおかしくなったんだわ。そんな話、聞いたことがある？　客にお金を払うラヒヤだなんて。あなたが来てからずっと、あの人は変だった。でもそんなことまでするんじゃ、すっかりいい物笑いの種じゃないの。

——それは奥さんが誰かに話せば、でしょう。あたしたちは、このことは誰にもひとことも漏らさないって約束したんですよ。

——うんと説教してやらなきゃ。

——この話はしないでください。お願いしますよ。あの人のたくさんのものを壊しちまうことになる。

——あなた、今度はいったいなんなんです？　主人の同盟者？　あなたたちふたり、いつも喧嘩ばかりだったじゃないですか。私は知ってますよ。だって主人がいつも愚痴をこぼしていましたからね。

——あたしたちはふたりで旅をしたんです。これはすごいことですよ。どうか、このまま触れずにそっとしておいてあげてください。

——わかったわ。さて、じゃあ私たちは、話の最後をどうするの？　実を言うと、私には興味がないんだけど。それにお金も持ってきていないし……

——なにもいただきません。これはあたしからご主人へのお別れの贈り物ってことにしましょう。まあ、ご主人はきっと読まないでしょうけど。でも、もしかしたらそのうち意見を変えるかもしれませんしね。書き取ってください。長くはありませんよ。最後だけ話さずに終わらせるわけにはいきませんん。

——わかったわ。最終章に題名はあるの？

――船の上で。船の上でって書いてください。それから、フィランギの国へ到着って。

――いい響きね。

――奥さんも、ご主人みたいにたくさん感想を挟む人？

――いいえ、これからは黙ってるわ。見ていてごらんなさい、ため息ひとつ、私の口からは漏れないから。

――船の名前はエリザでした。あたしは、死の船だと思いました。バートン・サーヒブはひどい有様でした。体は弱ってて、背中は曲がってるし、目は落ち窪んで、声には張りがありませんでした。バートン・サーヒブは、故郷へ帰る許可をもらったんです。故郷で回復をはかるようにって。まあ、そもそも回復すればの話だけどって、あのころは思ってましたね。そう、あたしは、あの船は死の船だと思ってました。あたしだけじゃありません。ボンベイで、サーヒブの友達のひとりがこう言ったんです。君の余命が長くはないことは顔に書いてある。私の言うことを聞きたまえ、国に帰って、国で死にたまえって。船出してすぐに、風がまったく吹かなくなっちまいました。水はまっ平らで、バートン・サーヒブは、この海は波の墓場だって言いました。あたしはできる限りサーヒブのお世話をしましたよ。主人が死んじまったら、見知らぬ国でどうすればいいんだって思ってました。あたしも死ぬんですか？　あたしの不安は、とどまるところを知りませんでした。でも、やっと風が吹いてきました。そして、南東からの強い風を受けて、あたしたちは健康っていう大海原に乗り出していったんです。バートン・サーヒブは驚くほど早く回復して、イギリス人の国に着く前に、すっかりもとどおりになってました。あの時のあたしたちは、後にも先にも二度とないくらい親密でした。サーヒブはあたしに、シンドでなにがあったのか、どうして最初、後から本当に重い病気になるとも知らずに病気のふりをしたのか、教えてくれました。イギリス人のあいだで、バートン・サーヒブが――奥さんにこんな話、申し訳ないけど——男が体を売る売春宿に出入りしているって噂が立ったんです。バートン・サーヒブは情報活動をやりすぎたって言われたんです。ただ調べるだけじゃなくて、実際に試してみたんだって。サーヒブの名声に傷がついちまいました。でも、本当のことを知っていたサーヒブの上官たちは、かばってくれなかったんです。上官たちは、無条件の忠誠心が足りないって、サーヒブに対して怒ってたんですよ。あたしには、サーヒブの苦しみが、自分の苦しみみたいに思えました。これまで生きてきて、あたしたちの神聖な師たちが説く他人への共感ってやつに、あれほど近づいたことはありませんよ。やがて、港が近づいてきました。プリマスっていう名前の。で、あたしはついにこの目で見たんです。イギリスって国を。遠くから、みずみずしい緑と柔らかくうねる丘が見えました。乗船客たち、特に長いあいだ灼熱の国か砂漠の国で勤務してきた人たちは、目を潤ませてました。でも、あたしほど目を大きく見開いてた人間はほかにいなかったって、自信を持って言えますよ。あの人たちがイギリスって呼ぶあの国がどれほど美しかったか。とても信じられないくらいでした。バートン・サーヒブのほうを向いて、あたしはこう言いました。いまでも、一言一句はっきりと覚えてます。無理強いされたわけでもなければ、必要もないのに、こんな楽園を去って、あたしたちのところみたいな神様にも見捨てられた国へわざわざやってくるなんて、あなたたちイギリス人っていうのは、いったいなんて人たちなんですかってね。

64　果てしなき自覚

将軍はこの報告書に、これまでの人生で読んだほかのどんな手紙も及ばないほど、何度も目を通した。そして筆者である兵士を、己の義務を遂行したがために見舞われるであろう結果から守ってやる道を探した。筆者は「多少の嫌悪感を催させる」などという表現ではとても生ぬるい、とんでもない沼地に足を踏み入れてしまったばかりではない。存在してはならないものを暴いてしまったのだ。そのせいで、この事件にまつわる否定的な印象が、ことごとく彼個人にも降りかかってくることになるだろう。おまけに彼は、地元民に約束したからという理由で、情報の一部を――少なくとも書面では――明らかにすることを拒否している。これはいい結果にはならないだろう。マクマードは、バートンという男と話がしたいと言った。これまでさんざんよくない噂を耳にしてきたから、と。そこでバートン大尉は、将軍の執務室に呼ばれた。部屋には四、五人の高位の将校が揃っており、バートンは驚いた。将軍が話し始めた。ゆっくりと。疲れているように見える。

――マクマード少佐は、君の調査を続行したいと考えている。だがその場合、君の情報提供者たちの名前と、例の場所を訪れている将校たちの名前を知っておく必要がある。

――我が軍の将校たちの名前は、お教えすることができません。知らないからです。私が潜入したときには、〈ルパナル〉には将校はいませんでした。情報提供者の名前は明かすわけにはいきません。

――なぜだね？

――約束したからです。

――ただの地元民だろう。

――私の髭とコーランにかけて誓いましたので。

――この男は冗談を言ってるぞ。なんということだ、まったく不適切なときに、冗談を飛ばすとは。

――誓いを破るわけにはいきません。

――まさか本気ではないだろう、兵士よ。本気ではないと言ってくれたまえ。

――私はまったく本気です、サー。

――君にとっては、たかが地元民への約束のほうが、我が軍の安全よりも重要だというのかね？

――お言葉ですが、我が軍の安全のために、私はかなりの仕事をしてきました、サー。それにきっと、我々はまもなく別の方法で真実のすべてを明らかにできるでしょう。私は情報提供者の信頼を裏切るわけにはいかないのです。

――決断してもらわねばならんぞ、バートン。その男か、我々か。

――少佐、人は複数の相手に忠誠を誓えるものではないでしょうか。少佐は解決不能の争いを作り出しておられる。


その場に集まった最高位の紳士たちは、もうなにも言わなかった。将軍、その捜索犬であるマクマード、そして副官たち。彼らは互いに目を見合わせた。そしてその視線で、バートンを残りの人生にわたって、軍から、彼らの仲間から締め出した。バートンはその瞬間、自分が大尉より上の階級にたどり着くことは決してないことを悟った。この会合が終わり、彼らがバートンの信頼性の薄さについて書類にしたためてしまった後では、もう決して。バートンには信頼が置けないという評価は、この先どこまでもついて回るだろう。人は性格なら変えることができる。実際、自己にまつわるほとんどすべては変えることができる。ただし、己についての書類だけは変えられない。彼らはなにか致命的なことを書くだろう。たとえば……「現地人についてのバートン大尉の理解、彼らの考え方、習慣、言葉についての造詣は深く、大いに役立つかもしれない。だが、その知識の源泉である現地人へのあまりの距離のなさは、忠誠心の点でバートン大尉に混乱をもたらし、イギリス王室の利益に反するものである。遺憾ながら、バートン大尉の忠誠心の程度は今後我々には予測不能であると断じざるを得ない」

0　冷たい帰還

さんざんな出迎えだった。ナウカラムとバートンは、パン生地のなかに投げ込まれた二粒の干しぶどうのようなものだった。空気は陰鬱で、煙と煤にまみれており、とても吸い込めたものではなかった。冷たい灰色の空はふたりを戦慄させた。町のすべては小さかった。矮小で、卑小で、しみったれていた。ちっぽけな家々は卑屈で、公共の広場には憂鬱がくすぶっていた。それに、食べ物！　原始的で、生焼けで、味がなく、パンといえば耳もない小麦粉のくずに過ぎない。飲み物は、ビールやエールという名を持つ不快なにおいの薬だ。なにを出されても、逃れる術はない――ふたりは野蛮人どもの手に落ちてしまったのだ。続いてやってきた冬はひどかった。木々はどれも、耳障りな音を立てる燭台に似ていた。冷たい霧が根を下ろし、それとともに気管支炎とインフルエンザがやってきた。石炭はしじゅう足りなくなり、ガス圧が低すぎることもしょっちゅうで、ふたりは最も大切な楽しみを諦めねばならなかった――つまり、午後をなんとか耐えるためのチャイを作ることができなくなったのだ。バートンは、この国を再び去って、ここよりはまだましなフランスに家族を訪ねる日が待ちきれなかった。妥協はできなかった。平均的な市民の生活に適応する気はなかった。人を戦慄させるような服を着た。どぎつい色のクルタに、恐ろしく幅の広い綿のズボン、きついゲートルに、ゴンドラの船頭がはくような金色のサンダル。そんな服では凍えそうに寒かったが、それでもかまわなかった。バートンはその姿でロンドン中を歩き回り、クラブに顔を出した。ナウカラムを同伴し、集まった人々の注意が自分たちに向いていることを確認するやいなや、ふたり以外にはわからない言葉で、大声でしゃべった。ときにやりすぎて、インド勤務を経験したということで大目に見てもらえる範疇を超えてしまった。クラブの会員たちは、バートンの挑発に嫌気がさし、バートンの出入りを禁じた。一度など、殴られそうになったこともあった。すでにかなり酔っていた怒れるイギリス人たちを押しとどめたのは、ただバートンの目にある野性的な光のみだった。それは、大英帝国のさまざまな前線での逸話を、皆が互いに披露しあった日のことだった。ノスタルジーと誇張とに飾られた多くの思い出話の後、ひとりの初老の男が目を潤ませながら、誰もが知っている二行詩を披露した。「どこを放浪しようとも、最初で最高の場所は祖国である。それが愛国者の誇りなのだ（オリヴァー・ゴールドスミスの詩）」。そして男はグラスを掲げ、女王と祖国を称えて乾杯した。バートンもともに杯を上げた。ところが、グラスを下ろすやいなや、バートンは大声をとどろかせ、その場にいた多くの人間を全員黙らせてしまった。紳士諸君、いまの乾杯で、とある手堅いジョークを思い出しました。ぜひ聞いていただきたい。きっと忘れられないジョークになること請け合いです。二匹のサナダムシがいました。父と子です。二匹はひとりの人間の尻からひり出され――すみません、でもこういうジョークなんです――、父サナダムシが糞から顔を出し、少し体を震わせて糞をふるい落とすと、周りを見回して、満足げに息子にこう言うんです――まあ、少なくともここは祖国だ。

　ふたりはフランスへ渡った。大陸へ。見ていろ、とバートンはナウカラムに請け合った。大陸での生活のほうが、まだましだからな。サーヒブのお国も嫌いじゃありませんでしたけど、とナウカラムは言った。バートンの両親はブローニュで夏を過ごしていた。つましい暮らしだ。父の年金で、使用人用の小さな別棟が付いた家を借りていた。サッバティーノという名のイタリア人コックが、一家が長く暮らしたピサ時代からずっと仕えていた。ナウカラムとサッバティーノは、ひとつの部屋で共同生活をすることになった。コックはすでに部屋を自分のにおいで埋めつくしていた。それがナウカラムには不快だった。ナウカラムとコックには共通の言語がなく、ふたりの味覚もまた最初から天敵どうしだった。サッバティーノは、自身の習慣を死守することに大いに重きを置く男だった。そして、使用人のなかではコックが一番優位にあると信じて疑わなかった。ほかの使用人たちはコックの仕事を楽にするために雇われているに過ぎないのだと。バートンは滅多に家にいなかった。長い散歩へ出たきり戻ってこないのだ。バートンは自分と同じ民族に属する若い女たちの傍にいることを楽しんでいた。ナウカラムには、この小さな家での自分の地位がよくわからなかった。サーヒブの両親はナウカラムを避け、決して用事を言いつけることはなかった。ひとりで外に出る勇気はなかった。道に迷いそうで怖かったのだ。結局、狭い自室に座って、待つしかなかった。コックのほうは逆に、一日中忙しかった。ナウカラムが仕事中のコックを目にすることは滅多になかった。思い切って厨房へ行くと――ほとんどは、自分自身の菜食主義の食事を用意するためで、これは誰にも任せるわけにはいかない、特にこのムレチャには――、コックは自国の言葉で罵った。コックはいつも罵ってばかりだった。まるで料理を罵り言葉で味付けしているかのようだった。ナウカラムは罵り言葉の響きをいくつか記憶した。バートン・サーヒブがこのコックの国の言葉をも操ることは、驚きでもなんでもなかった。ナウカラムは罵り言葉の響きをいくつか記憶して、バートン・サーヒブに訳してほしいと頼んだ。そしてそれらを丸暗記した。コルベッツォーリ！ペルディンディリンディーナ！　ペルディンチ！　言葉の響きは柔らかかった。割礼野郎どもの吐く言葉に比べれば。なんてことだ！　神よ！　畜生！　ある日の午後、ナウカラムはコックの邪魔になるところに立っていたらしい。コックは謝罪の言葉も、ナウカラムがそこをどくのも待たずに、怒鳴りつけた。エ・テ・レ・レオ・イオ・レ・ツェッケ・ディ・ドッソ！　ナウカラムはなにも言い返せなかった。なんと罵られたのかわからなかったからだ。バートン・サーヒブは笑った。お前の蚤をむしりとってやるって言ったんだ。つまり、お前を殴ってやるって脅したのさ。ナウカラムは、コックに同じように返してやれるほどには罵り言葉を知らなかった。ある晩、ナウカラムがスフレを食卓に出すのを忘れたとき（スフレはコックの自慢料理だった）、コックはまるで火花のように罵り言葉を炸裂させた。ベッリーノ・シ・トゥ・ファレスティ・ガッターレ・アンケ・ウン・チニャーレ！ ナウカラムは、この罵倒の半分も覚えることができなかった。そこでバートン・サーヒブが、コックになんと言ったのかと尋ねる羽目になった。そしてバートン・サーヒブはナウカラムに、楽しそうな笑みを浮かべてこう説明した。あの男はお前にこう言ったんだ。お前の美しさには猪さえへどを吐くってね。どうしてそんなことが言えるんでしょう？ とナウカラムは訊いた。本気にするんじゃないよ。そういう男なんだ。数日後、ナウカラムは、イタリア人コックがわざとナウカラムの料理用スプーンで肉料理をかき回していると確信した。専用のグラスに入れて保管してあり、野菜料理にしか使ってはならないスプーンだというのに。そのことは、あらかじめバートン・サーヒブからコックに詳しく説明してあった。いまやスプーンには嫌なにおいがこびりついてしまった。早めに気づいてよかった。コックには殴打以外の言葉は通じない。ナウカラムはスプーンでコックの後頭部をひっぱたいた。コックは叫び声をあげてよろけた。そのとき、コックは手にナイフを持っていて、それを振り回しながら罵った。ナウカラムはきびすを返して厨房を出た。手にスプーンを握りしめて。イタリア語で罵り言葉を吐けるようにならなければ。バートン・サーヒブが手を貸してくれた。グジャラート語を教えてくれたお返しだ、と言って。まずは基本から。ストロンツォ。メルダ。ストレーガ。ナウカラムは厨房を横切りながら、これらの言葉を順番に口に出し始めた。できる限り嫌らしく、尊大な調子で。コックはこれに、長ったらしい言葉の砲列で撃ち返してきた。カカカッツィ。レッカクーロ。ヴァッファンクーロ。スッチアカッツィ。ナウカラムはもはやこれらの言葉の意味には興味がなかった。ただ、自分がいまだに不利な状況にいることはわかった。あいつを本当に怒らせたいならこう言うんだ、とバートン・サーヒブが教えてくれた。ケッラ・プッターナ・ディ・トゥア・マードレ！　次の機会に、ナウカラムは憎きムレチャに正面からこの言葉を浴びせかけた。すると、呪いは本当に効いた。思っていたよりもずっと強力に。コックは黙りこみ、目をそらしたのだ。翌日、サッバティーノはナウカラムに、オーブンのところへ来てくれ、見せたいものがある、と身振りで伝えた。その姿からは慣れない愛想のよさがにじみ出ていた。ふたりはそろって巨大な鍋の前に立った。コックが蓋を持ち上げた。ナウカラムは慎重にコックに近づいた。従順な目をナウカラムに向けて、じっとおとなしく煮込まれている。ティ・ファッチオ・スプターレ・サングェ！　この言葉を言い終わる前に、サッバティーノは褐色の肌の相手に襟をつかまれ、薪オーブンの上に押しつけられていた。熱が腕の産毛を焦がすのを感じた。サッバティーノは敵の顔に頭突きを食らわせた。ふたりは床に倒れ、鍋を払い落とした。物音に驚いて食堂から厨房に駆け込んできたバートンが目にしたのは、床にのびているコックと召使と牛の頭だった。そして、イタリア人コックのわめき声を、ナウカラムの心の奥底からほとばしり出る泣き声がかき消していた。

ナウカラムをこれ以上ここに住まわせるのは不可能だ。バートンの両親はサッバティーノの作るおいしい料理に慣れていたし、ナウカラムのほうは逆に、いても役に立たない存在だった。バートンはナウカラムにじゅうぶんな額の金を渡した。バローダで小さな家を買うのに足りるだけの額を。そして、すばらしい推薦書を持たせてやるつもりでもあった。もしこの恥知らずの男が、起こったことのすべては主人の責任だと言い募りさえしなければ。サーヒブ、どうして……と嘆くナウカラムを、バートンは口を閉じろと怒鳴りつけた。これこそがこういう人間たちの問題なのだ。個人的な責任を引き受けられないことが。バートンは怒りに駆られたまま、バローダ出身のラムジ・ナウカラムは一八四二年十一月から一八四九年十月まで自分に仕えた、という短い書簡をしたためた。そして勢いよく署名した。

アラビア

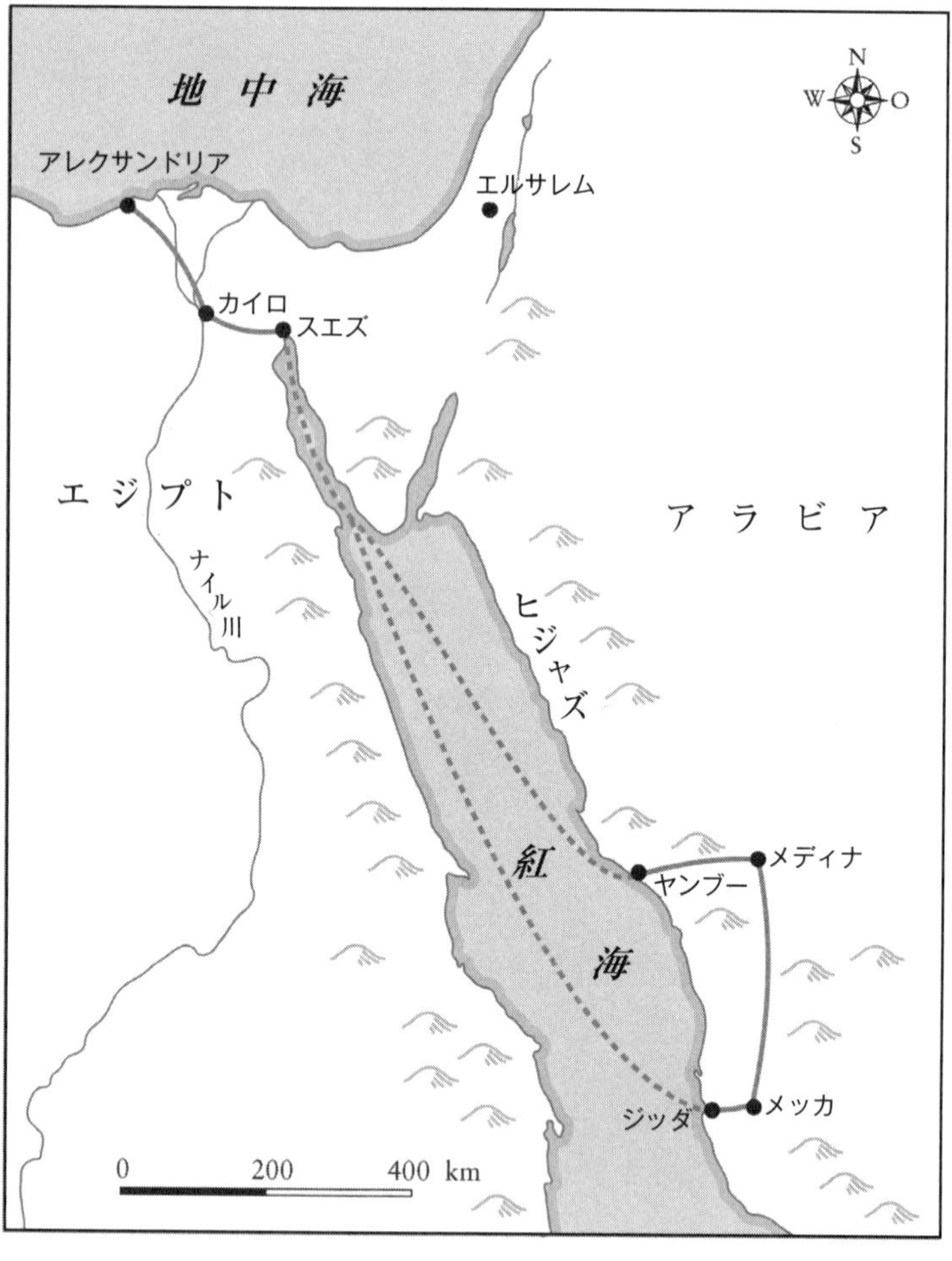

地中海
アレクサンドリア
エルサレム
カイロ
スエズ
エジプト
ナイル川
アラビア
ヒジャズ
紅海
ヤンブー
メディナ
ジッダ
メッカ
N
W
O
S
0
200
400 km

巡礼者と悪代官たち、そして尋問の封印

イスタンブール
トプカピ宮殿
レシト・パシャ大臣殿

アッサラーム・アライクム・ワ・ラフマトゥッラーヒ・ワ・バラカートゥフ。
貴殿に平安を、貴殿の守護のもとにある人々に平安を。

ここに記すことは、一見したところそれほど重大な意味を持つようには見えないかもしれませんし、カリフの支配する我が国の利益を直接脅かすものではないことも確かです。ですが、それでも政府は最高度の注意を向けるべきであると愚考の上、こうして書簡を差し上げる次第です。一年以上前になりますが、イギリスの士官がハッジを成し遂げた旨、小生がご報告したことを覚えておられると思います。当地イギリスの報道はこの士官を時の英雄として持ち上げ、大喜びでした。そして数週間前の

ことですが、ロングマン・グリーンという出版社が、この士官本人の旅の記録を出版したのです。士官の名はリチャード・フランシス・バートン、イギリス軍大尉で、インド出身のパシュトゥーン人に変装して成し遂げた冒瀆的な巡礼の旅について記しています。当地の新聞各紙は、この本の出版についてかなりのページを割いて報じており、勇敢な行為、栄誉ある功績といった褒め言葉を競いあうように書き連ねています。どうやらこの時代においては、一般の想像力の限界を超える地域を大胆に探検すること以上に、大英帝国の読者の空想をかきたてるものはない模様です。「私はどこそこへ行って見てきた」といった内容の本は、我が国におけるナスルディン・ホジャの小話集以上の売り上げを記録しています。

バートンによるハッジの理由は、一方ではしごく明らかで無害なものにも思われますが、他方では極秘扱いであるとも考えられます。大英帝国の臣民たちは、世界征服という冒険に参加したいと望んでおり、自分たちの存在証明となりうる同時代の伝説を求めています。ですが、こういった種類の本の出版によって、これらの地域がもはや遠い場所でも未知の場所でもなく、大英帝国の一部となる近い将来への基盤作りが進められているという疑いを、私は拭い去ることができません。言ってみれば、大英帝国がまもなく併合しようと考えている異国の地に、臣民たちをあらかじめ慣らしておく試みなのではないかと。ですから、この一見些細な出来事のなかにも、より鋭い注意を向けるべき不穏なたくらみがあるのではないかと考える次第です。特に今回の場合、問題になっているのはアフリカの砂漠やインドのジャングルではなく、我々にとって最も神聖な場所、メッカとメディナという神の祝福を受けた場所――神よ、称えたまえ――なのです。

イギリス大使であるストラトフォード・ドゥ・レッドクリフ子爵に、貴殿もスルタンも信頼を置いておられることはよく存じております。閣下たちがその卓見をもって始められた改革を遂行する上で、大使の支援が必要不可欠であることは間違いないでしょう。ですが、おそれながらここで小生がひとつ提案することをお許しいただけるのなら、ぜひ前述の件の背景を、断固として、しかし同時に絶対に秘密裏に明らかにしていただきたいと思います。リチャード・F・バートン大尉と、大尉にこの任務を与えた者（表向きは王室地理協会ということになっています。これは緯度と経度にしか関心がないとうそぶく怪しい組織です）の真の意図は、バートン大尉の著書からは伺い知ることができません。全部で一二六四ページに及ぶ三巻本であるにもかかわらず、です。既存の資料をできる限り注意深く精査しましたが、このいわゆる「冒険」の動機も――なにかの発見に際して利益を得るのは、概して最初にそれを成し遂げた者のみですが、ご存じのとおり、これまですでに何人ものキリスト教徒が、詐欺的な方法でハッジを果たしています――、いわゆる「調査旅行」の真の成果も、明らかにすることはできませんでした。事態のさらに詳しい様相を知っていただくため、くだんの三巻本をお送りします。貴殿が英語をまったく問題なく理解されることには、いささかも疑念を抱いておりませんゆえ。

神の祝福と慈悲が貴殿とともにありますよう。

オスマン帝国駐ロンドン大使
エブ・ベキル・ラティブ・エフェンディ

——お前、知っているぞ！
——私？　私のことですか？
——ああ、お前だ。お前には会ったことがある。
——どうして？　エフェンディ。
——止まれ。
——人違いでしょう。
——お前の顔だ。どこにでもある顔じゃない。
——人違いです。我々はみんな同じような顔ですから。
——アレクサンドリアまで行くのか？
——いえ。
——じゃあどこへ？
——ハッジです。マッシャラー。
——イギリスの船で？
——フランク人たちの国にいたので。
——召使だったのか？

――商人です。

――長旅だな、え？

――ええ、とても長い旅です。

――今日は波が荒いな。お前たちなら気分が悪くなるんじゃないか？　でももうすぐ陸地を踏めるからな。

――いや、私は平気です。まあ、陸のほうがいいのはもちろんですがね。

――待ってくれ、お前、インドの出身だろう？

――いえ。

――そんなはずはない、我々はインドで会ってるぞ。

――まさか。私は生まれてこのかたインドには行ったこともありません。

――だが君の英語はどうだ。インド人のアクセントじゃないか。

――英語はうまくないんです。

――どうして我々は会ったことがないと、そこまで言い張る？

――では、会ったことがあるとしましょう。ですが、どこで会ったのかふたりとも覚えていないんですから、実際には会ったことがないも同然でしょう。

――お前、名前は？

――ミルザ・アブドゥラ。

――ペルシア人だな？　ペルシア出身なのか！　ミルザ？　シーア派か？

――貴殿のご尊名はなんと？

――なんという恥知らずな。インドでならとても考えられん……どうしても知りたいというなら教えてやるが、カークランド大尉だ。

――私の信仰について話すなら、少なくとも互いに自己紹介くらいはしておくべきでしょう。

――まあいい、アブダラといったか、お前は高貴な顔立ちをしている。これは認めないわけにはいかない。そして私は、高貴な顔は絶対に忘れないんだ。アレクサンドリアに着くのは明日だ。それまでには、我々がどこで会ったかきっと思い出してみせるぞ。

――インシャラー、カークランド大尉。我々を結びつけるものがなんなのかがわかれば、私もうれしく思いますよ。

なんという傲慢な無作法者だ。とても信じられない。この自分がボンベイにいたころには、あの男などほんの小物に過ぎなかった。ヒエラルキーの最下層でうごめく目立たない塊のなかのひとりだった。士官食堂では冗談の種にされる男だった。部下の名前を決して覚えることができなかった。ならず者のひとりだった。昇進とともに欲求も増し、自己評価も高まるというわけだ。たったいまあいつがこの私をどんなふうに扱ったか！　あの空気で膨れ上がった負け犬は、自分のほうがなにか上等な生き物だと思い込んでいるのだ。尻を蹴飛ばしてやる必要がある。だが残念なことに、そんなことをするわけにはいかない。いまはだめだ。ミルザ・アブドゥラでいるあいだは。そんなことをすれば、あまりに目立ってしまう。自分はいま、いわば囚われの身だ。ミルザ・アブドゥラという役に囚われており、それゆえ阿呆どものなすがままの身なのだ。衣装を着るのは簡単だった。礼儀や作法を覚えるのもそれほど難しくはない。だがこれからは、屈辱に耐えることを学ばねばならない。高貴な顔だと？　あの去勢された案山子のような男に、あの無能者に、高貴な顔のいったいなにがわかるというのだ？　ウィルトシャー出身のあの野蛮人が、この自分を覚えていたとは驚きだ。もう六年は会っていない。この衣装、ウォールナッツオイル、顔一面の髭の背後にある姿を、いったいどうやって見抜いたのだろう？　もしかしたら、歩き方でばれてしまったのかもしれない。姿勢で。毎日を練兵場で過ごすカークランドのような男は、そういった側面を注意深く見ている。だが、自分で言っていたほどには、自信はなかったようだった。ああいったスズメほどの脳みそしかない人間どもは、いつも同じだ――確信が持てないと、大げさに尊大な態度を取る。もちろん現地人の前で、だ。現地人の前でだけ。あの出会いがひとつの警告であることは間違いない。情け深い運命の暗示だったのだ。用心しろ、偶然から身を守れ、偶然は自信過剰な者を破滅させるぞ、と。

――パスポートを申請したいのですが。

――どこから来た？

――インドからです。

――どうしてパスポートがいる？

――ハッジのためです。

――名前は？

――ミルザ・アブドゥラです。

――歳は？

――三十歳。

――職業は？

――医師です。

――医師。ほほう。インド出身の医師だと？　「もぐりの医師」と書いたほうがいいかな？

――それくらいなら、「詐欺師」と書いてくれたほうがいいですね。

――俺に口答えしようっていうのか？

――まさか。その逆ですよ。あなたの判断に賛成してるんじゃないですか。

——特記事項は？　厚顔無恥だってことのほかに。

——ありません。

——手数料は一ドルだ。

——一ドル？

——それで強大な大英帝国の庇護を受けられるんだ。一ドルの価値はあるだろう。

——偉大な大英帝国が私の一ドルを必要とするんですか？

——黙れ、口の減らないやつめ。黙らないと、ここからたたき出すぞ。ここに署名しろ。字が書けるんならだがな。書けないんなら、お前の馬鹿さ加減を証明する印をなにか紙の上に書きつけろ。よし。これからまだ、ザビトのところへ行ってもらうぞ。この地の警察の連署がなくちゃならんのだ。でないとパスポートは無効だからな。

これからは、医者であるだけでなく、ダルヴィーシュでもあることにしよう。素晴らしい組み合わせだ。医者なら周りの人々の信頼を得られる。人々の役に立てれば。役に立てれば、に限るが。多少のことはできる自信がある。素人芸とはいえ、医術は多少かじった。ここ数カ月間、集中的に勉強して、本を一冊、また一冊と、知識を広げてきたのだ。これから必要なのは実地練習だ。カイロでならその機会には事欠かないだろう。地元の医学の黄金時代は、もう何世紀も前に過ぎ去っている。おまけに、あのあたりに住む人間たちは、暗示で病から回復するものだ。そして、暗示にかけるという点では自分は名人だ。また、ダルヴィーシュの姿をしていれば、信心に凝り固まった人間たちの攻撃から身を守ることができるだろう。ある意味「愚者の自由」が与えられることになるだろう。慣習とは違う行動や態度を取っても大目にみてもらえる。ダルヴィーシュは、法を軽視することで独自の複雑な神の祝福を作り出すことができる存在なのだ。よく練られた設定だ——名前はミルザ・アブドゥラ、ダルヴィーシュであり、医師である。

ザビトからムハフィズへ行かされ、そこでミルザ・アブドゥラは長いあいだ待たされることになった。やがてようやく役人がやってきて、許可証はディワン・カリジャーのところで受け取るようにとの情報を投げてよこした。たどり着いたのは複雑に入り組んだ構造の建物で、恐ろしいほど大きく、外壁はぎらぎらした太陽のもとで痛いほど真っ白に塗られていた。廊下には順番を待つ人々が背を丸めてしゃがみこんでいた。部屋の扉が開いていたので、入れという印だと考えたが、すぐにそれは間違いだとわかった。ミルザ・アブドゥラが話しかけると、役人は怒鳴り声をより効果的に響かせることができるよう、天井まで届きそうな書類の山の真ん中で、机から立ち上がったのだ。ミルザ・アブドゥラは退却した。中庭に生えているわずかな木々には、一枚の葉もついていない。ほんのかすかな風さえ、正門に立つ警備員たちの脇をすり抜けて吹いてきてはくれない。ミルザ・アブドゥラは、日陰で気持ちよさそうに寛ぐひとりの士官に用件を告げた。邪魔をするな、と、閉じた目と伸ばした脚が伝えていた。醜く太った幸せそうな顔。話しかけた瞬間から、ミルザ・アブドゥラはいくら必死になっても無駄だと感じた。知らんな、と士官は独り言のようにつぶやいた。ほとんど聞き取れない声で、まぶたも動かさず。賄賂を渡すという選択肢もあったが、まだ時期尚早だし、決してやすくはない。脅すという手もあるが、この貧相な服装ではなんの効果もないだろう。結局ミルザ・アブドゥラには、どの請願者にも可能な道しか残されていなかった。無力な者のための選択肢——士官が平安を取り戻すためになにかしてくれるまで、とにかくしつこく食い下がるのだ。ミルザ・アブドゥラは一歩前に出て、再び質問を繰り返した。失せろ。大声でそう答えた拍子に、士官の目が開いた。請願者ミルザ・アブドゥラはじっと立ったままでいた。頭を垂れ、頑固に謙遜の姿勢を取り続けた。そして身を乗り出すと、用件を三たび口にした。いい加減に失せろ、この犬めが！　でも、とミルザ・アブドゥラはささやいた。イスラム教徒どうしの兄弟愛に照らして……その演説は尻切れで終わった。士官が夢から目覚めて立ち上がったからだ。カバの尻尾の鞭を手に。

ミルザ・アブドゥラは退散し、情報が手に入りそうな場所という場所でさらなる試みを続けた。ほかの政治家、書記、厩番、ロバの飼い主、あたりにしゃがんでいる者たち。次第に、相互参照からのみ成り立つ百科事典のなかに迷い込んだような気分になっていった。ぼんやりとした絶望感に満たされて、ミルザ・アブドゥラはひとりの兵士に煙草を勧め、力になってくれるならたっぷりと金を払うと約束した。すると兵士は、煙草と約束の金を気に入ってくれたようで、ミルザ・アブドゥラの手を取ると、高官から高官へと連れまわしてくれた。やがてふたりは巨大な階段を上って、総督代理アッバス・エフェンディのもとへとたどり着いた。まっすぐに頭を上げ、獲物を狙い定めるねっとりとした小さな目を持つ小柄な男だ。誰だ？　とアッバス・エフェンディは尋ねた。そして、目の前の男はハッジの途上にあるダルヴィーシュだと紹介されると、その目のなかの欲望が消えた。下だ！　吐き捨てるように、アッバス・エフェンディは言った。ミルザ・アブドゥラには理解不能な指示だったが、兵士にはこの一言でじゅうぶんだったようで、ミルザ・アブドゥラの用件を処理するための部屋を見つけてくれた。

ミルザ・アブドゥラは、ボスニアやルーマニアやアルバニアから来た男たちとともに、ひとつの扉の前で待った。皆がはだしで、肩幅が広く、暗い影を落とす眉を持ち、怒ったような表情だった。銃身の長いピストルとヤタガンをベルトに差し、服を何枚か肩にかついだ山地の農民たち。彼らのたぎるような不満は、下級役人がやってきて、上司である担当役人は本日はもう面会を受け付けないと告げたときに、爆発した。彼らはこの嘲りの知らせを持ってきた男の襟をつかみ、本人とその上司の怠慢を罵った。農民たちの喉から絞り出された罵倒のせいで追いつめられた下級役人は、あらかじめ推敲された謝罪の言葉を口にした。飼っている猛獣を制御できなくなった猛獣使いのまじないの言葉だ。

翌日、ミルザ・アブドゥラは、エジプト全土を自由に旅してよいという許可証を手に入れた。

隊商宿の部屋へと階段を上がるのは、楽ではなかった。狭い階段は人でふさがれていたのだ。あまりに急な階段で、荷運び人たちは一方の壁からもう一方へとふらつきながら下りてくる。荷運び人に続いて、女たちが団体で、おしゃべりを一段ずつ下へと運んでくる。女たちの隙間を埋めるように、子供たちが汚れた壁に手をつきながらよたよたと歩く。最後の女がミルザ・アブドゥラの横を通り過ぎると、階段の上に三人の兵士が現れた。狭い場所でひとつのジョークを語り合っている。その場に立ち止まって落ちを言うと、大声で笑いながら下りてくる。ミルザ・アブドゥラは、彼らの背後から急いで階段を上り始めた。半分まで来たところで、肥満した初老の男が下りてきた。壁に体を押しつけて道をあけるそぶりはない。そこでミルザ・アブドゥラは自己紹介をし、男もそれにならった。ハージー（ハッジを成し遂げた者の称号）・ワリ、商人で、このワカラーの常連客です。お茶にご招待してもよろしいか？

ミルザ・アブドゥラは丁寧に招待を受けた。いくつか指示しなくてはならんことがあってね、と言って、商人は中庭を指し、抑制のきいた笑い声を上げた。一階は作業場、店、倉庫になっている。私は上に行かねば、とミルザ・アブドゥラは言った。あんたはまだ若い、と商人は言った。これっぽっちの階段などなんでもないだろう。そして再び笑い声を上げた。そのもの悲しい瞳とよくしゃべる口は、どうやら互いにまったく協調し合っていないようだった。

どの客とも同様に部屋をふたつ与えられたが、そこに家具は付いていなかった。叩き潰された蚊ほどの大きさのたくさんの染みが、壁の飾り代わりだ。黒い垂木《たるき》から巨大な蜘蛛の巣が垂れ下がっている。窓からは埃っぽい空気が入ってくる。かつての窓ガラスはいまや見る影もなく、代わりに紙が貼られている。ミルザ・アブドゥラは、窓を開けて身を乗り出した。繋がれた家畜や、めそめそ泣く物乞いや、巨大な綿布で包んだ荷物の上に寝転んでぼんやりと体を掻いている召使たちと共同で中庭を使う羽目になるよりは、ここのほうがいくぶんましだ。ハージー・ワリが中庭を横切っていく。ミルザ・アブドゥラに手を振って、さきほどのお茶への招待を身振りでもう一度繰り返す。それからしばらくすると、ひとりの召使がやってきて、ミルザ・アブドゥラをハージー・ワリの表通りに面した快適な部屋へと連れていく。

　この町、このカイロという場所は、ペストのようなものだよ――ハージー・ワリはキリムの上に寝転がっているが、頭は丸い枕に落ち着いてはいない――こんなところに町を作ろうなんて呪わしいことを思いついたのは、いったいどこのどいつだ？　臭い水と死んだ岩との狭間に。この場所で這いまわっているすべてのものは、噛みつくか刺すかのどちらかだ。アレクサンドリアを離れるのは本当に嫌なんだが、商売の都合上、カイロを避けて通るわけにはいかなくてね。この災厄は繁栄と幸運のために支払う代金というわけだ。それであんたは、いったいどういうわけでここまでやってきたのかね？　この埃っぽい穴倉の出身でないことは、姿を見て、声を聞けばわかる。煙草はどうかね、なにを遠慮している、さあおやりなさい、私はこの薔薇の味が好きではないんだが、この香りは、ここにいることを一時忘れさせてくれるよ。あんたは普通のペルシア人には見えないな。いや、わかる、わかるよ。あんたはあちこち旅をしてきた。それに比べれば私の旅など、近所を訪ねるようなものに思われるよ。あんたはひとつ間違いを犯している。それを教えてやらねばならんな。私は自分の国の民のことをよく知っている。信仰心の弱い者は、右も左もわからんペルシア人を攻撃して得意になるものだ。攻撃というのは罵倒のことだが、時には手も出る。あんたがほかの巡礼者たちの三倍の金を払うことになるのは、絶対に確かだ。それに、巡礼のあいだに殴られるのが一度だけで済めば、運がいいと思うべきだ。もう一杯飲みなさい、さあ、もう一杯。ミルザという称号は取りなさい。本物の自分をすべてさらけ出す必要などない。シェイクを名乗れば、道中もかなり安全になるだろう。あんたは医術の秘密に通じているんだから、その知識を使うべきだ。我が国には医者が溢れているとはいえ、治療の成果が出せれば名前はすぐに広まるし、尊敬も得られる。尊敬を得れば、役に立つことも多い。私の見るところ、あんたは独自の道を選んで生きているようだ。そのことは評価するよ。ただ、他人に自分の道を説明する機会は滅多にない。愚かな連中は、なにもかもごた混ぜにひとつの鍋に放り込んでおいて、その鍋の形が間違っていると言って壊してしまう。シェイク・アブドゥラよ、あんたは私の友人になるだろう。だが、率直さや正直さは捨てることだ。我々がよく言うように、自分の意見、意図、意思は、常に隠すようにしなさい。

在ジッダ
ヒジャズ総督
アブドゥラ・パシャ殿

我々の得た情報によれば、ハッジを企て、それについて記録をしたためた異教徒は、それ以前にすでにヒンドスタンでもスパイとして活動していた。この事実から、王立地理協会というのはいまだ英国女王の支配下に入っていない地方を探るための擬装であったという結論を導くほかない。我々にとってまず重要なのは、聖なる場所が冒瀆された事実よりも、大英帝国の隠された意図である。サファルナーメの衣をかぶったくだんの本は、正確な観察と計算の宝庫であり、驚くほど豊かな知識を含んでいる。我が国のウラマーも、著者の博識を認めた。しかし、知識は信仰とは別物である、とも付け加えた。著者がこの本で、無学な一般読者にすべてを打ち明けたとはとても考えられない。リチャード・フランシス・バートン大尉は、ヒジャズにおける我々の立場、我が軍の強さ、防衛施設の構造などをスパイしたのではないかというのが、我々の推測である。さらに、我々の支配に対するベドウィンたちの姿勢と、武器を取って抵抗する意欲のほどをも探ったのではないかと考える。ここに重要な資料をすべて同封する。バートン大尉とともに旅をした人間の一覧、ときに非常に有益な著者の見解や脚注などが見られる本のなかの重要な箇所の写しである。この男がひとりで旅をしたのか、場合によっては協力者や共犯者がいたのか、なんらかの目立つ振る舞いがあったか、彼の意図が推測できるような行動があったかなど、丁寧に調べること。ハッジのあいだの彼の行動についての確証があれば、彼の任務がなんであったか、彼に任務を与えた者の政治的意図がどちらの方向を目指しているのかが、理解可能となるであろう。スルタンは、この件にはヒジャズでの我々の権力基盤を揺るがしかねない巨大な地下水脈が隠されていると推測しておられる。アブデュルメジト陛下の鋭い直感が、我々の狭量な理性をこれまでにもたびたび恥じ入らせてきたことをよく肝に銘じ、神の助けを借りてことに当たるように。

大臣　レシト・パシャ

太陽が沈み、月が縮んで初めて、カイロはまるで貝のようにその殻を開き、その美しさをシルエットで見せつける。足りないものだらけのこの世界を覆い隠す夜空にちりばめられた夏の星たちは、よりよい世界の存在を物語っている。藍色の空が、家々の正面壁のあいだに切れ切れに見える。一歩進むごとに、シェイク・アブドゥラは混沌へと沈んでいく。これが、自分を何度も何度も異国へと導き寄せるものなのだろうか？――この一時的な盲目状態が？　イギリスでは、すべてが柔らかく、緑で、行儀がよく、開けっぴろげだ。ひとつの国たるものが、どうしてあそこまで秘密を持たずにいられるのだろう？　木の格子細工のついた重厚なバルコニーが、家々の隙間に互いにはめ合わせたように並んでいる。どの道も袋小路になっているような錯覚を抱く。まだ見分けられるものはすべて、弱い石油ランプの助けを借りて、なんとか夜の抱擁から逃れたものばかりだ。抜け道、登り口。金色の光が階段を流れる。どの線もまっすぐではない。ここ南の地では、曲線のほうが好まれる。いや、賛美されるとさえ言える。丸みは直角よりも信仰を強めるのだ。この点については疑いの余地がない。天井にも床にも壁にも、丸みを帯びたあらゆるものの上に、聖なる言葉が繊細に書かれているのだからなおさらだ。建物は通りを侵食している。飛び出た柱が、見えない門番のように、気づくと突然目の前に立っている。最初は、軒蛇腹《のきじゃばら》の上にそびえるミナレットしか目に入らない。ところがその後、唐突に、輝く丸屋根が誘いかけてくる。次の祈りの時間だ。シェイク・アブドゥラは己の呼吸に耳を澄ませながら、両手を水盤に浸し、指を一本ずつ洗う。水音は子守唄のようだ。濡れた足は、絨毯の上を一歩歩くごとに乾いていく。シェイク・アブドゥラは柱の横に座る。どんな祈りの言葉も、事前の意図説明なしには無意味だ——祈りに先立つ羅針盤の針なしには。近くにある蠟燭が、シェイク・アブドゥラの重ねた両手に光を投げる。半ば閉じたまぶたの裏で、あらゆる不安は消え去る。眉毛や髭についた滴と同様、最後の思考も蒸発していく。シェイク・アブドゥラは、動きのリズムに身を任せる。規則的な祈りの声以外のすべてを忘れる。純粋な自明性。その後モスクから出るときには、あらゆる事物と和解したような気分だ。ヤシの木が風に頭を垂れている。自身の魂と他者の魂とのおかげで、夜はどこを切り取っても不可思議だ。そして、孤独な旅人であるシェイク・アブドゥラは、輝くように明るい日中の、汚らしく、せわしなく、どぎつく、重苦しい生を、いまはとても想像できない。

シェイク・モハメド・アリ・アタルが、教師として推薦された。実際、この老人が部屋に入ってきたとき、その皺の寄った額にはすでに演説が書かれているも同然だった。アイワ、アイワ、アイワ、と老人はつぶやいてから、教えを垂れ始めた。それは法律というネジや釘でしっかり固定された実務的な解説だった。シェイク・アブドゥラはこの教師に好きなだけしゃべらせた。やがて教師は疲労困憊したが、それでも講義は終わろうとしなかった。そこでようやく、シェイク・アブドゥラは発言した。自分がどのような精神的栄養を求めているかを説明して、教養高いシェイク・モハメド・アリ・アタルからそれを受け取りたいのだ、ほかのなにものでもなく、と頼んだ。その願いをシェイク・モハメドは大いに回り道をしながらもかなえてくれた。すぐに彼は、生徒であるシェイク・アブドゥラの態度に対する助言と非難を織り交ぜながら、人生のあらゆる領域に口を出し始めたのだ。アイワ、アイワ、アイワ、ハッジとはなにを意味するか？　努力だ！　なにを目指しての努力か？　よりよい世界だ。この地上で、より高い目標を持った旅人である以外、我々にどんな存在意義があるというのか。現在の苦労など、永遠の報酬に比べればいったいなんだというのか。つまり、健康な者、旅を続ける余裕のある者、すなわち、いたるところで水を買うことができ、乗り物の代金を払うことのできる者は……君、いったいさっきからずっとなにを書き付けているのだね、なんという悪習だ。きっとファランジャーたちの国で身に着けたんだろう。遅すぎないうちに、改悛しなさい。改悛しなさい。

アイワ、アイワ、アイワ、イフラームをまとっているあいだは、髪を切ったり抜いたりしてはならない。短くするだけでもだめだ。頭の毛も、腋の下も、性器の周りも、髭や体のその他の場所の毛も。もしひとつ間違いを犯したら、償いとして、〇・五一リットルの食物を、メッカの貧しい者たちに寄付しなければならない。毛一本につきこの量だ。二本なら倍。それから、これは言っておかねばならんが、息子よ、君の貴重な知識を浪費しないように。君は君自身と二名の召使をも養わねばならないのだからな。エジプトの医者は、報酬なしにはアリフやバーの文字さえ書こうとはしないものだ。報酬を要求しないとは、自分の仕事の成果を恥じているのかね？　いったい、君自身と我々とになにを証明しようというんだ？　それくらいなら、山にこもって昼も夜も祈りを唱えていたほうがずっとましだ。アイワ、アイワ、アイワ、覚えておきなさい、サファから出発して、マルワへ向かうんだ。この道のりを七回繰り返す。道のりのすべてを、一歩たりとも省略せずに。もしも、何度この道のりをたどったかわからなくなったら、少ないほうの回数から始めて、栄光あるコーランを朗読するんだ。そして、真ん中にある緑の印にたどり着いたら、二つ目の緑の印まで、両足を手に持って歩くんだ。私にはとても理解できないんだがね、君、君の召使は、持っていく荷物の一覧に余分なものまで書きつけている。君はこれを黙認して、召使に説教しようとはしなかった。こんなありさまではこの先いったいどうなることか？　神が我々を浪費の罪からお守りになるなどとは決して言うなよ！　アイワ、アイワ、アイワ、七つの石を用意するんだ、最初の柱――アル‐カイフ・モスクに一番近い柱――に、石を次々に投げるんだ。できる限り柱をめがけて。命中しなければ、もう一度投げる。そして投げ終わったら、次の柱まで行く。妻はいるか？　いない？　よし、それなら奴隷女をひとり買うんだ、息子よ！　君の現在の状態はとても正しいとはいえないぞ。男たちは君のことを――改悛せよ、神の庇護を与えたまえ――、本当はほかのイスラム教徒たちの妻によだれをたらしているんだと噂するだろう。

シェイク・モハメドは、生徒であるシェイク・アブドゥラにそう教えを垂れた。カイロにあるワカラーの表の部屋で。だがシェイク・モハメドは、講義の終わりに大声で何度も、シェイク・アブドゥラにどこまでもついていく用意があると告げた。カフ山の暗黒面までも。

　新しい環境に適応するだけの時間を己の舌に与えてやるのは、我慢強さの問題だった。呼吸困難に陥った人間が絞り出すような音を喉から出せるほど、舌が長く自在に伸びるようになるまで。コーランの滑らかな朗誦のうねりに合わせて、上半身を揺らせるようになるまで。法にかなった清められたものには、すべて右手で触れるようになるまで。座ったまま、感謝を込めて三口で水を飲むようになるまで。戸惑ったり、考えこんだりするときに、髭を触るようになるまで。未来へのあらゆる希望と思索をインシャラーのひとことで包めるようになるまで。熟考の末にパシュトゥーン人になりすましたことに慣れるまで。イギリス領インドで生まれ育ち、そのためアフガン人の先祖の言葉よりもヒンドスタニー語のほうになじみが深いという設定だ。この人物像にはすでに慣れた。いまやすっかりなじみ、当たり前のものになった。若いころ、学生時代に、独学でアラビア文字を解読しようと試み、スペイン出身の知人に、どれほど流暢に書けるようになったかを自慢げに見せびらかしたあのころから、いったいどれほど遠くへきたことだろう。あのときスペイン人から受け取ったのは、賞賛ではなく嘲笑だった。あのごてごてしたイベリア風の名前を持つセニョールは、アラビア語は右から書き始めるのだと、バートンに教えを垂れたのだった。オックスフォードにはアラビア語の授業はなかった。ラテン語に代わって習うことのできる言語はなかった。そのラテン語にしても、反論を決して受け付けない老人たちが間違った発音を教えていた。

これらすべてよりさらに難しいのは、ダルヴィーシュに人が求めるイメージに沿うことだ。もったいぶった長広舌は、ほとんど役に立たない。熟考された謙虚な態度もやはり不適切だ。荒々しく、礼儀知らずに振る舞わなくてはならない。文明の僕《しもべ》ではなく、人間的な小さな悩みを軽蔑し、理性の規律を超越した存在でいなければならない。神への距離は、バザールで使われる錘《おもり》で量れるものではない。朝の祈りの後にジクルを唱える。献身への意欲がたぎり、声がねぼけまなこの隣人たちの耳にしっかりと残るまで。道で行き会った者には、目一杯の脅迫を示唆する暗い視線を投げかける。志願者に催眠術をかける機会は決して逃さない——そして彼らが催眠術にかかって己の意志を失うと、自分たちがくだらない生き物であることをわからせるような行為を要求する。ダルヴィーシュの教えは、卑小な者、狭量な者にとっては痛みを伴うものだ。それほど長くは時間をおかず、ダルヴィーシュは催眠術にかけられた者を再び呼び戻して、集まった者たちに、どれほど気分がいいかを語るよう促す。魔術は治癒効果で相殺されねばならないのだ。

驚くべきことに、シェイク・アブドゥラはあっという間にカイロで引っ張りだこの医師になった。到着後すぐに、隊商宿の裏庭にいた荷運び人のひとりの隣に座り、その濁った目に硝酸銀を少々さしてやったうえで、この自分、シェイク・アブドゥラは、持たざる者からは決して金を取らないとささやきかけたのだった。わかるだろう、ダルヴィーシュにはもっと上等の獲物がいるんだ。すると翌日、荷運び人はシェイク・アブドゥラの部屋のドアを叩き、目の調子がずっとよくなったと礼を言った。荷運び人の背後には、別の病気を抱えた友人が立っていた。シェイク・アブドゥラは丸薬をいくつか与えた。すると病人の状態は改善し、同時に新しい医師の評判も高まった。シェイク・アブドゥラの表の部屋のドアには――奥の部屋へは、彼は誰も入れようとしなかった――、哀れな者たちが群がった。彼らは病が治癒した後もやってきては、シェイク・アブドゥラによって守られた命をさらに長続きさせるための薬を求めた。シェイク・アブドゥラはそれに怒った。怒り狂った。そのせいで、要求を突きつけた者たちは、このダルヴィーシュが災厄を追い払うだけでなく、呼び込むことを思いつく前にと、慌てて退散したのだった。

大衆がシェイク・アブドゥラを有名にすると、暮らし向きのいい患者たちから連絡がくるようになった。噂の真偽を自分で確かめようと決意した最初の患者たちだ。シェイク・アブドゥラは貴族の館に来てほしいと言われた。もしも裏庭でハージー・ワリに会わなかったら、そして医師たる者が徒歩でどこへ行くのかと不思議がられなかったら、危うく重大な失態を演じるところだった。ハージー・ワリは、医師の地位にある者なら、たとえ患者の家がすぐ近くであっても、ロバを連れた召使を迎えによこしてロバを引かせるよう要求する義務があると熱弁を振るった。私の配下の者を使いに出そう、とハージー・ワリは提案し、即刻あたりにしゃがみこんでいる者たちのひとりを呼び寄せたのだった。

患者の家へ向かう道のりで富豪の召使にあれこれ聞き出すことが役に立つと、シェイク・アブドゥラはやがて学んだ。召使は、厳しいダルヴィーシュに対して答えを拒むことなどできない。家族関係や患者の精神状態について知識を得れば、半分は治療を成功させたも同然だ。シェイク・アブドゥラはうやうやしい態度で屋敷に入り、その場にいる者全員にお辞儀をして、右手を唇と額へと持っていく。なにを飲みたいかと訊かれると、決して屋敷には置いていないだろうと思われるものを所望したうえで、最後には、コーヒーと水パイプでも満足だとつつましく述べる。まず最初に患者の脈をはかり、それから舌を見て、最後に瞳をのぞく。それから詳しい質問をして、自分の教養の高さを披露する。説明は、ときにはギリシア語、ときにはペルシア語で装飾する。知識が足りないときには、少なくともギリシア語やペルシア語の接尾辞で粉飾する。患者は病気について休みなくしゃべり続ける——診断は、四つに分類した心身の構造のどれかの一時的な衰弱、と決まる。そこでこのインド出身の医師は、なにかしっかりしたもの、栄養のあるものを食べさせるようにと指示を出す。たとえば富豪の患者の消化不良を解消するには、巨大なパンの丸薬を十二錠、アロエジュースかシナモン水に浸して。それに医師は、「神の名において」痛みを伴う治療を加えることを決して忘れない。たとえば「慈悲深き方の名において」肌を定期的にすること、「憐れみ深き神の名において」馬の毛のブラシで。診療の頂点は、報酬をめぐる避けることのできない交渉だ。医師は五ピアスを要求し、患者は文句を言う。だが医師は強情に要求額を曲げず、結局患者は、インド人の底なしの強欲を罵りながら硬貨を何枚か床に投げ、さらに怒り続けたあげく治療の効果にも疑いを抱き始め、結局こういう結論に至る——世界は屍骸であり、その屍骸を要求する者はハゲタカである。ダルヴィーシュは、このような無作法な態度に黙ってはいない。これから病気になってももう診てやらないぞ、この屋敷には今後一切近づかないし、ほかの治療師たちにも、自分がここでどのような精神的仕打ちを受けたかを黙っているつもりはない、と脅す。

最後に医師は、処方箋を書かなければならないので、ペンとインクと紙を持ってきてほしいと頼む。そして、書き手自身にもとても制御がきかないくねくねした装飾文字で、こう書き付ける。……神の名において……全世界の主、治療者、治癒者への賞賛……患者の家族と同伴者とに平安を……それから、蜂蜜とシナモンと乾燥させた犬の糞を五の割合、生姜を十の割合ですりつぶし、混ぜ合わせ、そこから爪ほどの大きさの丸薬を作って、毎日一粒を舌に載せて溶かすこと。まことに、効果は驚くほどですよ……それから、患者は肉と魚、野菜と甘いもの、さらに、腸内ガスと胸焼けの原因になるあらゆる食べ物から距離を置くように……そうすれば、支配者であり治癒者である神の力を借りて、回復することでしょう。

そして、神の平和があなたの上にありますよう——ワッサラーム！

処方箋の文章の最初と最後に、医師の指輪印章が押されて、訪問治療は成功裏に終わる。そして、互いに相手への尊敬を表明して別れるのだった。

メッカ市シャリフ
アブド・アル - ムタリブ・ビン・ガリブ殿および
最高位カーディー
シェイク・ジャマル殿

尊敬すべき我がイスラムの兄弟たちに、イギリス士官リチャード・フランシス・バートンに関する我々の調査結果を報告します。バートンは二年前にハッジを企てましたが、我々の推測によれば、これはヒジャズおよび聖地で諜報活動をする意図があってのことです。バートンの詳細な描写のおかげで、彼とともに旅をし、何日も何カ月も彼とともに過ごし、それればかりか、アル - メディナおよびアル - メッカ――神よ称えたまえ――では自宅に招待し、もてなしさえした数人の人間を見つけることができました。神の冒瀆者バートンについての情報を得るために、我々はこれらの人間を尋問するつもりでいます。当然、貴殿方はこの尋問に立ち会うことを希望されるでしょうし、我々も頼もしい助言者として貴殿方のお知恵を拝借したいと考える次第です。

ジッダおよびヒジャズ総督
アブドゥラ・パシャ

医術において、シェイク・アブドゥラは目覚しい成功を収めた。便秘を卒業して胆石に進み、初めて膿瘍を切開し、不眠や腰痛を治した。やがて、あのシェイク・アブドゥラという医師は怪我を読み解くことができる、病気を感じ取ることができると言われるようになった。いまでは、シェイク・アブドゥラを呼ぶのは、ほとんどが一家の長たちだ。野太い声をした肥満体の男たちで、通風や不機嫌で参っている。子供たちの人生を手の中に握る父親たちだ。彼らはシェイク・アブドゥラをまるで王であるかのように迎え、詐欺師に対するかのように報酬を支払った。

ある日、そんな男たちのひとりが、医師シェイク・アブドゥラを呼び寄せ、敬虔なもったいぶった言い回しをいくつも重ねて、一家の主婦を診療することも可能かと探りを入れた。まだ自分に閉ざされている最後の領域であるハーレムに足を踏み入れるのはどんなものだろうと長いあいだ想像してきた医師は、喜びを押し隠して、出自にも収入にも性別にもかかわらず、どんな人にも力を貸すのが医師の義務であると厳かに告げた。そこで家長は、妻の症状について説明した。痛みと吐き気。どんな病が原因であってもおかしくない。病がなんであるかを解明できるのは私の診察だけです、と医師は答えた。すでに一度、カイロについて間もないころ、女性を診療したことがあった。アビシニア出身の奴隷女たちだ。彼女たちの所有者は隊商宿の向かいに住んでいて、自分ではどうしようもない絶望的な状況に陥ったから助けてほしいと、医師に求めたのだった。シェイク・アブドゥラは、死病と治療の失敗を恐れながらそこへ向かった。奴隷女たちは、みすぼらしい部屋に全員一緒に押し込まれていた。シェイク・アブドゥラが入っていくと、皆がじろじろと見つめ、くすくす笑った。奴隷商人はひとりの若い女を指した。この女は美しい、と奴隷商人は言った。少なくとも五十ドルにはなる。ただ、この欠陥のせいで値段が下がってしまう。医師もまた、この女のどこかに異常があるとは思えなかった。まあ、気づけというほうが無理な話なんだが。買い付ける際に、この欠陥には気づかなかった。この巨大な尻を除けば。だが大きい尻は、むしろ値段を上げるほうの特徴だろう。患者の欠陥とはなんなのか教えてくれませんか、と医師は尋ねた。もちろん。だいたい、昼間にはわからないものだしな。そう言った奴隷商人のにやけた顔は、決して愉快ではなかった。この女、いびきをかくんだ！まるでサイみたいに。シェイク・アブドゥラは笑い声を上げた。安堵の笑いだった。サイみたいに？変わってるだろう？　ほかの女たちは面白がってる。まだ若いから、それでも眠れるんだ。そんなささいな悩みは私にとってはなんでもありませんよ、と医師は言った。私は祖国では有名なんです。ガルガレシャとも呼ばれています。どういう意味か、聞いたら驚きますよ——いびきの征服者、という意味なんです。奴隷商人にも安堵が乗り移った。一度の催眠術で若い奴隷女は治癒した。少なくとも医師はそう主張した。奴隷商人は、一晩待った後、報酬を支払うと約束した。これはシェイク・アブドゥラの最も楽な成果のひとつだった。

家長の召使が話しかけてきて、ついてきてくださいと頼んだ。医師は期待を膨らませながら歩いた。長い漆黒の巻き毛、ビロードのような肌、ほっそりした腕、通りで目で笑いかけてくる女たちの顔のさらなる部分が、別の魅力をもって迫ってくることだろう。患者の年齢を知らないのだから、興奮するのはまだ早いかもしれない。召使について、いくつも階段を上がり、手すりぞいに歩き、ついにとある扉にたどり着いた。召使が立ち止まり、医師を振り返ると、左右の目のどちらがよく見えるかと尋ねた。そんな質問に対する心の準備ができていなかった医師は、どちらの目だと答えればいいのかわからなかった。召使は医師の背後に回ると、黒い布を医師の左目に当てて、後頭部で縛った。そして目隠しがきちんとされていることを確認してから、ようやく目の前の扉を開いた。もし女に男の半分の価値しかないのなら、男が女を半分の目でしか見られないのもしごく理にかなったことではないか、という思いが医師の頭に浮かんだ。最初は、部屋には自分と召使のふたりきりだと思った。だがそこで、ささやき声が聞こえてきた。部屋を区切っているついたての向こうに女が何人かいるようだと、医師は推測した。目の前には背の低いベッドがあり、その横には大きな分厚いクッションがいくつか置いてあった。お座りください、シェイク、と召使が言った。医師は身についた座り方のなかで一番威厳ある姿勢を選んだ。背後から誰かが近づいてくる気配を感じた。誰にも気づかれないほど軽く頭を右に向けると、目の端から三人の女が視界に入ってきた。三足の部屋履き、三着の体を覆うマント。ふたりの女がひとりを支えているようだ。左側から召使が、シェイク、と呼びかける声が聞こえた。どうかこれをお使いください。医師は手渡された物に目を向けた。それは万華鏡だった。それを目に当ててください、と召使が言った。ご用のときには、大声で私をお呼びください。扉の前にありますので。医師は万華鏡を右目に押し当てた。さまざまな色が粉々になり、合流し、またばらばらに流れていく。万華鏡を目から離すと——こんなものを当ててなにができる！——、召使の声にたしなめられた。離さないでください！　少し辛抱してくだされば、すぐにじゅうぶん見えるようになります。医師は再び、流動するモザイクを目に押し当てた。衣擦れの音が聞こえ、慢性的な病がもたらす不機嫌が感じられた。誰かが万華鏡に触れた。さまざまな色が飛び出してきたと思うと、小さな手、壁にかかった絨毯、鼻が目に映った。その鼻が後退していき、ひとつの顔に収まった。それはひとりの少女の、ヴェールで覆われていない顔だった。少女は、半分盲目で半分目の見える医師に、面白がるような好奇心いっぱいの視線を注いでいた。医師は微笑み、万華鏡を少女の動く唇に向けた。私は病気じゃないの、と少女は言った。母なのよ。医師は手のなかの万華鏡を、ベッドに横たわった女性に向けた。その女性のすべてが覆い隠されていた。痛みを別にして。いったいどうやって診察しろというんだ？　医師は苦笑した。これなら、自宅にいたまま診断を下しても同じことじゃないか。ほかのお医者さんと同じようにやればいいわ、と少女が言った。なにが必要かを私に言って。私が手助けするから。脈をはかるところから始められれば上等なんだがね、と医師は言った。すると患者の腕が差し出された。手首に続いて、両目と口も見せられた。医師は左手に万華鏡を持ったまま、右手で患者の背中を走る痛みの線を触診した。腎臓、肝臓を経て、だぶついた腹まで触診して、診察は終わった。一度、腫れた箇所を両手で触診するために、万華鏡を手放さねばならなかった。だが女たちからたしなめられることはなかった。

診察は医師にとって楽しいものではなかった。患者はときどき不機嫌な声をもらし、それを娘が猫なで声で注意した。患者の苦しみのどれひとつとして、医師に同情心をもたらすものはなかった。医師は、この失望体験をなるべく早く終わらせてしまいたかった。どうしたら患者を楽にしてやれるか見当がつかず、ましてや治してやることなどとてもできそうになかったのだから、なおさらだった。医師は食餌療法について説明し始め、処方箋を書いて一家の主に渡しておくと言った。そしていとまを告げようとしたところで、それまで沈黙に包まれたままだった三人目の女が口を開いた。せっかくここまでいらしたのですから、もう少しいてくださいませんか、と女は頼んだ。私にも悪いところがあるんです、軽い病気なのですが、と。でもまずは、母をベッドに連れ戻さねばなりません。医師は承知した。そして座ったまま、最後にしゃべった女の声の残響を楽しんだ。三人目の女は妹である一人目の少女よりも年上で、成熟しておりり、ほっそりしていて品があり、しっかり自我を持った女性だった。やがて姉妹が戻ってきた。私は結婚しています、と姉のほうが言った。その筒をまた目に当てて、と妹が言った。夫は私に子供を期待しています――姉はひとこと口に出すたびに、ためらいを乗り越えなければならないようだった――、でも我慢強さは夫の長所には含まれていません。姉はそう言ってヴェールを取り、体を覆うマントを脱いだ。すべては神の手に委ねられています、と医師はつぶやいた。もちろんです、シェイク、と姉は言った。でも私にはどこか悪いところがあるのではないでしょうか。なにか、先生の手で治せるところが？　姉は深紅の服を着ていた。先生のような高名なお医者様に、私は子供が産める体だと保証していただければ。医師は万華鏡を彼女の顔からそらすことができなかった。もちろん、とつぶやきながら、悲しみが色濃く表れたその顔に我を忘れた。お目を拝見してもよろしいですかな？　医師はそう言って姉の顔に近づいた。万華鏡の長さいっぱいの距離まで。姉の深い暗色の瞳は、底知れぬ精神のなかを泳ぐ二匹の魚のようだった。頬の上のほう、右目の下に、ほくろがひとつある。まるで拭き忘れた黒い涙のようだ。至近距離からだと余計なものに見えるが、全体として見れば、ほくろは完璧な顔に必要不可欠な一要素だった。姉は体を横たえた。始めてください、シェイク。医師はためらった。女性の生殖能力など、どうやって調べればいいのだろう？　まずは時間を稼ぐために脈をはかった。だが時間は悩みを運んでくるばかりだった。子供ができると確約することなどできない。食欲と消化に関する他愛もない質問で、さらに時間を稼いだ。他人が結婚生活でどんな罪を着せられようと、自分には関係がない。たとえ医師であっても関係はない。これほど重大な確約など、どうしてできよう？　遠慮なさっていますね、シェイク、と言う患者の声が、医師のもの思いを断ち切った。手に届くほど近いのに、遠くにある声だった。きちんと診察してください。私ひとりの命よりもずっと多くのものがかかっているんです。気まずく思われるのはわかりますが、どうか思い切って検査をしてください。患者の妹が隣にひざまずいて、姉の服を脱がせ始めた。それに、あんまり邪魔になるようでしたら、その筒は置いてください。非常の場合には規則を破ることも許されるんじゃありませんか？　そう言って患者は、シェイク・アブドゥラが何時間でも読み取り続けたいと願う視線でじっと見つめてきた。患者の腹が目に入った。白く、軽く盛り上がっている。妹が医師の手を取って、姉のへその上に置いた。医師は自分の手を、万華鏡を通して見た。まるでそれが人体の静物画であるかのように。その手を動かす勇気が出なかった。患者の肌は冷たく、なめらかだった。思っていたとおりだ。そのとたん、自分が興奮していることに気づいて、医師は戦慄した。ガラビアの下に、なにか目に見える変化があるだろうか？　万華鏡を手にしたまま自分の体を見下ろすわけにはいかない。気恥ずかしさに襲われた。患者はさらに服を脱いでいくだろう。それなのに自分は、彼女の苦しみに衝動的な欲望で応えることしかできないとは。ここを去らなくては。医師は手を引き戻した。申し訳ありませんが、おいとましなくては。ふたりの姉妹は驚いたように医師を見つめた。医師は素早く立ち上がり、万華鏡を床に落とすと、扉に目を向けた。奥様のせいではありません、お許しください。そう言うやいなや、扉にたどり着いた。なんとお詫びしていいか。お待ちください、と姉が叫んだ。そのままでは無理だとおっしゃるなら、目隠しを取ってくださってもかまいません。医師は扉を引きちぎるように開けると、大急ぎで外に出た。そして、舌に自身の未熟さの味を感じたまま、屋敷を離れた。

一二七三年ムハラム月

神よ、我らに恩寵と慈悲とを与えたまえ

シャリフ――総督閣下のお招きに感謝いたします。まことに今回の件は、たいへん重要だと言うほかないわけでして、我々の目を、我々全員の目を、これ以上なくよくよく見開いて検分しなくてはなりませんからな。

総督――その前にまずは、我らの頭がまだしっかりしているうちに、カアバの警備兵たちの決算報告をしてもらうのはどうだろうか。

カーディー――もちろんです、もちろんです。不確かなものごとの前に、まずはなじみの手続きを、というわけですね。今朝、シャリフと私は、カアバの警備兵の決算書すべてに目を通しました。収入は――神よ感謝します――、百分の十二ほど増えております。

シャリフ――こちらの書類に、我々が今年イスタンブールへ送る袋の数が記してございます。それから、いつものとおり、関係書類をすべてお渡しいたします。決算書のみならず、お望みのとおり、あらゆる収益、固定費、臨時出費、修復費、その他いますぐには思いつきませんが諸々の費用の内訳もございます。我々にあらぬ疑いがかかりませんように。スルタンが導入なさった明朗会計というわけで。

総督――素晴らしい。宦官には信頼が置けるとみえる。この分野で我々が互いに協力できるのは喜ばしいことだ。まことに喜ばしい。

カーディー――閣下にとっては喜ばしいことでしょう。我々は金を支払うほうですがね。閣下には満足されるに足るじゅうぶんな理由がありますが、我々には喜ぶ義務しか残されていません。

シャリフ――カーディーが申しましたのは……

総督――有能なるカーディーがなにを言いたいのかは、よくわかっておる。だがカーディーは、聖地が我々にとってどれほど高くつくかを見過ごしているようだ。聖地の守備には、毎年出兵と同じだけの費用がかかる。おまけに今年は、莫大な金のかかる戦争をせねばならなかったため、帝国の財政状態は非常に緊迫しておるのだ。

シャリフ――ですが素晴らしい成果でございました。これはぜひとも申し上げておかねば。我らの祈りは聞き届けられた。我々は異教徒どもに思い知らせてやったのです。

カーディー――まことに。ただ、聞いたところによると、モスクワに対する勝利は、おおかたがイギリス軍とフランス軍の力によるものだとか。

シャリフ――それに、全能の神の……

カーディー――お力です。

シャリフ――それゆえ、我々の地の平和がいっそうありがたく思われますな。

総督――カーディーはまだ若いゆえ、我らが今日のような保護を与えてやれなかった辛い時代のことを覚えてはいないのだろう。四万人の暴徒がメッカを――神よ聖地を称えたまえ――襲撃したのだぞ。シャリフ・マサドの息子であるシャリフ・ガリブは、ワッハーブ派を見くびっていた。奴らは盗み、殺し、間違った信仰を庇護していると言う名目で聖地を破壊した。そこから我々はなにを学ぶべきか？　二度と当時のように弱くあってはならないということだ。当時我らの軍は、要塞に立てこもるしかなかった。抵抗する覚悟はあったが、町を守るだけの能力はなかったのだ。

カーディー――それで、シャリフ・ガリブはどうなさったのですか？

シャリフ――私は当時子供でしたので、記憶はあてになりませんが、尊敬する我が父は――父の魂よ平安なれ――抵抗軍を組織するためにジッダへ急行したと聞きました。

総督――私もそう聞いた。ただ、シャリフはジッダに隠れたのだという根強い噂もあるがな。

シャリフ――一族の名誉が大きいほど、敵も多いもの。何世代も続く敵対関係もありますゆえ。

総督――我らの守護は札束よりも偉大だと思うぞ。ワッハーブ派は強欲だ。イギリスも同様。我々は強大な欲望に取り巻かれている。結束して用心しなければならないのだ。すべてを失いたくなければな。

カーディー――失うものが大きい者と、それほどでもない者とがいますがね。ワッハーブ派はときどき極端な行動に出ますが、熱い信仰心を持っています。今日のような時代には珍しいことです。

総督――そろそろ、なすべきことに移ろうではないか。貴殿らに送った書類は読んだだろうな？　あのイギリス士官は、ともにハッジをした人間たちを非常に詳しく描写している。それどころか名前まで挙げている。最初は偽名だろうと思ったのだが、そうではなかった。おかげで、ほとんどの者を見つけ出すことができた。神がお望みなら、これからの数カ月で、この者たちを尋問することになろう。ただ、このうちふたりはエジプトに住んでいる。そこで、現地の兄弟たちにこのふたりの尋問を頼んだ。そして、今日ようやく返事をもらった。まずはよい知らせから。ふたりともまだ生きていて――すすんで情報を提供してくれた。

カーディー――で、悪い知らせというのは？
総督――すぐにわかる。この証言がなにを伝えているのか、私にはどうも確信がない。だがまあ、自分で読んでみたまえ。

シェイク・モハメド

その男のことなら覚えているよ。彼の教師であったことを誇りに思っている。アイワ、アイワ、アイワ。シェイク・アブドゥラは教養ある高貴な男だった。優秀な医師でもあった。私自身は彼の治療を受ける必要はなかったが――神に感謝を――その能力についてのさまざまな逸話は、あらゆるところで語られていたね。シェイク・アブドゥラは、本当に病を治すことのできる医師だった。よきイスラム教徒であり、我を忘れるほど信仰の問題に没頭していた。実務的なことがらにはまったく執着がなかった。私はよく彼に警告してやらねばならなかったのだよ。私の監督がなければ、彼が騙され、盗まれる機会はもっと多かったことだろうな。ただひとつだけ、そこまでしつこくお尋ねになるなら言うが、怪しいと思った点があるな。それは、あの男に妻がいなかったことだ――あの男がその後結婚したかどうか、ご存じか？――あれからずっと、いい妻を見つけられますようにと祈っているんだがね。多くの女が彼に向ける視線が、私には気に入らなかった。背の高い、美しい顔の男で、輝くようだったな。一生のあいだ誘惑に打ち勝てる人間などおらん。預言者は――神よ、預言者の魂に平安と恩寵を――、罪から身を守る最良の方法は、誘惑を取り除くことだとよくご存じだったがな。その点が心配だということ以外に？　いやいや、あなた方は正当性のない疑念をわざわざ作り出している。そんなことをするのは不当なだけじゃない、危険でもある。シェイク・アブドゥラは、私がこれまで教えてきたなかで最も真面目な生徒だった。良心的な。きっと信じてもらえないだろうが、ときどき、栄光あるコーランの難しい箇所を避けて通ることができないときには、一緒に読んだものだ。何度も何度も。そしてシェイク・アブドゥラは私に、意味を説明しろと迫るんだ。そんなとき、正直に言うとね、ほんの稀に、教師は知っているふりをするものなんだよ。それで私もね、見えないわけじゃないが、歳を取って弱ってきた目を半分閉じてね、ある箇所の意味を適当に作って話したんだ。そして、私の名誉が守られるよう、ほかの生徒たちの場合と同様、その小さな欺瞞が受け入れられ、すぐに忘れられてしまうことを期待した。ところがあの生徒はね、私の言葉のひとことひとことを精査して、欺瞞を見破ってしまったんだ。そしてそのことで我を失うほど怒ってね、大声でこう叫んだんだ。まことに、最も高貴にして最も偉大なる神のほかにはいかなる力も存在しない、と。それを聞いて私は恥ずかしくなってね、我々の誰にもふさわしい謙遜の態度に戻って、こうささやいたんだよ。神を畏れよ、おお、人間よ！　神を畏れよ。さあどうだね、聖なる書を老教師の高慢からこんなふうに守ろうとする異教徒がいるとでもお思いかな？

　最初から、この男は信用ならないという気がしていた。だが、彼が太ったアルバニアのバシ・バズークにしか出せない大声でわめいてしまったいまとなっては、もう手遅れだった。いったいなにが自分をこんな狂気の沙汰に追いこんでしまったのだろう？　すぐに隊商宿じゅうに、かの高名な医師は野蛮な無骨者と友情を結んだと知れわたってしまうだろう。それよりはるかにまずいのは、尊敬されるダルヴィーシュが酒宴に加わったことだ。ダルヴィーシュなのだから、かなりのことは許されるが、これだけはいけない！　まるで妹を自分の手で売春宿に売った後に、その妹の名誉を守ろうとするかのように大暴れしているこのアルバニア人と違って、怒りに駆られることもなく、理性を保って飲んだとはいえ。

　ふたりが知り合ったのは、ほんの一日前のことだった。ハージー・ワリの部屋へ挨拶に寄ったシェイク・アブドゥラは、そこでこのアリ・アガに出会ったのだった。肩幅の広い男で、太い眉と潤んだ瞳、薄い唇に、小船でも繋げそうな頑丈な顎を持っていた。この男が軍人風を吹かせ、まるでベルトに武器でも携帯しているかのように片手を当てて、宿のなかを威張りくさって歩く姿は、それまでにも何度も見かけていた。アリ・アガは足を引きずっているせいで緩慢に歩き、極端に粗野な態度を取ることで、文明人であることを隠そうとしていた。アリ・アガとの会話はなかなか弾まなかった。アリ・アガがアラビア語を使うのは、どうしても相手に理解してもらわねばならないときだけで、それ以外のときにはトルコ語でまくしたてたからだ。ハージー・ワリが中庭に呼ばれていってしまうと、アリ・アガはシェイク・アブドゥラのほうに身を乗り出して、ささやきかけた。ラキはどうだ？　そんなものはこの宿にはない、と、シェイク・アブドゥラは慎重に答えた。するとこのアルバニア人の傭兵は、軽蔑するようににやりと笑って、シェイク・アブドゥラをロバと罵ったのだった。

ところが翌日、アリ・アガはまるで当然のようにシェイク・アブドゥラの部屋を訪ねてきた。そしてほとんど息もつがずに朗々としゃべり、せっせと水パイプを吸い、そのトルコ語の大波に、煙だけの空気を切り裂くような身振りを添えた。やがてアリ・アガがようやく立ち上がったので、シェイクもそれにならうと、アリ・アガはまるで力比べでもするかのように、シェイクの腰に手を回した。アルバニアの将校は、インドの医者などなめていた。それがよくわかるほど、腕の力は軽くなおざりだった。ところが次の瞬間、アリ・アガの体は宙を舞い、頭が敷物に、尻が石の床に、両脚が水パイプのすぐ横に着地した。アリ・アガは立ち上がると、部屋の主を初めて関心をこめた目で見つめた。俺たちふたり、きっとうまくやっていけるぞ！　そう言って、アリ・アガは立ち上がった。もう一度パイプを吸ってやろう。アリ・アガは両手のこぶしを腰に当てて言った。もう少しここにいてやる。たったいま抱いたばかりのシェイクへの尊敬の念から、アリ・アガはアラビア語に切り替え、つっかえながらも、先ほどと同じように熱心に、だが今度は相手にもわかるように、自分の英雄譚を語り始めた。わかりやすく説明するために、袖をまくりあげて、ズボンの裾もたくしあげ、さまざまな傷跡を見せながら、後からならあらゆる説明が可能な昔の負傷について、ひとつひとつ語って聞かせた。故郷の山地では、子供でも命がけで遊ぶんだ。トルコ人を怒らせた奴は、みんなから尊敬される。俺は一番大胆だった。トルコ人は銃で狙いを定めたが、俺は怖くなんてなかった。それで、銃弾が俺のすねを粉々にしたってわけさ。自身の偉大さを自慢するエピソードをさらに三つ語った後、アリ・アガはシェイク・アブドゥラを仲間だと宣言し、だから小さな頼みごとをしたい、と言い出した。なにか毒をくれないか、効き目に決して間違いのない薄い毒が欲しい、おとなしくさせなきゃならない敵がいるんだ、と。シェイク・アブドゥラが即座に貴重品入れを開けて、丸薬を五粒渡しても、アリ・アガは驚いたそぶりは見せなかった。そして、首にかけた小袋に薬を慎重に入れた。もし訊かれていれば、シェイクは正直に、それは甘汞《かんこう》だ――いや、こう言ったほうがわかりやすければ、塩化水銀だ、と教えてやっただろう。利尿と胆汁を刺激して便通を催させる効果にかけては、ほかのどんな手段もかなわない、と。別れの際、このバシ・バズークはシェイクに抱擁を強要し、ぜひ一緒に飲もうと熱心に誘った。いますぐじゃない、今晩、夜がふけてから俺の部屋に来てくれ、と。

隊商宿が寝静まると、シェイク・アブドゥラはベルトに短剣を忍ばせて、アリ・アガの部屋を訪ねた。誰にも気づかれはしないだろう。それに、いつでもまた出ていける。一杯だけだ。あのアルバニア人が得々と語るであろう話を聞きに。そろそろ羽目を外して楽しんでもいいころだ。部屋に着くと、酒宴の用意はすでに整っていた。部屋の真ん中、ひとつきりのベッドの前に、蜜蠟でできた蠟燭が四本立っている。その隣にスープ、冷製の燻製肉のテリーヌ、何種類かのサラダ、それにヨーグルトを入れた器がひとつ。これらの食べ物は、二本の瓶を取り囲むように置かれていた。一本の瓶は細くて長く、もう一本は香水瓶のように平たくて丸い。どちらの瓶も濡れた布に包んで冷やしてある。ようこそ、兄弟。このごちそうに驚いているのか？　アルバニア人は酒の飲み方など知らないと思っていたか？　さあ、座れ、俺の隣に。アリ・アガは短剣を取り出して、それを部屋の隅に放った。そこでシェイクも同じようにしてから、席についた。アリ・アガは小さな杯を手に取り、それをしげしげと眺め回してから、人差し指で内側を拭うと、細くて長い瓶に入った火酒を縁までなみなみと注ぎ、お辞儀をするように客にすすめた。シェイク・アブドゥラは招待者を褒め称えながら、杯を受け取った。

そして一気に飲み干した。それから杯を床に置いた。なにもごまかしてはいないと示すために、伏せて。祝宴は一杯、また一杯と続いた。水を飲んで、喉の焼けるような熱さを鎮めた。スプーンでひとさじずつ、食べ物も胃に入れた。アルバニア人の将校は、シェイクの到着前にすでにひとりで宴を始めていた。しばらく前に出航して、いまではかなり波の高い沖に出ていたが、それでも次々に杯を干し、自制心も、壮大な物語を語る気力も、失っているようには見えなかった。祖国の山ではな、ふたりの男が喧嘩をすれば、ふたりともピストルを抜いて、相手の胸に突きつけるんだ。アリ・アガはここで劇的効果を狙って間を置いた。合意に達するまで口喧嘩を続けるんだが、もしその前にひとりが引き金を引いたら、その場にいるほかの男たちが、そいつを殺す。ここでバシ・バズークは、飲み仲間の顔に驚愕や軽蔑の不適切な痕跡はないかと、探るように見つめた。そしてシェイク・アブドゥラが浮かべる楽しそうな表情を見て、満足げに平たく丸いほうの瓶をつかむと、両手いっぱいに香水をふりかけ、その香りを頬に叩きつけた。シェイク・アブドゥラもそれに倣った。待て、それ以上話は聞かせるな！　シェイク・アブドゥラは粗野な言動に食傷気味で、なにかにうっとりしたかった。死刑執行人の専制と強烈な芳香から逃れたかった。詩の力で。そこで、この場にふさわしい詩を朗誦した。最初の数語は、アルバニア人にあらゆる行為をやめさせる砲撃のようだった。

夜がやってきた、友よ。
我らの火をワインで掻きたてろ。
そして俺たちは、世界が寝ているあいだに、
暗闇のなかで太陽に口づけるんだ。

最後の二行を、シェイクはまるで愛の告白のように口にした。なんという詩だ！　アリ・アガが顔を輝かせた。こんな詩があるなんて！　アリ・アガはシェイクの両頰に口づけた。何度も。やがてシェイクがこのアルバニア人の顔を両手で挟んで、優しく自分の顔から離すまで。ふたりはさらに杯を重ねた後、壁にもたれかかった。手にパイプを持ち、濃い煙を気持ちよく宙に吐き出しながら。アリ・アガは今夜の成果をじっくりと眺め、盛大に飲酒の罪を犯したことにこれ以上なく満足だと宣言した。だがやがてその満足感も消え、バシ・バズークはそわそわし始めた。彼はさらなる盛り上がりを必要としていた。立ち上がると、両掌を重ね合わせてこう叫んだ。そうだ、兄弟。俺たち、なにか大きなことをしないと。なにか本当に大きなことを！　これより大きなことなんてあるか？　と、シェイクは無関心に尋ねた。俺たちの友ハージー・ワリを心変わりさせるんだ。あの男は人生の楽しみ方を知らん。なんというおかしな思いつきだ、とシェイクは言った。あの男以上に、改心させる甲斐のあるやつがいるか？　いるわけがない！　バシ・バズークの決意は固かった。ハージー・ワリでなきゃだめだ、ほかの奴ではだめだ。あの男に酒の飲み方のいろはを教えてやるんだ。いまの俺たちみたいに気分がよくなりゃ、あいつだって俺たちに感謝するさ。まあいいんじゃないか、と、シェイク・アブドゥラはふらふらの頭で考えた。ハージー・ワリのあの体型を見るに、もしかしたらもう準備はできているのかもしれない。人知れぬ改宗者。もしかしたら、ただ誰かに誘われるのを待っているだけかもしれない。私たちに誘われるのを。シェイク・アブドゥラは立ち上がると、大げさなほど厳かに、ハージー・ワリを連れてくると宣言した。

ハージー・ワリはすでに休んでいた。歳若い友人シェイク・アブドゥラの体に染み付いた強烈な匂いと、驚かせたいことがあると言う子供のように無邪気な興奮をたたえた声に戸惑った。いやいやながらシェイク・アブドゥラの後について、ハージー・ワリはこれまでまだ入ったことのなかったアリ

・アガの部屋に足を踏み入れた。バシ・バズークは飛び上がって、ハージー・ワリの肩をつかむと、床のクッションの上に押しつけるように座らせた。気がつけば杯を手に持たされていて、気がつけばその杯になみなみと液体が満たされ、ハージー・ワリは、この将校が自分に酒を勧めているのだと悟って、戦慄した。そして嫌悪感もあらわに、勧めを断った。バシ・バズークは傷ついたように顔を歪めて、どうしても飲めと言い張った。ハージー・ワリは毅然と断り続けた。アリ・アガは軽蔑の笑いを浮かべると、杯を自分の口へと持っていった。そして中身を飲み干すと、満足げに唇をなめ、ハージー・ワリに水パイプを無理やり押しつけておいて、次の攻撃のために力を蓄えた。ハージー・ワリは、自分はこれまでの人生ずっと飲酒の罪を避け続けてきたと抗議したが、無駄だった。明日になったら一緒に飲むと約束し、警察を呼ぶと脅し、コーランを引用したが、それでもだめだった。ハージー・ワリがコーランの一節を最後まで引用し終わらないうちに、アリ・アガは大きく息を吸い込んだ。

罪は罪、明日は明日だ。だがコーランになにが書いてあるかは俺だって知っている。それもあんたよりずっとよくな。アリ・アガは、まるで集まった人々に贈り物をばら撒くかのように、腕を前に振り出した。そして、コーランには、と、アル＝アズハル大学のアリムのように自信たっぷりにまくしたてた。コーランには、酒についての裁断が何度か出てくる。三回だ。アルバニア人は指を三本立てた手を高くかかげた。そしてな、三回とも違う裁断が下されているんだ。どうしてかって？　一度目はこうだ——神は過度の飲酒を戒める。俺たちの疑問はこうだ——これはいつのことだろう？　答えは、神が夕飯を食う前のことだ。二度目はこうだ——神は夕飯を食って、そして……なんというか、少しばかり杯を重ねすぎた。するとなんだか気分が悪くなった。そこで神は、我々に厳しく……飲むのはまったく勧めない……と言うんだ。もう飲んじまった酒に体がついていかない奴は、誰でもそう言うさ。さて、そして三回目——神は飲酒を禁じる。完全に……まったく。で、兄弟よ、これはいつのことだと思う？　翌朝、神がひどい二日酔いを抱えて目を覚ましたときだよ。はん！　なんだってあんたは、自分で一口も試してみないうちから、二日酔いの男が定めた戒律なんかを尊重するんだ？

自身の語る話にすっかり夢中になっているアリ・アガが落ちを言い終わらないうちに、ハージー・ワリは飛び上がって、部屋から走り出ていた。己の損失も顧みず――帽子と部屋履きとパイプを残したまま。後を追う勇気は、バシ・バズークにはなかった。代わりに、帽子と部屋履きとパイプに酒の芳香をふりかけながら、知っている以上のさまざまな言語でハージー・ワリをロバと罵った。それからアリ・アガは、尊敬すべき客であるシェイク・アブドゥラを、夕食の残りを腐らせてはならないと誘った。ふたりはスープと燻製肉をたいらげ、消化を助けるためにさらなる水パイプを吸った。穏やかな平安が訪れた。ところがそれは、またしてもバシ・バズークによって破壊された。ふらふらに酔っ払ったアリ・アガは、芝居がかったようすで唐突に、美しい踊り子たちを見たい、目を楽しませるためになにかショーが見たい、と告げたのだ。それは隊商宿では禁じられている、とシェイク・アブドゥラは言った。誰が、とアリ・アガは怒って叫んだ。誰が禁じたんだ？　パシャ本人だ、とシェイクは答えた。素晴らしい知恵者であるパシャだ。もしお前の言うとおりなら、と、風にそよぐ口髭を指でねじって、突っ立った二本の針にしながら、アリ・アガは厳かに告げた。もしそうなら、パシャ本人に俺たちのために踊ってもらうしかないな。そしてアリ・アガは部屋から駆け出していった。

シェイク・アブドゥラはため息をつくと、立ち上がった。今夜はどんどん手に負えない展開になってきている。いまが最後のチャンスだぞ、と、ぼんやりした内なる声がせっついた。自分の部屋に帰って、扉に鍵をかけ、寝てしまえ。だがそこに悪魔が割り込んできて、シェイクは、バシ・バズークはあれほど混乱しているのだから傍についていてやらねばならない、と自分に言い聞かせた。そして回廊を走ってバシ・バズークのあとを追い、彼を欄干から引き離して、言葉をつくし、不潔な赤いフスタンをしっかと握って、どうか部屋へ戻ってくれと懇願した。だがアリ・アガは、妻がいればその言葉に耳を傾けないであろうと同様、シェイク・アブドゥラの言葉など一顧だにしなかった。シェイクの惨めな提案を不快に思い、怒りを募らせていった。そして、目の見えない拳闘家のように両手を振り回した。だが拳に当たるのは空気ばかりだった。何度も何度も空気を殴り、やがてアリ・アガは動きを止めると、うなだれた。まるで耳を澄ませているかのように。まるでなにかがひらめくのを待っているかのように。シェイク・アブドゥラはアリ・アガから手を放した。もしかしたら嵐は過ぎ去ったのかもしれない。すぐに別れの挨拶を交わせるかもしれない。ところが、バシ・バズークは一番近い扉に突進すると、肩でそれを破り、ふらふらと部屋のなかに入っていった。半月に照らされて、ふたりの年配の女性が床の上で、それぞれの夫の隣で眠っているのが見えた。女たちは目を覚ました。目に入った光景をなんだと思ったのかはわからないが、なんであれ、彼女たちは少しも怖気づくことはなかった。体を起こしながら、これ以上ないほど野卑な罵り言葉を雨あられと浴びせかけて抗議した。その罵倒には、傭兵隊の将校であるアルバニア人でさえ感銘を受けた。そして、罵り続ける女たちの口の前に粛々と退却を始め、狭い階段をよろよろと下りる途中で、温かい服に包まって眠る夜警の上に落下した。夜警のいびきが金切り声に変わった。中庭で眠っていた召使たちも、いまや皆目を覚ました。そのなかにアリ・アガの手下もいた。若くがっしりしたアルバニア人で、主人を部屋へ戻すのを手伝ってほしいとシェイク・アブドゥラに頼んできた。ところが、バシ・バズークは手に負えないほど荒れていた。蹴り、唾を吐き、腕を振り回し、叫び……この犬どもが！　俺は貴様らを汚してやったからな……やがてほかの召使たちがやってきて、アリ・アガの手足をしっかりとつかんだ。彼らはアリ・アガを抱えて階段を上り、部屋へ引きずり入れた。不安と好奇心に駆られて部屋から出てきた隊商宿の住人すべてに見守られながら。酔っ払ったアルバニア人の罵倒は、今度は住人たちに向けられた。このエジプト人どもが！　お前らは犬と同類だ！　俺はお前らを汚してやったからな。アレクサンドリアもカイロもスエズも汚してやったからな！　それがアリ・アガの最後の言葉だった。ベッドに横たわるやいなや、アリ・アガは深い眠りに落ちた。混乱のなかで、召使のひとりがラキの瓶につまずいた。アリ・アガを部屋へ戻したことで安心した召使一同は皆はだしだったので、臭い液体で足を濡らしたまま部屋から出ることになった。シェイク・アブドゥラはその酒瓶を持ち上げ、ベッドと床とに中身をたっぷりと振りまくと、部屋の外の扉の前でアリ・アガの召使に手渡した。証拠隠滅のためだ、と言って。シェイク・アブドゥラが自分の部屋に戻ると、向かい側の回廊に、ランプを手にしたハージー・ワリの姿が見えた。ハージー・ワリは長いあいだシェイク・アブドゥラをじっと見つめていた。だがそれは、シェイク・アブドゥラが予想していたような非難のまなざしではなかった。それはただ失望した、カイロじゅうで最も悲しいまなざしだった。

一二七三年サファル月
神よ、我らに恩寵と慈悲とを与えたまえ

ハージー・ワリ

道を誤った友人に私が与えられる忠告は、もはやひとつだけでした――すぐに巡礼に出発するように。あの後どうなるかは、わかりすぎるほどわかっていましたからね。隊商宿の全員があの話でもちきりになる。性悪さでは並ぶ者のないアルバニア人のバシ・バズークの話と、とんでもない偽善者だったことが明るみに出たインド人医師の話で。あの異国の医師が報酬も取らずに多くの人間の病を治したことなど、もはや誰も思い出さない。彼の名声は地に落ちたのです。あのままカイロに留まるなら、別の地区に引っ越すしかなかったでしょう。いったい誰に理解できるでしょう？　あんなに善良な人間が。善良でありながら、悪魔に騙されると、頭のおかしいアルバニア人と何杯か酒を酌み交わすために、名誉も評判もなげうってしまったんです。なんともったいない！

カーディー――これでもうじゅうぶんです。なんとも汚らわしい。しかし、尊敬すべき総督閣下が、このような忌まわしい報告を読むことが真実の発見につながるとお考えならかまいません。これ以上の証拠はもう必要ないでしょう――このイギリス士官の信仰は、ただの見せかけだったのです。

総督――ときたま酒をたしなむ者が皆、本物の信仰を持たないとなったら、信仰者の輪はぐっと小さくなるだろうな。

カーディー――カリフの支配する国の公式見解は、最近ではそうなっているのですか？　スルタン・アブデュルメジトはフランス渡来の赤い毒を好まれると聞いたことがありますが。

総督――私は事実を述べているのだ。神に祝福されたこの町でさえ、ラキが売られていると聞いたが。

シャリフ――いったいどうやって取り締まれとおっしゃるので？　罰は……

カーディー――……首尾一貫して遂行されてはいません。

ハージー・ワリ

はい、そのとおりです。確かに私は、ペルシア人だと名乗るのはやめるよう、彼に忠告しました。ペルシア人だと言えば、いたるところで軽蔑を受けるでしょう。ヒジャズでは殴られるかもしれませんし、殺されることだってあり得ます。彼は私の忠告を喜んで受け入れましたよ、確かに。ですが、だからといって彼が見かけどおりの人間ではなかったということになるんですか？　とはいえ、彼が自分をどんな人間だと見せかけていたのか、私には最後までよくわかりませんでしたがね。彼はあいまいさで自分の身を包んでいました。非常にたくさんの言語を話すことができました。ですが、私の目をごまかすことはできません。彼が背教者だということは、当然わかっていましたよ。いえいえ、おっしゃるような意味じゃありません。そんな話はとても信じられませんよ。彼にはなにかまったく別の秘密があったんです。ずっと、シャーフィイー学派に属しているかに見せかけていました。ですがそれは嘘でした。いいですか、私は彼がタキーヤを実践していることに気づいたんですよ。彼の属する宗派の伝統が教えるとおりに。シーア派は、もし必要ならば、もし生き延びるために必要不可欠ならば、真の信仰を隠してもかまわないと考えていることはご存じでしょう。これこそが究極の真実なんですよ。つまり彼はシーア派だったんです。きっとスーフィー教徒でもあったに違いありません。それ以外のことについては、私にはわかりませんよ。

シャリフ――スーフィー教徒か、なるほど、これでわかりましたね。スーフィー教徒が酒を賛美することは、我々皆の知るところです。

総督――それは単なる比喩に過ぎん。比喩としての酒だ。だからといって、彼らが飲酒の罪を肯定していることにはならん。

カーディー――どうして彼らは、間違った比喩を選ぶのでしょう？　まあ、もうやめましょう――この男がシーア派なら、酒を飲んだからといってなんだというのです？　罪は倍にはなりません。

シャリフ――たとえ彼がシーア派で、その事実を旅の同行者のみならず、自著の読者にも隠しているとしても、少なくともハッジはイスラム教徒として行ったことになりますな。我々が恐れていたように、冒瀆者としてではなく。

総督――それはこの男自身が神と語り合うべき問題だ。より重要なのは、この男がスパイ行為を働いたかという問いだろう。だがこれらの証言から鑑みるに、もしかしたら貴殿の言うとおりかもしれないな。彼はもしかして、上司にも虚偽の報告を上げた可能性があるのでは？

カーディー――シーア派が生まれながらの嘘つきであることを肯定的にとらえるとおっしゃるのですか？

総督――今回はそれが我々の利益になったかもしれないのだ。

シャリフ――シーア派とて聖地を愛していますよ。間違いなく。
カーディー――彼らは聖地を愛するあまり、自分たちの支配下に置きたいと考えているんですよ。
総督――我々はより深く掘り下げねばならん。このリチャード・バートンという男は、秘密を持つことにかけては達人のようだ。その点に不安を覚える。こういった人間は、最も身近な者にさえ自分の意図を明かさないものだ。自分自身にさえな。この男はダルヴィーシュだったのか？　あの混乱した道を行く者たちのひとりだったのか？　この男はその道にひたすら忠実だったのか？　著書のとある箇所で、彼はこう書いている。だいたいのところは覚えている――「さて、ここからは口を閉じねばならない。ダルヴィーシュの行く道は世俗の目によって踏み荒らされてはならないのだ」。この箇所で、彼は真実を述べているのか？　それとも、自分を興味深い存在に見せようとこう書いただけなのか？　人間というものは、知ることの許されない事実まで貪欲に知りたがるものだ。考えてもみたまえ――バートンは少なくともここで、自国の国民に情報を与えるのをあからさまに拒否している。そして、我々も知ってのとおり、イエメン人がチャット中毒であるように、イギリス人は知識の中毒なのだ。この男は、自国の国民をうまく言いくるめて、いいように引きずり回している。要するに、彼はやはりタキーヤを実践していると言えよう！
カーディー――この男は、我々全員をいいように引きずり回しているように見えますが。
シャリフ――神はよりよくご存じだろう。

翌日には、自分の記憶が信じられなかった。どうしてあんなことができたのだろう？　いったいどんな悪魔にとりつかれていたのだろう？　自分はさまざまな存在の混交だ。人間であると同時に悪魔であり、己のなかに強大な破壊行為者を、悪魔の全権大使を住まわせている。その全権大使が、シェイク・アブドゥラが三歩歩くことに成功するやいなや、毎回足もとに障害物を投げつけてくるのだ。三十代半ばにもなれば、ときに自分自身に失望させられた経験を持たない者などいない。自分で自分の愚かさを暴けるのだから、他人の不信感など待つまでもない。なんと惨めなことだろう。だがそれでも、シェイク・アブドゥラはどこか自分を誇らしくさえ感じていた。自分は安心しすぎていた。不安などまったくなかった。もし不安があれば、その不安が、悪魔を避けて通るようにと忠告を与えてくれたはずだ。己のなかに潜む悪魔を。これは難しい。翌朝のいま、荒ぶる町に四方を取り囲まれているように思える部屋のなかで、シェイク・アブドゥラはいつまでも治らない傷の痛みにも似た不安を感じていた。抑制がきかず予測もつかない自身の振る舞いへの不安を。カイロではかなりのことがまかり通るかもしれない。だがメッカでは、一瞬ですべてを失うこともあり得るのだ。ゆっくり寛いでくれ、不安よ、お前は私の歓迎すべき同伴者だ。ハージー・ワリの言うとおりだ——できるだけ早くこの町を去るのが賢明だ。堕ちた医師は、町じゅうで恰好の話題の種になるだろう。

カイロの町と恥ずべき記憶から逃れるのに、砂漠での長い一日が必要だった。何時間もラクダで目指した地平線は、明るい未来が約束されているような錯覚を抱かせてくれた。空気と運動によって五感が刺激され、ナイフのように研《と》ぎ澄まされた。砂漠は損なわれた大地だ。荒涼たる廃墟だ。丘は胡桃《くるみ》の殻のようにひび割れている。だがそんな砂漠が、シェイク・アブドゥラを高揚させた。夜のキャンプ地にいるほうが、今朝まだ隊商宿の中庭で、出発のためにヒトコブラクダを追い立てるほかの巡礼者たちと一緒にいたときよりも、生を実感できた。ハージー・ワリとシェイク・モハメドが、町の門まで送ってくれた。ふたりの丁重な別れの挨拶に、シェイク・アブドゥラはしばらくのあいだ、彼らのもとを去らねばならないことを悲しく思った。ふたりはシェイク・アブドゥラに、預言者の墓で祈りを捧げてほしいとだけ頼み、友人であり生徒である彼の幸運を祈る言葉を山ほど浴びせかけてくれた。荒涼とした景色は、いくら見ても飽きなかった。近づいていくと色を変える青黒い岩山。峡谷では、まるで岩の内部を眺めているような気がした。崖に岩脈や地層や鉱床がむき出しになっている。人間が目にすることのできない岩石の成長の過程だ。砂漠では大地は裸で、空は透明だった。シェイク・アブドゥラは、筋肉の凝り、身体が慣れる前段階である痛みで、自分の身体を感じることを楽しんだ。ワジを何本か渡った。水のない薄茶色の川で、嵐が来ると突然満ちる水と同じ幅だ。乾ききった記憶を除けば荒れ果てた川。スエズまではほんの三日の道のりだ。だがその三日で自分の生の息吹は再び呼び覚まされるだろうと、その晩シェイク・アブドゥラは感じた。いまもうすでに、解き放たれたような気分なのだ。苦労は大歓迎だし、危険も同様だった。スエズまでの道のりに危険があるとはとても思えないが、ヒジャズの砂漠ではきっと大いなる危険が待ち受けているに違いない。カイロはシェイク・アブドゥラを消耗させた。ようやく欺瞞的な医師というあの仮面を取って、再び自分があこがれる種類の男になることができるのだ。誠実で、寛大で、ひたむきな男に。シェイク・アブドゥラはあたりを見回し、キャンプ地のそれぞれの焚き火を囲む人たちが、客を当然のように温かくもてなすようすを眺めた。文明ははるかかなたに置いてきた。文明には町の門から外に出る勇気がないのだ。あと数日で、自分の硬直した礼儀正しさも、偏屈な態度も消えるだろう。もしそれがあまりに想像を絶する行為でさえなければ、いまふもとでキャンプしているこの丘を上り、世界中に向かって感激の叫びをあげたいくらいだった。この気持ちを肯定してくれるこだまを期待して。だがそうはせず、代わりにシェイク・アブドゥラは強いコーヒーを飲んだ。これ以上の刺激は必要ない。酒のことなど考えただけで気分が悪い。あのアルバニア人のバシ・バズークも、ヒジャズの任地に戻ったら同じように感じるだろうか？　シェイク・アブドゥラの食欲は旺盛になり、昨日ならまずいと思っただろう食事をむさぼるように食べた。それから、あらゆるベッドのなかでも最上のベッドである砂の上に横たわった。自分を健やかにしてくれるであろう空気に包まれて。キャンプ地の最後の人工の明かりが一瞬のまたたきのあとに消え、夜が大地を口に含むまで、シェイク・アブドゥラは目を開けたままでいた。

翌朝、ラクダに鞍をつけたところで、若い男が呼びかけてきて、ラクダの端綱《はづな》をつかむと、熱心にシェイク・アブドゥラに挨拶した。僕のこと、覚えてませんか？　それはカイロの市場でつきまとってきたしつこい男だった。自分をメッカまで連れていってくれる強い男を探しているんだと、当時、鷹が獲物を見逃さないように誰のどんな狡猾さも確実に見抜くハージー・ワリが、警告してくれたものだった。きっとすぐに、故郷のメッカに行けば自分がどれほど役に立つ存在かと話し始めるぞ、とハージー・ワリは言った。次の瞬間、メッカは僕の家のようなものですよ、とこの若い男は言ったのだった。当時と同じように、男の表情は厚かましさと卑屈さのあいだを、設えの悪いブランコのように揺れ動いていた。そう、僕ですよ、モハメド・アル＝バシュニです。ここでまた偶然会えたのは、神のお恵みだと思ってください。神のお恵みに浴しているのは君のほうじゃないかな、とシェイク・アブドゥラは小声でつぶやいた。それから声を大きくしてこう言った。どうしてこんなところへ来た？　どうしてそんな質問ができるんです、シェイク。もちろん、イスタンブールから故郷へ帰るところなんですよ。故郷とは？　ああ、シェイク、全部忘れちゃったみたいですね。幸いなる都市メッカですよ。神よ、メッカを称えたまえ。あなたのことはいろいろ聞いていますよ。すごい名声をお持ちですからね。昨日の晩から、あなたのことを見ていて、好感を持ちました。だから、僕がハッジにお供するのは神のご意志です。きっとお役に立ちますよ。特にあらゆる町の母であるメッカでは。なにしろ僕は、メッカのことなら石ひとつにいたるまで知りつくしてますからね。じゃあ人間はどうかって？　人間のことなら、石のことよりずっとよく知ってます。そんな包括的な知識を持つには、君はまだ少し若すぎはしないか？　とシェイクは訊いた。目の前の、光のあたり具合によっては骸骨にも似た骨ばった顔を持つまだ髭もない若い男は、動揺のかけらも見せなかった。僕はたくさん旅をしてきましたからね。それに、旅をするときには五感を研ぎ澄ましています。僕には人間の価値がわかります。シェイク・アブドゥラは、この男のしつこさに戸惑った。どうやら裕福な家庭の出身らしい。この自信に溢れたようすから見るに、大切に守られて育ったのだろう。人間は考えるが、神は導く、とシェイク・アブドゥラは慎重に言った。まこと、奇跡はたくさんある。それらすべてを知る者に名声と栄光あれ。さて、私のラクダから手を放してもらえないだろうか。キャラバンの最後尾にはつきたくないのでね。きっとまた今晩お会いしますね、シェイク。前を行く者たちと同じように、シェイク・アブドゥラもその後すぐにラクダを進めた。まるで凱旋行進のための大通りを縁取るかのように並んで虚無へと続くヤシの木々に沿って。明日の晩にはスエズに着くだろう。海に。そこから初めて本当の巡礼が始まるのだと、シェイクは感じていた。

一二七三年ラビ・アル＝アッワル月

神よ、我らに恩寵と慈悲とを与えたまえ

モハメド――あの男のことは、最初から怪しいと思ってました。僕みたいにあちこちを旅してきた者なら、詐欺師のにおいは風上にいたってかぎわけられますよ。言っておきますけど、僕はイスタンブールをよく知っているし、バスラにも行ったことがあるし、インドまで旅をしたこともあるんです。で、あの男は、自分はインド出身だなんて言ってました。それですぐに、なにかおかしいと思ったんですよ。

総督――なにがだ？　もう少し具体的に話してくれ！

モハメド――特にこれといったことはなくて、感じですよ。そう感じたっていうか。あの男はどこか違いました。すべてをよく観察していました。目立たないように。でも僕は気づきましたけどね。それにいつもゆっくり、用心深く話しました。賢者みたいに。ほかの人たちの目にはそう映ったかもしれませんけど、でも僕はこう思ったんです――この男は、間違ったことを言わないように、怖ろしいほど注意を払ってるんだって。

カーディー――お前の疑いは、そういった推測に基づくものばかりか？

モハメド――根拠のない推測じゃありませんよ。僕が正しかったことは、きっとそのうちおわかりになります。

シャリフ――はっきりさせておきたいのだが――父親の名前から察するに、お前の家族はメッカ出身ではないな？

モハメド――エジプトの出身です。でももう長いあいだここに住んでます。何世代も。本物のメッカ市民ですよ。

カーディー――もう少し謙虚になりたまえ、若いの。このシャリフの一族は、この町始まって以来ここで暮らしておられるのだ。数世代など、数のうちに入らぬぞ。

総督――この男の話をもう少し聞こうではないか。いいな。

モハメド――最初に一緒に祈ったとき、僕はあの男のすぐ後ろにつけたんです。あいつをよりよく観察できるように。改宗者は何年たっても間違いをやらかすって、知ってましたから。なにかごまかそうと思っても、祈りを見れば僕は見破れますよ。

総督――それで？

モハメド――それが、まったく。残念ながら。きっとよく学んだに違いありませんよ。そういうことだってあり得るでしょう？

カーディー――なにがあり得ると？

モハメド――祈りの作法をこまごました点にいたるまで暗記して、ひたすらそのとおりにやってみせることですよ。

カーディー――人はさまざまな危険を冒し得る。祈りを軽視することもそのひとつだぞ。

モハメド――僕は自分の祈りをおざなりになんてしませんでしたよ。それに、作法の間違いだって犯しませんでした。だいたい、冒瀆者や偽善者に出会ったら、それを暴いてやるのが、僕の義務じゃないんですか？

総督——その点、お前はよくやった。だがもう少し多くを語ってもらわねばならん。これまでのところまだ、シェイク・アブドゥラが冒瀆者であり偽善者であることをお前が見破ったとは、我々には納得できていない。

モハメド——それなら、どうして僕にお尋ねになるんです？　貴重な時間を無駄になさるんですか？　いや、そうじゃない！　きっと皆様も僕と同じように、あの男が偽者だと知っておられるんでしょう。でもあいつは抜け目がなかった。インド人っていうのはみんなそうです。スエズでは、大勢でひとつの部屋に押し込まれました。怖ろしく狭い部屋で、何日も船を待たなくちゃならなかったんで、みんないらいらしてました。でもあの男だけは、時間をうまく利用しました。ほかのみんなに気前よく金を貸したんです。やつらはみんなしみったれでね、あれ以上けちになれって言われても無理です。あいつから硬貨を何枚か受け取ったとたんに、みんな優しく、寛大になっちまいました。そしてあの男をちやほやするんです。菓子をやったり、耳あたりのいい言葉を聞かせたり。本人が部屋にいないときにまで、あいつを褒めちぎってました。あのシェイク・アブドゥラという男、なんという偉大な人物だ、なんと素晴らしい男だ、ってね。メディナで誰があいつを家に泊めるかってことで、互いに喧嘩までする始末だったんですよ。

カーディー——それでお前は？　お前は彼から金を受け取らなかったのか？

モハメド——ちょっぴりですよ。ほんの一、二ピアストル。僕ひとりだけが、あいつの気前のいい申し出を断ったら、どんなふうに見られたと思います？　そんなことをしたら、あいつに不信感を抱かれるじゃないですか！　でも僕は、金なんかで丸め込まれたりしませんでしたよ。金を借りようと借りなかろうと、僕はしっかり目を開いていたんです。ある晩、あの男の行李のなかに、とある道具を見つけたんです。あいつは行李に鍵をかけるのを忘れたんですよ。インド出身のダルヴィーシュが持ち運ぶはずのない道具だってことは、はっきりわかりました。それまで見たことがない変な物でした。悪魔の道具の一種ですよ。僕はそういうことを知っていそうな人を捕まえて、訊いてみました。

総督――で、なんだったのだ？

モハメド――六分儀です。

カーディー――それはいったいなんだ？

モハメド――すごく複雑な道具です。それを使って星を測量するんです。船の上では役に立つかもしれませんけど、あのシェイクは船乗りじゃなくて、聖なる僧でした――そういうことになっていました。僕は、あの男が部屋を出るのを待って、ほかのみんなに、シェイク・アブドゥラは異教徒だって言ったんです。

総督――そんな話は聞いておらんが。

モハメド――誰も信じてくれませんでした。僕はひとつだけ間違ってたんです。あの男が異教徒だっていうあからさまな真実にみんなが蓋をしてしまうなんて、夢にも思わなかったんですよ。みんなでどうやってあの男に対抗するか相談するものだと期待してました。ところがみんな、僕のほうを責めるんですからね。嫌らしい日和見主義者どもが。

スエズに滞在するのは、その必要があるからに過ぎない。路地やちっぽけな家々が受け入れねばならない何千人もの巡礼者ではちきれそうなこの狭い村で、シェイク・アブドゥラは文明の反撃を受けたような気分になった。完成半ばの開発地域ほど悲惨なものはない。そして、頭の上の屋根以外にはなにひとつ快適なところのないこの宿ほど居心地の悪い場所があるだろうか。その屋根さえ、雨が降らないのでなんの役にも立っていない。この宿の汚れのこびりついた壁に囲まれているくらいなら、溝にでも寝たほうがましだ。ひび割れだらけで、そこにゴキブリや蜘蛛やアリやその他の虫が住み着いているこの床に寝るくらいなら。簡素な住まいには子供時代から慣れている。父がイタリアの小都市やフランスの保養地に耐えられなくなったという理由で、何度も引っ越しをせねばならなかったせいだ。だがどの地でも、これほど嫌悪感を催す宿を押しつけられたことはない。最も耐え難いのは騒音だ。扉のない棚のなかで、愛を交わすのに疲れ果てて攻撃的な枯れた声で鳴く鳩たち。屋根裏じゅう狩りをしてまわり、あくなき性欲から金切り声を上げる猫たち。表をうろつくヤギやロバまで入ってくる始末だ。動物たちは、床に寝ている人間の誰かに近づきすぎ、蹴りを食らって初めて、しぶしぶ引き下がる。とどめに蚊が毎晩のように、横たわる人々に『悲しみの聖母』をがなる。シェイク・アブドゥラの辛く浅い眠りの上で。

部屋は、ほかの旅人たちと共同で使わねばならなかった。初日には全員が自己紹介をして、互いを不信感のこもった目で検分し合った。ハミド・アル゠サマンは、顔幅いっぱいに口髭を生やした男で、声が小さい。その声に相手が耳を傾けることに慣れている。オマル・エフェンディは、丸い顔とやせ細った体を持っている。サード——称号などなにも付かない、ただのサード——は、シェイク・アブドゥラがこれまで会ったなかで最も肌の色の黒い男だ。逆にサリー・シャッカルは、珍しいほど色白の気取った男。二日目には、煙草を吸って時間をつぶしながら、皆がよりよく知り合った。サリー・シャッカルを除いて、全員がメディナの出身だった。サリー・シャッカルの故郷はメッカとイスタンブールだった。上流市民にふさわしい世界の二大都市だ。ハッジの途上なのはシェイク・アブドゥラひとりだった。オマル・エフェンディは、女を軽蔑していることを隠し立てなどしてこなかったにもかかわらず、父親に無理やり結婚させられそうになって、家を逃げ出した。カイロまでたどり着き、そこでアル゠アズハル大学に貧乏学生として入学した。このオマル・エフェンディを除けば全員が商人で、世界を知りつくしており、この世界についてどんな話ができるかで相手のことを判断する人間たちだった。サードはあちこちを旅してきた男で、ロシアにもジブラルタルにもバグダッドにも行ったことがあった。サリーはイスタンブールを自宅の庭のように知りつくしていた。ハミドはレバント地方に詳しく、どんな港にもお勧めの隊商宿を持っていた。

三日目、皆が荷物を開いて、貴重品を互いに披露し合った。ときどき若いモハメドがなんらかの品に夢中になり、指でもてあそび続けて、ついには返せと怒鳴られる羽目になった。誰よりも怒ったのは、自分の行李の上に座っていることが多いハミドだった。行李には、父方の伯父の娘――別の言い方をすればハミドの妻――のための土産が山のように入っていた。この大きな行李を別にすれば、ハミドは質素そのものだった――足には靴を履いていないし、汚れたカザック一枚を着たきりだ。その服がもともとは黄土色だったことは、襟をめくらないとわからない。清潔な服を荷物から引っ張り出さずに済むように、ハミドは礼拝もさぼる。話が酒に及ぶと、眉をひそめる。だがその口の端を見れば、実はひそかに酒を好むことがわかった。自分の煙草より、他人の煙草を好んで吸った。ポケットのなかで三ピアストルをじゃらじゃら鳴らしている。どうやらそれを使うことを想像するくらいはできるようだった。逆にオマル・エフェンディは、メディナのムフティの孫であり、メッカへ向かうキャラバンの護衛部隊を率いてきた将校の息子であるにもかかわらず、まったくの文無しだった。一時的に金はなかったが、代わりに偏見と嫌悪感とはたっぷり持ち合わせていた。そしてそれらを、まるで熟慮の上での公正な意見であるかのように、落ち着いた小声で口にするのだった。そんなオマル・エフェンディの傍を離れようとしないサードは元奴隷で、オマルの父の召使、受命者にして、現在は商売上のパートナーであることが明らかになった。サードはオマルの父から、逃げた息子を家に連れ戻すという任務を与えられており、現在自分の保護下にあるオマルを養うのにじゅうぶんなだけの金銭を持ち合わせていた。サードは自分自身が必要とするものに関しては、厳しい原則に従っていた――借りるときには気がねなく、返すときにはけちくさく。費用をかけずに旅をするのが目標だと公言してはばからず、しかもその理想にかなり近づいていることは感嘆に値した。その黒い肌のせいで、サードはアル゠ジンニー、つまり悪魔と呼ばれていた。簡素な木綿のシャツを着たサードは、ほとんどいつも手足をのばしてふたつの行李の上に寝そべっていた。そこには主に自分とメディナにいる三人の妻のための高価な布が入っていた。サードの隣には、華奢なサリーが自分の寝床を設えていた。その寝床を、サリーは使えるだけ使いつくしていた。というのも、彼はあらゆる身体的な活動に不信感を抱いていたからだ。寝そべっている限り、品位は保たれるというわけだ。トルコ人の血が半分混ざった人間として、サリーはスエズやヤンブーや、イスラム帝国のほかのどんな埃っぽい田舎にいようと、イスタンブールの流行に沿った服装を変えなかった。口を開けば自分の話しかしない。まるで自分が、出自、趣味、教育、そしてなにより肌の色において——サリーは自分の珍しいほど真っ白な肌に、ほとんど魔術的とさえ言える力があると信じていた——劣ったほかのすべての人間たちのお手本であるとでもいうかのように。強欲さにおいても、サリーは他者の見本だった。手を差し出す前に、こう言う——気前のよい者は神の友だ。たとえその他の点でどれほどひどい罪びとであろうと。そして、なんの贈り物ももらえないと、こう言う——しみったれは神の敵だ。たとえその他の点ではどれほど清らかな聖者であろうと。

一二七三年ラビー・アッサーニ月
神よ、我らに恩寵と慈悲とを与えたまえ

オマル――あの甘やかされた取替え子め。メッカの尊大さが、心のなかにまで根を下ろしたような奴です。この自分、モハメド・アル＝バシュニは、シェイク・アブドゥラが詐欺師だっていう証拠を握ってるなんて、得意げに言い出しました。それどころか、異教徒だとまでほざいたんです。僕たちはみんな、震え上がりましたよ。どんな証拠だ？　って奴に訊きました。そうしたらあいつ、シェイクの行李から盗み出した金属の道具を見せたんです。この道具は距離を測るものだ。ダルヴィーシュにどうしてこんな道具が必要なんだ？　そう言われて、僕たちは黙りこんで、じっと考えました。みんなも僕と同じように徹底的に考えたんだと思いますよ。考えたら、あの青二才の言うことがどれほど根拠のない恥知らずななすりつけなのかがわかりました。シェイク・アブドゥラは、人を尊敬し、人から尊敬を受ける人でした。知り合って数日にしかならなかったけど、その人柄はよくわかってました。

総督――つまり、彼は気前のよい男だと言いたいのか？

オマル――ええ、もちろんです。

シャリフ――お前はその気前のよさの恩恵にあずかったことがあるのか？

オマル――はは、気前のよさを見せる人間には、世界中が恩恵をこうむるものでしょう。

総督――この件に関しては、我々は世界になど興味がない。興味があるのは、オマル・エフェンディという男と、その男とシェイク・アブドゥラとの関係だ。さあ、シェイクはお前になにをくれた？

オマル――くれた？　いえいえ、貸してくれただけです。それも父がメディナで返済しましたよ。まさか、僕たちのシェイクに対する尊敬の念がそこから来ているなんて思っていらっしゃるんですか？　シェイクは教養のある人で、僕たちには重要な存在でした。アリムだったかどうかは知りませんけど、いろいろなことを知っていました。あんなことがある直前でしたけど、シェイクは僕に、カイロにいる教師に宛てた手紙を見せて、添削してほしいと言ってきたんです。教養に溢れた手紙で、信仰に関する難しい問題の相談に乗ってほしいという内容でした。その問題というのも、高い水準の信仰に達した人にしか思いつかないようなものでしたよ。アル＝アズハル大学で学んだ僕でさえ、聞いたことがないようなものもありました。

カーディー――アル＝アズハルで一学期間学んだからといって、アリムになれるものではないぞ。

オマル――僕の知っていること、僕が当時知っていたことだけで、シェイク・アブドゥラが本物の信仰者であるのみならず、とても教養のある尊敬すべきイスラム教徒であると、疑いの余地なく主張するにはじゅうぶんです。あのモハメドという男のことは、とてもそうだとは言えませんけどね。シェイク・ハミド・アル＝サマンにお尋ねになってください。あの人からは絶対に話を聞いてもらわないと。メディナでとても尊敬されている市民です。彼に訊いてください。ものすごく怒っていましたから。

ハミド——モハメド？　あのモハメドの若僧ですか、ええ、どうして忘れられるでしょう。生まれつき悪意に満ちた人間ですよ。まだ若いっていうのに。とにかくいたるところで人のあら探しばかりして。ヒトコブラクダのコブを批判するフタコブラクダですよ。我々はみんな、シェイク・アブドゥラがどれほど世間に通じた人かを知っていました——深い知識のある人でした。そんな人が、我々の知らない道具を持っていていけないわけがあるでしょうか？　馬鹿馬鹿しい非難ですよ。私は一瞬たりとも信じませんでした。あの人のなかにはイスラムの光の輝きがあるって私は言いました。その光を認識できる者なら、誰にでもはっきりわかることです。ただ残念ながら、それだけではあのモハメドの若僧を黙らせることはできませんでした——まるでジャッカルみたいに嚙みつくんですから。図々しくもこの私に向かって、礼拝をさぼる者に信仰の光など認識できるわけがないと言ってのけたんですよ。もう我慢がなりませんでした。もしほかの者たちに止められなかったら、きっとあいつに手を上げていたでしょう。

待つことは、永遠にも思われる苦しみだった。出発は早朝だと予告されたにもかかわらず――昼になっても太陽が皆の見開いた目を射るばかりだった。引きずられ、家畜に引っ張られ、罵り言葉とともに積み上げられた行李が浜を埋めつくし、小さな防衛線を築いていた。その背後には旅人たちが立てこもり、金を払えというどんな要求にも、声が枯れ果てるまで抵抗する構えでいた。スエズの商人たちはそれをよく知っているので、周囲を威圧するように武器を携帯した奴隷や召使を引き連れて大挙してやってくると、人ごみをかきわけてまっすぐに進んだ。そして、すでに行李に詰めて紐をかけた荷物のなかにまだ支払いが済んでいない品を持っている旅人たちの前で立ち止まった。彼らが言い争う陰では、泥棒たちがこっそりと、見張りの目が緩くなった物を盗み出す機会をうかがっていた。

シェイク・アブドゥラは山と積まれた行李や袋や水筒の後ろに立っていた。まさにいまこそその手が必要とされるサリー・シャッカルの召使が、自分の用事でバザールへ出かけており、サリーは善良で寛大に振る舞うことがどれほど愚かしい行為かについて、しつこくぶつぶつ言い続けている。彼らは、これから皆を乗せてヤンブーへ向かうことになっている船を観察して時間をつぶした。重量は約五トン、とシェイク・アブドゥラは見積もった。メインマストはミズンマストよりもかなり大きい。そのとき、出発の予兆などなにもなしに、すべてが一斉に動き出した。誰もが水際へと急いだ。サードが一艘の小船のへりをしっかりとつかんだ。船頭は、まるでこの黒人の巨漢に襟首でもつかまれたかのように、抗議できないままだった。だがそれでも、最初に船にたどり着いたのは彼ら一行ではなかった。船には少し盛り上がった狭い後甲板がひとつあるだけで、その隣にあるひとつきりの船室は、すでに十人以上の女や子供に占領されていた。一行は船内の人ごみをかきわけて、後甲板に上がった。召使たちは行李を甲板に持ち上げると、船内に留まった。甲板には主人たちのための場所しかない。その後の数時間で、船長が予告したよりも多くの客が乗り込んできた。船が乗せられるよりも多くの客が。

これ以上人が増えてももう場所がないぞ、とシェイク・アブドゥラが口にしたとたん、マグレブ人の一団が乗り込んできた。がっしりした手足、非難がましい目つきに、怒鳴るような声の背の高い男たちで、全員が強力な武器を携えている。頭にはなにもかぶっていないし、足にもなにも履いていない。彼らは、すでに船内に居場所を設え終えていたトルコ人やシリア人に、場所を空けるように要求した。やがて誰もが手足を振り回し、引っかき、噛みつき、踏みつけ、蹴り合い始めた。船内は怒りが沸騰したやかんのようになった。

船の持ち主が、乗客たちの辛い状態はよく理解できると告げ、下船してくれる者には前払い金を全額払い戻すと申し出た。だがそれは、誰ひとり受けたいとは思えない申し出だった。次の船も同じように満員だろうし、その次の船だって同じことだ。その後すぐに帆が掲げられると、まるで暗黙のうちに取り決められた振り付けに従うかのように、全員が飛び上がった。そしてコーランの最初のスーラ「ファーティハ」を朗誦した。まるで天からこの船へと降ってくる恩寵を受け止めようとするかのように、両手を空に向けて。結びの言葉の後で、彼らは受け止めた恩寵を顔にこすりつけた。そしてひとりの老人が、さらなる祈りの声を張り上げた。我らをあらゆる海の僕としたまえ、地にあり、天にある汝の海。可視の世界にあり、不可視の世界にある汝の海。現世の海と来世の海。我らをすべての海の僕としたまえ、汝、あまねく力を手にする者よ。

船長の操船術は、岸から目を離さないというただ一点にのみ存することに、シェイク・アブドゥラは出航後すぐに気づいた。それは緩慢な、手探りの航行だった。数百年前ならもう少し速く進めただろう、とシェイク・アブドゥラは思った。当時なら船長は必要な道具も、水深に関する知識も持ち合わせていただろうし、操舵士に昼も夜も指示を与えることができただろう。シナイの海岸は驚くほど単調な巨大な壁だった。その後の数日間の一番の見どころは、ジェベル・セルバルのいくつもの尖った峰と、ジェベル・ムサ、つまりシナイ山の丸いシルエットだった。太陽がアフリカの向こうに沈む前に、船は錨を下ろした。夕食には、一巻のラクダの皮と、干しアンズをすりつぶしたものを皆で分け合って食べた。少なくとも、岸辺の岩を削ってきたのではないかと思えるほど硬い乾燥ビスケットよりは嚙みやすかった。

シェイク・アブドゥラらの一行が、夜に誰が見張りをするかを話し合っていたとき、甲板に近い船内から騒ぎが聞こえてきた。この人を甲板に引っ張りあげてやってくれ、と誰かが叫んだ。誰を？　この老人だよ！　どの老人？　ここだ、ここにいる。上に来てどうしようっていうんだ？　この人は賢人なんだ。俺たちになにか話してもらおう。サードが身を乗り出して、よぼよぼの老人の腋の下に手を入れると、まるで羊皮紙かなにかのように引っ張りあげた。老人は行李に腰を下ろすと、下を指した。わしの助手。助手も引っ張りあげてくれ。サードがすぐに、語り部の供《とも》をも引っ張りあげようと、腕を伸ばした。どうして助手が必要なんだ？　とサリーが不審げに尋ねた。わしに自分で金を集めて回れと言うのかね、と老人は憤慨して言い返した。こいつは金を集める役か？　金なら下で集めろ、とサリーが怒鳴った。あんなにたくさん巡礼者がいるんだから、いくらでももうかるだろう。サードが助手を再び船内に落とした。老人が語り始めると、その姿を見ることのできる者はみな、力強い声に驚いた。老人が短い祈りを唱えるあいだ、沈黙がまるで黒いインクのように、甲板から船全体へと広がっていった。

おお、この船に乗る者たちの守護者よ、おお、この底知れぬ海を行く船の守護者よ、シルク・アル＝ザハブという名のこの船を守りたまえ。さて、お前たちは時間についてなにを知っておる？ 年齢についてなにを知っておる？ 我々の時間が始まったときには、我々が昨日と今日と明日目にする山も入り江もすべて、すでに存在していたのだ。岸壁も、暗礁も、砂州も、岩も存在していた。金《きん》も、青も、最初の王が着た色、天国を覆いつくしているであろう色である深紅も、存在していた。正義を探す者どもがいて、不正をなす者どもがいた。栄誉ある指導者と、罪深い専制者がいた。モーゼがいて、ファラオがいた。お前たちは皆、モーゼとその民の逃避行のことを、ファラオの軍勢による追跡のことを、そして真なる者たちの前で割れ、偽なる者たちの上で閉じた海のことを知っているだろう。だが、この話がこの場所で起こったことは知っているか？ こちら側の山とあちら側の砂漠とのはざまであるここで。我々の乗るこの船を取り囲むこの海で、これから我々が長い夜を過ごすことになるこの海で。ここでファラオの軍勢が、地獄の波に沈んで溺れ死んだのだ。何十万人もの強大な軍勢、カリフの軍勢よりも強大な軍勢が。兵士たちの誰ひとりとして、向こう岸にたどり着いた者はいなかった。誰ひとりとして、故郷に帰った者はいなかった。彼らは皆、この海にとらわれ、二度と逃げることができなかったのだ。もしこの海の奥深くまで見通す目があれば、海の底に何十万もの戦士の姿が見えることだろう。彼らは行進している。いまでもまだ。我々の時間が終わるときまで。重い鎧を着た戦士たちが、一歩ごとに砂に沈みながら。彼らは一方の岸から向こう岸まで行進せねばならない。潮流のなかを泳ぐウナギたちが嘲笑する。彼らは呪われた者たちで、たどり着くことも、引き返すこともできない。だからこそ、このあたりの入り江の潮流はこれほど危険なのだ。だからこそ、この海の底はこれほど不穏なのだ。だからこそ、ふたつの岸のはざまを渡る風は、その黒い翼を羽ばたかせることを決してやめないのだ。恐れるでない。すべてを己の意のままにできる神、まことあらゆる守護者、あらゆる救済者のなかで最も偉大な神は、この危険な海の上で、すべての旅人と船乗りを守る者を遣わされたのだから。その者の名は聖なるアブ・ズレイマーだ。皆、知っておろう。だが、アブ・ズレイマーが、わしの背後の山の洞穴のひとつにいることも知っているか？　そこでアブ・ズレイマーは手厚いもてなしを受けているのだ。善き行いへの感謝の印として、コーヒーが振る舞われる。そんじょそこらのコーヒーではないぞ、聖なる地のコーヒーだ。輝く緑色の鳥が、その嘴にメッカのコーヒー豆、メディナの砂糖を挟んで運んでくるのだ。そして、このふたつの聖なる地と、わしの背後の岩壁の奥にあるアブ・ズレイマーがいる洞穴とのあいだを飛びながら、これらの鳥は、栄光あるコーランのすべてを空に書きつけるのだ。そしてコーヒーは、天使たちのかいがいしい手でいれられる。天使たちは、アブ・ズレイマーがお代わりを所望してくれることに、この上ない喜びを見出すのだ。だからこそ、今夜、アブ・ズレイマーにも祈りを捧げることを忘れるでない。我々がこの寂しい海の底の砂の上ではなく、これからも地上を歩き続けられるように。崇高なる、全能なる神のほかに、いかなる力も存在しないのだ。

うずくまった人間たちの山の上で、一日が目を覚ます。シェイク・アブドゥラは起き上がった。夜のあいだ、皆が交互に手足を伸ばして眠った。シェイク・アブドゥラの順番は遅かった。初めて、この旅は間違いだったのではないかという疑念が浮かんだ。眠れない不快な夜は、疑念を運んでくる。隣でモハメドが膝を抱えている。頭を胸につけ、その目をいつもの傲慢さから解き放って。昨日以来、シェイク・アブドゥラはモハメドに少しだけ好意を抱くようになった。ハミドは木でできた甲板の手すりぎわに横たわっている。あいだに寝転がるたくさんの人間の隙間を縫って、どうやってハミドが夜のあいだにあそこまで這っていったのかはわからない。ハミドが胃を壊して苦しんでいるのは明らかだ。何度も手すりから身を乗り出している。朝の祈りの時間に忠実な者は、わずかしかいない。ほかの者たちは皆、頭を上げ、悪い予感に溢れた一日を不機嫌な顔で直視するだけで精一杯だ。

昼には焼けるような太陽が照りつけ、水夫たちは持ち場を放棄して、マストの細い陰のなかに逃げこむ。凪はたとえ吹いても、岸辺の岩の熱を投げつけてくるばかりだ。あらゆる色が溶け合い、空に死衣を遺す。そして海は、平坦な疲労を反映する。水平線は、収支計算の最後に引く線のように見える。子供たちにも、もう大声を出す力は残っていない。甲板の上、シェイク・アブドゥラの隣にはトルコ人の赤ん坊がいるが、母親の腕におとなしく抱かれたまま、もう何時間も動かずにいる。シェイク・アブドゥラはほかの者たちと相談する。赤ん坊を自分たちの目の前で死なせるわけにはいかない。

ひとりのシリア人巡礼者がパンを一切れ取り出して、茶碗に浸す。母親が、濡れたパンを赤ん坊の口へ運ぶ。ハミドが乾燥させた果物をいくらか手渡し、オマルも皮をむいて割った石榴《ざくろ》を勧める。母親は赤ん坊の口を開け、オマルが前かがみになって石榴の実を押し出す。細かい実がぽろぽろと、震える舌の上に落ち、それから赤い果汁が滴《したた》る。多すぎたようで、果汁は赤ん坊の口の端から顎へと流れ落ちる。それからまもなく、赤ん坊は初めて微笑みを見せる。血のように赤い口で。シェイク・アブドゥラは、オマルの顔に浮かぶ優しさに慰めを見出す。

こんな昼や夜を、あと何日生き延びられるものだろう？　まだ立ち上がることのできる巡礼者たちが、晩になったら岸の近くに錨を下ろすよう船長を説得する。海岸で眠ることができるように。シェイク・アブドゥラは、岸へ向かって水のなかを歩いているときに、なにか尖ったものを踏みつける。足の指に刺すような痛みを感じる。座りこんで――明かりは愛の告白そのものだ――傷を調べ、なにかの破片を抜く。ウニを踏んだのかもしれない。シェイク・アブドゥラは柔らかな砂に身を埋める。目の前で錨を下ろしている船は、敗北したのだ。少なくとも今夜一晩は。

一二七三年ジュマダル・ウッラー月
神よ、我らに恩寵と慈悲とを与えたまえ

総督——かなり前進したな。
カーディー——まったくですな。要約してみましょう。シェイク・アブドゥラは、疑いの余地なくイギリスの士官リチャード・バートンである。教養ある男で、イスラム教徒かもしれず、シーア派かもしれず、スーフィー教徒かもしれない。だが、ただの嘘つきであり、その目的がなんであれ、ハッジを遂行するためにさまざまな人間のふりをしていただけかもしれない。確かに、最初よりは多くのことがわかりましたな。ですが、この知識がいったいなんの役に立つのでしょう？
総督——どうだろう、最初から私の頭にあった疑問だが、貴殿はどう思う？——何カ月ものあいだ信仰者を装い続けることが可能なものだろうか？
カーディー——ルビーと珊瑚は同じ色です。このふたつが混交した首飾りは、見かけだけならルビーのみの首飾りと同じでしょう。
総督——だが、ふたつを見分ける方法もきっとあるはずだ。
カーディー——色の調子で、私なら見分けることができます。ですがそのためには当然、すぐ近くから、よくよく調べてみなくてはなりません。

総督――ルーペを使って？

カーディー――ルーペを使うのが一番いいでしょう。

シャリフ――キリスト教徒が珊瑚だというわけか？

カーディー――いいえ、非信仰者が、です。

シャリフ――同じことじゃないか。

カーディー――まったく違います。私が思うに、このバートンという男は信仰そのものの枠の外にいるのです。我々の信仰ばかりではありませんよ。だからこそ、己の意思の赴くままに、どこへでも行くことができるのです。良心の呵責を感じることなしに。この男は、他者の信仰に仕えることができるのです。まるで市場で買い物をするように、気ままに信仰を受け入れ、また放棄し、拾い上げてはまた捨てることができるのです。きっと、まるで我々を取り囲む壁が崩れたようなものでしょう。壁の外に広がる無限の荒野に立って、視界があらゆる方向へ開けているようなものです。そして、すべてを信じ、同時になにも信じていないからこそ、少なくとも外面上は、あらゆる宝石に変身することができるのです。ただし、宝石の真の硬さは持ち得ません。

総督――なんだか、この男のことをうらやんでいるように聞こえるが？

値切り交渉の時間だ。どのラクダの周りにも男たちが群がっている。突き出される掌。まるで行李のなかに押し込めなくてはならないとでもいうように、押しつぶされる影。ぴんと張られる綱。一行は聖なる国に到着したのだ。白い人、黒い人。立っている人、しゃがみこんでいる人。砂についた蹄と忍耐の跡に取り囲まれて、彼らは茶をすする。砂漠への、しるしのない入り口。シェイク・アブドゥラの腫れた足の指、動くのに邪魔になる痛み。だが無視するしかない。菓子を売りにくるひとりの少年。役に立つところを見せるモハメド。日の出以来、一行は注意を研ぎ澄ませたまま、なにもせずにいる。情報交換。おしゃべりに次ぐおしゃべり。進行中のラクダの賃貸交渉も、ついでのように少しだけ話題になる。まるで偶然のように。期待値が輪郭を定め、最初の提案が砂の上に書かれる。先ほどの少年が、硬くなった茶色い菓子を再び勧める。シェイク・アブドゥラの一行は三匹のラクダを借りることで意見がまとまる。法外な値段で。ラクダの飼い主なんてみんな盗賊ですよ、とモハメドがシェイクにささやきかける。ラクダは飼い主の命令にしか従わず、飼い主以外の主人は認めようとしない。またしても菓子を持った少年がやってくる。シェイク・アブドゥラは三つ買うと、気前よく代金をはずむ。少年はにやりと笑う。まるでこう言いたいかのように――あんたが最後には折れるだろうって、わかってたよ。出発の時間が取り決められ、別れの瞬間は礼儀正しく先延ばしにされる。

翌日、一行は再び旅に出る。

紙になにか書きつければ、皆の注目を浴びる。変に邪推されたくなければ、手にペンを持っているときに、不意にやってきた誰かに驚かされるようなことがあってはならない。ものを書くためには、どこかに引きこもらなければならない。カイロでは簡単なことだが、旅の途上ではひとりきりになる方法などほとんどない。人のいるところで、特にベドウィンのいるところでものを書くなら、占星術か魔術の呪文を書いているふりをするしかない。これらはダルヴィーシュが持ち合わせていると考えられている能力だからだ。

当初シェイク・アブドゥラは、取るに足らない書きつけも、秘密の書きつけも、英語ではあっても、アラビア文字を使ってしたためていた。さまざまな思いつきをノートに書きつける前に、まずは誰にも見られていないことを確認した。だが時がたつにつれて、周囲からの尊敬の念も揺るぎなくなると、いかなる疑念も超越した存在になったように感じられ、注意を怠るようになった。文字はラテン文字になり、ときには日の光のもとでものを書きつけることもあった。目立たないようラクダの影に隠れて、紙を手のなかに隠して。シェイク、なにを書いてるんです？　こんな砂漠のどまんなかで。ハミドが静かに背後からラクダで近づいてきていた。ああ、友よ、新たな負債を書き留めているんだ。返済の日に困らないように。あなたのような方は、どんなものもうまく利用なさるんですね、とハミドは言って、その場を離れていった。

こういった旅では、それぞれがしょっちゅう、ラクダとともにひとりきりになる。不機嫌で言うことを聞かない、たったひとつの愛嬌はたまの放屁くらいの、このラクダという動物と。シェイク・アブドゥラはすぐに自身のラクダと敵対関係に陥り、忍耐強い人間だという周りの評価を裏切ることになった。ラクダは意地悪で、制御がきかず、ときに危険でさえあった。見知らぬものはすべて拒絶した。出す声はすべて、それが鼻息混じりのうめき声であろうと、嘆きと不満の混ざり合った鳴き声であろうと、耐え難いほど不快だった。背中に載せられる荷物のひとつひとつに抵抗した。最初の晩、シェイク・アブドゥラはラクダを馬鹿にするような言葉を飼い主に投げかけた。人間とはうまく付き合えるでしょう、シェイク、と飼い主は答えた。ラクダだって人間と同じですよ。若いときは、どう振る舞うべきかわかっているのがわかってないんです。大人になると暴力的で制御がきかなくなって、発情期には、オスは発情中のメスの匂いなら十キロ離れたところからでもかぎわけて、興奮して、舌を震わすんですよ。そして歳とともにけんか腰で、執念深く、不機嫌になっていくんです。

銃撃音が聞こえた――一行が通り抜けていた谷は、待ち伏せには絶好の場所だった。ベドウィンだ、あの汚らしい犬どもが。モハメドが身をかがめ、シェイク・アブドゥラは撃ち返した。やめろ！　とラクダの飼い主が怒鳴りつけた。あの盗賊どもをひとり殺せば、一族全員が結束して、メディナに着く前に我々のキャラバンを攻撃してくるぞ。そうなったら俺たち全員終わりだ。ほかの者たちも撃っているじゃないか、とシェイクは言った。空に向けて撃っているだけだ、空に向けて。煙で俺たちの姿が少しは隠れるように。いまいましい国だ。正義があべこべになっている。シェイクは弾を装填し、狙いも定めず、さらに撃った。やがて銃撃音は消えた。一行は殉教者の地シュハダに着いた。数頭のラクダと、荷物運搬用の家畜がいなくなっていた。盗賊たちのこれほどわずかな盗果のために、十二人もの命が無駄になったとは。十二人を急いで埋葬した後、一行は旅を続けた。

キャラバンが移動しているあいだは、荷物に気をつける必要はない。ラクダの飼い主がすべての責任を引き受けるからだ。だが夜のキャンプ地では、誰もが自分の貴重品を見張っていなければならない。最初の狡猾な手が一行の荷物に伸びるまで、それほど長くはかからなかった。盗人はラクダの飼い主本人たちだった。昼は守護者、夜は泥棒というわけだ。あの間抜け中の間抜けども――モハメドが最初の見張りをすると言い張った――逃げ足の速いやつらめ、ああ、あいつらの手など腐っちまえ、指など麻痺しちまえ。モハメドは、目を開けたままでいるために、罵り言葉を吐き続けた。腐った口髭野郎どもめ、かつて一度でもテントを張ったことのあるアラブ人のなかで最も下等な奴らめ。まったく、お前らは卑劣という鉱山を掘っているんだぞ！　早朝、ラクダの飼い主たちは、モハメドを苦々しい顔でにらみつけて、こうつぶやいた。神かけて、神かけて、神かけて！　若いの、砂漠でひとりきりのときに俺たちの手に落ちたら、犬ころみたいに鞭で打ちのめしてやるからな。その後、太陽が照っているあいだ、モハメドは自分のラクダがシェイク・アブドゥラとサード――悪魔――のラクダの影から出ないよう気をつけるようになった。

二晩目には、シェイク・アブドゥラが見張りにつくことになった。足の指に巻いた包帯を解いてみる。痛みがあまりにひどく、炎症している部分を火にあてようと思ったのだ。茶葉を貼った湿布が痛みを和らげてくれるかもしれない。別のことをして、なんとか気をそらさなくては。星の名前を挙げていくだけでも、なにもしないよりましだ。まずはラテン語で、それから英語で。もうすぐ華麗な都メディナに着く。人が逃げこむことのできる町、おとぎ話に、怪物たちに守られた町。ヤギの蹄を持つアマゾンや、狂気にとりつかれていくつもの地形のゆがみを作り出したキュクロプスたちに。穏やかで善良な人すべての町である――世間にはそう知られている――メディナにたどり着いたら、預言者の棺が宙に浮いているかどうか、自分の目で確かめよう。ハージー・ワリから贈られた深紅のハマイル（メッカで書かれたコーラン。大巡礼を行った証のひとつ。また、ハマイルを入れる箱も意味する）のなかに、シェイク・アブドゥラは小さなコーランの代わりに時計とコンパス、ポケットナイフと鉛筆数本を入れて持ち歩いていた。こういった装備を持ち合わせていれば、怪物など恐れる必要はない。怖いのはせいぜい人間だ。シェイクは少し歩き回った。再び座ると、痛みが脚を駆け上がった。

　サードが起きてきていた。やはりよく眠れないのだ。任務を全部やり遂げたら、ようやくぐっすり眠れますよ、と口癖のように言っている。サードは茶をいれて、シェイク・アブドゥラの隣に腰を下ろす。なにも起こらない今夜の話は、ほんのふたことで済む。きっと家に帰るのが楽しみだろうな、親しい者たちに再会するのが、とシェイク・アブドゥラは訊いた。楽しみですよ、すごく楽しみです、でもそんなうれしさもまた過ぎ去ってしまうんです。どうしてそんなにふさぎこんでいるんだ、サード？　私は、何週間かは幸せなんです。でもそのうち落ち着かなくなって、商売が待っているって気がしてくるんです。そうすると、また旅に出ずにはいられないんですよ。わかるよ、とシェイク・アブドゥラは言った。旅の道程が幸福なんだ。そう、道程こそ、なにものにも代えがたいものです。いろんな苦労があるにもかかわらず、道程こそが、私の胸を高鳴らせるんですよ。私たちはみな、ひとつの場所から次の場所へと旅をする者だ。たどり着いてはまた出発するのが、私たちの運命なんだ。それに我々の希望は、短い一生の上に張り渡されている、とシェイク・アブドゥラは付け加えた。明日私は、偉大な栄光ある神がそう思し召せば、家に着きます。でもシェイク、あなたの前にはまだ長い道程がある。あなたがうらやましいですよ。まだ早いですから、少し横になりませんか。見張りは私が引き受けます。

シェイク・アブドゥラは、緑の丸屋根のことを考えながらまどろんだ。目覚める途中で、すでに出発の気配が漂っているのを感じた。目を開けると、深紅のハマイルを手にしているモハメドの姿が見えた。まだ開けてはいない。自分に向けられた視線を感じて、モハメドはゆっくりと振り向いた。ふたりは互いにじっと見つめ合った。悪事の現場を見られたモハメドは、口ごもりながら言い訳しようとした。僕の聖なる書が見つからなくて。今朝の祈りのとき、ある一節がうろ覚えで。若き友よ、いったいどのスーラだ？　もしかしたら力になってやれるかもしれないぞ。騙し合いのスーラです。ということは、六十四番目のスーラか？　どうしてスーラに番号をつけたりするんです？　故郷のインドでは、普通そうするんだ——我々は数を愛している。なんといっても、数を発明したのは我々だからな。へえ、そうなんですか。どの節が思い出せないんだ？　彼が汝らを招集する集いの日は、騙し合いの日である、というのが始まりの文章だ。その続きを知りたいのか？　いえ、そこは知っています。でもその次の節がはっきりしないんです。それで調べてみようと思って。ちゃんと許可をいただかずにこんなことをして、ごめんなさい。でも眠っていらっしゃったから。いや、許可など必要ないぞ、モハメド、知の空白をすぐに埋めようとするのは尊敬すべきことだ。お前が思い出せない節を教えてやろう。紙の上で読むより、友人の口から聞いたほうがいいだろう？　だが信仰を拒否して、我らのしるしを虚偽であると責める者は、永遠の業火の住人である。彼らの旅がどれほど辛いものになることか。ああ、そうでした。神よ、あなた様に感謝を。僕、どうして忘れたりしたんだろう？　嘆くな。お前はじゅうぶん良心的だ。私のハマイルを返してくれないか。荷物をまとめなくては。もうすぐキャラバンが出発する。

一二七三年ジュマダッサーニ月

神よ、我らに恩寵と慈悲とを与えたまえ

総督——バートンは別の勢力に仕えるスパイだったのかもしれないな？

シャリフ——推測にあまりに重きを置きすぎでは。

総督——そうでないなら、バートンが自国でほとんど尊敬を受けていないのはなぜだ？　ハッジのあとすぐに故郷に帰らず、貴殿らも知ってのとおり、何カ月もカイロに残ったのはなぜだというのだ？

シャリフ——では、誰に仕えていたとおっしゃるので？

総督——フランス人だ。

シャリフ——それで、イギリス人がその復讐のために、バートンはキリスト教徒だという噂を世界中に流したとおっしゃるので？

カーディー——たとえそうだとしても、その噂は真実かもしれません。

シャリフ——または、二重スパイの正体を暴くための嘘かもしれない。

総督——バートンはこのあたりに長いあいだ滞在していたのだから、ヒジャズでの我々の地位を弱体化するための計画を練る時間はじゅうぶんあっただろう。

カーディー――そんなことをして、フランス人になんの利益があるのですか？

総督――説明せねばわからぬか？　メッカのシャリフたちは、同盟をころころ変えることにかけては名人だ。カイロとイスタンブールを互いに敵対させて漁夫の利を得ている。いたるところに同盟者を探す。イエメンにまで。となれば、フランス人がシャリフとともに陰謀をめぐらせ、サウード家とスルタンを敵対させ、スルタンとイギリス人を敵対させるのに、なんの障害があろう。そうなれば、最後にはシャリフただひとりがメッカ――神よ称えたまえ――の支配者となる。新たな友であるフランス人の許可と支持のもとでな。

シャリフ――私を裏切り者だとおっしゃるのですか？　絶対に見過ごせない濡れ衣ですぞ。私の忠誠心に疑いの余地がないことは保証します。

カーディー――お父上の例にならうべきですよ。お父上は誇り高き方だったと言われています。誰かに取り入ろうとするような人ではなかったと。

シャリフ――父は英雄でした。信仰の守護者でした。至聖なる場所を守る者はそうでなくては。

総督――貴殿の一族が義務だと思い込んでいることがらのうちのどれを言っているのかな？　政治的な現実主義の義務か？　貴殿がジッダのフランス領事とどれほど親しくしているか、我々が気づいていないとでも思っているのか？　領事は貴殿をちやほやして、将来重要な政治的役割を果たせるとでも言いくるめたのか？

シャリフ――我々の――キタダ一族の――礼儀正しさは、いつの時代にも有名でした。まことに、我らはこれまで相手にひとりの例外もなく礼儀を尽くしてきたのです。異国人や異教徒に対しても。誰のことも兄弟と同様に敬意をもって扱います。きっとそのせいで、残念な誤解を招いてしまったのでしょう。

総督――まことに残念しごくだ。

シャリフ――このバートンという男を、どうしてそこまで謎めいた存在にする必要があるのです？　もしかしたら好奇心に駆られただけなのかもしれません。おわかりになりませんか。何年も我が国に暮らして、旅をして、何度もハージーに出会い、ハッジのことを聞いて、この神秘的な出来事と聖なる地とを自分の目で見てみたいという憧れを募らせない者などいるでしょうか。

カーディー――全能なる神はすべての人間をお創りになった。だから、人間なら誰でもメッカ――神よ称えたまえ――に惹きつけられて不思議ではありません。

総督――もういい。貴殿らメッカの息子たちよ。貴殿らは、自分たちの手で世の中に流したよき知らせを熱心に信奉しているわけだ。

シャリフ――そしてあなた方トルコ人ときたら、石の下には必ずさそりがいると疑ってかかる。

仲間たちが落ち着きを失った。さきほどまでは身動きもせずにラクダにまたがり、辛抱強くラクダと一体になっていたというのに、急に東のほうに首をのばすと、懐かしい丘の連なりの背後から昇る太陽に向かってラクダを駆り立てた。サードがシェイク・アブドゥラに語りかけてきた。自分からすすんで声をかけてきたのは初めてだ。私の家の小さな庭、おいしいナツメヤシ——片手ではひとつしかつかめないほどの大きさなんですよ——を、私が自分の手でお出ししましょう。これまでの人生で食べたどんなものよりもおいしいんです。想像上のヤシの実は、この溶岩の海のなかでは、まるで無様な夢のように思われた。まもなく目にすることになるはずのイスラムの華の兆しはなにひとつない。仲間たちのそわそわしたようすをのぞけば。キャラバンは突然なにかに突き動かされ、速度が上がり、皆の声が大きくなった。誰もがなんの不安もなさそうにラクダで疾走する。目的地にここまで近づけば、もはや襲われる危険もない。乾いたワジを渡ってなだらかな丘を上り、それから玄武岩に彫られた黒い段を上がって、切り通しにたどり着く。シュアブ・エル・ハッジです——オマルがシェイク・アブドゥラを、傾斜が急な場所で追い越しながら言う——、もうすぐ見えますよ、シェイク、あんなにも長いあいだ憧れていらしたものが。すぐにあなたも砂漠を愛するようになるでしょう。そして砂漠とともに、この世界中を。

旅人たちは峠に立ち尽くす。そしてラクダから飛び降りる。ひざまずく人影が見える。叫び声が聞こえる。尾根の上に陶酔の気配が漂う。深紅と金色の陶酔。シェイク・アブドゥラも彼らに倣う。目の前には長い石のテーブルがのびている。庭や家々、みずみずしい緑とヤシの木々とで豊かに彩られたテーブル。左手には、大規模な雪崩によって積みあがったかのように、灰色の岩山がそびえている。あたりは歓喜の声に包まれる。これまで称えられてきた誰にもまして、預言者が褒め称えられる。預言者よ、永遠に生きよ、西の風がニジの丘に優しくそよぎ、雷光がヒジャズの蒼穹を明るく照らす限り。太陽の光までもが、朝露によってその威力を弱め、預言者に敬意を表している。目を凝らして見ても、眼前の眺めにはなにも特異なところなどないにもかかわらず――家はただの家だし、ヤシの木もただのヤシの木だ――、シェイクはやはり皆の歓喜に加わりたいと思う。感動的なのは目に見えるものではなく、彼らひとりひとりの内なる目に映るしるしなのだ。目立たない小さな町ではない。砂漠のなかの小さなオアシスではない。彼らが見ているのは、ひとつの町としてのアル－メディナではない。それは信仰の偉大さそのものを、源泉を、起源を包括するものなのだ。シェイク・アブドゥラもまた栄光の町を見下ろし、その叫び声もまた岩にこだまする。多くの巡礼者たちのように泣いてはいないものの、シェイク・アブドゥラはサードを熱く抱擁し、この巨漢の腕のなかに身を沈めながら、心からの感謝の言葉をつぶやく。この地上で最大の幸福です、とサードが言う。この地上で最大の幸福です。一行は長いあいだ尾根に立ち尽くしている。皆が一体となり、メディナの眺めによって結ばれた兄弟の堅い絆に守られて。もしもいま、お前は誰だと問われたら、きっとシェイク・アブドゥラは熱狂的に、初めての信仰告白をすることだろう。数分後には頭をよぎる制御の声もなしに――待て、お前は彼らの一員ではないぞ。なぜ歓喜の声をあげるのだ？　いや、私は彼らの一員だ。違う、お前は彼らを外から観察せねばならないのだ。いや、私は加わりたいんだ。旅人たちは先へ進む。蛇行する道を下りながら、シェイク・アブドゥラの目は魔法のヴェールを見透かし始める。町の上を飛びながら、町を細かく観察する。そしてすべてを頭に刻み付ける。地形、壁、主な建物、メディナへと通じる正方形の門バブ・アムバリ。そして、厳密な観察を中断して一息ついたとき、先ほどまでの高揚感が消えていることに気づく。

メディナの住民の多くが、キャラバンを迎えるために町から出てきていた。旅人のほとんどは徒歩で進んだ。そうすれば、親戚や友人たちに挨拶し、彼らを抱擁し、口づけすることができる。誰ひとり喜びを隠そうとしない。いまは自己抑制のときではないのだ。留守番していた者たちは、帰郷者たちを質問攻めにした。だが答えはまだ期待されていない。一行はひとかたまりになって進んだが、何度もばらばらに引き離された。ハミド・アル＝サマンは、一行のなかにはもういない。妻と子供たちとの再会をひとりで心ゆくまで味わい、客のために家を整えようと、先にラクダを駆っていってしまったのだ。幾晩も続き、ときには喧嘩まで引き起こした長い話し合いの結果、ハミドが望みを貫き通し、結局シェイク・アブドゥラはハミドの家の客になることが決まった。オマルは、父親が息子を助けてくれた寛大な恩人にきっと感謝を示したいだろうと言った。サードもオマルの味方をして、もしふたつめの家が必要なら、もしシェイクがすっかり引きこもりたいと思うなら、自分の質素な住まいを使ってもらってもかまわないと付け加えた。だがハミドは彼らの言い分など聞かず、シェイクをもてなす権利を主張し、その権利を誰にも譲ろうとしなかった。一行はバブ・アムバリをくぐって、埃っぽい広い通りを進んだ。オマルとサードがシェイク・アブドゥラを左右から挟んでいる。きっとシェイクはメディナのあらゆる場所の名前を知りたいだろうと思い込んでいるのだ。マナカー地区のハラート・アル＝アムバリヤー。アル＝サイー川にかかる橋。開けた広場バール・アル＝マナカー。正面にはエジプト門バブ・アル゠ミスリ、そこから右にほんの数歩行けば、ハミド・アル゠サマンの家。ラクダたちが膝を折り、旅人たちは体についた埃をはらった。ひとりの男が家から出てきた。見違えるような優雅な紳士だ。ハミドは髭をそり、髪を整えていた。口髭の両端をコンマの形にひねり上げ、ヤギ髭は感嘆符の形に尖らせてある。モスリンのターバンを頭に巻いて、絹と木綿を幾重にも重ねて着ている。足は柔らかい革の部屋履きに包まれ、その部屋履きの上に、色も形もイスタンブールの最先端の流行にならった堅めのサンダルをはいている。ハミドはまるで別人だった。それに、帯にぶら下がっている煙草の袋には、金の装飾が施されているのみならず、中身もぎっしり詰まっている。旅においてはみすぼらしい物乞いのようだったハミド・アル゠サマンは、どうやら自宅では誇り高き君主であるらしかった。ハミドの作法もまた別人のようだった。粗野で大仰な態度の代わりに、抑制が利いて洗練された礼儀正しい振る舞いだ。ハミドは客人の手を取って、客間へと連れていった。パイプの中身は詰まっており、寝椅子が広げられ、石炭コンロ付きの鍋のなかでコーヒーがことこと煮詰められている。シェイク・アブドゥラが腰を下ろし、コーヒーとパイプを勧められるやいなや、最初の友人が家族を訪ねてきた。ハミドは皆に好かれているようだった。訪問客が波のように押し寄せてくる。そして誰もがヒンドスタン出身のシェイクとのおしゃべりを楽しんだ。会話はそのまま一日中続くところだったが、シェイク・アブドゥラは空腹と疲労を強く訴えるという非礼な振る舞いに及び、そのせいでもてなし役のハミドは、客たちに別れを告げ、ベッドを用意し、部屋を暗くすることを余儀なくされた。ああ、やっとだ、とシェイク・アブドゥラは思った。ようやく柔らかなベッドに寝られる。ようやくひとりきりになれる。いくらもしないうちに、遠くから女性たちの感嘆の声が聞こえてきた。自分の無作法な振る舞いも、この家の主人にとってはそれほど歓迎せざるものでもなかったのかもしれない。きっとハミドはようやく行李を開けて、土産を家族に分ける気になったのだろう。

ゆっくり休み、生気を取り戻し、たっぷり食べた。預言者のモスクを訪問するのを先延ばしにする理由はもうない。いまは夜で、夜はモスクが――ハミドによれば――最も美しい時間だ。家を一歩出るやいなや、小さなグループが形成される。預言者のモスクに着いたときには、グループはかなりの大人数になっている。夜の祈りへの呼びかけが聞こえる。せわしない喧騒が硬直し、人ごみは別の王国へと続くたったひとつの入り口へと流れ込む。巡礼者の誰もが場所を確保し、周りの兄弟たちに対する適切な距離を探る。本来、自分の意志で大きな体制の一部となるのは、シェイク・アブドゥラの性には合わない。ただ祈りのときだけは別だ。それだけですでに、自分はペテン師ではないと感じることができる。巡礼者が全員足を一列にそろえて並び終えるやいなや、くぐもった大勢の話し声は静けさに変わる。地上のすべてが動きを止めたかのような静寂。やがてイマームの孤独な声によって、地球は別の軌道へと押し出される。静寂のなかからイマームの歌うような声が立ち上り、信者たちの頭の上で祈りが始まる。額を床につける前に、シェイク・アブドゥラの視線は、すぐ目の前にいる見知らぬ男の足の裏に落ちる。誰もが神の前で平伏する。だが同時にそこは、ともに祈る仲間の荒れてひび割れたかかとのすぐ後ろでもある。

一二七三年ラジャブ月
神よ、我らに恩寵と慈悲とを与えたまえ

ハミド――あなた方だってきっと、あの人を客人として迎えたことでしょう。あなた方だってきっと、自宅に招いたはずです。皆から尊敬される男でした。滅多に人に好意的な判断を下さない私の母さえ、あの人の繊細さを褒めていたくらいです。
カーディー――女を騙すほどたやすいことがあるものか。
ハミド――我が家は違います。母には嘘をかぎわける嗅覚があります。嘘は古いミルクのように臭いと言っていますよ。私の言葉をお疑いになるなら、もうひとつ例をあげましょう。それできっと納得していただけると思います。我々はメディナで、シェイク・アブドゥラが正しい信仰を剣を取って守ったという話を聞きました。シェイク自身の国で。戦いで、アジャミを何人か殺しさえしたんですよ。だからシェイクは、アジャミと付き合うのを避けていました。復讐される危険を冒したくなかったんです。
総督――どこから聞いた話だ？
ハミド――皆が知っていました。シェイクを知っている人は皆。

総督――そんな話は、シェイク・アブドゥラ本人から出たとしか考えられないが、どうだ？

ハミド――おっしゃるとおりですね。ヒンドスタンにいたころからシェイクを知っている者はいませんでしたから。でも私自身は、シェイクから聞いたのではありません。それにシェイクは謙虚な人間でした。そんな話を自慢げに吹聴するような人じゃありません。

シャリフ――いったいどうして、その話を信じたのだ？

ハミド――シェイクは必要があれば戦士にもなる人でした。それに、シェイクの英雄譚を聞いたとき、私たち皆が、もしシェイクが攻撃されるようなことがあれば味方すると申し出たんです。するとシェイクは、その申し出を感謝をこめて受け取ってくれました。なにも恐れるもののない人間が、あれほどの喜びと安堵を見せるはずがあるでしょうか？　いいえ！　あなた方は、シェイクをご存じないのです。彼は岩のような男でした。そして、闘うことのできる人間でした。神よ、あの男が我々の友人であったことに感謝します。

カーディー――君は神に、己のだまされやすさを感謝するのか。

シャリフ――あまり拙速に判断を下してはならない。まこと、我々はその男に会ったことがない。だから、同伴者にどんな印象を与えたかなど、知りようがないのだ。もしかして、彼にはなにか特別な魅力があったのかな？

ハミド――信仰の光ですよ、もう申し上げたとおり。それ以外のなにものでもありません。

総督――あの男の書いた本を読んでいないのだから、君にはわかりようがないが、あのイギリス人将校は、いろいろなものごとに判断を下すのが好きなようだ。ときには熟慮の末、ときには抑えきれない嫌悪感の末に、さまざまな評価を下している。ああいった評価に、君が友人の面影を見出せるかどうかは疑問だぞ。たとえばある箇所では、政治的な必然性からイギリス人がイスラムの起源となる地を武力で支配せねばならない日がきっと来る、と書いている。我々が特に関心を持っているのは、メディナについての章における著者の見解だ。驚くべき見解だぞ。読んで聞かせよう。「大勢のワッハーブ派が蜂起し、この国を弱き支配者から解放する日がいつか来ることは、予言者の才能がなくてもわかる」。君のシェイク・アブドゥラは、こう書いているんだ。私の驚愕をわかってもらえるかね？　この男が君のもてなしを享受していた日々に、なぜこのような結論を出すにいたったのか、我々に説明することはできるかね？

ハミド――わかりません。私はそのような意見は決して表明しませんでしたし、私の家族も同様のはずです。

シャリフ――あの男はメディナでなにをしていたんだ？

ハミド――巡礼者なら誰でもすべきことです。預言者――神よ、預言者に平安と恩寵を与えたまえ――のモスクであらゆる祈りを捧げたり。それから、聖なる場所をあちこち訪問もしていました。クバのモスクや、アル＝バキアの墓地、殉教者ハムザの墓。

総督――君はこの男を誰に引き会わせた？

ハミド――特にこれといっては誰にも。私はメディナでは一目置かれていますから、私を知っている人間はたくさんいますし、長旅から帰れば、たくさんの人間が訪ねてきます。

総督――シェイク・アブドゥラはその全員と話す機会があったのか？

ハミド――シェイクは私の客人でしたから、客間にいました。好感の持てる美しい男でしたよ。

総督――どんなことを話したのだ？

ハミド――もうずいぶん前のことですから、私の記憶に間違いがあるかもしれませんが、たしか戦争の話が出たような気がします。私たちは皆、我が軍がモスクワの軍をすぐに打ち破るだろうという意見で一致していました。それどころか、この戦いが終わったらすぐに、イギリス人、フランス人、ギリシア人といったあらゆる偶像崇拝者どもにもかかっていこうと提案する声さえありました。

総督――それで、バートンは？

ハミド――シェイク・アブドゥラのことですか？

総督――同一人物だ。

ハミド――私はバートンという人は知りません。

総督――それならシェイク・アブドゥラでいい。好きに呼べ！

ハミド――シェイクの話は誰よりも理性的でした。我々の信仰には誰ひとり太刀打ちできない、けれど残念なことに、ファランジャーたちは己の信仰の弱さを補うために強大な武力を持つにいたった。だから、勝利を収めて戦場を去りたいのなら、できる限り彼らの武器について学び、それらを手に入れ、やがては自分たちの手で生産できるようにならねばならない、と言いました。そうすれば――強い信仰心と最高の武器とによって――我々は無敵の存在になる、と。

カーディー――君は、神がよりよい武器を所有する者の側に立つと思うのか？

ハミド――神がどちらの側に立つかは、皆様方のほうが私よりもよくご存じでしょう。

シャリフ――すべての正しい者の側にだ、もちろん。だから我々は努力している。そうじゃないか？　努力しているんだ。ところで、シェイク・アブドゥラは、君の家で過ごした時期、ひとりでいることも多かったようだ。君に行き先を知らせずにどこかへ出かけることもあったか？

ハミド――いいえ、一度も。絶対にありませんでした。メッカ出身のモハメドという若者が、いつも傍についていましたから。私はモハメドも家に泊めていたんです。とはいえ、シェイク・アブドゥラはモハメドから離れたいと思っているように見えましたがね。

総督――なぜだ？
ハミド――モハメドの態度の悪さに腹を立てていたからです。
カーディー――態度の悪さ？
ハミド――モハメドがしでかしたあれこれを聞けば、きっと驚かれますよ。でしゃばりで、無神経なやつでした。儀式をおろそかにして、ジュッバも着ずに平気で預言者のモスクに入ったりするんです。一度など、祈りの最中に横から私を押したこともあります。もちろん私は無視しましたがね。
シャリフ――確かに少し生意気だな。いまでもそうだ。そういう年齢なんだろう。
ハミド――メッカ出身だということを、たいそう鼻にかけていました。
シャリフ――まあ、それは仕方なかろう。ところで、シェイク・アブドゥラが君たち全員に気前よく貸した金はどうなったのか、話してもらえるか。
ハミド――シェイクの気前のよさのことですか、ええ、喜んで話しますよ。シェイクの稀に見る気前よさのことを。胸にナイフが突き刺さるような辛い別れの際、シェイクは、私たちの友情に改めて敬意を表するために、そして自分のことが私たちのなかによい思い出として残るように、私たち全員の負債を帳消しにすると言ってくれたんです。
総督――ひとつ、まだ答えをもらっていない問いがあるぞ。シェイク・アブドゥラはいったいどうして、ワッハーブ派が我々のヒジャズ支配をまもなく終わらせると考えるにいたったのだ？　そういう見解は、彼が見たり聞いたりしたなにかに基づいているはずだ。
ハミド――何度お尋ねいただいても、答えられません。知らないんですから！
総督――メディナのバザールではそういう話が聞かれるのか？
ハミド――いいえ、私の知る限りでは。

総督――君の友人や知人のなかに……？

ハミド――私の家を訪ねてきた誰かがそういう意見を表明した可能性が、まったくないとは言えません。私のいないところで、ですがね。メディナでは非常にさまざまな意見が交わされています。そのすべてを耳に留めておくことなんて誰にもできませんよ。

シャリフ――だが、教えてほしい。我々は互いに友好的に話をしているのだから。そうだろう？　そういった意見、または似たような意見が、メディナには多いのか？

カーディー――正直に言ってくれてかまわないんだぞ、君が非難されることはないのだから。

総督――君にはなんの嫌疑もかかっていない。

ハミド――わかりました、正直に言えとおっしゃるのでしたら――我々の町では、トルコ人が好意的に見られたためしはありません。ですが、少なくとも昔は、尊敬はされていました。

シェイク・アブドゥラは疲れきって寝床に入った。精根尽き果てたのではなく、むしろ刺激が多すぎたためだ。家の主人には、明日の朝は起こさないでほしいと頼んであった。

シェイク・アブドゥラの目を覚まさせた物音が、昨日知ったばかりの町から聞こえるものだとは、とても思えなかった。シェイクはいやいやながら目を開き、そっと木の日よけを開けてみた。一夜のうちに、バグダッドかイスタンブールかカイロが丸ごと引っ越してきたかのようだった。昨日はまだ埃っぽく、眠たげで、空っぽだったすぐ隣の広場が、テント、荷物、人や動物でぎっしりと埋めつくされていたのだ。まるで色とりどりの絨毯で覆われたかのように。テントは、人や家畜が往来せねばならない場所では、祈りの際の巡礼者たちのように長い列を作って整然と並んでおり、誰も通り抜ける必要のない場所では、ぎっしりと乱立していた。丸いテントから、のんきそうな男たちが出てくる。子供たちが正方形のテントのあいだを走り回る。隠れて見えない背中に載せられた荷物が運ばれている。行商人たちがシャーベットと煙草を売っている。水運搬人と果物売りとが、客をめぐって争っている。羊とヤギが、鼻を鳴らしながら埃を巻き上げる馬たちの列のあいだを追い立てられ、その場で足踏みしているラクダたちの脇を通り過ぎる。老シェイクたちの一団が、最後に残った空き場所を占領して、戦いの踊りを披露し始める。なかには空に向かって銃を撃つ者も、ほかの踊り手たちの軽やかに舞う足のすぐそばの地面を撃つ者もいる。ほかの踊り手たちも、剣を振り、ダチョウの羽根で飾った長い槍を空へと放り投げる。どこに落ちるかなどおかまいなしに。シェイク・アブドゥラは窓際に立って、この眺めをスケッチしようと試みたが、唐草模様のように入り組んだ光景は、めまぐるしく動き、移り変わるのだった。召使が主人を探し、主人がテントを探す。高貴な者たちのために、人ごみのなか、警告の声の後にこぶしを振るう護衛集団によって、道が開かれる。輿がなにかにぶつかったと言って、女たちが大騒ぎする。剣が太陽の光に輝き、テントに取り付けられた真鍮の鐘が鳴り響く。城塞から大砲が轟く。夜のうちに、大キャラバンがダマスカスから到着したのだった。

殉教者の墓への遠出には、ひとり、またひとりと参加者が増えていった。当初はハミドが親戚数人とともにシェイク・アブドゥラに同伴することになっていたのだが、モハメドは決してシェイクの側を離れようとせず、サリーは田舎で退屈していて、オマルはシェイク・アブドゥラともう一度ともに過ごしたいと願い、そのためサードにもやはり同行する立派な理由ができた。一行が一緒に遠出するのは、これが最後になるだろう。翌日にはメッカへのキャラバンが出発すること、キャラバンとともに異国のシェイクもまた町を去ることを、皆が知っていた。一行を町に押しとどめようとするキャラバンの触手を逃れるために、彼らはこっそりと町を抜け出した。ジャバル・ウフドへ。山裾へ。大きな戦い（ウフドの戦い。六二五年。メッカと、メッカを追放されたイスラム教の開祖ムハンマドを受け入れたメディナとの戦いで、メッカ側が勝利した）に負けた場所だ。ハミドは親戚たちとともに先を行っており、残りの者たちには積もる話があった。結婚式はいつだ、オマル？　とシェイク・アブドゥラは尋ねた。父に考え直してもらいました。お父上は、アル－アズハル大学が末の息子にどれほどいい影響を与えたかに気づいて、彼をカイロへ戻すことにしたのです、とサードが付け加えた。でも今度は貧乏学生ではありません。勉強したいならメッカにおいでよ、とモハメドが言った。いや、もしお父上の気が変わった場合、メッカでは近すぎて困ります。一行は笑いながら、古戦場へと近づいていった。背後には、砂埃にかすんだメディナの町が見える。これほど遠くから見ると、まるで要塞のようだ。町を去って、開けた場所で戦おうなどと考えるのは、思い上がった者だけだ。おまけに軍勢の数では劣っていたのだから、なおさらだ。一頭のラクダがいななき、蹄で地面を引っかいた。ハミドとその親戚たちが、そこに立って待っていた。

ここです、まさにここで裏切りがあったのです。ハミドは興奮したようすで、ありきたりの石を指した。どうしてわかる？　祖父がこの場所を教えてくれたんですよ。おじいさんはどうして知っていたんだ？　私も祖父にそう訊きました。そうしたら、祖父は驚くような答えを返したんです。我々の祖先のひとりが、預言者を見捨てた三百人のひとりだったというんですよ。そのときの記憶があるのかって、私は祖父に訊きました。いや、わしのじいさんのじいさんでさえそのときの記憶はない。わしは夢で見たんだ、と祖父は言いました。それで、その夢はどんなふうに終わったのかって、訊いたんです。すると祖父はこう話してくれました。わしらは戦場から町に向かって逃げた。わしは惨めな気分で、後ろを振り返らずにはいられなかった。何度も転びそうになったが、それでも預言者から目が離せなかった。預言者はどっしりと立って、雷鳴のように鋭い声で、わしの背中にこう呼びかけたんじゃよ——恐怖が人を死から救うことはない、とな。そこでわしは目が覚めた。そして暗闇のなか、ラクダを走らせた。中断された夢は、まだ血を流し続けていた。そして、この場所を思い出したんじゃ。それがここだったのか？　そう、まさにここだったんです。

一行は黙ったまま、山の急な斜面のふもとまで進んだ。切り立った崖は、まるで太陽に焦がされた鋭利な鋼の板のようにそびえ立っている。やがてムスタラに到着した。戦いに赴く前に預言者が数分のあいだ沈思黙考した休憩所だ。白い壁で囲われた場所があり、巡礼者たちはそのなかで祈りを捧げることができるようになっている。ラカアートを二度捧げよう、とシェイク・アブドゥラは提案した。戦場跡は軽い坂を上ってすぐそこだ。敗北した戦いの記憶、理性なき者たち、復讐心にとりつかれた者たちが流した血の記憶の、零れ落ちたひとかけら。この砂漠で、異教徒たちの軍勢が攻撃を繰り出したのだ。メッカの戦士たちが、はるかかなたで湾曲する河床から躍り出てきたのだ。

――明らかに彼らは、戦術というものを理解していなかったのだ。

　皆が驚いてシェイク・アブドゥラを振り返った。

――なぜです？　どういう意味です？

――もっと別の戦い方だってあった。あたり一帯にこれほど天然の要塞が多いのを見れば、ここほど戦場に不向きな場所はない。

――あなた方インド人のほうが狡猾な戦士だというわけか？

――射手は岩の後ろに陣取ればよかったのだ。大きく広がって。

――聞いたか？　我らの兄弟は、ウフドの負け戦をいまになって勝利に導いてくれるようだ。メディナ側にインド人の参謀がいなかったのは、なんという不幸だ。

――戦術がよかろうとまずかろうと、最初は我々に有利だったのです。メッカの女たちは、夫たちを戦いへと追い立てましたがね。女たちの声は、我が軍の戦士たちのもとにまで聞こえてきたそうです。闘うなら抱擁してあげる、大きくて柔らかな毛布を体の下に広げてあげる、でも逃げたら、もう二度と身を任せてやらない。女たちは孔雀みたいに、そうがなりたてたんです。我が軍は七百人、異教徒の軍は三千人。それでも我々は、敵をここまで追い込んだんですよ。敵はわざと後退したのかもしれないと？　いいえ、彼らは全力で抵抗しました。もし我が軍の射手たちが預言者の命令に従ってさえいれば。敵の陣地にたどり着くやいなや、もう戦いには勝ったものだと思い込んで、陣形を解いて、略奪を始めたのですからね。それで敵は我らの背後を襲うことができたのです。

――戦術の問題だ。まさにそれを言っているのだ。

――どれほど偉大な指揮官であろうと、味方が不服従ではどうしようもありません。

——我が軍は押し戻されていきました。イスラム教徒らしく、一致団結して粘り強く戦いました。ばらばらに敗走したりはせず、預言者——神よ彼に平安を——のテントの前に集まって、絶望的な戦いを続けたのです。預言者は傷を負った。異教徒たちのうち五人が、預言者を殺すと誓った。そのなかのひとり、イブン・クマイヤー——神のあらゆる呪いがこの男に降りかかりますよう——は、次々に石を投げた。預言者——神よ彼に平安を——の兜についた二つの輪が砕け、預言者の顔に刺さった。預言者の頰から血が流れ、髭をつたった。預言者は、地面に血が滴らないように、衣の端でぬぐった。もうひとりの異教徒ウトバー・ビン・アビ・ワッカス——神のあらゆる呪いがこの男に降りかかりますよう——は、大きな尖った石を投げた。石は預言者の口に当たった。下唇が裂け、預言者は前歯を一本失った。違う、何本もだ。いや、言い伝えでは一本だ。君はムフティの言葉を疑うのか。ああ、ムフティが自説を主張ばかりする名人ならね。じゃあ、二本の歯ということで話をつけようじゃないか。とにかく、我が軍の旗手の右手が切り落とされた。そこで旗手は旗を左手で持った。左手も切り落とされると、手のない腕で、旗を体に押し当てた。槍で体を貫かれると、旗を仲間に渡して、倒れた。戦いは敗北に終わった。

——ラカアートを二度捧げよう。ここここそ、ハムザが奴隷ワシの槍で殺された場所なのだから。

祈りの後、一行は並んで立ち、この岩山と聖なる都とのあいだの靄のなかで起こった残虐行為を思い描いた。惨劇の終わりは、それぞれが胸のなかで想像した。誰ひとり、そのくだりを口にすることはないだろう。残酷な終末が頭のなかを駆け巡るだけでも、じゅうぶん辛いのだから。ハムザの腹は切り開かれ、肝臓が引きずり出される。ヒンドが彼女の誓いを守り、それを嚙む。それから鼻、耳、性器が切り落とされる。アブ・スフヤーンの妻ヒンドは、なんという怪物だろう。アマゾンとスフィンクスを混ぜ合わせたような、男のあらゆる恐怖を体現する存在だ。

心沈んだまま、一行は帰路についた。ウフドの戦いは、いま再び敗北に終わった。そして一行の周りでは、彼らの戦死した祖先の死体を、敵軍の妻たちが陵辱していた。

空はからっぽの青。果てしなく続く平坦な砂漠も、このキャラバンを受け入れるには小さすぎる。想像を超える規模のキャラバンだ――最後尾のラクダが出発するころには、先頭のラクダはすでにその晩のキャンプ地にたどり着いている。ひとつの社会が丸ごと、この荒れた土地を進んでいるのだ。召使の一団と家畜の群れとに取り巻かれ、二頭のラクダのあいだに渡した木の棒に固定した輿に揺られる、最も裕福な巡礼者たちから、慈悲深い施しを受けるための木の器のほかにはなにひとつ持たないタクルリ――最も貧しい旅人――まで。タクルリたちが乗る家畜はない。疲れて体が動かなくなっても、彼らは足を引きずりながら歩き続ける。重い棒で体を支えて。さらに、コーヒー売りと煙草売りがいる。キャラバンを警護するのは、アルバニア人、クルド人、トルコ人のバシ・バズーク二千人だ。シェイク・アブドゥラには、カイロの隊商宿で知り合ったあの将校よりも、彼らのほうがさらに信用ならないように思われる。兵士たちはめいめいが好きなように武装している。まるで彼ら全員に共通する汚らしさとだらしなさに、どこかで個性を与えようとするかのように。シリアのラクダたちは巨大で、それに比べればヒジャズのラクダなど小人のように見える。シェイク・アブドゥラはよく、乗っているラクダを駆って小高い丘に上る。キャラバンが緊密な連続画のように通過していくのを見守るために。戸惑うような光景がある――手に水パイプを持ったまま、らくだの前を走る召使。その水パイプを、籐の籠に座った主人が長い管を通して心地よさげにふかしている。惨めな光景もある――

暑さに倒れた最初のラクダの屍肉をめぐって、タクルリたちがハゲタカたちと争っている。

これだけ豊かなキャラバンとなると、襲撃も絶えない。このキャラバンは地面を引きずられる焼き肉の塊みたいなもんですよ、とサードが言った。アリからジャッカルまで、みんなが一切れいただこうと狙うんです。きっと私たちはベドウィンに襲われますよ。もちろん、正々堂々と戦うこともできないような不意打ちで。盗賊どもは、夜中にひとりひとりキャンプ地に忍び込むんです。そして眠っているハージーたちのラクダに背後から飛び乗って、ラクダの口をアッバでふさぐと、背中に積まれた荷物のなかで価値のあるものを、下で待っている仲間たちに投げ落とすんです。見つかると短剣を抜いて、戦いながら逃げ道を切り開いていくんですよ。二晩目、ひとりの若いベドウィンがつかまった。彼は嘆きもせず、ただじっとうずくまったまま、これから受けることになると自分でもよくわかっている罰を待っていた。キャラバンの出発前に、この盗人は串刺しにされて、置き去りにされた。受けた傷がもとで死ぬか、野獣に食われることになるだろう。その光景を見たシェイク・アブドゥラは、己の受けた衝撃を口にして、皆を驚かせた。それでも、これでベドウィンが懲りることはないんですよ、とサードが言った。彼らは自分たちの勇気と、盗賊としての腕に誇りを持っているんですから。何度でもまたやらかしますよ。

埃、騒音、悪臭──町がそのまま砂漠へと移動し、砂漠がそこに同伴しているようなものだ。略奪行為を働くベドウィンたちがいるからやめろと、同行者たちに警告されたにもかかわらず、シェイク・アブドゥラは痛む足で──いまいましい足の指はいまだに腫れあがっている──、日没を見るために近くの丘に上る。一度足を滑らせて、手近な石をつかむ。石が斜面からはがれて、シェイクは落下し、茨の藪にしがみつく。棘を手から抜き取るのに何分もかかる。丘の上で残されたわずかな時間を存分に味わう。この時間を除いては、シェイクは決してひとりきりになれない。同伴者たちが、問答無用でシェイクを家族の一員に迎えいれたのだ。モハメドは元気な若いいとこのようで、常にシェイクにおべっかを使いながらつきまとっている。サードもまた、道中ではシェイクとともにいたがる。無口な男の衣を脱ぎ捨てて、際限なくおしゃべりを続けるようになってしまった。メッカに近づくにつれて、サリーの忠告の内容もどんどん濃くなっていく。シェイク・アブドゥラがどこかへ行こうとするたびに、彼らは皆、厳しい口調で、どこへ行くのかと詰問する。まるでシェイクに釈明の義務があるかのように。

いつの間にか、太陽の最後の名残も、夜の漆黒の闇に覆われてしまった。キャンプ地のあちこちで火がたかれる。まるで谷間に散らばった星のようだ。後からキャンプ地を散歩して、どこかの火の側に座ろう。耳にする話の多くは、虚栄的で愚かしいだけだ。だがときに、シェイク・アブドゥラは耳を澄ます。ひとことひとことを記憶しようと努めながら。たとえば、エジプトから来た、どこにでもいそうな男の話。男はかつてモハメド・アリ・パシャに仕え、パシャのために、奴隷商人のキャラバンのルートを探り出そうと、南へと旅をした。そのため各地をまわって、どんどん黒い人間たちの住む奥地へと入り込んでいった。砂漠の果てよりもさらに向こう、乾燥など知らない土地を進み、やがていくつもの湖にたどり着いた。これらの湖の終わりを、男が目にすることはなかった。だが黒い人間たちは湖の対岸のことを知っていて、ニアサ、チャマ、ウジジと呼んでいた。いくつもの湖のなかで最も大きいのは、北にあるウケレウェという名の湖で、陸の真っ只中に開けた丸い海のようだ。シェイク・アブドゥラは、肩かけを体にきつく巻きなおす。今夜はモハメドの中途半端な眠りに気づかれることなく、すべてを書き留めねばならない。そのための紙は、これからすぐに薬箱に隠そう。顆粒薬の下に。もしかしたら、この情報が役に立つ日が来ないとも限らないではないか。

巡礼者たちは、多くの小規模な襲撃に耐えねばならなかった。だが、メディナを出発して以来恐れてきた大きな襲撃は、彼らがついに衣を脱ぎ捨てて、巡礼用の二枚の白い布をまとった——一枚は腰に巻きつけ、もう一枚は肩にかけた——後にやってきた。アル－ザリバーで、巡礼者たちはさらに髪を切り、髭を剃った。爪を切り、できる限りしっかりと体を洗った。すでに無事メッカに到着したかのような気分で、彼らは出発した。初めて、呼びかけの声が響き渡った。それは、アラファト山で過ごす九日目まで響き渡ることになる——ラッバイク・アッラーフンマ・ラッバイク、神よ、あなたの御許に参りました、という声が、あらゆる方向から聞こえてくる。シェイク・アブドゥラたちの一行は、そのころにはさまざまな巡礼者たちとともに進むようになっていた。やがて一行は、丸い太鼓と、白文字で信仰告白を書いた緑の旗を先頭にした、ワッハーブ派の集団にぶつかった。彼らは二列になって進んでいて、海沿いの人間が粗野な山の人間はこうだろうと想像するとおりの容貌だった。肌は浅黒く、陰険そうな目つきで、髪は大きなお下げに結い、全員が長い槍と火縄銃と短剣で武装している。荒削りの木の鞍に、クッションも置かず、あぶみも付けずにまたがっている。女たちも男と同様に自分のラクダにまたがるか、夫たちの後ろに置いた小さなクッションの上に座っている。ヴェールをかぶることには重きを置いていないようだし、決して弱い性らしい態度でもない。

この身のすくむような恐ろしげな集団に背後からにらみをきかされながら、一行は次なる場所に到着した。右手には高い岩山、そのふもとには細い小川、そして左手には絶壁。行く手は青空のかなたへと続く丘陵のシルエットで閉ざされているように見える。丘の上のほうはまだ太陽に照らされていたが、これから進まねばならない下のほうは、岩山と絶壁に挟まれて、真っ黒な影に覆われていた。女や子供たちの声が小さくなり、ラッバイクという呼びかけの声も徐々に消えていった。右手の岩山の頂《いただき》に、小さな渦巻き状の煙が見えた。次の瞬間、小銃による斉射の音が響き渡った。シェイク・アブドゥラからそれほど離れていないところを歩いていた一頭のラクダが、横ざまに地面に倒れた。肢を何度かぴくぴく震わせたと思うと、ラクダは動かなくなった。キャラバンの隊列は爆発したようにほどけ、さらなる斉射の音が響いたが、叫び声、怒鳴り声で、ほとんど聞こえないほどだった。誰もが自分のラクダを駆って、この死の谷から逃れようと懸命になった。手綱が絡まる。ラクダたちが互いに頭をぶつける。もう誰も前進できないまま、一斉射撃が喧騒を切り裂き、ひとりひとり、一頭一頭が撃たれ、踏みつけられて死んでいく。兵士たちはあわただしく走り回りながら、互いに命令をがなり合う。そんななか、ワッハーブ派だけは、冷静に、勇敢に行動した。編んだ髪を風になびかせながら進み出ると、多くがラクダを止めて、襲撃者のいる小高い場所に銃で狙いを定めた。また、何百人もが岩山をよじ登りはじめた。やがて斉射音は間遠になり、最後にはすっかりやんだ。シェイク・アブドゥラは、すべてをただ見ていることしかできなかった。サリーが隣にやってきた。そして、人生の目標に近づけば近づくほど、ますます危険は増すんだ、と言った。想像してもみろ、カアバまであと一日というところで死ぬはめにでもなったら！　ふたりは短い祈りを唱えて、再びラクダにまたがった。怒り狂った暗闇がキャラバンを飲み込もうとしていた。誰が指示したわけでもなく、道沿いの植物に火がつけられた。ひび割れだらけの岩山は、不機嫌な巨人のように一行の左右にそびえている。目の前に、深い峡谷へと続く崖が口を開けた。たいまつの火と燃える植物から立ち昇る煙が、天蓋のように一行の頭上に垂れ込めている。世界は炎に照らされた場所と、そうでない場所とに二分されている。身の毛もよだつ赤い炎に区切られた、混ざり合うことのない明と暗。ラクダたちは夜のせいで目が見えず、炎のぎらつく光で目をくらまされて、よろめいた。谷底の河床まで崖を転がり落ちていくラクダもいた。もしラクダが怪我をしても、神ならぬ者の力では谷底から救い出してやることはできない。友人たちが居合わせれば、荷物が積み替えられ、旅は別のラクダの背に乗って、そうでなければ徒歩で続けられる。翌朝早くに峡谷を抜けたときには、皆が精根尽き果てていた。安堵を感じることもできないほど疲れていた。

翌日、一行はメッカに入った。

一二七三年シャバーン月

神よ、我らに恩寵と慈悲とを与えたまえ

カーディー――なかなか前進しませんね。もっと重大な使命に邁進して、この件は棚上げとするべきでしょう。

総督――いや、その逆だ。これまで聞いた話を考えれば、さらに尋問を進めていく以外にない。これ以上謎めいた事件は経験したことがないぞ。

カーディー――これ以上誰に話を聞けばいいのです？

総督――誰に、ではなく、どうやって、が問題なのだ。

シャリフ――なかには真実を話していない者がいる可能性もじゅうぶんありますからね。礼儀正しく尋ねれば、たいていは礼儀正しい答えが返ってくるもので。

総督――もっと厳しく尋問することもできる。

シャリフ――ですが、そういう種類の尋問に誰を呼ぶかは、慎重に決めねばなりません。

カーディー――オマル・エフェンディは問題外ですね。ムフティの孫ですし……

総督――それはわかっている、もちろんだ。

シャリフ――サリー・シャッカルはどうでしょう？
総督――もし真実を述べる者がいるとすれば、この男だろう。
シャリフ――なぜです？
総督――トルコ人だからだ。スルタンを尊敬し、イスタンブールを愛している。
カーディー――偽善に対する保証というわけですか。
総督――ハミド・アル゠サマンが適しているな。異国人であるバートンを自宅に住まわせたのだから。
シャリフ――ですが、私はあの男は非常に誠実だという印象を受けました。
総督――ハミドは率直ではなかったし、情報も燻製肉のように貧弱だった。
シャリフ――いや、ハミドはよしましょう。
総督――なぜだ？
シャリフ――いや、その、どうしてもとおっしゃるのでしたら申し上げますが、ハミドは私の妻のひとりと縁続きであると耳にしたのです。その妻の家族との関係は、私には非常に重要でして。
カーディー――では、サードは？
シャリフ――もと奴隷ですな。
総督――黒人だ。
カーディー――悪魔と呼ばれていました。よい異名とは言えませんね。
総督――彼はあちこちを旅している。異教徒たちの国もだ。ロシアにさえ行ったことがある！　これは不審を抱かれてもしかたがないな。誰に忠誠を誓っているのか、わかったものではない。
シャリフ――サードには有力な後ろ盾はなさそうですな。
総督――商売のために、メッカを頻繁に訪れている。

カーディー——サードのなかに神を畏れる気持ちがどれほどあるのか、見てみようではありませんか。

あらゆることを覚悟してはいた。正体を暴かれ、殺されることとさえ。だが、まさか自身の感情に飲み込まれることがあるとは、思ってもみなかった。いま、シェイク・アブドゥラは前に進むことができずにいる。何度も何度も立ち止まる。内面のなにひとつとして、湧き上がってくる幸福感を抑えることはできない。周囲のすべての者たちの顔に畏敬の念が満ちている。目の前にはひとつの理念がある。カアバという聖殿が。それはわかりやすく明快な理念で、黒一色に覆われている。花嫁のヴェールのような布、愛の唄のような金の飾り。ああ、至福の夜よ。シェイク・アブドゥラは魔法の言葉を復唱する。その言葉を理解する。生のあらゆる夜の花嫁よ、時間のあらゆる処女のなかの処女よ。巡礼者の渦が反時計回りに流れていく。シェイク・アブドゥラは興奮している。自分のすぐ近くの人間たちがかなえつつある人生の夢が、自分にも乗り移ったかのように。シェイク・アブドゥラは人の渦に身を任せ、揺るぎない立方体のカアバを七周する。義務に忠実に。まずは歩く速度で。統率者の注意どおり、混雑して動きが止まりがちな内側ではなく、外側を。本来、周囲を回るあいだは、カアバ――触れることのできない中心――を見てはならないことになっている。だがシェイク・アブドゥラは、そこから目をそらすことができない。その後、ほかの巡礼者たちのように手を伸ばせばヴェールに届くほど近くまで迫ったとき、シェイク・アブドゥラは人ごみに紛れこむ。苦しいが、やがてその気持ちに抗うのをやめる。人の流れがすべてを決める。方向、速度、黒石から放出される恩寵を受け取り、「神の名において」「神は偉大なり」と唱えるための休憩。最後の一周の後、シェイクは人ごみをかきわけて黒石へと近づき——モハメドが道を開くのを手伝ってくれる——、できる限り体を前に倒して、輝く石に触れる。石がどれほど小さいかに気づいて驚く。多くの罪深い唇で口づけられ、手でなでられてどんどん黒くなっていく前は、漆喰のように白かったという。この伝説は、シェイクのいまの気持ちを説明するのにぴったりだ。夜になったら書き留めて、この石は隕石だろうという自分の推測も付け加えよう。

考え、祈りながらカアバの周りを回る大勢の人間のひとりとして、シェイクはひとつの輪の一部になった。その輪はメッカを越え、砂漠といくつものオアシスを越えてメディナまで、カイロまで、そしてはるかにカラチやボンベイにまで及び、そこをも越えてさらなるいくつもの輪へと広がっていく。ひとつの石が人間の海に落ちれば、波は最果ての荒地にまで届くのだ。シェイク・アブドゥラは、カアバを七周し終えた。アブラハムの足跡における祈り。ザムザムの泉から水を飲む。巡礼者たち——インドからの巡礼者たち——が、互いを祝福し合う。彼らはシェイク・アブドゥラを抱擁の輪に引き入れる。シェイクは無口を装う。モハメドがじっと見ている。あらゆる人間が兄弟姉妹だと想像するのは、きっと気分がいいことだろう。だが、ひとつの疑念がカアバの周囲を回り始める。そして一周ごとに色濃くなっていく。誰もが誰もの近くにいるなら、人はそのなかの誰のことを気にかけ、誰と苦しみを分かち合うのだろう？　人間の心は容量の限られた器だ。だが神のそれは、制限のない原則だ。このふたつがうまく調和しあうはずがない。カアバが約束する秩序が、シェイクには突如疑わしく思えてくる。隣人すべてに背を向けて、二杯目のザムザムの水を飲む。どうして中心がなければならない？　太陽があるから？　王がいるから？　心があるから？　神がおわさぬ方向があれば示してみよ、と、かつて足をメッカに向けるのは不敬だと非難されたグルが言ったことがある。万物の創造者たる神にふさわしい言葉だ。いや、より正確に言えば、発明された存在でも、創造された存在でもない神たるものにふさわしい言葉だ。表面的な形式を必要とするのは、想像力の足りない者だ。あまねく存在する神を、石に閉じ込め、布に刺繍し、画布に投影しなければ想像できない者たち。ザムザムの水は腐ったような硫黄の匂いがする。だが、この水は枯れることがない。この水はこの地に命を与え、当然の帰結として、この地の神話の一部になったのだ。もし避けることができるなら、もう一度飲みたいとは思わない。だがモハメドが指さす、モスクの前の敷石にいる男は違う。男は病人で、再び元気になるために必要なだけザムザムの水を飲むと誓ったのだという。でも、元気にならなかったら？　とシェイクはモハメドに尋ねる。もしそうなら、それはあの男がじゅうぶん水を飲めなかったからに違いありません、というのがモハメドの答えだ。これまでもしょっちゅうそうだったが、今回もシェイク・アブドゥラは、若いモハメドが上の世代の愚かな発言をそのままなぞっているのか、それともそれを嘲っているのか、よくわからない。ザムザムの水をバケツに入れて宿まで運ばせ、そこで体にかけるハージーも多いんですよ。心臓も体も清める水だからって。モハメドはそう付け加える。外から中へと清めるわけです。僕たちはメッカで、その逆をしているわけですけどね。

シェイク・アブドゥラの疑念は、カアバから一歩離れるごとに大きくなる。

一二七三年ラマダン月

神よ、我らに恩寵と慈悲とを与えたまえ

総督――とても受け入れられない。思い上がりもはなはだしいぞ。このファトワー（イスラム教における勧告・見解のこと）は取り下げてもらわねば。

シャリフ――きっと妥協案が見つかることと思います。我々どちらの側にも……

総督――貴殿らの腐った妥協案など、呪われるがいい。

カーディー――公正な判断を、ファラオのために曲げるわけにはいきません。

総督――気でも狂ったか。貴殿はカリフの権利を疑っているのだぞ。

カーディー――カリフとて神の掟には従わねばなりません。

シャリフ――アブドゥラ・パシャ、どうかご理解ください。私のところにも、カーディーのところにも、町のあらゆる有力商人たちから苦情が舞い込んだのです。誰ひとり、あなた方の処置をよしとする者はいません。

総督――手前勝手な理由でだろう。

シャリフ――彼らは奴隷制の完全撤廃を恐れているのです。

総督――禁止されたのは奴隷売買だけだということは、貴殿らもよく知っているではないか。
シャリフ――長い目で見れば、奴隷売買なしに奴隷制を維持することはできません。
総督――たとえ我々と見解が異なろうと、この公布でトルコ人は異教徒となったなどと、カーディーが公然と宣言していいはずがない。
カーディー――ほかにまだなにを導入なさるおつもりです？　よその地で起きていることを、我々が知らないとでもお思いか？　抵抗しなければ、あなた方が今後なにを禁じるか、どんな呆れた改革を断行するか、知れたものではありません。まずはアザーンの代わりに銃の一斉掃射をすること、とか？　女たちが体を覆わずに公の場に出られるようになったり、自分から離婚を申し出たりできるようになるとか？
総督――話を膨らませすぎだ。奴隷売買が禁止されただけではないか。
カーディー――なぜです？
シャリフ――私の推測では、カリフは圧力を受けているんですよ。ファランジャーが、モスクワに対する戦争でカリフを支援したことで、約束の見返りの一部を求めているんでしょう。
カーディー――イスタンブールでどんな取引がなされようと、それは聖都の利益のための基準にはなりえません。
総督――貴殿らとて、歴史の流れに目を瞑り続けるわけにはいかないんだぞ。
カーディー――歴史の流れ？　もしもそんなものがあるとしたら、我々は抵抗せねばなりませんね。こんなことが続けば、いつの日か異教徒どもがヒジャズに住み着き、イスラム教徒と結婚して、最終的にはイスラム全体に浸透することになるでしょう。
総督――それくらいのこと、アラビア人なら異教徒の手を借りずともやってのけるだろう。貴殿らには名誉というものがない。カリフを敬おうとしない。我々がよかれと思ってなにかすると、どうなる？　部族長たちに穀物や布を分け与えているというのに、彼らは自分の部族を武装させて、キャラバンを襲撃するのだからな。

シャリフ――敵に塩を送るのは、少々軽率ですな。

カーディー――トルコ人が我々の国を征服して以来、正義はもはや存在しません。あなた方はいま、自分でまいた種を刈っているのです。盗賊が捕まっても、あなた方はその首をはねる勇気を持たない。そのせいであなた方の基本姿勢が皆に広まるんですよ。あなた方は、恣意を最上級の判事にしてしまった。

総督――ハッジは以前より安全になったし、もし我々が一緒に努力できれば、内陸のベドウィンたちにも平和の支配を強要することができるはずだ。

シャリフ――我々はできる限りあなた方を支援してきました。ですが手足を縛られているも同然なのです。我々がもはや以前のような影響力を持たないことを、見過ごされては困ります。

総督――いったいなにが変わったというのだ？

シャリフ――船は、我々が思いもしなかった敵でした。我が祖先が守護にあたってきたのは、なんと栄光に満ちた時代だったことか。六つのキャラバン、それに、支配者について巡礼に赴く民。アッバース朝の最後の者たちは十三万頭の家畜とともにアラファト山でキャンプしたことを、ご存じですか？　それなのに現在、我々の状況はどうでしょう。嘆かわしい。我らの町――神よ称えたまえ――にやってくるキャラバンは三隊のみで、連れてくるのはたった数万人の巡礼者に過ぎません。それに、イスタンブールやダマスカスからやってくるキャラバンは、まもなくただの儀礼的なものになり果てるでしょう。このままではすぐに、我々には義務を果たすだけの金もなくなります。

カーディー――貧窮はもしかしたら恩寵かもしれませんよ。ワッハーブ派があらゆる宝に惹かれてやってくることもなくなるでしょうから。

シャリフ――ワッハーブ派は我々を征服しようとするだろう。たとえ我々皆がぼろきれをまとっていようとな。

総督――少し困窮具合を誇張しすぎではないか？　貴殿らは税収の四分の一を受け取っているではないか。それに私の勘違いでなければ、船でやってくる者たちは皆、大モスク――神よ大モスクをますます輝かしく、高貴にしたまえ――への贈り物を持ってくるではないか。おまけに、キャラバンの統率者たちに与える許可証はどうなのだ。もう実入りのいい商売ではないとでも？　スルタンは、貴殿らがいまだに行使している広範な権利のことを、決して快くは思っておられないぞ。

シャリフ――あなた方の兵士たちが、せめて道中の安全を確保してくれればいいのですがね。キャラバンたちはあまりに頻繁に略奪を受けています。まるで氷の塊を持って砂漠を進むようなものです。我々にはほんの数滴の水しか残らない。

カーディー――我々は信仰を一新する必要があります。背教者どもが世界を治めるというのなら、我々は純粋なる服従の道へと立ち戻らなければ。

総督――長話はもうじゅうぶんだ。貴殿らに我らがスルタンが高く評価している物語を聞かせてやろう。ライオンと狼と狐とが、一緒に狩りに行った。そして野生のロバ、ガゼル、ウサギをそれぞれ一匹ずつ仕留めた。ライオンは狼に、獲物を分配するよう頼んだ。狼はためらうことなくこう分けた――ロバは君に、ガゼルは自分に、そしてウサギは我らの友である狐に。ライオンは前肢を大きく振りかぶると、狼の頭を一撃して胴体から叩き落とした。そして狐のほうを振り返って、こう言った。さて、君が獲物を分けてくれ。狐はライオンに深々とお辞儀をすると、穏やかな声でこう言った。陛下、分配はこれ以上ないほど簡単です。ロバは陛下の昼食用、ガゼルは夕食用です。それからウサギはきっと、食事のあいまのおやつに最適でしょう。ライオンは満足してうなずき、言った。君はなんという思いやりと常識を備えていることか。いったい誰に教わったのだ？　すると狐はこう答えた。狼の頭にです。

昼間、砂漠の色はまるで拭い去られたようだ。そして、高い建造物や狭い小路にもかかわらず、メッカのなかにも砂漠はある。昼から夜への移り変わりは一瞬だが、その際に色のニュアンスが戻り、日中の色の乏しさを相殺する。列柱の下に快適な場所を見つけて座りこんだシェイク・アブドゥラは、白一色をまとった人間の手から色鮮やかな扇が落ちたかのような印象を抱く。それに、人々の着ているイフラームの白にさまざまな色調があることを突然発見して驚く。まもなくたいまつがたかれ、大モスクが輝く。そして空は暗くなっていく。シェイクを取り巻く祈りの声には、伝染性がある。シェイクもまた埋没したくなる。ただ、どこに埋没していいのかわからない。コーランの朗誦では、そのスーラの意味を考えて、何度もつまずいてしまう。祈ろうとするが、自分には皆との共同作業としての祈りしか受け入れられないことに気づいて、すぐに中断する。ひとりきりで祈ることはどうしてもできない。シェイク・アブドゥラは立ち上がり、回る人々の頭を越えてカアバを見下ろすことができる小高い場所を探す。舌が祈りを拒絶するのなら、目で祈るまでだ。人々は、すべての核だとされる場所の周りを回る。まるで神のろくろに載せられているかのように、一定の速度で。彼らの回転は、何時間見ていても飽きない。それはときには献身の永久運動に見え、ときには盲目の舞踏に見える。

シェイクは、この地に受け入れられたと感じる。まるで埋葬され、永遠の安息を得たかのように。人生のあらゆる罠から解放されたかのように。自分はアル＝イスラムに適応したのだ。思ったよりも早く。贖罪と困窮の道を飛び越えて、直接この天国への入り口を見つけたのだ。言語に絶するものを言い表すのに、これほど美しい言葉を持つ宗教はほかにない。コーランの歌から、コンヤ、バグダッド、シーラーズ、ラホールで生まれた詩まで。シェイクはそれらとともに埋葬されたいと思う。イスラム教では、神はあらゆる個性を奪われている。そしてそれでいいのだと、シェイクは思う。イスラムにおいては人間は自由だ。原罪になど支配されておらず、理性に信頼が置かれている。もちろん、イスラムという宗教も、ほかのすべてと同じく、人間をよりよい存在にすることも、壊れた人間をもとどおりにすることもできない。だが、イスラム教においては、罪を背負わされた喜びのないキリスト教の屈辱のなかでよりも、人は誇り高く生きることができる。もし、この宗教の細部を信じることができれば——全体を信じる必要はないというのは最高の認識だ——、そして自由に決断を下すことができ、仕える相手を自由に選ぶことが許されるのなら、自分はイスラム教を選ぶだろう。だがそんなことはできない。あまりに障害が多すぎる——祖国の法、アル - イスラムの法、それに自分自身のためらい。いまのような瞬間、シェイク・アブドゥラはそれを無念に思うのだった。自分を取り巻く楽園を享受してはいる。だが、死後の生などとても想像できないし、神が己の国に住まわせるために行うという生の総決算も同様だ。神はすべてであり、無である。だが経理係ではないのだ。

その晩、新月がメッカの空に昇った。ふたりは始祖アブラハムの足跡の近くに座っていた。いまどんな気分ですか？　とモハメドが尋ねた。シェイク・アブドゥラは、周りの期待どおりにこう答えた。私のこれまでの人生で最も幸福な新月の晩だよ。そう口にしてから、自分の言葉を検分してみて、それほど間違ってもいないことに気づいた。そこで、シェイクが過ちを犯すのを相変わらず虎視眈々と待ち受けているこの若いスパイの耳に、さらにこう付け加えた。神よ、そのすべての力で我らを導きたまえ、我らが神の恩寵に感謝の言葉を述べるよう、天国への受け入れ、慈悲深い行為によって常に寛大に与えられる報い、慈悲深くも許される助けと支持にいたるまで、神が我らをどれほどの特権に与《あずか》らせてくれるか、我らに自覚させるよう。アーミーン（「かくあるべし」「そのとおり」を意味するアラビア語で、祈りの後に唱える。キリスト教の「アーメン」に同じ）、と恥じ入ったようにモハメドがつぶやいた。そしてシェイク・アブドゥラは、熱意をこめたアーミーンの声とともに、問答集を閉じたのだった。その声は、まるでメッカの鳩のように宙高く羽ばたいていった。

やがてモハメドがザムザムの水を少し飲むために離れていったあと、シェイクはモスクを描写し、その絵を細かくちぎると、それぞれの破片に番号をふり、ハマイルに収めた。

一二七三年シャッワール月
神よ、我らに恩寵と慈悲とを与えたまえ

総督――我々が真実を探求するのに協力する準備はあるか？
サード――私は平和のうちにあなた方の町へやってきました。商売のためです。それなのに、あなた方は私を監禁した。私の名誉を汚したのです。
シャリフ――釈放されたければ、正直に答えるのだ。
サード――いったい私が、こんな目にあうほどのなにをしたというのです？
総督――お前は我々に協力するのを拒んだ。
サード――拒んでなどいません。
総督――お前を信じたいが、そのためには、そちらにも協力してもらわなければ。
サード――まだ話していないことがあります。
総督――隠していたのだな。
サード――重要なことだとは知らなかったんです。あの男は自分のイフラームになにか書きつけていました。

カーディー――布に直接？
サード――そうです。
総督――なにを書いていた？
サード――読めませんでした。
総督――よく見えなかったのか、それとも意味がわからなかったのか？
サード――見ようとしませんでしたから。
総督――で、その情報は我々に伝えるほど重要ではないと思ったのか？
サード――彼はときどき変わったことをしました。ダルヴィーシュはみんなそうです。だから、祈りの言葉かもしれないと思ったんです。カアバの前でひらめいた祝福の言葉かもしれないと。
総督――彼がなにか書いているのを見たのは、大モスクのなかでだけか？
サード――もう一度、ありました。
総督――どこでだ？
サード――通りです。
総督――どこの？　正確には？
サード――兵営の近くです。
総督――そんなところでなにをしていたのだ？
サード――一緒に散歩していたんです。
総督――なぜよりによってそんなところを？
サード――そこだけじゃありません。
総督――ほかには？　ほかにはなにを隠していた？　言え。

サード――あの男は、人をひとり殺しました。
カーディー――なんだと？
サード――メディナからメッカに向かうキャラバンでのことです。彼が短剣を拭っているのを目にしました。翌朝、巡礼者がひとり死んでいるのが見つかりました。刺殺でした。
カーディー――殺人犯だったとは！
総督――お前も共犯か？
サード――まさか！
総督――だが、誰にも話さなかったのだろう？
サード――血のついた短剣を見ただけなんですよ。もしかしたら襲われたのかもしれません。正当防衛だったかもしれないじゃないですか。
シャリフ――彼に直接尋ねたか？
サード――私にそんな権利はありません。
総督――彼はお前にいくら払った？
サード――まったく。どうして彼が私に金を払わねばならないんです？
総督――お前の協力に、だ。
サード――私は自分の意思で彼に同伴したんです。何度か。
総督――なお悪い。信念からの裏切りというわけか。
サード――いったい私がなにを裏切ったというんです？
総督――カリフとお前の信仰だ。
サード――私は誰も裏切ったりしていません。

総督――嘘だ。
サード――誰も裏切ってなどいません。
総督――その体から嘘をたたき出してやる。連れていけ。

総督――どうやら悔い改めて、すべてを告白するということだが。
カーディー――早く済ませてしまおう。
サード――私はあの男に協力しました。
総督――どんな協力だ？
サード――彼が質問をして、私はそれに答えました。私は答えを知らないときには、なんとか見つけ出そうとしました。
総督――なにについての質問だ？
サード――あらゆることです。とても好奇心の強い男でした。
総督――例だ、例をあげろ。また痛い目に遭う前に。
サード――我々の風習、習慣、キャラバンや商売の秘密、といったことです。
総督――武器については？
サード――はい、武器にもとても関心を持っていました。
総督――どんな武器に？
サード――金の装飾のついた短剣です。
総督――お前は我々を馬鹿にしているのか。
サード――いいえ、信じてください。古い短剣で、見事な作りでした。それがあの男の関心を引いたんです。

総督――彼はいつお前に話を持ちかけた？

サード――メディナに着く少し前です。彼が見張りの順番で、私は早くに目が覚めたんです。彼のほうから話を切り出しました。

総督――お前はなぜ協力することにした？

サード――理由なんてありません。

総督――我々に復讐したかったのか？

サード――誰にです？

総督――我々全員にだ。

サード――なんの復讐を？

総督――なんらかの理由があったはずだろう、このいまいましい黒んぼめが。

サード――金のためとか？

総督――ああ、きっと金のためだったに違いない……

サード――私の商売です、商売がうまく行っていませんでした。

カーディー――私は最初から、お前は一番多く払ってくれる者に忠誠と名誉とを売り渡す男だと思っていたよ。

総督――ほら見るがいい、すべて打ち明けることができるじゃないか。よき意志さえ持っていれば、できるんだ。

サード――私はよき意志を持っています。

総督――誰があの男を送り込んだのかは聞いたか？

サード――彼は決してなにも言いませんでした。モスクワのことなんて、一度も口にしませんでした。

総督――モスクワ？　なぜモスクワなんだ？

サード――えっ、だから、あの男に任務を与えたのが誰かっていう話です。あの男はなにも言いませんでした。

総督――なんだと！　彼はお前に、自分はロシア人だとほのめかしたのか？

サード――違います、だってインド人じゃないですか。でも、スパイ行為をしていたんなら、きっと……

総督――モスクワのためだというのか？

サード――モスクワのためじゃないんですか？

総督――本当のことを言わないと……

サード――言ってるじゃないですか。全部認めてます、あの男がスパイだったって。ただ、どういうスパイだったのか、よく知らないんですよ。モスクワじゃないなら、じゃあ、あ、もしかして、副王とか？

シャリフ――この男はなにも知らないんだ！

総督――なんだと？

シャリフ――こいつがなにも知らないことは明白です。これまで話したことはすべて、空想の産物なんですよ。

総督――そうなのか？　皮をはいでやる、この薄汚い犬めが。

サード――痛い目に遭って、そうせざるを得なくなったんです。あなた方が、無理やりそうさせたんだ。

総督――お前は二度も我々に嘘をついた！
サード――なんとでも言ってくれ。なんとでも言ってくれ。
総督――とにかく真実を聞かせろ。
カーディー――シェイク、真実は難聴ではありませんよ。
総督――貴殿は満足なのだろう、え？　我々の困難を見て喜んでいるのだろう。
カーディー――真実を見つけるのは、我々の誰にとっても難しいことです、シェイク。誰ひとり例外ではありません。それに、この困った状況を喜ぶことなど、誰にもできませんよ。
シャリフ――この男の自白は無意味です。
カーディー――うまく創作したものだな。でっち上げたと言うべきか。まさにメッカ啓示というわけだ。
総督――どういう意味だ？
カーディー――これはこれは、政府の高官に古典の知識はもはや必要とされないことを忘れていました。つまり、この男の自白はあまりに一面的で、理解できるのは自白した本人と神のみだという意味ですよ。
シャリフ――ゾハルの祈りの時間です。
カーディー――で、この男は？
総督――この男がなんだ？
カーディー――体を洗ってやって、きちんとした服を与えるべきです。こんな有様で祈りを唱えろと？　我々は罪を犯したくはありません！
総督――この体の状態で、祈りを遂行できるとは思えないが。

カーディー——それはこの男が自分で決めることです。我々はただ、彼が望むなら祈ることができるようにしてやるのみです。

ラッバイク・アッラーフンマ・ラッバイク。その呼びかけは昼も夜も繰り返され、誰もが口にし、どんな機会にも、どんな場所でも響いた。この言葉とともに巡礼者たちは大モスクへと近づき、この言葉とともに床屋に入り、この言葉で通りで会った知り合いに挨拶する――ラッバイクは、メッカへの大巡礼と小巡礼の際に鳴り響くファンファーレの音であり、言葉と言葉の区切りの静寂をも明るく輝かせるのだった。だがズルヒッジャ月の八日目には、この呼び声は軍隊の行進曲のように響いた。大群衆がメッカを発って、アラファト山へと、巡礼の旅のクライマックスへと出発したのだ。そこで彼らは神の前に立ち、自身の現在を見つめることになる。暑さと衰弱などおかまいなしに。

シェイク・アブドゥラは、大モスクでの滞在とカアバの眺めの後に、アラファト山の斜面と世界中から人が集まる村である埃っぽいミナでさらなるクライマックスが待っているのだ、これまで以上に偉大な体験が続くのだ、と期待していた。ところが、聖都の外の砂漠での出来事は、メッカを去ったことを辛く思わせるばかりだった。若いモハメドの勧めに従って、快適な輿に乗って早朝に出発したにもかかわらず。アラファト山に着くのが遅すぎると、あたりでテントを張る場所が見つからない、とモハメドは言ったのだった。道の端に転がるたくさんの動物の屍骸は、嫌でも目に入ってきた。無数の屍骸が、無造作に穴に放り込まれていた。一行のなかのベドウィンたちは、鼻の穴に木綿の切れ端を突っ込み、ほかの者たちはハンカチを口と鼻の上にきつく巻きつけていた。一行はアラファト山に着いた。地図上では単なる丘でも、形而上学的には巨大な山だ。周囲の荒涼とした地は、多くの巡礼者たちでにぎわっている。彼らは丘のふもとにテントを張り、この辛い一日から逃れようと、神との半ば無言の対話に身を任せていた。つぶやくような声で話す者もいれば、声を出さずに唇を動かすだけの者もいる。きっと彼らは、頭の中で自分たちのあらゆる弱点や過ちを数え上げているのだろう。そしてその個人的な欠点リストを訂正し、いくつか付け加え、認めているのだろう。彼らは集積した自身の欠点に戦慄しているだろうか？　正直であろうと努めているだろうか？　なにひとつ美化されないありのままの総決算であるこの日に、神の前で誠実であろうと、実現できそうもない約束をせずにすむよう、改善の意図のリストを短縮するほどに？

大砲の一発が、群衆の内省を打ち破った。午後の祈りの開始を告げる合図だ。すぐに太鼓の音と、輝くような声が響いてきた。行きましょう、とモハメドが言った。シャリフの行列が到着します。ふたりは人ごみをかきわけて進み、ついに山道を登ってくる行列を目にした。先頭はイェニチェリの楽隊で、その後ろを職杖を持った者たちが続き、苛立ったようすで道を切り開いていく。彼らに続くのは数多くの騎士で、全員が房飾りのついたすさまじい長さの槍を手に持ち、それでシャリフの調教馬を追い立てている。馬はアラブ種のサラブレッドで、古く擦り切れた鞍覆いをつけている。馬たちの後ろを、火縄銃を持った黒人奴隷たちが歩いている。どうやら彼らを風除けにした場所に、緑と赤の旗に守られて、高貴な者たち——メッカのシャリフとその廷臣や家族——がいるらしい。モハメドはこの高貴な一団のひとりひとりを知っていた。シャリフは年老いた男で、ずいぶん肌の色の濃い苦行者といった雰囲気だ。この肌の色は、スーダン出身の奴隷女である母親から受け継いだものだ——モハメドは、シャリフの家族関係について知りつくしているようだった。大した人には見えないけど、頭のよさでは右に出る者がいないんですよ、とモハメドはすっかり感嘆の念に打たれたようすで言った。硬直した視線を急に砂の上のさそりのように群衆の上にさっと走らせたシャリフの隣には、シャリフより頭ひとつ大きい男がいた。そのたくましい無骨な体つきはイフラームでも隠しきれない。最新流行の小ぶりな髭は、シャリフの顔中を覆う長い髭とは好対照だ。あれはトルコの総督ですよ、とモハメドが言った。あの男を好きな人間はいません。それに、本人もきっとそれを望んでるんだと思います。シャリフとは逆に、総督のほうは集まった群衆を無視しているように見えた。このふたりに数歩遅れて、丸顔で穏やかな表情の若い男が続いていた。まばらに伸びた髭のせいで、女のような雰囲気が強調されている。一行のなかでただひとり、この男は自分の内面に沈潜しているように見えた。行列の一部でありながら、その行列を超越した存在。その男のことは、モハメドもよく知らなかった。カーディーであること、町で近年最有力のアリムのお気に入りであること、それゆえまだ若くして運命をも追い越すほどの栄達を遂げたこと以外には。行列は大群衆の波に飲みこまれた。彼らの背後に聳《そび》えるアラファト山の花崗岩が、ここまでやってきたそもそもの目的をわずかに思い出させる。巡礼者たちはアラファト山の斜面をよじ登った。突然、完全な静寂が訪れた。説教が始まった合図だ。だが説教の内容は、シェイク・アブドゥラがいる場所までは届かなかった。ラクダにまたがり、ときどき自分の言葉を両手を動かして強調するひとりの男が見えた。後から聞いたところによれば、説教は例年どおり、アダムとハワのこと、アダムがこの場所で何カ月にもわたる祈りの際に流した涙のこと、その涙が池になり、池の甘い水で鳥たちが元気をつけたことを信者たちに思い出させる内容であったという。説教の一部は、直立した巡礼者たちのアーミーンやラッバイクという声によって強調された。その声は最初はばらばらで、小さく、ためらいがちだったが、そのうち音量と頻度を増し、やがては説教者から遠く離れたところにいる巡礼者たちをも巻き込んでいった。最後にはシェイク・アブドゥラの周りの全員が、涙を流さんばかりで――モハメドは白い布に顔を埋めていた――、誰ひとり説教はひとことも聞き取れないにもかかわらず、むせび泣く者も多かった。説教の感情面における内容は、皆が知っていたのだ。最初は一時的な感動だったものが、熱狂へと育っていった。夕方の光景が赤みを増すにつれて、巡礼者たちの熱烈な祈りは濃くなっていった。彼らは許しを、神への畏れを、安楽な死を、審判の日の良好な清算を、この生における祈りの成就を乞い願った。大勢のなかで、この瞬間に祈りを捧げていない者はほとんどいなかった。

日没とともに、祝祭の言葉が響いた……イード・クム・ムバラク……イード・クム・ムバラク。ハッジはこの一日の終わりとともに成就した。罪は許され、巡礼者たちは生まれ変わった赤ん坊となり、いまこの瞬間からハージーを名乗ることを許される。シェイク・アブドゥラはサードとモハメドとその叔父を抱きしめた。純粋な誇りを感じ、なんの裏もなくその感情に浸った。皆が解放感に浸り、宙に浮いているかのようだった。すでに最初の巡礼者たちが引き返し始めていた。皆が慌ただしく荷物をまとめ、適当にたたんだテントをラクダに積み、出発した。これ、アラファトの競走って言うんですよ！　モハメドは熟練の解説者の役割を楽しんでいた。巡礼者たちはアラファト山を駆け下りながら、威勢良く叫んだ。私はあなたの御前にいます、神よ、あなたの御前にいます。一行の全員が助け合ったというのに、ラクダたちの出発の準備が整ったのは、暗闇が下りた後だった。すべてがミナに続く道へと流れていた。地面には置き去りにされたテント用の杭が乱立している。シェイク・アブドゥラは、混雑のなかで一台の輿が押しつぶされ、徒歩で進んでいた者たちがラクダの蹄の下敷きになり、一頭のラクダが倒れ、巡礼者たちが手に持った棒でほかの巡礼者たちと争うようすを目にした。家畜や妻や子供を探す人たちの声を耳にした。巡礼者たちは押し合いながら、夜の訪れとともにますます狭く、深くなる谷を進んだ。そして、アル＝マズメインと名づけられた切り通しにたどり着いた。そこは、群衆の興奮を燃料にしたかのように激しく燃える無数のたいまつに縁取られていた。火の粉が地上の星屑のように宙に舞っていた。大砲隊が次々に祝砲を撃ち、兵士たちは銃で祝い、パシャの楽隊もずっと後方のどこかで演奏を始めた。花火が上がった。シャリフの行列から打ち上げられたものだと、モハメドが興奮気味に言った。裕福な巡礼者たちもまた花火を上げていた。ハージーになったことを天に知らせるために。それに、もしかしたらこの打ち上げられる知らせは、彼らの故郷からも見えるかもしれない。家畜たちの足取りは速かった。群衆の急ぎ足にも、マズメインの峠を通ってムズダリファとミナへと流れ込む彼らの耳をつんざくような叫び声にも、いくつもの理由があるのだった。ラクダに揺られて二時間もしないうちに、雑然としたキャンプ地に到着した。誰もが最初に目に付いた適当な場所に腰を下ろした。テントは張られなかった。だがパシャのものだけは別だった。そのテントには背の高いランプがついていて、一晩中明かりがともされたままだった。大砲隊は夜通し休みなく祝砲を撃ち続けた。決してやむことのない歌の結びのように。アラファト山からの出発が引き起こした混乱で、多くの巡礼者が自分のラクダを見失っていた。身に着けたイフラームと粗織の毛布に包まって、眠ろうとむなしい努力を続けるシェイク・アブドゥラの耳に、あたりに漂うラクダたちのかすれた声が聞こえていた。

一二七三年ズルカーダ月
神よ、我らに恩寵と慈悲とを与えたまえ

モハメド——僕はあいつからいっときも目を離しませんでした。いつか必ずぼろを出すと思っていたんで。正体を暴いてやるつもりでした。だから叔父のひとりに頼んで、アラファトとミナまで一緒に来てもらったんです。側で協力してもらうために。それが功を奏しました。アラファト山で、僕は皆を見失ってしまったんですよ。僕たちのテントの場所からは説教が聞こえなかったんで、近くまで行ったんです。でもシェイク・アブドゥラはどうやら出発が遅れるのを心配したようで、荷を積んだラクダを行かせてしまいました。それで、僕が戻ったときには誰もいなかったんです。徒歩でミナまで戻る羽目になったんですよ。何時間かみんなを探したんですけど、結局諦めて、眠るために砂に横たわりました。寒かったですよ、イフラーム一枚なんだから。でも叔父はシェイク・アブドゥラと一緒に輿に乗って、あの男を見張っていてくれたんですよ。変わったことがあったそうです。驚くような。シェイク・アブドゥラが、たったいま告白したあらゆる罪に苦しんでるみたいに、体を揺らし始めたんです。なにかぶつぶつ言いながら。体の揺れはだんだんひどくなって、輿に乗ってるのが危険になったんで、叔父はシェイク・アブドゥラを落ち着かせようとしました。でもシェイクの動きは止まりませんでした。叔父を怒鳴りつけたんですよ。唾でも吐きかけるみたいに。お前のせいだ、神に誓ってお前のせいだって。お前の髭を外に向けていろ、私のことは放っておいてくれ、そうすれば神が我々どちらの負担も軽くしてくれる。叔父はシェイク・アブドゥラの願いを聞き入れて、外を向きました。そして前方を見ながら、自分の背後にいるシェイクのように耳を澄ませたんです。シェイク・アブドゥラはまだ少し取り乱してましたけど、そのうち体の揺れも収まりました。実は僕、あの男が本当にダルヴィーシュなのか、ずっと疑っていたんですよ。でもこの話を聞いて、自信がなくなりました。

総督――お前の叔父には、お前ほどの鋭い知性はないようだな。シェイクのその発作は芝居だったんだ！

モハメド――どうしてわかるんです？

総督――あの男の本にそう書いてある。邪魔されずに落ち着いて後ろを見て、アラファト山をスケッチできるように、騙したのだと。

モハメド――じゃあ、僕の疑念はやっぱり当たってたんだ、最初から。どうして正体を暴いてやれなかったんだろう。暴いてやるべきだった。

カーディー――少なくとも、彼は慎重にならざるを得なかったではないか。

総督――慎重だと？　まったく自由に動いていたように思えるがな。あの男の本には、さまざまなものの正確な大きさや距離まで載っているんだぞ。大モスク――神よ称えたまえ――の大きさを測ったようだ。どうしてそんなことが可能だったのか、説明してもらえるか？

モハメド――さっぱりわかりません。

シャリフ――歩数を数えたのでは？

総督――それではあまりに不正確だし、あの人ごみでは無理だろう。

シャリフ――考えろ、お前は賢い若者だ、よく考えてみろ。

モハメド――あっそうだ、あいつはすべてを杖で測ったんですよ。体を支えていた杖で。少し足を引きずってたんです。メディナからメッカへ向かう途中でラクダから落ちたなんて言ってましたっけ。僕は落ちるところは見てませんでしたけど、確かにあの男はかわいそうなくらいラクダに乗るのが下手でした。あの杖を、あいつはよく地面に落としていました。そして腰を下ろして、杖を引きずって移動させるんです。一晩中カアバの傍で過ごしたがりました。長いあいだ祈って、何人かの商人たちと話をしました。そのうち僕はうとうとしちゃったんですけど、誰かがぶつかってきたんで目が覚めました。そのときには、シェイク・アブドゥラの姿はどこにも見えませんでした。僕は立ち上がって、あたりを見回しました。そうしたら、シェイク・アブドゥラがカアバの傍にいるのを見つけました。忍び足でカアバの周りを回っているんです。キスワに何度も触ってました。下のほうの、ほつれているところを。なんだか、端切れをちぎり取りたいんじゃないかって気がしました。何度も見張りのほうを振り向いてましたし。でも、見張りがすごく目ざといのは、皆様もご承知でしょう。キスワの端切れを売る商売は自分たちでやりたがりますからね。だから見張りのひとりが近づいていって、脅すように槍を振り上げました。僕はシェイク・アブドゥラの腕を引っ張って、カアバから離れました。もちろん、布をちょっぴりちぎって持って帰る人が多いことは知ってますよ。些細な、取るに足らないことだと思われてます。でも、皆から尊敬される人間が、どうしてそんなことをするんです?

カーディー――ただ驚くべきことに、あの異国人は著書に、お前からキスワの端切れを贈られたと書いているのだが?

モハメド――そんなこと書いてるんですか？
カーディー――そうだ。お前のことはいろいろと書いている。
モハメド――確かにそのとおりですけど、でもそれはもっと後のことです。別れのときです。
カーディー――どこから端切れを手に入れた？
モハメド――士官のひとりから買いました。
カーディー――そんなに金があったのか？
モハメド――母がくれました。なにか記念に残るものをあの男にあげたいって言って。
カーディー――ということは、お前の母は、あの男がお前たちの家に泊まるのに払った金をすべて、別れの贈り物を買うのに費やしたというわけか？　このうえなく気前のいい話だな。
モハメド――母はあの男にすごく好感を抱いてたんですよ。そういえば、もうひとつ思い出しました。これはお話ししなくちゃ。きっと大事なことですよ。ある日、ミナの大通りで、ひとりの傭兵部隊の士官に会ったんです。へべれけに酔っ払ってて、道で行き会う人みんなに肘突きを食らわせて、それに文句を言う人がいると、罵り言葉を浴びせてました。僕らが通り過ぎようとすると、その男は叫び声を上げげて、シェイク・アブドゥラを抱きしめたんですよ。するとシェイクはその男を突き飛ばしました。どうした、友よ？　ってその酔っ払いが言いました。するとシェイク・アブドゥラはくるりときびすを返して、急いでその場を離れたんです。あの男のことなんか知らないって言い張ってましたけど、僕は怪しいなと思いました。
総督――知り合いだったんだ。
モハメド――そのこともご存じで？
総督――カイロでの知り合いだ。

カーディー――カイロで一緒に酒を飲んだんだ。

モハメド――やっぱりそうか。

総督――残念ながら、簡単ではないな。このバートンという男はどうやら、弱点はあっても、そのせいで正体を晒す羽目にはならないほど多くの強みを持っているようだ。もう行っていいぞ、若いの。お前は神と支配者とによく協力してくれた。ふさわしい褒美をやろう。

総督――ところで、あの黒ん坊、サードといったか、あの男がまた逮捕されたというのは本当か？

シャリフ――我々も、あの男をどうしていいかわからないのです。困ったことに、すっかり理性を失ってしまったようで。警備兵が大モスクであの男を捕らえたんですが、その理由は、いっときも休まずカアバの周りを回っていたからだというんです。昼も夜も。もちろんやりすぎではありますが、それだけなら別に問題はありません。ただ、一歩ごとに獣のように咆哮していたというんですよ。俺は真実を冒瀆した、と叫んでいたそうで。もう男じゃないと、何度も何度も。誰もやめさせることができませんでした。非常に不適切な行為ですし、ほかの巡礼者の邪魔にもなっていました。あの男は痛みの声を上げていた、と宦官の長であるシェイク・アル＝ハラム殿からの報告にはありますす。シェイクがどうやらずいぶん興奮していらしたのは間違いないのですが、あの黒人はまるで地獄を見たかのような痛みの声を上げていた、というのです。

今日ですね、と、朝の祈りの後でモハメドが満足げに言った。いよいよ今日、悪魔に石を投げつけてやる日ですね。昨夜集めた石が、それぞれの前に七つずつの山になって積まれていた。シェイク・アブドゥラは、モハメドが集めた石がどれも彼の熱意を反映して特大であることに気づいて、思わず笑いをかみ殺した。シェイク自身は、ベルゼブブへの投石を最初から真剣に受け止めることができずにいた。この風習のせいで一連の儀式の明晰さは消え、突然、石でできた馬の足をひとり七回射ることができる射的が一番の目玉であるような、教会の縁日の大騒ぎの真っ只中に放り込まれたも同然になってしまう。途中で石をなくさないように、もしなくしても、ほかの人がもう投げた石は拾わないように、とモハメドがシェイクに教えを垂れた。その理由は、一度投げられた石はもう悪魔に痛みを与えることができないからだろう、とシェイク・アブドゥラは考えながらも、熱心な生徒らしく曇りのないまっすぐな瞳でモハメドを見つめた。次の巡礼時期がめぐってくるまでの十二ヵ月間に、石には再び悪魔祓いの力が溜まるのだろう。毎年のようにまっさらの新しい石が集まるはずがないからだ。たとえ砂漠とはいえ、石の数は有限だ。どの石も確実に柱に当てるんですよ、と若き督励者は続ける。石はこういうふうに指のあいだに持って……シェイク・アブドゥラは、毎年のように何十万という石を体にぶつけられる悪魔に――ミナの邪悪な峡谷で実際にまだ出会いもしないうちから――ほとんど同情に近い気持ちを抱いた。だが悪魔は岩でできているのだから、ぶつけるものとぶつけられるものは同じなのであり、根本的になにかが変化する恐れはない。力の均衡は保たれる。石が悪魔に与える傷は、ひとすくいの水が砂漠に与えることのできる潤いと同じようなものだろう。さあ早く行こう、とシェイク・アブドゥラは熱意を込めて言った。モハメドが満足げな視線で報いた。

巡礼者としてのモハメドが時間の規則に非常にうるさいせいで、彼らは出発後まもなく人の雪崩に巻き込まれた――後になって聞いたところでは、神と悪魔と自分自身とに妥協案を呑ませる者たちは、規則よりも早い時刻に投石に出発するか、真夜中に起床して、月夜の平安のなかで義務を果たすのだという。だがそんな反則は、モハメドには考えられなかった。とはいえ、モハメドもまたときにはこっそりと妥協という藪のなかを歩いているのではないかと、シェイク・アブドゥラはもうずいぶん前から推測してはいたが。ひとりの男が行く手をふさいだ。細長い顔で、目からは陶酔の光を放っている。男はシェイク・アブドゥラの腕をつかんで揺さぶった。もうわざわざ石を投げにいくことはないぞ、兄弟よ、俺がもう悪魔の目を打ち抜いてきてやったからな。たとえ盲目のシャイタンといえども、危険な誘惑をたくらむことはできる、とシェイク・アブドゥラは答えた。盲目の人間が過ちから自由でないのと同じことだ。この方はインドからいらした偉大なダルヴィーシュですよ、とモハメドが口をはさんだ。この方は、そのお智恵でシャイタンを遠ざけることができるんです。両目だぞ、と男が叫んだ。両目だ！　そして男は人ごみに消えていった。

柱が目に見えるところまで近づくと、ハージーたちは雪崩のように谷へと突進していった。シェイク・アブドゥラは、四方八方からの圧力を感じた。群集は高潮の際の船のように揺れ動きながら、ふらふらと前進した。叫び声に叫び声が重なり、思いやりと忍耐の最後の一片も押しつぶされる。とりわけ、身分の高い紳士たちのラクダとロバに。柱には失望させられた。ローマの道端の標識や、有史以前の石塚、名もない墓石と同様、なんの脅威も感じさせない。ところがこの柱が、周囲のハージーたちの想像に火をつけた。彼らは顔を怒りで歪ませながら、石を投げつけた。だがまだあまりに遠い。ハージーたちが投げた石の多くは、悪魔ではなく、イスラムの兄弟姉妹たちに当たった。シェイク・アブドゥラは自分の石を素早く投げ終えた。毎回投げる前に祈りを唱える代わりに、こうつぶやいた。我を暴力と大衆の攻撃と自制なき欲望への耽溺から神のもとへと逃れさせたまえ。ところが、逃れる場所はなかった。誰もが誰もの宿敵となり、生きてこの儀式から戻ることのみを考える群集のなかにいては。シェイク・アブドゥラはどんどん前へと押し出され、危険に気づく間もなく、嵐の海の波となって、柱へと運ばれていった。いくつもの石が体に当たり、そのうちひとつが間一髪で目をそれた。

投石の儀式から逃れ出るのは、儀式に向かうよりもずっと難しかった。七つの石を投げ終わったハージーたちが、一斉に群集から逃げる道を探すからだ。外へ向かって押し合いへし合いしながら、障害などおかまいなしに退路を切り開いていく。自分の前にいる男や女に全体重をかけてぶつかり、別の方向へ進もうとする者がいても誰ひとり通さない。後頭部に一撃を食らって、シェイク・アブドゥラはこの儀式が持つ、より深い意味を悟った。投石は、清浄化という高揚感を味わった後で、あまりに人間的なものへと戻るための練習なのだ。誰もが自身の内に悪魔を養っている。巡礼者たちの心は再び硬直する。だからこそ、石が巡礼者たちに当たるのも、まったく間違ったことではないのだ。それどころか、人間が出会う悪魔は、同じ人間たちのなかにいる。柱は、その悪魔がごまかしのためにそこに置いたに過ぎない。ハッジの途上で、シェイク・アブドゥラは献身の永久運動を体験した。そしていま、暴力の永久運動に流されている。イスラム世界の中核にいながら、シェイク・アブドゥラの耳にはいま、ウパニチェの言葉がよみがえっていた。アドヴァイタの教えを説明してくれたときの言葉だ――隣人を他者と見なす限り、我々はその隣人を傷つけることを決してやめんのじゃよ。そう考えれば、悪魔は人間が自分と自分以外のあいだに築く相違のなかに存在するのだ。シェイク・アブドゥラのその悟りを、顔に降りかかる唾のしぶきが証明していた。

ハッジの三日目にはもう、大きな広場や、テントや家々のはざまの片隅、巡礼者用のキャンプ地などに、あらゆる気持ちの悪いものが集積する。糞尿や、腐った野菜、腐りつつある果物の残りが、地面を覆う。そのなかを歩かねばならないことに、シェイク・アブドゥラは嫌悪感を覚える。特にこの日は、大虐殺のせいで立ち昇った悪臭が空気を毒しているのだから、なおさらだ。何万匹という家畜――ヤギやラクダたち――の首がはねられたのだ。肉は皆に与えられ、炒められ、食べられた。残り――腸や内臓、細かく切った毛皮や、脂肪、乾いた血の流れなど――が、地面に模様を描いている。ミナの谷は、シェイク・アブドゥラの想像が及ぶ限り地上で最も凄惨な場所だ。誰かが死んでも放置される。死体が腐敗し始めると、殺された家畜の残骸を処理するために掘られた穴に投げ込まれる。伝染病持ちで肉付きのいい堆肥というわけだ。死者の数は増えていく。ハッジの困難、薄い服、劣悪な宿泊場所、不健康な食べ物、栄養不足などを考えれば、無理もない。投石の犠牲になって死んだ巡礼者もいる。一夜のうちに悪魔に柱という足がさらに三本生えたため、巡礼者たちは二度目の対決をせねばならず、七つの石を三回投げる儀式を繰り返さねばならなかったのだ。前日の投石の三倍耐え難く、三倍危険だった。

ミナでの滞在は、シェイク・アブドゥラには我慢試しのように思われる。ほかの巡礼者たちも似たり寄ったりだ。新鮮な食料は底をつき、同時に内なる火も消えた。一日中が黄昏だ。動くときには、放棄された義務という覆いの上にけだるく広がる時間のなかを、足を引きずっていく。死がその力を強めていく――いまでは、共同の祈りが直近の死者のために唱えられるサラート・ジャナーザ抜きに終わることはない。メッカでは、シェイク・アブドゥラは、メッカまでの最後の道のりをロバの背に乗って進むことに決める。メッカでは、当面のさし迫った問題――病と死――のために、大モスクさえもが死体と病人で埋めつくされている。病人たちは、カアバの眺めで治癒するか、さもなければ聖なる場所で安らかに死ぬことができるようにと、列柱のところまで運ばれていく。シェイク・アブドゥラは、力ない体を列柱の影まで引きずっていく衰弱したハージーたちを見る。施しを請うためにもう手を伸ばすこともできなくなると、哀れに思った誰かが、彼らの横たわる敷物の近くに小さな器を置いてやり、その器にわずかな施しが集まっていく。こういった惨めな者たちは、最期のときが近づいたと感じると、ぼろぼろになった服で自らの体を覆う。だから、彼らが死んでいることに誰かが気づくまで、長い時間がかかることもある、とモハメドが説明する。その翌日、さらなるタワフの後、ふたりはカアバの近くで、丸まった人影につまずく。明らかに、預言者と天使の腕のなかへと這い進んできた瀕死の人間だ。シェイク・アブドゥラは立ち止まり、その男のほうにかがむ。あえぎ声と、弱々しくはあっても理解可能な身振りで、男はザムザムの水を注ぎかけてほしいと頼む。その願いをかなえてやっているあいだに、男は死ぬ。ふたりは男のまぶたを閉じてやる。モハメドは誰かに知らせにいく。すぐに奴隷が数人やってきて、死者が横たわっていた場所を丁寧に洗う。そして半時間もしないうちに、彼らはこの見知らぬ男を埋葬し終える――人はさんざん苦労してこの地上に生まれてくるというのに、最後にただの物体となった後には、あっという間にやっかいばらいされる。そんな思いがシェイク・アブドゥラの心を悩ませる。だが、ここはそんな思いとうまく折り合いをつけることができる場所だとも感じる。シェイクはまっすぐに背を伸ばして座り、カアバに目を向ける。そして、自分はいまあそこに横たわる溺死の男なのだと想像してみる。顔に注がれる水をまだ感じるか？　なにに別れを告げねばならない？

一二七三年ズルヒッジャ月
神よ、我らに恩寵と慈悲とを与えたまえ

総督——こんな時期に最後の会合に呼びたてて申し訳ない。だがイード・アル＝アドハーの後すぐにイスタンブールに向かって発つつもりなのだ。その際、最終報告書を携えていかねばならない。

シャリフ——この件に取り組み始めてから、ほぼ一年がたとうとしています。確かに意義深くはありましたし、できることはすべてやりましたが、それでもこういう喩えをお許しいただけるなら、我々もまた真実という新月をむなしく探し続けるばかりでしたな。

総督——まだもうひとり、最後の証人から話を聞くことになっている。彼がもつれた結び目を断ち切る手助けをしてくれるかもしれない。その証人というのはサリー・シャッカルだ。ようやく見つかった。大キャラバンとともにメッカへ戻ってきたのだ。私の部下を十人以上使って探した。私はすでに少しばかり話をしたが、まだ新しいことはなにも聞けていない。だが我々が皆一緒に話し合えば、なにか出てくるかもしれない。

カーディー——たとえ天がすっかり暗闇に閉ざされたとしても、我々は新月を探し続けるでしょう。

シャリフ——これで最後。総督がおっしゃるとおり、これで最後なのですね。意外に思われるかもしれませんが、きっと我らの会合のことを、これから懐かしく思い出すことになるでしょう。日常の業務とは違って新鮮でしたし、教えられることもたくさんあり、楽しかったのでね。

カーディー——楽しかった？

シャリフ——まあ、歪んだ意味でだが。

総督——証人を呼ぼう。

総督——よく考えてほしい。あの男はなんらかの意見を表明したはずだ。どんな人間も、ときにはなんらかの判断を下すものだろう。

サリー——世の中の不公平に対して鋭い視線を向けていました。貧しい巡礼者たちに驚くほどの同情と共感を寄せていました。まるで彼らの親戚かなにかみたいに。

総督——ふむ……。

サリー——ときどき激怒しました。興奮してしゃべりまくることも。一度など、カリフを罵倒したことさえありました。

総督——ほう？

サリー——上層部の富裕さと、大規模なキャラバンの統率者たちに対する寛大さを罵っていました。それに、いたるところで目にする汚職も。それなのに貧しい巡礼者たちはすっかりないがしろにされている、と何度も繰り返していましたよ。貧しい者たちはなんの助けも得られず、まったく身の安全を図ってもらえない、と。

カーディー——彼の意見では、どんなことをしてやるべきだと言うのだ？

サリー——井戸を改良するだけでは足らない、と言っていました。貧しい巡礼者たちはただで井戸を使えるようにするべきだと。井戸の傍で水が売られており、金を持たない者が警備兵に追い払われるなどとは、犯罪に等しいと言っていました。どんな人間も空腹と渇きに苦しんでいいはずがない、と。

カーディー――真のイスラム教徒の言葉に聞こえるな。

サリー――道端に倒れたたくさんの病人や死にかけた者たちのことで、大変心を痛めていたようです。君の故郷のインドには苦しむ人間はいないのか、と尋ねたから、よく覚えているんですよ。するとあの男はこう答えました。インドにも極貧の者たちがいるし、しかもその数はここよりも多い。だが支配者たち――イギリス上層部にしろ、インドの王たちにしろ――は、はなから人間が平等だなどとは夢にも思っていない。だがこの正しい信仰の国で、しかも神の家のすぐ隣でこんな状況があることは、ほとんど神への冒瀆にも等しいと。

カーディー――力強い言葉だ。勇気ある言葉だ。若いウラマーのなかにも、似たようなことを言う者たちがいる。

総督――関係があると思うか？

カーディー――いいえ、そういう考え方にたどり着き、そこからこういった結論を導き出す気持ちはよくわかります。

シャリフ――続けて。

サリー――病院が設立されねばならないと言っていました。メッカとメディナのあいだだけでも、六軒は必要だと。それに、公的な宿もじゅうぶんな数が必要だと。それほど費用がかかるわけでもあるまいと言っていました。

総督――自分で金を出す必要のない者にとってはやすいものだろうな。

カーディー――ほかには？
サリー――浪費が目に余ると。よくこう言っていました――神は節度なき者を軽蔑する、と。
総督――ほかには？　ほかにはなにを非難していた？
サリー――病気を……
総督――病気？
サリー――はい。医者でしたから。きっとご存じでしょうが。
総督――それは興味深い。病気について、なにを言っていたのだ？
サリー――巡礼者たちは、ジッダかヤンブーに着いた時点で、公的機関による健康診断を受けるべきだと主張していました。衛生的な状態が保てるよう、いたるところにじゅうぶんな水があるよう手配するべきだと。病人は即座にほかの巡礼者から隔離されねばならないし、人間や動物の死体もすぐに片付けられねばならない。ほかにもそういったことをたくさん主張していましたが、詳細は覚えていません。申し上げたとおり、もう何年も前の話ですから。
総督――非常に興味深い。感謝するぞ、シェイク・サリー・シャッカル。君の手間にはきちんと報いる。もう行っていいぞ。
シャリフ――なにがそれほど興味深かったのです？
総督――ワジールが最近の手紙で、イギリスとフランスが、この地での自分たちの利益を追求するために、病の危険性を口実に使うのではないかという懸念を表明しているのだ。彼らはすでに、ハッジで広まった伝染病が自分たちの国に蔓延しており、それが脅威となりかねない、メッカ――神よ称えたまえ――は多くの伝染病の源であり、ハージーがその病を世界中のあらゆる場所に運んでいる、と主張しているのだ。

カーディー——まるっきり嘘というわけでもありませんよ。コレラはハッジの忠実な同伴者となってしまっています。

シャリフ——そのコレラを運んできたのは誰だ？　コレラはどこから来たというんだ？　イギリス領インドからではないか。我々の地には、昔はそんな病はなかった。いまでは多くの巡礼者が、やってきたときにはすでに病気にかかっている。一方で非常に衰弱している者もいる。そして衰弱した者は病をうつされやすいんだ。それがメッカ——神よ称えたまえ——の責任だとは。

総督——イギリスはもう何度も、こういった健康上の危険を理由にジッダに介入する権利があると主張している。

シャリフ——ですが、彼らの知識は我々の役に立つ可能性もあるのではないでしょうか？　異教徒の言うことだからというだけで、言下にはねつけるのはいかがなものでしょう。なんといっても、病人は我々の兄弟姉妹なのですから。

総督——貴殿がファランジャーと手を結びたがっているのはよく承知している。そうすることで独立性が保てるなどと妄想しているのだろう。だが大間違いだぞ！　イギリスは、貴殿のことも、貴殿のさまざまな特権も、すべて飲み込んでしまうだろう。イギリスの大使が貴殿に好意的であれば、せいぜい少しばかりの補償を受け取れるくらいが関の山だ。わずかばかりの家臣と取るに足らない権限。マービダーの豪奢な宮殿にもまもなく別れを告げることになるぞ。

シャリフ——いったいなんのお話です。おっしゃる意味がよくわかりません。私は帝国を尊重していますし、貴殿が非難なさるような意図はひとつも持っておりません。まさに悪意ある非難だと言わざるを得ませんな。

総督——帝国政府もメッカのシャリフのことは尊重している。双方向の尊重が維持されるよう心がけねばならん。我々の善意のしるしとして、ジッダの駐屯軍を増強することが決まった。

シャリフ――その話は、貴殿がイスタンブールから戻られた後に続けましょう。どうかカリフの御前に出られたら、我々の心からの尊敬の念と、それに劣らぬ感謝の念をお伝えください。それにもちろん、我らの旧友であるワジールにも。

総督――で、この特別な案件に関しては、カリフに我々の最終意見としてどうお伝えしたらいいだろうか?

カーディー――心の穢れを取り除くこの浄化の時期だからこそ、我々は忘れてはなりません――もし神が聖地に居合わせた人間を祝福されるのなら、異教徒をもやはり祝福されるのです。神は異教徒の心を開いて感動させ、目を開いて真実を見せるのです。神の慈悲は果てしなく、出身や意図の前にやむことはあり得ません。神の慈悲を測ろうとするなど、我々はいったいなにを思い上がっているのでしょう? このシェイク・アブドゥラという男、すなわちリチャード・バートンが、いつ、どのようにイスラム教徒になったのか、我々にはわからないのです。彼がイスラム教徒のままだったのか、イスラム教徒としてハッジを行ったのか、その心がどれほど純粋だったのか、その目的がどれほど誠実なものだったのか。ですが疑いの余地なく、彼はこの旅で心を動かされ、自分を変えるような体験をしたに違いありません。神の無限の慈悲に接したに違いないのです。

総督――我々が気にかけてきたのはこの男の魂の平安ではなく、秘密の任務だ。私の考えるところ、彼がヒジャズの人間のなかに協力者や共犯者を見つけられなかったことは確実だと言ってよかろう。そのことには満足するべきだ。しかし我々は、多大な努力にもかかわらず、彼が我々の害になる情報を集めたのかどうかは知ることができなかった。

シャリフ――決して確かなことはわからないのですから、あとは我々の理性の声に耳を傾けるよりしかたがありません。この異国人は、たったひとりでした。たとえなにを耳にしようが、一個人になにができるというのです？　たとえスパイだったとしても――特別に巧妙でやり手のスパイだったとしても――ただの一巡礼者が、いったいなにを見ることができたというのです。帝国と聖地――神よ、聖地をますます尊ばせ、崇めさせたまえ――の未来をどう脅かせるというのです。
カーディー――復活の日まで聖地の栄誉を保ち続けたまう神に栄光を。
総督――貴殿が正しいことを願おう、シャリフ。もしも帝国がヒジャズへの影響力を失うようなことがあれば、我らの伝統に対する理解が著しく乏しい勢力が伸張してくるだろうからな。
カーディー――そうなれば我々は全力で抵抗します。
総督――武器でか？　それとも祈りで？
カーディー――武器と祈りでです。我らの預言者――神よ平安を――がしたように。そんな闘いがあれば、我らの信仰心は一新されることでしょう。
シャリフ――だが、ないに越したことはない。拙速な刷新は慎むべきだ。
総督――我ら全員、どれほど失うものが多いかを、決して忘れないようにせねばな。

満月のおかげで、シェイク・アブドゥラは、メッカの明かりのない通りで普段なら必要とされる用心深さから解放される。よそごとに気をそらされることなく、自身の思考を追うことができる。安堵と後悔を抱いて、シェイク・アブドゥラはメッカを去ることになる。押しつけがましく同伴してきたモハメドがいなくなって寂しいと思うことはないだろう。昨晩初めて、モハメドはシェイク・アブドゥラに、見かけどおりの人間ではないことを白状しろと詰め寄ってきた。私が善人のふりをしたことが一度でもあるか？　とシェイク・アブドゥラは答えた。モハメドは両手を放り投げるように空に掲げて、こう叫んだ。あなたたちダルヴィーシュときたら、なにを言っても話にならない。なくて寂しく思うだろうものは、大モスクの静寂だ。もっと長い時間をあのなかで過ごしたかった。ほかの巡礼者の多くのように、永遠にとは思わないが、あと数日か、数週間長く。目前に迫った帰路は、どの帰路とも同じ、クライマックスなき旅だ。まずはジッダまでラクダで急ぐ。道中に危険はないと、今回もモハメドが教えてくれた。税関の役人に気をつけてくださいね、奴らは蚊に血の吸い上げ方を教えられるくらいなんですから。それからスエズまでの船旅。行きのシルク・アル－ザハブ号での不快な旅よりはましだといいのだが。しばらくカイロに留まるつもりだ。ハッジから徐々に脱け出るために。カイロでは、自分の取ったメモを解読し、細かくちぎった紙を貼り合わせ、観察してきたことを適切な長さで書き記すつもりだ。楽しみにしていることがあるとすれば、記憶を書面という形にするこの作業だ。すべてを書くつもりはない。すべてを原稿のなかで打ち明けるつもりはない。外面の詳細な報告は書き惜しみしない。先達たちが世間に撒き散らしてきた誤謬を払拭するために、自然科学に多くの場所を割くつもりだ。不正確さは目に刺さった棘だ。だが、自身の感情を暴露する気はない。すべては。自分でも自分の感情に常に確信があったとは言えないのだから、なおさらだ。世間にこれ以上不明瞭な言葉を増やしたくはない。それは適切とはいえないし、おまけに自分にはとても許されない贅沢だ。英国の誰が、そんなまどろみの国まで自分についてこられるだろう？　答えのほうが問いよりもさらに謎めいていることなど、誰にわかってもらえるだろう？

東アフリカ

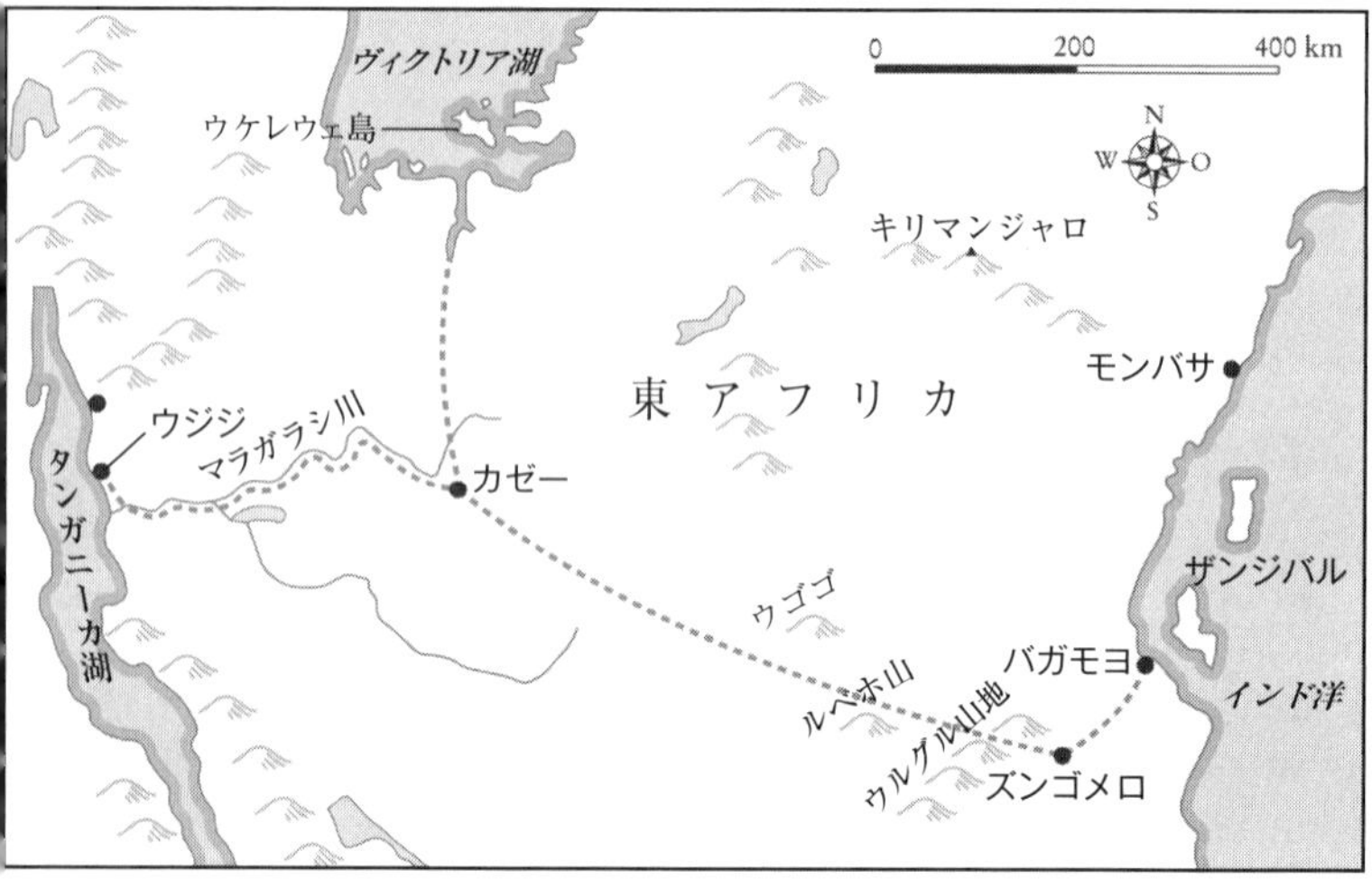

ヴィクトリア湖
ウケレウェ島
0
200
400 km
N
W
O
S
キリマンジャロ
モンバサ
東アフリカ
ウジジ
マラガラシ川
カゼー
タンガニーカ湖
ウゴゴ
ザンジバル
バガモヨ
インド洋
ルベホ山
ウルグル山地
ズンゴメロ

記憶のなかで文字はにじみゆく

シディ・ムバラク・ボンベイ

ザンジバルという島は、自身の持つ港の犠牲になった。島を取り囲む防壁のような珊瑚礁が、港の前ではまるで門のように開いているのだ。外からやってきた者たちは、ただ帆をたたみ、旗を揚げるだけでよかった。そして帆は修繕され、紐でくくられて、次の船出のときを待つ。旗はしばらくのあいだ翻るが、やがて別の旗によって駆逐される。スルタンの旗が降ろされ、埠頭のいつもの場所に座ったシディ・ムバラク・ボンベイは、心のなかでひそかに笑った。まるで、これまでの人生であれほど多くの愚かさを目のあたりにしてきたことが、とても信じられないかのように。すべてが没落する、と左から声がした。なにひとつ変わりはしない、と右から別の年老いた声が反論した。新しい旗が揚がる。まるで所信表明のように勢いよく。赤が退き、代わりに、青空を背にあらゆる方向へとのびる、矢のように先の尖った太陽の光が現れた。その隣には、おそらく港に錨を下ろした大型船への敬意を表するためだろう、黒い十文字が描かれている。白人たちが皇帝と呼ぶ支配者の旗だ。まこと、と年老いた男はつぶやく。どんな一日も、これまでにあった別の一日と決して同じではないんだな。男は驚きをともにしたほかの男たちに別れを告げて、珊瑚礁が表明した歓迎の意をいくつもの狭い小路が帳消しにする旧市街へと戻った。

上陸しただけでは、まだザンジバルに到着したとは言えない。そのためには時間が必要だが、白人たちには時間がない。彼らの好奇心は、食欲が失せるよりも前に消えていく。風と波には強い彼らも、家々の立ち並ぶ迷路には弱い。年老いた男はざらざらした珊瑚石でできた家々に沿って、夕方に家路を急ぐ者たちに押されながら、這うように進んだ。賑わう塩市場は迂回し、匂いのほかにはあらゆる人と物に見捨てられた肉市場を横切って近道をする。ここまで来ると、道はもうあまり混んでおらず、向こうからやってくる者たちは、すれ違いざまに挨拶をよこす。男は地元のモスクに着いた。隣のマドラサから、コーランを朗誦するたくさんの声が聞こえてくる。男は立ち止まり、両手を壁に当てて体を支えた。石壁にはひびが多く、冷たい。親しい人の顔のように心を落ち着かせてくれる。男は目を閉じた。コーランの純正章《イフラース》の朗誦が聞こえる。打ち寄せる波のような美しい響きに、空虚な約束。永遠なるものなどなにもない。たとえ子供たちの声で謳われようと。一夜にして消える真実は、毎朝新たに探されねばならない。誰かが隣に立った。そろそろモスクを中から見るころじゃないか。イマームのくぐもった声が聞こえた。年老いた男は目を開けずにいた。そうすれば、自分の明るく輝く瞳の力を信じるイマームは、落ち着きをなくすだろう。怖くなることはないのか、ババ・シディ？ 死はもうすぐあんたを迎えにくるんだぞ。年老いた男は、ざらついた壁に掌をこすりつけた。そしてしばらくしてから、混乱するよ、と言った。ひとことひとことが、そっとためらいがちに姿を現すかのように緩慢だった。わからないんだ、俺は死体になるのか、それとも魂になるのか。あんたの思想は盲目だ、ババ・シディ、それがあんたを深淵へと引きずりこむぞ。年老いた男は目を開けた。モスクの中は見たことがあるよ、と言う。どうして？ 中で祈ったからさ。あんたがまだオマーンにいたころだ。だが旅に出ることになってな。三年間、留守にしていた。世界の半分を歩いてきた……わかっている、あんたの話は誰でも知ってるよ、ババ・シディ。いや、知らない。あんたは本当には知らない。それにあんたに話す気もない。いったいなにを恐れているんだ、ババ・シディ？　単純なやつらの言葉をさ。あんたやお仲間たちが、聞いたことを全部そういう言葉に翻訳しちまうのが怖いんだ。あんたがこしらえるような狭くて空っぽの部屋に、俺が見てきたものが収まる場所などないんだよ。

年老いた男はきびすを返して、自宅へと続く小路を下った。異教徒どもがあんたの頭をおかしくしちまったんだ、と背後でイマームが叫んだ。みんな知ってるぞ！　あんまり長いあいだやつらと付き合ってきて、あんまり親しくしすぎて、すっかりやつらの思うままになってきた。それがいけなかったんだ。罪が乗ったあんたの左肩は、右肩よりも重い。だが年老いた男は、もうその声が聞こえないところまできている。わからないことはたくさんあるが、そこにもうひとつの謎が加わる――どうしてイマームはこの自分につきまとうのか。まるで自分が、彼の担当区域のただひとつの未解決問題であるかのように。男は悶々と考え、そのあいだはほとんど挨拶もしなかった。やがて左半分が開け放ってあるアーチ型の扉の前で立ち止まった。扉の板には、波のなかを泳ぐ魚が彫られている。熟練の、凪のように落ち着いた手の技だ。その枠はナツメヤシの木で縁取られ、末の孫の目の高さあたりに、蓮の花が咲いている。孫からひとつ質問を受けるたびに、男はこのドアを改めて観察する。湾曲した扉の上部から紙切れが何枚かぶら下がっている。妻が毎朝ぎっしりとお祈りを書き付ける紙だ。まるで木に彫られた不変の文字にはジンを遠ざけておく力がないとでもいうかのようだ。年老いた男は、二階に上げられるほど清浄ではないものがすべて置かれた中庭の向こうに声をかけて望みを伝えると、外壁の前に置かれたベンチに腰掛けた。時間はまだ早い。友人たちが来るのはしばらく先だろう。だが男は、いつものように横になって、大変な夜に備えて少し眠る気にはなれなかった。もうすぐ末の孫サリームがココナツミルクを持ってきてくれるだろう。そうしたらサリームを引き寄せて、元気で生意気なようすを楽しもう。その後、ベンチに横になって、頭を石の肘置きに載せよう。

一日がさらなる祈りを要求している。家の前のバラザに座った年老いた男は、目の前を流れ、土に染み込んでいくさまざまな出来事を片目でぼんやり眺める。眠い頭のなかを、さまざまな思考が漂う。旗の交替。血のように赤いスルタンの旗が降りていくようす。かつてあの旗をどこまでも追っていったものだった。ふたりの異国人の虚栄に満ちた自信が乗り移ったかのように――ひとりは明るい髪と赤い肌を持ち、もうひとりはアラブ人のように黒く、戦士のように傷だらけだった。ふたりとも、自分たちの素晴らしさとスルタンの旗とが、内陸の支配者たちにも望みどおりの効力を示すと信じて疑わなかった。そしていまでも不思議なことに、結局は彼らの自信どおりになった。自分は生き延びた。あの旅と、さらに三度の旅を。自分は生き延びたのだ。

それからずいぶんたち、最初の孫ができたころ、再びひとりのムズングがやってきた。前のふたりよりも白い肌をしていた――あのムズングに道を示したのは、自分の名声に違いなかった。せわしない男で、ブワナ・スピークなみにずるがしこく、ブワナ・スタンリーなみの野心家だった。あの白人は、この自分、シディ・ムバラク・ボンベイに、内陸までの案内をしてほしいと言った。ふたりは中庭に座って話をし――ワズングたちは、通りで出迎えを受けると無礼を受けたと考えるくせに、かといって中庭に案内すると、うろつく犬や鶏や、開けた口からよだれを垂らして隅のほうでまどろんでいる奴隷たちを見て、嫌悪感をあらわにするのだ――シディ・ムバラク・ボンベイは、五回目の旅をしようかという考えをしばらくもてあそんだ。だがそのとき二階から、まるで棍棒のように声が落ちてきたのだった。あと一度でも私を置いていったら……あのムズングは、言葉はわからないながら、響きで理解したようだった……、あんたの人生から喜びってものを最後のひとかけらまでこそげおとしてやるからね！　熟れすぎたマンゴーのようにねっとりとした恐怖が、突然シディ・ムバラク・ボンベイを圧倒した。妻の脅しのせいではない。初めて、戻ってこられないかもしれないという恐怖を感じたのだ。あのムズングの求める情報は、血のにおいがし、悲運の味がした――あの男のすべてが桁外れだった。世界は自分が頭のなかで描いたとおりの姿をしていると信じているようだった。では、もしも世界に失望させられたら、この男は世界を変えるのだろうか？　心配するな、とシディ・ムバラク・ボンベイは妻に返事をした。俺からは離れたいと思っても離れられないぞ！　一瞬、このなかにとりつかれたような男に間違った情報を与えて、間違った方向へ導いてやろうかと考えた。だがすぐにそんな考えは捨てた。そんなことをしても、なんにもならない。昔は、ワズングたちにさまざまな計略をしかけたものだった。それでも彼らは常に目標に到達した。ときには半ば盲目的に、ときには半ば狂い、麻痺し、苦しんで。だがそれでも常に成功を固く信じて。そして今日、彼らはザンジバルに自分たちの旗を掲げた。中央のマストの近く、高位のワズングたちのなかに、かつて家を訪ねてきたあのとてつもない男ブワナ・ピータースの姿を見つけたとき、年老いた男シディ・ムバラク・ボンベイは、驚きはしなかった。今日のブワナ・ピータースは華麗な軍服に身を包み、しゃちほこばって、燃えるように誇り高かった。世界はいま本当に、あの男が当時頭のなかで描いていたとおりになったのだ。

――なんで首を振ってるんだ？

――いつもそういうくだらない質問をして俺をわずらわせる男がいてな、そのせいで首を振ってるんだ。

――ほかの類の質問をされても答えられないくせに。

――どうして知ってる？　あんたは一度もそんな質問をしたことがないくせに。

——アッサラーム・アライクム。

——ワレイクム・イス＝サラーム。

——この世界は大丈夫か？

——大丈夫であって、大丈夫じゃない。

——家族は元気か？

——我が家は元気で満ち溢れてる。

——金《きん》で満ち溢れてるように？

——金と珊瑚と真珠で満ち溢れているように。

——それに幸福で？

——ヘム！

——マルハバ。

——マルハバ。

——濃いコーヒーが飲みたいな。

——歓迎するぞ。

——もしコーヒーがうまければ、スルタンの会計係について聞いた話を教えてやろう。

——スルタンの旗は、すぐに埃を拭くのに使われるようになる。

——だからこそ、会計係はワズングに仕えたいと申し出たんだ。

——ワズングたちには、出自だけでは感心してもらえないぞ。彼らが重視するのは、どんな能力があるかだけだ。

——奴らだって血を吸う係を必要としてる。経験豊かな会計係以上の適任がいるもんか。過去の支配者によく仕えた者は、未来の支配者にはよりよく仕えるってことだ。

――あんたの言うとおりだ、まったくもってそのとおり。さあ、いつまでも立っていないで、座ってくれ、でないと、俺たちは喧嘩したんだと皆に思われる。そして次には皆、あんたのくだらんおしゃべりを信じ始めるようになってしまう。

――あんたはまったく親切な男だよ。

――古い習慣だ。いまでも抜けきらない。ちょうどいま考えていたところだ。いや、なにも言うな、すぐに話の腰を折ろうとするな。いま、ワズングたちの自信のことを考えていたんだ。あの男たちのことを、俺がどれほど知らなかったか。どれほど理解できなかったか。それが今日――今日、あいつらは俺たちに旗を掲げてみせた。島で一番高いマストに。だいたい、最初の旅のときから、なにもかもが啓示のようだったんだ……ああ、サリームじゃないか、こっちへおいで、おいで、かわいい孫や。じいさんたちのところへお座り……そう、その啓示だが、まったく思いがけないってわけでもなかった。だいたい、俺が一緒に行くことを決めた理由は、それだったんだからな。あの色の黒いほうのムズングが最初からくれた安心感。この男と一緒なら、どこへだって行き着けるという安心感。行き着くためには俺たちが必要なんだってことがわかったのは、ずっと後になってからだった。とにかく、あの男たちは自信に溢れてた。わかるか？

――そのころ、おばあちゃんともう会ってた？

――いいや、サリーム。ばあさんのことはまだ知らなかった。でもひとつだけ、はっきり言っておくとな、俺はばあさんに出会うために旅に出たわけじゃない。どっちかといえば、俺が生まれ育った、そしてそれまで一度も戻ったことのなかった内陸から、ご先祖様に呼び戻されたようなものだった。かわいいサリーム、俺の太陽よ、だいたいいまのお前くらいの歳のときだよ、奴隷狩りに遭ったのは。

捕まえられて、連れてこられたのは。重い衣を着て、大きな音の出る武器を持ったアラブ人たちのことは、それまでも耳にしていた。そう、気をつけろと言われていたものさ。だが、まだ会ったこともないジンを信じたりするか？　お前はジンを見たことがあるか？　もしそのジンに襲われたらどうする、サリームよ？　わからないだろう！　あいつらは俺たちに襲いかかってきた。死神よりも素早く。あいつらはどこにでもいて、銃を撃ち、命令をがなりたてた。その声は俺の耳に焼きついた。ひりひりする命令の声が、母親や祖母や姉妹たちの叫び声と混ざり合って、俺の耳に焼きついた。今日でもまだ、叫び声を聞くとな――あのときと同じような、たとえば召使を怒鳴りつける鋳掛《いか》け屋だとか、疲れて不機嫌に家に戻った真珠採りだとか――、なにもかもがまた耳によみがえってくる。あのときの叫び声のひとつひとつが。そして、なにもかもがまた目に浮かぶんだ。湖のほうへ逃げる俺たちの足が見える。そうだ、俺の恐怖の足の裏が見えるんだ。どうして森に隠れず、湖に助けを求めたのかはわからん。ほかの奴らは、たぶん森に隠れたんだろう。後から一列に並べられて、両手を杭に繋がれたときに、兄弟の何人かはその場にいなかった。兄弟のなかに、ここにはいない者がいるってことが、あのときまだ感じることのできた唯一の喜びだった。俺はいまのお前と同じくらい年若かった。そろそろ割礼をするくらいには大きかったが、まだ若鳥で、ここにも、あそこにも、どこにだって止まることができた。マドラサに行く必要もなく、中庭でじっとしている必要もなく、森と草原を駆け回れる若鳥だった。ワニに気をつけていて、近づいてきたら水面を叩いてくれる誰かがいれば、湖に飛び込むこともできた。ところが、あの日がやってきた。なんでもない一日の仮面をかぶったあの日がな。俺の翼と脚が折れた日。自分が太陽にあぶられた地面を引きずっていかれる肉の塊以上の存在なのかどうか、わからなくなってしまった日。見知らぬ仮面たちは、鞭という舌を使ってしゃべった。かわいい孫よ、お前は鞭という舌を知らない。棍棒さえ知らない。お前の父さんは、お前の前では怒りなんて全部忘れてしまうからな。お前は知らない。鞭の舌が、痛みより前に屈辱を与えることを。脅すより前に罰することを。それがどんなふうに人の感覚を切り裂き、人をひざまずかせ、よろめきながら歩き続けさせるかを。鞭の舌など、引っこ抜いてやりたいと思う。それなのに、俺たちの手は鎖でつながれている。そして、幾夜もぶっ通しで歩き続けた後で、ようやく休める夜がくると、足も鎖でつながれたんだ。今日、三つの人生を経たいまでも、ほら、お前のじいさんの手首を見てみろ。ここだ、傷が見えるだろう。俺の最初の人生が死んだあのときの傷だ。俺の子供時代、ご先祖様と家族たちとともにあった人生が死んだときの。あれから、俺の村を知っている人間、俺と同じ祖先に祈りを捧げる人間には、一度も会ったことがない。それに、俺の言葉を知っている人間に会ったのも、雨季が何度も過ぎた後になってからだ。

あの日以来、俺はひとりだった。夜が一番辛かった。夜にはハイエナが俺たちの周りをうろつくんだ。音が聞こえる。アラブ人たちにも聞こえる。アラブ人たちが暗闇に石を投げる。ハイエナたちは駆けていったり、あえぎ声をあげたりする。それからアラブ人たちは寝てしまう。安全な火の周りで。けれど俺たちは叫ぶんだ。俺たちの叫び声は、鼻をひくひくさせながらあたりをうろつくハイエナに対抗できる唯一の武器だ。切れ味の鈍い武器で、俺たちの不安をますます大きくする以外の役には立たない。ハイエナは忍び足で近づいてくる。友よ、人間がどんな叫び声をあげることができるか、きっとあんたには信じられんぞ。だがそのうちその声も食いちぎられる。そして、こっちの耳には、これまで聞いたこともない音が聞こえるんだ。決して聞くべきじゃなかった音が。次の朝、俺たちは、ぼろぼろに食いちぎられた仲間たちの顔をまっすぐ見ることができなかった。兄弟たちはもう人間じゃなかった。身体から引きちぎられた肉の破片、屍骸だ。そして、彼らの魂のほうはすっかり頭にきて、雷になって木を切り裂き、通りかかる人間すべてを不具に変えてしまうんだ。海岸に着いたときには、俺たちはみんな死んでいた。魂が死んでいた。生きたまま死んでいた。生きた足のついた死人、潰れた果物みたいな目をした死人だった。海のにおいはしなかった。腐った海草のにおいは俺には届かなかった。轟く波音も聞こえなかったし、塩辛い空気の味にも気づかなかった……この町の、今日ではワズングたちが祈るための建物を建てているあの広場で、俺は売り物として陳列された。そして、買い手が決まったのは、容赦ない太陽が三度も照りつけた後だった。ひとりのバニヤンが、硬貨ほんの数枚を払って、俺を家に連れて帰った。そこにはほかにも俺みたいな奴らがいて、言葉はひとことも通じなかったが、俺に食べ物をくれて、身体を洗える場所を教えてくれた。

かわいい孫よ、俺の第二の人生の所有者になったのは立派な人だった。その人の生まれた土地の昔からの決まりで、動物を売り買いすることはできなかったし、ほかにもいろいろできないことがあった。その人は、たくさんの目に見えない決まりごとの網のなかで生きていた。そういう決まりごとは、俺たちが泥棒からこの家を守るために門に張り渡した鉄索みたいに、その人を守ってくれることになってた。だが実際には、決まりはその人を囲い込み、閉じ込めていた。その人がまるで肉を買うみたいに人間を買うときには、決まりは正体を暴かれた詐欺師みたいに口を閉ざしていた。決まりは、軟体動物が死ぬ原因になるかもしれないからといってタカラガイを売買することを禁じていて、その人はそれを守っていた。だが、サイの角や馬の皮は売買していた。それに象牙も。その人はその点では決まりを破っていた。ところが、人間を買うのは決まりを破ることじゃなかった。決まりが黙っていたからだ。そのバニヤンは、俺を誰かに転売したりはしなかった。どこかの農園でこき使うこともなかった。家の仕事をさせるために、俺を手元に残した。その人に与えられた仕事で、俺はまた力を取り戻すことができた。そしてある日、その人は故郷の町に俺を連れていった。海の向こうの、湿った食事とかび臭い夢ばかりの日々をいくつも隔てた遠いところだ。俺に幸せをくれる孫よ、その町の名前を知りたければ、ただお前のじいさんの名前を口に出してみればいい。違う、そこじゃない……最後の部分だよ！　ボン＝ベイ、そうだ。ご先祖様に、幸運を感謝せねばな。あの奇妙な決まりごとを持つ穏やかな男にめぐり合わせてくれたことに。そうでなければ、俺はいまここに座ってはいない。このバラザに。俺たちは大きなダウ船に乗って旅をしたんだよ。お前が知っているちっぽけなムテケなんかじゃない。チャンガニーカに向かう船とは違って、大きくて立派な、誇り高い船だ。さかまく波を……

——この世の馬という馬すべての所有者のように乗りこなした。

——アッサラーム＝アライクム、ババ・イリアス。待ちかねたぞ。

——おいおい、ババ・イリアス、あんたは水の馬なんてものを考え出したのかね。

——船は馬に乗ったりしないし、馬は海を走ったりはしない。でもそういう言い方だってできるし、俺はする。みんな、ちゃんとわかってくれる。ただババ・イシュマイルだけは別だ。耳に鉄の覆いがついているんだな。覆いを突き破ろうと思ったら、舌の代わりに釘が必要というわけだ。

——口が達者だな、ババ・イリアス。あんたがフトバをしないなんて、まったく宝の持ち腐れだね。

——神よ、我をそのような誘惑からお守りください。

——ババ・イリアスは、ときに俺たちを言葉で誘惑するが、その言葉自体は、ババ・イリアスの思いどおりになってくれないんだ。

——もしかしたらママ・ムバラクは俺たちの思いどおりに、約束のコーヒーを持ってきてはくれまいか？

——そうだな、そうだな。

——おじいちゃん、名前をなくしたとき、悲しくなかった？

——悲しいだって？　俺たちのババ・シディがどうして悲しまなくちゃならない？　自分で自分に新しい名前をつけたんじゃないか。

バートンは足首まで水に浸かって、次の出発を待っている。六カ月以上前にザンジバルに到着して以来、ずっと待っている。いい加減に出発しなければ。内陸へ。人生で最も野心的な目標へ。最高の名声が待っている。貴族の称号と終身年金という形で報われる。二千年以上にわたって、神の創造に感嘆するあらゆる人間が試みてきた、ナイル川の源流の謎を解くこと。それによって、アフリカ大陸全体を開くこと。己の野心を怖いとは思わない。地図上の空白に意味を描き入れること以外の目的などあってはならない。このいまいましい待機時間も、すぐに終わるだろう。あらゆる無意味な交渉も、すぐに終わりを迎えるだろう。そうすれば一撃のもとに、習慣という足枷がちぎれ、慣習という重荷がなくなり、定住という奴隷制が廃止されるはずだ。

探検旅行をこれ以上入念に準備することなどまず無理だ。自分たちはあらゆる手を打った――いや、自分はあらゆる手を打った。自分の力の及ぶ範囲のことはすべて。同行者であるジョン・ハニング・スピークはこれまでのところ、優雅なことに仕事を放棄している。自分には知識が足りないから、だそうだ。貴族的な頭だ。一緒にやっていくのは楽ではないだろう。ソマリアで襲撃され、命からがら逃げ出した経験が、最初の警告だったのだ。あのときスピークはあらゆる人間を非難したが、自分自身だけは対象外だった。だが、たくましい男で、素晴らしい射撃の腕前を持ち、結局のところはバートンを――自分より経験豊かな旅人として、探検の指揮官として――尊敬しているようには見える。

スピークがバートンの権威に疑問を抱くことはないだろう。それに、恵まれた環境にある男で、経費のかなりの部分を自分の財布から出している。ふたりは経済的にはぎりぎりの状態だ。なんという馬鹿馬鹿しい状況だろう――地図上の空白地帯を埋めるという偉業が、わずかな金のせいで挫折の危機に瀕しているとは。小売商人どもに世界征服を任せた結果がこれだ。彼らは常に節約する分野を間違えるのだ。

バートンは海岸を散歩している。太陽が水平線に沈んでいく。細かく挽いた塩のような砂浜が、黄金色に染まっている。両手を長い波に浸して、顔を濡らす。それから指で髪を後頭部までなでつける。足首までインド洋に浸かり、視線を波頭のかなたへ向ける。不可解な約束の向こうへと消えていく波の忌まわしい青い背中のかなたへ、湾曲した地球の向こうへ、ボンベイとカラチの港まで、カンバートとスエズの湾まで、アラビア海まで。これまでバートンは多くを経験し、多くを書き、上司に、そして世間に伝えてきた。それなのに、一度でも報われたことがあっただろうか？　部下の価値を判断する人間たちは、バートンとバートンの挙げた成果について沈黙を守っている。

海岸から太陽が消えた。灰色が広がっていく。バートンはもはやひとりではない。肢を海の水に洗われている犬たちの群れに近づいていく。犬たちの鼻面は血に染まっている。その理由はなんだろうと考える間もなく、腐りかけた死体に目がいく。犬たちはそれに襲いかかったのだ。思いがけない贈り物に大喜びしながら、マグロのように明るく輝く獲物が、この闖入者によって危険にさらされはしないかと、目にいっぱい猜疑心をたたえて。奴隷商人たちが使い物にならない商品を船べりから投げ捨てるのだ、とバートンは考えた。死と埋葬は海に任される。小船で陸まで運ばれてくるのは、金になる程度に健康な者たちだ。最初から織り込み済みの損失分が陸に漂着するのは、しばらくたった後なのだ。バートンはきびすを返す――そろそろザンジバルを去る頃合だ。

ホテル・アフリカのテラスには、思ったとおりジョン・ハニング・スピークが座っている。友人たちにはジャックと呼ばれている。サンダウナーを片手に、心地よさげに町を眺めている。おそらく、地元の酒飲みたち——ほとんどは商人で、船会社のセールスマンだ——を、ヒマラヤでの狩りの話で楽しませているのだろう。スピークがこのテラスで怠惰に過ごすのをどれほど好むかを考えれば、チベットでそれほどさまざまな経験をしてきたことは驚嘆に値する。ここから見ると、海岸の犬たちははしゃぎまわる子供のように見える。その光景に目を向けさせたとしたら、スピークは真面目な顔でこう答えるだろう——ザンジバルは狭すぎて、野生動物が少なすぎる。どうして俺がこの暑さのなか、わざわざ出ていかなきゃならんのだ、と。バートンは欄干沿いにある卵型のテーブルのすぐ傍まできていた。後ろには給仕たちが背を伸ばしてまっすぐに立っている。千夜一夜物語を適当に流し読みした後のような制服を着て。そのときスピークが首を回して、バートンに気づく。そして即座におしゃべりをやめて、不自然に大きな声で挨拶をする。まるで、テーブルに集《つど》った全員の注意を、思いがけない訪問者に向けたいかのように。

——いい知らせを持ってきてくれたのか？

——探検旅行に行くんだそうだな。

——ああ、だけど問題があってな。そろそろ出発しなきゃならんのだが。

——そうか、じゃあ幸運を。

——君らがザンジバルに戻ってきたら、パーティーを開くよ。紳士諸君、きっと君たちの誰ひとり経験したことがないような盛大なやつを。

——こいつのケチぶりから考えるに、きっとあんたたちが戻ってこないと思っているんだな。

——いかにもアラブ人らしい猜疑心がぷんぷん臭ってくるな。

――我々はスルタンの個人的な庇護のもとにあるんだ。

――それは一面的な真理でしかないぞ、ジャック。オリエントでは、厳かに発せられる名誉にかけた誓いの言葉は、純粋な所信表明に過ぎないんだ。そういうこともしてやれるかもしれないっていう、可能性の保証に過ぎないんだよ。

――まったくだ、まったくの真実だ！　紳士諸君、俺があんたたちの立場なら、スルタンが護衛として送り込むバルチスタン人のことなんか、一瞬たりとも信用しないね。たとえいい戦士だとしたって
――それも大いに怪しいと俺は思うが――、スルタンがいったいどれほどの酩酊状態で、そいつらに銃を持たせようなんて思いつきにいたったのか、わかったもんじゃない。あいつらはそれぞれ自分ひとりの思惑で働いていているんだ。

――そういえば、うちの情報提供者のひとりが報告してきたんだが、スルタンの宮廷では、君たちに対する陰謀が熱心に仕組まれているそうだぞ。側近の何人かが、君たちの探検旅行は大英帝国にとって、東アフリカに踏み込む口実のひとつだとスルタンに吹き込んだらしい。長期的な計画で、最後にはスルタンからの権力奪取が待っていると。

――彼らは商業の独占が危うくなるのを恐れてるのさ。

――なにより、採算のいい奴隷貿易ができなくなるのを恐れてるんだ。彼らはヨーロッパからのニュースを追ってる。俺たちが考えるよりもずっと事情に通じているんだ。

――恐れさせておけばいい。私は恐怖の熱烈な信奉者だ。

――リチャード、君の数々の驚くべき偉業のことは、たくさん聞いているよ。俺たちは本当に君に感嘆している。信じてほしい。だが、それでもやはり気をつけることだ。これまで君が旅してきたのは、なんといっても文明の地だ。字の書ける人間たちがいて、一年前の雨季よりも前に建てられた建物が

ある場所だ。だがこれから君たちを待っているのは、純粋なる野生の地への旅なんだ。ひょっとしたら人食い人種さえいるかもしれない。

——純粋なる野生の地なんて、そもそもあるものだろうか？

——君はまだ、この世界のそういう場所には行ったことがないんだ。ザンジバルに騙されちゃだめだぞ。大陸の荒野の向こうには、謎めいた町が待っているわけじゃない。メッカだかハラルだか知らないが、とにかくそういう町はないんだ。あるのはただ、まだ人間の手で飼いならされていない自然のみなんだよ。

シディ・ムバラク・ボンベイ

——おじいちゃんの言った、その遠い場所から来た人たちは、みんなボンベイっていう名前なの？

——いや、我々の多くは、出身地や、記憶にある場所を名前にする。クンドゥチだとか、マリンディだとか、バガモヨといった名前だ。だけど俺は、俺の第三の人生が始まった町を名前にしようと決めた。ボンベイだ。その前は、ムバラク・ミカヴァと呼ばれることが多かった。ヤオという部族出身だからだ。実は自分でも知らなかったんだがな。俺は、自分では知らなかったがヤオ族の人間だったんだ。でも子供のころ、ヤオなんて言葉は聞いたことがなかった。じいさんが、俺たちはヤオ族の人間だ、なんて言ったことはなかった。おやじも、俺たちはヤオ族の人間だ、なんて言ったことはなかった。奴隷になって初めて、俺はヤオ族だって聞かされたんだ。だが、いまさらそんなことを知っても、なんの役にも立たなかった。ヤオ——いい響きだ。でもな、俺はもう滅亡した土地のことを、一生のあいだ思い出し続けるなんて嫌だった。名前を呼ばれるたびに、自分が一度死んだことを思い出さなきゃならないのは嫌だった。これから待ち受ける道のほうが、これまで歩いてきた道より重要だった。わかってもらえるだろうか。

——もちろんわかるさ。祈りの方向みたいなものだ。

――太陽が昇るときには、沈むときのことなんて誰も考えない。

――ババ・イリアス、あんたの格言はババ・イシュマイルの服に負けず劣らずうまく決まっておらん。

――ボンベイに留まった奴隷たちも多かった。みんな、現地の女と結婚して、シディとしての人生に満足していた。

――シディとして？　あんたが自分の名前からひとつの民族を丸ごと作り出したとは知らなかったな。

――シディというのは、あの国では、海の向こうから来た黒い肌の人間を指すんだ。シディのなかには、生粋のボンベイ人と同じくらい俺にはなじみのない人間たちもいた。だけどあの国の人間は、俺たちのことを肌の色でひとくくりにして、全員同じ顔の人間だと思っているんだ。出身がどこだろうが関係なく。

――その人たちはみんな、正しい信仰を持っていたのか？

――正しい信仰とやらがどんな姿をしているのかがわかれば、あんたのその質問にも答えてやれるんだがな、ババ・クッドゥス。彼らはお祈りはしていたよ。不規則にだがな。栄光溢れるコーランも読んでいた。たまに、必要に迫られたときにはな。そして祭りのときには、みんながひとつの家に集まった。その家で一番大きな部屋の真ん中には、とある聖人の墓があった。緑の布で覆われていたな。壁にはひょうたんがぶら下がっていた。ひょうたんは、俺が育った村のものに似ていなくもなかった。シディたちをずいぶん昔から守ってきた聖人の道具なんだ。祭りは太鼓の音で始まる。聖人の子孫だけが叩くことを許されている太鼓だ。俺たちは聖人の墓の周りを踊りながら回る。そして歌を歌いながら、狭い通りに出ていって、さらに歌って踊る。歌はな、俺の子供時代を思い出させたよ。俺の最初の人生の響きだった。突然、あの異国の町で、故郷に帰ったような気分になったものさ。

――で、お祈りは？

――祈りも唱えた。でもそれは、神様に向けた祈りじゃなかった。そうじゃなくて、あんたたちが祈ったことなんてない相手に向けたものだった。その相手の名前は、たとえ一晩中時間をやったって、あんたたちには絶対わからんだろう。よく考えれば、答えはすぐそこにあるんだがな。

――俺たちの記憶力がそこまで悪いと思っているのか？

――答えを言うなよ。すぐにその名前、思い出すから。

――どうして忘れたりできるんだ。つい最近なんて、ババ・シディが自分でも思い出せなかったとき、あんたが最初に答えたんじゃないか。

――そのときはそのときだ。

――早く答えを言ってくれ！

――俺たちはビラールに祈ったんだ。ビラールこそ、一番最初の、一番力のある祖先だということになっているからな。

――それじゃあ多神教じゃないか！

――ああ、ババ・クッドゥス、いったいなにが多神教で、なにがそうじゃない？　なにが最初から真実で、なにがいつまでも真実のままだ？

――栄光あるコーランだ。あんたにだってわかってるだろう。

――ビラールは栄光あるコーランに代わるものじゃない。コーランを補うものだ。いま現在奴隷でいるか、過去に奴隷だった者たちの道連れだよ。勇気と慰めを得るために、少しばかり独自の祈りの言葉を必要とする者たちの。忘れてくれるな、俺はあのシディたちに、あんたの意見では神を冒瀆しているいることになるあの人たちに、祈りを習ったんだ。あの人たちのところでコーランを学び、コーランのそれぞれのスーラを説明してくれる人たちに出会ったんだ。

――おじいちゃん、どうやってその国から戻ってきたの？

――主人だったバニヤンが病気になったんだ。ある日、病が手を触れたと思ったら、次の日にはもう死につかまっていた。そしてその次の日にはボンベイの海岸で燃やされた。俺はどうしてもその場に立ち会うと言い張った。あの人が燃やされる光景はとても悲しかったがな。あの人が炎に呑みこまれていくあいだ、俺は感謝を捧げた。いろいろなことがあったけど、それでもあの人に感謝した。あの人は縮んでいき、はじけて、最後には灰になった。ゆっくりと。正午からほとんど日没までかかった。それだけの長い時間、俺はあの人に最後の奉公をした。炎が消えても、あの人はまだ全部燃えてはいなかった。腰の骨がまだ残っていたんだ。

――気色悪い！

――考えてもみろよ、腰骨しか残っていない姿で地獄をうろつきまわるなんて。動くたびに腰から灰がさらさらと零れ落ちるんだ。

――腰しか残ってないのに、どうやって動くっていうんだよ？

――狂ってる。

――神よ、哀れな者たちにまともな理性を与えたまえ。

――あんたたちが正しいのかどうか、俺にはわからんよ。ハイエナと一緒に吠えておかしいと思われるのは、吠えてる奴がハイエナじゃない場合だけだ。

――ババ・イリアス、今度いつかの晩に、ハイエナと死体を燃やすこととがどう関係あるのか、ぜひ聞かせてくれ。

――ねえ、どうやってザンジバルに戻ってきたのか、まだ話してくれてないよ。

――俺の主人は、遺志として、自分が死んだあと俺が自由の身に……

――コーヒー、コーヒーは何杯いるの？

――俺の話をこんなふうに遮る奴はひとりしかいない。

――あんたはこれからいくらでも話せるでしょ。お客様になんの文句もなく楽しんでもらえるものもお出ししなきゃ。マダフは？　マダフの欲しい人は？　息子が今日、新鮮なココナッツを持ってきてくれたのよ。

――欲しいものをなんでも言ってくれ。女房があんたたち全員から答えをもらわんうちは、俺は落ち着いて話をさせてもらえないからな。

たくさんの小船はすでに港へ戻った。へさきを寄せ合って並んだところは、囲いのなかにいるヤギのようだ。雲の房が空に散り、最高の取引をめぐっていくつもの声が絡まり合う。女たちの手が小さな鯖を洗い、内臓を干してある網の横に、残りを籠へと放る。男たちが数人、自分の船を点検している。日の光のもとですべてを新たに確認するかのように、ゆっくりした動きで。そんな光景の真っ只中に、異邦人がいる。ただそこに立っている。身動きもせず。もう長いあいだ立っているのだろう、漁師たちも市場の女たちも、彼には見向きもしない。まるで景色の一部であるかのように。子供たちだけが周りに群がっている。男が持っているたくさんのポケットまでの近道を探すために、上着の端をめくろうとしている。男はすべてを吸収するスポンジのようだ。張りつめていて、貪欲な好奇心に溢れている。男は落ち着かない夜を過ごしたのだった。今日はこの島で過ごす最後の日だ。早朝に家を出た。イギリス領事館の入った、灰色がかった茶色のワインの箱のような建物だ。中は、自身の死から逃れるために船出する決心のつかない領事のにおいがする。早朝、バートンがその建物を出たとき、領事の声に呼び止められた。領事はヴェランダで、毛布にくるまって横になっていた。

――いい朝だね、ディック。

――この朝にいいところがあるとしたら、夜を終わらせてくれたことだけですよ。

――悪い夢でも見たのか？

——なんの夢も見ませんでした。

——いいしるしかもしれないぞ。

——しるし？　しるしなら、自分で刻むほうが好きですね。ちなみに、国へ戻られるご決断は、よかったと思っていますよ。

——国に？　そうだな、確かに、いつかは帰るだろう。

——いつかは？　昨日の晩は、いまにも荷造りをお命じになりそうな勢いだったじゃないですか。

——少し話に熱が入りすぎたんだ、友よ。まずは君たちが無事に旅に出られるようにせねば。

——領事がしなければならないのは、健康になることだけです。帰国なさるのが一番の治療法ですよ。

——健康か、そうだな、熱帯地方は健康にとってはなかなか辛い場所だ。ところで、富裕なザンジバル人はなにによって死ぬか、知っているかい？　つまり、コレラや天然痘やマラリアにつかまらなかったら、ということだが。

——中毒死ですか？

——それが違うんだ、友よ。君は劇的なものを好む傾向にあるがね、答えは便秘だよ。何年か前に、フランス人の友人がいたんだ。医者でね、その男の説明によれば、理由は彼らの怠惰にあるそうだ。そして、怠惰でいられるのは裕福だからだ。彼らは自分たちの身分の犠牲になるというわけだ。そこに神の正義が反映していないと言えるだろうか。

——ほかの説明のしかたもあるかもしれませんよ。もっと散文的な、それほど道徳的な意味のない説明が。彼らが飲む大量の催淫薬に、まったく罪がないとは言えないはずです。

——君の専門分野だな、ディック。君の専門分野だ。

——この島の金持ちたちがですか？　彼らは性欲促進剤の中毒です。まるでザンジバル全体が、不能という屋根に覆われてでもいるみたいに。彼らの一番好きな調合薬はなんだと思われますか？　竜涎《りゅうぜん》香《こう》を三、阿片を一の割合で混ぜた錠剤ですよ。ただし、阿片を別口でも摂取する人間は、自分の中毒の度合いによって量を調整しなきゃならないんですが。必要か否かにかかわらず、誰でもこの錠剤を飲んでいます。

——怠惰と性欲、まさにそれだ。このふたつの対極のあいだのどこかで、人は死ぬんだ。

——ご帰国なさることです、領事。もういい加減に、ご帰国なさることです。

シディ・ムバラク・ボンベイ

――なあ、ババ・シディ、ずっとよくわからなかったんだが、あんた、その旅でなにをしたんだ？

――いい質問だ。

――荷物持ちじゃなかった……

――そうだ。

――戦いもしなかった……

――そうだ。

――料理したわけでもない……

――そうだ。

――洗濯したわけでもない……

――そういう仕事をする人間はほかにいた。

――じゃあ、あんたはなにをしたんだ？

――俺は案内したんだ！

――もう一度言ってくれないか、兄弟。

――俺は探検旅行の道案内をしたんだ。

――あんたが？　あんたは、奴らが探していた大きな湖には一度も行ったことがなかったんだろう？

――ああ。

――なのに、やつらをそこまで連れてったのか？

――誰も道を知らなきゃ、誰でも案内できるさ。

――確かに俺は道を知らなかった。だが見つけるのは難しくなかった。内陸に道はひとつしかない。奴隷を売買するキャラバンの道だ。自分が知らないことは他人も知らないなんて、考えちゃならんぞ。この国の商人がペンバに行くのと同じくらい頻繁にあの道を旅するアラブ人だっていたんだ。海岸から内陸へ荷物を運んで、自分や家族を養っている荷運び人たちもいた。五十日から百日かけて行って、同じだけかけてまた戻ってくるんだ。毎日のように使う道には道しるべなんていらないってことを、忘れちゃならない。俺にはいろいろな役目があった。じゅうぶんすぎるほどな。仲介に偵察。俺はブワナ・スピークの右腕であり、ブワナ・バートンの双眼鏡であり……

――なんだ、それ？

――遠いところにあるものが全部近くにやってくる器械だ。

――つまり、時間みたいに？

――あんたは時間を目に当てられるのか？

――想像できるか？　ブワナ・スピークが右手でブワナ・バートンの双眼鏡をつかんで、そしてこう言うんだ、ああ、ちくしょう、あそこにいるのはあのデブのシディか？

――そういう嘲りを、あんたは自分に向けることさえできないのか？

――できないね、あんたも知ってるだろう、かみそりはかみそり自身の髭を剃ることはできないんだ。

――そうだったな。それにほかの役目もあったぞ。とても大切な役目だ。俺は通訳をしなきゃならなかったんだ。ブワナ・バートンもブワナ・スピークも、荷運び人と意思疎通ができなかったからな。俺たちに共通の言葉はただひとつ、バニヤンの言葉だった。そしてザンジバル側の人間のなかで、その言葉ができたのは俺ただひとりで……

――どうしてワズングたちがバニヤンの言葉をしゃべれたの、おじいちゃん？

――ふたりとも、俺がいたのと同じ町に暮らしていたことがあって……

――おじいちゃんと同じ名前の町だね。

――そうだ、坊や、よく覚えてたな。俺が名前をもらった町だ。ブワナ・バートンは、本物のバニヤンみたいに話せた。速く、正確に。バニヤンたちの国のぶっ飛んだ裸の男たちが体を丸めるみたいに、舌を丸めることができた。逆にブワナ・スピークの話し方は、よぼよぼの年寄りみたいだった。長持ちのなかに置き忘れた硬貨を探すみたいに、言葉を探した。言葉と言葉をうまくつなぎ合わせることができなかった。ブワナ・スピークと俺との会話の進み方が、どれほどじりじりした、大変なものだったか、想像がつくだろう。少なくとも最初のうちは。そのうちブワナ・スピークが少し覚えて、俺も少し覚えて、お互いの共通語っていう鍋の中身がだんだん豊かになるまでは。ブワナ・スピークの言うことを理解するのは難しかった。あの人のヒンドスタニー語は、俺のヒンドスタニー語よりももっとへたくそだった。俺は、自分が理解したと思ったことをスワヒリ語に訳した。おまけに内陸では、スワヒリ語ができて、ブワナ・スピークの質問を地元の言葉に訳せる人間を探さなきゃならなかった。その人間は、ありったけの善意をかき集めてことにあたらなきゃならなかったが、それでも全部は理解できなかった。そこで、理解できなかったことは省くか、自分の推測で補った。だから俺たちがようやくもらった答えが、質問とはまったく関係のない内容だったことも多かったな。延々と時間がかかったよ。辛抱強さのない人間なら、あの会話の緩やかな速度には、とても耐えられなかっただろうよ。ブワナ・スピークにとっては、孤独な旅だった。自分の言葉で話せる相手がたったひとりしかいないんだから。その相手というのはブワナ・バートンなわけだが、ふたりは大喧嘩した後に、口をきかなくなったときもあったんだ。何カ月も。そういうわけで、ブワナ・スピークは黙ったまま、ただ銃だけにものを言わせてた。

──人を撃ったのか？

──何人？

──動物を撃ったんだ。動物だけだ、かわいい孫よ。すごく、すごくたくさんの動物だ。もし死んだ動物の国があるんなら、そこはいまじゃ、ラマダンのときのモスクみたいに満員だろうな。

──誰とも話ができなかったんだろ。だからそんなに殺したんじゃないかな。

──もしそれが正しいなら、ババ・アダム、口のきけない人間は最悪の殺人者ってことになるぞ。

──確かにブワナ・スピークは孤独だった。それは本当だ。そして、旅が長く続けば続くほど、さらに孤独になっていった。ブワナ・バートンのほうは、ほとんど誰とでも共通の言葉を見つけることができた。奴隷商人たちとはアラビア語で、兵士たち、つまりバルチスタン人とはシンド語で話した。ただ、友達と──つまりブワナ・スピークとだけは、共通の言葉が見つからなかった。ブワナ・バートンはスワヒリ語も覚えていった。でも、ゆっくりとではあったがな。ブワナ・バートンは、俺たちの言葉を好きになれなかったんだ。

──いったいなにが気に食わなかったんだ？　スワヒリ語は最高の言葉じゃないか。

──二つ目の言葉を話せない奴は、みんなそう言うんだよ。

──アラビア語が最高の言葉だ。

——スワヒリ語は、たくさんの美しい景色でできた世界みたいなもんだ。

——なにが言いたいんだ、ババ・イリアス？　川はペルシア生まれで、山はアラビア生まれで、森はウルグル生まれだとでも……

——だいたいそんなところだ。あんたもやっとわかってきたじゃないか。

——じゃあ、砂はザンジバル生まれだ。

——じゃあ空は？

——空は景色の一部じゃない。

——空がなかったら、景色なんてからっぽに見えないか？

——地球の腰に巻きつけるカンガみたいなもんだ。

——それは日が沈むときだな。

——ほら、言ったとおりだろう。あんたたちの耳にも聞こえたか？　こんなくだらない与太話でさえ、スワヒリ語だとどれほど美しく響くか。

——あんたたちの好みの話をしてるんじゃない。ブワナ・バートンの好みの話だ。ブワナ・バートンは、言葉の前に別の言葉をくっつけてひとつの言葉にするのが好きじゃなかった。口に覆いをつけるようなものだって言ってたな。それをつけてしまったら、もう言葉はもとのままの言葉じゃなくなるって。それでも、ブワナ・バートンはスワヒリ語を学んだ。かなり学んだよ。旅から戻ったときには、必要なことはスワヒリ語で言えるようになっていた。

——で、もうひとりのほうは？

——からっきしだ。「速く」とか「止まれ」とさえ言えなかった。

——まったく似てないふたりだったわけだ。

――まったく似ていなかった。あれほど違うふたりの人間が、相手に命を預けなければならない旅にどうして一緒に出たりしたのか、誰にもわからんよ。ふたりは見た目からして違った。ひとりはたくましい体つきで、色も黒く、もうひとりは痩せていて、しなやかで、魚の腹みたいに真っ白だった。

――腹が白い魚ばかりじゃないぞ。

――性格も違った。ひとりは声が大きくて、開けっぴろげで、衝動的で、もうひとりは穏やかで、控え目で、打ち解けなかった。態度も違った。ひとりは怒りっぽいが根に持たず、もうひとりは抑制が利いていたが根に持つタイプだった。ひとりはなんでもやりたがり、なんでも欲しがり、自分の欲望に常に忠実だった。もうひとりのほうにも欲望はあったが、紐をつけてうまく飼いならしていた。ときどき、欲望が紐を引きちぎって暴れようとすると、引っ張り戻した。

――一緒に何年もあちこち歩き回ることができたんなら、なにか共通するものがあったはずだろう？

――野心と強情さだ。ふたりとも、一緒にバガモヨを出発した三十頭のロバよりも頑固だった。それにふたりとも豊かだった。計り知れないほど豊かだった。ふたりの財産を運ぶのに、百人以上の男が必要だったんだからな。裸足で歩く男たち、なにも持たない男たちだ。

全員がバガモヨに集った。「バガモヨ」という名前のとおり、無数の奴隷たちが怖ろしい行軍をついに終えて「心の重荷を下ろして」きた場所、あらゆるキャラバンの内陸への旅の出発点に。皆が出発の合図を待っている。荷運び人たちは裸足で、粗末な服を着ている。出発の日にさえ、飾りは毛皮と羽の束のみだ。脚に鈴をくくりつけた者もいる。丸い木の幹の影でのかくれんぼを中断した子供たちが、その鈴の響きを面白がっている。物々交換に使うつもりの布が、荷運び人たちの首あて用のクッションに巻きつけられている。五フィートもの長さのクッションで、木の枝で補強されている。七十ポンドの重さの荷物だ。これ以上を背負わせるわけにはいかない。荷運び人たちはほかに自分用の荷物も運ばねばならないのだから。たくさんの箱は二本の棒にぶら下げてあり（一番軽いものが端に、一番重いものが中央に配置してある）、ふたりがかりで運ぶことになっている。

バートンは、キランゴジであるサイード・ビン・サリームと話し合いをしている。キランゴジとは探検隊の儀典長で、隊の先頭を行くことになっている。このよくしゃべる男はスルタンの代理で、自分の重要性を過小評価することなど、夢にも思いつかない人間だ。命令はこの男を通して伝達されるのだが、彼はまるでそれが自分の発した命令であるかのように言い渡す。彼の忠誠心は単純で、腹いっぱい食べさせてくれる人間の手を尊重するというものだ。サイード・ビン・サリームが命令を発して、太鼓が初めて打ち鳴らされる。荷運び人たちの列が日陰から身をもぎ離して、のっそりした大蛇のように、内陸へと続く道を這い進みはじめる。道の両端にはマンゴーの木がぎっしりと植えられており、その枝が互いに絡まっている。枝の天蓋の下では、決して夜がすっかり明けることはない。バートンは近くの庇の下でベッドに寝ている領事の相手をしているスピークに並ぶ。領事は帰国の船に乗る代わりに、探検隊に同伴してバガモヨまでやってきたのだ。ようすを見るためだ、と本人は言う。永遠の別れを告げるためだろう、とバートンは思っている。領事はまるでこう言いたいかのようだ——君たちは未知の土地へと、私は死へと旅立つ。

あのピエロを見てみろ、とスピークが言う。あんな真っ赤な衣装を着る必要があるのか？　それに頭にあんな大量のガラクタを載せなきゃならんのか？　グリフィンの巣みたいだな、とバートンが言い、三人は声をそろえて笑う。一瞬の、不適切な笑い。カムフラージュなんて頭にもないんだな、俺たち、何マイルも先からでも目立ちまくるぞ。最初からそれが目的だよ、と領事が言う。だからこそあの男は、スルタンの赤い旗を高く掲げているんだ。このキャラバンがザンジバルからやってきたこと、スルタンの直接の庇護のもとにあることを、遠くからでも皆に警告できるように。あの男のことは心配していません、とバートンは言う。どちらかといえば、心配なのは護衛隊のほうです。十三人のバルチスタン人が、三人の前を通り過ぎていく。マスケット銃とサーベルと短剣で武装して。さらに、それぞれが独自のやり方で火薬袋を体にくくりつけている。彼らを率いるのは、片目しかないあばた面の、腕の長いジェマダルで、マロクという名だ。護衛たちには報酬を提示したよ、と領事が言う。君たちを無事に我々のもとに連れて帰ったら与えようとね。バルチスタン人たちはマスケット銃を肩に担ぎ、まるで閲兵式をあざ笑うかのような不ぞろいな行進を始める。バートンは、バローダで苦労して規律を叩きこんだセポイの中隊を思い出す。また、クリミア戦争で、必死の思いでなんとか指揮したバシ・バズークたちを。だがあのセポイたちも、いま目の前をぶらぶらと通り過ぎていく集団に比べたらずっと規律正しかったし、バシ・バズークたちのほうが、荒れ果てた土地からやってきたこの行者や水夫やクーリーや物乞いや泥棒の子孫たちに比べれば、ずっと野性的で戦闘意欲があった。このバルチスタン人たちがやってきた土地は、そこで生まれた息子たちの多くを追放してきた。にもかかわらず、切ない郷愁の歌が歌われる。祖先たちが背を向けた荒れた谷は、思い出のなかでは美しく花開くからだ。

領事がスルタンからの推薦書をバートンに手渡す。これは重要だよ、と領事は言う。少なくとも道中のはじめのほうではね。だがその後は、スルタンなんて者がいることさえ誰も知らない土地が待っている。せいぜい、異国の伝説みたいにぼんやりと、スルタンという言葉を耳にしたことがある人間がひとり、ふたりいるだけの土地だ。バートンは推薦書を丁寧にたたむと、革袋にしまう。袋には二通のパスポートと、ワイズマン枢機卿からの神の恩寵を祈る手紙、そしてハッジを遂げたことを示すメッカのシェイクによる証明書が入っている。あらゆる観点から準備を整えてきたのだ。バートンはそっけない握手で領事に別れを告げる。だが直後に、自分を恥じる。染みだらけの手に嫌悪感を催したことを、認めないわけにはいかないからだ。

最初の数マイルは、なにか準備し忘れたことがあるのではないかとばかり考えながら進む。物々交換用の品はじゅうぶんだろうか？　もし真珠と布が底をついたら、どうやって食料を手に入れればいいのだろう？　バートンの視線は、荷運び人たちの頭の上で揺れる布の巻き物に注がれる。メリカニ――アメリカからの漂白されていない木綿の布――の巻き物、カニキ――インドからの藍色に染めた布――の巻き物。足りてもらわねば困る。でなければ飢え死にだ。短い並木道が湾曲して、不恰好なブッシュに消えるところまで来ると、海はすでに過去のものだ。一行は肩まで届く草に飲み込まれる。滅多に姿を見せない川に沿って進む。地面は固く、ブッシュはかなたまで延々と続いている。どうやら原住民たちはキャラバンを避けているようだ。一行は一軒の崩れ落ちた小屋の前を通り、最初の村を通過する。いくつもの小屋の前に小魚が干してあり、もぎたての果物が山積みになっている。村の外に出ると、自然に再び飲み込まれる。人を萎縮させるこの混沌としたブッシュでは、なんでもないことにもすぐに恐怖を感じそうだ。これから毎日のように、この恐怖心を乗り越えねばならないのだろう、とバートンは考える。誰も教えてくれなかった試練だ。

卓越した警告魔のトゥルシーでさえ、教えてくれなかった。トゥルシーは、助力するふりをして、探検隊の予算の範囲を超える報酬を受け取り、代わりに、まるでそれが内陸での恐怖に対する有効な予防薬であるかのように、悲観的な知らせばかりを持ってきたおべっかつかいのインド人たちのひとりだった。昨晩、バガモヨにある自宅で、トゥルシーは甘いグラブ・ジャムンに添えて、べとつくようなおとぎ話を語って聞かせた。木の上に座って毒矢を空に射る野蛮人たちの話だ。彼らの腕は一流で、矢は落ちるときに旅人たちの脳天から首までを射抜く。なにも知らない旅人たちは、口を閉じたまま死ぬ。で、身を守るにはどうすればいいのだ、とバートンは尋ねた。木を避けることです！　森のなかで？　空も避けるべきか？　トゥルシーには口の達者な味方がいた。やはりインド人のラダ・ダムハという男で、スルタンからの委託で関税を徴収している。野蛮人たちの首長のなかには、自分たちの国に白人が入ることは許さないと息巻く者もいる、とラダ・ダムハは言った。災いを逃れたければ最初のバッタを殺すことだ、と霊能者から忠告を受けたという。こうして、あらゆる危険の列挙が始まった。怒ったサイが百人の男を殺すかもしれない。象の軍団が夜のキャンプ地を襲うかもしれない。嚙まれたら最後、神の名を口にする時間さえなくなる蛇もいる。何週間も食べ物なしで過ごさねばならないかもしれない。

ふたりのイギリス人は目的地までの道程の半ばにさえたどり着けないだろうと、インド人たちは確信していた。ふたりがいる前で、遠慮なくそう話していた。グジャラート語の方言などイギリス人にはわかるまいとたかをくくっていたのだ。ラダ・ダムハがこう訊いた――このふたり、ウジジの湖に本当にたどり着けると思うか？　するとラダ・ダムハの簿記係が、鼻水を啜り上げたあと、答えた――もちろん、たどり着けるわけがない！　ウゴゴの地を生きて横断できると信じているなんて、いったい何様のつもりなんだか！　君たちグジャラート人ときたら、自分は賢明で抜け目がないと思っているんだろう、と、別れ際にバートンは、ウパニチェから教わった洗練されたグジャラート語で言った。私はウゴゴの地を横断するし、大きな湖にたどり着いてみせる。そして戻ってくる。そうしたら、もう一度ここに立ち寄るぞ。

バートンは一行から遅れる。誰もが、この行進においてバートンがどんな位置を占めるのかを知っているであろういまとなっては、そうすることも許される。最後尾の荷運び人の声はまだ聞こえても、姿は見えなくなるまで、歩みを緩める。百二十人がバートンの指揮下にある。この探検は是が非でも成功させねばならない。自分に与えられて当然の名声に手を伸ばせば届くところまで行き着くために、これまでいくつもの命令を無視してきた。東インド会社での上官たちの命令を。そして、多額の借金を背負い、あてにならないうさんくさい男を旅の同伴者にするという危険を引き受けた。領事の言ったこともあながち間違いではない。この旅の前には、もっといいしるしがあってしかるべきだったのだ。ところが、同行することになっていた優秀な医師である友人が、体調を崩した――信頼の置ける仲間だったスルタン・サイド・サイードは、ザンジバルに着く直前に他界した。それに、誰よりも協力的な領事が、いま死の淵にいる。もし探検が失敗すれば――失敗のことなど考えてはならない、ほかになにも恐れるものがないのなら、失敗に対する恐怖心も抑え込まねばならない――、バートンを待ち受けるのはインドの連隊だ。あそこに戻る？　嫌だ、絶対に。

一行は順調に深いブッシュを横切っていく。だがこの速度を保つことはできないだろう。脚は麻痺し、景色が立ちはだかるだろう。転び、足を滑らせ、沈みこみ、ぬかるみのなかを這い進まねばならないだろう。足には蔦がからみつくだろう。あと一時間ほどすれば、止まれという合図が響き渡るだろう。バートンは足を速める。

最初の夜を過ごすキャンプ地を選んだサイード・ビン・サリームの目は確かだった。刻み目を入れた木の幹、燃えて炭になった枝、木々を切り倒して拡げた空き地——一行の前に、すでにここで夜明かしした者たちがいたのだ。荷解きを終え、探検隊の物品目録をもう一度点検した結果、コンパスのひとつをバガモヨに忘れてきたことがわかった。コンパスがどこにあるかを知っているのはバートンだけだ。そこで、バートンは今日来た道を引き返す羽目になる。驚いたことに、シディ・ムバラク・ボンベイが自分から同行を申し出る。約六マイルもの道のりだというのに。ボンベイ——バートンはこの男を心のなかでこう呼んでいるし、実際そう呼びかけている——とは知らぬ仲ではない。もうすでに何度か会話を交わしている。だが、長時間ふたりきりになるのは、一日分の道のりを三倍の長さにするこの強行軍が初めてだ。ふたりきりでの会話など、オリエントではどれほど稀なことか、とバートンは思う。最初の半時間、ふたりは黙ったまま並んで歩く。バートンは大またで、ボンベイは歩幅が短い分、より素早い足取りで。スワヒリ語があまりできないので、君の言葉で会話ができなくて申し訳ない、とバートンが口を開く。俺の言葉じゃない、とボンベイが言う。俺の言葉はなくなった。そう言って、ボンベイは愛想よく微笑む。どの方向にであれ、顔の筋肉が動くと、ボンベイの表情は醜悪という港を離れる。ボンベイはまるで、微笑むたびに自分の顔を修復しているかのようだ。口だけを除いて——歯は手のほどこしようのない段階まで腐っているのだ。ボンベイはずんぐりした男で、この地では異色だ。怠惰な性質を、何度にもわたる異国の旅のどこかでなくした男。もちろん、奴隷制は醜悪なものだ。本来あってはならないものだ。だが、その奴隷制がなければ、シディ・ムバラク・ボンベイは、いまこの道端にしゃがんだ、けだるい挨拶の言葉を投げかけるのが精一杯のぼんやりした人間たちと、なんら変わらないままだったことだろう。

シディ・ムバラク・ボンベイ

――ほかを押しのけて前に出てくる質問というものがある。たきぎのように、問う者たちの好奇心を燃え上がらせる質問だ。どこから来た？　これに答えるのは簡単だ。ザンジバルから。海岸から。バガモヨから。だがな、問いには常に、さらなる問いがついてくる。終わりのない道のようなものだ。二つ目の問いでもう、ブワナ・バートンもブワナ・スピークも、どう答えればいいかよくわからなくなった。どこへ行く？　という質問だ。ムブユやらムツンブウィやらミョンボやらのあらゆる木陰から、この問いが飛んできた。まるで驚いた鳥の群れみたいに一斉に羽ばたいた。挨拶するたびに、次の波が来るのと同じくらいあたりまえにやってきた。モンスーンのとき、東風のあとには西風が吹くのと同じくらい確実に。キャンキャン吠える犬みたいな質問もあれば、皮膚に刺さって抜けない棘の先端みたいな質問もある。問われた人間をいっときも放っておかない質問だ。

――女房が亭主にする質問みたいなもんだな。

――ババ・ブルハン、その話を続けたいなら、どうぞ続けてくれ。

――いやいや、俺は話を補っただけだよ。ほら、耳が舌を補うみたいにさ。

――あんたたちがお互いに補い終えたら、続きを聞かせてもらえるのかな？

――あんた、続きを知らないのか、ババ・アリ？　最近このへんに引っ越してきたばかりか？

――この話、毎回少し違ってるじゃないか。

――どこから来た？　どこへ行く？　このふたつが、あらゆるムツンブウィやミョンボの木陰で俺たちを待っていた質問だった。なんて簡単な質問なんだって、あんた方は言うだろう。子供だって自分がどこへ行くかは知っている。少なくとも、どこへ行きたいかは。

――確かに、子供ならそういう質問に答えられるだろう。でも大人は？

――大きな湖へ！　ワズングたちはそう答えた。そもそも答えを返せばの話だが。でも、質問した者たちは大きな湖なんて知らなかった。大きな湖の話を聞いたことがある者たちは、ただ大きな湖にたどり着くためだけに、百人の荷運び人と二十人の兵士を連れて延々と歩き、森に潜むあらゆる危険に身をさらす人間がいるなんて、とても信じようとしなかった。湖でなにがしたい？　とまず訊かれた。湖でなにかをしたいわけではない、とブワナ・バートンは答えた。ただこの目で見たいだけなんだ。湖がどこにあって、どれくらい大きいか知りたいから、と。ムブユやムツンブウィやミョンボの木陰にいる奴らは首を振った。彼らは、嘘がどういう顔をしているか知っていた。そして不信感を募らせていった。あの異邦人たち、と彼らはつぶやいた。あいつらの目的はいいものじゃない。あいつらが来たのは、俺たちの土地を奪うためだ、と彼らはささやいた。彼らは不安になった。そう、俺たちのことを怖がった。だが、俺たちがやってきたことで起きる事態のほうを、もっと怖がった。あの異邦人たちは不幸を運んでくるぞ！　ってな。とある村で、俺たちがキャンプを設営した直後に、男がひとり死んだ。若い男で、一日前にはまだ畑で働いていた。見たか、と村人たちは詰め寄ってきた。これがお前たちが来たせいでこの土地にもたらされた最初の不幸だと白状しろってな。そのうち、詰問する声からは次第に恐怖の色が消えていった。だから、ブワナ・バートンが次の朝、すぐに出発するよう俺たちを急かしたのは賢い決断だった。村の外に出れば、俺たちについてくるのは子供だけだった。子供たちは俺たちと並んで歩きながら、「ムズング」「ムズング」だとか「ワズング」とはやしたて、笑って腕を振り回した。「ムズング」とはどういう意味だ？　とブワナ・バートンが俺に尋ねた。あちこち放浪する人間のことだ、と俺は答えた。ぐるぐると同じところを回る人間のことだ、と。彼らは我々のことをそう見ているのか？　ブワナ・バートンは驚いた。我々は目的地に向かってまっすぐに進んでいるじゃないか、と言った。ここの人間たちには、俺たちが道に迷ってさまよっているように見えるんだ、と俺は言った。

——で、あんたは？　あんたはバートンが驚いたことに驚いたか？

——驚く人だらけのキャラバン！

——なんで百人も荷運び人がいったんだ？　荷運び用の家畜が足りなかったのか？

——ババ・イシュマイルなら、足の長い三頭のラクダをあんたに売っただろうな。飼い主よりもたくさんのチャットを噛む家畜だけどな。

——家畜はいたさ、もちろん。荷運び用の家畜が。ラバが五匹に、ロバが三十四。半分足の麻痺した、強情で、まったくあてにならない三十四だった。三カ月後に残ったのはたった一匹だ。ほかはみんな死んじまった。でもな、はっきり言うと、人間のほうがロバよりもずっとあの旅には向いてなかった。先頭を行くキランゴジからしてそうだった。キランゴジが仕える相手は自分自身とスルタンだけだった。その後ろに続くのがバルチスタン人だ。本来は俺たちを守るためにいたんだが、あんな臆病なやつらがどうやって俺たちを守れるんだか、最初からさっぱりわからなかったし、結局最後までわからなかった。いくらもたたないうちに、バルチスタン人は信用ならないってことに気づいた。自分の母親さえ一番高い値をつけた相手に売り飛ばしかねない連中だ。その後ろに続くのが荷運び人たちだ。

荷運び人たちは正直だったが、それでもブワナ・バートンとブワナ・スピークは、奴らを信頼するわけにはいかなかった。確かにたくさんの荷物を運ぶし、辛抱強くもあるんだが、それも夜までのことで、夜になると血が反乱を起こして、逃げ出すか、逃げ出そうとしたんだ。荷運び人たちはニャムウェジ族の出身だった。知ってのとおり、昔は象狩りをしていたが、そのうち、頭に荷物を載せてあちこちを歩き回って生計を立てることに決めた。だが奴らは、懐に賃金を入れて無事に帰ってくるのは半数だけだと知っていた。そしてその賃金のために、しばらくするとまた旅に出なくちゃならなくなる。頭に袋や包みを載せて、死を目の前に見据えながら。その死の眺めに、奴らがいつも耐えられるとは限らなかった。だから逃げた。ある者は頭に載せて運んできた荷物を持って。奴らは逃げた。ブワナ・バートンとブワナ・スピークは、脱走《デザート》と呼んでいたな。俺は混乱したよ。なにしろ、ブワナたちの言葉では、それは砂漠という意味でもあったんだ。俺は必死で頭を絞ったんだが、砂漠と逃げることとのあいだに、なんのつながりも見つけ出せなかった。逃げた奴らは、つかまると、正義の名のもとに鞭で打たれた。最初の旅と二度目の旅のキャラバンでは。だが三度目の旅では、自分の前に立ちはだかるものにはなんにでも死刑を言い渡す男の命令で、ときどき絞首刑にされたりした。

——ただ逃げただけで？

——野生の地で逃げる奴は、キャラバン全体を危険に晒す——立ちはだかるものにはなんにでも死刑を言い渡す男は、俺たちに厳しくそう注意した。逃げることは、ほかの者たちを殺そうとするのと同じだと、その男——ブワナ・スタンリー——は言った。でもキャラバンに残るのは自殺と同じだって、俺たちはブワナ・スタンリーの背後でささやき合ったものさ。俺はキャラバンに残った。残るしかなかった。最初と二度目の旅を生き延びた後では、どんな旅も生き延びることができるとわかっていたからな。だが、ニャムウェジ族の荷運び人たちは、自分たちの仕事に誇りを持っていたし、自分たちの名声に誇りを持っていたのに、生き延びられるという確信は持てなかったんだ。だから夜の闇のなかに逃げていった。俺たちは、追いかけるときもあれば、放っておくときもあった。ときどき、逃げた奴らがほかのキャラバンにつかまって、俺たちのところに連れ戻されることもあった。そうすると、彼らは鞭で打たれた。カバの粗皮を編んだ鞭で。怖ろしい武器だ。特に新品で、きちんと作られていると、ナイフの刃みたいに鋭い。逃げた奴らは、背中じゅうが血まみれになるまで鞭打たれた。または吊るされた。だが俺に言わせれば、あんな罰を考えついたのは、賢さと愚かさの区別がつかない人間だ。この世のどんな鞭も、人の心が行きたいと望む道を行くことを妨げるなんてできない。恐怖か絶望か怒りか憧れが、計算ずくの冷静な思考よりも強くなれば、人は心の告げるままの行動に出るもんだ。たとえ、この世と次の世で地獄の苦しみが待っていようとな。あの罰を考え出した奴には、人間の価値ってものがよくわかっていなかったんだ。

――ババ・シディ、あんたにはきっと人間の価値ってものがよくわかってるんだろう。俺たちの誰も、それを疑ったことはないよ。でもさ、あんただって、わかるはずのことが全部わかるわけじゃないだろう。地獄の罰っていう脅しがなければ、人間には名誉も節度もなくなっちまう。

――ババ・ユスフ、俺はこの目で見たんだよ。罰を受けた奴らが、次の機会にまた、罰を受けた原因になった行いを繰り返すのを。鞭も、どんどん生まれ変わる肌に永遠の跡をつけることはできない。友よ、信じてくれ。人間だって脱皮するんだ。蛇のようにな。人間に絶対確実になにかをさせないようにする方法はひとつしかない――殺すことだ。

――ブワナ・スタンリーにはそれがわかってたってことだな。

――だが、わかってたからって、それがなんの役に立った？　ひとり殺せば、荷運び人がひとり減るだけじゃないか。

キンガニからボマニへ、ボマニからムクワジュ・ラ・ムヴアニへ。バートンは毎晩のように、丁寧に名前を書きつけていく。地名がバートンの報告書の基礎となる。キランガ・ランガからトゥンバ・イヘレへ、トゥンバ・イヘレからセゲセラへ。一行はまだ、きちんとした名前のある地域にいる。バートンの書類と、道で出会う人々によって確認が取れる名前――海岸近くのこのあたりでは、地名は皆の共通認識だ。デゲ・ラ・ムホラからマデゲ・マドゴへ、マデゲ・マドゴからキルリ・フトゥへ。どの場所も、地理学と測量法により把握される――充実した地名リストには、不明瞭な箇所などない。しっかりしたリストは、災いを遠ざけるのだ。一行はまだ旅の端緒にいる。どんな問題が起きても、少しばかりの処置とわずかな妥協とで解決できるという自信に満ちている。どんなこともまだ修復可能だ。自然のなかにはいくつもの発見がある。長い乾季に見事に順応した木々。名前はミョンボ。バートンは三種類を区別できる。ジュルベルナルディア、ブラキステギア、イソベルリニア。イソベルリニアは象の餌になる。幹がまっすぐで、黄色い樹皮を持つ背の高い木々（タクスス・エロンガトゥス、またはそれに類似のもの）。発育不良に見える扇状葉ヤシ（きっとカマエロポス・フミリスに違いない）、ナツメヤシの木（ジジフス・ジュジュバ、俗名ジュジュベ）、土着のヒファエナとヌクス・ヴォミカ。さまざまな広葉樹――明るい黄色の樹皮と、密生した丸いこずえを持つピンポンノキ。外側はこげ茶色、内側は白くてふわふわした大きな実の成るカポックの木。バートンは自然観察の際には、なにひとつおろそかにしない。黄色い果実をもぎはしなくても、地面に落ちたものは拾い上げる。果実は色も味もマンゴーに似ている。大きな種には毒があるのか苦く——自然は毒性のものには警告として苦味を与えるのではないだろうか？——、全員が吐き出す。この最初の数週間、緑は農耕の色だ。川の両岸に、米、とうもろこし、キャッサバ、サツマイモ、タバコがみっしりと植えられている。肥沃な土地だ——バートンは目を開けたままでも、この地の幸福な発展を思い描ける。あとは適切に人の手を入れさえすればいいのだ。

土地に慣れ、異質なものの謎を解き明かすにしたがって、それらの脅威も楽に弱められるようになる。かなたから容赦なく轟き続ける太鼓の音にも慣れた。ジェマダルはその音に考えつく限りのあらゆる恐怖を想起させられ、配下の十三人の兵士に馬鹿げた軍事大演習をほどこすのだが。年老いた男たちのどっしりした落ち着きにも慣れた。彼らは村の長老たちで、言い間違えたかのように響く複雑な名前を持っている。キランガ・ランガで、初めて雨が降る。トゥンバ・イヘレで最後のマンゴーの木を見る。セゲセラで、バルチスタン人たちが初めて喧嘩をする。短剣の犠牲者が出る前に、互いを引き離さねばならない。デゲ・ラ・ムホラ近くの森で、オナガザルを目撃する。あまりにすばしこく木のこずえからこずえへと飛び移るので、スピークの撃った弾は枝にぶつかって大きな音を響かせる。そのこだまが響くたびに、スピークは周りの尊敬を失っていく。オナガザルに銃を向けたから。それに、命中させられなかったから。マデゲ・マドゴで、最初のロバが死ぬ。その後の数日で、ほかのロバたちも死んでいく。最初の荷運び人が姿を消し、探検隊の雰囲気は気圧計同様に沈んでいく。予想よりも早く、騎乗用のロバに荷物を積まねばならなくなる。そしてまもなく、探検隊の指揮官たちさえもが徒歩で進むことを余儀なくされる。

徒歩でも、ロバに比べてそれほど速度が劣るわけではない。それでもロバから降りるやいなや、バートンの知覚は変化する。注意力が自身の歩みに囚われる。何百歩、何千歩とひたすら続く歩みに。視線があらゆるものへと向き、精神がすべてを吸収するかに思われる早朝の涼しさが過ぎ去ると、熱にあぶられ、不本意ながらも、バートンは徐々に自身の歩みに集中していく。やがて、ブーツの下できしみ、かさつく砂利や棘や木の葉のほかはすべてが頭から締め出される。道に現れて、単調な大地に表情の移り変わりを与えるかすかな目印、ささいな変化に注意を向ける。ただなにかに注意を向けるためだけに。木から落ちて腐りかけた果物。まだ完全に丸くも黄色くもなく、ぐしゃぐしゃに潰れ、痛み、茶色い染みだらけになって、きつい発酵臭を漂わせている。

最初の数週間、点検と観察の合間の空白時間に、バートンは頭の中を大掃除する。傷を残した思い出、心のなかに根を下ろして歪んだ育ち方をした思い出を、すべて掃きだす。バートンが遅い者たちに同伴するときには、前衛隊を引き受けるスピークも、やはり同じような気持ちでいるのだろうか。それはわからない。こういったことがらは、バートンがスピークと分かち合うことのない個人的な領域だ。すべて昔の傷だというのに、つい最近受けたばかりのように生々しく感じる。シンドで上官の裏切りを知ったあのときとまったく同じ怒りが改めてわいてくる。新たに燃え上がった怒りが、バートンを次の丘陵地帯へと駆り立てる。クンダリーニを改めて悼む。あのときと同様いつまでも。次の地平線まで悼み続ける。地平線にはバオバブの木が一本生えている。皮の厚い戒めの碑だ。また、メディナとメッカのあいだの砂漠での、神の冒瀆者だと暴かれる恐怖を改めて感じる。怒りと悲しみと恐怖のなかを、バートンは足を引きずりながら進む。そうして何時間も、何日も、何週間もが過ぎていく。かつて人生の奥底に沈んでいったもののすべてが、再び表面に浮かび上がってくる。あらゆる屈辱、失望、傷が。まるで波の高い海に舵のない船で漂っているように感じる。海に投げ捨てられた荷を拾い集めるために、手すりから身を乗り出さねばならない。ひとつひとつ、たとえ海草がからみつき、塩でぼろぼろになった荷であっても、許し、和解できるまでずっと手に持って、あらゆる角度から点検し、すでにもとの姿を留めない側面があるかどうかを確認せねばならない。そして、もはやなにも感じなくなって初めて、ようやく手を放す。荷は溶けて消えてしまった——忘却ではなく、無関心のなかへと。

シディ・ムバラク・ボンベイ

——最初は俺たちの誰ひとり、なにが待ち受けているかなんて知らなかった。これからなにを経験することになるのか、誰ひとり予測できなかった。もし知っていたら、あの傷と苦痛だらけの道を行こうとは、誰も思わなかっただろう。俺たちは、一点の汚れもないきれいな期待でいっぱいだった。最初のうちはな。つまり、俺たちの傷跡がまだできたばかりの傷で、敵がまだ兄弟で、希望のほうが経験よりも多かったうちは。誰ひとりとして、俺たちの上に降りかかった出来事を覚悟していた者はいなかった。ニャムウェジ族出身で、すでに少なくとも一度はあの大陸を横断したことがあった荷運び人たちでさえ。あいつらはそれまで、金を儲けるためのキャラバンの荷を運んできた。だがそういうキャラバンは、どんな人間もまだ到達したことのない場所に到達したいなんていう野心に突き動かされていたわけじゃなかった。荷運び人たちはそれまで、残酷で貪欲で狡猾な男たちの命令を耐え忍んできた。だがそんな男たちだって、狂ってまではいなかった。俺たちの誰ひとり、ワズングに率いられたキャラバンの荷を背負ったことはなかったんだ。そしてな、兄弟たちよ、あのワズングたちは奇妙な人間だった。ひとりひとりの顔はわかるし、それぞれ区別することもできる。でも、理解することはこれからも決してできないだろう。やつらは、人間の最高の使命は先祖が到達できなかった場所へたどり着くことだと信じているんだ。これまで誰も行ったことのない場所へ行くことを恐れている俺たちに、どうして理解できる？　自分で自分に課した使命を果たしたときのあいつらの喜びが、どうしてわかる？　あの表情を見せてやりたかったよ。生まれたばかりの子供を腕に抱いた父親みたいに幸せそうだった。恋に落ちたばかりの男が、恋人が近づいてくるのを見ているみたいに幸せそうで……

――魚を山積みにした船を岸に引っ張るときのババ・イシュマイルの顔みたいなものだな。

――最初の雨が降るときの子供たちの顔みたいでもあるな。

――じゃあこういうのはどうだ。友人たちに自分の栄光の話を語って聞かせるときのババ・シディの表情みたいっていうのは。

――あんたたちは、あの幸せを知ってるんだな。よし、それならこれ以上説明することもないだろう。そういう幸せそうな表情だったんだ。ほかのワズングがまだ到達したことのない目的地に着いたときのあいつらの顔は。だがな、どんなものごとにも陰はある。自分たちが初めてじゃない、もう以前に到達した人間がいるって聞いたときのあいつらの顔がどんなだったか、きっと想像もつかないだろう。真っ黒な雲が顔を覆っちまうんだ。誰かが自分たちより先に到達する危険が、ほんのちょっとでもあるだけでな。あらゆる湖のなかで最も大きな湖の端で、もう何年もそこで商売をしている別のムズングに会ったときの、ブワナ・スピークとブワナ・グラントの戸惑いはとても忘れられんよ。そのムズングはアマビレ・デ・ボノっていう名前の商人で、ブワナたちの国の出身ではなかった。でもその国の女王に征服された国の人間だった。それに、ブワナ・キャメロンが別のキャラバンを率いて先に行ってしまうんじゃないか、ブワナ・キャメロンのほうが、日の出る場所から日の沈む場所までを横切った最初の人間になってしまうんじゃないかって考え続けた数カ月間、ブワナ・スタンリーの顔に浮かんでいた不安の表情も、あんたたちにはとても想像がつかないだろう。ブワナ・スタンリーはあまりに切羽詰まっていて、毎晩のように罵り言葉を吐き、会ったこともない人間のことをこれ以上ないほど悪く言ってばかりだった。俺はブワナ・スタンリーを落ち着かせようとした。ブワナ・キャメロンが、道に生えている植物を全部刈り取り、実を全部もいでしまうとでもいうのか？　と俺は言った。あんたの分はまったく残しておいてくれないのかね、と。するとブワナ・スタンリーはそっけなくこう答えた――お前にはわからん、とな。俺はその答えに怒ったよ。当時はな。でも今日では、喜んで認める――俺にはワズングのことはわからん。

――あんたの言うこと、ようくわかるよ、ババ・シディ。どんなに早く起きたつもりでも、いつも自分より早起きの人間はいるもんな。俺がまだ若かったころ、親父はアラブ人に雇われてたんだ。そのアラブ人は、別のアラブ人ふたりと四十人の荷運び人と一緒に、あんたが話してるその大きい湖まで行った。まっすぐ西へ。そして湖に着くと、船を造って、その船で湖に漕ぎ出したんだ。そして、ムアタ・カゼンベって名前の国を訪れた。この名前、よく覚えてるんだ。ムアタ・カゼンベ。だってなんだか、勇気を鼓舞する呼びかけみたいな響きだからさ。そのアラブ人たちは、そこからさらに六カ月かけて、大陸の反対側の端にたどり着いた。反対側の海岸に。太陽が目の前に沈んでいく場所だ。そして、そこに貿易拠点を築いていたワズングに会ったんだ。ザンジバルで知っていたのとは違うワズングだ。ポルトガルから来たやつらだ。そいつらが築き上げた場所は、ベングエラって名前だった。

――おお、ということは、その人間たちは大陸を端から端まで横切ったのか。ブワナ・スタンリーとブワナ・キャメロンが知ったら、誇りに相当の傷がつくだろうな。なにしろ、大陸を東から西へ横切った最初の人間だという自慢ができなくなるんだから。自分たちの足跡がほかの人間の足跡のなかに埋もれていることを学ばなきゃならんことになる。自分たちは遅れてきた人間なんだという想像に耐えなきゃならんことになる。彼らにとっては、どんな村も、どんな川も、どんな湖も、どんな森も、すべて処女みたいなものだった。そして、彼らの欲望は巨人なみだった。そういう処女の全員を征服しなければ、満足できなかったんだ。欲望を満足させるためなら、どんな苦難も引き受けた。寒さに苦しみ、熱に苦しみ、ダニや蚊や蠅の噛み傷、刺し傷に苦しんだ。刺し傷は一晩のうちに腫れあがって、気が狂いそうなすさまじいかゆみをもたらした。そして、ワズングたちが苦しんだすべてに、俺たちも同じように苦しまなきゃならなかったんだ。友よ、出発してまもなくそれを理解したときには、怖ろしかったよ。俺たちは、それがどこにあるのか、どんなものなのか、なんなのか、誰もはっきりとは知らない目標にたどり着くために、地獄をも潜り抜けようっていうふたりのワズングの狂気の前になすすべもないキャラバンの囚われ人だったんだ。おまけに、俺たちには救いの見通しはなかった。あったのはただ賃金だけだ。ほんのわずかな賃金で、半分は前払いされていた。ザンジバルに家族がいる者は、その金を妻と子供たちのもとに置いてきていた。アカシアの丸い実に生えた棘に刺されるごとに、自分がどんなことに足を突っ込んじまったか、どんどんはっきりしていったよ。けれど、戻る道はなかった。荷運び人たちは、逃げようとすることができた。家へ戻る道を知っていたからだ。キャラバンが彼らのふるさとのほうへ向かっていたからだ。後から彼らを責める人間は村にはいないからだ。でも俺は、たとえひとりで森や高原を抜けて海岸まで戻れたとしても——その孤独な旅の途中で野たれ死にもせず、野生の獣に食い殺されもせず、奴隷商人の手に落ちもしなかったとしても——、ここザンジバルには、二度と顔を見せられなかっただろう。俺はスルタンから、ワズングたちの供をして、彼らがここに戻るまで、またはどんな形であれ、とにかく最後まで力になるようにと選ばれたんだ。だから先へ進むしかなかった。刺し傷に耐え続けるしかなかった。俺にとっては、出口はひとつしかなかったんだ——地獄を通る道しか。

——また大げさな自慢話をしてるの？　このほら吹きが。また話を盛ってるの？

——いったいなにを聞いていたんだ、女房よ？

——あんたが生きてるうちに、その自慢話以外のものにほんのちょっとでも注意を向けることができれば、あんたとお友達が通りを塞いじゃってることに気づくんじゃないかしらね。

——お前のそのくだらない長せりふのせいで、窓の鎧戸が震えているじゃないか。いったいなんの話だ？

——あんたのほら話を聞きにここに張り付いてる人が多すぎるって言ってるのよ。もう誰も通りを歩けないじゃないの。ほら、あそこに荷車が。ちょっと立ってごらんなさいよ、そうすれば見えるから。かわいそうに、もうずっと前から、あんたの長話が終わるのを待ってるんだから。

ひとつの村に近づくたびに、単調な行進に変化が現れる。マスケット銃が宙に向けて放たれ、どんなに疲れきった荷運び人も歯を食いしばり、キャラバンの誇りに連なる。女や子供たちに見つめられ──きっと背後では、男たちの目もこちらに向けられているに違いない。この入場行進の際には、隊の全員が芝居がかった演出をしているに違いないと、バートンには思われる。大げさな気取った態度は、村に背を向けた瞬間に消えてなくなる。肩が落ち、足どりは重くなり、雰囲気は地に沈む。

一日の労苦は、夜、焚き火の周りで報われる。ときにスピークと会話するバートン自身の言葉が、周りの歌や笑い声にかき消されて聞こえなくなる。太鼓が打ち鳴らされ、鐘が響き、古い鉄がガチャガチャと鳴る。ウバイドという名のバルチスタン人がサーランギーを取り出し、キャンプ地のならず者全員を集めて、力いっぱい弓を引く。まるで巨大な魚のうろこをこそげ落とすかのように。隊の道化役であるフルクという男が、ナウチュ女の役を引き受けて、抜群に的を射たふしだらな踊りを見せる。たっぷりと体をくねらせ、みだらな笑みを見せた後、どうやらフルクはさらに大胆にやろう、役の人物にさらなる深みを与えようと決めたようだ。逆立ちをすると、腰を揺らし、震わせ始める。かかとが細い骨を離れて、まるで酵母を入れすぎたパンケーキのように湾曲する。それからフルクは、いまだに逆立ちのまま、両脚であぐらをかく。そしてその姿勢のままで、腹をすかした犬、悲しむ猫、厚かましい猿、強情なラクダの声を真似る。さらに、奴隷少女の声で、キャンプ地の男全員を官能的な一夜の約束で誘う。最後にフルクは、唐突な、しかも驚くほどなめらかな動きで地面を転がり、困惑しているかのように背を丸めてバートンの前に座りこむと、彼のものまねまで披露する。バートンの吠えるような命令の怒号を真似て、長く長く引っ張り、最後にはその厚顔無恥な努力に対して一ドルを受け取る。バートンは喜んで金を払う。キャンプ地の全員が一緒に笑うことで、一日の行軍を忘れることができるからだ。だが道化はさらに金を要求し、蹴りを食らう——そして愛を失った男の大げさな嘆き声を上げながら退散する。観客の笑い声が野良犬のように後を追う。

シディ・ムバラク・ボンベイ

兄弟よ、あれは本当に大変な日々だった。意地の悪い日々だった。今日では傷跡になったこの傷を受けた日々、苦しい昼間にさらに苦しい夜が続いた日々。風はなく、蚊がぶんぶんうなり、寒さがその荒々しい手で俺たちをいたぶった。獲物を何度も触って持ち物を検分する泥棒みたいなもんだ。夜は、まるで俺たちが体のなかに持っているものをすべて奪い取ろうとするかのようだった。一度、黒い蟻の大群にテントを追い出されたこともある。蟻どもは俺たちの手や足の指のあいだに嚙みついた。体中の柔らかい場所という場所に嚙みついた。ここにいるババ・アリよりももっと痩せたラバたちが、気が狂うまで叫びに叫んだ。俺たちみんな、もう一度嚙まれたら自分だって気が狂うと思ったな。普段はワズングたちの弟でございって態度でふんぞり返ってたジェマダルも、忘れられた祖先の幽霊みたいにキャンプ地をふらついた。ジェマダルだけじゃない、みんな分別を失った。バルチスタン人も荷運び人たちも。火の周りではささやき声で相談が交わされた。そして、そのささやき声からなんとか導き出された解決方法は――逃げること。俺は黙ったまま、耳をふさいだ。仲間には加わりたくなかったし、ブワナ・バートンに嘘をつきたくなかった。ようやく眠れても――砂糖の入っていない冷たいチャイみたいな味の眠りだったな――、俺たちを待ち受けるものがなんなのかは、はっきりわかっていた。明日の朝も、新しい絶望、新しい孤独のなかで始まるんだって。

——未亡人みたいな孤独か。

——二度目の夫が死んだばかりで、もう二度と結婚しないと決めた未亡人みたいな孤独。

——ババ・イリアス、いったいどんなひらめきが訪れた？　そのたとえ、あんたの口から出たくせに、本当に想像がつくぞ。

——俺じゃない、ソマリ人の友達が言ったんだ。

——それなら、これからは自分の智恵に頼ろうなんてせずに、友達の智恵を拝借するんだな。

——そんなことってあるか、ババ・シディ？　あんたたちはずっと苦しみっぱなしだったのか？　俺はあんたのことを少しもわかってないってことか？　あんたにまったくなんの楽しみもなかったなんて、とても想像できないんだが？

——もちろん、あんたの言うとおりだ。昼と夜中の苦しみには、晩の楽しみがなければ耐えられなかっただろうな。食事のことじゃないぞ。ああ、違うとも。食事は最初のうちはじゅうぶんだったんだが、それでもじゅうぶん以上じゃなかった。だけど、俺たちほどたくさん歩いて、たくさん運ぶ人間は、たくさん食べるものだし、金属の皿になにが盛られようと、眉をひそめたりはしない。そうさ、俺が思い出すのは食事の後、昼間の太陽の下では得られなかった幸せを取り戻す時間のことだ。俺たちは踊り、歌った。そして、ブワナ・バートンとブワナ・スピークが俺たちの踊りと歌をほとんど評価していないことに気づいて、ふたりを馬鹿にするようになった。荷運び人のなかに、脚の曲がったやつがいた。そいつは踊りのときに、その脚をあらゆる方向に振るんだ。俺たちはその不器用な器用さと、へんてこな歌に笑ったもんさ。だいたいこういう感じの歌だ。

俺はフリジ、俺はフリジ
俺の兄スピクは、俺の兄スピクは
大喜び、大喜び、
俺たちはやつに太った牝牛をやる
やつが満足できるように

歌の最後には、俺たち全員が腹の底から「アーミーーーーーン！」と叫ぶんだ。まるであらゆるジンに打ち勝つお祈りを聞いた後みたいにな。ブワナ・スピークは俺たちの歌を聴いたが、もちろん意味はわからなかったから、どうやら自分を称える歌だと思ったみたいだ。テントの前で立ち上がると、火の周りにいる俺たちのところまできて、自分の持ち歌をひとつ歌ったんだよ。悲しむ人間の肩にもたれるような歌だった。葬式にふさわしい歌だった。でもブワナ・スピークは喉も張り裂けんばかりに、心も張り裂けんばかりに歌った。歌の終わりに、俺たちはみんな大声で喝采した。そうしたらブワナ・スピークは、踊りのステップを披露し始めたんだ。だが残念ながら、すぐにやめちまった。たぶん俺たちが笑ってるのに気づいたんだろうな。ああ、そうとも、兄弟たち、俺たちは勇気をもらったよ。ワズングたちがどれほど情けない姿を晒せるかを知ってたな。

一行は熱帯雨林に入り込む。そこから先は、なにもかもが以前と違う。地平線は飲み込まれた。小道には蔓《つる》が錯綜している。一本一本が綱のように太い蔓だ。張り出した木々のこずえは、絡まりあって深緑の屋根を形作っている。灰色の柱に支えられた、まるで聖なる林のような空間には、物音さえも影にならねば入り込めない。密生した藪の下のぬめぬめした黒い土は、一行の足音をすべて飲み込む。ぬかるみで頼りになるのは木の根だけだ。草は研いだばかりの刃のように鋭く、木々は寄生植物に覆われている。ヤドリギが爬虫類のように獲物を狙いすまし、木々のこずえに偽の鳥の巣を形作っている。行く手の道は地や幹を這う虫で窒息させられている。道を殺す奴は旅人も殺す、と荷運び人たちがつぶやく。それに悪臭。まるでどの木の背後にも不幸な人間の死体が横たわっているかのようだ。荷がロバの背から落ちるが、バルチスタン人たちは不運を罵るばかりで、積みなおしはほかの者にやらせる。空は、汚れた死衣の切れ端以上に見えるときにも、厚く閉ざされ、灰色に垂れ込めている。充満したまま逃げていかない煙のように。一行の皮膚が瘴気で覆われる。たとえ水が見つかって、必死でこすったとしても、落とすことのできない汚れた膜だ。

最初の病が忍び込むのが時間の問題であることは、はなからわかっていた。だが、マラリアがふたりを同時に襲うことまでは予測していなかった。最初の空き地がステップへと続く、ジャングルからの出口のすぐ先で、一行は歩みを止める。バートンは地面に横たわる。動くことができず、自分の内部になにか別の生き物、バートンの計画を抹殺する敵意を持った生き物がいるのを感じる。やがてバートンは叫ぶ――これ以上進む前に、これがなんなのかを知りたい。なんの見通しも示さずに、私を際限のない闘いに引きずりこむことはできないぞ。正しい答えを示しもせずただやみくもに反応するのは、いくつもの頭だ。人の胸から生えた頭、毛の生えた舌をのばして舐めてくる頭。しわだらけの女たちがバートンを鞭打つ。バートンは、人違いだ、と悲鳴を上げる。女たちは意地悪く笑って、しわがれた声で歌う。最初は理解できないが、やがてバートンは歌の破片をつかむ。言葉が羽根のない蝶のように落ちていき、バートンはそれを両手から生えた網でつかまえようとする。逃げていく言葉をすべてつかまえると、長いあいだ網のなかを覗く。それぞれの破片がつながって、ひとつの意味を形作るまで――骨が割れる以上の恍惚はない、それ以上に大きな幸せはない、我らは骨を砕き続ける、朝早くから午後遅くまで。バートンは目を上げる。魔女たちがうっとりとうなずく。お前には私たちの歌が理解できたのだな、さあ、お前の体をよこせ。私たちが穴を開けてやろう、そこに唾を吐きかけてやろう、お前の体には立派な毛が生えている。その毛を一本残らずむしりとってやろう。さあ、お前の体をよこせ、お前に完璧な痛みを約束してやろう。

バートンは目を覚ます。これまでに飲んだ水分のすべてが汗になって出ていってしまったように感じる。舌はまるで苦さという糸に包まれた幼虫のようだ。脚はなかなか言うことをきこうとしない。バートンは脚を再び伸ばす。ボンベイを呼んで、水を持ってきてもらう。スピークの調子はどうかと尋ねる。すると、すでに起き上がっているという。

バートンはテントの入口まで体を引きずっていき、外を覗く。空は雲に覆われている。すさまじい重さの罪を免れたような気分だ。スピークは近くにいる。その姿を見ると心がなごむ。スピークに声をかける。言葉はなかなか口からこぼれ出てくれない。スピークの顔は、まるで皮膚を乾かすために太鼓に貼り付けたかのようにぴんと張りつめている。スピークはテントまでやってくると、バートンのほうにかがみこむ。最初の攻撃は撃退したな、と言う。そして手を伸ばすと、バートンの頰にそっと触れる。ぎこちなくはあるが、連帯のしるしだ。希望がわいてくる。少し休むよ、とバートンは言う。そうしたら出発しよう。じゃあまた。そしてバートンはテントのなかへ這い戻る。

スピーク、私のもつれた謎であるスピーク、と、熱の後に続く壊れやすい静寂のなかでバートンは思う。どう評価していいかわからない難しい男だからといって、不公平な判断を下してはならない。スピークはこれまでのところ合格だ。自分の任務は確実に成し遂げる。旅の厳しさに決して不平を言わない。人類がスパルタ的人間とアテネ的人間に分類できるとすれば、スピークは間違いなくスパルタ側に属す。内向的で、落ち着いていて、バランスが取れている。上機嫌でいることは滅多にないが、決して不機嫌になることも、人を不愉快な気分にすることもない。確かに癇《かん》に障るところはたくさんある。最初は、スピークの周囲に対する途方もない無関心が気になることもあった。スピークは、これまで通り過ぎてきたあらゆる景色を味気ないと言い、あらゆる人間をつまらないと評した——スピークの情熱に火をつけるのは、仕留めることのできる野生動物だけだ。まるで、征服するためにしか、命あるものには近づけないかのようだ。

事前の警告はあった。ふたりが知り合ったのは、スピークが内陸への短い旅からソマリアの海岸に戻ってきたときだった。そのとき荷運び人たちは、まるで二つ目のノアの箱舟に詰め込もうとでもいうかのように、すさまじい量の荷物を持っていた。その荷物は、逆の意味でノアの箱舟の再現だった。なぜなら、仕留められたどの動物の標本もそれぞれひとつきりしかなく、しかもそれらは死んでいるのみならず、すでに腹を開けて内臓を取り出してあったのだから。俺は狩人でね、と、船に乗り込んだときスピークは言った。それに収集家でもある。だからここのような南の国が好きなんだ。

残念なことに、南へのスピークの愛着は、あっという間に底を突いた。ほんの数週間で退屈するのは、決していい徴候ではない。これで、この先何カ月もたったらどうなることか。だがスピークはさっき自分に微笑みかけた。本当に微笑みかけてきた。素晴らしい。やはり彼は大丈夫なのだ。すべてうまくいく。なぜ自分は悩んでいるのだろう、なぜ失望ばかりを先取りしようとするのだろう。結局は自分に人を見る目がないことが暴露されるだけだというのに。何度も何度も。

熱が再び上がってくる。バートンは少し水を飲み、次の攻撃に備える。

シディ・ムバラク・ボンベイ

——朝早く、日の出のずっと前に目を覚ます日もあった。最初に感じるのは、これから始まる一日がもたらすだろう痛みだ。そんな朝に起き上がるのは勇気がいる。寒さのなかで、自分自身の希望にあざ笑われる。苦難をともにする仲間の肩に載せられる荷物の重みを、自分でも感じる。一番軽い荷をめぐって争う。足が変形してしまった気がする。一日の攻撃にもう耐えられない無力な男のように、しゃがみこんでしまいたくなる。そして、すべてを飲み込んでくれる深淵があればいいのにと願う。そんな朝には、出発地点から遠く離れてしまったこと、でも終着点はさらに遠くにあることを、思い知らされるんだ。そして、自分たちがどれほど消耗しているかを目の当たりにし、どれほど助けを必要としているかを理解する。大地はもう俺たちに微笑みかけてはくれない。ムガンガのもとを訪ねるべきときだったんだ。

——神よ、守りたまえ！

——やめてくれ、シディ、またあの話は。あの不面目の話は！

——おい、どうしてあんたがそう興奮するのかわからんな、ババ・クッドゥス。ここにいる兄弟たちはみんな、少しばかりの不面目を楽しんでいると思うがな。特に、他人の不面目は。それに、ムガンガを訪ねようと俺が提案したわけじゃない。あのころはムガンガのことなんてなにも知らなかった。あれはサイード・ビン・サリームの希望だった。ニャムウェジ族全員の希望だった。魔術師を訪ねたいだって？　区切りのいいところまで歩き切るまで待てないのか？　ワズングたちの反応は、あんたたちのほとんどが見せただろう反応と同じだった。俺が思ったとおりの反応だった。特にブワナ・スピークは、ほとんどなにも知らず、ほとんどなにも理解していなかったくせに、自分に見抜けないものなどないと信じていたからな。ブワナ・バートンのほうも、最初は見下したような反応だった。純粋な時間の無駄に過ぎないって言った。ところがそれから考え直した。ブワナ・バートンは、村の人間が雨季の後に自分の家を点検するみたいに、ときどき自分の意見を見直す人間だった。そしてよく意見を変えた。ときには、まったく新しい家を建てることもあった。小声で、ブワナ・バートンはこう言ったんだ――なんの害になるというんだ？　害になるとは思えないって、俺は答えた。それどころか――ブワナ・バートンの声はだんだん大きくなった――、役に立つかもしれないぞ。そういうわけで、ブワナ・バートンは隊の全員の前に進み出て、ムガンガを訪ねるっていう提案に炎のような情熱的な言葉で賛成した。そして、ムガンガを見つけたときには、俺を脇に引っ張っていって、ムガンガに贈り物をやると約束してくれと頼んだ。そして、いい予言をしてもらえるように、って付け加えた。いつの間にかブワナ・バートンは、手にインド産のあの編み上げ帽子をひとつ持ってた。きれいな白い帽子で、ブワナ・バートンは親指でそれをなでてた。まるで生地に触るのを楽しんでいるみたいに。俺たちが相談を持ちかけたムガンガは高貴な生まれの男で、その威厳のほうが本人よりも頭ひとつ分大きかった。色鮮やかな布を額に巻いて、首にはたくさんの首飾りをぶら下げていた。首飾りのひとつひとつが、それぞれ種類の違う真珠や貝でできてるんだ。俺なら味方につけたいと思う男だった。内側にいつあふれ出してもおかしくない力を溜め込んだ男だって感じたからだ。俺たち全員の上に沈黙が訪れると、男は強い嗅ぎ煙草をひとつまみ吸い込み、薬の入ったひょうたんを取り出して振り始めた。ひょうたんは、砂利がいっぱい入っているみたいにジャラジャラと音を立てた。ムガンガの声は、まるで地底に根があるみたいに、うんと下のほうから響いてきた。あんな声は、一度も聞いたことがなかった。確かにあの男の声だったが、それでもあの男ひとりのものじゃなかった。その声はあたりをはらい、ゆっくりと空気に近づいていった。なあ、兄弟たちよ、本当なんだ、あんな体験は一度もしたことがなかった。驚いたよ。でも同時に、慣れ親しんだ体験のような気もした。初めて会ったのに見覚えがある顔みたいなもんだ。俺は金縛りにあった。声が、鳥さえもついていくことができないほど高く、軽やかになると、ムガンガはひょうたんを地面に置いた。ひょうたんは少し横に転がって、ぐらついた。どうしてかはわからないが――あの瞬間は、自分が自分じゃないみたいだったんでな――、俺は急に、ひょうたんを落ち着かせてやりたくなった。ひょうたんに手を触れたくなった。俺はひょうたんのほうに手をのばした。でもひょうたんは遠すぎた。それに俺は、手以外は動かすことができなかった。ムガンガはヤギの角を二本、袋から取り出した。黄麻の袋で、まさかあんな場所で見るとは思わない袋だった。この袋の話は、後から改めてまたしなきゃならんな。とにかく、角は蛇の皮でひとくくりにしてあって、小さな鉄の鈴が付いてた。ムガンガは角の先っぽをつかむと、ぐるぐると振り回して、ブワナ・バートンに向け、俺に向け、荷運び人たちに、バルチスタン人たちに向けた。俺は、目の前で踊る角のほかにはもうなにも見えず、上半身を前に後ろにと揺らすムガンガのつぶやきやささやきや、唾を吐く音以外にはなにも聞こえなかった。角の動きはだんだん速くなり、鈴の音はだんだん大きくなった。俺は震えた。後になってから、ほかの奴らも震えていたって聞いた。あいつらもみんな金縛りにあっていたんだ。もしあのときムガンガが手を差し伸べてくれていたら、俺はついていっただろうな。ムガンガは霊たちと調和してる、先祖たちの霊と結びついてるって、俺には感じられた。そして、まるで忘れられた先祖が俺の心臓を切り取ったみたいに、胸が痛んだ。俺は思ったよ、このムガンガは自分の父親の霊と、祖父の霊と結びついているんだろうって。なのに俺は、俺の父親や祖父がどんな姿をしていたか、声がどんな響きだったか、覚えてさえいないんだ。俺の心を開いてくれ、と俺は声に出さずにムガンガに懇願した。戻る道を教えてくれ。でも、儀式は終わっちまった。ムガンガは目を開けた。あれ以上膿とかさぶただらけの目は、あんたたちも見たことがないだろうよ。あの目の背後で燃えていた秘密に恐怖を感じないのは、頭の弱いやつだけだろう。ムガンガは横を向くと、宣託を下した。まるで聖者の言葉みたいに響いたよ――我らには敵がいる、だが我らの敵は我ら以上に強くはないし、我ら以上に強い覚悟も持たないって、ムガンガは言った。俺たちの旅は成功するだろうって。俺たちは息をついた。ゆっくりと。まるで、こんなふうに息をつくことが許されるのかどうか、まだはっきりしないかのようにな。争いは多いだろうが、殺し合いは滅多にないだろうって、ムガンガは言った。俺たちはたくさんの象牙を手に入れるだろう、そして妻のもとへ、家族のもとへと帰るだろう。妻を持たない者のなかのひとりは、この旅で妻を見つけるだろう。もうひとりは、待っている女の貞節に報いるだろう。そしてもうひとりは、贈られた女を捨てるだろう。大きな深い湖へ出る前に、模様がある鶏を犠牲に捧げること。それがムガンガのお告げだった。簡単なことだ。旅の見通しは明るくなり、俺たちは気が楽になって、幸せになった。

――で、袋は？　袋の話はどうなった？

――あれは、米や香辛料を入れるのに使う黄麻の袋だった。ザンジバル産の袋で、名前が書いてあったんだ。この街で一番大きな商人のひとりの名前が。あんたたちみんな、知っているはずだ。それは、少年のころの俺を奴隷市場で硬貨数枚と引き換えに買ったバニヤンの名前だったんだ。

――あんたはその日、ジンに征服されたんだよ、ババ・シディ。その後の時代のお祈りで、理性が戻ったんだ。

――あれ以来、俺は一度も祈っていない。あんたの考えるようなやり方ではな。

――決まっているとおりのやり方だ！

――俺にとっては違う。あのムガンガが角を俺の方へ向けたとき、それがわかった。俺は神に服従している、ああ、それは本当だ。だがな、一日五回の祈りは、俺にとっては決められたものじゃない。ババ・クッドゥス、あんたにとってはそうかもしれん、アラブ人にとってはそうかもしれん。でも俺にとっては違う。俺には先祖がいる。そして、その先祖の名前はモハメドでもなければ、アブ・バクルでもない。ビラールでさえない。俺の先祖は違うんだ。ただ、なんという名前なのかがわからないだけで。正しい信仰は、俺に先祖の名前を教えてはくれない。なんの力もない。正しい信仰は、俺によりよい明日を約束する。でも俺は、昨日へと続く道を見つけたいんだ。正しい信仰は、道はひとつだけだと言う。メッカへ向かう道だけだと。なぜなら世界の中心はひとつだけ、全能の神だけだからだと。だがな、あのムガンガの目に、俺はもうひとつの道を見たんだ。いや、別のたくさんの道を見た。確かにあんたの言うとおり、俺の理性は縛られちまったのかもしれん。だがな、俺の心は自由になったんだ。

――なにかをなくしてしまったせいで心が泣くなら、それを見つけたせいで精神は笑う。古いアラビアの諺だ。

――だからか、兄弟、だからあんたは、金曜日にさえ皆と一緒の礼拝を避けるんだな。これまで、これほどはっきりと説明してくれたことはなかったじゃないか。

――今晩は、あんたたちに、これまで黙っていたことをいくつか話さなくちゃならん。たとえ悲しく、深刻な話でも、重要なことだからな。

——悪く取らないでほしいんだが、ババ・シディ、俺はこれからもあんたのために祈るよ。俺たちが自分で解決できないことは、神に決めてもらうしかないんだ。

——黙って祈ってくれよ、好きなだけ。でも、祈りと祈りの谷間は、好奇心でいっぱいなんだ。つまりさ、話の続きを俺は知りたくてたまらないんだよ。なあ、ワズングたちは、ムガンガの力に感心していたか？

——ブワナ・バートンは薄笑いを浮かべてたな。満足してたんだ。自分自身に満足してたんだよ。俺の肩を叩いて——それがワズングたちのなんとも気色の悪い習慣なんだ——、こう言った。適切な時期に贈り物をすれば、旅人をうんと遠くまで行かせることができる、とな。俺は、わざわざ説明するまでもないことを、なんとか説明しようとしたよ。ああいう聖者は、たとえスーラトで編まれたものであろうと、たかが帽子ひとつで懐柔されたりはしない、とな。俺は子供に言い聞かせるみたいに辛抱強く言ったよ。あのムガンガには霊が乗り移っていたんだ、誰の目にもそれは明らかだったって。それならなおさらいい、とブワナ・バートンは、にやにや笑いながら言った。殺してやりたいような笑いだった。それなら我々の贈り物は、霊を買収したことになるって言った。霊は買収なんかされない、と俺は言った。するとブワナ・バートンはこう答えたんだ。霊に話しかけることができるんなら、買収することだってできるさ、とな。ブワナ・バートンは間違ってた。俺にははっきりわかってた。ブワナ・バートンは間違ってたんだ。でもそれを証明することができなかった。恥ずかしかったからだ。というのも、実は俺は、そもそもムガンガに帽子を渡さなかったんだ。ムガンガを侮辱したくなかったから。それに、あの帽子は俺の頭にすごくよく似合ったしな。

——つまり、その男は霊を恐れてなかったのか。

——ああ。だが霊をうまく利用していたな。あの晩以来、ブワナ・バートンは、自分に反論する者がいると、ダワを使うって脅すようになったんだ。ブワナ・バートンの国の言葉では、ダワには変な名前があった。黒い魔法っていうんだ。俺が思うに、ブワナ・バートンはたぶんその黒い魔法の達人になりたかったんだろう。あんたはムガンガのことを馬鹿にしたのに、本気でダワの力を信じてるのか？　って俺は訊いた。そうしたらブワナ・バートンは、彼の国の黒い魔法の言葉でこう答えた——イグノラムス・エト・イグノラビムス（ラテン語。我々は知らない、知ることはないだろう、の意）。ブワナ・バートンはそう言ったんだ。俺の耳にはすごく気持ちのいい響きで、次の日は一日中、この魔法の呪文に歩調を合わせてやり過ごしたくらいだ。イグノ-ラムス-エトイグノ-ラビムスって感じでな。

——で、どういう意味なんだ？

——わからん。意味は忘れちまった。

ホンゴ。いつでも、どこでも。到着するやいなや要求される。ほとんど挨拶の一部だ。なんという歓迎！　ホンゴを払え、でなければ通らせないぞ。どの場所でもそうだ。原始的な部族長たちが、思い上がって領主の権利を行使している。ホンゴ！　この世のあらゆる関税の最悪の混血児。払え。だが代わりに得られるものはなにひとつない。このブッシュのお山の大将どもへのホンゴ。無限にいる強欲な者どもへのホンゴ。どの村にも村長がいる。ファジと呼ばれている。またはそれに似た名前で。呼び名は内陸へと進むにつれて変わる。だがその強欲さは変わらない。こちらが手土産を渡すそばからもう、荷物のなかにもっとあるのではないかとじろじろ見つめてくる。村長には参謀がいる。ムウェネ・ゴハというのが最高位の閣僚だ。いや、なんという不条理な名前だろう。閣僚よりは小屋僚と呼ぶのがふさわしい。それとも泥小屋僚か。いずれにせよ、それが村長の右腕であり、最高位のごうつくばりだ。その下に三段階の長老たちがいる。サバンナアカシアの木の下の元老院だ。彼らの前に進み出ることは、さらなる贈り物を要求されることでもある。旅の安全のために。ホンゴはときに請願、ときに脅迫の形を取る。異邦人たちよ、海岸から我らにどんな素晴らしい物を持ってきてくれたのかな？　というのが、挨拶の言葉であり得る。そしてその素晴らしい物が全員の手に回された後に、こう続く。我々はいまだに互いをよく知らないが、互いを知らないことに対する痛みは、これで少し和らいだ。それは脅迫だ、とバートンは毒づく。だが誰もバートンの言葉を通訳しない。バートンの差し出す贈り物は豪華だ。ときには布の巻き物四十巻、ときには珊瑚の首飾り百本。だがそれではまだ足りない。なにしろ贈り物は、第一、第二、第三の長老たち全員で分け合わねばならないし、村長は——なかには「第一の偉大なる指導者」という帝国風の肩書きの重さに耐えかねて、臣民たちの前に決して素面《しらふ》では姿を見せない者もいる——、村中の女たちや子供たちを養わねばならないのだ。そういう観点から見れば、バートンの贈り物などささやかなもので、村に頼る客が示すちょっとした気持ちにすぎない、というわけだ。いったいこんな調子で、こいつらはどうやって発展を遂げようというんだ、とバートンは怒りを爆発させる。自分たちの国に平和的な意図でやってくる最初の訪問客から搾取するなんて。商業の促進は彼らの利益にもなるはずじゃないか。国中をホンゴだらけにするのが正しい道だとはとても思えない。バートンは心配になる。カゼーまではまだまだあるのに、贈り物はすでに底を突きかけている。とにかくカゼーまで行ければいい。カゼーに着けば、海岸からの補充を手配することができるだろう。バートンの気前のよさに対する周囲の期待に応えようと思ったら、千人の荷運び人を連れてこなければならなかっただろう。この寄生虫たちの口にこれほど大量の餌を押し込んでやらねばならないとは、まったく不愉快だ。彼らは自分たちの民を虐げている。経済状態が悪くなると近隣の民への襲撃を組織し、子供たちや女たちを誘拐して、次にやってくる奴隷商人に売りつける——値段は付加価値として、ホンゴ税に上乗せされる。自身の民で、奴隷として売ることができるのは、姦淫と黒魔術の罪を犯した者だけだ。それも罪の重さによる。有罪か無罪かを決めるのは、ムガンガただひとりだ。ほとんどの場合、決定は熱湯試験を通して行われる。熱湯に浸した手が傷つけば、それが犯罪の証拠だ。魔女だと暴かれた者は、即座に火あぶりにされる。一行は何度も、灰の小山の前を通り過ぎてきた。黒こげになった人間の骨や、半分燃え残った薪の横を。これもまた、この呪われた土地に生きねばならない不運な者たちが支払うホンゴだ。先へ進まねば。カゼーにたどり着くためには、あらゆるホンゴを乗り越えねばならない。

シディ・ムバラク・ボンベイ

――ブワナ・スピークにとって、銃より大切なものはなかった。毎晩のように掃除して、油をさして、荷運び用の家畜よりも愛情こめて扱ってた。昼間は銃をかたときも手から離さず、気にかけることといったらたったひとつだった。俺たちのほとんどは、道や、空や、道端の女たちや、地面にのびる木の根なんかに気を配ってたっていうのに、ブワナ・スピークは動物を探してばかりだったんだ。突然、銃声が聞こえる。大急ぎで振り向けば、鳥が空から落ちてきたり、レイヨウが藪のなかを駆けていくのが見える。そういうことが昼間に何度かあって、俺たちもそのうち慣れて、当たり前だと思うようになった。ブワナ・スピークは準備なんかしない。用心深く獲物に忍び寄ったりもしない。せいぜい必要なら道から数歩離れるだけで、すぐに撃った。そして、いつでも命中させた。最初はぽつぽつとだったんだが、そのうち俺たちは、動物がたくさん、たくさんいる土地に入っていった。俺たちはその土地を横切った。通り過ぎた。そしてそこを、死んだ動物がたくさんいる土地にして去ったんだ。

――どういうことだ?

――あんた、俺たちに謎かけをしようっていうのか?

――謎かけじゃないさ、友人たちよ。いや、それともやっぱり謎かけなのか。人間とはなんなのか、人間はなにをするのかっていう。

——謎かけ、どんどん難しくなるな。

——兄弟たちよ、俺たちのほとんどは、狩りのことなんて知らない。あんたたちはザンジバルを出たことがないし、ザンジバルでは野生の獣といったら、空中を飛んでるものだけだ。あんたたちは釣りの名人だが、釣りは狩りとは違う。ザンジバル人がなにか狩るとしたら、畑に入り込んだ猿くらいだ。だが俺の祖先は狩りの名人だった。辛抱強く狩りをした。というのも、森は辛抱強い狩人にしか獲物を与えてくれないからだ。それに祖先たちの持っていた武器は、野生の獣の歯ほどは鋭くなかった。俺の祖先たちは、狩りに出る前には謙虚だった。そして狩りから戻ってきた後も謙虚だった。大きなレイヨウを仕留めることができたときには、村で大きな祭りがあった。俺の祖先は、そういう狩人だったんだ。それに、俺の第一の人生に存在した兄弟たちは、今日でもまだそういう狩人だ。それは間違いない。

——ああ、きっとそうだな、ババ・シディ、きっと。で、どうしようっていうんだ？ 俺たち老人を、これからまだ訓練して狩人にしようっていうのか？

——俺は狩りのことなんかなにも知る必要がなくて、よかったと思ってるよ。ホジャ（ナスルディン・ホジャの小話集のなかのひとつと思われる）がライオン狩りに行かされる話、知ってるか。戻ってきたとき、ホジャはにこにこしていた。そこでみんなが、ライオンを何匹殺したのかって訊いた。するとホジャは答えた。一匹も。そこで今度は、ライオンを何匹追ったのかと訊いた。するとホジャは答えた。一匹も。それじゃあ何匹見たのかって、みんなは訊いた。するとホジャは答えた。一匹も。それじゃあどうしてそんなにうれしそうなのかってみんなは訊いた。するとホジャは答えた。ライオン狩りに行けば、「一匹も」でもうじゅうぶん以上だ。

――おお、ババ・イブラヒム、おお、おお、これはいい。その話は忘れていた。素晴らしい話だ。
――俺の話を聞け。ホジャのことは置いておいて。いいか、動物の群れが大地いっぱいに絨毯みたいに広がってるサバンナにたどり着いたとき、俺はあやうく舌を喉に詰まらせそうになったよ。ブワナ・スピークは、俺についてこいと言った。ふたりで大地をぶらぶらと歩いて、ブワナ・スピークはちょうどいい場所を見つける。たとえば大きな岩だとか、太いバオバブの木だとか。ブワナ・スピークはそこで狙いを定めて、撃ちはじめる。俺の耳がおかしくなるまで。そして、あの光景から目をそらさずにいられれば、動物たちが倒れていくのが見えた。ばたばたと。まるで投げ捨てられた荷物みたいに。最初の一発の後、動物たちは逃げようとする。恐怖で息を荒げて。動物たちは遠く離れたところにいるんだが、それでも俺は、やつらの鼻面から恐怖が湧き出るのが感じられたよ。どっちに逃げればいいのか、やつらにわかっているとは限らなかった。それに群れはすごく大きかったから、ブワナ・スピークには、いくらでも銃を撃つ時間があった。弾に当たった動物、倒れた動物、俺は十匹以上数えた。でもその後、もう見えなくなった。やつらの蹄が巻き上げる砂埃が、やつらの姿を隠してしまった。残ったのはただ、命の塊と死の塊、それに、その狭間にある大混乱だけだった。
――暴れまわる牝馬を見ろ
　蹄が閃光をあげる
　朝早くに突進して
　砂埃の舞うなかを
　敵の戦列を破るさまはどうだ！
――その詩にはまだ続きがあるんだぞ、ババ・クッドゥス。それも栄光に満ちた続きが。一語一語が的確なんだ。ブワナ・スピークの撃った弾みたいに。

まこと、人とは恩知らず
まこと、自らがその証人だ
まこと、人を動かすのは欲のみだ
――神よ、守りたまえ。

――ブワナ・スピークは、機会さえあれば、死をもたらす弾を必ず撃った。興奮した子供みたいなものだった。ときには興奮のあまり、群れの後を追って、大きく力強い足取りで走りながら、逃げる動物たちに向かって撃った。特定の一匹を狙うことはできなかった。そんなことは無理だ。ただ、弾が血にありつける場所だけを狙った。そんなときのブワナ・スピークの顔は輝いてた。バクリ・イードの祭りのときのババ・ブルハンの顔みたいにな。幸せいっぱいの顔だった。陶酔しきった顔だった。

――で、あんたは？

――俺はブワナ・スピークに銃を手渡さなきゃならなかった。銃を持ち運んで、壊さないように気をつけていなきゃならなかった。ブワナ・スピークが狩りをしたあの日々は、嫌な日々だった。

――その人、どんな動物を撃ったの？　おじいちゃん。

――なんでもだ。動くものならなんでも。そういう意味では、選り好みしない男だった。ワニやカバまで撃った。あれは特に気持ちが悪かったな。なにしろ、俺たちは屍骸が水面に浮かび上がってくるまで岸で待たなきゃならなかったんだ。

――どうして水に沈んだままじゃなかったの？

――それはな、お前がおならをするときに出すのと同じものが、死んだ動物の胃のなかに溜まっていくからだ、かわいい孫よ。想像してごらん、何千回分ものおならが、カバを膨らませるんだ。最後にはぱんぱんに、まん丸くなる。ここにいる俺の最高の友人たちのひとりみたいにな。

——誰のことかわかるよ、おじいちゃん。ちゃんとわかる。

——いいぞ、かわいい子よ。でもそれは心のなかに隠しておくんだ。

——どうしてさ？　その人だって自分でわかってるよ。

——じゃあ、あんたたちはいくらでも肉が食べられたわけだな。

——いいや！　よく聞いてくれ。またしても驚かされるぞ。なんとブワナ・スピークは、肉にはなんの興味もなかったんだ。角にさえ興味がなかった。俺たちはどんどん先を急いだ。死んだ動物は置き去りにして。誰かが肉を食べたのかどうかもわからない。いつも村が近くにあるとは限らなかったからな。ただ、一度だけ、妊娠したレイヨウを撃ったときに、ブワナ・スピークは、母親の腹を割いて胎児を料理しろって命令した。

——まさか！

——俺たちは拒否した。ブワナ・スピークが最初に命令したのは荷運び人たちだったが、彼らが拒否したんで、ブワナ・スピークは今度は俺に命令した。俺も拒否した。どうしてそんなことができる。生きてる限り俺を苦しめるだろう幽霊を世に解き放つことになっちまう。ブワナ・スピークは怒って、俺の顔を殴った。

——あんたを殴ったのか！

——前歯を一本なくしたよ。ほら、この穴、これはブワナ・スピークのせいでできたんだ。

——そんなことされて黙ってたのか？

——どうすればよかったんだ？　ブワナ・スピークはキャラバンの支配者だったんだぞ。ブワナ・スピークは、俺たちはくだらないたわごとを信じる狂人だと罵りもした。

——で、もうひとりのムズングのほうは？

——あの争いには関わらないようにしてた。ブワナ・バートンは、しょっちゅう暴力的な言葉を使った。でもブワナ・バートン自身は？　俺はあの人がなにかを殺すところは、一度も見たことがない。ブワナ・スピークの狩りのことをどう思ってたのかは知らない。でも何度か、このあたりは狩りにぴったりだから止まってくれっていうブワナ・スピークの望みを、ブワナ・バートンは断っていた。そういうとき、ブワナ・スピークは腹を立てたが、それをブワナ・バートンの前では隠していた。俺とふたりきりになったときにだけ、ブワナ・スピークは罵った。なにを言っているのかはほとんどわからなかったけど、その声から怒りは伝わってきた。旅が長くなればなるほど、ふたりの意見は食い違っていった。俺が思うに、ブワナ・スピークは誰かの部下になることには我慢がならなかったんだろう。キャラバンの指揮官はふたりだって、ブワナ・スピークは考えていた。ふたりの指導者は、同時にライバルでもあった。俺は勘違いしていたんだ。ずっとふたりは友達だと思っていた。でも後になって——ずっと後になって——二度目の旅では、俺の英語も前よりうまくなっていたし、ブワナ・スピークもずっと気軽に俺と話をした。それでわかったんだ。一度目の旅の最初のうち、ブワナ・スピークは憎しみぎりぎりのところにいた。野心が、感謝の念と連帯感とを食いつくしていたんだ。そして、すべてが疑わしくなったあの喧嘩が起きたとき、ブワナ・スピークの憎しみはついにあふれ出して、ほかのすべてを溺れさせた。まだ旅が終わらないうちから——救いの海岸に戻りもしないうちから——、ブワナ・スピークは、俺がブワナ・バートンに手を貸して、ブワナ・スピークに毒を盛ろうとしたって非難した。ブワナ・スピークの憎しみは、それほど強かったんだ。

——なのに、あんたを二度目の旅にも連れていったのか？

——どうしてそんな男ともう一度旅をする気になったのか、理解できんよ。あんたを殴った男じゃないか。

――ブワナ・スピークは分別を取り戻した。俺を必要としていたし、俺の仕事をきちんと評価もしてくれた。俺たちはいいチームになれた。俺はブワナ・スピークに、自分が指導者なんだって思わせてやったのさ。自分の短気にうまく手綱をつけることを学んで、ブワナ・スピークがバニヤンの言葉をかき集めて文章を作り終わるまで待てるようになったんだ。全部聞き終わったら、ブワナ・スピークが求める情報を伝えてやることができた。だからブワナ・スピークは、ブワナ・バートンに情報を懇願する必要がなかった。ブワナ・スピークの俺に対する信頼はどんどん厚くなっていった。そして俺は、二度目の旅で、一度目の旅ではわからなかったことを全部知ることができた。ブワナ・スピークは繊細な心の持ち主だった。なのにブワナ・バートンが、その心を踏みにじったんだ。ブワナ・バートンは、自分がブワナ・スピークをどれほどの馬鹿だと思っているかを、本人に見せつけた。ブワナ・バートンは、人を侮辱するにはどうすればいいかを心得ていた。そしてブワナ・スピークは、こっそりと復讐したんだ。心のなかで、ブワナ・バートンが以前にしたことのすべて、あの旅でしたことのすべてに対する軽蔑心を育てていった。ふたりの関係は、そんなふうだったんだよ。ブワナ・バートンは、動物を撃つことしか頭にないといってブワナ・スピークを軽蔑していた。そしてブワナ・スピークは、狩りに興味がないといってブワナ・バートンを軽蔑していたんだ。

その日一日なにがあろうと、どんな苦難が降りかかろうと、晩にはバートンは、ボンベイがテントのなかの間に合わせの仕事場に椅子と机を広げてくれると、そこに座って、その日観察し、測量し、経験したことすべてを書き留める。外で嵐が吹き荒れようと、水がブーツの下に溜まり、荷物をシートで覆う仕事を監督するスピークの命令の声が響いてこようと。バートンは書く。たとえ熱を持った指がペンをまともに持つことができなくても、炎症を起こした目がペン先を浸すインク壺をほとんど見分けることができなくても。たとえ、体をのばして今日一日をできるだけ早く忘れること以外に、なにひとつ望まないときでも。

それは、自己規律の鍛錬というだけではない。バートンは、この土地に文字で命を吹き込むことを自分の義務だと考えている。自分のような人間は、偉大な挑戦の前にひるんだりはしない。けれど、自分の書き留めたものにどれほどの意味があるのかを目の当たりにすると、少しばかり萎縮する。この不安に、バートンは細部をもって闘う。あらゆる会話を、もはや一滴の有益な情報も出てこないところまで絞りつくして得る細部で。

ボンベイは一番の情報提供者だ。ふたりでともに努力すれば、ほとんどどんな思考のやりとりも可能だ。いくつかのアラビア語という土台と、スワヒリ語という柱に支えられたヒンドスタニー語を使って。特に、現地の風習や遍在する迷信に関しては、ボンベイは最も信頼の置ける情報提供者だ。なぜなら、彼は出会うものすべてにある程度なじみがあると同時に、有益な距離感をも持って観察することができるからだ。今日もまた、ボンベイとの密度の濃い会話のあとで――バートンは座って注意深く耳を傾け、記憶から零れ落ちそうなことはメモしながら、一方でボンベイは、話しながら同時にバートンの肩と首とを揉むことができるように、背後に立って――、バートンはノートを開くと、さらなる覚書を作り始める。

それゆえ、ワニイカたちは、我々の哲学者と同様、昏睡とは主観的なものであり、客観的な状態ではないと主張する。ところが、彼らの教義は妖術ただひとつなのである。彼らのあらゆる病は、この熱狂的な思い込みから来ている。誰ひとり、我々なら自然死ととらえるであろう死に方はしない。彼らの儀式は、悪を自身のなかから追い払うか、他者にもたらす目的で行われる。そして、彼らが犠牲を捧げる際の第一の原動力は、医師であるムガンガの利益なのである。決定的な瞬間がやってくると、乗り移っていた体から出ていくよう命じられた悪霊が、なんらかの対象の名を告げる。この対象は技術的に「ケヒ」と呼ばれる。すなわち「椅子」のことで、人の首や手足に縛り付けられたその「椅子」に、悪霊が留まることになる。悪霊に乗り移られた「ケヒ」自身には負担がかからない。この考え方は、多くの迷信的な妖術の実践の基礎となっている。土民たちが「有効な治療薬」と考えるのは、ヒョウの爪であったり、白と黒と青の玉の鎖といったものである。この鎖はムドゥグ・ガ・ムルング（霊の真珠）と呼ばれており、肩からぶら下げられる。または、病人から剥ぎ取られたぼろ服を、ヨーロッパ人が「悪魔の木」と呼ぶ木にぶら下げるか、貼り付けたものも、治療薬であると考えられている。悪魔の霊は、病人の体よりも「ケヒ」を好むので、両者の合意によって、どちらも幸福になれるというわけである。多くの者、特

に女性は、十以上もの悪霊を抱えており、それぞれの悪霊が独自のシンボルを持っている。そのなかのひとつは、馬鹿馬鹿しいことに「バラカト」という名前を持っている。これはアラビア語では「恩寵」を意味し、モハメドが譲り受けたエチオピアの奴隷の名前に由来している。

バートンは背もたれに体を預けると、書いたものをもう一度読み直し、満足してノートを閉じる。この主題はとりあえずまとめ終わったとみていいだろう。この土地では、人間こそが最も興味深い研究分野だ。多くの部族とその文化的な特色は、記録され、分類されるべきだ。だが逆に、彼らの宗教――そもそも宗教という概念が彼らの場合にあてはまるのかどうか疑問だし、ボンベイは、彼らの言語にはダルマや宗教に相当する言葉はないと断言した――には、ほとんど興味深い点はない。バートンは、自分がこの旅で切り開いた道を通ってやってくるであろう後の研究者たちが、この分野に特別な関心を向けるかどうかは疑わしいと思っている。

おまけに、キリスト教の伝道師たちが一度入り込んでしまえば、土着の迷信などほとんど残らないだろう。アフリカはインドではない。ケヒなど、カルマに比べればなんの重みもない。だからキリスト教の「神の僕」たちは、きっとハゲタカのように、あらゆる異教の魂に襲いかかるだろう。そこまではいい。だが、ひとつだけ気になることがある。ボンベイが、決して愚かではないボンベイが、ムバラクという高次の約束を意味する名を持ち、アル－イスラムの豊饒さに慣れ親しんでいるあのボンベイが、どうやらあらゆる土着のぺてんに深く感動し、ぺてん師どもに感銘を受けているように見えることだ。子供時代の教育に由来する毒が、あれほど多くの素晴らしい真実に出会った後にさえ抜けないほど、深く染み込んでいるのだろうか？　それともボンベイは狂ったのだろうか？　あれが、旅の辛さに対する彼の個人的な、不安定な反応なのだろうか？　ボンベイのことはよく注意して見ていなくてはならない。もしボンベイが抜ければ、有能で善良な男がひとり減ることになる。

シディ・ムバラク・ボンベイ

――聞いてくれ、兄弟たちよ、よく聞いてくれ。ここからが、誰にとっても面白いところなんだからな。ここから、旅の女たちの話、俺たちのキャラバンの女たちの話が始まるんだ。出発したときには、キャラバンにはほとんど俺たち男ばかりだった。荷運び人の女房が数人いたくらいで。百人以上の男がいて、老いた者も、虚弱な者もただのひとりもいなかった。見知らぬ道を歩かなきゃならないというのに、そして、生と死の狭間のすべてを耐え忍ばなきゃならないっていうのに、そのうえ女を連れていっちゃならないなんて、正しいことは言えないだろう。夜のほうが昼間より寂しいなんて、正しいこととは言えないだろう。だから、いくらもしないうちに、キャラバンは膨れ上がり始めた。丸くなりはじめた。晩に、俺たちの歌や踊りに参加しない男たちが、どんどん増えていった。旅が長くなればなるほど、俺たちに同伴する女たちの数は増えていった。ブワナ・バートンとブワナ・スピークは、女たちがキャラバンにどんな影響を与えるだろうって心配していたよ。

――その女たちはどこから来たんだ？

――ほとんどは道中で出会った奴隷商人から買った。男が女本人や両親を金か口で説得して、連れていった場合もある。そういう出会いは長くもった。なんといっても、女を買う場合は、自分がなにを買ったのかちゃんとわからないからな。「よく知らない」なんて名前の女に当たっちまったかわいそうな男がいたが、あいつほど辛い思いをしたやつはいなかったな。その女は牡牛みたいな体格だった。立派な輝くような牡牛だ。あんな牡牛を持ってたら、どんな男も鼻高々だろうな。だからその女の値段は、布の巻き物六本と、大きな真鍮の針金一巻もしたんだ。買ったのはサイード・ビン・サリームだったんだが、すぐに痛い目にあうことになった。というのも、その女は歳とった孤独な牡牛よりもずっと扱いにくかったんだ。骨の破片を上唇に刺してる部族の出身だったんで、その女の唇もまるで鴨の嘴みたいに突き出てた。見た目だけでもう誰もが尊敬の念を抱くような女だったが、その態度ときたら、俺たちみんなを恐怖のどん底に陥れたもんだ。サイード・ビン・サリームは、その女を荷運び人たちのなかでも一番たくましいゴハという名前の男に下げ渡したんだが、そのゴハでさえ、あの女にかかっちゃ無力だった。女はゴハを最初から軽蔑をこめて扱った。夜にゴハを温めてやっていたのかどうかもわからんよ。気の毒なゴハに、女はすぐにひとり、またひとりと恋敵を作り、そのうち何人もの男と関係を持つようになった。人からもらったものは全部、自分で持ち歩かなくてすむように、壊してしまった。キャラバン全体をひっかきまわした。俺たちみんな、あの女のことばかり話していたな。誰もが、あの女を内心ひそかに狙っているんじゃないかって、ほかのやつらを疑ってた。というのもな、兄弟たちよ、とても信じられんだろうが、あの女が高慢ちきに振る舞えば振る舞うほど、俺たちはますます欲情していったんだ。あの女の引き締まった腕と引き締まった腿を、あんたたちに見せてやりたかったよ。あの腿と腿とのあいだには天国があるって、俺たちは思った。そんな想像が、そんな眺めが、砂埃まみれの長い長い孤独な歩みのあいだじゅう、俺たちのなかで大きく膨らんでいったんだ。あの女がなにをしようと、俺たちのなかに燃えるものを消すことはできなかった。女の侮蔑の言葉も、つっけんどんな態度も。女はほとんど毎晩のように逃げ出した。でも毎回つかまった。普通なら皆がいやがる追っ手の役目にすすんで名乗り出る男たちにな。だが連れ戻されても、女は後悔も恥じらいも見せなかった。あの女はほんとうに特別だった。特別に難しかった。どんな船でも、あの女が乗れば沈むだろう。そこでサイード・ビン・サリームはついに、女を米の大袋ひとつと引き換えに、カゼーのアラブ人に売り払った。あれは、あの百戦錬磨の商人の一生で最悪の取引だった。というのも、翌朝サイード・ビン・サリームは俺たちのところに戻ってきて、苦々しい顔で、女に頭を殴られたって嘆いたんだからな。俺たちは笑いに笑ったよ。ようやくあの女から逃れられてうれしかった。でもな、実はひそかに、俺たちの腰のあたりはずっと、あの女の腕のなかに横たわったらどんなだったろうって、夢見続けていたんだ。

――そういう夢なら知ってるぞ。火傷の傷みたいにゆっくりとしか引いていかない。

――頭のコブみたいに！

――かわりに新しい夢が出てこないとだめだな。

――新しい女が出てこないとだめだ。新しい女が出てくれれば、古いのは葉っぱがつけた跡みたいに消えてなくなる。

――その葉っぱの跡とやらを見せてくれよ、ババ・イリアス。

――だからそれを言ってるんだ、この石頭が。女の思い出は、急に葉っぱの跡みたいにはかなく消えちまって見えなくなるんだって。

――あんた、なにかおかしいな、ババ・イリアス。あんたはいつも、自分が本当に言いたかったことを説明しないとわかってもらえない。

――それは聞くほうに問題があるんだ、ババ・ユスフ。わかりたくないやつは、自分でした質問に自分でつまずくってことだ。

——もっと近くにきてくれ、兄弟たちよ、もっと近くへ。サリームはベッドに行ったし、たまに上から降ってきた脅し文句も、理由はわからんが、聞こえなくなった。この恩寵が続く限り、楽しもうじゃないか。俺が一度目の旅から女を連れて戻ったことを、あんたたちのなかで知らない者はいないだろう。若い女で、一目見た瞬間に好きになった。川辺で、村のほかの娘たちと一緒に俺たちの服を洗っている姿を見た瞬間にな。あの朝は、目覚めつつある植物のにおいだった。朝露のなかの花のにおいだった。俺はなにもすることがなかった。仕事がなくて、足が勝手に川へ向かった。回り道をして、藪のなかを通っていった。すると突然、水辺に出た。そして、それほど離れていないところに、村の若い娘たちがいた。かがんで、服を川のなかの、机みたいに平たい石に打ち付けていた。村の娘たちといっても、実は、俺の目を釘付けにしたのはたったひとりの娘だった。顔は見えなかったが、見えた部分だけで、俺はもうすっかり幸せになった。できるだけ長く、いつまでも見ていたかった。俺は動かずに、じっとその娘を見つめ続けた。体は朝の最初の陽光を反射した水滴できらきら輝いていた。肌は黒かった。俺と同じように黒かった。そして身のこなしも当時の俺と同じように力強く、しっかりしていた。俺は長いあいだ川岸に立ってたよ。あの娘の姿にすっかり心を奪われて。そのうち、やっとの思いで近づく勇気を出した。娘たちが俺に気づいていないとは思えなかった。だから、俺の姿を見た最初の娘が金切り声をあげたときには驚いたよ。ほかの娘たちはみんな川のなかでばしゃばしゃと騒いだ。まるで餌に食いつく魚みたいに。俺はじっと立ち尽くしていた。両手は謝ろうとするんだが、娘たちはみんな、俺をよく見られるようにぐるぐる回ったり、恥じらいを隠すために背を向けたり、興奮して、驚いて、落ち着きがないんだ。俺が一目ぼれした娘は、おとなしそうなふりをしてたが、それでも笑いをたたえた目で俺をまっすぐに見つめてきた。あの瞬間に、俺の人生最大の使命がはっきりした。俺はあの目を永遠に見ていたいと思った。それだけじゃない、俺は笑みをたたえた目をしたあの娘を、永遠に自分のものにしたいと思った。誰？　と年長の娘のひとりが言った。シディ・ムバラク・ボンベイだって、俺は言った。キャラバンの案内役だって。あら、と俺が好きになった娘が言った。じゃあ、私たちがここで洗ってるのは、あなたの服？　そして娘は、ちょうど持っていたズボンをかかげて、手からぶら下げた。娘たちは笑って、俺も一緒に笑った。ほかにどうしようもなかったからさ。それに、笑うと人は普段よりきれいに見えるしな。俺は、自分の使い古された顔を、できる限りきれいに見せたかったんだ。そういうのは履かないって、笑いが小さくなったころ、俺は言った。あらそう、と別の娘が言った。あんたはそんなに大物じゃないのね。だから旦那方が着るような服はまだ着せてもらえないんでしょう。そういうのは着心地が悪いんだ、と俺はもごもご答えた。じゃあ、海から来た男ってどういうのを着るの？　と俺が好きになった娘が訊いた。布だよ、ほら、これみたいな。それから、寒くなったときや祝日にはカンズを着る。じゃあ、私がちょうど洗ってるのがあんたのかもって、別の娘が言って、一枚のカンズをかかげた。ありがとう、と俺は言った。それは俺のじゃないかもしれないけど、でも感謝するよ。交換しましょうよって、俺が好きになった娘が言って、ふたりは手に持った布を丸めて、互いに相手に向かって投げた。ほかの娘たちのかけ声と笑い声がひとつになって、俺を弾き飛ばす嵐のような叫び声になった。それが本当にその人の体に合ってるか、まずは確かめなさいよって、別の娘が言った。すると俺の好きな娘はカンズを広げて、腕を伸ばしてかかげると、襟越しに俺をじっと見つめた。これだけじゃよくわからないって、娘は言った。ほかの娘たちの呼び声が、土砂降りの雨みたいに俺に降りかかってきた。それぞれの声は聞き分けられなかったが、たきつけたり、挑発したりするたくさんの声だった。その子の近くに行きなさいよっていう声が聞こえた。まさか怖いのっていう声が聞こえた。あんたの体を測らせてあげなさいよっていう声が聞こえた。水に入るのが怖いのよっていう声が聞こえた。気がつくと俺は、白いカンズを手に持った、好きになった娘の目の前に立ってた。俺は微笑もうとしたんだが、目の前の娘は舌を震わせてうめくような音を出し始めた。あのあたりの人間が葬式のときにするみたいに。そして、俺の周りの笑い声がいっそう沸き立ったところで、娘が声を限りにこう叫んだんだ。あら、この人、小さい。そうなんだ、実際、俺は気づかなかったんだが、娘は俺より大きかった。かなり大きかった。でもカンズは娘の鼻先に届くほどだったから、俺のものじゃないのははっきりしてた。俺の心はしゅうっとしぼんじまった。娘が俺のカンズを持ってくれていたんならどんなによかったかと思ってな。気をつけてって、別の娘が叫んだ。この人、そのカンズの下をくぐれちゃうかもよ。笑い声はいつの間にか、轟々と流れる川にある滝みたいになってた。でも、俺の目の前の娘は――きれいな娘じゃなく、鼻は少し歪んでて、少し長すぎるし、顎は尖りすぎてたが、それでも、俺が見たこともないような娘で、目は二匹の飛び跳ねるディク‐ディクみたいだった――、もう笑ってなかった。少し首をかしげて、考えこむように俺を見つめていた。かかげられてたカンズが下ろされた。俺たちふたりの絡まりあった視線は、降ってくる笑い声から守ってくれるヤシの葉の屋根みたいだった。俺たちはじっとそこに立ってた。そのうちひとりの娘が、仲間たちに仕事に戻ろうと呼びかけて、俺の目の前の娘も首を振りながらきびすを返した。ほかの娘たちもみんな、急に俺に背を向けると、かがんで川のなかから服を掬い上げ始めた。俺も、いつまでも柳の木みたいにそこに突っ立っているわけにはいかなかった。戻らなきゃならなかった。本当は、好きになった娘を何時間でも見ていたかったがな。

俺はキャンプ地に戻った。ゆっくりと。俺のもの思いはとろ火にかかったようなもんで、沸騰することはないが、冷めることもなかった。そして俺は、こんな日にこの村でなにもすることがないのが、どれほどまずいかに気づいた。どっちを見ても、あの若い娘が目の前にいた。最初はズボンを、次にカンズを手にして笑っていたあの娘。笑いの代わりに急に現れたあの真剣な目つき。それに尻。わかってる、まるでまだ自分の舌も制御できない若僧みたいなことを言ってるのは。だがな、あの娘の尻は、ほかのもの思いを全部頭から追い払っちまったんだ。それは、不運でもあれば、幸運でもあった。それは俺に訊くか、あいつに訊くかによるな。それと、いつ俺に訊くか、いつあいつに訊くかにもよる。

なにを書いてる？

またスピークだ。テントの入り口にかかった布も、スピークの侵入を防ぐことはできない。どうやって時間をつぶしていいのかわからないのだろう。きっとすぐに、退屈のあまりひねり出したなんらかの問題について、話し合いたいと言い出すだろう。忙しいんだ、ジャック、我々の探検旅行の最新の行程を記録しているんでね。

わざわざ書くようなことがどこにある？　とスピークが訊く。景色なんか全部同じじゃないか。どこもかしこもだらっと単調なソースみたいなもんだ。森だろうがステップだろうが。おまけに人間は景色よりももっと退屈だ。どこでもみんな同じに見えるし、どこでもみんなあのぼんやりした顔だ。こんな土地の地図を作るなんて、なんという時間の浪費だ——空白地帯って言葉が、俺たちの目の前に開けるこの土地を表すのに一番ぴったりの言葉だよ。

バートンは、自分の遠慮深い態度にうんざりしてくるのを感じる。これまでにも、口を閉じていることができたためしはない。なあ、ジャック、とバートンは言う。君が十年インドにいながら、あのたどたどしいヒンドスタニー語を学ぶのが精一杯だったのを見て、最初から怪しいと思うべきだったよ。君が自らすすんで陥っている盲目状態に対して、言い訳なんかしないでくれよ。まさに人間こそ、この大陸で最も興味深い対象じゃないか。きっと君にもいまにわかる。人間の研究こそが、この大陸にとっての未来の学問だってことがね。

君はどんな泥沼も喜んでかき回すもんな。ああ、気づいていたよ、君は雑草だとか害虫だとかに偏執的な愛着を感じるたちなんだ。みんな知っていることさ。なあ、教えてくれよ、今日いったいどんな興味深いことがあったのか。全員がべろべろに酔っ払ってたあの村で。それには気づいていただろう？　ディック。え？　君の慧眼が、村中の酩酊状態を見逃したはずはないもんな？　おまけにまだ真昼間だったんだぞ。

ああ、あの酩酊状態については本が一冊書けるくらいだと、私は確信しているよ。たとえばキビのビールの醸造についてだ。村の住人は誰でも、自分の飲むビールを自分で醸造する。この話は君の耳にも入ったか？　この仕事は女性が引き受けることも多い。キビの半分を水に浸して、芽が出たら……

あいつらのビールの造り方になんて、俺は興味がない。俺が興味を持ってるのは、ビールの作用だけだ。村の首長たちは、昼にはもう声がぼんやりしていて、潤んだ赤い目で、酔っ払い独特の粘っこい態度だったじゃないか。

じゃあ、あの酩酊状態の理由はなんだと思う？　それは聞いたか？　とバートンは尋ねる。

ああ、理由なら知ってるさ。知ったからって、あの状態がましに見えるわけじゃないがね。朝、葬式があったんだろう。老人がひとり埋葬された。その直後、俺たちが村に着いたときには、もう悲しみのかけらも見られなかったがな。それどころか、みんな笑ってて、陽気にしゃべってた。

イタリアも同様だ、とバートンは言う。人生最大の祭りは自身の葬式なんだ。南イタリアには歌がある。だいたいこういう意味だ――ああ、私の亡骸の周りで、なんと陽気な祭りがあったことか。

まったくのナンセンスだ、ディック。ここの土人どもは、自分たちの欲望を抑えられないんだよ。

いったいどうして、村中が真昼間に酔っ払ったりできるんだ。あいつらがあれほど貧しいのも不思議じゃないね。

貧しい？　ああ、確かに貧しいな。だが精神は豊かだ。なあ、私が彼らに、どうしてそんなに陽気に祝っているのかと質問させたとき、彼らがなんと言ったか知っているか？　死んだ男のためだって彼らは答えたんだよ。自分たちは彼のために喜んでいる、なぜなら、もうずっと前からたどり着きたいと願っていた目的地に、ようやくたどり着いたんだから、とな。

シディ・ムバラク・ボンベイ

――俺たちはそれから何日か、その村のはずれに留まった。ブワナ・バートンとブワナ・スピークがふたりとも、またもやすごい熱を出したからだ。それに、俺たち全員、少し休憩を取る必要があった。そういうわけで俺は毎朝川辺に行って、好きになった娘を眺めることができた。よく見れば見るほど欲しくなった。ついには、あの娘なしではこの村を出ないと決めた。俺は村のファジに尋ねて、娘の両親の家へ連れていってもらった。そして家の前に座って、娘の父親と話をした。父親の最初の答えで、大いに勇気づけられたよ。なにしろ父親は、娘をやってもいいと言ってくれたんだ。ところが二つ目の答えで、今度は希望を奪われた。というのも、父親は、たとえ俺が旅の残りの賃金を前払いしてもらってもとても払いきれないほどの結納金を要求してきたんだ。俺はあの娘への恋心から逃れることができなかった。なのに、永遠に別れなきゃならないってことがわかった。その夜、ようやくまた仕事がまわってきた。キャンプ地の見張りだ。俺はあたりを巡回しながら、聞きなれない物音はないかと耳を澄ませた。それから木の切り株に腰を下ろした。この切り株がな、きっと俺たちの運命を左右する誰かがそう決めたんだろう、真鍮の針金の備蓄場所のすぐそばだったんだ。俺はそこに座った。視線が何度も針金に向かった。そこからは、巡回を終えるたびに同じ場所に座って、針金を見つめ続けた。そしてこう思ったんだ。どうしてこの真鍮は、ちょうど俺が座っているまさにこの場所にあるんだろうって。そしてこうも思ったんだ。驚くほどたくさんの針金だ、少しくらい減ったからって、誰の損になるだろう、これほどたくさんの針金がほんの少し減ったからって、誰が気づくだろう。そして俺は耳を澄ませた。暗い夜に。それから俺自身のほの暗い思いつきに。そうしたら、すごくよさそうなひとつの提案の声が聞こえた。そして、すごく簡単な解決策が見えたんだ。もちろん、ブワナ・バートンは後から、俺が泥棒したと責めたさ。でも証明することはできなかった。それに、翌日俺たちと一緒に出発した娘をどうやって手に入れたんだってブワナ・バートンに訊かれたときも、俺は、ファジとちょっとした仕事をして結納を払えるだけ稼いだんだって言い張った。ブワナ・バートンは信じていなかったが、どうすることもできなかった。俺が落ち着いて、自信たっぷりに答えたからさ。自分の行いが誇らしかったからじゃない。自分が正しい行いをしたって知っていたからだ。それに、そのころにはワズングたちは俺に頼りきりだった。もし俺を失ったら、あの土地とのつながりも失ってしまうことになっただろうからな。そういうわけで、俺はあの娘を連れていくことができた。あんたたちもみんな知っている娘だ。若い娘だった姿を知ってるやつもいるだろうし、すっかり貫禄のあるかみさんになった姿しか知らんやつもいる。でもとにかく、俺が一目で惚れた娘は、大当たりだった。あれからまだまだ続いたあの長い旅のあいだだけじゃない。旅から戻ったあとに建てて、命でいっぱいに満たしたこのザンジバルの家でもだ。だから俺は今日、あんたたちにこう言えるのさ——あの娘を連れていったのは、俺の人生最大の征服だったってな。

——あんたたち、この人の言うことを信じるの？　そんな虱《しらみ》だらけのよた話を信じるの？

——おお、おお、俺のささやき声は大きすぎたようだな。

——あんたたちの耳は恥知らずだよ。なんでもかんでも飲み込んで。ゴミ捨て場みたいなもんだね。

あんたたちには区別がつかないの？　この人が大陸じゅうを連れてまわったとか言い張ってるキャラバンよりもでっかい自慢垂れ流しの話と、この人の謙虚な心がたまに仕方なく告白する正直な話の区別が。その征服とやらが、私の目から見てどんなものだったか、一度でも考えてみたことがある？どうして一度くらい、ふたりの頭のおかしいワズングを大きな湖まで連れていこうなんていう放浪者についていく決意をしたきれいな若い女に——だって、この人が私を好きになったんなら、別の男たちだって、私を好きになったにちがいないんだから——感嘆してくれないの？　ええ、ええ、ふたつの大きな湖だったかしらね、それとも世界の果てだったか、そんなことどうでもいいんだよ。あのころから——これは掛け値なしに信じてもらっていいよ——いまより少しも見た目がよくなかった男にだよ。それどころか、いまじゃこの顔に——そう、私たちが礼儀から顔って呼んでやってるこのサツマイモ畑にだよ——絡まった白髪のおかげで、少し威厳が出たくらいなんだからね。あのころのこの人の威厳っていったら、ワニとどっこいでね。それに、この人の性格をもっとよく知ってたら、ハイエナも思い浮かべただろうね。いい、あんたたち、私の話もよく聞きなさいよ。そうすれば、話の半分しか知らないことがどれほど惨めなものか、ようくわかるから。私の両親にはね、子供が多すぎたんだよ。兄弟姉妹はみんなすごくたくましくて、すごく健康で、たくさん食べた。だから、体の弱かった父親にとって、全員を養うのは難しかったんだよ。父親の兄が少し助けてくれたけど、全然足りなかった。別に飢えてたわけじゃないよ。私たちの村は、いま私たちが住んでるこの街とは全然違った。自分ひとりだけお腹いっぱい食べて幸せになれるような人は、ひとりもいなかったからね。それでも、私たちはよくお腹をすかせてた。それだけが、ほんとにそれだけが理由で、この放浪者の申し出が祖先からの贈り物みたいに思えたんだよ。この人が、私の父親が要求するだけのものを支払えれば、家族全員が次の収穫まで生き延びられるし、それに私は生きてる限りしっかりと守ってもらえる。

私の父親はそう考えたんだよ。そして、母親も反対しなかった。でも私は怖かった。いまの私を見たら、あんたたちは、そんなわけがあるもんか、この女は恐怖なんて感じないって、思うかもしれないね。でもそれはあんたたちが、私があとから身につけた強さしか知らないからだよ。想像してみてよ、私だって昔は細くて華奢で、この男が私に背負わせる重荷が怖かった。あの人の妻にされるのは嫌だって、母親に言ったよ。でもどうにもならなかった。母親は私に、黙って父親の決めたことを信じてほしいって頼んだ。この醜い肉の塊みたいな異国の男は、次の朝、私の父親の要求どおりの額を払った――もちろん、私たちみんな、どんな手を使ってこの男が私を買ったのか、知らなかったんだよ

――から、私は姉妹や兄弟、同じ年頃の友達、それに両親に別れを告げなきゃならなくなったんだよ。それからね、もうひとつ言っておくことがあるの。どうもこの男は、私のお尻のことをこっそり話さなきゃならないと思ってるみたいだからね。あのね、この男はね、その内気そうな態度でも、両親に贈った針金でも、私を征服することなんてできなかったんだよ。私は、私を征服することなんて誰にも許さなかった。最初の夜に言ったんだよ。私の許しがない限りは、私の体に触れちゃだめ。それまでは別々に寝るんだよ。そして、もし私のこの願いを聞き入れなかったら、どうなるかよく覚えておきなさい。私は本気だよ。あんたが男の印だと思い込んでるモノをちょん切ってやるからねって。

――でもさ、訊いてもいいかな、ママ・シディ。あんたの親父さん、それほど間違ってたと思うかい？　あんた実際、幸せに暮らしてきたんじゃないのかい？

――本当のことを言ってくれ、女房よ。

――私の父親にはね、ほかの誰にも見えないことが見えたんだよ。この男はあれからも放浪を続けたけど、毎回必ず元気で家に戻ってきた。でもまあ、本当のことが聞きたいんなら言うけどね――私はほかの夫を持ったことがないから、夫がほかの人だったらどうだったかなんて、比べようがないわけ。

水が底をついた。ウゴゴの荒地で。苦痛をなだめるものなどなにひとつない土地で。ヴェールのような薄い雲が、どんな空よりも高い空の一番上で絡まりあっている。どんな願いも、あれほど高いところまでは届かない。雲の下では、すべてが目に見えないオーブンで焼かれている。この土地は物乞いだ。スピークとバートンは、その物乞いの体を、ルベホ山の頂上から眺めた。肋骨の突き出た黄色い肌は、毎年この無力な体を鞭打つ洪水の傷跡に覆いつくされている。ふたりは長いあいだ、急な崖の縁に立っていた。ふたりを再び荒野へと引きずり降ろしたのは、ふたり自身の克己心にほかならなかった。荷運び人のなかでも最も経験豊かな者たちは、あらかじめこの土地のことを警告していた。一行が丘か谷を目にするのは、これから一ヵ月後だろう。だが、避けようがない困難がどれほど襲おうと、水がなくなるなどという事態は決してあってはならなかった。それは不必要な困難だ。荷運び人たちの何人かが――わざとに違いない、彼らは目先のことしか頭になかったのだ、とバートンは確信していた――水をいっぱいに入れた最後の水袋を置き去りにしたのだ。未来はなるようになるという考え方に、彼らはなじんでいる。そもそもなにかを考えたのならの話だが。水がなくなったことに気づいたのは、二日間歩いた後、使っている水袋の水がなくなりかけたときだった。心配する必要はない、と当初バートンは思った。配給制にして、いつもより少量の水で乗り切ればいい。そのとき一行がすでに不毛の地に足を踏み入れていたことなど、知りようがなかった。あえぎながらたどり着く村ではどこも、最後の井戸まで涸れ果て、最後の池の水まで蒸発している。実際、それらは井戸というよりは、縁を間に合わせに固めただけの深めの穴に過ぎない。どの小屋も打ち捨てられており、見かけるわずかな人々は皆皺だらけの体で、唇は大地と同じようにひび割れている。慣れ親しんだアカシアの木を見ながら、死を待っている。バートンは、残りの水は飲み水としてしか使ってはならないと命ずる。手持ちの水を節約すれば、あと三日か、もしかしたら四日、生き延びることができるだろう。バートンはさらに、満月を利用して夜通し歩くように命じる。そして、反抗する者は一滴の水も持たせずに置き去りにすると脅す。昼も夜も、一行は大地に道を刻み続ける。深い河床を横切り、もろい砂に沈み、歪んだ木の根につかまりながら懸命に対岸を這い登る。やがて一行は、水のない川を憎むようになる。単調な大地に生えているのはバオバブの木々のみだ。九時にはすでに、太陽がうなりはじめる。草に生えた棘に似た毛が脚に突き刺さり、少しでも気を抜くと、どんなに分厚い生地の上からでもツェツェバエが刺す。棘のほうが葉よりも数が多い。あらゆる水分が口から蒸発する。十時になると、太陽は吠えはじめる。一行は、次に汗を拭く場所までの歩数を数えながら進む。悪い予感が、それまで皆が口ずさんでいた歌に取ってかわる。もはや唇を舌で湿らすこともできない。十一時には、太陽は嚙みついてくる。重い頭を上げるというそれだけの動作のためにさえ、それほどの苦労が本当に必要なのだろうかというしつこい疑念と闘わねばならない。口のなかからは漆喰が剝がれ、塊になって、腫れた舌の上に落ちる。とうに休憩しなければならないころだ。だが、水なしでも生き延びる智恵を持っている木々は、骸骨と同程度の影しか投げかけてくれない。次の村に住んでいるのは、吹きすさぶ風だけのようだ。頭をちょん切られたバオバブの木々——逃げた村人たちは、いったい枝を切ってなにに使ったのだろう？——から、歪んだ枝先が突き出している。死の村だ。ささやき交わす荷運び人たちは、心の奥底では、今年も雨が降らなかったからには、渇ききった川を悼むために霊たちが戻ってくるだろうこと、いまその前夜の鐘がすでに鳴っていることを知っている。突然、泥で固めた一軒の家の背後でなにかが動く。なにかが駆け抜けたと思うと、地を這い急ぐ不安げな牡鶏が姿を現す。嘲りのように赤く、なにも生み出さない雲のように白く。とさかがぱっくり割れた地面の上を飛ぶ。誰ひとり動かない。ところがスピークだけは別で、落ち着きはらって銃を構えると、引き金を引く。牡鶏には肉はほとんど付いていない。荷運び人の誰も食べたがらない。誰もが自分に割り当てられた水を飲んで、ふらつきながら先へ進む。この打ち捨てられた村に対する彼らの恐怖に疑問を突きつけることがどれほど無意味か、バートンにはよくわかっている。皆が頭を垂れて進む。牡鶏とともに、皆の生まれ変わりへの最後の希望も死んでしまったようだ。

バートンは立ち止まり、スピークが追いつくのを待つ。ふたりは長いあいだ見つめ合う。話し合うことなどない。これから待ち受けるものに対する不安は、とても言葉では和らげられない。ふたりとも、二日酔いにも似た顔に、互いを勇気づける不適な笑みをなんとか浮かべようと決意する。君はどうやら苦しむのが好きらしいな、とバートンはスピークに言う。するとスピークは答える。なんと、俺たちにも共通点があるじゃないか。

シディ・ムバラク・ボンベイ

――兄弟にして友人であるあんたたちよ、ウゴゴの地で、俺の先祖たちは危うく俺を連れていくところだった。先祖たちは長いあいだ、どうしようか考えた。考えているあいだに、俺の舌はがさがさになり、俺の口のなかも、歯茎もがさがさになった。もう舌を感じることができなくなった。俺の口のなかの肉はひび割れ、ぱっくりと口を開けたが、そのひび割れに血が流れることはなかった。せめて自分の血の柔らかくて丸い味を感じたいと唇を噛んだが、血は出なかった。あまり強く噛まなかったのかもしれないし、もう血までが蒸発しちまってたのかもしれない。これで俺の第三の人生も終わりだと思った。最初の人生では奪われ、第二の人生の終わりで少しだけ取り戻し、そしていま、すべてが奪い去られようとしていた。ワゴゴたちの土地の真ん中で。絶望は男だと、俺たちは言うよな。そして希望は女だと。だが、希望はムガンガでもあるかもしれない。俺たちが訪ねたムガンガ、俺たちの旅に別のものの見方を持たせてくれたあの男みたいなムガンガだ。あのムガンガが間違っているはずがないって、俺は思った。舌は縮んでしまうかもしれない、でも俺はきっとこの砂漠から脱け出せるだろうって。そして実際、俺たちは救われたんだ。救い主が追いついてきたんだ。それは別のキャラバンで、そこから一日と歩かない距離で水が見つかる場所を正確に知っていた。そんじょそこらのキャラバンじゃないぞ。オマニ・カルファン・ビン・カミスのキャラバンだったんだ。この男のことをまだ耳にしたことがないというなら、よく聞くんだ。あれは残虐と恐怖の化身みたいな男だった。俺たちを二日二晩一滴の水もなしにさまよっていたワゴゴの荒野から救ってくれた男だとはいえな。今日、オマニ・カルファン・ビン・カミスの名前を聞けば、あんたたちは交易と富を思い浮かべるだろう。だがな、あのころ旅をしていた者は、この名前を聞くと震え上がったもんだ。あの男は稲妻の仲間だった。キャラバンのファラオだった。あの男の心は──行進の恐怖を分かち合った後で、あの男の奴隷たちは俺たちにそうささやいたもんだ──あの男の心は体のなかにあるんじゃない、重い布にくるまれて、あの男の財宝がしまってある箱に入れられてるんだ。そして夜、どの礼拝とも同じように、その場に加わりはしても一緒に祈りはしない夜の礼拝の後にだけ、ひとりきりのテントのなかで、あの男は包みを取り出し、布を開いて、自分の心をじっと眺めるんだ。なぜなら──何度も肩越しに振り返った後、あの男の奴隷たちは俺たちにそう打ち明けた──、たとえ心なしで生きる男でも、たまには自分の心がまだあるってことを確かめたくなるものだから。

数日間、俺たちはオマニ・カルファン・ビン・カミスのキャラバンに同行した。俺たちのほうが歩調を合わせなきゃならなかった。あのキャラバンに依存していたのは俺たちだったからだ。オマニ・カルファン・ビン・カミスは、休憩なんか許してくれなかった。俺たちに息を吸う暇も与えなかった。あれは突進する牡牛や、狩りをするライオンの速さだった。細い肩と、茨の藪の小枝みたいな脚を持つ人間の速さじゃなかった。あの男は、荷運び人たちをあらゆる手段で追い立てた。容赦なく浴びせる自分の言葉の効果を信頼していただけじゃなく、人間の頭がこれまでに考え出してきたあらゆる策略を使った。荷運び人たちに三日分の食料を配っておいて、本来なら一週間かかる場所へ到着してからでないと次の食べ物は与えないと告げるんだ。飢えが荷運び人たちを前進させた。彼らは毛皮の切れ端やぼろきれをまとっていて、力尽きる寸前だった。飢えが彼らを駆り立てた。だが、意志がたどり着くことができるのは、体が許すところまでだ。だからたくさんの荷運び人が倒れた。でも誰も助け起こしてやらなかった。倒れたやつらの背負った荷物は取り上げられて、別のやつらに分配される。そして倒れたやつは道に置いていかれた。近くに村があるのか、それともあたりは野生動物と共有する土地なのか、そんなことにはおかまいなしにな。なかには逃げようとしたやつもいたな。するとあの男は手先に後を追わせて、血みどろの罰を与えた。オマニ・カルファン・ビン・カミス。この名前をまだ知らないなら、よく覚えておけ。いつか、この世を地獄に変え、創造主が人間に与えたものを奪う怪物の名前をあげろと言われることがあったら、この名前をあげるんだ。二度繰り返してくれ。あいつはそれくらい悪いことをしたんだから。だがそれでも、あいつは俺たちの命の恩人だ。俺たちを追い越したおかげで、俺たちを救ってくれた。俺たちを水のあるところに導いてくれた。体力が戻ったところで、俺たちはあの男のキャラバンと別れた。なにしろ、自分で悪魔の弟だなんて名乗って喜んでいたあのブワナ・バートンでさえ、俺にこう言ったんだからな。母親から生まれてきたのかどうかわからない男たちには気をつけなきゃならないって。ブワナ・バートン自身がときどき、まるで母親のいない人間みたいなことを言ってた。でも口だけだ。ブワナ・バートンの行動は、言葉と矛盾してた。ブワナ・バートンは、自分で装っていたよりもずっとしなやかで、人の心のわかる人だった。

——最近、ワゴゴ族の連中が何人かザンジバルに来たよな。聞いた話だと、揉め事ばかりだとか。

——そういう人間なんだ、ワゴゴというのは。俺たちがまだワゴゴたちを実際に知らないうちから、そういうふうに言われていたよ。あいつらには用心するようにと、たくさん警告されていた。実際知ってみると、やつらは本当に惨めな嘘つきで、ひどい泥棒だった。木のない森から来たあのワゴゴというやつらは、俺たちがやつらについて耳にしていたのと同じくらい、俺たちのことを耳にしていて、たくさんの貪欲な質問で俺たちを迎えた。そして俺たちにヤギの乳をくれたのは、そんな質問が全部出つくした後だった。やつらはこんなことを訊いてきた。白い肌の人間たちには目がひとつしかなくて、腕が四本あるというのは本当か？　いいや、と俺は答えた。本当じゃない。やつらはこうも訊いた。白い肌の人間たちはいろいろなことを知っているというのは本当か？　いいや、と俺は答えた。魔法のことさえ知らない。やつらはこうも訊いた。白い肌の人間たちが旅をすると、行く手では雨がふり、背後には砂漠が残るというのは本当か？　いいや、と俺は答えた。白人だってやっぱり荒野を進まなきゃならない。やつらはこうも訊いた。白い肌の人間たちは、スイカを茹でて種を捨てるせいで、染みだらけになる病気を引き起こすっていうのは本当か？　いいや、と俺は答えた。それは妊娠した女のおとぎ話だ。家畜の乳を沸かして固めるせいで、家畜の伝染病を引き起こすっていうのは本当か？　いいや、と俺は答えた。それも本当じゃない。するとやつらはこう訊いた。白い肌でまっすぐな髪の人間たちが、大きな水の支配者だというのは本当か？　いいや、と俺は答えた。白人は、あんたたちの村が丸ごとすっぽり入るくらい大きな船で海を渡るが、嵐が来れば、あんたや俺が溺れるのと同じように溺れる。やつらはこうも訊いた。白い肌の人間たちは、俺たちの土地を奪うためにやってきたっていうのは本当か？　でまかせだ！　まったくのでまかせだ！　そう言ったのは、ブワナ・バートンだった。ほかの誰かの言葉に怒ると、いつもそう言ったんだ。この野蛮人どもって、ブワナ・バートンは言った。持っているものが少なければ少ないほど、そのわずかなものを誰かに取られるんじゃないかと恐れるんだってな。こいつらを見ていると、やせこけたソマリアの男たちを思い出すよって、ブワナ・バートンは言った。私たちの目の前でゆっくりと飢え死にしていきながら、私たちに向かって、自分たちの土地の富をスパイしようとしているんだろうという疑念を大声で叫んだあの男たち。いったいどの富のことだ？　どうしてかはわからないが、ああいう話になるとブワナ・バートンは怒りで我を忘れた。君たちにはわからないのかって、俺に向かって怒鳴った。まるで俺が、ブワナ・バートンに向けられるあらゆる不信感の源ででもあるみたいに。もし君たちの土地に我々が入植するとしたら、それが我々にとってどれほど大きな犠牲であり、君たちにとってはどれほど素晴らしい恩恵か、わからないのか、って。ここは俺の土地じゃないって、俺はブワナ・バートンに言った。それに、こいつらの恐怖心はとても通訳できないって。でもな、兄弟たちよ、今日という日を迎えたいまでは、俺にはブワナ・バートンの言葉はますます疑わしく思えるよ。今日このザンジバルにワズングたちによって掲げられた旗が、あの言葉の嘘を暴いたんだ。なにしろ、俺がこれまでに知ったことから考えれば、ワズングたちには俺たちのために犠牲になる気なんて、少しもないように見えるからな。

——それでも、やつらはやってきて、どうもここに留まる気みたいじゃないか。

——問題はただ、やつらが貧しい者たちが持っているわずかなものを奪おうとしているのか、それとも貧しい者たちは実は見かけほど貧しくないのか、じゃないか?

——後者だよ、ババ・アダム。間違いなく後者だ。ブワナ・バートンは、なんの理由もなく何度も俺にこう言ったわけじゃない——この土地は豊かになれる。どれほど豊かになれるか、君には想像もつかないだろうな。俺はボンベイとザンジバルの豊かさを思い浮かべて、それから足元の地面を見た。ひび割れた土を。そして、あの言葉を信じなかった。でもどうやら、俺が間違ってたみたいだ。

ステップに熱帯雨林、砂漠や使い道のない荒野を抜けてきた後では、ちっぽけで埃っぽくて乾いたカゼーの村が、まるでオアシスのように思われる。世界都市のように。千マイルの道のり、出発から百三十四日後だ。一行は、まるでこれまでの道のりで、屈辱を受けることも傷つくことも一度たりともなかったかのように、堂々と行進して村へと入る。バルチスタン人たちは早朝に、このような晴れがましい場のために用意した一番美しい服を袋から取り出して身につけ、まるで変身したかのようにキャラバンを先導する。そのキャラバンも、集まった村中の人々の前を、勇ましく旗をなびかせ、角笛を轟かせ、耳をつんざくマスケット銃の一斉射撃とともに、誇り高く行進する。よぼよぼの老人にいたるまでひとり残らず道端に集った村人たちは、この挑戦を受けて立つ。呼び声には呼び声で、叫び声には叫び声で、口笛には口笛で。村中が一行に挨拶を送っている。だがバートンはしばらく、公式に一行を出迎えるであろう人間を見分けることができない。裾のたなびく白い服を着た三人のアラブ人の姿が見える。その三人が進み出ると、バートンに心から歓迎すると告げる。彼らの言葉で。きっと先にカゼーに到着したオマニ・カルファン・ビン・カミスが、完璧なアラビア語を流暢に話す異国人についての詳しい情報を提供したに違いない。三人のアラブ人は、考えうるあらゆる形式で挨拶の言葉を述べるという滅多にない楽しみを、心ゆくまで味わっているようだ。三人はバートンに、もしお手間でなければぜひ一緒に来ていただきたい、と頼む。彼らの無駄のない動きから――三人が言葉も交わさず一列に並ぶようすから——誰がバートンをもてなす栄に浴すかという問題は、あらかじめ解決されているのだとわかる。バートンは立ち止まる。忘れていた。きびすを返すと、十歩ほど後ろにいるスピークを見る。その顔は冷たく、表情がない。バートンは急いでスピークのところへ戻り、謝る。彼らとうまくやらなければならないんだ、と説明する。彼らは我々にとって非常に重要な存在になるからな。行けよ、と、わざとらしく理解のあるそぶりでスピークが言う。それほど重要なことなら。俺はキャンプ地のほうのようすを見てくるから。

アラブ人たちは、キャラバンがキャンプを設営できる開けた場所に案内してくれる。それから、バートンをザンジバルへ戻った商人の家に泊めると告げる。その家までのわずかな距離を歩くあいだ、三人は口をきわめて、これほど長い距離を歩かせて申し訳ないと謝り、バートンは、まったく苦にならないと強調する。四人は庇のある一軒の家に入る。バートンは、壁の漆喰が新しく塗られ、床も最近掃き清められたばかりであることに気づく。召使一同にバートンを紹介した後、アラブ人たちは家をバートンに委ね、ゆっくり休憩してほしい、準備が整ったころに迎えにくるから、と告げる。バートンは感謝の言葉で三人に別れを告げる。しばらく後、三人はバートンに、テーブルにつくよううながす。バートンの空腹をきちんとした食事で、アラブ人たちの好奇心をバートンの冒険旅行の話で満たすために。食事会には誰でも歓迎だと言われているが、それでもバートンは、さきほど宿泊する家のふたつめの部屋に落ち着いたスピークに、アラブ人たちとは自分ひとりが付き合うほうが得策だと告げる。なぜなら、自分たちの言葉を話し、自分たちの慣習を熟知し、尊重する人間の前でなら、彼らも緊張を解き、率直になるからだ、と。もちろんさ、ディック、とスピークは言う。俺がいたって邪魔なだけだもんな。その口調は、さきほどから少しも変わっていない。

食事は永遠に記憶に残ることになるだろう。詰め物をしたヤギの肉、しっとりした米、香辛料のきいたソースをかけた七面鳥、鶏の細切れと、ピーナツクリームで煮込んだキャッサバ、溶かしたバターをかけたレーズン入りオムレツ。だが、食事を忘れがたいものにするなによりの理由は、大きな湖はひとつではなくふたつあることを、信頼の置ける人間の口から初めて聞いたことだ。ひとつの湖はまっすぐに西へ、もうひとつはまっすぐに北へ行ったところにあるという。だが、カゼー中から集まってきて食事会を主催したアラブ人たちは、このふたつの湖のどちらかが北へと流れるナイル川の源なのかどうかは知らないという。そして、さらに情報を集めると約束する。できる限りの協力をすると。だがまずは、王を表敬訪問せねばならないという。近くのイティテムヤを拠点に地域を統治するサイディ・フンディキラ王だ。食事の後、アラブ人たちはバートンを礼拝に誘う。これほど流暢にアラビア語を操る人間ならイスラム教徒に違いないと考えているのだ。だから、バートンが誘いを断ると、彼らは失望する。毎朝早くに礼拝をしてきたサイード・ビン・サリームとバルチスタン人たちの手前、バートンは断るしかない。カゼーの支配者層に混ざったとたんに、これまでの旅のあいだじゅうしていなかった礼拝を突然再開することに、彼らは理解を示してはくれないだろう。残念だ、とバートンは思う。

翌朝、王への表敬のために、一行は出発する。王の居住する農場に着くと、王は彼のものと定められている木の影に寝転んでいる。熱でふやけ、あらゆる基準を超越して膨れ上がった体。動きというものをまったく評価しない指導者なのだ。客たちへの挨拶として、ふたつの巨大な太鼓が打ち鳴らされる。許された者にしか叩くことができない王の太鼓だ——アラブ人たちが事情に通じていることがわかり、バートンは満足する。ヨーロッパではフンディキラ一世と呼ばれるであろうサイディ王は、バートンのほうを見ない。王は限りある命を持つ者の目をまっすぐに見ることはないのだ。ひとりの男が、王の耳になにごとかをささやく。おそらく、目を開けて首を回せば見ることができるであろうもののことを説明しているのだろう。ニャムウェジ族の言葉を流暢に操るひとりのアラブ人が会話を引き受ける。言葉の響きから察するに、洗練された適切な会話のようだ。長年にわたる快適すぎる暮らしのせいで腰を痛めている王は、じっと黙ったまま、鷹揚に頭を上げたり下げたりしている。ただバートンには、王のうなずきがなにか重要な意味のある身振りなのか、それともただの好ましからぬ習慣なのかがわからない。

王の脚はいろいろな病気のせいでもう体を支えることができないんだ、とバートンの隣のアラブ人が教えてくれる。だから王は寝ころんだままで、決断はすべて専属のムガンガに任せている。王に語りかけているのが、そのムガンガだ。王は、バートンが差し出した贈り物にはなんの興味も示さない。運が悪いな、とアラブ人がバートンにささやく。今日はムガンガがまた王の病気の原因について真実を探そうとしている。真実は隠されている。だから、あの男は特別に力のあるムガンガではあるんだが、真実を探し出すのに一日中かかるだろう。ということは、我々は一日中ここに引きとめられたままということだ。というのも、客が真実探求の場に同席するのがここの習慣だから。それに、我々がいるからこそ、あのムガンガは特別に立派な儀式をおっぱじめるだろうよ。あのムガンガは、自分の地位を維持するための無敵の方法を編み出したんだ。野心や強情さのせいで自分の逆鱗に触れた王の親族に、妖術使いの罪を着せるんだよ。

アラブ人の予言は正しかった。しばらくすると、客たちもまた床に座りこむ。そして、ムガンガが周囲には無関心なままませわしなくぶつぶつつぶやくのを、じっと見続けることになる。一見なんの脈絡もなく、ムガンガは一羽の牡鶏を運んでこさせる。そして、その立派な鶏の首を、まるで花を摘み取るようななめらかな動きで折り、腹を割いて、内臓を調べる。羽の周りに黒い箇所や染みがあれば、子供が裏切っているということだ、とバートンの隣のアラブ人がささやく。背骨の周りのそれは母親と祖母との裏切りを表す。逆に尾羽の付け根は妻の罪を表す。腿は愛人で、足はほかの奴隷たち……ささやき声は続く。鶏はばらばらにされる。肉のどこにも染みは見えない。見えるのはただ、長い沈黙の後にムガンガの顔に落ちる影だけだ。ムガンガは飛び上がると、刺し傷から膿を絞り出すように声を上げる。怒りにかすれる声で、ムガンガは告げる。暗雲が視界を遮っている、分厚い黒い雲が。再びはっきりとものが見えるようになるのは、白い肌の人間たちが立ち去った後だ。なんというずるがしこい犬だ、とバートンは思う。我々の存在を自分の策略に利用するとは。この男は、こうやって王の親族に、自分の調査——そもそもこの場合に調査という言葉を使うことができるならだが——の結果が知られることを防ぎ、異邦人たちがあまりにも長くカゼーに滞在し続けないよう圧力をかけているのだ。別れの挨拶をすると、王はほとんど目に見えないほどかすかにうなずく。この意外な結末にも利点はある。王国中で一番大きな木の陰に一日中座りこんでいる必要がなくなったことだ。あのムガンガはやり手だ、自分の権力をどう利用するかを心得ている。買収される男じゃない、とアラブ人のひとりが言う。あの男のことで褒められるのは唯一その点だけだよ。ああいう種類の人間に割り当てられる人里離れた小屋に住んでいるんだ。自分の売り方を心得ているんだな、とバートンは思う。おそらく彼の魅力に感銘を受ける人間は多いだろう。ロンドンのレドンホール通りにある東インド会社でなら、彼のような人間は出世主義者と呼ばれることだろう。鋼のように平坦で奥行きがなく、おそらく売春宿の所有者よりも皮肉な男だ。あの男があれだけの大騒ぎで演じているぺてんを自身で信じているなどとは、誰に言われたとしてもとても信じられない。

シディ・ムバラク・ボンベイ

——カゼーで、あの嵐のような旅の疲れをいやすことができたあの場所で、素晴らしいことが起きたんだ。目から、口から、肌から幸せがにじみ出るほど俺の心を満たしてくれたことが。幾度もの雨季が過ぎるあいだ、ずっと誰とも分かち合うことのできなかったことを分かち合える男に出会ったんだ。ひとりの男が俺に話しかけてきた。もともとはカゼーの出身じゃなくて、ニャムウェジ族の人間でもない男だ。あんたたちにもわかるだろう、異邦人は別の異邦人を探すものだって。その男は、あのあたりまで流されてきたんだ。俺があの地まで流されていったのと同じくらい奇妙な道をたどって。その男は俺の言葉を知っていた。俺の第一の人生での言葉を操った。だが、やはり俺と同じように、子供のとき以来その言葉を使わずに生きてきたんだ。俺たちは、若い恋人どうしみたいにお互いを強く求め合いながら、大きなサバンナアカシアの木の下に座りこんだ。そして、話を始めたんだ。最初はそっと、用心深く、舌でひとつひとつの言葉を探し当てていった。口から出す前に、まるでたったいま手渡されたばかりの贈り物のように、おずおずと触れてみた。そして、忘れ去られた言葉を探して、子供のころ以来開けていなかった行李みたいに、頭のなかをひっかきまわした。太陽が頭の上を動いていくのにもかかわらず、俺たちは話した。話しながら子供になって、最後には興奮して早口でまくしたてた。まるでふるさとの湖の岸に座って、砂州に寝そべるワニをからかっているみたいに。その男は、俺の友達になった。まるでふたりとも同じ日に生まれたような気がした。俺たちの会話は、ひとつひとつが宝石だった。俺はその宝石を宝箱にしまった。宝箱はどんどん重くなって、俺たちがカゼーを去らなきゃならないころには、溢れだしていた。でもな、あの兄弟愛から得た恩寵は、俺の最初の言葉が花開いたことだけじゃないんだ。ああ、そうじゃない。あの男は、国一番の権力を持つムガンガに近いところにいた。そして俺をそのムガンガに紹介してくれたんだ。友がムガンガのことをさんざん話し、あんまりにも褒めるんで、俺は、人生経験が白くなった眉毛の上の皺に表れているような年老いた男を想像していた。すでに孫たちに歩き方と話し方を教え終わった歳の男だろうって。ところがだ、そんな男じゃなくて、すらりと背が高くて、これっぽっちも腰の曲がっていない男が、すっきり澄んだ目で毛皮を引きずって現れたときの俺の驚きは、想像がつくだろう。ムガンガは俺と同じくらいの年頃だった。俺の新しい兄弟は少し大げさにこの男を褒めすぎたんじゃないかっていう疑いが、ちらりと頭をかすめたよ。その疑いは、俺たちが最初の言葉を交わすあいだはまだかろうじて残ってたんだが、気づけば俺はムガンガの歳を忘れ、その見かけももう目に入らず、ただただその声に耳を傾けていた。年齢なんかない声、もういくつもの人生にわたって携えてきたかのような重みのある言葉に。あのムガンガは、俺のなかにある、長年のあいだずっと隠されてきたものをすべて学びたいという欲求を感じ取った。そして別れ際に、俺にこう言ったんだ。大人の生徒は教師の知をむしりとる。だが若い生徒は、教師が知を生徒のなかにこっそりと運び入れるのを期待しているってな。あんたたちも知ってるだろう、人は暴力によって、奪うことはできるが、与えることはできないってことを。こうしてあのムガンガは、俺たちがカゼーに留まった長い日々に、俺をこれまで足を踏み入れたことがなかった知の森へと導いてくれた。その森には薬草が生えていた。現実の薬草のことを言ってるんだぞ、いろいろな種類の、さまざまな目的に使うことができる薬草だ。あの薬草に関する知識は神の恵みだった。なにしろ、出産の手助けにもなるし、頭痛を追い払うこともできるし、血の流れる傷を癒すこともできる。だが薬草は危険でもある。ひとりの人間を毒で殺すこともできるんだからな。いや、ひとりの人間に限らずだ。

――そのムガンガはあんたの友達だったんだな。

――ムガンガは俺の人生に触れた。毎日のように、俺と、俺の新しい兄弟と一緒に過ごす時間を作ってくれた。いろいろな心配事や悩みがあったにもかかわらずな。ときにはただ話をするだけで、自分がムガンガの智恵を吸収していることにまったく気づかないことも多かった。コーヒーに入れた砂糖みたいなものだな。その場では心地よくて美しいだけなんだが、後になって初めて、ムガンガの言葉が俺の記憶のなかにどれほど深く刻み込まれたか、それがどれほど大きな価値を持つかに気づかされるんだ。

――いったいどんな智恵なんだよ、ババ・シディ？　智恵って一口に言ったたって、いろいろなものがあるだろう。

――あのムガンガは、男の姿をしたこのがさつな石ころに、礼儀の持つ価値ってものを教えてくれたんだよ。

――おお、ママよ、ハミドの母よ、なんと素晴らしい。俺たちのことを忘れていなかったんだな。

――あのムガンガはね、この男に女を敬うことを教えてくれたんだよ。だってそれまでは、ここにいるあんたたちの友人はね、男であることしか知らなかったんだから。

――そのとおりだ。俺は母親のことを覚えていない。バニヤンの家には女はいなかったし、ザンジバルでは兄弟たちと一緒に小さな家で暮らしていた。まるまるひとつ半の人生を、女なしで生きてきたんだ。

——私はあのムガンガに感謝したよ。どれくらい感謝したか、あんたたちには想像もつかないだろうね。

——あのムガンガは、本当に話をするのがうまかった。俺はあの男の言うことを全部頭に刻み付けた。あの男の言葉は決して忘れようがなかった。まるで彼の言葉を俺の頭が一緒に書いているようなものだった。ムガンガは決して自分の言葉の意味を説明したりはしなかった。ある程度の距離から見て初めて意味をなす文様みたいな話し方をした。たとえばこんなふうだ。お前は見知らぬ土地に異邦人としてやってきて、空腹を感じる。そして見知らぬ女に出会って、食べ物をくれと頼みたくなる。お前は女に挨拶して、こう言う。女が子供を産む方法はどこでも同じです、痛みも同じなら、幸せも同じです。これが礼儀の基準というものだ。ムガンガは、こんなふうに話したんだ。そしていつも間を置いた。智恵の静かな中心のどこかで。

——私も一緒に聞いてたんだよ。男たちより何歩か下がったところに座ってね。顔は地面に向けてたけど、ほかの誰よりも注意深く耳を傾けてたんだよ。それで、聞いたことをすぐに、いまは私の夫になったこの見知らぬ男に応用してみたんだ。するとね、この男をどうやって扱っていいのかっていう不安な思いが、少しずつなくなっていったんだよ。

——こう言うほうがずっといいんだ、ってムガンガは続けたんだ。腹が減ったってはっきり言うよりもずっといいって。女はきっと、自分の子供たちのこと、自分の子供たちに感じる愛情のことを思い出して、お前になにか食べ物をくれるだろうって。女はお前の母親の役割を引き受け、お前を「息子」と呼んで、さっそく蓄えてある材料で料理を始めてくれるだろうって。

——それにね、この男、いまあんたたちと一緒に座りこんで、言葉がいつまで続くかを試してるこの男は、その助言も、ムガンガのほかの助言と同じように取り入れたんだよ。若かった私は、とってもびっくりしたね。カゼーで過ごしたあの日々に、この男は私を発見していったんだよ。新しい尊重の目で私を発見した。そして私を、新しい礼儀正しさで扱うようになった。ご先祖様に感謝しなきゃ。

——神様に感謝しなきゃ。

——それにあのムガンガのお母さんにもね。だって、あの人は私に喜びを授けてくれたんだから。それにもしかしたら命も。お腹のなかに新しい命が生まれないようにする薬草を私にくれたんだよ。あのころ私は、いまあんたたちと一緒に座ってるこのおしゃべり男が一番望んでいただろうことを、まだ許していなかった。この男のことをまだよく知らないから用心していただけじゃない。旅のあいだに妊娠するのが怖かったんだよ。あのキャラバンでは死んだ子供を産むしかないって、確信してたから。

——神よ！

——全部うまく行ったんだよ。私は薬草を煎じて、汁を飲んだ。そして、新しい礼儀正しさをさらに身に着けるっていう約束をさせた後、私の両親が私を売った相手であるこの男に、寝床をともにすることを許したの。そして、私たちの最初の息子ハミドは、私たちがここザンジバルにちゃんとした家を持ってから生まれたんだから。

——ハミドのお母さんよ、俺の女房からよろしくって言付かってる。また関節が痛むっていうんだ。それで、一度来てくれないかって。

——すぐに行くよ、ババ・イシュマイル。夕食の時間になる前にね。

——うまくやってくれたな、友よ。

——いや、本当のことだよ。

――もちろんさ。だが、その本当のことは絶好のときにやってきた。

――そのムガンガのことだが、これほど離れたところで話を聞くだけでも、感動するよ。

――兄弟たちよ、あのムガンガは、俺に信仰を取り戻してくれたんだ。あの男は、俺にひとつの信仰を見せてくれた。それは、それまでに体験したどんなことよりも深く俺のなかに根を下ろした。そのおかげで俺は、自分になにが足りないのかがわかったんだ。俺は不完全なまま人生をさまよっていた。なにか大切なものを失ったような悲しみを感じていた。それなのに、毎日のようになくて辛いと思っているそれがなんなのか、自分でもわからないままだった。ところがある晩、俺たちは一緒に食事をした。そのときムガンガが俺に、むしろの上のバナナの葉を、一緒に食事をするみんなに配ってくれと言った。でもふたりきりじゃないかって俺は言った。父も招待したんだって、ムガンガは言った。それに父の父も。俺ははたと考えこんだ。ふたりとももう死んでいることは知っていたからな。祖先に供え物をするってことか？ 俺はおっかなびっくりそう訊いた。ふたりとも俺たちと一緒に食事をするんだって、ムガンガは答えた。俺たちは席について、隣の、誰も座っていない場所に、二枚の葉を並べた。ムガンガは俺を、父親と、父親の父親に紹介した。で、お前は、とムガンガは訊いた。お前には招待したい人間はいないのか？ 俺は黙っているしかなかった。

――よくわからないんだが、ババ・シディ、あんたはいま信仰の話をしてるのに、祈りのことは話さないのか？ その俺たちとは違う信仰では、祈りはどんなふうなんだ？

――あんたが知っているような、きちんと書かれた祈禱はない。

――まさか！

――法律のように定められた祈禱っていうのは、祈りが例外である場合にしか必要じゃないんだ。祈るために普段の生活の外に出る場合にしかな。でも、あんたの呼吸のひとつひとつが祈りの場合には、あんたの行動のひとつひとつが祈りの場合には、あんたが神のなかにいるからこそ神を敬う場合には、それ以外の祈りなんて必要ない。むしろ逆だ。それこそが、あらゆる祈りのなかでも最も崇高なものなんだ。モスクでは、祈りは俺たちの意図の説明に過ぎない。もちろん善き意思のもとで行われているんだし、誰にでもわかりやすいものではある。陸地にいながら航海の術を学べる小舟みたいなものさ。でもな、試練は小舟が船出した後にやってくるんだ。最初の嵐に出会うときにな。そんなときに、小舟が海岸に停めてあったときにはどれほど立派だったかを知りたがるやつなんているか？　俺たちが窮地に陥った瞬間に、神が俺たちのそれまでの祈りの数を数え始めるとでも思うか？

――ババ・シディの言うとおりだ。正しく生きることが最良の祈りさ。

なぜスナイ・ビン・アミルが喜んで手を貸してくれるのかがわからない。スルタンの命令だろうか？　それとも、バートンがカゼーに滞在し始めて以来、アラブ人の服を着て、どこからどう見てもアラブ人らしく振る舞っているからか。なにしろ最近、家と家の狭間の路地で偶然すれ違ったボンベイが、まるで見知らぬ人間のようにバートンの横を素通りしたくらいだ。あの小柄なボンベイは、自分の名前が呼ばれるのを聞き、それがブワナ・バートンの声だと気づいて、深く感銘を受けていた。バートンはボンベイに、冗談めかしてこう言った。私には新しい名前があるんだ。君と親戚になった。なにしろ私の名はアブドゥラ・ラフマン・ボンベイというんだからね。アラブ人たちとのバートンの自然な交際が、スナイ・ビン・アミルがサイード・ビン・サリームとバルチスタン人たちとの対立においてバートンの味方になってくれたことの説明になるだろうか？　スナイ・ビン・アミルの力を借りて、バートンは賃上げと配布食糧の増量という彼らの恥知らずな要求を、芽のうちに摘むことができた。なぜスナイ・ビン・アミルは、際限なくバートンとともに時間を過ごすのだろう？　ニャムウェジの言葉の基礎を説明したり、現地人がニャンザと呼ぶ北の大きな湖の輪郭を描写したりして、時間をつぶすのだろう？　この問いをもう押し殺すことができなくなり、本人に尋ねると、スナイ・ビン・アミルは笑って、客へのもてなしと互いに抱いている好感を理由としてあげる。そしてこう言う。どうして君は、我々商人がイギリス人の到着を恐れていると思うんだい？　むしろ逆だよ。我々の商売は、イギリス人のおかげでもっと楽になるだろう。でも、奴隷制のことは？　とバートンは尋ねる。我々は人間の売買には依存していない。我々が売買するのは金や木材や砂糖だよ。いったい誰が我々を追い出すというんだ？　周りをよく見てみろ、君は、君の同胞たちが大挙してここみたいな埃まみれの前哨基地にやってくるとでも思うのか？　我々のことは幸せにしてくれるが、イギリス人のことは不幸にするであろう生活を営むために？　いいや、イギリス人は我々と手を組むことで満足するはずだよ。そのほうが彼らにとってずっと快適だし、利益もじゅうぶんに上がるはずだ。いや、それとも、とバートンは考える。君たちがここを退去して、この土地を、この土地以外の場所を知らない人たちの手に委ねることになるかもしれないぞ、と。

カゼーは居心地がいい。アラブ人たちが部屋に設えてくれた小さな書き物机に座る。心を癒してくれる休息の時間。この意外にも魅力的な立ち寄り場所で。いや、実際、それほど魅力的とは言えない。だが、すべてが過不足なく、満ち足りている。そのほうがよほど有難いことなのかもしれない。かつてインドで出会った仏教の修行僧たち――バートンは興味深いパラドックスのことを思い出す――は、修行が進むにつれて、より狭い部屋に暮らすことを「許される」。やがて一人部屋を出て、仲間たちと半分の大きさにも満たない部屋に押し込まれるという「特権」を得る。このたとえを用いれば、バートンは一学期間ずっとブッシュで過ごしてきた。そしていままでは、カゼーのような場所の価値を認めることができるだけの智恵を身につけたということだ。このいつになく節度ある生活のなかに、自分たちの冒険の意味に対する疑念が割り込んでくる。自分は危うく命を落としかけた。危うく理性を失いかけた。体はもはや回復が不可能になりかねない極限まで酷使された。その見返りはいったいなんだ？　どんな成果がこれらの犠牲を埋め合わせてくれるというのだ？　カゼーに到達したことか。ひとつの村に。仏教徒にとって、疑念は捨てることができない虚栄心の表れだ。世界を征服するために出発した自分が、このちっぽけな埃っぽい僻地の村に満足するようではだめなのだろうか？　たとえ一時的にとはいえ。オアシスを喜ぶのは、それ以前に荒野を潜り抜けてきたからに過ぎない。いまでは、ふたつの湖があることもはっきりしている。それに、このふたつの湖のどちらかが、ナイル川の源かもしれない。もしかしたら、湖は四つあるのでは？　いま感じている無関心は、きっと長くは続かないだろう。

しばらく後、バートンは小さな机の前に座り、何時間も、あらかじめカゼーに届いていた手紙の返事を書き続ける。あやふやな思い出のなかに消えつつある世界が実際に存在することを示す歓迎すべき手紙たち。家族からの一通の重苦しい手紙が、弟についてのおぞましい知らせを運んでくる。ザンジバルから出された一通の手紙は、イギリス領事の死を伝える。領事の死は予測していたこととはいえ、その知らせには気持ちが滅入る。あの善良な男は、アイルランドへは戻らなかったのだ。後任の領事に詳しい手紙を送らなければ。新しい領事が前任者の約束を受け継いでくれるといいのだが。もうひとつ、死の知らせがもたらされる。あのネイピア将軍だ。将軍の死の床には、娘婿であるマクマードが立ち、将軍が息を引き取る瞬間には、第二十二連隊の旗を死にゆく義父の上で振っていたという。

いったいなにしてる？　スピークの口から出ると、この問いはまるでこう言っているかに聞こえる――いったいまたしてもなにを書いていやがるんだ？　ちょっと思いついたことをいくつか書き留めているんだ、ジャック、ほんのちょっとした思いつきだよ。忘れないうちにね。少し俺に読んで聞かせてくれないか？　いまはだめだ。知ってるだろう、私には思索癖があってね。妹から手紙がきたんだ。弟が頭に怪我をしたらしい。スリ・ランカで。重傷で、誰のこともわからなくなってしまった。医者は、弟が自分のことも家族のこともなにもわからないまま、あと五十年生きる可能性もあると言っている。

それは気の毒に、ディック。弟さんは、エドワード、だったか？　とても……立派な人だったな。ああ……そういう運命が降りかかるんじゃないかって、俺も怖いよ。アフリカで殺されるのはかまわない、それが運命だっていうなら。だが、ああいうマラリアみたいな熱に引きずり回され、囚われ、拷問されて、でも殺されないなんて、考えただけで気が変になるよ。

どうだ、外に出たほうがいい。散歩でもしよう。いまはデヴォンにいるんだって想像するとしようじゃないか。

シディ・ムバラク・ボンベイ

――なあ、ババ・シディ、あんたの旅は、幾晩もここに座って話を聞いてきたから、まるで自分がした旅みたいに思えるよ。でもそのムズング、ブワナ・バートンのことは、最初から俺には謎だったし、いまでも謎のままなんだよな。

――俺自身が謎を解くことができないままだからだろう、ババ・イシュマイル。ブワナ・バートンの姿を完全に描写することはできないんだ。ブワナ・バートン自身が、俺に一度も完全に姿を見せたことがなかったからな。俺はいつでも、ブワナ・バートンは川の向こう岸にいて、俺たちの側とを結びつける船はないんだっていう気がしていた。ブワナ・バートンはひどい人間じゃなかったと思う。俺が怖いと思ったのは、ブワナ・バートンが自分はこうだと見せかけたがっていた、その人物だ。ブワナ・バートンは一度も人を殺したことがないのは確かだと思う。なのにあの人は、自分には人を殺せると俺たちみんなに信じ込ませたがった。ブワナ・バートンは、ほかの皆とは縁のないジンにとりつかれていた。俺にも、荷運び人たちにも、バルチスタン人やバニヤンにも、ブワナ・スピークにさえ理解できないジンだ。自分のジンをほかの人間にわかってもらえたほうが、生きるのは楽だ。それが、ブワナ・バートンが他人の絶望を滅多に感じ取ることができなかった理由でもあると思う。ブワナ・

バートンは、群れから離れていつもひとりで水溜りから水を飲んでる年取った象みたいだった。ブワナ・スピークは違った。ブワナ・スピークだって自分の本当の姿は隠していたが、ちらりとなにか見えることがあれば、俺にはあの人がどんな人で、なにを感じているのかがわかった。怖ろしい人間にもなったが、俺にはずっと身近な人だった。ときには俺を犬みたいに扱ったが、ときには友人として扱った。

――ワズングとの友情なんて無理だって、あんた言ってなかったか？

――確かにな、そう言ったよ。だがブワナ・スピークは例外だ。俺たちは何カ月も一緒に過ごした。ブワナ・スピークは俺を信頼して、最後には俺にはなにひとつ隠し事をしなくなった。自分が考えていることとさえ。奇妙なんだが、あの人は、俺のような人間はワズングよりも価値が劣ると俺本人に話すのを、少しもまずいと思っていなかった。

――あんたみたいな人間？　それってどんな人間のことだ？

――アフリカ人って、ブワナ・スピークは言っていたな。俺は、それはザンジバルの人間のことか、ワゴゴの人間のことか、それともニャムウェジの人間のことかって訊いた。そうしたらブワナ・スピークはこう答えた。お前たちみんなだって。俺がさらに、それぞれこれほど違う人間たちがみんな、ブワナ・スピークとその同類たちより価値が劣るなんてことがあり得るのかって訊くと、ブワナ・スピークは聖書――胸に十字の印をつけた人間たちの聖なる本だ――を引き合いに出して、ノアの話の説明を始めた。ノアのことは俺たちも知ってるが、俺たちの話とは、これから聞けばあんたたちにもわかるだろうが、まったく違うんだ。ブワナ・スピークは、預言者ノアとその戒めと警告よりも、ノアの三人の息子のほうにずっと興味を持っていたんだ。セム、ハム、ヤフェトという名の息子たちだ。いいか、聞いて驚くなよ、ブワナ・スピークは、この三人の息子からこの地上のあらゆる人間が生まれたっていうんだ。ある日ノアが酔っ払ってテントに寝ころぶと……

——預言者が酔っ払うだって！

——しかも自分で醸造したワインでだ。寝ているうちに、なぜか裸になってしまった。ハムがそれに気づいて、父親の恥部を見て、それをふたりの兄弟にこっそり知らせた。ふたりのほうは、ノアの体を服で覆いながら、ずっと目をそらしていた。そういうわけで、預言者はハムの代々の子孫に、ほかの兄弟たちの永遠の奴隷になるという呪いをかけたってことだった。変な物語だろう。本当なら俺たちにはなんの関係もないところだ。ところがブワナ・スピークは、このハムこそが俺たちの先祖だって言うんだ。俺たちの一番最初の先祖だって。そして、だからこそ俺たちは服従しなきゃならない、なぜなら、ブワナ・スピークやほかのワズングたちは、ほかのふたりの兄弟のうちのどっちかの子孫だからって言うんだ。どっちのほうかは忘れちまった。変だと思わないか。自分たちの直近の先祖との繋がりさえ持たないワズングが、俺たちの一番古い先祖のことを正確に知っていると言い張るなんて。

——そんな話はコーランには書いてないって、ちゃんと言ってやったんだろうな？

——黙ってた。聖なる書に反対するほど世間知らずじゃないんでな。

——ババ・シディ、教えてくれないか。俺たちのことを人間として価値が劣っていると思っているなら、どうしてワズングは奴隷売買に反対するんだ？

——ワズングは奴隷売買に反対なのか？

——そうだ、特にブワナ・バートンは、奴隷制に激しい言葉で反対していた。ああ、そうさ、ブワナ・バートンは奴隷制を軽蔑していた。それでも、奴隷が俺たちのキャラバンにやってくるのは受け入れていた。自分でも奴隷を使っているくせに、どうして奴隷制に反対だなんて言えるのかって俺が訊くと、仕事をしてくれる自由人の数はじゅうぶんじゃないから、ほかに選択肢がない、だから奴隷には賃金を払うし、自由な人間として扱うって答えた。

――奴隷を自由人みたいに扱えば、本当に自由になるとでも思ってたのか。

――施しみたいなものさ。たっぷり施しをもらったからって、それで裕福になれるっていうのか？

――ブワナ・バートンは、サイード・ビン・サリームとバルチスタン人たち、それにふたりのバニヤンが奴隷を買うのを妨げることはできないって言ってた。自分は異議を唱えたって。異議を唱えたときたもんだ！　聞いてくれたか、友人たちよ。キャラバンの王たる男が、自分に依存している、自分の部下といえる男たちの肩を用心深く叩いて、礼儀正しく、奴隷をあまり大っぴらに買ってくれるなと頼むんだぞ。そして部下たちのほうは、俺たちの法律では許されているって答えるんだ。独善的に憤慨してそう答えるんだぞ。するとキャラバンの王は引っ込む。相手の言ってることが正しいのかどうか、問うことさえせずに。そして、自分はできる限りのことをしたって自分に言い聞かせて、良心をなだめるんだ。自分たちがどれほど決然と奴隷制を拒絶しているかを、あの野蛮人どもに見せてやったぞって。

――偽善は栄えるってやつだ。

――それもますます繁栄の時代に向かってる。

――俺は言ったよ。あんたにはなにもわかってない。奴隷制っていうのは、完全にこの世から消さなきゃならないものなんだ。この場での数人の苦しみの問題じゃない。残された者たちや子孫たちの問題なんだ。苦痛と恐怖が一度大地に染み込んでしまったら、いったいどうやって取り除けばいいんだ？　どうやって大地を清浄に戻したらいいんだ？　いったい誰が、子孫たちの時代に花開くだろう暴力の芽から大地を守ってくれる？　先祖たちが見たのとは違う太陽を見なきゃならない孫やひ孫の時代に。

――で、ブワナ・バートンはなんて言った？

――君の話は支離滅裂だって言った。ムガンガのせいで頭がおかしくなったんだろう、とな！　そうかもしれない、実際、ムガンガが俺の頭をおかしくしたのかもしれないって、俺は答えた。でも、俺が正しい方向を見ていることは、自分ではっきりわかってるってな。

バートンは水に浸かっている。濁った水に、腰まで。腕を水に差し入れるたびに、なにかぬるぬるしたものに触れる。不快というわけではない。どちらかというと不慣れな感触だ。どこまで行っても泥ばかり。一行は——不安な気持ちを抱えて——暗闇のなか、足を飲み込む黒い泥のなかを進まねばならない。バートンは水に浸かりながら、自分は間違いを犯したのだろうかと自問する。先ほど、悠然と流れる広い川のほとりに立って、どこを渡ればいいのかと考えたとき。もしかしたら、水は深くても川全体が見渡せる場所を渡ったほうがよかったかもしれない。いずれにせよ、外から自分たちの姿が見えなくなる危険のあるこの場所でなかったことだけは確かだ。それほどこの三角州には植物が密に生い茂っている。景色にはまったく人の手垢がついていない。まるで、一行が流れに沿って進んでいるこの川は、原罪以前の時代へと流れているかのようだ。まるで、植物が好きなように繁殖し、巨木がすべてを覆っていたこの世の始まりの時代へと遡っていくかのようだ。マラガラシと呼ばれるこの川は、彼らが理解した限りでは、湖へと続いている。

スナイ・ビン・アミルが、案内人をひとりつけてくれた。若い男で、半分アラブ人、半分ニャムウェジ人だった。最初のうち、この自信に満ちた男は一行をうまく案内しているように思われた。ところがやがて、案内人は自分の妻を訪ねるために、少なくとも三日分の回り道を一行に強いていたことが判明した。おまけに、案内人はいったん妻に会うともはや離れようとせず、自分の甥を代わりの案内人として押しつけた。その甥もまた自信満々に、一行を間違った道へと導いた。だが今回はわざとではなかった。そこでバートンは、この役立たずを送り返し、ひたすら川に沿って進むことを決めた。あの時点では、川のほうがずっと信頼できそうに見えたのだ——川幅は広く、岸にはヤシの木が並んで風にそよいでいた。奴隷商人たちが植えたパルミラヤシだと、スナイ・ビン・アミルは言っていた。実の成る木で、まっすぐな細い幹の上に束になった羽状の葉が茂っている。それは牧歌的な光景で、水上と上空、木々の枝のあいだを自由に行き来する鳥たちによって、生き生きした息吹を与えられていた。空中で正確な円を描く素晴らしい飛行を見せる鳶。まるでガーデンパーティーに集ったかのように全員で嘴を下に向け、全員で頭を左にひねった社交的なペリカンたち。垂直に水に飛び込み、嘴に魚をくわえて同じように垂直に飛び出してくるカワセミ。川の真ん中に突き出た岩の上で、じっと動かずに獲物を狙うオニアオサギ。

ミノザルの吠え声が聞こえる。それほど離れてはいない。あまり友好的な声ではなさそうだ。スピークが空を見上げる。まるで、ほとんど届かない光が、苦しみを和らげてくれるとでもいうように。どうやらスピークはトラホームにかかったようだ。結膜が炎症を起こしていて、まぶたは腫れあがっている。特に左目がひどい。きちんと閉じることもできない。ほとんどなにも見えなくなってからというもの、スピークはバートンの近くにいたがるようになり、無言のうちにバートンが指揮を執ることを認めるようになった。泥沼では何度かバートンのほうに手をのばし、バートンのシャツのすっかりよれよれになった端をしっかり握って、バートンが足を滑らせれば一緒に足を滑らせ、バートンが転べば一緒に転んだ。数日前、バートンはこの傲慢な男に腹を立てて、この野生の地で壊れてしまえばいい、自制心を失い、それとともに偉そうな態度、お高くとまったそぶりもなくしてしまえばいい、と思った。ところが、最初の案内人が妻とともに留まった村で、ふたりはひとりの年老いた男に行き会った。その男は盲目で、左右のまぶたが目の内側に巻き込まれており、角膜は傷だらけ、瞳は真っ赤に染まった綿の詰め物のような白目に隠されて見えなくなっていた。バートンは、男のだめになった目を覗き込んだ。どうしても視線をそらすことができなかった。ときに「見る」ことにあきあきする自分を恥じ、以前の腹立ちまぎれの呪いを取り消した。そして、スピークの目がよくなることを願ったのだった。

疲れを感じる。いま一瞬でも気を抜いたら、その場で眠り込んでしまうだろう。バートンはかがんで柳の木の下を潜り抜け、しばらく前に倒れたらしい朽ちた木の幹によじ登る。それほど大きな川ではない。この三角州もどこかで終わるはずだ。五メートルと離れていないところで、生い茂る植物のなかに開いた丸い窓のような場所から、一匹の巨大な黒いヒヒが飛び出してきて、川を渡る。一声も発せず、静寂のせいで動きは緩慢に見える。バートンは足を止め、ほかの者たちにも動かないよう合図する。母親ヒヒが続く。子ヒヒがしがみついている。さらに数匹の子ヒヒが続き、その後にもヒヒが続々と現れる。ヒヒたちの大きな群れは、枝を折る音ひとつ立てず、まるで近くに人間など存在しないかのように、あたりを見回すこともなく、絡まりあう植物が作り出した窓から大急ぎで出てくる。バートンはまるで魔法にかかったように、この間奏曲に魅せられる。純粋な動き。なにかのしるしかもしれない。きっとなにかのしるしだ。ヒヒたちに続くのだ。ヒヒたちの後をついていくのだ。バートンは命令を発する。半時間とたたずに、一行は斜面の上に立つ。眼下には広い川が緩やかに流れている。

シディ・ムバラク・ボンベイ

――友人たちよ、カゼーでの長い休憩は、ワズングたちの痛みを和らげ、新しい力を与えた。だが、だからといって、ワズングたちはすっかり癒されたわけじゃなかった。旅を乗り切るだけの力は得たが、健康になるにはじゅうぶんじゃなかった。沼地で熱が戻ってきた。ブワナ・バートンは、この熱の襲撃にひどくやられて、発汗と寒気とのあいだを行ったりきたりしながら、吐いた。何度も何度も。それにときどき妄想に陥った。そんなときは、ジンたちが酔っ払った酒飲みにささやくよりももっと邪悪なことを、ブワナ・バートンに吹き込んだ。潰瘍だらけの脚の感覚がなくなった。体が麻痺したんだ。もう筋肉がないっていって、ほとんど唇も動かさずに、ブワナ・バートンは小声で言った。膿の詰まったおできだらけの唇だった。目は血走って、まるで夕日が卵みたいに割れてしまったようだった。燃えるように痛くて、ブワナ・バートンは嘆きに嘆いた。耳に響いてくる甲高い音に我慢がならないと言った。その音は、ワズングの治療薬のせいだったんだ。キニーネという名前の薬だ。ブワナ・バートンはその薬に苦しめられた。だが、このキニーネがなければ自分はもうとっくに死んでると言ってたな。体中が痛んだが、それでも、一番辛かったのは自分の弱さ、自分がほかの人間に依存していることだったと思う。もうロバの背中にしっかりつかまっていることもできなくなって、八人の一番屈強な荷運び人たちに抱えて運んでもらわなきゃならなくなったときの、ブワナ・バートンの顔に浮かんだあの嫌悪感を、あんたたちに見せてやりたかったよ。それにブワナ・スピークのほうは、もうほとんどなにも見えなくなってた。その苦しみを隠そうとはしてたが、もうなにも撃たなくなって、銃を取り出すことさえなくなったんだから、俺たちの目はごまかしようがなかった。朝早くに、ブワナ・スピークは俺を必要とした。目が腫れあがって、樹脂を塗ったみたいにまぶたがくっついてるんだから、俺がそこを洗ってやって、それからブーツを履かせてやらなきゃならなかったんだ。そんなときブワナ・スピークはいらいらして、怒りっぽかった。あの日々、ワズングたちはふたりとも、俺たちなしでは生きられなかった。身を委ねる相手が俺たちだったなんて、なんて運のいいワズングなんだろうって、俺は一度ならず考えたよ。

——ババ・シディ、悪いんだが、もうだいぶ遅い。今夜お話をしてやるって、孫たちに約束したんだ。あんたの話のどれかをしてやるかもしれない。とにかくもう行かないと。だがな、これだけは聞かずに帰るわけにはいかないぞ。素晴らしい話で、よく覚えているんだ、あんたが湖に着いたときの話……

……

——ああ、最初の大きな湖だな。

——よし、ババ・ユスフ、じゃあマラガラシ川の沼の話は飛ばして、ブワナ・スピークのラバが死んだ最後の丘の話に移ろう。そのラバは、まるで最後の鼻息で力を使い果たしたかのように、地面に横たわった。ブワナ・スピークはわけがわからなかったんだろうな。地面に横ざまに倒れて、両手は土にめり込んでいた。だがなにも言わなかった。俺は、ブワナ・スピークはきっと自分に周りの注意を向けたくないんだろう、あの尊厳もへったくれもない姿勢を見られたくないんだろうと思った。俺はブワナ・スピークを助け起こしてやった。俺が支えてやって、ふたりで一緒に丘の急斜面を上った。

今日では、あれが最後の斜面だったたってわかってる。だがあのときは、これからまだいくつも続く試練のひとつに過ぎないと思ってた。ブワナ・スピークは俺の肘を痛いほどしっかと握って、俺の目に見えるものをすべて説明して聞かせてほしいって懇願した。茨の藪のひとつひとつ、泡だったような雲、かぼちゃみたいな石。描写してやれるものなんてあまりなかった。だがブワナ・スピークは貪欲で、短気で、俺がちょっとでも口をつぐむと、描写を続けろってせっついた。おまけに俺は、景色の変化をなにひとつブワナ・スピークに隠したりしないと約束させられた。丘の頂上に着いて、俺たちは息をついた。そのとき、なにか変わったものが見えた。俺を興奮させるなにかだった。金属の表面みたいなものが、太陽に輝いていた。ブワナ・スピークもなにかを感じ取ったみたいだった。目はほとんど見えなかったが、光と闇とは、なんとかあの腫れあがった目にも届いたんだ。ブワナ・スピークは興奮した声で俺に訊いた。あの光の筋、シディ、お前にもあの光の筋が見えるか？　あれはなんだ？　俺は答えるまでたっぷり時間をかけた。喜びをかみしめていたんだ。ブワナ、あれはたぶん、って、俺はゆっくりと言った。あれはたぶん水だと思うってな。そう言った瞬間、周りで歓声があがるのに気づいた。サイード・ビン・サリームが恍惚としたようすで、ブワナ・バートンに話しかけるのが見えた。ブワナ・バートンは一番屈強な荷運び人の肩にかつがれて、遠くへと頭を突き出してた。ジェマダルのマロクは、ちょうど賭け金のすべてを二倍にしたばかりの賭博師みたいに笑ってたし、バルチスタン人たちは、深く厳粛にお辞儀をし合って、自分とお互いを称えていた。そしてブワナ・スピークもその熱狂的な雰囲気を感じ取って、その雰囲気に染まった。でも、やはり少しは嘆いた。目にかかった霧を嘆いた。そのうち、湖はもっとはっきりと見えるようになった。それはまるで巨大な青い魚みたいに、太陽の下で寝そべっていた。俺たちは魔法にかかったみたいになって、それまでの苦労も、危険も、帰り道が不確かなことも、全部忘れちまった。ああ、そうだ、辛かったことはなにもかも忘れたんだ。そしてな、兄弟たちよ、俺たちは、後にも先にもあのときただ一回きり、みんなで同じ幸せを分かち合ったんだ。

それは二月十三日のことだった。世界発見における歴史的な日だ。初めて、文明人の目が、これ以上ないほど美しい湖を見たのだ。だが最初は、目に見えたのは文字通り「見せかけ」に過ぎなかった。湖は最初、輝く細い筋のように見えたのだ。それは光り輝く嘲笑のようだった。これまでの苦労の見返りとしてはあまりに貧相で、ひどい失望をもたらした。だがほんの数歩進み、水面がもはや太陽を反射せず、より広い視界が開けると、一行はかなたまできらめく湖の真の大きさを初めて実感することになった。この恩寵の湖は——恍惚感が、まるで長くじらされた挙句のオーガズムのようにバートンのなかで爆発する——、神の懐に抱かれるかのように山に囲まれている。明るい黄色の砂とエメラルドグリーンの水。太陽がバートンの顔をなでる。突然感じた軽いそよ風が、穏やかな波を泡だたせる。カヌーが何艘か水上を進んでいく。その動きが期待に満ちたささやき声を生む。声は、一行が急な斜面を下りるにしたがって、どんどん大きくなる。背負い籠は快適とは言えず、おまけに荷運び人が何度か足を滑らせたので、バートンは横のつっかえ棒にしがみつかねばならない。だがこの眺めがある限り、なにものもバートンの心を揺るがすことはできない。眼下にはマラガラシ川が、赤く輝きながら湖に流れ込んでいる。そして、柔らかな丸い曲線を描く湾に幸せそうに寄り添うひとつの村。ここに公園と果樹園、モスクと宮殿が加われば、イタリアの海岸沿いのどれほど魅力的な場所でさえかなわないだろう。感傷？　退屈？　すべて吹き飛んでしまった。いま、ここで、これまで味わってきたすべての困難は報われた。この瞬間、バートンは満足を感じる。すべてを包み込む満足感。倍の痛み、悩み、困窮であっても、この見返りのためなら喜んで引き受けただろう。そしてそれを後悔などしなかっただろう。

シディ・ムバラク・ボンベイ

——兄弟たちよ、俺はこれまでしてきた旅のことを、誇りをもって語ってきた。それは本当だ。確かに女房の言うとおりで、ときには誇りの命じるままに野放図に語ることもあった。だからこそ、いまここで告白しなきゃならん。最初の旅の絶頂に到達したいまだからこそ。どうして毎回旅をするたびに自分を恥ずかしくも思ったのかを告白しなきゃならん。どうして毎回旅をしたことを後悔したのかを告白しなきゃならん。それは、本当なら人間が見るべきじゃないものを、俺がこの目で見てしまったからなんだ。人間が奴隷になる過程の最初の部分を見てしまったからなんだ。俺の最初の死を、何度も何度も体験しなおさなきゃならなかったからなんだ。毎回のように、これ以上悪くなることはないと思った。最初の旅の目的地であるウジジよりも悪くなることはないって、当時はそう思ったんだ。だがあんたたちも知っているだろう、人生ってやつは、時間を与えられると、もっともっと悪いものを引き寄せるもんだ。そういうわけで俺は、二度目の旅で、ウジジよりももっと残酷な場所に行き着いてしまった。毎回、ズンゴメロだろうが、キフクルだろうが、カゼーだろうが、ウジジだろうが、ゴンドコロだろうが、奴隷キャラバンに行き会うたびに、俺は俺の最初の死をもう一度改めて体験することになった。そしてな、繰り返したからって、死っていうのは楽になるもんじゃないってことは、信じてもらいたい。俺が一緒に旅をしたワズングたちは、自分たちを発見旅行者だって呼んでた。でもな、あの大陸の真の発見者は奴隷商人たちだ。俺たちがどこに行こうと、奴隷商人たちはもうそこにたどり着いてた。たくさんの村は、焼き払われていない場合でも、人っ子ひとりいなかった。奴隷商人たちは、獲物を陸路で追い立てるんじゃなければ、ボートに山積みにした。ぎっしりと。半数は犠牲に捧げなきゃならなかった。それが、商人たちが死に対して支払うホンゴだったんだ。最初の大きな湖のほとりにいた奴隷商人たち、あいつらは非道中の非道だった。人間を食い物にする輩だった。恥ずかしいことに、俺はあいつらに再会することになった。ふたつの大きな川のほとりで。ひとつはナイルと呼ばれる川、もうひとつはコンゴと呼ばれる川だ。ウジジから、奴隷たちはバガモヨまで陸路を追い立てられてきていた。そしてナイル川のほとりで北へ向かう船に乗せられた。ハルツームという場所だ。この場所は二度目の旅でこの目で見た。奴隷たちはそこからさらに、カイロという名の場所へ運ばれていった。この場所も、俺はこの目で見た。そしてさらにカイロから、奴隷たちは世界中のあらゆる場所へと売られていったんだ。あの人食いども、死の商人どもは、風向きがやつらのたくさんの船を北から南へと運ぶのに都合がいい時期になるとやってくる。あのいまいましい風は、やつらの味方をして、やつらをナイル川のほとりのキャンプ地に暮らす一味のもとに残しておいた狩人たちと再会させるんだ。風がやつらの味方をしない時期には、その一味が場所を次々に移動しながら、狩りをした。そして、大きな川のほとりにある杭をめぐらせたキャンプ地に獲物を集めた。そこに獲物を捕まえておいて、北へと船で運び出す時期を待った。あたりの村人たちが隠れてしまったり、村長が村の囚人や村長の不興を買った人間を売ることを了承しないせいで人間が集まらないときには、やつらは家畜を全部自分たちで囲い込んで、村の長老たちを、家畜と引き換えに奴隷を差し出すか、それとも飢え死にするか、と脅迫した。長老たちは村人に、付近の別の村を襲うよう号令をかけざるを得なかった。こうやって一味はあたり一帯を略奪していった。そして、いまいましい風がやつらに手を貸す時期には、ゴンドコロという名の場所にある杭をめぐらせたキャンプ地は、すでに最初の死を迎えた人間たちでいっぱいだったんだ。この地上に俺が怖いと思う場所があるとすれば、俺を昼にも苦しめ、夜にも悩ませる場所があるとすれば、それはあの場所だ。ゴンドコロという名のあの場所。慈悲も憐れみも知らないあの場所。ゴンドコロにいる唯一の女は、体を売る病んだ女たちだった。男どもの欲望を吸いあげる、使い古された海綿みたいな女たち。ゴンドコロには、囲いに閉じ込められていない子供はいなかった。ゴンドコロは誰にとっても死の場所だった。あの地の人間にとっても、異邦人にとっても。イスラム教徒にとっても、キリスト教徒にとっても。ゴンドコロでは、レモンの木さえ死んでいた。ドイツっていう国から来た、胸に十字の印をつけた人間たちが二列に植えた木だ。ドイツの人間たちは、自分たちの神のための家を建てて、自分たちが気持ちよく過ごせるようにと庭に植物を植えて、それから墓地を作って……。

——住まいのすぐ横に墓地だって！　頭がおかしいのか。

——何人ものドイツ人が、レモンの植わった庭の後ろにある墓に、ぎちぎちに並んで埋められていたよ。ドイツ人たちは、彼らの信仰を誰にも納得させられなかった。建てたものはそのうち全部崩れ落ちた。ゴンドコロには、十字架を信仰する人間はただのひとりもいなかった。だが、酒に溺れる人間は無限にいた。

——キリスト教徒がただのひとりもいなかったって？　それでキリスト教がどれほどだめな信仰かよくわかるってもんだ。

——そうかもな。胸に十字の印をつけた男たちの信仰は、確かにだめなのかもしれない。だが、あそこの人間が先祖の信仰に満足していただけかもしれないぞ。

——届かなきゃならないのは真の信仰のみだ。

——届いていたさ。真の信仰は、奴隷商人たちの心にしっかりと根付いていた。人食いどもの心にな。真の信仰は、あいつらと同じ風を利用してやってきて、あいつらが命を略奪するのを黙って見ていた。父親が自分の息子の悪行を、自分の子だからって理由で見て見ぬふりをするようなもんだ。だがな、自分の家族にも同じように——いや、違う、自分の家族にこそまっさきに当てはめられない正義に、いったいどんな価値がある？　俺たちのイスラムの兄弟は、悪魔よりも悪辣だった。略奪に略奪を重ねた。そして、どこかの村が抵抗に立ち上がって、やつらに対して戦い、負けてしまうと——というのも、やつらはどんな槍よりも素早く死を告げる銃ってやつを持ってたからな——、つまり、地域が不穏になって、やつらの商売が危なくなると、やつらは捕虜を捕まえた。たくさんの捕虜を。そして彼らの手と足を縛った。奴隷として売るためじゃない。彼らを滝の上の崖へと追い立てるためだ。そこで捕虜たちは川に落とされた。岩にぶつかったり、川で溺れて死ぬだけでもじゅうぶんひどい。だがな、その川にはワニがうようよしていたんだ。だから捕虜たちは食い殺された。ぼろぼろになって川を流れてくる人間なんて、ワニにとっちゃ簡単な獲物だ。彼らがどんなふうに死んだかっていう情報は、バッタの大群よりも素早くあたりに広まった。それに奴隷商人たちは、人を殺すと、死体の腕を切り取って銅の腕輪を盗んだ。そして死体はやつらのキャンプ地からじゅうぶん離れたところに山積みにしておいた。すると翌朝には、死者の骨しか残っていないってわけだ。

——ハゲタカか！

——聞いたことがあるんだが、ハゲタカってのはまず目から始めて……

——おい、そんな話、みんな知りたいか？

——それから太ももの内側をついばみ、その後腕の下の肉にかかって、最後には死体の全部を食べつくすんだと。

――そんなことをするなんて、本当に人間なのか？

――お前たちも知っているだろう。誰かを人間と呼べるかどうか判断できるのは、本人以外の者だけだ。そして俺は、あいつらを人間と呼びそうな者には会ったことがない。だがあいつらを知らない者は――あいつらに実際に会ったことがない者、あいつらのことをなんにも知らず、よく考えてもみない者は――あいつらをイスラムの兄弟と呼ぶんだろうよ。

――その兄弟たちのひとりが、一度ある村の男全員を捕まえたことがあるんだ。その男たちが隠した象牙を手に入れるためだ。長老たちと女たちは折れて、家族の男たちの自由を、彼らの持っている象牙すべてで買い戻した。ところが、男たちのひとりは貧乏で、家族にはほとんど財産がなかった。だから、男の自由のために差し出せるものがなかったんだ。奴隷商人はその男の鼻と両手と舌と男のしるしの一部を切り取って、男の首に巻きつけた鎖に一緒に縛り付けると、男をその姿で村に送り返したんだ。

――あんたはその目でそれを見たのか？　ババ・イシュマイル。

――いや。

――それじゃあ、もしかして本当の話じゃないんじゃ？

――あんたは、俺がこんな話を自分で考え出したとでも言うのか？　俺はその男をこの目で見たんだ。誓ってもいい、その男の鼻と両手と舌は、もとどおりになんてなってなかった。

――あんたたちに、俺が自分の目で見たことを話そう。この話をするのは心が痛いし、聞くほうも心が痛い。だが、どうせ忘れられないんなら、少なくとも話してしまいたい。俺たちは、奴隷商人たちの隣にキャンプを張った。ワズングたちは、悪魔の隣人になることなどなんとも思ってなかったからな。その夜、俺たちは銃撃の音を聞いた。そして次の朝、キャンプ地に忍び込んだ人間がいたって話を聞かされた。それは奴隷商人に連行された少女の父親で、我が子にもう一度会うためにやってきたんだ。見張りが見つけたときには、少女はもう父親の首に腕を回していて、ふたりとも泣いていた。見張りは父親を一番近い木まで引きずっていって、幹に縛り付けると、射殺した。次の朝、俺はブワナ・スピークの供をして、奴隷商人どものキャンプ地に出向かなきゃならなくなった。ブワナ・スピークはいくつか情報を得ようとしていて、通訳として俺が必要だったんだ。人間の姿が見えるよりも前に、その人間たちから奪われた財産が目に入った。鍋、太鼓、籠、道具、ナイフ、パイプ、なにもかも地面に転がっていた。まるで奴隷商人たちは、ああいったものをどうしていいのかわからないみたいだった。最初に目に入った人間は、ひとりの男だった。若い男で、手錠が手首の肉に食い込んでいるにもかかわらず、腕を持ち上げていた。絶えず腕を持ち上げるのは、鉄の首かせの圧力を弱めるためだった。その男の姿は、何度も何度も折れた翼を持ち上げようとむなしい努力をする鳥を思い出させた。

その男は、大勢の囚われ人のひとりに過ぎなかった。それでも、よくよく見ているうちに、俺の目には、それが地面にしゃがんでいるどこかの見知らぬ若い男には見えなくなっていった。俺はそこに、俺自身の姿を見ていたんだ。最初の人生の終わりにある俺の姿を。その若い男の顔に、俺のなかで死んだ少年を見ていた。そして俺の手首と首に残った傷が、燃えるように痛み始めた。もうそれ以上囚われ人を見たくなかった。俺は視線を地面に落とした。でも、目が見えないふりをすれば逃げられると信じるなんて、俺はなんという阿呆だったことか。地面の上には見えないものを、惨めな悪臭が俺に突きつけた。俺の鼻を突き刺した。水のあるところまで行けない人間、シロアリ塚の後ろで用を足すことを許されない人間の発する悪臭だ。食事を与えられず、自分で食べ物を探して森のなかをつつきまわさなきゃならない人間たち。食べ物探しは囚われた女たちの仕事で、俺たちがそこに立って、なにも見ず、なにも嗅がないようにしようと努力していたときに、ちょうどその女たちが杭をめぐらせたキャンプ地まで連れ戻されてきた。女たちは草の根っこを掘り出して、野生のバナナを見つけてきていた。女たちが持って帰ってきたものは、まだ生きているしるしである腐った匂いのなかに繋がれている人間たちに投げ与えられた。皮をむくことも、茹でることもなく、生のまま、女たちが土から掘り起こし、藪からもいできたそのままの形で。囚われ人たちは、その食べ物に突進した。地面に這いつくばって、生の草の根と青いバナナをめぐって争った。そして、首輪と足かせと手首の鎖がさらに深く肉に食い込むものだから、甲高い悲鳴を上げた。気づくと、俺たちが訪ねることになっていた奴隷商人が、隣に立っていた。ブワナ・スピークはまず俺の助けを借りずに挨拶を済ませたんだが、その後、会話が始まった。ところが俺は、話をうまく追えなかった。ブワナ・スピークがなにを言ってるのかよくわからなかった。奴隷商人の顔を見ると、俺の通訳する言葉をほとんど理解していないのがわかった。奴隷商人の顔は、戸惑いっていう長い谷をさまよっていた。ブワナ・スピークの声が大きくなった。その言葉は、俺とは大きな溝で隔たった信念を表明するものだった。ブワナ・スピークの熱心な言葉は、俺とは違う別の人間の畑を潤す泉だった。あの人たちが見えるか。奴隷商人に向かってそう言う俺自身の声が聞こえた。あの人たちだって、あんたと同じように水を飲まなきゃならないんだぞ。あの人たちだって、あんたと同じように喉が渇くんだ。樽一杯の水を置いてやったからって、あんたがなにを失うっていうんだ。奴隷商人の顔に陰がさした。この小人野郎、って奴隷商人は怒鳴った。ムズングの通訳でなきゃ、誰がお前の言葉なんぞに耳を傾ける？　お前なんぞなんの価値もない。口を閉じないなら、特別にきつい輪を首にはめて、ほかのやつらのもとに投げ込んでやるぞ。奴隷商人の顔がまるで溶岩みたいにどろりと変形したと思うと、軽蔑で固まった。やつはブワナ

・スピークのほうを見ると、微笑んだ。あんまりにもおぞましい微笑で、返す答えはひとつしかなかった。あの微笑から、歯を掻き出してやるしかなかったんだ。よく考えたわけじゃない。俺の手には短刀があった。気づくと腕を振り上げてた。なにも聞こえなかったし、なにもわからなかった。後からブワナ・スピークは、俺が手負いの水牛みたいなわめき声をあげたって言ってたな。奴隷商人の顔にあった軽蔑の表情が壊れた。まるで、溶岩がさらに硬い岩の上に落ちたみたいに。あいつは無防備だった。不意打ちを食らった人間なら誰でもそうなるように、無防備だった。あのままだったらあいつに怪我をさせたか、それとも殺してしまったか、それはわからないし、これからもわからないままだ。なぜかというと、ブワナ・スピークが俺の肩を後ろからつかんで、長い腕で俺を羽交い絞めにして、俺の耳にささやいたからだ。シャンティ、シャンティって。バニヤンが平和を祈るときの言葉さ。俺はその言葉にも我慢がならなかった。だからブワナ・スピークにも短剣を向けようとした。だがブワナ・スピークは強かった。驚くほど強かった。俺の怒りはブワナ・スピークの強さにぶつかって、やがてゆっくりと引いていった。ブワナ・スピークが俺を羽交い絞めにしているあいだに、奴隷商人は硬直状態から抜け出して、激しい身振り手振りでブワナ・スピークに、罰として俺を鞭打ちにしたいと伝えた。だがブワナ・スピークは首を振ると、奴隷制の言葉、つまりアラビア語とスワヒリ語のなかで、彼が唯一知っている単語を口にした。大きな声で、ゆっくりと、ブワナ・スピークはこう言ったんだ。ハパナ。それから、ラ！　と叫んだ。その声は空中にびりびりと響いて、起きたことのすべては、残りの一日から切り離された。ブワナ・スピークは俺を引きずるようにして戻った。俺は振り返って、もう一度杭の向こうの鎖につながれた人たちを見た。そして気づいたんだ。彼らはもう根っこをめぐって争ってはいなかった。みんな黙ったまま俺をじっと見つめていたんだ。その目がなにを語っているのか、俺にはわからなかった。俺のしたことを喜んでいたのか、それとも俺を軽蔑していたのか。わかっていたのはただ、あの視線を決して忘れることはできないだろうってことだ。あのとき俺は、目なんてなければよかったと思ったよ。

水漏れのするカヌーに乗り込めないこと、落ちないようにしっかりしがみついている勇気さえないことを、認めないわけにはいかない。バートンはいま、小屋のなかの野戦用ベッドに寝転んでいる。秘密の薬を飲んだところだ。エーテルを蒸留酒と混ぜたもので、エーテル一につき蒸留酒二の割合だ。この「天国の空気」が、不安を、いまにも起きそうなヒステリーを、ひきつるような嘔吐を鎮めてくれる。市場を訪れた後に湖で泳ぎ、戻ってきたスピークが、外の出来事を知らせてくれる。俺のサングラスが、とスピークは言う。フランス製の灰色のサングラスがさ、市場の商いを止めちゃったんだよ。逃げるために、サングラスを外さなきゃならなかったよ。スピークは上機嫌だ。すっかり元気を取り戻している。スピークには、湖を調査するための船を調達してもらわなければ。湖の北端のどこかにある川を探しに出るのだ。ルジジ川。このルジジ川が湖から流れ出ているのか、それとも湖へ流れ込んでいるのかを確かめなければ。スピークには、ボンベイとともに湖を渡ってもらわねばならない。対岸のすぐ手前にある島に、ひとりのアラブ人が湖を渡る能力のあるダウ船を所有しているという。この知識はスナイ・ビン・アミルから仕入れたものだ。ああ、任せとけ、ディック。そう言って、スピークは小屋から出ていく。ところが、数日で戻ってくるはずのスピークは、そのまま一カ月も姿を見せない。しかも、その長い四週間のあいだに、スピークはなにひとつやり遂げられなかった。無能の化身のような男だ。バートン自身が動くことさえできれば。夜の寒さ。うだるような暑さ。湿ったまま冷気、脚や腕の発疹。自分の体を見ると、自身が憎らしくなる。自分はこうして野戦用ベッドに寝たままでいなければならないのだ。担保として。ふたりのうちどちらかが犠牲にならねばならないのだ。そしてもうひとりは自由の身になる。飲むことは、考えることより難しい。食べることなど不可能だ。口のなかが潰瘍だらけだからだ。夢の薬をくれ、ほんの少し、夢の薬を。誰か、小瓶を持ってきてくれ。お前たち、どこにいるんだ？　あらゆる痛みを鎮める私のソーマを拒絶しようというのか？　倍量の薬を飲もう。お前たちの自業自得だ。痛みは免罪符なのだ。逃げる。追いつかれる。何度も何度も。どうして振り返らない？　正面から向き合うんだ！　バートンは痛みにもたれかかる。痛みのなかに体を投げ入れる。汝の敵を愛せよ。切り裂かれることに感謝せよ。痛みを抱擁せよ。お前を飲み込む炎は、お前を愛撫する炎となるだろう。バートンは溶けていく。三人の美女の腕のなかでとろけていく。彼女たちの琥珀色の瞳には微笑がある。インドの寺院のレリーフにある踊り子たちのようだ。このアフリカの地のとある村で、バートンは思いがけず三人の女に出会ったのだった。村では、輝かしい未来への約束のように思われた三人の女以外には、なにひとつ収穫がなかった。三人の女は、的確な意図をもって動く。バートンは彼女たちの目の周りをまわり、自身の欲望の周りをまわる。女たちはその動きのひとつひとつで、自分たちは男には手の届かない存在なのだと思い出させる。バートンは勇気が出ない……女たちは高貴に微笑む。バートンを招く三人の女。彼女たちは知っている。溶かしたブロンズのような肌。彼女たちの手には、バートンよりも多くを知っている。女たちはバートンの贈り物がある。バートンが贈った煙草が。女たちは腰に巻きつけた布を取り去る。裸になると、女たちはさらに強くなり、バートンを引っ張り寄せる。女たちは安全な場所を知っている。柔らかな隠れ家を。女たちはバートンを横たえ、指がボタンからボタンへと滑っていく。バートンの肌に触れる最初の手が、胸を朝焼けのような慎重さでなでる。バートンに触れるふたつ目の手は、バートンの興奮した性器をこする。そして三つ目の手は手探りで進み、バートンをあえがせる。これは罠ではない、もう止まることはできない、身を委ねよう、日没から生きる力を汲もう。バートンは女たちのなすがままだ。まだ女たちと対等に渡り合える度量はない。女たちはより多くを望むが、バートンには与えられるものがなにもない。バートンには死ぬ勇気がない。

カーテンの前にいる自分の姿が見える。パドルを操っている。優雅に、力いっぱい。だが前進できない。カーテンの反対側には、見物人たちが座っている。そしてバートンという男の影を見ている。パドルを操る影を。それは巨大な影で、見物人たちを感心させる。だがバートン本人だけは、目標である河口に近づいてはいないことに気づいている。雨がカーテンに落ち、影をいくつもの筋に分割する。男はさらにこぎ続ける。筋がカーテンから浮き出てくる。岸に沿って、北へと向かう。徐々に見物人たちの姿が見えてくる。見物人たちもバートンを見ている。河口からほんの二日旅をしたところにある村で、見物人たちはバートンの弁解を待っている。だがバートンは話すことができない。舌が潰瘍だらけだ。見物人たちは立ち上がり、カーテンを引きちぎると、カヌーに乗った小さな男を見つめる。そして一斉に口を開く。彼らは言う。冷静に、ついでのように、まるで尋ねられて値段を口にする店員のように。この川は湖に流れ込んでいるんだ、すべては誤解だったんだ、川は湖から流れ出ているんじゃない、間違いだったんだ、だがそれがなんだ、出し物はおしまいだ。川は湖に流れ込み、バートンは野戦用ベッドに横たわっている。雨が降っており、すべてが濡れてしまった。銃は錆び付き、小麦粉も穀物も湿り、カヌーは乗り手たち自身の糞尿の匂いを放っている。彼らは泥のなかで夜を越している。スピークがいい知らせを持って戻ってくるだろう。いや、いい知らせを持って戻ってはこない。バートンは失望という沼に横たわっている。尊厳をもって死ぬ勇気がない。

シディ・ムバラク・ボンベイ

——いまだによくわからないんだが、ババ・シディよ、その湖がどれほど大きくて、どの川が流れ込んでて、どの川が流れ出してるのかを知るのが、どうしてそんなに大切だったんだ？

——それはな、ナイルという名前の川があるからだ。大きい川だ。俺はこの目で見た。川が海に溶け込む直前のところ、エジプトと呼ばれる国でな。本当にあの川は、俺たちのこの島を大陸と隔てる海と同じくらい大きかった。

——で、ワズングたちは、その川がどこから流れてくるのか知りたかったってわけか？

——なにがそんなに難しいんだ？　どうしてその川に沿ってまっすぐ遡らなかったんだ？

——そうしようとはしたんだ。だがナイル川はふたつに分かれていた。ワズングたちは、片方の、青ナイルと呼ばれるほうの川は源まで遡った。だがもうひとつのほう、白ナイルと呼ばれるほうの川は、遡ることができなかった。沼地やいくつもの滝が行く手を遮っているからだ。だから源へといたる別の道を探すしかなかった。あの大きな湖にたどり着いても、ワズングたちにとっては目的地に着いたことにはならなかった。なにしろ、ワズングたちはカゼーで、大きな湖はふたつあると聞いていたからな。つまり、ナイル川はウジジの湖から流れ出しているか、もうひとつの大きい湖からか、どちらの湖からも流れ出していないか、どの可能性もあり得たんだ。そこでブワナ・スピークが一艘のダウ船を手に入れて、それで湖を渡ろうってことになった。そのダウ船の持ち主は、湖の対岸のシェイク・ハメドという名前の商人だ。そこまではカゼーのアラブ人たちから聞いて知っていたんだが、ブワナ・スピークは、尊大でわがままなアラブ人に、手持ちのたった一艘のダウ船を何カ月も貸してくれるよう説得できるような男じゃなかった。ブワナ・バートンならやってのけたかもしれん。だがブワナ・バートンは、あんたたちも知ってのとおり、死の人質になっていたからな。最初、俺たちはたっぷりの歓迎の言葉で迎えられて、滑り出しは上々、自信満々でダウ船が戻ってくるのを待ったんだ。ところがそのうち、俺たちの辛抱強さが着ている服がどれほど違うかが明らかになった。ブワナ・スピークのは粗いウールで、しょっちゅう着ている本人をちくちく刺したが、俺のほうは純絹に心地よく包まれてた。アラブ人が住んでいた小さな島では、なにもすることがなかった。おしゃべり以外にはな。ダウ船はなかなか戻ってこない。そしておしゃべりは、アラブ人商人の家の幅の広い日よけ屋根の下でだらだらと続く。ブワナ・スピークはほとんど理解できなかったが、それだけにいっそう、そのおしゃべりが醜悪に見えたんだろう。ある日、もうそれ以上耐えられなくなって、島のすべてをどれほどおぞましく思うかって俺に打ち明けた。まるで日光浴をする子豚みたいに生気がない、だらしなく寝そべってる人間たちをどれほど汚らしいと思うかって。そういったことを俺に話しながら、それが俺をどれくらい傷つけているかには、まったく気づいてなかった。悪い予感がした。粗いウールがブワナ・スピークの辛抱強さをこすり続けて傷をつけるような気がした。ダウ船が戻ってきた。白い帆をはためかせて、島と大陸とのあいだの運河に滑るように入ってきた。ブワナ・スピークはまた元気づいたように見えた。それで俺も、きっとうまく行くだろうと期待した。だが、それもほんの一瞬だった。というのも、ダウ船が荷物を降ろしたら——もちろんブワナ・スピークはその速度も遅すぎると思ったんだが――、俺たちはすぐに出発したかったんだ。シェイク・ハメドとの最後の会話、賃貸料である布地の進呈、別れの食事、それだけ終わらせたら、すぐにあの幅の広い白い帆を揚げて、このおしゃべり島に背を向けるつもりだった。ブワナ・スピークはそんなふうに想像していたんだ。それは顔を見ればわかった。だがな、自分の希望の声を聞くくらいなら、子供に忠告を仰いだほうがまだましだ。モンスーンのときの空に、ようやく一筋の日の光が射したみたいな顔だった。だがな、自分の希望の声を聞くくらいなら、子供に忠告を仰いだほうがまだましだ。シェイク・ハメドは、ダウ船は使わせてやるが、乗組員たちは別の仕事に使いたいので、つけてやるわけにはいかない、だからいま俺たちのために、懸命に別の乗組員を探しているところだって言ったんだ。でもわかっていただけると思うが、このあたりでダウ船を操れる人間を見つけるのはとても難しい、とな。まさに俺が恐れていた瞬間だった。ブワナ・スピークが、短気にさんざん肌を引っかかれて、ついに耐えきれなくなった瞬間だ。ブワナ・スピークは、竜巻のような罵倒と非難を繰り出して、すっかり面目を失った。俺たちを客として受け入れたシェイク・ハメドの尊厳に唾を吐いたんだ。シェイク・ハメドは落ち着いて、悪意など一切ないと誓ったし、客が自由意志で差し出す以上の報酬を期待してなどいないから、きっと落としどころが見つかるはずだと何度も念押ししたんだが、それでも俺たちの仕事がうんと難しくなったことは、俺には一目瞭然だった。次の日、シェイク・ハメドは、船のことに関してはもう一言だって無駄にすることを拒んで、俺たちにこう提案した。ダウ船を乗組員ともども三カ月間使わせてやる、ただしそれは、自分が次の商売の旅から戻ってからだ、とな。俺たちは、なにか劇的なことを考え出す必要があった。俺たちの気前のよさを大いに発揮するべきときだった。だがな、ブワナ・スピークは他人の忠告を聞くような人間じゃない。だから、あのアラブ人に倍の値段を払うと申し出るべきだっていう俺の提案にも耳を貸さなかった。そして、島を出ることに決めてしまった。俺たちは運命に打ちひしがれていた。嵐なんかに襲われるまでもなかった。ところが、湖の真ん中で、嵐に遭っちまったんだ。もしとある島に流れつかなければ、嵐に飲み込まれちまってただろうな。俺たちはその島で嵐が去るのを待った。ブワナ・スピークはテントで、ほかの者たちはただのシートにくるまれて。俺は雨風から守られたブワナ・スピークのテントを使うことを許された。嵐はどんどんひどくなって、テントの一面を固定器具からちぎり取っちまった。俺たちはただ待つしかなかった。嵐がようやく収まると、ブワナ・スピークはあたりのようすを見るためにろうそくに火をつけた。そうしたら突然、あたり一面虫だらけになったんだ。小さな黒い虫だ。あの夜、ブワナ・スピークは寝ないでおくべきだった。または、俺みたいにカヌーの船板の上で寝るべきだった。なにしろ、虫を全部テントから追い出すなんてとても無理だったんだから。ブワナ・スピークは服に虫がつくのを防ぎようがなかった。そして、一匹の虫がブワナ・スピークの耳に入り込んだ。ブワナ・スピークは、耳のなかでウサギが巣を掘るような音で目が覚めた。とても耐えられなかったって、次の朝、俺に言ったよ。とても耐えられなかった、こうもりが俺の頭のなかを飛ぶんだ、ってな。俺の頭よりも大きい翼で、バッサ、バッサ、バッサって飛ぶんだって。捕まえることさえできればなあ、この手で握りつぶしてやりたかった、お願いだから放っておいてくれって懇願したよ、神に懇願したよ、どうやったら自分の頭のなかに入れるかわからなかった、なあシディ、自分の頭のなかに入る道はないんだ、熱い油を耳に注ぎ入れたかったよ。火をつけることはできなかった、なにもかも濡れていたからな。俺はこぶしで頭を叩いた。でも羽音はやまない。頭を地面に叩きつけた、それでも羽音はやまない。あの音はどんな痛みよりもずっと強かった。たとえ手をちょん切ろうが、あの羽音から逃れることはできなかっただろうな。もうほかのことはなにも考えられなくなって、なにも聞こえなくなって、なにも感じなくなった。俺はナイフを手にとって、切っ先を耳に押しつけた。慎重にやらなきゃいけないってわかってはいたんだが、手が震えていて、もう我慢もできなかった。ジャリッて音がして、痛みが襲ってきた。叫び声みたいな唐突な痛みだ。そして羽音がやんだ。俺はナイフを手から落として、地面に横になった。あの瞬間、これまでの人生のどんなときよりも大きな恐怖を感じたよ。あの羽音がまた聞こえるんじゃないかっていう恐怖だ。また戻ってくるんじゃないかって。でも音は消えてた。耳が濡れているのを感じて、触ってみると、手に血がつくのがわかった。でも音はもう聞こえなかった。ブワナ・スピークはそう言ったんだ。俺は、どうして助けを呼ばなかったんだ？　って訊いた。呼んだらなにをしてくれたっていうんだ、シディ、どうやって助けてくれたんだ？　ってブワナ・スピークが訊き返した。ろうそくをあんたの耳のすぐ側で持っていてやることができた、ろうそくの光が虫どもをこのテントにおびき寄せたんだから、同じろうそくの光で耳からおびき出せばよかったんだ、そうすれば勝手に出てきたのに。俺はそう答えたよ。なのにブワナ・スピークは、そうはせずに自分の耳を傷つけたんだ。ひどい傷を……

――ちょっと待ってくれ、その馬鹿な男は、あんたがもっといい解決方法を教えてやったとき、なんて答えたんだ？

――なにも。ただ、俺には意味がよくわからない変な目で俺をじっと見つめただけだ。事態はその後もっと悪くなった。耳が炎症を起こして、膿だらけになった。ブワナ・スピークの顔は歪んで、首にはびっしりコブができた。もう噛むこともできなくなって、俺がスープを作って一さじずつ口に入れてやらなきゃならなかった。小さい子供にするみたいに。怪我したほうの耳はほとんど聞こえなくなって、穴が開いてた。で、鼻をかむと、耳からポンって鈍い音がするんだよ。俺たちはみんな思わず笑っちまうんだが、そうするとブワナ・スピークはますます怒った。何カ月もたってから、虫の体の一部が出てきた。耳クソと一緒に。反対側の耳からな！

――まさか！

――わかってるさ、ババ・シディ、夜もそろそろ遅くなって、俺たちをからかって喜ぶ時間になったってわけだ。だがな、あんたからその楽しみを奪うわけにはいかないもんな。その死んだ虫は、頭のなかを横断して、逆側の耳にたどり着いたってことか？

――もっとおかしなことだって、この世にはあるだろう。

――まあな、でも俺たちが嘘を信じるかどうかは、その嘘の大きさだけにかかってるわけじゃないんだよ。

――ウジジへ帰るのはとても辛かった。ブワナ・バートンは死の手から逃れ出ていた。つまり、難しい仕事をやってのけてたんだ。だからブワナ・バートンは、俺たちが一見簡単な仕事を成功させて戻ってくることを期待してた。結局ブワナ・バートンは驚き呆れて、ブワナ・スピークは打ちひしがれて、ふたりはそれから何日か口もきかなかった。でもその後、やっぱり湖を探検しようと決めた。そこで俺たちはまたカヌーに乗り込んだ。三十三日間も航行して、結局、信頼できる筋から、ルジジ川は湖に流れ込んでいるんだって聞かされただけだった。だがな、がっかりするのもこれが最後だって思ったやつがいたとしても、もう一度ウジジに戻ったときに、それが間違いだったって悟っただろう。なにしろ、俺たちが三十三日間留守にしているあいだに、あの忠実で善良なサイード・ビン・サリームが……

――それ、自分の母親でさえ売りかねないって、あんたが言ってたやつじゃないか？

――まさにそいつさ。そのサイード・ビン・サリームが、ワズングたちはきっと死んでしまったに違いないと思い込んで、だから食料の残りのほとんどを売りさばいてももう誰も文句を言わないだろうと考えやがったんだ。食料も、食料と交換するための品物もなしに、どうやってカゼーまで戻れっていうんだ？　物乞いするのか、それとも強盗するのか？　解決策はなかった。考えれば考えるほど、絶望的な状況なのがはっきりしていった。ところがその絶望的な状況は、一撃のもとに追い払われたのさ。いや、一斉射撃のもとに打ち破られたと言ったほうがいいな。いつものとおりキャラバンの到着を知らせる一斉射撃があったんだよ。そしてなんとそのキャラバンが、ブワナ・バートンがもうずっと前に要請していた補給の品を持ってきてくれたんだ。要請どおりの品じゃなかったが、それでもカゼーまで戻るあいだの食料をまかなうにはじゅうぶんな品物だった。

帰りは別の道を取る。マラガラシの沼地は一度でじゅうぶんだ。楽園とは縁の汚れたカップだ、とバートンは思う。カップのなかにはお茶、受け皿には冷たいチキンブイヨン。舌の先の染み。時間は苦い、とバートンは思う。そして、考えることをやめようと誓う。少なくとも、再びカゼーにたどり着くまでは。あの蚊、見たか、とスピークが話しかけてくる。ものすごく大きかったぞ、本当に大きかった。あんな蚊はきっといままで見たことがないだろう。スピークが蚊ごときで満足せねばならないとは、ここはどこまで貧しい地なのだろう。道端に幹が空洞になった木がある。卵型の洞穴は大きく開いた唇のようで、そこから叫び声が聞こえてきそうだ。ヤシの葉を切ってふいたばかりの屋根の下には、どんな変わったものが保存されるのだろう？　最初に行き会った男は、杖をついている。どこが悪いのかは一目瞭然だ。男が杖で支えている脚の肌は樹皮のように皺だらけで、膝はもはや見えない。この男は象の左脚と人間の右脚を持っている。まだ若く、顔は健康そうだ。それもすっかり健康そうで、脚の障害にもかかわらず、少しも辛そうなようすがない。悪い脚をどこへでも引きずっていかねばならず、その脚のせいで村ではらい病者と見なされているだろう——いったい誰がこんなものを目に入れたいというのだ——にもかかわらず。次に出会った村人も、似たような障害を抱えている。さっきの男とは逆の脚だが、いっそうひどく、人間のものらしい形をとどめるのは足の指のみで、腫れはすでに足の甲から始まっている。肌は分厚く、炎症を起こしていて、あちこちが切れたり、割れたりしている。三人目を目にして、バートンは思わず息を飲む。その男は二本の象の脚で立っている。上半身は痩せ衰えている。両脚が膨らめば膨らむほど、上半身は痩せていかざるを得ないのだ。全員がそうなんだ、と突如バートンは悟る。黙って小屋の前に座っているか、挨拶することもなく一行の脇を足を引きずって通り過ぎていくこの村の住人全員が同じ病を抱えているのだ。いまになってようやくわかった。消えた肘、ふやけたかぼちゃのような上腕、水の詰まった太い管のように骨からぶら下がった下腕、ほとんど太ももまで腫れあがった左胸、右胸から左足まで、またはその逆側を覆うたるんで皺だらけの肌。この村では、皆の体のあらゆる部分があらゆる組み合わせで病んでいる。外に表れた病、外に表れた悪魔的なもの。まるで病が体内から氾濫したかのようだ。

頭飾りをつけたひとりの男が目に入る。男は村でただひとり椅子に座っており、周りには大勢の男や女が砂の上にしゃがんでいる。男はきっとファジだろう。落ち着いた表情で、なにかよくわからないことを語って聞かせている。体のどこも覆っていない。睾丸は熟しきったパパイヤほど大きく、左の太ももは乳の詰まり過ぎた乳房のように垂れ下がり、右脚の膝から下は、体のなかをうねうねと這い進む虫のような潰瘍に覆われている。脚の先端にはエビのように曲がった足が付いている。足の指も、かかともない。なるほど、とバートンは思う。支配の原則がわかったぞ。この村では、一番大きな睾丸を持つ男が支配者になるんだ。バートンはできれば足を止め、村人たちと話したいと思う。彼らにこう話して聞かせたいと思う。女神たちは冗談が好きなんだ。間違いも犯す。ときには自分たちの子供を間違った姿に生んでしまうことさえある。君たちはガネーシャを知らないだろう。私に説明させてくれ。ガネーシャの姿は、君たちの状態とかなり似たところがあるんだ。だがバートンは先へ進む。自分の足と、キャラバンの無関心な動きとに運ばれて。まるで一行のほかの者たちは、なにも見ず、なにも気づいていないかのようだ。この村ではラバの腰の関節さえまるで象と交配したかのようにひどく腫れあがっているというのに。ひとつの問いがバートンを苦しめる。足の裏に食い込んだ砂粒のように苦しめる。あのファジの姿のなにかが、引っかかっている。ペニスだ、とバートンは気づく。ペニスはどこにあったんだ、と声に出して言う。ペニスが見えなかったぞ、と。隣を歩いていた――いつからだろう？――スピークがこう言う。そんなこと、俺たちが知る必要はない。

シディ・ムバラク・ボンベイ

――友人たちよ、あんた方も寒くなってきたのを感じるか？　もちろん、そういう季節だからな。でも季節のせいばかりじゃないんだ。俺たちが座っているこの石から冷気が立ち昇って、俺の体に染み込んでいくような気がするんだよ。どうやっても体を温められない夜っていうのがあるんだ。ハミドの母親が俺の肩にどれだけたくさんの肩かけを巻きつけてくれてもだ。そういう冷気は、肉のなかに居座るんじゃない。そうじゃなくて、骨にまで染み込んでくるんだ。骨がどれほど冷たくなるものか、膝と頭蓋骨がどれほど冷たくなるものか、誰も教えてくれなかった。あんまり冷たくて、自分が海の底に横たわる麻痺した魚になったような気がする。動かせるのは口だけで、最後には舌までが骨になってしまうんだ。

――まったく大げさだなあ、ババ・シディ、あんたの舌は実際、凍りつくとはほど遠いじゃないか。

――いまの俺たちにはとても理解できないように見えることも、いつかは本当になるだろう。

――それを待とうじゃないか。

――ああ、で、待ってるあいだに、あんたの話を聞こう。

――俺は話し続けるさ、心配するな。間違った期待は抱くなよ。ただときどき、俺の言葉は俺の歩みを追い越しちまったんじゃないかっていう疑いを抱くこともある。起こったことを報告する言葉が、実際に起こったことそのものを陰に追いやっちまったんじゃないかって。そう考えると、ある少年のことを思い出すんだ。俺がまだ幼いころ、最初の人生で知っていた少年だ。その少年は、俺の影をつかまえようとしたんだ。そして俺に、動かないでじっと立っていてくれと頼んで、小さな手で土をほじくり返した。俺の影が落ちているちょうどその場所を掘っていったんだ。両手が泥だらけになるまで。そして、やり終えたと思ったところで、俺の影がいつの間にか動いていたことに気づいた。そこで少年はまた掘った。影の変化をいちいち追いかけて。最後には力尽きて、俺ももう我慢ができなくなった。そこで俺たちは、あいつがつかまえた俺の影をよく見てみようと、後ろに下がった。ところが目に入ったのは、形のないただの穴だった。俺の影のどれかになんて全然見えなかった。少年はしょんぼりしちまった。だから俺は、果物を摘みにいこうって誘ったんだ。あの少年のことは忘れられないよ。あいつは、俺の最初の人生が死んだあの日にアラブ人に捕まったやつらのなかにはいなかった。その後も、あいつはあいつの人生にどんな影を投げかけてきたんだろうって、よく考えたもんだ。そして、俺が見る夢のなかには、あいつにもう一度会う夢もあるんだ。ふたりとも老人になってて、俺は、あいつの人生のすべてを話してくれるように頼むんだ。そうすると、俺から奪われた人生が、血肉をともなって目に浮かぶようになる。俺の影をつかまえることができなかった人間が生きた人生がな。あいつはこれからも永遠に俺の影をつかまえることはできない。なぜなら、俺が実際に生きた人生では、俺はもう影を投げかけることなどなかったから。あいつを通して、俺は、俺が投げかけたかもしれない影を見ることができるようになるんだ。美しい夢でもあり、醜い夢でもある。俺の見る夢はどれもそんなふうなんだ。まるで恋をしている女と恋を失った女が同時に作る料理みたいなものさ。砂糖みたいに甘くて、墓地に生えるバオバブの鞘みたいに辛い。ほかにも、とても別れることができない夢がある。湖とサギの夢なんだ。実際には夢じゃなくて、動かすことのできない思い出の影なんだがな。正確に言うと、ふたつ目の湖と美しい鳥の思い出だ。つまりな、ふたつ目の湖は存在したんだ。カゼーのアラブ人たちが言ったとおり、本当にあったんだよ。そして、ブワナ・スピークと俺と数人の荷運び人は、半月間歩いて、その湖にたどり着いたんだ。ブワナ・バートンはカゼーに残った。病気のせいかもしれないし、ブワナ・スピークよりもアラブ人たちと一緒にいるほうがいいと思ったからかもしれない。とにかく、俺たちは小さな丘のてっぺんに立った。すると目の前に広がってたんだ、ふたつ目の大きな湖が。最初の大きな湖を見たあの日ほどは、疲れも絶望も興奮もなかった。俺たちみんな。ただ、ブワナ・スピークだけは別で、急に別人みたいになった。一目見ただけで、この湖は、俺たちが知っているどんな湖よりも、ブワナ・スピークが知っているどんな湖よりも大きいことがわかった。ああそうさ、ふたつ目の湖は、ひとつ目の湖より大きかったんだ。俺たちは湖岸に立って、どこまでも続く湖面に感嘆した。そのとき、近くでガサガサって音がしたと思うと、一羽のサギが目の前の葦の茂みから飛び立った。翼の最初の一振りは、まるでそれまで痺れてたみたいに重かった。細い鳥で、決まりを知らなかった。ブワナ・スピークの目の前を飛んだり走ったりしてただで済む動物はいないっていう決まりさ。サギは空高く舞い上がった。俺たちの目の前で。だんだん速度をつけて、自信たっぷりに俺たちの頭の上を飛んでいった。灰色と白と茶色の鳥で、嘴はコンパスの針みたいだった。ブワナ・スピークは大満足だった。顔に表れてた。普段は滅多に心が顔に表れない人なんだがな。男の多くが女房を隠すみたいに、心を大事に隠しておく人だったから。だがあの湖の岸辺で、ヴェールが全部剝がれ落ちた。これこそが俺たちの探していたものだ。ブワナ・スピークは厳かにそう言った。そして手を伸ばした。まるで湖の上に置こうとするみたいに。ブワナ・スピークは本当に幸せそうだった。でも俺たちのほうは、相変わらずサギを見上げていたんだ。結局永遠にわからないままになっちまったなんらかの理由から、俺たちの頭上を飛び続けていたサギをな。そのとき、一発の銃声が響いた。もちろん一発きりだ。そしてサギが石みたいに落ちてきて、ブワナ・スピークは大きな歓声をあげた。水筒みたいに振って、ちょっとした踊りを披露してくれたよ。ワズングたちが踊りだと勘違いしているあの歓声のすさまじかったことといったら。俺は目的地に着いたんだ、俺は目的地に着いたんだって。俺たちは誰ひとり、サギのほうは見なかった。見ると不幸が訪れるからな。みんなじっとブワナ・スピークを見つめたまま、どうしてこの人は別人みたいになっちまったのか、どうしてふたつ目の湖のほうがひとつ目よりもいいものなのか、どうしてあのサギが、ブワナ・スピークと喜びを分かち合うために死ななきゃならなかったのか、さっぱりわからずにいたんだ。

――アッサラーム・アライクム・ワ・ラフマトゥッラーヒ・ワ・バラカートゥフ。

――ワレイクム・イス－サラーム。

――兄弟たちよ、元気か？

――神様のおかげですよ、神様のおかげです。

――おお、ムフタラム・イマーム、こちらへお座りを。いまババ・シディの話を聞いているところなんですよ。今夜は聞くだけの価値があります。保証しますよ。

――心配なさることはありません、話は噛みつきゃしませんから。

――私自身のことなら心配などしていないよ。

――聞いて後悔はありませんよ。

――少しだけ。まだ夜も始まったばかりですし。

――いつもそう思うものなんだ、夜はまだ始まったばかりとな。そして、気がついたときには夜も終わっている。

――少し休憩しなくちゃ、ムフタラム・イマーム。このバラザにお座りください。きっと気分が晴れますよ。

――どれほど気分が晴れるか、試してみよう。よし、少しだけご一緒しよう。

――ちょうどいま、ババ・シディが、海に負けないくらい大きな湖にたどり着いた話を聞いてたところです。

――神の奇跡は数多い。

――それにサギが撃たれて死んだ話だ。それを言うのを忘れたな、ババ・クッドゥス。サギも湖と同じように話の一部なんだぞ。撃たれて流れ星のように落ちてきたあのサギも。ブワナ・スピークは大満足で、湖の水を沸かしながらクロノメーターをにらんで、あれこれの数字を書き付けると、ますます上機嫌になった。ブワナ・バートンなしで旅をするようになってからは、ブワナ・スピークもノートに親しむようになってたんだ。俺たちの見ているものがなにかわかるか、シディ？　ってブワナ・スピークは俺に訊いた。いいや、サーヒブ、って俺は答えた。俺たちが見ているのはな、ナイルという名前の川の源なんだ。巨大なナイル川は、この湖の北のどこかから流れ出しているんだ。ブワナ・スピークがそんなことを知っているなんて驚きだった。

――ただの推測だろう。

――ああ、もちろん推測だ。なんといっても、まだその源とやらを見たわけじゃなかったからな。だがあれは、頭を使った推測だった。というのも、二度目の旅で、結局ブワナ・スピークのこの推測が本当だったってわかったんだからな。俺たちふたりとも、あの大きな湖の反対側の岸に立った。そしてふたりとも、川が流れ出すところを見たんだ。

――ナイル川が？

――あのときはまだわからなかった。はっきりとは。でももうひとり、この川を遡ってきたムズングがいた。そして、俺が三度目の旅に出たときに、こう耳にしたんだ。謎は解けた、いまでは誰もが、ナイル川はふたつ目の大きな湖から流れ出していることを知っているって。

――じゃあ、ブワナ・スピークが正しかったんだな。

――ブワナ・スピークは正しかった。だが同時に、間違ってもいた。あの湖からは川が流れ出している。そしてその川は、ナイルと呼ばれる川だ、確かにな。ところが、このふたつ目の大きな湖に流れ込んでいる川がいくつもあるんだ。だから、議論好きなやつなら、そういう川のどれにもそれぞれ源がある、その源こそがナイル川の本当の源だって主張できるわけなんだ。なにしろ、ふたつ目の大きな湖に流れ込む川の水こそが、ナイルと呼ばれる川のもとになっているんだからな。ブワナ・スピークは、さっそく湖を調査しようとした。俺たちに湖の対岸の情報をくれた男を雇って、その男の船を買いあげ、湖中をくまなく探索したいと思ったんだ。実現していれば、きっと何カ月もかかる旅になっただろう。だが俺はブワナ・スピークに、残り少ない蓄えのこと、疲れてやる気のない荷運び人たちのこと、それにカゼーで待っているブワナ・バートンのことを考えてくれって懇願した。お前にはわからないんだ、ってブワナ・スピークは言った。その顔は燃えるようだった。俺がナイルの源の問題を疑いの余地なく解明すれば、褒美は俺のものなんだ、そうなれば俺は、あらゆる謎のなかで最大の謎をひとりで解いた人間ってことになるんだって。つまりブワナ・スピークはこう言いたかったのさ――そうすればブワナ・バートンと名誉を分け合わずにすむってな。

――おお、人間の節操のなさよ。

――特にワズングのな。

──我々皆のだ！　自分は違うと思うだけでも、すでに節操がないというものだ。

──俺はブワナ・スピークの説得になんとか成功した。なにより、すぐにカゼーに戻らなければ、荷運び人たちはみんな逃げ出してしまうだろうって言ったのが大きかった。だが、ふたつ目の大きな湖を去る前に、ブワナ・スピークは厳かな儀式で成果を祝うことにした。そして俺たち全員を呼び集めると、一緒に湖に入るように言った。俺たちはみんな膝まで波に浸かった。驚くなよ、あの湖は本当に大きくて、波だって来るんだ。それに、嵐になると、波は家の屋根よりも高くなって、船に乗って沖にいたら助かる見込みはないんだって、湖の向こう岸を知っている男は言ってた。もっと深いところまで進めって、ブワナ・スピークが言った。潜れるくらい深いところまで。そして、全身が水に浸かったら、上がって、互いの髪を剃ってから、もう一度この神聖な水に浸かるんだって。

──神聖？　なんていう神聖な水なんだ？

──ブワナ・スピークがそう言ったんだ！　俺は断った。俺たちの誰ひとり泳げないんだって、ブワナ・スピークに言った。心配するな、互いにつかまり合うんだ、俺がちゃんと気をつけていてやるから。俺はブワナ・スピークのその提案を、荷運び人たちに通訳した。俺の髪、って誰かが言った。このムズングは俺の髪をどうしようっていうんだ？　それに、いくら払ってくれるんだ？　と別の誰かが言った。この男、急いでムガンガのところへ連れていったほうがいいんじゃないか、と三人目が言った。頭のなかに入った虫は一匹だけじゃないのかも、ってな。俺はブワナ・スピークに、荷運び人たちは髪を犠牲にすることも、水に浸かることも拒否しているって伝えた。でも本当に素晴らしい儀式なんだって、ブワナ・スピークはかきくどいた。シディ、インドにいたお前なら知ってるだろう、神聖な水での祝福の沐浴をって。

──ザムザムの水で沐浴はしないぞ。

——もちろんさ。だがな、バニヤンたちは、いくつかの川を神聖だと見なしていて、祈る代わりに沐浴するんだ。でもここはインドじゃないって、俺はブワナ・スピークに言った。それに、この湖の水が神聖かどうかなんて、どうしてわかるんだ？　ってな。ナイル川の源なんだぞ、神聖でないわけがあるかって、ブワナ・スピークは言った。どの水が神聖か、自分たちで勝手に決めてしまっていいのか？　って俺は訊いた。なにを言ってる、こういう儀式がそもそもどうして生まれたと思うんだ？　っていうのがブワナ・スピークの答えだった。どこかの誰かが、ある日なにかを主張したり、なにかをしたりして、ほかの人間がそれを信じて真似をしたんだよ。そして今日俺たちは、伝統に畏怖を感じて震えてるってわけだ。そう言ったんだ。

——我々の預言者——神よ平安を——に対する侮辱ではないか。

——落ち着いてください、ムフタラム・イマーム。

——なんだと？　いったいなにを言ってる？　その冒瀆者は、我々の……

——もう昔の話だよ。

——もしかして、ババ・シディがそのムズングの言葉を間違って伝えたんじゃ？

——ブワナ・スピークは預言者を侮辱したわけじゃない。

——なんだと？　あんたがいま自分で、その男の言葉を繰り返したんじゃないか。

——俺の知っている限りじゃ、ブワナ・スピークはそもそも預言者のことなんてまったく知らなかった。いや、つまり、きっと耳にしたことはあっただろうし、アル‐イスラムのことも少しくらいは知ってただろう。だがな、その知識には根っこがなかった。ブワナ・スピークはあのときただ、なにか厳粛なことがしたかっただけなんだ。壮大な雰囲気のなにか、あの発見がブワナ・スピークの心のなかに呼び起こした強い感情にふさわしいなにかを。ブワナ・スピークは祝いたかったんだ。でも、みんな一緒にどういうふうに祝えばいいか、あの瞬間にどんなふうに敬意を表せばいいかがわからなかったんだ。

——あんた方が毎晩のようにこんな話を聞いて喜んでいるのが、さっぱり理解できないよ。大喜びで、家庭も犠牲にするほどにな。死んだサギ、髪を剃ること、それに悪魔の言葉を話す異教徒。

——イマーム、俺たちはこの世界のことを学んでるんです。それのなにがいけないんです？

——俺が思うに、イマームは古い智恵に従ってるんだろう。なにも知らない人間は疑うこともないっていう智恵にな。

——あんたは、俺たちのイマームまで侮辱するのか？

——自分以外の人間の口から出たことは、なにもかも気に食わないっていうのか？

——こんな話を聞くより、栄光あるコーランを読むことに時間を割くべきだ。コーランにもたくさんの話がある。それももっと古く、永遠の意味のある話がな。さて、兄弟たちよ、私はそろそろ失礼する。アッサラーム・アライクム。

——ワレイクム・イス－サラーム、ムフタラム・イマーム。

——ワレイクム・イス－サラーム。

——あっという間に帰ったな。

——ババ・シディがモスクに滞在する時間よりは長かったぞ。

——あんたたち、どうもお互い気が合わないみたいだな。

——次の世ではうまくいくかもしれんぞ。

——なあ、兄弟たちよ、教えてくれないか。俺は前からずっと考えてたんだが、天国でもやっぱり栄光あるコーランが読まれるんだよな？　それともコーランってのは、ただ天国へいたるまでの道しるべに過ぎないのか？

――さっきイマームに訊いたらよかったのに。

――思いついたのが遅すぎたんだよ。

――それでよかったんだよ。

――ところで、ふたつ目の大きな湖はなんて名前だった？

――ニャンザだ。対岸のことを知っていた男はそう言ってた。でもブワナ・スピークはこの名前に不満だった。別の名前が欲しかった。ブワナ・スピークは、あの旅で――ブワナ・バートンなしのあの短い旅で――見たすべての場所に、いちいち名前をつけてた。まるで貧しい家庭の子供に贈り物を配るみたいに。名前を決めるやいなや、荷運び人たちに新しい名前を知らせるようにって俺に頼んだ。そこで俺は皆にその新しい名前を伝えた。みんな、自分たちにはとても説明できないこの不思議な習慣に驚いてたよ。もしかしたらあの男、自分で名前をつけたもののことしか覚えていられないんじゃないかって、誰かが思いついたくらいだ。ブワナ・スピークは、湖の対岸や、丘の反対側、谷の向こう端がどんなふうかもまだ知らないうちに、もうその湖や丘や谷に名前をつけてた。丘の急斜面を登った後で、まだ俺たちが荒い息をしてるときに、ブワナ・スピークはその丘に――俺たちがふたつ目の大きな湖を初めて目にした丘だ――サマセットっていう名前をつけた。眼下にあった小さな入り江はジョーダンで、湖のほうに突き出ている岩のひとつは、その瞬間からバートン・ポイントって呼ばれることになった。そして湖の入り江はスピーク・チャンネルだ。島の一群はベンガル諸島、そして、海に負けないほど広く思われたあの湖そのものには、ブワナ・スピークは、まるで村の長老たちが集まった前で話すみたいな厳かな声で、ヴィクトリアっていう名前をつけた。ワズングたちは、あの湖をいまでもヴィクトリアって呼んでる。少なくとも、俺の最後の旅のときにはそう呼んでた。それに、ワズングたちが俺たちの港に旗を掲げたいまとなっては、あの湖はこれからも長いあいだ、ワズングたちの国の女の名前で呼ばれ続けることになるかもしれんな。ワズングたちはこの名前を誇りに思ってる。ワズングたちの女王に敬意を表してつけられた名前だって信じてるからだ。だがな、ブワナ・スピークは俺に打ち明けてくれたよ。あの日の夜になってからな。自分の母親と女王とが同じ名前だったのは運がよかった、おかげで自分が発見した湖を母親に捧げても、不適切な名前だって責められるのを恐れずに済むってな。でもサーヒブ、この湖にはもう名前があるんだ、この湖はニャンザっていう名前なんだ。俺はそう言った。そうしたら、くだらん、ってブワナ・スピークは怒鳴った。ブワナ・スピークの体のなかに怒りがふつふつと沸きあがるのがわかった。名前なんかまだあるわけがない、俺が今日発見したばかりなんだからな。わからないのか、シディ、この湖は、これまでまだ地図上に存在していなかったんだ。ブワナ・スピークの言葉に、俺は混乱したよ。長いあいだ考えてやっと、湖や山や川にたくさんの名前があっても別にかまわないだろうって結論を出した。それぞれの口から出るいろんな名前、それぞれの耳に入るいろんな名前、それぞれの特徴やそれぞれの希望を表すいろんな名前。だがな、言ってみれば俺は、関税を考慮に入れずに計算したようなものだった。ワズングたちはな、洪水の危険を見過ごして、あんまり川に近すぎる場所に種をまいたようなものだった。やつらはロバみたいに頭が固くて、ひとつの場所がたくさんのそれぞれ違った名前を持つことを受け入れようとしなかった。ブワナ・バートンが待つカゼーに戻って、アラブ人たちとふたつ目の湖について話をしたとき、ブワナ・スピークは、あの湖をヴィクトリア湖って呼ぶことにこだわった。俺はアラブ人たちに、ブワナ・スピークはヴィクトリアって呼んでるが、要するにニャンザのことを言いたいんだって説明しなきゃならなかった。するとアラブ人のひとりが鋭い声で俺に、どうしてこのムズングは言いたいことをそのまま言わないのか、もしかしたら自分たちになにか隠し事があるんじゃないかって詰問した。難しい状況になるといつもそうだったんだが、そのときもブワナ・バートンが割って入って、大波を鎮めてくれた。溶けたバターみたいに口からよどみなく流れるアラビア語で。でもな、あんたたちには隠さずに言うが、ときどきブワナ・スピークは俺に、現地で使われている名前を教えてくれって頼んできた。そしてそれを、小さな字で、自分でつけた名前の後ろに書きつけた。俺は現地で使われてる名前を訊き出して、それをブワナ・スピークに教えた。大きな湖はニャンザ、大きな湖のなかの島はウケレウェって具合にな。だからブワナ・スピークは本当なら、自分で思いついた名前とずっと受け継がれてきた名前との両方をノートに書きつけることができたはずなんだ。ところがだ、俺たちはとある宴に招待されて、バナナビールを飲んじまった。とんでもない量のバナナビールで、あの後何日も舌に味が残って、なにを食べてもバナナビールの味がしたくらいさ。スープも肉もサツマイモも。あんたたちも知ってのとおり、俺は酒は飲まない。だがあのときは、バナナビールが俺たちに元気をくれる唯一のものだったんだ。招待してくれたのは村の男たちで、俺たちのためにビールを醸造してくれていた。荷運び人たちはみんな飲んだ。俺も一緒に飲んだ。俺たちはあの晩、なんの遠慮もなく、互いの傷を舐めあった。大声で旅とワズングのことを罵った。その席で、村の別の客がとある話を披露してくれた。あの湖の対岸に住んでいて、湖をロルウェと名づけた男の話だった。その名前はどういう意味だって俺たちが尋ねると、客は、ひとりの巨人の名前だって答えた。その巨人はあまりに大きいんで、小便をするたびに湖がひとつできちまうんだと。小さい湖、中くらいの湖。そしてある夜、巨人はこれまでになく大量の小便をした。そして翌朝、人間たちは向こう岸の見えない湖に驚いたってわけだ。

——きっと巨人もバナナビールを飲みすぎたんだろう。

――バナナビールの飲みすぎか、そうだな、あんまりにも飲みすぎたんだろう。あれは楽しい話だった。そしてそこから、ひとつの思いつきが生まれたんだ。俺たちはみんな素晴らしい思いつきだと思った。俺たちも自分たちで名前を作って、それをあのムズングに教えてやろうっていう思いつきだ。そうすればあいつは、俺たちの考えた名前を自分の国に持って帰って広めるだろう。その名前を読むやつ全員をおちょくる名前にしてやろう。読んだやつは、自分が馬鹿にされてるとは気づかない。たとえば、俺たちが岸辺であれほどたくさんのバナナビールを飲んだ湖は「膀胱の偉大なる空洞化」って名前にする。楽しい思いつきで、俺たちはさっそく実行に移った。さらにバナナビールを飲みながら、いろいろな名前を考えた。そして次の日にはもう、俺たちのつけた名前がブワナ・スピークのノートに入り込んだんだ。ここの人間たちはこの川をなんと呼んでる？　とブワナ・スピークが訊く。するとと俺はこう答える。この川はワケレウェの人間たちに「蚤のたかった猿」と呼ばれている。丘の名前はなんだと訊かれたら、こう答える。この丘はワケレウェの人間たちに「いぼだらけのケツ」と呼ばれている。そして、とある峡谷に名前はあるのかと訊かれたときには、こう答えた。この峡谷はワケレウェの人間たちに「男が突っ込んで赤ん坊が出てくる場所」と呼ばれているってな。そんな化け物を見るような顔でこっちを見るな、ババ・クッドゥス。確かにひどい遊びさ、それは認める。だがな、世界中を自分のつけた名前だらけにするっていう、ブワナ・スピークが楽しんでいた遊びほどひどくはないだろう。俺がいま声を潜めて話してるのは、あの遊びを恥じているからじゃないぞ。二階で、やっぱりこの話が気に入らないだろうやつが耳を澄ませているからさ。あ、ちょっと待て、もうひとつ思い出したぞ。一番よかったのは、二つ並んだ、互いにそっくりな丘の名前だ。あんたたちにもきっともう想像がつくと思うがな、「デブ王のおっぱい」っていうんだ。俺たちはあの遊びを大いに楽しんで、すぐにまた忘れた。最初の子のハミドがもう立つことができるようになったころに二度目の旅に出るまで、忘れていた。その旅でブワナ・スピークは、自分の国で作らせた地図を俺に見せると、ふたりで一緒に見た場所の名前を読み上げ始めたんだ。ヴィクトリアって名前が聞こえた。サマセットっていう名前が聞こえた。それからブワナ・スピークは小さな文字を指し示して、これはお前が俺に教えてくれた名前だって言った。この地に住む人間たちが使っている名前だって。俺は、いくつか読み上げてくれって頼んだ。するとどうだ、舌はうまく回ってなかったが、意味は伝わってきた。ブワナ・スピークはこう言ったんだ。いぼだらけのケツって。それに、デブ王のおっぱいってな。いや、兄弟たちよ、信じてくれ、人生であのときほど、爆発しそうになる笑いを押しとどめるのに苦労したことはなかったよ。

——ってことは、俺がワズングの国へ旅して、そこで地図を買ったら、ババ・シディの子供じみたいたずらの結果が読めるってことか？

——ああそうさ、ババ・アリ、だがそれには急がなきゃならんぞ。なにしろワズングっていうのは几帳面だからな。すぐに別の誰かがあのあたりをまた旅して、新しい知識を集めるかもしれん。やつらは何度も何度も、新しく地図を作り直すんだ。ワズングたちの大好きな遊びさ。いや、ただの遊びじゃない。ワズングたちの誇りがかかってるんだ。ブワナ・バートンとブワナ・スピークの友情も、こういう地図がもとで、永遠に壊れちまったんだからな。

——どうしてそんな？

ひとつの音。ピー。歪んだ嘆きの音だ。一オクターブ分の音が、そっくり喉に詰め込まれたような。ふたつの叫び声が、浅い息遣いの眠りを刺し殺す。最初、その音は覚醒のなかに入りこむ夢から立ち上ってくるのではないかと思う。やがてバートンは、テントの低い天井と、シートで四隅を囲んだ狭い空間に気づく。痛々しい嘆きの声は、外から聞こえてくるものだ。バートンは起き上がり、銃をつかむと、テントから這い出る。だがどこに危険があるのかわからない。まだまどろみのなかにいる夜明けの暗がりのどこに危険が潜んでいるのかわからない。声が背後から頭を貫く。銃を後ろにぐるりと回し、狙いを定める。だが、一羽の鳥以外にはなにも見えない。それは醜い鳥で、嘴を開くと、さきほどバートンの眠りを刺し殺したあの叫び声をあげる。バートンは、これほどの大声で鳴くこの図々しいちっぽけな鳥に、抑えがたい怒りを感じる。銃身をつかんで、鳥に向かって振り回す。だが、鳥は飛ぶことができる。憤慨したような小さなさえずり声とともに空に舞い上がり、なんの仕返しもできなかったバートンをその場に置き去りにする。

前日、一行はカゼーを出発して、帰路の最後の道程に踏み出したところだった。海岸へと戻る旅のために、新たな荷運び人を集めねばならなかった。スナイ・ビン・アミルの指揮で集められた新たなニャムウェジ族の男たちが、バートンの前に立った。若く、短気で、全身を飾り立て、野心満々で、見ているこちらが新鮮な驚きを感じるほど無邪気な男たち。なかにはマラガラシ川にいた鶴のように片足で立っている者もいた。地面から浮いたほうの足の裏をのばした膝に押しつけ、腕を隣の男の首にまわして。こんな気だるげなポーズは、一週間ともたないだろう。ほかの者たちはしゃがんで、両腕で膝をかかえ、期待に満ちた目を探検隊の指揮官へと向けていた。

バートンにとっては、出発は本意ではなかった。カゼーは今回もまたオアシスとなってくれた。そして、オアシスを去るのは楽ではない。再びウゴゴの荒地に身を投じるのは。恐れていたわけではない。悪い予感を抱いたわけではない。もっと悪いことに、頭のなかですべてを先取りして、待ち受ける痛みを、苦しみを、すでに感じてしまっていた。それは恐れではなく、延々と続く不快感だった——バートンにはそれがわかっていた。そしてわかっていることが、あらゆる帰路の呪いだった。おまけに、旅の終わりを楽しみにするわけにはいかないのだから、なおさらだった。スピークは、大きな謎に対する彼の不器用で理解不能な回答にすっかり入れあげていた。だがスピークのスケッチや測量上の推測からは、論理的な説明はとても組み立てられない。スピークの川は山を下から上に流れ、湖からはスピークが望む方向へと水が流れ出る。まったくのお笑い種《ぐさ》だ。だがそれでも——こう考えることがバートンの心を乱し、帰路を憂鬱にしている——、奇妙な道筋を通りながらも、結局はスピークが正しいという可能性も捨てきれない。個々の事象はすべて間違いであっても、大きな主張だけは正しいと証明されることだってあり得る。イギリスの土を踏んだ瞬間から、スピークと自分との論争は激化するだろう。公共の場で煽られ、多くの敵がこの機会を喜んで利用しようとするだろう。推論の多さが、誰もが自分が連帯感を抱く側について闘うことを可能にするだろう。カゼーに残ることはできない。そして、イギリスに——世界中で唯一、まったく自分の居場所だと感じられないあの国に——戻るのは気が滅入る。また荒野に乗り出すのに絶好の条件だな、とバートンは苦々しく考えた。

シディ・ムバラク・ボンベイ

――ブワナ・バートンは、ふたつ目の大きな湖がナイルと呼ばれる川の源だっていうブワナ・スピークの主張を疑ってた。または、もしそれが本当だとしても、まずは証明されなきゃだめだと思ってた。ブワナ・スピークがあの湖をその目で見たってだけで生まれたわけじゃない証拠が必要だって。湖が存在することは、最初からわかってたんだからな。ブワナ・スピークと俺が旅に出ているあいだに、ブワナ・バートンはカゼーでいくつか地図を作ってた。スナイ・ビン・アミルやほかのアラブ人たちの話をもとに。俺たちが戻ったあと、ワズングたちは湖の位置と形をそれぞれの地図で比較した。そうしたら、ブワナ・バートンのスケッチとブワナ・スピークのスケッチにはほとんど違いがなかったんだ。それで、ブワナ・バートンはこう言った。ほら見ろ、君の努力なんて不要だったんだ。本質的な事実はもうわかっていたんだからな。

――いやあ、どんな短剣だって、その男の口ほど鋭く刺すことはできないな。

――だが、ブワナ・スピークの地図をよくよく調べて、ブワナ・スピークの説明をよくよく聞いた後、ブワナ・バートンは自分の地図に変更を加えなきゃならなくなった。あんたたちも知ってのとおり、自分が仕留めた獲物の大きさは、ライバルが仕留めたと主張する獲物の大きさによって決まるんだ。

ブワナ・バートンの地図は、ナイルと呼ばれる川の源がひとつ目の大きな湖だってことを証明するものでなきゃならなかったんだ。ある晩、俺はブワナ・バートンの部屋を訪ねた。ブワナ・バートンとブワナ・スピークがカゼーで住んでいた家の部屋だ。ブワナ・バートンになにか訊きたいことがあったんだ。部屋に入ってみると、ブワナ・バートンはちょうど地図を描いているところだった。俺が来たことを喜んで、ふたつ目の大きな湖への俺たちの短い旅について、細かいことをいくつか尋ねた。そしてその後、自分の作った地図について詳しく説明し始めた。まるで、それが真実になるには俺の承認がいるとでも言うみたいにな。ブワナ・バートンが地図に書き込み、俺に読み聞かせてくれた名前は、チャンガニーカとかニャンザっていうものだった。俺がびっくりしてるのに気づいたんだろう、ブワナ・バートンは、この大陸の奥地の遠い場所にイギリスの名前を刻み付けるほどおかしなことはないって話した。その地図の上には、ふたつの湖だけじゃなく、山も描いてあった。ブワナ・バートンの説明を全部理解できたわけじゃなかったが、それが、俺たちの誰もまだ見たことはないが、ブワナ・バートンが存在するに違いないと考えている山だってことはわかった。持っているいろいろな本に書かれているっていう理由で。ブワナ・バートンはそれを月の山と名づけて、長いあいだ地図の上をあちこち動かした挙句、最後には、ふたつ目の湖がナイルの源だっていうブワナ・スピークの主張の邪魔になる場所に置いた。

——馬とロバがひとつの同じ尻を持つことはできないってことだ。

——確かにそのとおりだ。だが、ふたりが争って、どちらも正しいって場合もある。

——ババ・シディ、俺の頭は昔っから怠け者でな、おまけにいまじゃ歳を食ったし、夜もだいぶ更けた。だから、あんたの言うことがひとこともわからないんだが。

——いいんだ、いいんだよ、ババ・ブルハン。大きな山を、それぞれが自分に都合のいいようにあちこち動かすふたりのワズングの話だ。

――見たことのない山なら、動かすのも簡単だもんな。

――ブワナ・バートンは、ブワナ・スピークの地図にいくつか間違いを見つけた。指摘されて、ブワナ・スピークは変更を加えた。その地図を、俺はブワナ・スピークの部屋で見たよ。片方の湖が小さくなって、もう片方の湖は大きくなってた。そして山は北のほうに移動してた。混乱したよ。ほかのことではあれだけ几帳面で正確なワズングたちが、命まで懸けて作った地図をどうしてあんなに軽々しく扱うのか、さっぱりわからなかったからな。でも、ワズングたちのあの奇妙な行動のことをムガンガに話したら、山の話を教えてもらった。山の王である父親の望みで旅に出た三人の兄弟の話だ。おかげで、それまでわからなかったことがようやくわかった。ワズングたちの地図はおとぎ話の語り手だったんだよ。そしてブワナ・スピークとブワナ・バートンは、おとぎ話に何度も変更を加えて、上手な語り手にふさわしくなるようにしていたんだ。

バートンの開いたノートには、再びカゼーを出発してからの三カ月で、十回の発熱が記録されている。体が麻痺した晩もあれば、ほとんど目が見えなくなった晩もある。キャンプ地を湿気のない状態に保つのはもはや不可能だ。雨が一行を鞭打っている。もう何日も。雨がやむと、時間には白い翼が生えて、それが湿気のなかで大きく広がる。やがてシロアリの数が秒数を上回る。夜はだんだん寒くなる。悪夢さえもが寒気に震えている。

スピークが隣に寝転んで、話をしている。苦痛について。言葉にして咳とうめき声の合間に発散すると、気が楽になるのだ。外からは雨音が聞こえる。スピークはこれまでもたびたび病気にはなったが、今回が一番ひどい。始まりは、右胸に燃える鉄を押しつけられたような痛みだった。痛みはそこから広がっていき、心臓に達して、鋭く刺した。そして脾臓に留まり、肺の上部を攻撃し、肝臓に根を下ろした。俺の肝臓！　俺の肝臓！　スピークは再び朦朧とした状態に陥っていく。

翌朝、スピークは悪夢から目覚める。鉄でできた馬具につながれて、トラやその他の猛獣の群れに地面を引きずられる夢だった。スピークは起き上がると、横腹をつかむ。全能の痛み。ちょっと試してみてもいいか？　とボンベイが訊く。バートンの承諾を得ると、ボンベイはスピークの右腕を持ち上げておいて、左腕を頭の後ろに回すよう指示する。肝臓への肺の圧力を軽減するためだ。すると本当に、刺すような痛みが軽くなる。バートンはボンベイに感嘆の目を向ける。最悪の痛みが去ったとたん、スピークはまたしてもぶり返しに苦しむ。てんかんのような発作だ。再び怪物たちが、スピークの体から腱をむしりとり、まるで燻製肉のように噛む。発作が鎮まると、スピークは野戦用ベッドに横たわる。手足は戦いで疲れ果て、顔の筋肉は張りつめ、硬直し、目はガラス玉のようだ。スピークは吠え始める。口と舌を奇妙に、不規則に動かして。ほとんど息もできない。死が近いという確信によって理性が明晰になり、スピークはバートンに紙とペンを持ってきてほしいと頼む。震える手でスピークは、混乱した別れの手紙を母と家族に宛ててしたためる。だがスピークの心臓は鼓動をやめようとしない。ちくちくと胸を刺す小さな鉄の先端が、徐々に後退していく。何時間もたった後、スピークはこうつぶやく――バートンはそれを浅い眠りのなかで聞く――ナイフは鞘に戻ったぞ。

シディ・ムバラク・ボンベイ

――苦しみは限りなかった。ひとつ痛みが過ぎ去ったと思うと、別の痛みがやってくる。ひとつ重荷を下ろしたと思うと、新しいものが加わる。俺はよく考えたよ。どうやって耐えようって。俺たちのところとはなにもかもが違う国から来たワズングたちはどうやって耐えるんだろうって。暑さ、獣、おまけに病気まで違うんだからな。だがな、一度目の旅の終わりごろになって、ようやくわかったんだ。最初から知っておくべきだったよ。ワズングたちは、ああいう苦しみなしでは、生きている実感を持てないんだってことを。帰り着く直前で、俺にははっきりわかったんだ。ワズングたちは、ほかの人間が酒やチャットやガンジャの中毒になるみたいに、苦しみの中毒なんだってな。だから、旅が終わって二カ月もたたずにワズングに再会したことにも、驚かなかった。あのころまだハミドは生まれていなかった。ブワナ・スピークがまたザンジバルにやってきたんだ。今度は別のワズングと一緒に。そのことにも、俺は驚かなかった。今度の同伴者は、ブワナ・グラントっていう名前のもの静かな男で、ブワナ・バートンの代わりとしては退屈だった。ほかのワズングたち、ブワナ・スタンリーとブワナ・キャメロンも、何度も戻ってきた。みんな、苦しみに惹かれて戻ってきたんだ。生き残れなかった人間を除いて、みんながね。ワズングたちは、体に健康が戻るやいなや、すぐに次の旅の計画を立て始めた。そして、前の旅よりも快適で楽な旅をしようなんて、誰ひとり考えちゃいなかった。ああ、そうさ、むしろその逆だ。次の旅では、みんなさらにひどい痛みを求めた。死のさらに近くまで漕ぎ出していった。暗礁を乗り切っただけじゃ満足できなくて、本来船では通れない場所、船が浅瀬で壊れてしまう場所に、何度も何度も出ていかなきゃ気がすまない漁師みたいだった。

なかでもブワナ・バートンが一番ひどかった。なにしろ、苦しみを中断するのさえ嫌がったんだ。つまり、自分の国に帰るまで待ちきれずに、次の旅に出発しようとしたのさ。ズンゴメロに着いたとき、そこから海岸まではあと半月の道のりだってわかってた。みんな家や家族を目に浮かべてた。少なくとも、家や家族を持っていたやつらは。あと半月がんばればたどり着けるところまで戻ってきたんだからな。ところがそこでブワナ・バートンが、これからまだキルワへの道を見つけなきゃならないって言い出したんだ。キルワって？　と俺は訊いた。ブワナ・バートンに公然と口答えする勇気を出したのは、俺が最初だった。南にある古い町だ、とブワナ・バートンは答えた。いましゃべってるのはあんたか、それともあんたがかかってる熱病か？　って俺は訊いた。もし戻りたいっていう欲望がないんなら、あんたはほかのみんなにとって謎だ。そういうことなら、残りの道はひとりで行ってもらうしかない。なぜって、俺たちみんなにとっては、目的地はもうただひとつしかないからだ。俺はそう言った。お前たちは私の命令どおりに動くんだ、ってブワナ・バートンは怒鳴った。その声の大きさからは、決然と命令したいのがよくわかったが、その口調は絶望的に響いた。俺は周りを見回した。生き残ったやつらを見つめた。そしてその瞬間、俺たちの意見は一致した。命令は拒否する。即座に、これ以上うだうだ議論せずに。そういうわけで、荷運び人たちが、バルチスタン人たちが、そしてサイード・ビン・サリームとこのシディ・ムバラク・ボンベイも、ブワナ・バートンに背を向けた。ブワナ・バートンは、ひとりで取り残された。自分の妄想をもう誰にも押しつけることができなくなった頭のおかしい男はな。

雨がやんだ。ついに。地面はまだ、何日も続いた雨を含んで重い。太鼓の音が聞こえる――空耳だろうか？――見知らぬ太鼓の音で、薬莢のようにはじけ飛ぶ雨粒よりもっと不吉な響きだ。さらにそこに、シューシューという音が重なる。バートンがテントから走り出るよりも早く、その音はどんどん近づいてくる。なんの音だか判別できないせいで、ますます不安が高まる。謎の音によって照らされた外の暗闇のなか、地面がバートンの足元から引き抜かれる。あたりを見回す間もなく、一瞬のうちに。地面が動き、バートンの聴覚の届かない場所で、斜面が崩れ落ちる。バートンは落下する。横ざまに転び、肋骨が痛む。右脚を高く伸ばし、あたり一帯の地滑りに飲み込まれる。脚を蹴りだし、支えを探す。だが脚は役立たずのポンプ、なまくらな錨のようだ。バートンはさらに滑っていき、不気味な力の毒牙にかかる。ある思考が浮かび上がってくる――キャンプ地が、キャンプ地全体が押し流されてしまう。我々は泥のなかに埋まるんだ。バートンは叫ぶ。ジャック、と。もう一度叫ぶ。ジャック。なにか重いものが落ちてくる。痛みが右の腎臓のあたりを襲う。バートンは転がり、顔が地面に押しつけられる。叫び声は口のなかで、まるで孵化する蛆のようにたぎる泥にまみれる。腕を突っ張って地面から起き上がろうとするが、腕はパン生地のような深い泥のなかに沈んでいく。下に引きずりこまれる。どんどん深く。自分は沈んでいくだろう、生きたまま埋められるだろう、くそ、こんなのは不公平だ。頭が石にぶつかり、またしても体が投げ出されて、押し流され、挽き潰される。

泥だらけの耕地のような顔に急に空気を感じる。バートンは息を吸う。鼻からかすかに空気が入ってくる。泥にまみれた重い空気。思い切って咳をしてみる。そしてもう一度叫ぶ。ジャック。何度かそう叫ぶ。それから、こう叫ぶ。ボンベイ。轟音の竜巻のなかで、人間の声はひとつも聞こえない。うなり声さえ。みんなどこへ行ったのだろう？　それが、水に落ちる前のバートンの最後の思考だ。まるで斜面から振り落とされたかのように、バートンは別の冷たさのなかに落ちる。どちらが上でどちらが下かもわからない。だが、水に包まれると、少し気持ちが落ち着く。水もやはり動いている。地面と同じように決然と、だが地面ほどヒステリックではない。水のなかにいるほうが安全だと感じる。バートンは手足を伸ばす。重い手足を。もはや恐怖はない。私は溺れはしない、と思う。生きたまま泥に埋まる危険が過ぎ去った後では、ほかの危険などないも同然のように感じる。ときどき水は声をそろえる。合唱はどんどん高まっていく。そんなときバートンは少し頭を持ち上げることができる。そして周りを見回すことができる。墨を流したような、見る甲斐もない暗闇を。だがときには、いくつもの異なる声がバートンを引っ張り、獲物に吸い付く。バートンは体を丸め、流されて岩にぶつかるのを待つ。または陸地に。なにかが手に触れる。なにか長い、筋ばったものだ。バートンはそれをつかむ。水が体の脇をすさまじい速度で流れすぎていく。木の根だろうか――蔓？――、手のなかのそれは、クモザルの脱臼した腕のような感触だ。バートンはそれをしばらくのあいだ握りしめる。轟々と流れる水に背を向けて、ただ握りしめ続ける。それから、それを引っ張ってみる。一度だけ、慎重に。抵抗感があり、バートンの試みは勇気を得る。一手、一手と、少しずつ水から体を引き上げていく。やがて足の裏になにか固いものを感じる。だがそこを踏んで立ち上がり、根から手を放す勇気はない。また沈むのではないかと不安だからだ。ほんのわずかながら、あたりが明るくなったような気がする。藪が見える。奇妙に折れ曲がった木の枝、岸。バートンはいまそこへ向かっている。腕を伸ばせば届くほどの距離まで来ている。そのときなにかが覆いかぶさってきて、バートンは再び押し戻される。水が口のなかに、鼻のなかに流れ込んでくる。左手で根をつかんで、水から逃れようと頭を振る。そして喘息病みの犬のように吠える。やがて水が吐き出され、胸がざらついて感じられるまで。体が押し流されていくような気がするが、気づくともとの場所に留まっている。根は崩れた岸から抜けることはなかったのだ。バートンは再び根につかまって水から体を引き上げていく。今度は不意打ちを食らわずに済む。木の幹の輪郭が見え、必死でそこにしがみつく。幹から手を放すと、あとはもう地面に崩れるように倒れ、深く息をついて、休憩するしかない。バートンは身動きもせずに横たわったままでいる。なにも考えず。やがて本能が告げる――なにかしなくては。体を起こすと、奇跡が目に入る。雲の隊列が後退し、光が川と岸とに広がっていく。丸々した月が、忘れられた存在を主張しているのだ。バートンは立ち上がり、木の幹にしがみついて、地面の固さを確かめる。危険のない範囲で、できる限り水面に近づく。流れのようすをうかがい、思い切って岸辺を探索してみる。さきほど陸に上がった場所から遠くないところに、砂州があるのが見える。そしてその上方には、吹き飛ばされて二本の木に引っかかった帆の裏面が輝いている。バートンは、木の枝についた小さな曲がった棘から帆を解放し、広げてみる。月があらゆる障壁を排除してくれている。目の前に広がる光景は、一行が夜のキャンプを張っていた場所とはほとんど似たところがない。川幅はより狭く、岸辺の植物はより密集している。川の流れは速く、規則的だ。激しい地崩れは過ぎ去った。一匹のロバが流れていく。首を水から突き出して、まるで呪いをかけられた白鳥のように。しばらくすると、今度はひとつの箱が流されてくる。そのすぐ後をいくつもの物が流れてくるが、水から覗いているのは隅や角だけなので、それらがなんなのかはわからない。自分たちの探検もこんなふうに終わるのだろうか？　懸命に維持してきた規律の破片が、ばらばらに、まるでひとかけらの嘲笑のように目の前を流れ去っていくのを、泥まみれになって見つめなければならないことになるのだろうか？　何カ月もかかって築き上げたものが、一突きでぼろぼろに崩れて、漂流物となる運命なのだろうか？　そしてそれらはどこかの藪に引っかかり、川が短く激しい雨季の後に死に絶えたときには、乾いた河床に何マイルにもわたってばらばらに散らばるのだろうか。そんな物たちは、他者への警告の役割さえ果たすことはない。そんなふうにあちこちに撒き散らされた物たちを、誰が理解するというのだ？　そのとき、流されていく枝にぶら下がっている人の姿が目に入って、バートンは戦慄する。急いで、先ほど長い木の根を置いておいた幹へと走る。そして根を取り上げると、水に飛び込む。何度か水をかいて、流れている枝にたどり着く。枝に引っかかっている人間に背後から左腕をまわし、腰を抱え込むと、右腕で木の根を引っ張る。ところが、岸へと戻るには両手が必要であることまでは考えていなかった。そこで木の根を自分と相手とに巻きつけると、端を結んで輪を作り、ふたりをともに固定する。ふたりは一本の綱にぶら下がっているのだ。ゆっくりと、消えつつある力のリズムにしたがって、バートンは綱を引いていく。そしてついに木の幹にたどり着く。もうひとりを岸に引っ張りあげて、帆布の上に寝かせる。顔に張り付いた髪をはらって、意識を失っているスピークの顔を見つめる。まだ生きている。発熱しており、溺死寸前ではあったが。金髪が覆っていない場所は蒼白だ。バートンにしてやれることは、帆布でスピークの体を覆い、手足をマッサージすることぐらいだ。いくらもしないうちに、スピークの足を膝に載せたまま、バートンはうとうとし始める。極限の疲労の最後の主張だ。

日の光が射しこんでくる。きっと太陽がすべてをもとどおりにするだろう。太陽は長く根に持つ性格ではない。夜の熱っぽい痕跡を、太陽はその暖かな布で慎重に覆う。まるでそれまで姿を見せなかったのは自分のせいではないと言わんばかりに、自信たっぷりに。バートンは水際にしゃがんで、溺死した人間の幽霊のようにこちらを見つめ返してくる歪んだ顔を見つめる。皮膚は骨からぶら下がり、目は怒り狂ったように眼窩から飛び出し、忘れられた沼のように茶色い唇はめくれ上がって、歯がむき出しになっている。スピークはなにかつぶやく。目は大きく見開かれている。ジャック、具合はどうだ？　バートンはそう訊いて、スピークの右肩を優しくもむ。死人があちこちに、とスピークがつぶやく。追い払ってくれ、死人どもを。死人って誰のことだ、ジャック？　ソマリア人だ、死んだソマリア人。皆が死んだわけじゃない、まだこれから死ぬやつもいる、腕を上げて、手をのばして、最後になにかに触りたいんだ、なにかに。でも死ぬと腕が落ちる。あいつらを追い払ってくれ、頼む、追い払ってくれ。ジャック、少し水を飲め。誰も叫ばないんだ、とても耐えられない、誰も叫ばない、くそいまいましいソマリア人め、死ぬときにどうしてあんなに静かでいられる。ジャック、体を起こしてやるからな、服を脱がせてやる、わかるか、濡れているからな、脱がなきゃならない。全部壊れちまった、テントも壊れて、いろんな道具が散らばってる。あちこちに散らばってる、仲間の姿は見えない、みんな俺を置いていっちまったんだ、逃げちまったんだ、でも俺は走れない、足がないから、這うことしかできない。これでよし、これで気分もよくなるぞ、ジャック、これで温まるぞ。俺は死ぬんだ、ソマリア人が来る、腕を振り上げたソマリア人たちが。俺は死ぬ、血が流れてるのが見える、槍が見える、槍が俺に突き刺さるのが見える、俺の体にはこんなに血があるのか、こんなに血があるなんて誰にわかる、俺は知らなかった、こんなに無限に血があるなんて。ジャック、体をさすってやるからな、温まるように、聞こえるか、体を温めないと。無駄だったんだ、血は無駄だったんだ。非難、あいつからは非難ばかり、非難しかない。あいつはいつも俺より上なんだ、いつも神なんだ。さあ、これでいいだろう、あとは私の上着を着せてやろう、もうほとんど乾いているからな。あいつは泥棒だ、泥棒だ。少しも上なんかじゃない。俺の日記、俺の日記、ずたずたに切り取られて、食肉用の家畜みたいに、付録として、あいつの本のためだ、あいつの名声のために、俺の血、すべての血が、あいつの名声のために、あいつ、俺の集めたものを人にくれてやっちまった、あいつには許される、神だからな、俺のコレクションを博物館にやっちまうなんて、あいつは人食いだ、ああそうさ、人食いだ。落ち着け、ジャック、落ち着いてくれ、君の周りにいるのは友人たちじゃないか、いったいなんの妄想だ、あいつって誰だ？　あいつの名は人間じゃない。あいつの名は罵倒の言葉だ。ちくしょう、あいつの墓石にはこう彫るべきだ——ディック、とな。それだけ、墓石には、ただディックとだけ。

バートンはスピークを地面に降ろす。旅の同伴者が吐き出した憎悪に打ちのめされて。きっと誤解だ。意見の食い違いはあった、それも激しい食い違いが。だがこんなむき出しの憎悪を向けられる覚えはない。なにしろ自分だってあの襲撃では重傷を負ったのだ。頬を貫通した槍は、目に見える傷跡を残した。だがこの傷も、スピークの傷ほどに深くはないのだ。スピークの誇りについた傷ほどには。コレクションに、付録。くだらない誹謗だ。自分はスピークのためを思ってやったのだ。スピークごとき無名士官のけちくさい記録など、出版してくれるところはなかったはずだ。自分が引き取ることで、あのちまちました仕事が、少なくとも部分的には公になったのだ。それにスピークのコレクションを、カルカッタの博物館以上に大切に保管してくれる場所がほかにあるだろうか。人食いとはよくも言ってくれたものだ。自分は出版のために私財を投じた。それにまったく儲けなど出なかった。どんな意味でも利益などなかった。いま地面に横たわっているこの男、なんという思い込みの激しい独善家だろう。そんな男を自分は介護しているのだからお笑い種だ。この卑小な男を元気にしてやろうとまでしているのだから。実際のところ、こんな男などいないほうがよほど人類のためになるというのに。

スピークは再び眠り込んでいる。バートンは、改めて川岸の探索を続けようと決める。自分は生き延びた。だが、覚書を書き溜めたノートが見つからなければ、生き延びた意味などどこにあるのか。油を塗った袋に入れてあったあのノート。こまごました物はたくさん見つかる。ビスケットと乾燥ナツメヤシの入った備蓄食糧の箱を除けば、ほとんどはどうでもいい物ばかりだ。そのとき、さきほどのヒステリックな発作を恥じ入るように目立たず淡々と流れ続ける川の向こう岸に、数匹の猿が見える。最初は気にも留めなかったが、目の端に映ったなにかが頭に引っかかる。猿のなかの一匹が、油を塗った袋を手にしているのだ。探検隊の荷物のなかにいくつ油を塗った袋があったかはわからない。だが、あの猿が手にしているのは自分の袋だと確信する。何年もの仕事の成果がすべて入っているあの袋だ。バートンは怒鳴る。猿たちよりも大声で。猿たちはバートンに気づき、袋を持った猿はまるでバートンを馬鹿にするかのようにそれを手から落とす。すると別の猿がそれを木の枝からひったくる。バートンの怒鳴り声はどの言語でもなく、威嚇のうなり声だ。だがなんの効果もなく、猿は袋のなかに手を突っ込もうとする。袋の開口部を見つけて、一冊のノートを手に取る。目の錯覚などではない、猿はノートを熱心に読み始める。袋が手から滑り落ちる。バートンは水際へと急ぎ、飛び込むと、必死で水をかく。なんとか向こう岸にたどり着いてみると、袋は目の前に落ちている。まるでバートンが受け取れるよう、そこにわざわざ置いたかのように。だが猿たちの姿は消えている。ただ吠え声だけが、それからしばらくのあいだ聞こえているが、やがてそれも消える。後を追うほど無駄なことはないと、バートンにはよくわかっている。袋を開いて、ノートの数を数える。一冊足りない。だがその喪失は、バートンの意識にほとんど届かない。別の重大なことに気づいたからだ。湿気だ。油を塗った袋は水を弾くと思っていた。だが袋のなかは水だらけだ。ノートはたっぷりと水を吸っている。胃のなかに重いものが沈むような感覚とともに、バートンは一冊のノートを開く——文字がにじんでいる。すべてではない。中央の部分はまだ読み取れる。果実が外側から腐っていくのと同様、湿気はノートの端に取り付き、上と下の数行を消してしまった。あらゆる行の最後の数語を消してしまった。三分の一ほどか。その印象は、どのノートを開いても変わらない。これまでの観察、調査、描写、考察の三分の一が消えてしまっている。一部は記憶から再構築できるだろう。だがバートンは知っている。記憶のなかでもやはり文字はにじみゆくのだと。

シディ・ムバラク・ボンベイ

——ブワナ・バートンはその旅の後、二度とザンジバルには戻ってこなかったんだよな。戻ってきたのはブワナ・スピークだけで。それ、あんたがしてくれたブワナ・バートンの話と矛盾しないか？

——いや、まったく矛盾なんてないさ、ババ・ブルハン。こんなに遅い時間に、俺の話をそんなに注意深く聞いてくれるなんて、光栄だ。だからその質問にも喜んで答えよう。ブワナ・バートンはな、独立した人間じゃなかったんだ。それがわかったのは、俺が二度目の旅に出てからだった。ブワナ・バートンは、ほかのワズングみんなと同じように、自分の国の高位の紳士たちに依存していたんだ。最初俺が思ったような金持ちじゃなかった。俺と同じように、人に仕える身だったんだ。別のワズングたちに仕えていたんだ。自分で旅に出る力や勇気や意志や欲望がないせいで、ブワナ・バートンやブワナ・スピークのような男たちに代わりに旅をさせようと金を出す人間たちにな。だがブワナ・バートンとブワナ・スピークのふたりは旅の終わりには宿敵になっていたから、平和を保つには、互いを大きな海で隔てるしかなかった。そういうわけで、高位の紳士たちは、二度目の旅にはふたりのうちどちらかを選ぶしかなかった。そしてブワナ・バートンは、あんなにいろいろ知っていたくせに、ときどき一番簡単なことがわかっていなかった。どんなに賢い人間も、ときには幼い子供みたいに愚かになるもんだ。だからもちろん、ワズングの国の高位の紳士たちは、ブワナ・スピークを優先した。なぜって、ブワナ・スピークは彼らの仲間に見えたからさ。一方ブワナ・バートンは、見た目がほかのワズングたちとはまったく違ってた。黒くてもじゃもじゃの髭、アラブ人と見分けがつかないほど黒ずんだ肌の色、それに体にまとった服、すべてが高位の紳士たちの望む外見とはほど遠かった。彼らが望んだのは、ブワナ・スピークの清潔で美しい外見だ。ほっそりした体、青い目、明るい色のたてがみみたいな髪、なにひとつ異邦人みたいなところがなくて安心だったんだ。あの国の人間たちがブワナ・スピークをどれほど尊重しているか、俺はこの目で見たよ。二度目の旅の終わりにカイロに着いて、ホテルに泊まったときにな。シェパード・ホテルっていう名前だった。ああそうさ、兄弟たち、俺はブワナ・スピークと同じホテルに泊まったんだ。ブワナ・スピークは俺のことをそれほど評価してたんだ。

——どんな部屋をあてがわれたか、訊いてごらんよ！　そうしたらわかるから。あんたたちの偉大な英雄、ババ・シディ・ムバラク・ボンベイはね、召使用のちっぽけな部屋で寝たんだよ。そして、お友達だっていう、白い肌と金色のたてがみを持つ男はね、最上階の宮殿みたいな部屋で眠ったんだから。

——混ぜっかえすなよ、ママ、でないと話が終わらないじゃないか。

——もしブワナ・スピークが俺を評価してなかったなら、別れ際に上着をくれたりしたと思うか？

——あの古い上着のこと？　ぼろぼろに擦り切れたやつじゃないの。捨てるよりも人にあげるほうがましだったんでしょ。

——俺は王立地理協会から銀のメダルをもらったんだ。あんたたちはなんだか知らんだろうがな、俺の最初の旅と二度目の旅を計画して金を出した例の高位の紳士方の集まりだぞ。それに俺は写真も撮られたんだ。公に紹介されたんだからな。

——あんたってば、自分の恥を喜んで吹聴しまくるなんて！ この人はね、白人たちが捕まえた野生の獣かなんかみたいに、さらし者にされたんだよ。ほかのみんなと一緒に、サバンナを走るところなんかをやってみせなきゃならなかったんだから。その次は、じっとまっすぐ立ってなきゃならなかったのよ。あの国の人間たちが、写真を見ながら通り過ぎるあいだ、何時間もじっとしてなきゃならなかったのよ。生きたものから作られたあの死んだ写真。それに、なんといっても最悪なのはね、いい、よく聞きなさい、あんたたちはこの恥知らずの老いぼれのお友達なんだから。最悪なのはね、興味津々のやつらが、じっと動かずに立った私の夫を馬鹿みたいに眺める権利を得るために、お金を払ったってことよ。

——ふん、いったい誰がお前の言うことなどに耳を貸すもんか。わざわざしゃべるだけ無駄だ。どんなふうだったかは、俺が一番よく知ってる。なんといってもあの場にいたんだからな。俺たちがどれほど尊敬を集めたか。公式のコンサートだとか、厳粛な儀式だとかで、俺たちは偉大な発見者ブワナ・スピークの協力者、同伴者として紹介されたんだ。それだけじゃないぞ、副王の城でのパーティーにも招待されたんだからな。それもカイロでじゃない、大陸でじゃないんだ。ロードスっていう名前の島でだぞ。俺たちはそれくらい重要な存在だったんだ。船で島まで連れていってもらって、それから何日も城でもてなされたんだ。あんなにうまいものをたくさん食べたのは、生まれて初めてだった。それに、正直に告白するが、酒も飲みすぎた。なにしろ、酒が水みたいに溢れてるんだからな。それが終わってやっと、俺たちはザンジバルに戻った。船で。長い旅で、またいろいろな場所を知った。スエズやアデンといった場所だ。それにモーリシャスやセイシェルといった島では、贈り物として金をもらったんだ。そんなところにまで、俺たちの名声が、俺たちよりも先に届いていたんだからな……

……

——あんた！　気がつかないの、もう誰も聞いてないいじゃないの。ババ・イシュマイルのいびき、うるさすぎて、港にまで届くくらいよ。ほかのみんなはもう家に帰ったし。いまちょうど、最後のひとりだったババ・ブルハンがこっそり姿を消したところよ。あんたの話を聞いてるのは、もうねずみだけ。くだらないおしゃべりはやめて、家に入りなさい。食事を用意してあげるから。それからね、ババ・イシュマイルを起こすのを忘れないで。うんと揺さぶってちゃんと起こすのよ。でないとまた息子さんが探しにきて、私たちのことを罵るからね。

スピークは急いでいる。髪を切らせ、髭を整えたようだ。自分でやったのかもしれない。力強い大またで、慌ただしくバートンに近づいてくる。バートンは目の前に、ひとりの狩人を見る。獣に傷を負わせ、暗くなる前に仕留めようと、その血の跡を急いで追う狩人を。不公正な想像だろうか。

バートンはスピークに手を差し出し、あいまいな別れの言葉をつぶやく。すぐ後から追いつくから、そう長くはかからないから、といったことだ。この男の朗らかさと磊落さは折り紙つきだ。野生の地でもそれは崩れなかった。残念なことに。じゃあな、相棒。安心しろ、君が戻ってくるまでは、俺ひとりで王立地理協会を訪ねたりはしないから。戻ってきたら一緒に行こう。次の船で来てくれ、待ってるからな。心配するな。誰かに心配するなと言われたら、すぐに心配し始めること——母から授かった智恵だ。バートンはうなずき、旅の安全を祈る、と小声で言う。そして背を向け、ジョン・ハニング・スピークを港に残して去る。いまとなっては、この男がなにをしても驚かないだろう。この男の約束は、世界の終末の日時が厳密な計算によって導き出されたと言われるのと同程度にしか信頼できない。そう、ふたりが決裂したのは、決して自分に人間心理を解する能力が足りないせいではない。運命が人を特定の相手と結びつけ、ほかに選択の余地などないとしたら、人間心理をこれ以上なく解したからといって、それがなんの足しになるだろう？　運命は自分に対立することを選んだのだ。それがすべてだ。そして自分は、それに抗うことができなかったのだ。

シディ・ムバラク・ボンベイ

夫に真鍮の針金によって買われ、愛情によって側に置かれてきた妻は、台所でココナッツをすりおろす。米を水に浸し、トウガラシの赤い色のついたカレーがコトコトと煮立っている鍋に魚の切り身を入れる。隣の部屋から夫の声が聞こえる。まだ話し続けているのだ。シディ・ムバラク・ボンベイがいったん物語の海に乗り出すと、もはや風はやむことがない。凪など来ない。妻は本気で耳を傾けているわけではない。米の水を切りながら、左脇の刺すような痛みに注意を向けている。知らぬ間にやってきた痛みだ。最初は遠慮がちに隅に座って、わずかなパンの切れ端で満足している客のようだった。だが何カ月もたつうちに貪欲になり、いまやこの客は、差し出してやれるものよりも多くをむさぼり食うようになった。医者からもらって、その指示どおりに潰して飲んだ薬草のどれも、痛みを軽減してはくれなかった。妻はその痛みに注意を傾けながら料理をし、夫は話し続けている。料理に没頭していると、ある言葉が聞こえてくる。いくつかの言葉の連なりかもしれない。その声に、妻はふと耳をそばだてる。それが、自分のまだ知らない話のような気がする。これほど長い歳月をともに過ごしたというのに、この虚栄心が強く、声が大きく、すべて自分中心に固まったコブのような男は、いまだに新しい話を披露することができる。慣れのせいで味が退屈になると、調味料を変えることができる。夫はいまだに妻を驚かせることができる。これほど長い歳月をともに過ごしたというのに、一番最後の旅で出会ったひとりの男の思い出で、妻を驚かせることができる。それは夫がハミドの結婚式の直後に出た旅の話だ。夫がその話をすることは滅多にない。夫の四度目の旅。首と頭とを驚くべき物体で飾った異邦人。

奇妙な飾りをつけたその男は、捨てられた未来を集めたのだ、と、台所の隣の部屋にいるコブのような男は語る。妻には、夫の話の意味がわからない。その言葉は妻の疲労のなかを漂う。それでも妻は料理の手を止めて、一言も聞き漏らすまいと戸口に近寄る。さきほどまで一粒の米も無駄にしないよう気をつけていたのと同様に。毎回、とコブは続ける。なんらかの金属の破片だとか、古い薬莢だとか、空の瓶などを道で見つけるたびに、あの男は我慢できずに、それらを拾い上げ、しげしげと観察した。そしてそれらをもう手放すことができなかった。捨てることができず、拾い上げた物すべてに穴を開けて、紐を通し、首飾りにして、常に胸の前にぶら下げていた。半ダースもの薬の小瓶、鰯の缶詰の鍵やその他の金属片が連なってぶらぶら揺れていた、あの奇妙な首飾り。それで妻にもわかる――その異邦人は、ゴミを体にまとっていたのだ。飾りをつけた男とは、大陸を横断するキャラバンから出たゴミをまとった男だったのだ。そして、シディ・ムバラク・ボンベイは――夫でありながら、その風変わりな性格にはこれからも決して慣れることはないだろう、自分がまだなにか感じられるうちは決して――、それらのキャラバンのうち四つに参加したのだ。それどころか、本人の話を信じるなら、四つのキャラバンの道案内をしたのだ。だからこそ夫は、夫独特の風変わりなしかたではありながら、夫の旅の抜け殻を身にまとったその異邦人のことを喜んでいるのだ。妻の顔に微笑が浮かぶ。まこと、この男はほかの誰とも違う。自分に毎回新鮮な驚きをもたらすこの子供のような老人は。

食事の準備ができたと告げると、夫は仲直りをするかのようにこう答える。今夜は一緒に食べよう。ふたりはカレーを米と混ぜ、黙ったまま、指で米を一口大に丸める。夫は少ししか食べないが、それでもおいしいと思っていることが、妻にはわかる。夫が食べ終えて一息つくと、妻は苦労して立ち上がり、夫が手を洗うための水を入れた器を持っていく。それから夫をそこに残して、台所を片付け、湯を沸かす。その湯をたらいに入れて、寝室に置くと、夫に呼びかける。あんたの風呂の用意ができたよ。夫のほうを見ると、すでにキコイしか身につけていない。そのごつごつした体を見つめ、妻はベッドに腰を下ろす。はだしで。娘のころ、自分より背の低い男と一緒にいることがどれほど奇妙に感じられたかを思い出す。あのころは、夫のペニスまでが自分の性器を埋めるには小さすぎるのではないかと恐れていたものだった。一度、少しだけ夫を信用できるようになってきたころ、思い切って背の高さを話題にしてみたことがある。すると夫は笑った。確かに小さいが、代わりに俺はたくましくて、簡単に倒されたりはしないぞ、と言った。俺は確かに落ち着きがないが、根っこをなくすことはない、と。実際、そのとおりだった。お前が寄りかかりたいと思う木を見つけなさい、と父が助言をくれたことがある。自分は木を選ぶことはできなかった。だが、寄りかかった自分の体の重さに、あの男は——自分が売られた相手であるあの男は——常にもちこたえた。あんた、と妻は夫に呼びかける。ゆっくりと、ひとことひとことを味わうように。私はあんたの妻だよ。愛を交わそう、あんた、私、その気になっちゃった。するとシディ・ムバラク・ボンベイはため息をつき、目を上げて、ベッドに座る妻のもとへとゆっくりやってくる。最近は、愛を交わすのに少しばかり苦労するが、終わったあと、ふたりはいまだに幸せを感じる。

啓示

葬式が終わった後何日も、司祭は死にゆく者の傍で過ごしたあの夜の出来事を繰り返し振り返り、やがてそれ以上耐えられなくなった。自分に向けた数々の非難のなかでも、とりわけひとつが心にのしかかっていた。あのとき夫人は、司祭に「シ・エス・カパックス」をせよと迫った。もはや意識のない者への終油の秘蹟だ。だがあのイギリス人にはまだ意識があった。司祭がかがみこむと、まっすぐに目を覗き込んできた。だが司祭は、彼と話そうとは試みなかった。代わりに、夫人のしつこい頼みに屈服したのだった。死にゆく者が本当に秘蹟を望んでいるのかどうか、尋ねる勇気はなかった。ましてや、彼に秘蹟を受ける資格があるのかどうかなど訊けなかった。あの男のことを、自分は知らなかったというのに。自分はいったいなんという司祭なのだ？　真実を知る道がどこかにあるはずだ。知るまでは、魂の平安を得られない。召使たちを問い詰めたらどうだろう？　召使というのは、すべてを知っているものだ。それに、夫人よりは正直に話してくれるだろう。そもそもあの夫人を信用することはできない。夫人が熱心なカトリック教徒だからこそ。混乱する。怖ろしく理解不能な状況だ。

日曜日のミサで、マッシモはひとりの司祭に見つめられていることに気づいた。高貴な風貌の司祭だ。だが、どうやらミサよりもマッシモのほうに関心があるらしい。司祭は、金持ちに助力する神の僕に見える。若く、髭をきれいに剃り、高慢な目つきだ。きっとこの界隈にうっかり迷い込んでしまったのだろう。だが、日曜の朝に？　どうして自分をじろじろ見つめているのだろう？　ミサの後、教会前の階段で、司祭はマッシモに話しかけてきた。

——マッシモ・ゴッティか？

——そうだが。

——少し話をしてもいいか？

——わしと？　どうしてだね、神父さま？

——君はシニョーレ・バートンの家に奉公していただろう。

——ああ、そうだが。

——何年も。

——九年だ。

——シニョーレとは付き合いがあったか？

——付き合い？　わしは庭師なんでね。

――ときにはシニョーレと話をしたんじゃないか？

――何度かね。

――彼の信仰についてなにか知っているか？

――信心深い人だったよ。

――確かか？

――絶対に確かだ。

――どうしてわかった？

――いい人だったから。

――そう望もう。彼のために。だが、異教徒にもいい人間はいる。

――異教徒？　あの人は異教徒なんかじゃなかった。

――でも滅多にミサに来なかった。

――屋敷に礼拝堂があるからな。

――そこでシニョーレが祈っているのを見たことがあるか？

――わしは外で仕事するんでね。

――つまり、祈っているのを見たことはないんだな？

――祈ってたよ。それはわかってる。どこか別の場所で祈ってたのかもしれない。あの人はすごく強い人だった。異教徒なんかじゃない。異教徒ってのはもっと感じが違うからな。

あの愚かな庭師からは、なにも聞き出すことができなかった。家政婦に訊こう。もう少しなにか知っているといいのだが。家政婦に市場で声をかけるのは簡単だった。だが、自分の質問の理由を訊かれるとは思っていなかった。いったいなんと答えればいいのだろう？　自分の疑念をこの女に話すわけにはいかない。そこで司祭は嘘をついた。己の過ちを明らかにするために、さらなる過ちを犯したというわけだ。神よ、いったい自分はどこに迷い込んでしまったのでしょう。司祭は、教区新聞に追悼文を書かねばならないのだと嘘をついたのだった。シニョーレ・バートンのさまざまな面に光を当てる追悼文を書くのだと。ああ、それじゃあ、と、驚いたことに家政婦——アンナという名前だ——は言った。旦那様がよきカトリック教徒だったかどうかを知りたいとおっしゃるんですか？

——それは我々が関心を持っている問題のひとつだ。

——私に言わせれば、そうとも言えるし、そうとも言えないってとこですね。

——よくわからないということか？

——いえいえ、私にはようくわかってます。旦那様は、信仰のことをとてもよくご存じでした。ときどき、私が聞いたこともない聖人の話を聞かせてくださいました。聖ヨサファトがインド人だったって、ご存じでした？　本当の名前はブダとかなんとかいうらしいんですよ。

——そんな話を信じたのか？

——ええ、もちろん。旦那様のお話は、聞くと信じないわけにはいかないんですから。

——だが、シニョーレがよきカトリック教徒だったかどうか、疑ってもいたのか？

——理由があったんですよ。

——屋敷には小さな礼拝堂があると聞いたが。

——そうそう、まさにそのことなんですよ。旦那様は、一度もいらっしゃらなかったんです。礼拝堂に入るのは奥様だけで。ときどき私も行きましたけど。奥様がお許しくださったのでね。

——シニョーレは自分の部屋で祈っていたのだろうか？

——お祈りしてるところなんて、一度も見ませんでしたよ。

——お前のいるところでは祈らなかったのかもしれない。

——旦那様は、おうちにいらっしゃるときは、ほとんど一日中お部屋から出てこられませんでした。でもね、神父さま、そのお部屋には、お祈りできる場所なんてなかったんですよ。それに十字架も救世主の絵も置いてませんでしたし。

——なるほど。シニョーレがなにか変わったことをしているのを見たことは？

——旦那様は変わったことしかしませんでしたけど。

——奇妙な姿勢を取っているところに出くわしたことはないか？　床に座るとか、ひざまずくとか？

——いいえ。私がお部屋に入ると、いつも椅子に座ってらっしゃいました。そうでなければ、お部屋をうろうろ歩いていらっしゃいました。ときどきなにかを朗誦していらっしゃいました。

——なにを？

——わかりません。

——もちろんだ、彼はイギリス人だったからな。

――英語じゃありませんでしたよ。

――お前は英語がわかるのか？

――いいえ、ひとことも。だいたい、どうしてわかる必要があるっていうんです。旦那様も奥様も、イタリア語がとってもお上手でしたからね。でもおふたりでお話しなさるときは、いつも英語でした。あんなに長いあいだ――十一年以上もですよ――お仕えすれば、言葉の響きにも慣れるってもんですよ。

――では何語だったんだ？

――そんなこと、私にはわかりませんよ。

――尋ねなかったのか？

――なにをおっしゃるんです、神父さま！

――なんの朗誦だと思った？

――詩とか、お祈りの言葉とか。単調で、ずうっと同じことの繰り返しでしたから。

――リフレインのような？

――なんです？　それ。

――一番重要な箇所を繰り返すことだ。我々が何度もこう言うように――グローリア・パトリ・エト・フィリオ・エト・スピリトゥイ・サンクト。

――確かに、そういう感じかもしれません。なんとなく似てます。

――それは喉の奥から出る醜い響きだったか？

――いいえ、それどころか、きれいな響きでしたよ。

――よく聞け、こういう感じの響きだったか？　ビスミラー‐ヒル‐ラフマン‐ニル‐ラヒーム。

――いいえ、そんなんじゃありませんでした。

――それじゃあ、こうか？　ラー＝イーラハ＝イラッラー。

――そうそう、そういう響きでした。神父様もご存じなんですか？　きっとそれですよ。

――おお、神よ！

――私、なにか悪いこと言いました？　神父様。

――私はなんということをしたのだ！

――どうしたんです、神父様？

――彼はイスラム教徒だったのだ。忌まわしいイスラム教徒だったのだ。

夕日が屋根瓦を柔らかになでるころ、司祭は本来どうしても避けたかった道を歩いていた。司教を訪問するのだ。彼の聴罪司祭を。司祭は司教に、胸のなかに細菌のように広がった疑念を打ち明けた。家政婦と話して以来、司祭のすべてを支配している疑念を。司祭はこの告白を恐れていた。心にのしかかる重荷を率直に口に出す勇気がなかったのだ。だが、もし想像していたとおりの非難を受けたとしても、司教が実際に見せたどこまでも平静な反応に対するほど、深く動揺させられることはなかっただろう。司教は、宮殿に住む者だけが持つ超然としたようすで微笑んだのだった。彼のような地位につくために生まれた者だけが持つ態度で。司祭のほうは逆に、懸命に学んでこなければならなかった。教育というはしごをよじ登ってきた。それでも、より大きな権力とより強い自信を持つ者に、はめられたのだ。最初から打ち明けておくべきだったな、と司教はこともなげに言った。私自身が一度シニョーレ・バートンの告解を聞いたことを、君に話すのを忘れていたようだ。

——ご自身でお聞きになったのですか？

——奥方に、告解に行くよう強く言われたらしい。おそらく何年にもわたって。奥方が夫を説得し、哀願したのだ。心が軽くなりますよ、と言ったらしい。私の心を唯一軽くできるのは、すぐに死ななくてもいいという知らせのみだ、と彼は答えたそうだ。なんとも面白い男だったな、あのシニョーレ・バートンは。

――なぜ彼の告解をお聞きになったのです？

――あの男は我々の街のイギリス領事だし、奥方は教会の忠実な娘だ。それにな、ここだけの話だが、私は滅多に懺悔をしない人間の罪の告白を聞くのが好きだ。実際、あれはかなり興味深かった。

――興味深い？

――彼は最初、自分には懺悔すべきことなどないと言い張ったのだ。

――なんと傲慢な。

――十年以上士官だったにもかかわらず、そして世界中のあらゆる大陸で非常に大きな危険に遭遇してきたにもかかわらず、バートンは一度も人を殺さなかった。それがどれほど高く評価すべきことか、とてもおわかりにはならないでしょう、と私に向かって言ったよ。私は少しばかり圧力をかけてみた。するとバートンは、小さな罪を告白した。ささやかな愚行《プティット・ベティーズ》、と自分では言っていたな。実は、バートンは誰も殺したことがなかったが、一度アラブ人を殺したことがあるという噂を自分で流したというんだ。理由は、立ち小便をしているところを見られたからだと。だが実はそれはできの悪い嘘で、後から自分で自分を責めたということだった。あんな服を着て立ち小便をしようとしてごらんなさい、とバートンは私に言ったよ。絶対に無理ですから、とな。私は、そんなものは本当の罪とは言えない、あなたほど中身の濃い人生を送ってきた人なら、もっと重大なことを打ち明けねばならない、と言った。するとバートンは、ない、と言い張ったんだ。なにも思いつかないと。

――常によきキリスト教徒であったかどうか、お尋ねになりましたか？

――ああ、尋ねたとも。バートンはずいぶん激しく反応したよ。それは知ろうとなさらないでください、司教様、と叫んだんだ。どうか信じていただきたい、そんな話は避けたほうがいいんです、とな。もうひとつ告白できることがある、本当に大きな罪だ、と、しばらくして、私がそう簡単に引き下がらないとわかると、バートンは言った。今日でもまだ恥じているのだ、若いころにシンドで犯した罪だ、シンドがどこかはどうでもいい、神はご存じだ、自分はかつてそこに暮らしたことがあるが、すぐにまた別の場所に移ったのだ、となり。そこで私はバートンを遮った。ちょっと話の進行が速すぎる、もっと詳しく話してほしい、と。すみません、とバートンは言った。こういう懺悔の場にはどうも緊張するんです、お気づきでしょう、私がいつもの私ではないことを、と。

——シンドがどこかは知っています。バートンはそこに長いあいだ暮らしていました。イスラム教徒たちとともに。

——シンドで、なんの知識も常識もない素人が、考古学的遺物を掘り出していたんだそうだ。考古学という言葉は当時はまだなかったが、重要な学問で、自分はそれを否定するつもりは毛頭ない、と言っていた。だが当時、とあるいたずらを自分に許したのだと。バートンは安価な赤い土の壺を持っていた。古代ローマ様式で、エトルリアの人物が描かれているものだった。バートンはそれを壊して、熱心に遺物を探す者たちが土を掘り返す予定の場所に埋めておいた。破片は当然見つかって、皆が非常に興奮したそうだ。発見物を大いに自慢して、エトルリア人の歴史と、もしかしたら古代ローマの歴史までもが、書き換えられねばならないと主張した。結局それは少しばかり先走りすぎだったという結論に落ち着いたのだがな。バートンの友人のウォルター・スコットが考古学者たちに真実を打ち明けたのか、それとも、それ以上の遺物が見つからないことで、彼らが自分でおかしいと思ったのかはわからないが、いずれにせよ、ある日彼らは荷物をまとめて姿を消したということだった。バートンはいまでもそのときの自分の行いを恥じていると言った。驚くべき告白だ。そうは思わないかね？

——時効になった嘘ですか。それがすべてですか？

——いや、もっと聞き出した。バートンは、ヴィクトリア女王から騎士の位を授けられたその日、テムズ川の南のいかがわしい界隈にある印刷所へと急いだのだと告白した。『カーマ・スートラ』という名の本の新版の準備をするために、パーティーを中座したのだと。最初は私も、バートンが罪だと言うこの行いを聞いても、特になんとも思わなかった。その本になにが書いてあるかを聞くまではな。ここで繰り返すことはできないが、どこまでも徹底的に罪深い本だと言えばじゅうぶんだろう。バートンはその本を出版しただけではない。翻訳もしたんだ。それからバートンは、アフリカで三人の女を相手にふけった放蕩のことも告白した。まさにソドムそのものだった。私は話を遮らねばならなかったよ。もうたくさんだったからな。そして「汝の罪は許されり《テ・アブソルヴォ》」と告げて、早々にお引き取り願った。始まりは無害だったのに、それが急にあんな……

——人生でそれほど多くの嘘をついてきたのなら、信仰の問題でもどうだったか、わかったものではないのでは？

——それは不要な心配だ。バートンはカトリック教徒だった。以上。

——どうしてわかるのです？

——私にこう言ったのだ。どうせキリスト教徒でなければならないなら、カトリックが一番いいとな。

——なんという信仰告白ですか。

——現実的に考えようではないか。自発的に信仰する者など、いったいどこにいる。

——ええ、ですがその不自由は神によって定められたものであるべきです。

——おお、そうだ、思い出したぞ、バートンはこんなことも言っていた。彼が卓越したユーモアの持ち主だったことが、君にもわかるだろう。バートンは、自分はカトリック教徒だ、なぜならトリエステには残念ながらエルカサイ派がないからだと言ったんだ。エルカサイ派への憧れとはな。これまで聞いたことがあるか？

――どういう意味です？　それが私にとってどんな意味を持つのです？

――この話はもう終わらせるべきだという意味だよ。

――バートンは少なくとも神を求めはしたのですか？

――もちろんだ。そしてほとんどの人間と同様、なかなか見つけられなかった。この問題に関しては、バートンの立場は独特だった。どんな人間も、神に本当の意味で出会うことはない、と、いつかの晩餐の席で私に言ったことがある。神に出会ったりしたらどんなことになるか？　その人間の個性は溶解してしまい、神のなかに消えてしまうだろう。個もなくなれば、未来もなくなり、すべてが永遠なるものに吸収されてしまう。神のなかに存在できるのなら、人間でい続けたいと思う者などいるだろうか、とな。注目すべき論理だとは思わないかね？

――そこからバートンにとってどういう結論が導き出されるのです？

――我々は探し続けるだろう、もちろん、だが決して見つけることはない、ということだ。まさにそれを、自分は一生のあいだ実践し続けたのだ、とバートンは言ったよ。自分はあらゆる場所で探した、だが多くの人間は逆に、繰り返し同じ鍋の底を覗き込むばかりだとな。それから私の目を毅然とまっすぐに見つめた。どこかいたずらっぽい視線だったと言わざるを得ないがな。

――バートンはカトリック教徒だったというお考えは変わらないのですね？

――こう言ってはどうだろう。バートンは名誉カトリック教徒だった、と。

――私には荷が重過ぎます。なぜ彼の臨終に私をお送りになったのです？

――真夜中にベッドを出るのが好きではないからだよ。さあ、もうこの話はここまでにしてくれ。私がわずらわしく思い始める前に。

リチャード・フランシス・バートンは、まだ黒い糸と白い糸の見分けもつかないであろう早朝に息を引き取った。頭上にはペルシアの書がかかっており、そこにはこう書いてあった——

これもまた過ぎ去る。

一九九八年—二〇〇三年　インド、ムンバイ、ボンベイ・セントラル、グレート・イースタン・ロイヤル。
二〇〇三年—二〇〇五年　南アフリカ、ケープタウン、キャンプス・ベイ、ストラスモア・ロード。

語彙集

アザーン――礼拝への呼びかけ。
アジャミ――「非アラブ人」。ほとんどの場合、ペルシア人を指して使われる。侮蔑的な意味の場合も、中立的な意味の場合もある。
アステ・アステ――緩慢よりもさらに緩慢に。
アリフとバー――「AとB」。アラビア文字の最初と二番目の文字。
アリム――イスラム教の律法学者。
アレ・バープレ――「おお、神よ」。戸惑いや感動や驚きなどを表す叫び声。
アールティ――日没後に行うヒンドゥー教の儀式。
イスカンダル大王――アレクサンダー大王。
イマーム――指導者、手本。祈りを先導する者。
インテザール・カルナ――「待つこと」。
ウラマー――アリムの複数形。
ウルス――スーフィー聖者の命日を祝う祭り。聖人の墓の前で行われる。
エフェンディ――オスマン帝国の男性に対する尊敬を込めた呼称。英語の「サー」に似ている。
オイム・アイム・クリム・フリム・スリム――シムサラビム、開けゴマ（『千夜一夜物語』の呪文）。

カイフ――オリエンタル特有とされる、現在を特別な理由なしに楽しむ能力。
カタルナク――「危険」。
ガネーシャ――神。シヴァとパールヴァティの息子。丸い人間の身体に象の頭を持つ。
ガネーシャ・チャトゥルティ――ガネーシャ神を称える祭り。九月と十月の十一日間にわたって行われる。
カバルダル――「気をつけろ」。
ガラビア――ジェラバともいう。長くゆったりとしたマントで、フードつきのものも多い。
ガルーダ――大きな鷲。神話ではヴィシュヌ神を乗せて飛ぶ鳥。
カンガ――東アフリカの巻きスカート。木綿製。
ガンジャ――マリファナ。
カンズ――東アフリカ海岸沿いの男性が着る長くて白い服。
ガンダルヴァ・ヴィヴァーハ――内密の、愛情からの結婚。
カーカー――父方のおじ。
キコイ――東アフリカの布。多目的に使われる。
キリム――織絨毯。
グジャラート――西インドの地方。
グラブ・ジャムン――広範に食される甘味。シロップに漬けた団子。
ケドムトガル――食事を食卓に出し、台所を手伝う召使。
ケラッシー――扇であおぐ召使。
ゴトラ――「牛を守るもの」、すなわち囲い地、柵囲い。転じて特定の聖人にまで遡る家系。

コフタ――肉団子。必ずしも肉を使うとは限らない。
コブラドゥル――上等の生地。
ゴラ――「白い肌の人間」。
サティヤ・ショダク・サマジ――一八七三年に設立された宗教団体。カースト制度の緩和を主な目的とした。
サドゥ――ヒンドゥー教版のダルヴィーシュ。
サファルナーメ――「旅行記」。
ザムザムの水――メッカの大モスクにある泉の水。恵みをもたらす。
サルダルジ――シーク教徒。
サナータナ・ダルマ――「聖なる信仰」。一般的にヒンドゥー教徒がヒンドゥー教を指して使う。
シヴァラートリー――シヴァ神を称える夜。
シヴァージー――十七世紀のマラーター王国の王。英雄と見られることもあり、専制君主と見られることもある。
ジクル――「神を想う」。瞑想の形式。特にスーフィー教徒によって実践される。
シャクンタラ――古代インドの劇作家カーリダーサが描いた最も有名な女性登場人物。
ジュッバ――長いマント。男女問わず高位のイスラム教徒が着る。
ジョティシュ――占星術師。任務は広範な領域にわたる。
シルカー――財布を持ち運ぶ召使。
ジン――霊。
シーシャ――「生徒」。

スマシャーナ――火葬場、墓場。
スートラ――格言、箴言。
スーフィー――イスラム神秘主義者。「苦難のときが来たら、心に喜びを見つける」（ルーミー）。
セポイ――イギリス軍指揮下にある地元民の兵。
ダウ――数百年にわたってインド洋での貿易に使われた帆船。
タパス――不自由、欠乏。そこからエネルギーが生まれる。
タブラ――二種類が対になったインドの太鼓。
タラウィー――断食月ラマダンにおいて夜の祈りの後、コーランのすべてを朗誦すること。
タリー――インドで好まれる定食。ほとんどの場合は菜食主義のさまざまなおかずやソースから成る。
ダルヴィーシュ――日常から脱け出して恍惚状態へと至る人間。イスラム圏における一種のサドゥ。
ダルマ――人間または物体に固有の性質。生の義務、法則。
タワ――鉄製の丸いプレート。
ダール（Daal）――レンズ豆。ほぼ毎回の食事に供される。
ダール（Daaru）――酒。
チャイ――ミルクと砂糖と数種の香辛料とともに煮出した茶。
チャット――アラビアチャノキ（Catha edulis）の葉。嚙むと刺激性の効果がある。
チャンガニーカ――タンガニーカ。今日のタンザニアの大陸部。
チョウキダール――警備員。
チルム――ハシシュを吸うためのパイプ。
チルムチ――ほとんどの場合は銅製の大きなたらい。

ディク・ディク――東アフリカで最小のレイヨウ。

ディワン――マハラジャの宮殿における「首相」。

デーヴァダーシー――「神に奉仕する女」。日常においては、むしろ神官に奉仕する。宗教上の売春婦。

ドゥカーン――店。

ドウティ――「洗われたもの」。縫われていない布で、腰で結ぶ。

ドゥパッタ――女性の肩と胸を覆う長い布。

トピ――帽子。

トンガ――馬またはラバに引かせる車。

ナウチュ女――「踊り子」。高級娼婦。

ナガル・ブラフマン――「都会の」ブラフマン。グジャラートの官僚の大部分を占めるサブカースト。

バイ――尊敬と親しみを込めた呼称。

バクティ――神への愛の告白の歌。

バシ・バズーク――オスマン帝国の非正規軍の一員。

バジャン――宗教的な歌。

ハジャーム――理髪師。

バダヒ――家具職人、指物師。

バニヤン――もともとはグジャラート出身の商人カーストを指す。東アフリカでは一般的にインド人と同義。

ババ――「年長の男性」。尊敬をこめた呼称・聖人に対しても使われる。

バラザ――家の玄関前に置かれた石のベンチ。家族の一員ではない客が座ることが多い。

パラタ――パンケーキ。さまざまな具を挟む。

バング――カンナビス、ハシシュ（大麻）。

バーラト――インド。

ビラール――イスラム史における最初のムアッジン。エチオピア出身の元奴隷。

ビンディ――女性の額に付けられる点。多くの場合は赤い。身体のエネルギーの結合点において人間のオーラを守る。もともとはタントラの習慣。本来、女性が既婚であることを表す。

ファジ――村長。

ファランジャー――「フランク人」。西ヨーロッパ人すべてを指す。

フィランギ――外国人。ファランジャーから派生した語。

プジャーリー――神官。

フトバ――モスクでの金曜日の礼拝における説教。

プラティクシャー・カルナ――「待つこと」。

プランポリ――具の入った甘いパンケーキ。

プラーナ――「古いテキスト」。創世伝説、神の伝記、聖人の系譜などが記されたサンスクリット語のテキスト。

ブルカ――男性を興奮させる可能性のある女性の体中のすべてを覆うヴェール。

プルナ・マダハ／プルナ・ミダム／プルナート・プルナム・ウダ・チュヤテ／プルナシャ・プルナム・アーダーヤ／プルナメヴァ・アヴァ・シシュヤテ――これがひとつ／あれがひとつ／ひとつともうひとつは同じ／ひとつなしのひとつは／いまだにひとつ

ボル――「話せ」の意。タブラの音。

マイカンナ――酒場の前身。
マダフ――ココナツミルク。
マッシャラー――「神を称えよ」。
マドラサ――コーランを学ぶ学校。
マハラジャ――「大王」。
マヤ――錯覚、間違い、幻想。すなわち我々が知覚する現実のこと。
マーマー――母方のおじ。
ミタイワラー――菓子売り。
ミヤ――「割礼を受けた者」。イスラム教徒に対する侮蔑的表現。
ムガンガ――伝統的な治療者。
ムフタラム――アラビア世界における尊敬の表現。
ムレチャ――野蛮人、穢れた者、不可触民、生まれの卑しい人間――すなわちヨーロッパ人を指す。
ムンシ――教師、学者。
ラカアート――イスラム教の祈りの反復。
ラキ――蒸留酒。アニスを使って作られることが多い。
ラッドゥー――小麦粉と砂糖と溶かしたバターで作る菓子。
ラヒヤ――公認書記。
ルパナル――娼館（ラテン語）。
ワカラー――隊商宿。主人、召使、家畜、荷物などすべてのための宿。
ワズ――祈りの前に儀式的に身体を清めること。

謝辞

この小説のための調査研究に、三大陸にわたるさまざまな方々が協力してくれました。全員の名前を書き出せば、電話帳に似た本ができあがるでしょう。そのような統計的記録を回避するために、この謝辞で全員に心からの感謝を表したいと思います。私の出版社と編集者のフィリップ・ラウバッハ‐キアニには特別な感謝を捧げます。

本書の執筆にロベルト‐ボッシュ財団からの支援を受けたことに厚くお礼申し上げます。

訳者あとがき

バローダの湿気と香り、シンドの砂、カイロの隊商宿の喧騒、メッカに響く祈りの声、アフリカの太陽と風――世界のさまざまな顔が、五感に直接訴えかけてくる。

本書は、リチャード・フランシス・バートン（一八二一―一八九〇）という実在の人物をさまざまな視点から描いた小説だ。とはいえ、決して伝記ではない。士官、領事、探検家、アフリカ研究者、オリエント研究者、作家、翻訳家……と、数えきれない顔を持っていたバートンの、インド駐在、メッカ巡礼、アフリカ内陸への旅、という三つの冒険が、実在および非実在人物の多彩な語りによって、めくるめく万華鏡のような物語になっている。

第一部「英国領インド」では、東インド会社の士官として二十一歳でインドに赴任したバートンの七年間のインド生活が、バートン本人の視線と、召使ナウカラムの回想とで描き出される。バートンのインドでの生活に最初から最後まで深く関わり、バートンと運命をともにしたナウカラムだが、バートンがインドを去った後、新しい就職先を求めて、推薦書を書いてもらうために代筆屋を訪れる。そしてその代筆屋に促されるままに、バートンとの生活を振り返る。バートンが地元の学者ウパニチェに師事して、ヒンドスタニー語、グジャラート語など、さまざまな言語を学んでいくようす、愛人クンダリーニとの出会いと別れ、そして転属先のシンドでのイスラム教への傾倒とスパイ活動。バートンに忠実に仕え、その命を救ったとまで主張するナウカラムが、なぜ推薦書ももらえず非情に解雇されたのか。やがて代筆屋は、ナウカラムの語る話に魅了され、徐々に独自の物語を創り出し始める。こうして、バートン、ナウカラム、代筆屋、と三人の視線が錯綜し、物語が織り上げられていく。ちなみに六十四という章の数、および始めと終わりに第〇章を配置する循環構造は、ヒンドゥー教の世界観に基づいたものだ。

インドを去ったバートンは、エジプトに長期滞在してアラビア語を学び、メッカ巡礼の旅に出る。本書の第二部「アラビア」では、三十二歳のバートンが語学とシンドで身につけたイスラムの教養を武器に、インド人イスラム教徒に変装して、出身も身分も隠したままメッカ巡礼をやり遂げるまでが描かれる。帰国後、バートンがイギリスで出版した巡礼の記録が聖地メッカのシャリフ、イスラム法官カーディー、およびメッカの支配者であるオスマントルコ総督の目に触れる。三人は会談して、バートンの著書に登場する人物たちに尋問をしながら、バートンのメッカ巡礼の真の目的を明らかにしようとする。こうして第二部でも、バートンの視線と周囲の人間たちの回想とが交互に描かれることで、ひとつの物語が浮かび上がる。

メッカ巡礼の翌年、バートンはイギリス人探検家ジョン・ハニング・スピークに出会い、ともにソマリアへ旅をする。さらにその三年後、三十六歳で、再びスピークとともに「大きな湖」とナイル川の源を探す旅に出る。第三部「東アフリカ」では、この旅のようすが描かれる。ザンジバル島からバガモヨを経てタンガニーカ湖まで、キャラバンを組んでの過酷な道のり。道案内を務めたのは東アフリカ出身の解放奴隷シディ・ムバラク・ボンベイだ。故郷で奴隷商人に捕まり、ザンジバルでインド人商人に売られ、主人とともにインドで生活した後、解放され、その後家庭を築き、ザンジバルで暮らしてきた。インド生活のおかげでヒンディー語が話せるうえ、アフリカ内陸の部族の言葉も多少わかることから、道案内に抜擢されたのだった。ここでもバートン視点でのリアルタイムの旅のようすと、何度もイギリス人探検隊の供を経験した後、年老いて妻とともに幸せに暮らすボンベイが友人たちに披露する思い出話とが交互に語られる。

作品中、バートンの経歴や伝記的事実は、断片的にさしはさまれるエピソードや回想をのぞけば、ほとんど触れられていない。バートンの年齢も伏せられているし、時代背景についても西暦など具体的な説明はほぼない。これは登場人物たちの人生を特定の時代や場所から解放し、ある意味普遍的な「物語」として浮かび上がらせるための意図的な試みだという。そういう意味では蛇足ではあるが、本書のなかではほのめかされるに留まる「その後」の事実を、いくつか挙げておきたい。

バートンがスピークより遅れてアフリカからイギリスに戻ったとき、スピークはすでにナイルの源に関する自説を公表済みで、さらにバートン抜きの新たなアフリカ探検も決まっていた。バートンは一八六一年にイザベル・アランデルと結婚後、同年ドイツ人植物学者のグスタフ・マンとともに標高四千メートルを超えるカメルーン山に登頂、さらにニジェール川、ダホメ王国を探検する。イギリスに戻った後、再びナイルの源をめぐるスピーク説に反論。ところが、スピークは英国科学振興協会の公聴会が行われる前日に、猟銃の暴発で死亡する。自殺であったかどうかはわかっていない。

その後のバートンは、アメリカ合衆国のソルトレイクシティにモルモン教の大管長であるブリガム・ヤングを訪ねたりと、世界中を旅してまわり、数々の記録を出版している。後にはビオコ島、ダマスカスなどの領事を勤め、一八九〇年、本書にあるとおり、赴任地のトリエステで死去した。

数々の著書を残した探検家としてのみならず、『アラビアン・ナイト』や当時は禁じられた『カーマ・スートラ』の翻訳者として知られるバートンだが、エキセントリックな人物だらけの十九世紀イギリスにあっても際立った変人で有名だったらしい。それはそうだろう。一方では十九世紀の大英帝国人らしく世界中を訪れ、その地の人間、自然、風習や文化について書き記し、スパイ活動までやってのけた。ある意味、収集、分類、分析によって世界を把握し、征服する、帝国主義時代の精神を体現する人だったと言えよう。だが一方でバートンには、大英帝国人の典型とは真逆の側面もあった。どこへ行っても現地の言葉を学び、風習を身につけ、地元の人間のなかに難なく溶け込む。支配者として異国の人々と事象を上から、距離を置いて眺めるだけでは飽き足らず、彼らのなかに自ら飛び込み、彼らの一員になろうと努力し、いつしか彼らと同じ視線を獲得していく。「世界の見方」が決定的に違っていたのだから、当時のイギリス人から見れば、なんとも型破りな、理解不能な人だったことだろう。世界中のどこにでもすぐになじむのに、祖国イギリスにだけは適応できない。イギリス人の視野の狭さ、傲慢な世界観を激しく批判し、軽蔑しながら、それでいて終生イギリスでの栄達を目指し、名誉を求めた、矛盾した存在としても描かれている。複雑で多面的なバートンという人物像は、本書で描かれる世界の多様性を体現しているかのようだ。

だが、十九世紀イギリス人の「世界旅行記」とは本質的に異なる本書の小説としての重層的な魅力の源は、なんといっても語り手として作中でバートンと同じ重みを持つ登場人物たちだ。インド人召使ナウカラム、アフリカ探検隊の道案内ボンベイ。ふたりの人物像と語りは、ときに「主人公」バートンをもしのぐ存在感と魅力を放つ。第二部「アラビア」で協議を重ねるシャリフ、カーディー、総督の三人も同様だ。彼ら「地元の人間」の住む世界、視線、語る言葉は、当然バートンのそれとはまったく異なるのみならず、それぞれが際立って個性的だ。彼らの語りを通して、十九世紀のインド、アラビア、アフリカが、ヨーロッパに対するエキゾティックな「非ヨーロッパ世界」として一元的にくくられることなく、それ自体が多様性を抱えたそれぞれ独自の世界として、「内側から」生き生きと浮かび上がる。著者トロヤノフは、この小説の構想段階で、「すでに数多い、異質な世界への中途半端な接近やエキゾティックな世界の描写をひとつ増やすだけの結果にならないために、主人公のヨーロッパ的、ヴィクトリア朝的、帝国主義的視線に対抗する、同じ比重のものを持ってこなければならない」と自覚していた。あるエッセイで著者は、「インド人、アフリカ人、アラビア人は、過去のヨーロッパの小説においては常に小さかった。それは、彼らがうんと離れたところから描かれてきたからであり、登場人物も作家もともに、彼らを見下ろしてきたからだ。私は彼らをすぐ近くから、当たり前の親近感をもって描きたかった。そして彼らの視線からも物語を紡ぎたかった」と述べている。

非ヨーロッパを舞台にしたヨーロッパ人の小説には珍しいこの「中からの」視線は、著者イリヤ・トロヤノフの、やはり「世界収集家」と呼べそうな経歴とも関係があるだろう。イリヤ・トロヤノフは一九六五年、ブルガリアのソフィアに生まれた。一九七一年、就学直前に両親の政治亡命によってドイツへ移住。翌年父の仕事の関係でケニアに移った。さらに学校教育の途中でドイツに戻って寄宿学校に入ったりと、めまぐるしく移動を繰り返す子供時代だった。ミュンヘン大学で学んだ後、一九八九年、アフリカ文学を専門とするマリーノ出版を設立。九〇年代初頭にはアフリカ中を旅し、一九九三年に初の著書となる『アフリカにて。東アフリカの神話と日常』*In Afrika. Mythos und Alltag Ostafrikas*（Marino）を出版。続いて一九九六年、初の小説『世界は広く、救いはいたるところで機会をうかがっている』*Die Welt ist groß und Rettung lauert überall*（Carl Hanser）を発表した。

一九九八年、トロヤノフはムンバイ（ボンベイ）に居を移す。リチャード・フランシス・バートンについての小説を書くためだ。トロヤノフは、十歳の誕生日に両親からアフリカを「発見」した英雄たちについての本を贈られて以来、そこに載っていたバートンに強い関心を抱いていた。十歳の少年に鮮烈な印象を与えたのは、バートンの業績よりも、添えられたイラストに描かれたバートンの姿だった。アラビアの服をまとったバートンは、本の登場人物たちのなかでただひとり、ヨーロッパ人に見えなかったのだ。出会いから二十年以上たち、バートンについて、いやむしろ「異質なもののなかに溶け込むことの可能性と不可能性について」書くことを決意したトロヤノフは、徹底していた。バートンの足跡をたどって、自身も旅に出たのだ。まずは前述のとおり、インドのムンバイとバローダで暮らし、ヒンディー語と、ヒンドゥー教の伝統を学んだ。隠者たちに混ざってガンジス川のほとりにテントを張り、さまざまな町を歩き、ラクダに乗ってバートンが転属となったパキスタンとの国境地帯を旅した。

続いて二〇〇一年、アフリカ東海岸からタンガニーカ湖まで、千五百キロメートルの旅に出た。当時のバートンと同じ速度で進まねばならないとの信念から、徒歩での旅だった。バートンの残した記録をもとに、当時のルートにできる限り忠実に、三カ月間歩き続けた。東アフリカで育ったトロヤノフだが、この旅でその地を新たに発見したという。そして最後に、一年間集中的に準備した後、二〇〇三年、インド人イスラム教徒の一行とともにメディナとメッカ巡礼の旅に出た。

その後トロヤノフは、今度は南アフリカのケープタウンに居を移して執筆を続けた。こうして二〇〇六年に刊行された本書『世界収集家』は、ライプツィヒのブックメッセ賞を受賞し、ドイツ語圏で何カ月間もベストセラーリストに載り続ける、トロヤノフの代表作となった。

トロヤノフはその後も多方面で精力的に活躍を続けている。著作の傍ら、二〇〇七年にはブルガリアの共産主義体制における政治囚たちを主題にしたドキュメント映画を製作した。二〇〇八年にはべルリンでアジアの文学をテーマにした文学祭を企画運営。また二〇〇九年にはやはりドイツの作家ユーリ・ツェーとともに『自由への攻撃——安全妄想、監視国家、市民権の崩壊』*Angriff auf die Freiheit. Sicherheitswahn, Überwachungsstaat und der Abbau bürgerlicher Rechte*（Carl Hanser）を出版、対テロリズムを旗印に国家による市民に対する監視が強化されていく現状を批判している。さらに二〇一〇年には、第一回ミュンヘン文学祭を企画運営した。著作も次々に発表しており、二〇一五年には、ブルガリアの共産主義政権に抵抗した戦士と、将校として政権の一翼を担った男との半世紀以上にわたる闘いを描いた、構想二十年の大作小説『権力と抵抗』*Macht und Widerstand*（Fischer）を刊行した。これまで数々の文学賞を受賞しており、諸作品は計二十五カ国語に翻訳されている。

現在、世界中で、母語以外の言語で書く作家たちが、文学における国境の概念を変えつつある。ドイツ語圏においてもやはりドイツ語を母語としない作家が、それぞれのやり方で「ドイツ語圏文学」の枠を広げ、飛び越えている。トロヤノフはその代表的なひとりだ。母語はブルガリア語だが、「頭と心の言葉」は十二歳から学び始めたドイツ語だというトロヤノフの作品には、独特の言語感覚が光る。翻訳者泣かせではあるが、物語世界を豊かに膨らませる、抑制がきいていながら詩的な言葉だ。ドイツ語という言語を、いったん使い手の常識や慣習の枷からはずして、一定の距離をもって「外から」眺め、あらためて組み立てなおした、そんなイメージの言葉。この小説の根底にあり、物語の世界を「内から」ぐっと押し広げる視線は、この言葉が可能にしたものでもある。

「強き者にとっては、いかなる場所も故郷である」——バートンがモットーとした言葉だという。生きる場所という外面的な意味でも、ものの見方、価値観という内面的な意味でも、この点においてバートンとトロヤノフは重なって見える。

翻訳に際しては、今回も多くの方のお力をお借りした。特に、本書との出会いのきっかけを作ってくださった名古屋学院大学の土屋勝彦教授、冒頭の詩をはじめとする英語をご教示くださった英語翻訳家の近藤聡子さん、新作小説の準備でお忙しいなか、私が次々に放つとんでもない量の質問に快くお答えくださった著者のイリヤ・トロヤノフさん、直接顔を合わせることはなかったものの、翻訳や事実関係のミスを丁寧に洗い出してくださった校正の方、そして本書の出版を実現させてくださり、膨大な調べものまで引き受けてくださった早川書房の永野渓子さんに、心よりお礼を申し上げたい。

二〇一五年九月

訳者略歴　ドイツ文学翻訳家，京都大学大学院人間・環境学研究科博士課程認定退学　訳書『シルフ警視と宇宙の謎』ユーリ・ツェー，『リスボンへの夜行列車』パスカル・メルシエ，『〈5〉のゲーム』ウルズラ・ポツナンスキ（以上早川書房刊）他多数

世界収集家《せかいしゅうしゅうか》

2015年11月20日　初版印刷
2015年11月25日　初版発行

著者　イリヤ・トロヤノフ

訳者　浅井晶子《あさいしょうこ》

発行者　早川　浩

発行所　株式会社早川書房
東京都千代田区神田多町2－2
電話　03－3252－3111（大代表）
振替　00160－3－47799
http://www.hayakawa-online.co.jp

印刷所　三松堂株式会社
製本所　大口製本印刷株式会社

Printed and bound in Japan

ISBN978-4-15-209579-4 C0097

乱丁・落丁本は小社制作部宛お送り下さい。
送料小社負担にてお取りかえいたします。

早川書房の文芸書

罪人を召し出せ

Bring Up the Bodies

ヒラリー・マンテル
宇佐川晶子訳
46判上製

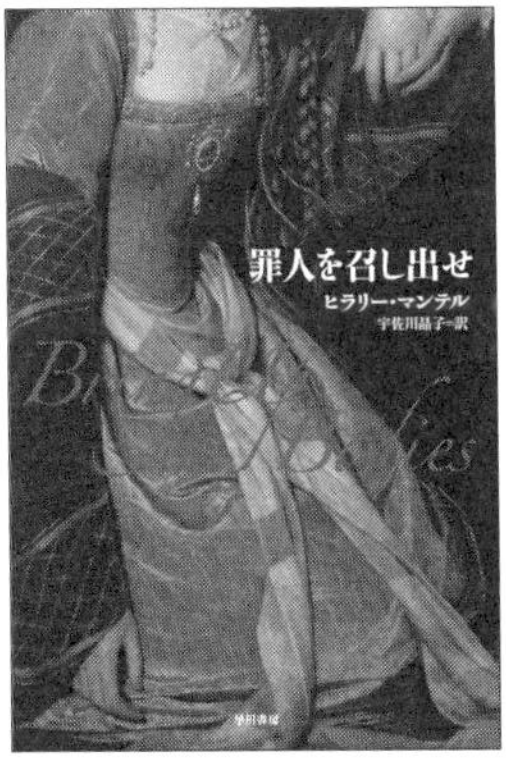

〈ブッカー賞・コスタ賞受賞作〉

ヘンリー八世の王妃になったアン・ブーリン。しかし、その地位はもろいものだった。国家は孤立し、貴族たちは陰謀をめぐらし、世継ぎを熱望する王は女官に心を移す。王の重臣トマス・クロムウェルは、王と国家にとって最善の道を探るが――。十六世紀イギリスの宮廷を生き抜く冷静沈着な政治家を描いた、『ウルフ・ホール』に続く文芸大作

わが闘争 父の死

Min kamp

カール・オーヴェ・クナウスゴール

岡本健志・安藤佳子訳

46判上製

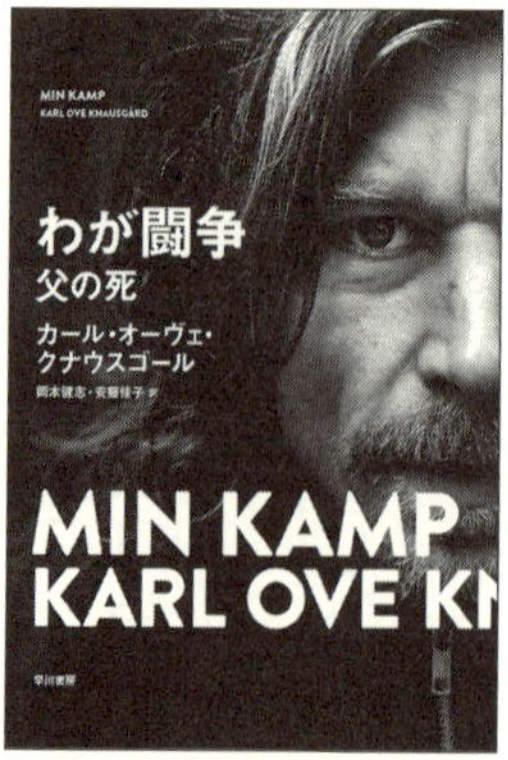

執筆に励む作家カール・オーヴェ・クナウスゴールは、十年前の父の死を回想する。冷たく専制的だった父は、少年時代にも、そしてその後にも、どこか遠い存在だった——。ジェフリー・ユージェニデス、ゼイディー・スミスなど、世界の読書人を熱狂させたノルウェー人作家のベストセラー。想像を絶するほど赤裸々に描かれる家族の肖像と青春の日々。世界を席巻した破格の自伝的小説！